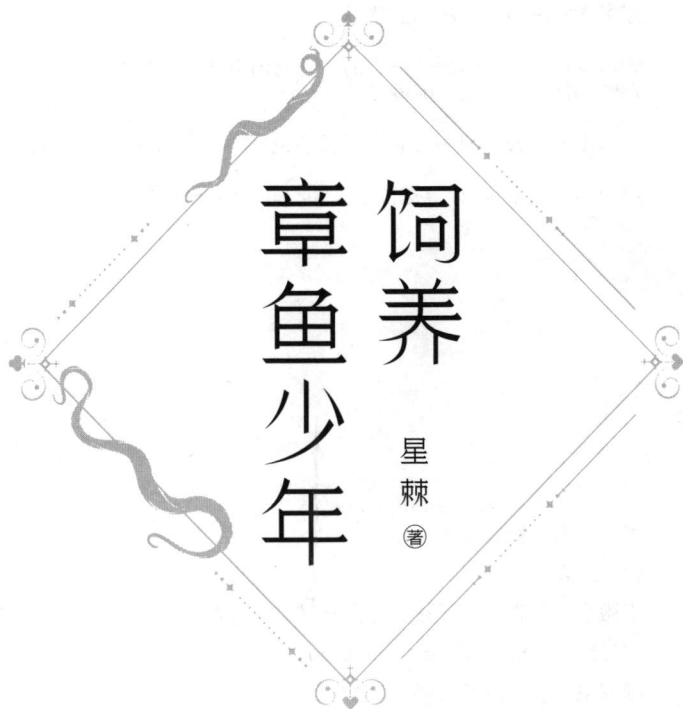

饲养章鱼少年

星棘 著

上册

青岛出版集团 | 青岛出版社

图书在版编目（CIP）数据

饲养章鱼少年/星棘著.—青岛：青岛出版社，2024.3
ISBN 978-7-5736-1601-2

Ⅰ.①饲… Ⅱ.①星… Ⅲ.①长篇小说－中国－当代 Ⅳ.①I247.5

中国国家版本馆CIP数据核字（2024）第019664号

SIYANG ZHANGYU SHAONIAN

书　　名	**饲养章鱼少年**	
作　　者	星　棘	
出版发行	青岛出版社（青岛市崂山区海尔路182号）	
本社网址	http://www.qdpub.com	
邮购电话	18613853563	
责任编辑	郭红霞	
特约编辑	徐晓辰	
校　　对	郭金乔	
装帧设计	蒋　晴	
照　　排	梁　霞	
印　　刷	三河市良远印务有限公司	
出版日期	2024年3月第1版　2024年3月第1次印刷	
开　　本	32开（880mm×1230mm）	
印　　张	17.5	
字　　数	504千	
书　　号	ISBN 978-7-5736-1601-2	
定　　价	65.00元（全2册）	

编校印装质量、盗版监督服务电话 4006532017　0532-68068050

目 录 [上册]

目录 [下册]

第一章

小 一

"海鲜市场？"英俊儒雅的金发男人迟疑地重复了一遍这个词。

"就是出售鱼、虾还有各种海洋生物的地方。"站在他面前的少女一本正经地回复他。她的长发如雪般洁白无瑕，睫毛也是纯粹的白色，将那双湛蓝的眼眸衬托得更加清澈剔透。

"原来是水产集市啊！你又说一些爸爸听不懂的东西了。"男人宠溺地刮了下少女的鼻子，而后一脸歉意地蹲下身，按住少女的肩膀，"但是爸爸今天还有重要的事要去做，不能陪你去了。乖孩子，让你哥哥陪你吧！"

哼，他能有什么重要的事，又是去看他那个宝贝的"灰姑娘"女儿吧！

塞西尔心里不以为意，脸上仍然笑得乖巧无害，像一只柔软娇贵的猫："好，那我去找哥哥啦！"

说完，塞西尔就弯下腰从男人的臂弯下灵活地钻了出去。

"这孩子……"看着小女儿一溜烟跑掉的身影，男人无奈地摇摇头，重新站了起来。

时候不早了，他该去看望莉娜了。

塞西尔可不是什么乖孩子，事实上，她的坏心眼儿多着呢！

她想去海鲜市场，不是因为想吃海鲜，而是为了物色一只黏糊糊的大章鱼——最好是又黑又重，一看就很恶心很吓人的那种。

至于她为什么要买这种东西呢？当然是为了吓一吓她那个即将到来的"好妹妹"。她同父异母的妹妹莉娜，是一个日后会害得她身败名裂的魔鬼般的少女。

当然，魔鬼只是对她而言，对这个世界的其他人来说，莉娜就是天使一样至善至美的存在。

公正地说，其实莉娜也并没有对塞西尔做什么，一切都是塞西尔咎由自取。谁让塞西尔是这个世界里的恶毒千金呢？

作为贵族莱维特家的小女儿，塞西尔自出生起到成长为一名十六岁的窈窕少女，一直过得顺风顺水。虽然她的母亲早逝，但父亲和哥哥都很疼爱她，让她得到了足够多的宠爱。

她对这样无忧无虑的贵族生活十分满意，但她也知道，一旦莉娜到来，这种安逸的日子就会消失。因为莉娜是这个世界的女主角，更是她这个恶毒女配角要衬托的真善美小天使。

莉娜，全名莉娜·莱维特，是现任莱维特伯爵——塞西尔的父亲和他的心上人生下的女儿。

莱维特伯爵在年少时有位心上人，他们碍于身份差距没能在一起，那位心上人也因此黯然离去。之后他在宴会上与塞西尔的母亲一见钟情，两个人门当户对，迅速结婚，并先后生下了塞西尔的哥哥阿诺德和塞西尔两个孩子。

结果后来这位心上人回来了，却在和莱维特伯爵睡了一夜后又跑了。这个时候塞西尔的母亲已经因病去世，因此也不能说莱维特伯爵出轨，而且他也打算和自己的两个孩子好好商量后正式迎娶他的心上人。只是可惜，他的心上人这一次跑掉后，他再也找不到她了。

就在大家以为狗血情节到此为止的时候，事情又有了新的进展。在塞西尔十六岁这年，莱维特伯爵突然找到了他的心上人的墓碑以及他和他的心上人流落在外的女儿。

莱维特伯爵惊喜万分，立即决定将这孩子接回来，并加倍补偿她。这不，现在莱维特伯爵已经开始冷落塞西尔了。

至于塞西尔为什么会了解得这么清楚，是因为她原本就不是真正的塞西尔。她只是一个无辜的玩家，随便玩了个名叫《光与蔷薇之恋》的游戏，在即将通关之时莫名其妙地进入了这个世界里，又好巧不巧地变成刚刚满月的小婴儿塞西尔。

没有什么系统或者小精灵告诉她该怎么做才能回家，只有一行字浮现在塞西尔的脑海里——

"扮演好恶毒千金的角色，否则你会死。"

塞西尔认真思考了一下这行字的真实性，最后得出结论：谁信谁是傻子。

于是她开始付诸行动，故意不去做那些缺德的事，反而日行一善。她隔三岔五地扶老奶奶过马路、去贫民窟里分发食物、给孤儿院的孩子们送礼物……直到有一天，在她去孤儿院的路上，一辆马车突然失控，直直地冲向了她。要不是阿诺德手疾眼快地拽走了她，她恐怕当场就被撞死了。

"这次你信了吗？"她大难不死后，脑海中久违地再次出现了一行字。

塞西尔目光呆滞地想：我信了。

从此以后，塞西尔开始认认真真地扮演恶毒千金的角色。到现在她已经演了十六年，可以自信地表示，如果在恶毒千金之间也有优秀奖的话，那么第一个被颁发这个奖项的人一定会是她。

一想到莉娜即将出现，塞西尔重新梳理了一下以后每天要做的事：

1. 欺负莉娜；

2. 追求莉娜的"攻略对象"们，并被他们羞辱嫌弃；

3. 为莉娜的恋爱之路制造各种"障碍"。

简单，太简单了！作为一位优秀的恶毒千金，塞西尔相信自己可以超额完成这些任务。

第一步，她就从见面礼开始准备吧！她记得莉娜在游戏里最害怕的东西是软体动物，那么她可以提前去倒腾一只章鱼，给刚进门的莉娜来一个大惊喜。吓完莉娜后她还可以把使用完的章鱼做成章鱼小丸子，一举两得，堪称完美。

塞西尔越想越觉得这个计划实在是太棒了，开心地跑到阿诺德的房间门口，"咚咚咚"地敲响了他的房门。

"哥哥……哥哥，你在吗？"

房间里传来平稳的脚步声，下一刻房门便被打开了。站在门后的俊秀青年一脸无奈地揉了揉塞西尔的头发，动作自然而亲昵地将她拉了进去："门又没有锁，你敲门干什么？"

塞西尔表情无辜："我这不是怕侵犯到你的隐私吗？"

"我对你能有什么隐私？"阿诺德好笑地叹气，将塞西尔拉到床边坐下，又顺手剥了一颗巧克力递到她的嘴边。

塞西尔心道：那可不一定，你要是正好在屋里做些什么，那我直接推门进来多尴尬呀！

阿诺德今年已经二十岁了，目前在帝国骑士团里担任骑士长。虽然俗话说"长兄如父"，但是因为兄妹俩的母亲去世得早，所以这些年阿诺德给塞西尔是既当父亲又当母亲，活脱脱一个全能"男妈妈"。可以说，他的一切都是以塞西尔为中心的。

塞西尔看了一眼爱心形状的巧克力，毫不客气地一口咬了下去："这又是哪个姐姐送给你的吧？"

阿诺德没有回答这个问题，只是专注地盯着她，澄澈的蓝眸里浮动着温柔的笑意。

"好吃吗？"

塞西尔摇摇头："太甜了。"

阿诺德将手伸到塞西尔的嘴边，轻声道："那就吐出来，别把牙吃坏了。"

塞西尔张开嘴，露出洁白整齐的牙齿："可是我已经吃完啦！"

阿诺德微微叹息，转身将桌子上的巧克力盒子扔出窗外。

塞西尔顿时露出痛心的神色："哥哥，你怎么可以把别人的心意随手扔掉？"

"因为塞西尔不喜欢。"阿诺德理所当然地回答道。

塞西尔一时语塞。

她这个哥哥在外人的眼里，甚至是在父亲的面前，都可以说是完美的化身。阿诺德继承了莱维特家族的优秀基因，五官俊秀，鼻梁高挺，浓密的睫毛下一双蔚蓝的眸子明亮而忧郁，柔软的金发如太阳般璀璨。高贵的出身、俊美的样貌、出众的身材、优异的剑术，他的这些特质无一不令人心驰神往。

但只有塞西尔知道这家伙的真实性格有多恶劣。

塞西尔暗暗惋惜了下那盒饱含爱意的巧克力，然后坐直身体，开始说正事："哥哥，我要去水产集市，你带我去吧！"

"水产集市？"阿诺德好奇地问道，"你去那里做什么？"

塞西尔："买鱼。"

"你想吃鱼？那让用人去买就好了，那里又脏又乱，不适合你去。"

"不是吃的鱼，是养的鱼。"塞西尔认真地纠正他，"我要自己去挑选一条可爱的小鱼，然后把它抚养长大。"

"那你也可以养只小猫或者小兔子，这些动物都比鱼可爱多了。"

"我不，我就要养鱼。"塞西尔态度坚决，双唇在灯光的照耀下如同玫瑰花瓣般娇艳欲滴。她有着不输莉娜的美貌，但由于发色，她看起来总是柔柔弱弱的，有一种琉璃般的易碎感。

"好好好，你想养什么都可以。"阿诺德无奈地妥协，"但是你得答应我，到了水产集市，你不可以用手抓鱼，更不可以把头伸到水里。"

这是塞西尔小时候干过的糗事。当时她才四岁，为了下河抓鱼，她不但毫无形象地趴在河边捞鱼，还在失败后直接跳进了河里，全然忘了这个世界的自己根本不会游泳。

没想到阿诺德又提起她的黑历史，她不服气地鼓起脸颊，气呼呼地反驳道："我又不是小孩子，怎么可能做那么幼稚的事情？"

阿诺德抬起手，轻轻地擦拭残留在少女唇边的巧克力，语气温柔而宠溺："你不是谁是？"

马车在泥泞的道路上缓缓驶过，深色的帘幕被撩开，露出一张精致无瑕的脸。

"哥哥，这些鱼都好普通啊！"少女的声音细软清甜却难掩失望。

同车的阿诺德听了，立刻轻声安抚她："别急，不普通的鱼还在前面。外面脏，乖，快把帘子放下来。"

塞西尔听话地放下帘子，端正地坐在阿诺德的对面。雪色的发丝微微卷曲，安静地垂在她的肩头。

阿诺德："好好的，怎么突然想养鱼了？"

塞西尔："闲的。"

"是不是在怪父亲最近没怎么陪你？"阿诺德边问边观察塞西尔的神色。

塞西尔撇撇嘴，不以为意地说："他那么无聊，谁想要他陪？我巴不得他来烦我呢。"

她说的是真心话，但阿诺德听来倒更像是小女孩儿的嗔怪、埋怨。

阿诺德轻轻地叹了一声气，起身坐到塞西尔的身边："父亲最近的确是有点儿忙，不过没关系，哥哥会陪你的。"

塞西尔微移视线，轻飘飘地来了一句："说不定再过几天，你就和他一样忙了。"

在游戏原剧情中，阿诺德对那个善良可爱的新妹妹关怀备至，随着两个人相处逐渐深入，阿诺德陪伴塞西尔的时间也变得越来越少。原剧情中的塞西尔认为是莉娜抢走了她的爸爸和哥哥，分走了本该属于她一个人的宠爱，于是对莉娜怀恨在心，逮着机会就欺负莉娜。塞西尔不在乎这些人会不会冷落自己，只关心自己的生活质量会不会因此而下降。

"塞西尔，你放心，"阿诺德郑重地握住塞西尔的手，认真地注视她的眼睛，"无论多忙，我都会把你放在第一位。"

塞西尔：那倒也不必。

"你让厨师把我放在第一位就行了。"小姑娘正色道。

阿诺德愣了一下，"扑哧"一声笑了出来："好，都听你的。"

就在兄妹俩说话的时候，马车终于徐徐停下。阿诺德撩开帘幕，牵着塞西尔的手小心翼翼地走下马车。

塞西尔抬起眼睑，在看清面前的生物后，蓝宝石般的眼眸里顿时浮起点点星光——阿诺德说得没错，不普通的鱼都在这里呢！

几个巨大的玻璃缸像小山一样摞在一起，缸里的水混浊不堪，一群奇形怪状的生物在里面游来游去。

塞西尔迫不及待地跨过脚下泥泞的路，好奇地盯着玻璃缸上下打量："这都是些什么鱼呀？怎么都这么丑？"

一旁的鱼贩子闻言"哈哈"大笑："小姐，这些都是深海里的鱼。那深海里那么黑，谁也看不见谁，大家可不都随便长长嘛！"

塞西尔心想：好老的笑话。

她嫌弃地敲敲玻璃，让那些丑陋的海鱼都闪开，然后再仔仔细细地将缸里的生物看了个遍，却没有找到任何类似章鱼的软体动物。

搞什么呀？该不会在这个世界里压根儿没有章鱼吧？

阿诺德见小姑娘脸色凝重，于是弯下腰来关切地询问她："怎么了？没有你想要的吗？"

塞西尔："这些鱼都好丑，我不喜欢。"

阿诺德一时语塞：嫌弃鱼普通的是她，嫌弃鱼长得丑的也是她，他也猜不透这个宝贝妹妹究竟想要什么了。

鱼贩子见状，连忙出声挽留："小姐想要什么样的鱼？我明天就下海给您抓去！"

塞西尔想了想，细声细气地描述道："我想要那种，有圆圆的脑袋、软软的身体、长长的四肢……"她一边漫不经心地说着，一边用余光扫过腿边的那个小水缸。这个水缸里没有什么鱼，只有混浊的水和缠绕的海草，还有一小团黑黑的东西缩在角落里。

等等！

圆圆的脑袋、软软的身体、长长的四肢……这不就是章鱼吗？

塞西尔立即蹲下，隔着玻璃外壁仔细地打量起这个小家伙来。

这是一只迷你的章鱼，小小的，黑黑的，滑腻腻的。它蜷着触手，像一只圆鼓鼓的球，安静地待在水缸的角落里，几乎与海草融为一体，难怪塞西尔之前一直没有注意到它。

塞西尔被它与世不争、半死不活的样子吸引了，忍不住将手伸进水缸里，在小章鱼的头顶上轻轻地戳了一下。

小章鱼像是被惊醒了一般，骤然睁开了双眼，那双圆溜溜的眼睛像两颗清澈透亮的琉璃珠子，迷茫地上下转动，最后与塞西尔缓缓对视。

塞西尔：好……好可爱！她心花怒放，屈起手指在小章鱼的头顶上摸了摸。小章鱼眨巴眨巴眼睛，细长的触手登时缠了上去。

"哥哥，你看！"

阿诺德正在和鱼贩子说话，一扭头就看到自己的宝贝妹妹正开心地举着手，而她白皙的手指上，正牢牢地缠绕着一只黏糊糊的奇怪生物。

阿诺德顿时震惊了。

"塞西尔，别动！"阿诺德紧张得瞳孔瞬间放大，一把握住塞西尔纤细的手腕，正要去扯小章鱼的触手，就被塞西尔制止了。

"你做什么？"塞西尔奇怪地看了他一眼，用空着的另一只手轻轻地抚摩小章鱼的脑袋，"你别一惊一乍地吓到它，它很胆小的。"

阿诺德："我帮你把这东西取下来！"

"不用，我们玩得正开心呢。"塞西尔动了动手指，小章鱼的触手立即又缠了上去。之前被紧紧缠绕的塞西尔的食指上还残留着水渍，看上去脏兮兮的。

"你看，它多可爱呀！"

阿诺德实在无法对着这么一个奇形怪状的东西说出"可爱"这个词，而且他相信，其他人也不会觉得这玩意儿可爱。他看着喜好异于常人的妹妹，艰难地问："塞西尔，你该不会想养这个东西吧？"

阿诺德的这句话提醒了塞西尔，她停下手上的动作，开始认真地思考这个问题。虽然这也是章鱼，但和她想象的规格差得实在有点儿多。它实在是太小了，还没有她的手掌大，她很怀疑这么幼小的家伙能否吓哭莉娜。

但是找到现在，这个水产集市里都没有符合她要求的大章鱼，她总不能买几条泥鳅回去吧？

　　而且，这只小章鱼是真的很可爱啊！它不但主动缠着她，还会用小脑袋蹭她的手心呢！

　　"决定了，我要养它。"短暂思索后，塞西尔坚定地看向鱼贩子："请问买下它要多少钱？"

　　鱼贩子的眼里闪过惊讶之色，随即他伸出一根手指："一枚金币！"

　　其实这只奇奇怪怪的生物是他在收网的时候无意中发现的，当时他看这东西不大，想着给其他海鱼当食物也不错，之后就把它一起丢进了水缸里。他万万没想到，这个小玩意儿不但没死，反而还能卖钱。

　　塞西尔立刻期待地看向阿诺德。

　　阿诺德无奈地叹气，掏出一枚金币付给了鱼贩子。他当然知道鱼贩子是在狮子大开口，可是谁让塞西尔喜欢呢？

　　鱼贩子收了钱，生怕塞西尔反悔，忙不迭地将金币塞进口袋里，并对着二人离去的背影连连挥手："小姐、少爷，下次再来啊！"

　　他喜不自胜地拍了拍那个为他带来财富的水缸，在看清水缸里的情况后忽然傻眼了——里面其他的鱼呢？

　　回家的路上，兄妹俩坐在马车里，塞西尔摊开手，让小章鱼平稳地趴在她的手心上。

　　"你小心点儿，别被它伤到。"阿诺德紧张地盯着她的一举一动。

　　"不会啦，它很安全的。"塞西尔捏了捏小章鱼的触手，忽然想起来一件事，"哎呀！还没给它起名字呢！"

　　阿诺德心情复杂：塞西尔居然还要给这玩意儿起名字！

　　"让我想想，你是我的第一个宠物……就叫你小一吧！"

　　小章鱼缓慢地眨了眨眼睛，像是在努力地消化自己的新名字。

　　塞西尔抬眸望向对面的阿诺德："哥哥，你觉得这个名字怎么样？"

阿诺德笑容柔和，目光专注："是个好名字。"

"我也这么觉得。"塞西尔赞同地点点头，继续逗弄起小章鱼来。

马车晃晃悠悠，不紧不慢，在即将天黑的时候抵达莱维特宅邸。

塞西尔率先从马车上跳了下来，不等阿诺德下车便带着她的小章鱼飞快地跑进了自己的房间里。

"小姐，你终于回来了。老爷一直在等你，他说有重要的事情要和你说，你快过去吧！"女仆安妮着急地走了进来。

"那就让他继续等着，我现在正忙呢，别打扰我。"

塞西尔头也不抬地在房间里转了一圈，终于找到了一个插着鸢尾花的玻璃瓶。她将鸢尾花从瓶子里拿出来，然后小心翼翼地将手里的小章鱼放了进去，想了想，又把自己没吃完的肉干也丢了进去。

小章鱼伸长触手，准确无误地接住落入水中的肉干，并以一种肉眼看不清的诡异速度解决了那块肉干。

塞西尔几乎看呆了："小一，你好厉害啊！"

"小姐，老爷说——"安妮在一旁急得不行，忍不住又出声提醒道。

"知道了，我这就过去。"塞西尔不耐烦地打断安妮的话，语气相比刚才冷淡了许多。她慢吞吞地伸了个懒腰，顺手将玻璃瓶塞到安妮的怀里，笑眯眯地叮嘱道："小一就交给你了，要看好它，不能让它跑掉，否则我会生气的。"

安妮诚惶诚恐地抱紧了瓶子："我……我记住了，小姐。"

塞西尔不喜欢安妮，因为安妮总是用莱维特伯爵的话来压她。

塞西尔觉得安妮是自己的女仆，理应听从自己的命令，而不是父亲的。如果安妮一定要管她，那为什么不直接去当她的后妈呢？

塞西尔对安妮感到厌烦，但又懒得换一个新女仆。好在安妮这两年总是围着莱维特伯爵转悠，塞西尔的生活也因此清净不少。

"好孩子，你可算是回来了。"英俊的男人站在高大的书架前，对进屋的塞西尔招了招手。

塞西尔打量了周围一眼，发现阿诺德也在。她扬起人畜无害的笑容走了过去："爸爸，叫我来有什么事吗？"

凯文·莱维特，现任莱维特伯爵，也是塞西尔和莉娜的父亲。

塞西尔推测凯文喊她和阿诺德过来一定是打算对他们说莉娜的事情，一想到日后这个男人会为了莉娜斥责、苛待自己，她连一个眼神都不想给他。

"听安妮说你和阿诺德一起去水产集市了，怎么样？有没有什么收获呀？"凯文温柔地抚摸塞西尔的头发，刻意放轻的声音里充满了耐心。

塞西尔乖乖地回答道："买了一只小鱼。"

阿诺德心想：那是小鱼吗？

"是什么样的小鱼？可以让爸爸看看吗？"

塞西尔："不可以。"

被女儿毫不客气地拒绝后，凯文尴尬地摸了摸鼻子。他不动声色地打量塞西尔的神情，干巴巴地咳嗽了两声，然后步入了正题。

"那个……其实我喊你们兄妹俩过来，是想告诉你们一件事。"

塞西尔懒洋洋地动了下眼皮，等着他继续说下去。

"其实……你们还有一个妹妹。"凯文微微停顿，郑重其事地说。

"妹妹？"阿诺德微微蹙眉。

"嗯，"凯文点了点头，"她叫莉娜，只比塞西尔小半岁，是个善良乐观的孩子。"

塞西尔忍不住瞥了凯文一眼，男人刚对上她的目光便心虚地避开了视线。莉娜只比塞西尔小半岁，也就是说，塞西尔的母亲仍在孕期的时候，凯文就已经和他的那位心上人勾搭上了。

塞西尔想起母亲临死前幸福满足的表情，突然替她感到悲哀——真是一个可怜的女人，直到死都相信丈夫是深爱着她的。

呸，渣男！

"莉娜这些年一直和她的外婆相依为命，不久前，她的外婆去世了，家里便只剩下她一个人。我在一周前得知了她的消息，去看望了她。"

凯文的声音不知不觉地变得低柔，和他询问塞西尔时那种刻意的温柔全然不同。

　　"她过得……很辛苦，这么多年，我对她从来没有尽过父亲应尽的义务，现在我想把她接回来，让她作为莱维特家族的一员和我们一起生活，好吗？"

　　书房里沉寂了下来，塞西尔和阿诺德都没有出声。

　　阿诺德显然没想到自己还有个和塞西尔年纪相仿的妹妹，此时仍然处于惊讶的状态中。而塞西尔没说话是因为脑子里都是她的小一，很担心安妮会把她的小章鱼弄丢。

　　那个笨手笨脚的家伙行不行啊？要不然我还是回去看看吧……

　　塞西尔担心地轻蹙眉头，阿诺德微一侧脸，就看到她低垂着长长的雪色睫毛，眉宇间笼着一层淡淡的忧郁。

　　阿诺德的心里很不好受。他抬起头，明亮纯净的蓝眸如同结霜的湖泊，透出少见的冷意："如果我们说'不好'，您会听从我们的意见吗？"

　　凯文忍不住皱眉："当然不会。"

　　"那就不必再说下去了。"阿诺德走到塞西尔身边牵起她的手，不冷不热地对凯文行了个礼，"塞西尔今天很累了，我带她去休息。"

　　说完，他便拉着塞西尔走出书房，连"晚安"都没有对凯文说。

　　阿诺德和塞西尔并排走在走廊里，塞西尔脚步匆匆，一言不发，阿诺德看在眼里，忍不住一把拉住她的手腕："塞西尔，别想了。"

　　塞西尔神色忧愁："不想不行啊，安妮那么没用。"

　　阿诺德愣了一下："安妮？"

　　"对啊，小一现在在安妮的手上呢。"塞西尔看上去十分担心，"看她手抖成那个样子，我就不该把小一交给她，要是她把小一弄丢了，我上哪儿再去找只章鱼啊？"

　　原来他们敬爱的父亲在塞西尔的心里还不如一只刚买回来的宠物重要。阿诺德哭笑不得，刚要松一口气，突然想到一个严峻的问题——

父亲不如宠物重要，那他呢？他的地位不会也比那只宠物的地位低吧？

阿诺德顿时如临大敌，正要就这个问题和塞西尔好好探讨一下，一声刺耳的尖叫声突然从塞西尔房间的方向传了过来。

塞西尔和阿诺德对视一眼，立刻跑了过去。

玻璃瓶被摔碎了，碎片撒了一地，瓶子里的水全都洒了出来，安妮惊恐地坐在地上，身体抖得像个筛子。

塞西尔扫视这一地的狼藉，冷静地问道：“小一呢？”

安妮带着哭腔回道：“它……它咬了我……”

“我问的是它在哪里，不是它做了什么。”塞西尔慢慢地说道。

安妮瑟缩了一下：“它……它逃了……从瓶子里逃了出来……”

看来安妮的确是不能留了，答非所问的毛病这么多年了也改不掉。

塞西尔干脆放弃问话，直接蹲下身在各个家具的缝隙里找了起来。

阿诺德走到安妮的面前半蹲下来，温和地注视着她的眼睛：“安妮，你说它咬了你，可以告诉我它为什么咬你吗？”

原本被吓得瑟瑟发抖的安妮见阿诺德的态度如此温柔，脸上的恐惧这才稍微消散一点儿。

“我……我把面包屑扔进瓶子里，本来以为它会吃，谁知道它闻都不闻，突然就缠到我的手上了。我很害怕，就想把它扯下来，然后它就突然张开嘴……”

“嘴？”阿诺德仔细地回忆了一下小章鱼的模样，却唯独没有想起来它的嘴长在了哪里。

“嗯……嗯……它突然张开嘴，嘴里长满了尖尖的牙齿，特别可怕！”安妮像是想起了那个画面，身体又控制不住地抖了起来，“我当时都被吓傻了，然后它就一口咬在了我的虎口上，我痛得甩开了它，然后……它……它就不见了……”

她战战兢兢地把手伸到阿诺德的面前，虎口处鲜血淋漓，仔细一看，还有一排细细密密的牙印，像被针扎的一样，看得出来这些牙齿十分尖利。

"谁让你不给它吃肉？"少女清亮的声音冷不丁地响起。安妮被吓得浑身一颤，扭头一看，塞西尔不知何时已经站到了自己的身后。

阿诺德疑惑地问道："不给肉？"

"对呀，不给肉，小一当然要自己找肉吃了。"塞西尔理所当然地点头，"她的手就是肉啊。"

"你觉得它是这样想的？"阿诺德不确定地问道。

塞西尔："当然，正常人都会这么想吧。"

阿诺德开始认真地反思自己是不是一个正常人。

塞西尔拿起桌子上的肉干，在空中晃了晃："小一，出来吃肉啦！"

房间里很安静，只有安妮断断续续的啜泣声。

阿诺德："它会不会已经跑出去了？"

塞西尔举起安妮被咬伤的手，在空中晃了晃："小一，出来吃肉啦！"

安妮惊恐地瞪大了眼睛。

淡淡的血腥味在空气中弥漫开来，一阵"窸窸窣窣"的声响后，小章鱼摆动着细长的触手从衣柜下面的缝隙里慢慢地爬了出来。

塞西尔弯下腰，低柔的声音里带有诱惑的意味："小一，快过来。"

"啊！不要过来！不要吃我！不要吃我啊——"看着慢慢靠近的小章鱼，安妮突然尖叫一声，然后猛地推开塞西尔，逃命似的跑出了房间。

塞西尔不解地问道："她疯了？"

阿诺德一时无语。

小章鱼循着残留的血腥气爬到塞西尔的手腕上。塞西尔鼓励似的摸摸它的小脑袋，将肉干拿过来，期待地说："来，吃吧！"

小章鱼抬起一只触手在肉干上探了探，然后卷起肉干，以极快的速度送进了触手根部那个小小的洞口里。

好像没看到什么牙齿嘛……塞西尔专注地盯着小章鱼进食。

阿诺德忍不住在一旁出声道："塞西尔，我们不养小一了好不好？"

塞西尔头也不抬："为什么？"

"因为它会咬人，你也看到了。"阿诺德生怕小章鱼吃着吃着就咬上塞西尔一口，语速不自觉地加快了一些，"这么危险的生物不能养，还是把它处理了吧。"

"小狗还会咬人呢，你会觉得小狗危险吗？"塞西尔看了阿诺德一眼，清澈的眼中隐含笑意，"放心吧，哥哥，不会有事的。小一已经和我建立起非常深厚的友谊了，对不对，小一？"

正在进食的小章鱼满足地眯起眼睛，濡湿漆黑的触手缓缓地缠上少女的手指，像是在亲昵地回应她。

塞西尔笑得眉眼弯弯："看吧，哥哥。"

阿诺德没有说话，只是定定地盯着小章鱼。不知道是不是他的错觉，他总觉得，小一的身躯……似乎变大了？

黏腻细长的触手在少女白皙的脸颊上慢慢地扫过，少女睫毛微颤，惺惺忪忪地睁开了双眼。宝石般通透的眼眸里浮现出片刻的迷茫，但在触手的骚扰下，她很快便清醒了过来。

"小一，你又饿了？"塞西尔揉了揉眼睛，慢吞吞地从床上坐起来。

小章鱼从她的手臂上爬到空空如也的骨瓷盘上，触手在边沿上用力地点了点。

短短一夜之间，它就吃掉了整整一盘的牛肉。

塞西尔打了个哈欠，迷迷糊糊地说："等一下，我让人送肉过来……"

小章鱼这才乖乖地爬回玻璃水缸里，收起触手，在漂浮的水草中眼巴巴地看着塞西尔。

距离安妮被咬已经过去了三天。塞西尔以安妮受伤不能服侍自己为由，让凯文把她安排到别处去了。原本凯文应该无缝衔接地安排一位新的女仆给塞西尔，但他这三天一直都在为莉娜搬过来做准备，一时间也就忘了这件事。

好在塞西尔并不在意，甚至乐得清静。

这三天里，除了塞西尔，全宅邸的人都在为了迎接即将到来的新小姐而忙碌，就连阿诺德也好巧不巧地被骑士团的工作绊住了，这样一来，整个宅邸上上下下居然只有小章鱼陪伴塞西尔。

莱维特伯爵为莉娜准备的新房间距离塞西尔的卧房很近，为了装扮房间，佣人们整天在走廊里走来走去，吵得塞西尔头痛，因此白天的大部分时间，她和小章鱼是在蔷薇园里度过的。

蔷薇园是塞西尔的母亲在世时亲手布置的，如今俨然变成一处用来睹物思人的伤心之地。园里平时只有一位名叫兰尼的园艺师出入，相比宅邸里的其他地方，这里要隐秘安静得多。

塞西尔提着裙摆，踮起脚，小心翼翼跨过脚下的蔷薇，走到秋千架前坐了上去。小章鱼从细细的玻璃瓶里钻了出来，一路蜿蜒爬行，无声地抵达塞西尔的手心，圆溜溜的绿眼睛一眨不眨地盯着塞西尔。

"今晚莉娜就要来了，小一，我们一起送她个见面礼好不好？"塞西尔将它捧到眼前，轻声细语。

小一眨眨眼睛，好像在听话地回应她。

"好，那你到时候听我指挥。"塞西尔信心满满，"只要你能把她吓哭，我就奖励你一大盆牛肉。"

小一立即挥舞触手，看上去十分兴奋。

在共同相处的这段时间里，塞西尔发现小一其实非常好养活。首先，它是纯粹的食肉动物，肉以外的东西一概不吃，要是给它吃蔬菜的话，它还会生气，所以塞西尔根本不用考虑食物营养配比的问题；其次，它似乎能听懂人说话，不但能跟上塞西尔的指挥，还能给予她正面的反馈。

还有比它更聪明、更可爱的动物吗？

塞西尔高兴地和小章鱼互动了一会儿，便把它放到秋千上，然后自己跳下秋千，开始一朵朵认真地采摘白色的蔷薇。她的动作慢条斯理，透着无言的温柔，阳光落在她的身上，仿佛时间都慢了下来。小章鱼在秋千上玩腻了，就爬到藤蔓上安静地看着她。

不知过了多久，塞西尔终于停止了采摘，将白蔷薇与藤蔓编织在一起，制成一个美丽的花环，然后在自己的头上试戴了一下，又拿了下来。

最后她对小章鱼伸出了手："小一，我们走吧。"

塞西尔带着小章鱼去了城郊的墓园。

墓园里一片死寂，连飞鸟掠过都是悄无声息的，似乎不忍打破这份肃穆的氛围。

塞西尔站在一座干净的墓碑前，将用蔷薇编织的花环轻轻地放了上去。

这是她母亲的墓碑。母亲生前最喜欢白色的蔷薇花，死后，棺椁里也铺满了白色的蔷薇。

可惜母亲离开得太久了，棺椁里的白蔷薇早已枯朽。

塞西尔伸出手将墓前的浮灰掸净，然后挨着墓碑坐了下来，脑袋靠在一侧，雪白的睫毛低垂，宝石似的眼眸雾茫茫的，浮着幽幽的光。她像是在缅怀着什么，又好像什么都没有想。

她的身形纤细，此刻靠着冰冷的墓碑显得格外瘦弱。小章鱼趴在她单薄的肩上，认真地看着她，小触手安静地伏了下来，看上去出奇地乖巧。

一切都安静下来，只有蔷薇的幽香环绕着他们，温柔而恬淡，像是母亲无声的拥抱。

夕阳西斜，天空呈现出绚烂的暮色，金色的余晖洒在少女纯白的长发上，为她镀上一层薄薄的金辉。

她面容恬静美好，呼吸清浅绵长，显然正在熟睡中。倏然，她像是被什么惊扰一般，纤长如蝶翼的睫毛微微颤抖，下一秒便醒了过来。

她刚刚睡着了。

塞西尔恍惚地站了起来，迷迷糊糊地呢喃道："小一？"

小一没有任何回应。

"小一？快出来，我们该回去了！"她顿时清醒，围着墓碑开始四下寻找起来。

小章鱼像是蒸发了一样，到处看不到它的身影。而这里不比家里的房间，这座墓园占地面积宽广，不仅有很多坟墓，还种满了树，想要在这里找到一只小小的章鱼简直是大海捞针。

塞西尔停下脚步，仔细地回忆了一下安妮被咬时的情形。

当时她试图用肉干吸引小一，但并没有用，后来她又举起安妮的手，而安妮的手上有血……

难道是血的气味吸引了小一？

塞西尔扬起右手，双唇微动。一道细细的幽蓝流辉凭空出现，化作刀刃在她的指尖划过，血珠瞬间渗了出来。

"小一，出来进食了。"她轻轻地唤道。

微风拂过，塞西尔身后的树丛发出细碎的声响。她顺着动静转过身，果然看到漆黑的小章鱼从树丛间慢慢地爬了出来。

塞西尔勾了下唇角，用左手轻抚了下滴血的指尖。一簇柔和的光晕笼罩在伤口的上方，几乎瞬间伤口便痊愈了，连一点儿血迹都不剩。这是她闲着没事学的治愈术，没想到还有用到的一天。

小章鱼爬到她的手背上，嗅了嗅那只完好如初的手指，不满地挥舞起触手来。

"你不会真的以为我会把自己送给你吃吧？"塞西尔好笑地点了一下小章鱼的脑袋，"走，找吃的去。"

她扭头看了墓碑一眼，然后带着小章鱼走到守墓人的小屋前。

精神矍铄的守墓人一瘸一拐地从小屋里走了出来，笑眯眯地说："莱维特小姐，又睡着了吧？"

"还真被您猜中了。"塞西尔浅浅一笑，"索尔爷爷，您这儿有一盆生肉吗？"

守墓人捋了一把胡子："有是有，不过你要那么多生肉干什么？"

"您别问那么多，有就行了。"塞西尔将胸前的水晶胸针取下来，双手递给守墓人。

"既然莱维特小姐需要，那我这就去拿给您。"守墓人乐呵呵地收下胸针，转身回了屋里。

很快，他捧着一盆血淋淋的生肉走了出来，径直送到塞西尔的马车上。塞西尔与他行礼道别，坐上马车离开了墓园。

等到她回到宅邸的时候，天色已经完全黑下来了。

她走下马车，嘱咐驾车的用人将车内的空盆处理掉，然后又看了一眼门前泥地上的车辙印，侧首对肩头的小章鱼嘀咕道："小一，莉娜已经来了，还记得我们的计划吗？"

小章鱼懒洋洋地抬了下其中一只触手，一副"我办事你放心"的大佬姿态。小章鱼看上去实在是太自信了，塞西尔姑且选择相信它。

夜色沉沉，塞西尔将小章鱼藏入袖子里，缓步走入偌大的宅邸。

宅邸里的仆人们忙进忙出，他们见到大小姐孤身一人，匆忙地对她低头行礼，却又眼神躲闪。塞西尔心知肚明，直接向着最热闹的会客厅走去。

会客厅里灯火明亮，年迈的管家正笔直地站在门侧。他看到塞西尔，深深行礼："小小姐，您来了。"

塞西尔微一挑眉："怎么？有贵客在吗？"

管家没有再回答，只是恭敬地退至一边。塞西尔不紧不慢地走进去，双足踩在柔软的深色地毯上，无声无息，像是一只落在软垫上的猫。

室内只有三个人，他们正背对着塞西尔，没有人发现她的到来。其中两个高挑的金发男人分别是凯文和阿诺德，而剩下的那个金发少女，无疑就是莉娜了。

他们都拥有美丽的金色头发，站在一起的时候就像真正的一家人，一头雪白长发的塞西尔反而更像是凯文的私生女。

不过塞西尔倒是更喜欢自己的发色。

她清了清嗓子，试图吸引他们的注意力："爸爸、哥哥，这个人是谁呀？"

三个人听到她的声音，齐齐转过身来。凯文立刻扬起笑脸，阿诺德的脸色倒是有些冷峻。

不过塞西尔的注意力并不在他们的身上，塞西尔关注的是那位美丽的少女——莉娜·莱维特，像雏菊般纯洁的少女，正眨动着那双比塞西尔更温暖的蓝眸，拘谨地回望着塞西尔。

真是一位可爱的女孩儿！塞西尔在心底无声地感慨：如果不是被命运逼迫，自己还真不忍心和这样美好的女孩子作对。

在塞西尔审视莉娜的同时，莉娜也在打量着塞西尔。莉娜看着眼前这个雪发蓝眸的少女，眼中闪过一丝惊艳之色。她磕磕巴巴地介绍自己："你……你好，我叫莉娜，是……"

不等她说完，凯文便出声打断了她的话："塞西尔，她就是我之前提过的莉娜，也是你和阿诺德的妹妹。"凯文望向自己的儿女，眼神里充满鼓励："快向莉娜介绍一下你们自己。"

阿诺德对上男人的目光，随即侧转过身，对莉娜微微行礼，脸上的表情礼貌而疏离："我叫阿诺德·莱维特，是塞西尔的哥哥。"

简短，冷淡，透着距离感。

但莉娜并不介意，露出腼腆的微笑，在灯光的照耀下熠熠生辉："阿诺德……哥哥，您好。"

一旁的凯文顿时欣慰地点头，转而望向安静的塞西尔。

该她出场了是吗？塞西尔认真地调整情绪，一秒切换到恶人模式。回顾原作中的剧情，她傲慢地仰起脸，用余光不屑地看莉娜："我听说你是个平民，对吧？我可不喜欢平民身上的味道，请你离我远一点儿。"

听听这番话，看看这嘴脸，多么完美的恶人做派啊，还有谁能超越她吗？

塞西尔满意地弯起嘴角，抬眸去看其他三个人的反应。

莉娜自然是不用说，被她羞辱得手足无措；阿诺德也有几分无奈，但并没有显露出责怪的意思；反应最为激烈的是她的父亲，看向她的目光里充满愠怒与斥责，仿佛下一秒就要拉她去书房里关禁闭。

塞西尔对此视若无睹，反正她在书房里藏了零食，就算真的被关禁闭也不怕。

"塞西尔，你太无礼了，现在立刻向莉娜道歉。"凯文沉着声音斥道。

"不用了，父亲，姐姐也没有别的意思……"莉娜弱弱地打圆场。

塞西尔闻言翻了个白眼，将"骄纵"二字演绎得淋漓尽致。

"你……"凯文阴沉地看着她，最终还是忍住了，"塞西尔，你太不懂事了！"

塞西尔："哼！"

场面一度变得十分尴尬，空气中弥漫着紧张的气氛，好在管家适时地进来，打破了这个糟糕的局面："老爷，陛下传召。"

凯文听了顿时恢复冷静，对阿诺德留下一句"照顾好妹妹"便大步离开，很快，会客厅里只剩下兄妹三个人以及藏在塞西尔袖子里的小章鱼。

阿诺德拉开桌边的椅子，对莉娜说："父亲说你还没有吃饭，刚好塞西尔也才回来，不介意的话就一起吃吧。"

莉娜不安地蹙眉："不用等爸……父亲吗？"

"不用。"阿诺德神色平淡，"他今晚应该不会回来了。"

"那……那好吧。"莉娜绞着十指，慢慢地坐下来，言行举止间仍然有些局促。

"塞西尔，到我这边来。"阿诺德换上温柔的表情，拉着塞西尔坐到自己的身边，然后安抚地摸了摸她的头发。

纯白的长发像雪一样披散在少女的肩头，璀璨的灯光照下来，流转着晶莹剔透的色泽。莉娜入迷地凝视塞西尔的长发，不禁脱口而出："为什么你的头发是白色的？"

她可真会问。

阿诺德的眼神在一瞬间变得阴郁，塞西尔却没什么感觉。

"因为我遗传了母亲的发色。"她说。

"啊！"莉娜顿时意识到自己说错了话，"对不起……"

她在来的路上就已经被管家介绍过莱维特家族的大概情况了，自然也知道塞西尔的母亲去世已久。只是，她并不知道那位夫人的发色是纯白的。

塞西尔没有再搭理她。

就在莉娜犹豫着要不要再说点儿什么的时候，仆人端着丰盛的晚餐进来了。热汤、主菜、甜点一应俱全，可口的食物被摆放在精致的瓷盘中，飘出阵阵香味，莉娜看得眼花缭乱。她从未见过如此丰盛的菜肴，更别提吃了。虽然很想尝一尝，但对面的两个人还没有开动，她只好忍住饥饿，端正地坐在座椅上。

阿诺德看出莉娜饿得不轻，大方地说道："不用拘谨，吃吧。"

"谢……谢谢你，阿诺德哥哥。"莉娜不好意思地道谢，拿起刀叉，低头安静地吃了起来。

阿诺德与塞西尔也开始用餐，一时间餐桌旁只剩下默默地进食的声音。

塞西尔琢磨着时机差不多了，便在桌下捏了捏小章鱼的脑袋，示意它出来干活儿。

小章鱼得到指令后，灵活地从袖子里爬了出来。它顺着桌子腿爬到光洁的瓷砖上，又经历一番长途跋涉，爬到了天花板上，最后"吭哧吭哧"地攀上了正对莉娜头顶的那盏大吊灯。

塞西尔全然不知它这多此一举的潜行路线，还在暗暗奇怪小一到底跑哪儿去了，怎么迟迟没有出现？

她放下银叉，打算低头找找，忽然，莉娜上方的吊灯轻轻地晃了晃。漆黑的小章鱼出现在金色的吊灯上，触手缠着垂坠的水晶在空中摇晃。听到声响的三个人齐齐抬头，只听"啪嗒"一声——小章鱼从吊灯上掉了下来，狼狈地掉进了盘子里。

它试图用触手支撑自己从盘子里爬起来，然而盘子里有一汪浅浅的油，它刚支棱起来，就因为触手打滑而再次摔了回去。

这一幕过于滑稽，莉娜"扑哧"一声笑了出来。

"成事不足，败事有余。我让你从她的领口钻出来，没让你从吊灯上掉下来，更没让你表演太空步，这点儿事都做不好，你是听不懂人话吗？"家宴一结束，塞西尔便立即回到房间里开始教训小一。

小章鱼早已爬回了自己的水缸里，委屈巴巴地缩在长满水草的角落里，用触手包裹着小脑袋，将自己蜷成一个球，一眼也不敢看塞西尔。塞西尔见它一副可怜兮兮的样子，忍不住叹了口气："算了，算了，以后还有机会。你现在吓不到她是因为你太小了，只要你努力长大，变成一只大章鱼，一定能把她吓哭。"

小章鱼听了顿时放下触手，失落的情绪一扫而空，圆溜溜的眼珠子直直地盯着塞西尔，里面泛着激动的光——它已经在畅想美好的未来了。

显然这只小家伙并没有自我反省的意思，塞西尔无奈地叹了口气，拿起一旁的牛肉，继续认命地喂起食来。

今天真是出师不利，她本想吓一吓莉娜，没想到还把莉娜逗笑了，这让顺风顺水的塞西尔第一次体会到了挫败感。好在莉娜并不知道这只小章鱼的主人是谁，只觉得一直在盘子上狼狈打滑的小章鱼有点儿可爱，甚至还想带走它，还好被阿诺德及时制止。

"这种不明生物还是不要接触为好，以免染上未知的疾病。"他以这个理由打发走莉娜，然后提起盘子里的小章鱼，无奈地询问塞西尔："小一怎么会出现在吊灯上？"

"这你就得问它了。"塞西尔若无其事地将小章鱼从阿诺德的手里夺过，并将它身上的油蹭到他的袖子上。

"我知道你不喜欢那个孩子，我也不喜欢。"他弯下腰，温柔地看着塞西尔。

塞西尔："你为什么不喜欢她？"

"因为我的妹妹只有你一个。"

塞西尔轻眨眼睛，有些动容。

"好了。"阿诺德揉揉塞西尔的小脑袋，轻声道，"我们回屋吧。"

塞西尔设计的"初见杀"虽然失败了，但她并不气馁。之后的几天，她用一种近乎严谨的钻研精神给小章鱼喂遍了各种各样的食物，发现小章鱼无论吃什么，都没有明显的成长迹象。

虽然想要小章鱼在短短几天内发生变化原本就是不可能的事，但塞西尔还是觉得，小章鱼每天吃那么多都不长，与食物的成分多少有点儿关系。

塞西尔整天忙着倒腾小章鱼，她的父亲凯文也没闲着。

再过几天圣埃德蒙学院就会开学，凯文要确保莉娜能够顺利入学。这是亚斯塔帝国顶尖的魔法学校，他自己和阿诺德都曾是这个学院的学生，如今塞西尔也是其中的一员。

学院招生的要求非常严苛，要么是世袭三代以上的贵族子弟，要么是天赋异禀的优等生，除此之外的普通学子，一辈子都没有进入学院的资格。

莉娜虽然已经被冠以莱维特的姓氏，但毕竟是私生女，之前学院也有过私生子不得入学的先例。以防万一，凯文还是提前与学院的董事会沟通了一下。

一周后，圣埃德蒙学院开学了。

一大早，凯文就提议塞西尔和莉娜共乘一辆马车去学院，但塞西尔以"不想被学院的同学取笑"为由拒绝了他，并独自爬上马车先行离开。

诚然，有一部分原因是游戏中的台词就是这样的，但大部分原因是塞西尔有需要隐瞒的秘密，必须掩人耳目。

马车在高大沉重的雕花铁门前停下，庄严肃穆的灰白色建筑群随之映入眼帘。

学院大门前挤满了贵族们的马车与仆人，塞西尔跳下马车，避开人群，飞快地跑向教学楼后的一座位置偏僻隐秘的黑色塔楼。

在距离塔楼还有十多米的时候，塞西尔周围的空气忽然泛起透明的涟漪，少女纤细的身影没入涟漪之中，如同被什么看不见的空间吞噬一般，霎时间便消失不见了。

这座古怪的塔楼被学生们称为"黑塔"，是黑魔法顾问博德·姆菲尔德的工作场所兼休息地。博德并不是学院的老师，只是学院聘请来制造黑魔法器的顾问，因此他不需要为学生们授课，只要安心地进行自己的研究就行。这位黑魔法顾问的脾气很不好，非常讨厌被打扰，所以学院下令不允许任何人进入黑塔，否则出现任何问题，后果自负。

但塞西尔是唯一的例外。虽然当初她也只是无意中闯入了这片禁地，但博德并没有惩罚或驱逐她，反而将她留了下来，收为自己的学生。

博德会做出这个决定的理由很简单——他特别喜欢有白色头发的人。

"你今天打算教什么？我先说好，要是再用什么'幽暗低语'之类的低阶法术来糊弄我，我就不学了。"塞西尔坐在一堆半透明的幽魂中间，兴味索然地说道。

"小东西，'幽暗低语'可不是什么低阶法术。"博德顶着一头乱糟糟的黑发，整个人看起来无精打采，眼下的黑眼圈更是深得吓人，"这个法术可以扰乱人的心智，在战场上是可以一招致胜的关键，你可不能小看了它。"

塞西尔耸肩："那又怎么样？我又不上战场。"

博德放下手里的试管，抬起头，露出一张阴鸷又萎靡的脸。他盯着塞西尔，忽然慢悠悠地开口道："你带了什么东西在身上？"

塞西尔顿了一下，掀开自己的小口袋。一只黑黑的小章鱼蠕动着细长的触手从口袋里爬了出来，留下一行湿湿的水渍。

"这是什么？"博德微微睁大困乏的灰眸，语气有些好奇。

塞西尔摊开手，让小章鱼趴在自己的手上："是我的宠物。"

"我不是问你这个，我的意思是，"他死死地盯着塞西尔手上的小章鱼，试图伸出手碰一碰它，"这是什么生物？"

博德苍白细长的手指慢慢地伸向小章鱼的脑袋，小章鱼如临大敌，猛地弹出几根触手，瞬间缠绕住博德的手指，将它们紧紧地绞住。

塞西尔："是章鱼啊。"

"章鱼？那是什么东西？"博德越发感到迷惑，他从未听说过"章鱼"这个词汇，也从未见到过这么奇怪的生物。

"说了你也不懂。"

塞西尔从随身携带的小挎包里掏出一根风干牛肉，小章鱼立刻松开博德的手指，迅速地移到塞西尔的手边，并用触手抱着牛肉"呼噜

"呼噜"地吃了起来。

"其实我把它带来是想请教你，这个小家伙怎么吃都不长，你觉得应该喂它吃什么才能让它快速地长大呢？"

塞西尔求教的态度十分认真，这让博德也下意识地摸了摸下巴，认真地打量起进食的小章鱼来。

"嗯……因为是从未见过的物种，所以很有可能是尚未发现的魔法生物。既然吃人类的食物不管用的话，不如喂它点儿魔力试试。"

"魔力吗？"塞西尔微微沉吟，"那我试试看。"

"不过我不建议你用自己的魔力喂它，毕竟那对你的消耗有点儿大。"博德慢吞吞地提醒她，"你的魔力还要用来学习更多的黑魔法，不能浪费在这种地方。"

塞西尔："不用我的魔力用谁的？你的吗？"

博德闻言，慢慢地扬起一个近乎阴暗的微笑，憧憧的烛火映在他苍白的脸上："你是我的学生，自然有上百种方法可以得到充足的魔力。"

塞西尔明白了他的意思。

学习黑魔法并不能代表这个人是邪恶的，但博德绝对是因为本性邪恶才会去学习黑魔法。用他的话说，他从小痴迷黑魔法并不是因为对黑魔法感兴趣，只是因为黑魔法更适合用来杀人而已。从本质上来说，这家伙是个不折不扣的疯子。而他之所以会提出这样的建议，是因为他一直深信塞西尔有着与他相同的本质。

"如果有需要的话，"塞西尔微笑道，"我会考虑你的提议。"

学习的时光很快就结束了，学院里的学生纷纷走出教室，三五成群地走在一起，欢声笑语，充满了青春活泼的气息。

莉娜因为私生女的身份，没有交到一个朋友，只能一个人下课回家。她失落地站在刻有莱维特家徽的马车前，默默地寻找塞西尔的身影，但直到学生快走光了也没有看到塞西尔，最终只能失望地爬上马车独自回家。

"可算是走了。"塞西尔从树后走了出来，长舒一口气。

其实按照原剧情，她是和莉娜一起回家的，但那意味着她要在马车上侮辱莉娜去世的母亲。看着莉娜那张惆怅的小脸，她实在是不忍心。毕竟她自己的母亲也去世了，她很清楚那种被人揭开伤疤的痛。

为了避开莉娜，塞西尔一直等到天黑才走。回去的路上，马车不紧不慢、晃晃悠悠，塞西尔在车里几乎快要睡着了，小章鱼忽然从她的口袋里探出脑袋，迅速地爬到深色的窗帘下。它用触手掀开窗帘，半截身子爬到车外，似乎要离开马车，然而爬到一半时又停了下来，扭头望向马车内的塞西尔。

它用细细的触手敲了敲窗沿，试图叫醒塞西尔，可惜塞西尔被马车晃得昏昏欲睡，完全没有注意到那点儿细微的声音。

小章鱼收回触手，圆溜溜的眼珠直直地盯着塞西尔。

下一秒，塞西尔的眼皮微微动了动，她慢慢地睁开双眼，恍惚地看着上方的车顶，脑海中的记忆像雾一样悠悠荡荡地散掉了。

刚才，她好像听到了一阵隐约的呓语——清冽、模糊的，如同少年的呓语。

是她在做梦吗？但是她无论如何也回忆不起来梦里的内容。塞西尔摇了摇头，慢慢地坐直身体。

"小一，你在干什么？"她望向趴在窗沿上的小章鱼。

小章鱼立刻用触手指了指车外一个越来越远的小巷，亮晶晶的眼珠里写满了渴望。

塞西尔："你要去那里？"

小章鱼重重地点头，全身的触手都在飞快地舞动。

小一似乎非常想去那个小巷，说不定里面有什么令人在意的东西。塞西尔微一沉吟，让驾车的仆人驶回小巷旁，停了下来。

"小姐，天色已经很黑了，请务必让我跟随您一起前往。"仆人担心地说道。

"不用了，你在这里等我就好。"塞西尔不以为意地挥挥手，头也不回地走进漆黑的小巷里。她可不想让父亲知道她偷学黑魔法这件事。

小巷里潮湿阴暗，细窄逼仄，散发着腐臭刺鼻的气味。塞西尔眯起眼睛，看到巷道深处有一个黑漆漆的人影正在不停地抽动——是血的味道。

塞西尔隐约明白了这里正在发生着什么。她低头看了一眼袖口处的小章鱼，发现这只小家伙异常兴奋，已经在迫不及待地挥舞触手了。果然，它也闻到了血腥味。

塞西尔无声地叹息，放轻脚步，继续一步一步地向前走去。在她估摸着自己差不多该被发现了的时候，那个不停抽动的人影终于停了下来。

暗淡的月光洒进这个阴森的小巷里，照亮深处那血腥的一幕。

一个女人躺在血泊中，如同一块破败的烂布，看上去早已断了气，而一个男人正跨坐在她的身上，手举匕首，眼中跳动着疯狂的光芒。

男人似乎听到了越来越近的脚步声，警觉地转过头来，嗓音粗哑地质问道："谁？"

月光缓缓偏移，落到来人的脸上，雪发蓝眸的少女如同不染纤尘的天使，站在脏污的血水中轻轻地微笑："只是个过路人而已，你呢？"

"过路人？"男人没有回答塞西尔的问题，从尸体上慢慢地起身，手中染血的匕首在黑暗中闪过冷厉的光，"你看上去可不像是个普通的过路人。"

"爱信不信。"塞西尔耸了耸肩，目光扫向那具残破不堪的尸体，"你还没有回答我的问题呢，你是谁？那个女人又是谁？"

男人审视她，眼中逐渐生出淫邪的光："怎么？你对那个女人感兴趣？"

塞西尔点点头："的确有点儿兴趣，不过我对你做的事更感兴趣。"

"是吗？既然你这么感兴趣的话，那不如现在就来亲身体验一下吧……"男人猥琐地笑了起来，举起匕首向塞西尔一步步地靠近。

踩在血迹上的靴子发出沉重的声响，巨大的阴影落下，男人魁梧的身形如同一堵厚实的墙，慢慢地逼近塞西尔。听着男人回荡在巷子里的笑声，塞西尔面无表情地微启双唇。

空中不知何时升腾起灰色的雾，雾中响起"窸窸窣窣"的如同老鼠般的动静，忽远忽近，忽隐忽现，密密麻麻地重叠交织在一起，仿佛就在耳畔回响。

男人身体一僵，忽然不安地望向四周，手中的匕首也随之掉落下来："什么声音？什么人在装神弄鬼？"

塞西尔闻言唇角微扬，露出小小的笑容——看来博德教的"幽暗低语"还是有点儿用处的，不过，仅仅这样可不够。

她把目光偏移到那具惨死的尸体上，口中默念晦涩的咒语："亡灵召唤。"

尾音幽幽地沉入黑暗，取而代之的是一道面目模糊的半透明人影在她的面前无声地浮现。这个人影的五官已经扭曲了，但破败的模样和地上的那具尸体完全一致。

男人在看到人影的一瞬间，竟然发出一声尖厉的惊叫："啊！"

塞西尔轻轻地开口道："怎么了？是你的熟人吗？"

"不要过来！不要过来！你敢过来我就能再杀你一次！不要过……啊！"

男人根本无暇理睬塞西尔，尖叫着跑向巷道更深处。亡灵宛如一头饥饿的野兽，迅速地追了上去，黑暗中传来一阵撕心裂肺的惨叫。

"胆小鬼。"塞西尔摇摇头。她揪出口袋里的小章鱼，一板一眼地教育它："下次不要一闻到血味就到处乱跑，你看刚才多危险啊，我差一点儿就要死在那个变态的手里了。"

小章鱼歪着脑袋，完全看不出来刚才的情形对她来说哪里危险了，但还是听话地眨了眨眼睛，晶亮的眼珠在黑暗中显得格外真诚。

"好，那我们回去吧。"

塞西尔将小章鱼重新塞进口袋里，转身向小巷外走去。在轻盈的脚步声中，小章鱼无声无息地探出一根柔软的触手，慢慢地伸长、延展，无数根纤细如毛发的分支从触手上垂下来，如同水中的丝线，飘飘荡荡地没入黑暗里。像是被吸收了一样，尸体以一种肉眼可见的速度萎缩，很快消失在无尽的黑暗中。

小巷恢复了宁静。

第二章

食 物

　　塞西尔一回到宅邸，就看到凯文身边的老管家正站在自己的房门外等候，身姿挺拔，表情看上去没有任何不耐烦。

　　"小小姐，"看到塞西尔走近，管家躬身行礼，沉稳地开口道，"老爷正在书房里等您。"

　　塞西尔毫不意外："知道了。"

　　她随管家一起来到书房的门外。管家停下脚步弯腰示意，塞西尔独自推门走了进去。

　　"塞西尔，你又不敲门。"坐在书桌前的凯文站起身，用略带责怪又无奈的眼神看向雪发的少女。

　　"下次一定。"塞西尔答应得很娴熟，话锋一转，直接进入主题，"已经这么晚了，爸爸找我有事吗？"

　　凯文闻言，脸色变得严肃了些，英俊儒雅的五官也因此多了一丝少见的冷峻，这是他在家时极少会露出的模样。

　　"我听说你今天没有和莉娜一起回来，对吗？"

　　果然是因为这件事。塞西尔点点头："对啊。"

　　"你是莉娜的姐姐，塞西尔。"凯文耐心地教导自己这个骄纵的女儿，"莉娜刚刚进入学院，还不熟悉学院里的一切，你应该多帮助她。"

塞西尔："和她一起回来就是帮助她吗？"

凯文一愣："当然。莉娜独自一人会很孤单，你在她的身边会让她感觉好很多。"

真是细腻的父爱！

塞西尔微移眼眸，看上去不是很想和面前的父亲讨论这件事情。凯文见她似乎心有不满，本想加重语气，但想了想还是憋了回去。

"塞西尔，爸爸知道你不是很欢迎莉娜。但莉娜真的是个好孩子，你可以试着和她多接触一些，爸爸相信，要不了多久，你们一定会亲密无间、无话不谈。"

塞西尔依然没有搭理他。她不是不欢迎莉娜，是不想加速自己的"作死之路"。她不招惹莉娜会被世界杀死，招惹莉娜会被莉娜的"攻略对象"们杀死，想要在这二者之间平衡求生，她也很难啊！

"还是说，你是对爸爸有意见呢？"凯文突然问道。

也有这个原因……塞西尔点点头，诚实地告诉他："爸爸太烦人了，连带着爸爸的女儿也有点儿烦人。"

凯文觉得好笑道："可你也是爸爸的女儿啊。"

塞西尔："所以我也烦人呀。"

凯文一时语塞。有的时候，他真的无法理解塞西尔这孩子的想法……不，应该是大部分的时候他无法理解。

凯文脸上露出啼笑皆非的表情，灯光柔和了他锐利的脸部线条，使他在不知不觉间变回了温柔的慈父。他弯下腰，揉了揉塞西尔雪白的长发，低声道："塞西尔，是爸爸的错。"

塞西尔不明所以地看着他，不明白他又想说什么。

"我没有抚养女儿的经验，原本以为这会和养大阿诺德一样简单，但你和阿诺德……很不一样。"凯文的眼神忽然变得柔和而邈远，他似乎正在透过塞西尔看向某个遥远的地方，"如今除了你，又多了一个莉娜，这让我更加不知所措了。你们都是女孩儿，我作为父亲，很多时候并不能照顾到你们的所有情绪。"

凯文表现得像个初为人父的青年，但塞西尔很清楚，他才不会有这么不知所措的时候。

"所以，我最近一直在想，或许你们需要一个比我更合适的人来陪伴你们，教导你们——一个温柔的、优雅的、共同的母亲。"凯文微笑道，"你觉得呢，塞西尔？"

这是什么意思？他说得这么冠冕堂皇，其实就是想给他们添个后妈呗！这是为了他们考虑吗？分明就是他自己想再婚了吧！他嘴上这么说，说不定心里都有看中的人选了，呸！

塞西尔再一次在心里表达了对眼前男人的鄙视后，从座椅上起身。

"我无所谓，你爱怎么搞就怎么搞吧。"她兴味索然地转身向外走，像是想起了什么，脚步忽然顿了顿，"只要别忘了母亲就好。"她不认为被这样的男人惦念着是一件值得高兴的事，但母亲希望这样，那么她就不会允许这个人忘记母亲。

凯文微愣，神情意外地有些怔忪。塞西尔说完这句话后，便头也不回地离开了。

塞西尔回到自己的房间里后，第一时间便是去看水缸里的小章鱼。

她原本是打算回来后喂一些魔力给小章鱼的，但凯文打乱了她的计划。她只好先将小章鱼放回水缸里，连食物都来不及喂。

"可怜的小家伙，你现在一定很饿了吧？"塞西尔敲敲玻璃外壁，期待地看着水缸里的动静，"出来吧，开饭啦。"

水草轻微地摇摆，没一会儿，小章鱼从水草后面慢悠悠地游了出来。

这个反应……小章鱼好像不是很饿啊。察觉到它与平时截然不同的态度，塞西尔狐疑地蹙眉，隔着玻璃认真地打量起小章鱼来。

嗯，它看上去和平时没什么差别，眼睛还是那么圆那么大，触手还是那么多，身体还是那么黑……一定要说点儿什么的话，它似乎有点儿变大了。

塞西尔有点儿怀疑自己的眼睛，用力地眨了两下眼睛，又仔细地盯着小章鱼一会儿，终于可以确定：小一的确是长大了，虽然看上去不是很明显。

看来多吃肉还是有用的嘛！塞西尔开心地拍了下水缸，小章鱼迷惑地眨了眨眼睛，慢吞吞地从水缸里爬了出来，径直爬到她的手上。

"好样的！小一，你终于长大了！"她鼓励地点点小章鱼的脑袋，笑眯眯地说，"要继续长下去呀，我还会给你更多肉的。"

小章鱼听到这番话后顿时高兴地眯起眼睛，从触手的根部下方吐出一连串泡泡，如同彩虹一样泛着斑斓的光。

"还会吹泡泡，小一，你真是多才多艺！"塞西尔毫不吝啬地夸奖小章鱼，小章鱼闻言吐得更欢了。

就在一人一鱼玩得正开心的时候，门外响起了平稳的敲门声。

"小小姐，睡了吗？"是管家的声音。

塞西尔微微提高声音："没有，怎么了？"

"老爷让我过来问您，明天是否与莉娜小姐一同上学？"

又是这个问题。塞西尔下意识地准备拒绝，忽然想起来一件重要的事——按照游戏中的剧情，明天莉娜会在学院里偶遇第一位"攻略对象"，也就是说恶毒千金明天必须在场。

到了她这个"工具人"妨碍主角的时候了，塞西尔立即改变主意："好吧，都依爸爸说的。"

"是。"

管家离开了。塞西尔将小章鱼捧起来看了看，又遗憾地摇了摇头。可惜啊，如果小章鱼能长得再可怕一点儿就好了，这样明天它也能发挥一下作用。

现在算了，还是她自己上吧。

第二天，塞西尔如约与莉娜共乘一辆马车。

车厢内，金发少女与雪发少女各坐一面，互不说话，空气如同凝结的冰般死寂。

塞西尔靠在椅背上，侧头望向窗外，一副心不在焉的样子。莉娜紧张地攥紧裙摆，多次用余光偷偷看她，试图打开话题："那个……

你愿意和我一起上学，我好高兴。"

塞西尔单手托腮，百无聊赖地看着窗外："你别会错意，我可不是自愿的。"

莉娜："啊？"

塞西尔："只是父亲的要求而已，你要感谢就去感谢他吧。"

"哦……哦，好的。"莉娜顿时情绪低落了，连说话的声音都沮丧了些。

车厢内重归安静，塞西尔没什么变化，莉娜倒是肉眼可见地蔫了下去。

"他和你说了吗？"又过了一会儿，塞西尔忽然冷不丁地开口道。

"什么？"莉娜没想到塞西尔居然会主动搭话，立即打起精神。

"关于新的母亲。"

塞西尔说得非常言简意赅，但莉娜还是听懂了。她咬了咬下唇，然后将碎发拨到耳后，轻声细语道："我觉得这是件好事，其实我自己能照顾好自己，比起我的生活，我更关心父亲这些年是怎么度过的。他一直没有再婚，想必内心也很孤单吧。我希望他不要再沉浸在过去的愧疚中，而是能放手去爱，去追求自己的幸福。"

你想多了，你爸这些年过得幸福着呢，比你这个整天吃糠咽菜的"灰姑娘"不知道要幸福多少倍。塞西尔觉得莉娜实在是太天真了，天真得令自己都不忍心打破她的幻想，于是强行结束这个话题："到站了，下车吧。"

塞西尔率先跳下马车，又梳理了一遍大概的时间线。

她与莉娜一同下马车后，会前往白鸮楼开始今天的课程。为了抄近路，接下来她会带着莉娜去走一条偏僻的小道，然后在这条小道上，莉娜会突然一个平地摔，正好撞上迎面跑来的公爵独子，也就是游戏里的第一个"攻略对象"——艾利克斯·奥狄斯。

这么一看，塞西尔的任务就很简单了——只要让莉娜在合适的时机摔倒就好。

"塞西尔，我们好像快迟到了。"莉娜担忧地看了一眼前方钟楼上的时间。

塞西尔打了个响指："没事，我们抄近路。"

简单，实在是太简单了！

两个人在狭窄的小道上快步行走。

和塞西尔记忆中的一样，小道上没有其他人，只有她们两个。她一边控制速度，一边盯着前面，生怕公爵独子还没来，她们就把这条小路走完了。

所幸没过多久，小道前方出现一道匆忙的身影。

身影越来越近，逐渐可以看出是一个身形颀长的年轻人，和她们一般大的年纪，衣着华贵，面庞俊秀，一头明亮的红发像火一样炽烈。

莉娜轻轻地拉住塞西尔的衣袖："塞西尔，前面有人过来了，我们走慢一点儿吧。"

塞西尔："不用，又撞不到他。"

莉娜无奈，只得跟着她继续向前走。对面的年轻人步履匆匆，显然也没有放慢脚步的打算。塞西尔眼看着双方之间的距离越来越小，彼此都可以看清对方的面容，这位红发少年仍然没有让路的意思，而莉娜则下意识地想要退至一侧，让他先走。

就是现在！塞西尔不动声色地默念咒语，正要用法术将莉娜脚下的路面变得光滑，一根宛如蛛丝般纤细的半透明触手突然从塞西尔的口袋里伸了出来。

没有人注意到这个小小的东西，三个人都在专注自己的事情。触手以鬼魅般的速度绕到莉娜的身后，悄无声息地缠上莉娜的脚踝，然后轻轻一拽。

"啊！"莉娜忽然发出一声惊叫，下一秒便脸朝地，结结实实地摔了一跤。

塞西尔惊呆了。

"扑哧。"脚步匆匆的公爵少爷终于停了下来，看着摔倒在眼前的少女，很不礼貌地笑出了声。

这和原剧情中浪漫的一幕完全不一样啊！莉娜原本应该是撞进公

爵少爷的怀里，怎么变成在他的面前出丑了？塞西尔一头雾水，就在这时，忽然听到一道隐隐约约的笑声——清冽、欢快，与她之前在梦中听到的少年的声音一模一样。只不过这一次，这道声音里多了一些幸灾乐祸的意味。

　　本该与公爵少爷浪漫相遇的莉娜突然在公爵少爷的面前摔了一跤，这是塞西尔怎么也想不到的发展。她隐约觉得是那个偷笑的少年在搞鬼，可这里除了他们三个，根本没有其他人在场。

　　莫非有人在暗中监视他们？

　　原本正要扶起莉娜的塞西尔突然想起曾经差点儿撞死她的那辆马车，顿时缩回了手。莉娜独自从地上爬了起来，尴尬地看了一眼面前的红发少年，掩饰性地掸了掸裙摆上的灰尘。

　　"你看上去不太好。"长相漂亮的红发少年突然开口，清亮的声音有种居高临下的傲慢。

　　"没……没事，只是不小心摔倒了。"莉娜不好意思抬头，低着脑袋弱弱地解释道。

　　小少爷点了点头："嗯，摔得很难看。"

　　莉娜的脸色瞬间变得惨白。

　　很好，塞西尔原本的助攻这下真的变成捣乱了。经过这么一摔，艾利克斯对莉娜的好感度不升反降，塞西尔要是不在这里挽回一下，估计扭头就会被世界暗杀。

　　要不她顺势欺负一下莉娜，以此激起艾利克斯的同情心？

　　塞西尔瞥了一眼莉娜脏兮兮的小脸，觉得可以试一试。她抬手在莉娜的脸颊上轻拭一下，用嫌弃的语气说："哎呀！你好脏，还不快点儿把脸擦干净？"

　　莉娜捂住半边脸，委屈地应道："好……好的。"她受欺负的样子宛如一朵脆弱的雏菊，十分惹人怜爱，在塞西尔的衬托下更显得无助又可怜。

　　果然，艾利克斯看不下去了："喂，你这个女人什么态度？她又不是故意把脸弄脏的，没必要这么训斥她吧？"他一把将莉娜拉到自己身边，不满地对塞西尔皱眉。

莉娜还是第一次与同龄的异性靠得这么近，灰扑扑的小脸顿时红了。她不知所措地看着塞西尔，身体有些不自然地僵硬。

"当然有必要，无论何时都得保持整洁的仪态，这是一位优雅的淑女所必需的素养。"塞西尔振振有词地说道。

艾利克斯嘲笑道："是吗？那么想必你一定不是淑女了。"

塞西尔怒道："你凭什么这么说？"

"因为你看上去和优雅完全不沾边。"

"你！"塞西尔恼羞成怒地瞪了艾利克斯一眼，正要顺势转身离开，莉娜忽然弱弱地拦住她："请……请不要这么说姐姐。"

塞西尔疑惑地看向莉娜。

莉娜轻轻地拂开艾利克斯的手，走到塞西尔的身边，坚定地说："塞西尔姐姐刚才只是有些心急，其实她是一个非常优雅的人。"莉娜说这话时的态度十分认真，认真到塞西尔甚至分辨不出这是在夸赞自己还是在讽刺自己。

"她刚才那样对你，你居然还替她说话？"艾利克斯惊讶地看着莉娜，墨绿色的眼眸微微发亮，"你叫什么名字？"他的语气与绅士毫不沾边，处处都透出贵族的傲慢与理所当然，那张俊秀漂亮的脸蛋儿却让人难以拒绝他的要求。

莉娜看了塞西尔一眼，略微迟疑地说："我……我叫莉娜·莱维特。"

"莉娜。"艾利克斯轻声重复了一遍她的名字，然后微微别过脸，声音变小了些，"我叫艾利克斯·奥狄斯。"

"奥狄斯少爷。"莉娜乖巧地叫了一声。

"直接叫我的名字就好。"艾利克斯的脸颊微红，看上去居然有些别扭和害羞。

莉娜呆呆地抬眼："啊？"

两个年轻人的脸都有些红。这本该是一副令人少女心泛滥的画面，塞西尔却在一旁无聊地狂打哈欠。现在局面已经被她扭转回来了，她是不是可以功成身退了？

不等塞西尔自己找理由，莉娜突然低低地惊呼一声："呀！不好，我们快迟到了！抱歉，奥狄斯少爷，我和姐姐要先走了，下次再见！"

莉娜说完这些话便拉着塞西尔的手急急忙忙跑开了，留下艾利克斯一个人愣在原地。

"是艾利克斯。"他看着少女的背影，喃喃地说。

塞西尔被莉娜拉得一路狂奔，感到小章鱼正隔着口袋紧紧地扒着她的裙子，于是强行停下了脚步。

莉娜立即扭头看她："怎么停下来了？再不跑我们就要迟到了。"

"早就迟到了，要跑你自己跑吧。"

塞西尔不紧不慢地走到路边的铸铁长椅前坐下，全然没有去上课的意思。

莉娜愣了愣，小心翼翼地弯腰看她："那个……你是不是生气了？"

"我生什么气？"

"因为奥狄斯少爷说了不好听的话。"

"嗯，那我的确是应该生气。"塞西尔托腮，状似无意地问道，"你觉得这个艾利克斯怎么样？"

"啊？"莉娜显然没有料到塞西尔会问这个问题，下意识地偷瞄塞西尔一眼，却发现对方正直直地注视着自己。那双平静的蓝眸宛如冬日湖泊般美丽而冷冽，令莉娜微微失神。

"我觉得……他是个不太礼貌的小少爷。"

"只是这样？"塞西尔挑眉，"他可是帮了你啊！"

莉娜："但他对你说了很过分的话。"

塞西尔有些惊讶：怎么想都是自己的行为更过分吧？怎么莉娜反而更向着自己？于是她试图提醒莉娜："这种事情，我也对你做了。"

莉娜闻言抿了抿唇。

"我不觉得过分，因为我知道你的本意并不坏。"莉娜不好意思地解释道，"虽然当时你的语气不太好，但你替我擦脸的动作很温柔，所以我明白你并不是真的想让我难堪，只是为了不让对方看笑话。"

塞西尔突然感到一阵心累，挥挥手，疲惫地说："你去上课吧，我坐这儿歇歇。"

莉娜："那我陪陪你？"

"不用，我想一个人静一静。"塞西尔抬眸看她，"你再不走我就告诉父亲，你上学第二天就逃课。"

莉娜闻言顿时慌了："那好吧……那我先走了，你也要快点儿过来啊……"

塞西尔懒得说话，只是敷衍地点了点头，莉娜这才提着裙子小跑着离开了。塞西尔看着她逐渐消失的背影，慢慢地拉开口袋，露出躺在里面的小章鱼。

可怜的小章鱼因为剧烈的颠簸早已晕头转向，到现在都没有缓过来，正紧闭双眼，无精打采地倒在口袋里。

塞西尔将小章鱼放到自己的手心上，轻轻地戳了戳它的小脑袋："小一，醒醒。"

小章鱼仍然软绵绵地倒着，没有任何反应。

塞西尔又戳了戳小章鱼："小一？"小章鱼还是毫无反应。

完了，小一别是死了吧？脑海中闪过这个猜测，塞西尔顿时有点儿紧张。虽然她养小章鱼的初衷只是吓唬莉娜和吃章鱼小丸子，但她养了这么多天，总归是有感情了，她不太能接受小章鱼的死亡。

她想了想，立即捧着小章鱼前往黑塔。

"死了？"博德疑惑地看着眼前这只毫无生气的谜之生物。

塞西尔面色焦急："你别看了，快想办法把它救过来！"

博德摸了摸下巴，细长的黑眸里闪过不怀好意的笑："办法有的是啊，用火烧、用水烫、用刀剁，总能把它刺激醒吧。"

塞西尔面无表情地说道："我说的是救活，不是弄死。"

"还不能确定它已经死了呢。"博德捏着小章鱼的一只触手，将它提了起来，"要不你试试和它通感？如果通感也没有反应，我再想办法也不迟。"

塞西尔沉默几秒，抬手凝出一道幽蓝光芒划过自己的手心，血珠瞬间渗了出来。

博德顿时震惊地睁大双眼，一把抓过她的手，难以置信："我只是开个玩笑，你居然当真了？"

塞西尔抽回手，语气平淡地说道："又不是什么了不得的事情。"

说完，她又用同样的方法划破小章鱼的一只触手。下一秒，暗蓝色的半透明液体从小章鱼漆黑的表皮下流了出来——原来小一的血是蓝色的。

塞西尔看了一眼，便抬起受伤的那只手去接小章鱼的血。蓝色的血液滴在红色的血液上，如同瑰丽的颜料般慢慢地融合，与此同时，一个黑色的六芒星法阵出现在她的手心上方，将融为一体的血液尽数吸了进去。

这是进行通感的仪式，通过这个仪式，可以令施术者与被施术者实现意识共享，在某种意义上，这是一种极为实用的法术。但博德并不赞成塞西尔这么做，通感仪式属于较为高阶的黑魔法术，塞西尔作为魔法师还极不成熟，贸然施术会对她产生非常消极的影响。

博德心里一慌，立刻施术打断仪式，可惜血液已经被魔法阵全部吸收，只见一道白光闪过，塞西尔合上双眸，软软地倒了下去。

塞西尔坠入了一片无尽的黑暗之中。她没有形体，没有声音，能够感知到的只有自己的意识。

这里是小一的世界吗？塞西尔努力地扩展自己的意识，却没有任何收获，这里安静又空旷，除了纯粹的黑，仿佛一切都不存在。

难道小一真的死了？

她难以相信这个猜测，于是试着发出微弱的声音，期待这片黑暗能够给她回应：

"小一？

"小一？

"你在吗？"

没有声音回应塞西尔，她只好一遍又一遍地重复自己的呼唤。

"小一?"

"小一,你睡着了吗?"

"小一,出来吃肉了。"

这一次,黑暗里终于出现了一丝波动。

在遥远而漆黑的虚空中,有一个渺小的点在翻涌。塞西尔很难形容这种奇怪的感觉,但的确在无边的黑暗中看到了一个黑色的点。很快,这个点变成涌动的线,这根线又变成无数根,像潮水一样迅猛地向她漫延。

现在塞西尔终于看清楚了,这不是线,而是无穷无尽的、漆黑滑腻的触手。

"小一?"

呼啸的嗡鸣声盖过了她的低呼。短短一瞬,无尽的触手如同汹涌的海潮般将她的意识尽数淹没。隐约间,她似乎听到了一声绵长沉郁的呼吸,近得仿佛就在她的耳畔。

"塞西尔!塞西尔!"焦急的呼唤一声高过一声,塞西尔慢慢地睁开双眼,正对上博德那张苍白又阴柔的脸。

"你真该晒晒太阳了。"她无力地说。

"那我宁愿去死。"博德没好气地白了她一眼,紧绷的身体无意识地放松了下来。

这小家伙刚才真是吓死他了,别人进行通感时最多只是失去意识,她倒好,连心跳都快停止了,吓得他差点儿就要强行中止仪式,用最坏的办法把她的意识拉回来。还好在此之前,她自己先醒过来了。

塞西尔慢慢地坐起来,这才意识到自己正半躺在博德的怀里。她揉了揉太阳穴,无精打采地问道:"小一呢?它怎么样了?"

博德阴沉着脸:"死了。"

"什么?"塞西尔顿时睁大眼睛,"怎么可能?我明明看到它的……"

话未说完,一个熟悉又黏腻的触感慢慢地攀上她的大腿。她顺着感觉低头望去，看到手掌大小的小章鱼正抬起柔软的触手对着她轻轻摇晃，圆溜溜的大眼睛清澈透亮，看上去精神状态很好。

"小一！"塞西尔失而复得，开心地捧起小章鱼，用额头轻轻地蹭了蹭它的脑袋，"你没事真是太好了，我还以为你死了呢。"

小章鱼也高兴地眯起眼睛，像小猫咪一样任由塞西尔对它蹭来蹭去。

"哼！"博德看着这两个其乐融融的家伙，不由得酸溜溜地冷哼一声，"那么，你在通感的时候看到了什么？"

她看到了铺天盖地的触手，而且还被它们淹没了——如果博德知道这些，一定会狠狠地嘲笑她。

"我看到小一饿得不行，一听到我说吃肉了就立刻冲了过来。"塞西尔半真半假地说，"所以你快去拿肉过来，越多越好。"

博德："跟我有什么关系？"

"你不乐意就算了，我们回家吃。"塞西尔起身就要走。博德见她仍然脸色苍白，站立的瞬间也有些摇晃，连忙又把她按着坐了回去。

"知道了，知道了，我现在就去拿。你给我老老实实地待在这里，哪里也不要去。"博德没好气地转身去拿食物，留下塞西尔和小章鱼坐在阴暗的实验室里。

这里只点了一盏油灯，灯光摇曳，将小章鱼的影子拉得长长的，映在昏黑的墙面上，宛如巨蛇在无声地舞动。

小章鱼缠着塞西尔的胳膊，用黏糊糊的触手轻轻地蹭她裸露在外的肌肤，看上去比平时还要兴奋、黏人。

塞西尔觉得好笑地看着它，声音较以往要更柔和一些："怎么啦，小家伙？是不是饿坏了？"

小章鱼眨了眨眼睛，继续顺着她的胳膊向上爬。小章鱼的身躯到处都是冰凉的，它这样快速地爬行，很快在塞西尔的肌肤上激起一层薄薄的鸡皮疙瘩。

"好痒。"塞西尔轻轻地笑，试图将小章鱼从自己的手臂上拿下来。然而小章鱼的吸盘紧紧地吸附着她，她努力了几次都无法取下，无奈之下只得放弃。

小章鱼继续向上爬，最后停在塞西尔的脖颈处。它抬起一根细细的触手，试探般在塞西尔的耳垂上轻轻地拂过。这种酥酥痒痒的触碰令塞西尔猝不及防，她缩了一下脖子，下意识地抬手捂住耳朵。

　　一瞬间，那种被万千触手包围的感觉又一次侵袭了她的大脑。她听到一种湿润、黏稠的声音，像是在她的耳边震颤，又像是在搅动着她的脑海——这就是她贸然进行通感术的消极影响吗？

　　博德端着一盘肉走进来的时候，看到塞西尔正昏昏沉沉地倚在墙边，看上去像是要睡着了。她心爱的小宠物正贴着她的手心，触手紧紧地缠绕着她的小指。

　　"塞西尔，你怎么了？"博德连忙将肉放到一边，担忧地靠近她，"是不是通感的副作用开始了？"

　　塞西尔摇了摇头："只是懒得坐起来而已。你要是真的担心我，就去拿些柠檬挞过来。"

　　"你还是安静的时候更可爱一点儿。"博德毫不客气地嘲讽道。

　　塞西尔虚弱地笑了笑，没有再说话。

　　只是一点儿小事而已，她还是不要让他担心了。

　　今天放学后，塞西尔仍然避开了莉娜独自回家。

　　她很有"工具人"的自觉，并不想破坏莉娜与艾利克斯任何一次独处的机会，虽然以恶毒千金的身份来说，她其实是应该去破坏一下的，但她现在的确是没有这个心情。

　　塞西尔精神不振地回到自己的房间里，将小章鱼放进干净的水缸里。很快，阿诺德便出现在门外，轻轻地敲响了房门："塞西尔？"

　　"请进。"

　　金发蓝眸的俊秀青年推门走了进来。塞西尔正安静地坐在水缸前，拨弄着缸里的水草，阿诺德仔细地打量她的神色，斟酌着开口道："塞西尔，那件事……父亲对你说过了吗？"

　　塞西尔转过脸来，好奇地问道："什么事？"

　　阿诺德缓慢地说："他打算再娶一个妻子。"

　　"原来是这件事啊。"塞西尔转回视线，继续注视水缸里欢快的小章鱼，"他单身这么多年，再娶一个也可以啦，省得那些家伙总往咱们家里塞人。"

阿诺德对她的反应感到讶异："你不生气？"

"当然不生气呀，是他结婚，又不是我结婚。"塞西尔笑了一下，"哥哥，你生气吗？"

阿诺德神情温柔："只要你不生气，我就不生气。"

塞西尔："那不就得了嘛！难道哥哥特意过来只是为了告诉我这件事吗？"

她用余光扫过窗外，看到外面的天色已经完全黑了下来。母亲的蔷薇园就在她的房间后面，从这个位置看过去，正好可以看到一簇簇雪白纯洁的蔷薇挂在枝头上，泛着光。

"其实，他已经带回来了，"阿诺德的神情仍旧温柔，却又好像夹杂着隐约的讽刺，"那位年轻美丽的未婚妻。"

"哦，是吗？"塞西尔站起来，乖巧地笑道，"那我们必须去见一见呢！"

塞西尔与阿诺德来到伯爵的房间外。

房间里传出欢声笑语，是凯文与一个完全陌生的女性的声音。睡莲的幽香飘散在微凉的晚风中，为这个深暗的夜晚增添了一丝诱人的气息，让人忍不住想要窥探这香气究竟是从哪里散发出来的。

塞西尔直接推门走进去，像往常一样骄纵而不讲礼数。她的进入太过突然，屋内正在交谈的两个人蓦地停下动作，齐齐地向她看去。

"塞西尔，你怎么来了？"凯文的表情出现一瞬的窘迫，他望向塞西尔身后的阿诺德，脸上的表情随之变成隐隐的愠怒："阿诺德，是你把她带过来的？"

阿诺德说："我和塞西尔只是想见一见您的未婚妻而已。"

他在"未婚妻"一词上加重了语气，这让凯文更加不悦。

"凯文，这就是你的孩子们吗？真可爱呀！"轻柔甜腻的女性声音突然响起，坐在凯文身旁、被他遮住了身形的女人慢慢地起身，微笑着一步步走到塞西尔的面前："你一定就是小塞西尔吧！的确如传闻所言，像冰雪一样纯洁无瑕呢。"

塞西尔微微抬眸，好奇地打量她。

这是一个美得惊人的女人，有卷曲的黑色长发、通透的深紫色眼睛、白皙细腻的肌肤、修长曼妙的身材，一切都完美得无可挑剔。这个女人像暗夜中的精灵，又像诱惑人心的魅魔，明明只是安静地站在这里什么都没做，就足以令人为她神魂颠倒。

难怪凯文这么快就把她领回家了，的确没有人能够把持得住。

"你听说过我？"塞西尔问道。

"对呀，净是一些好听的话呢。"女人笑着弯下腰，凑到塞西尔的耳边轻声道，"当然，大部分是从你父亲那里听来的。"

温热甜香的气息轻拂过塞西尔的耳畔，令她忍不住缩了缩脖子。女人注意到这个小小的动作，紫水晶般的眸子里闪过暧昧的笑意。

凯文见塞西尔似乎并不排斥眼前的女人，于是适时地开口道："塞西尔，她叫斯特拉，以后就是你们的母亲了。"

塞西尔的脸上没什么表情："斯特拉，我记住了。"

她的态度实在是过于敷衍，而且还直呼其名，这对即将成为她母亲的斯特拉来说是一种非常不尊重的行为。凯文忍不住低斥道："塞西尔，要叫'母亲'！"

塞西尔瞥了斯特拉一眼，没有吱声。

"不用那样称呼我啦，我不喜欢在这种地方分得太清楚，毕竟我和小塞西尔也差不了几岁。"斯特拉温柔地打圆场，用白皙的手轻轻地抚摩塞西尔的头发，在塞西尔的发丝间留下幽幽的香气。

塞西尔对斯特拉的亲近没有表现出抗拒，也没有表现出喜欢。她淡淡地看着斯特拉，俯身行礼，自然地后退一步，拉开与斯特拉之间的距离："您能如此善解人意真是太好了，我真为父亲由衷地感到高兴。那么，你们慢聊，我和哥哥就不打扰你们了。"

她的神情温顺、平静，透着一丝漠不关心。斯特拉定定地注视着她，美丽的深紫色眼眸在灯光下浮动着水一样的涟漪，使眼神看上去缱绻又深情，仿佛有种致命的诱惑，轻易便可摄取别人的心魂。

塞西尔不为所动，甚至有些困倦地垂下眼睑，掩唇打了个小小的哈欠。

像是觉得塞西尔的反应可爱，斯特拉突然轻轻地笑起来："你真可爱，我已经开始期待未来的生活了。"她俯下身，温柔地看着塞西尔说，"早点儿去休息吧，小塞西尔。"

阿诺德奇怪地看了她一眼——她是想要讨好塞西尔吗？总觉得这位未来的继母似乎太过关注塞西尔了，他需要再观察一下。

塞西尔被阿诺德送回了房间里。

阿诺德看着塞西尔爬上床，盖好被子，吹灭烛灯，最后在她的额头上轻轻地吻一下，这才轻手轻脚地退出房间，关上房门。

夜渐渐深了，莱维特庄园归于宁静，塞西尔也沉入了安稳的梦乡。

一片漆黑的房间里，水缸中的水草与水草后的小章鱼一动不动，仿若静止。忽然，小章鱼抽动了一下，下一秒睁开了清澈幽亮的眼睛。

有什么在吸引着它……是它喜欢的东西。

小章鱼游动身体，驱使触手从水缸里爬了出来，它向塞西尔的方向看了一眼，没有半分犹豫，无声无息地爬到了窗边。窗户是虚掩着的，留着一条细细的缝，小章鱼伸出一只触手穿过缝隙，轻易地推开了这扇窗户，然后灵活地钻了出去，爬进了蔷薇园里。

夜晚的蔷薇园静谧而阴森，纯白色的蔷薇花从墙壁蔓延到墙脚下，遍布庭园里的每个角落。空气中弥漫着幽幽的蔷薇香气，小章鱼微微抬起脑袋，似乎是在轻嗅着什么。它慢慢地向前爬去，穿过一簇簇蔷薇花和带刺的绿藤蔓，最后在一处半人高的花丛前停了下来。

小章鱼眯起眼睛，期待地向前探出脑袋——那里正倚靠着一个熟睡的男人。他穿着用人的衣服，袖子挽至手肘处，脸上沾了些泥点，老旧的圆框眼镜早已滑到了鼻头上，正随着他打鼾的频率而微微颤动。

这个人是负责打理这些蔷薇的园艺师兰尼，平日大部分的时间待在这座蔷薇园里，因此偶尔偷懒打瞌睡也不会有人发现。平时他是绝对不会睡这么久的，但前夜通宵赌钱耗费了太多的精力，所以一直睡到现在也没有醒来。

　　小章鱼兴奋地看着这个人，顺着衣角慢慢地爬到他的手背上。身为园艺师，兰尼的手很粗糙，每根手指上都有新旧不一的老茧，而在这些手指中，有一根尤其受到小章鱼的关注——那是一根被刺扎破的、流出的血珠早已凝固的食指。

　　小章鱼定定地注视着这根食指，触手无声地舒展，渐渐与黑暗融为一体。

　　新鲜的气味、新鲜的血液、新鲜的肉体、新鲜的……食物。

第三章
兰　尼

　　塞西尔睡得不是很安稳。一开始她只是在做一个普通的梦，梦里她和小一大展身手，把莉娜吓得号啕大哭。后来，莉娜的身影忽然变得扭曲而模糊，小一的身躯则不断地膨胀，散发出腐烂刺鼻的味道。

　　这一段堪比精神污染，即使在睡梦中也能明显感到不适，塞西尔紧蹙眉头，不安地醒了过来。

　　房间里很黑，几乎看不到一丝光亮，高高的天花板下，笔直的床柱在黑暗中隐约可见，如同忠诚的守卫般坚守着床上的少女，莫名其妙地让人感到一丝心安。塞西尔放松地躺在床上，看着这熟悉的光景，因为噩梦而微微加快的心跳逐渐平静了下来。

　　她怎么会做那样的梦呢？无论怎么说也太恶心了。

　　她想不通，忍不住又去回忆噩梦的细节。奇怪的是，刚才的梦境明明真实到令人作呕，每一个画面都无比清晰，可当她再去回想的时候，怎么也想不起来梦中的细节，唯一能够记住的只有"一个噩梦"这样的信息而已。

　　这个状况倒是和上次一样，难道这也是通感留下的后遗症？

　　塞西尔揉了揉太阳穴，再也没有睡觉的心情了。她坐起身，正要点亮床边的烛灯，忽然顿住动作，然后慢慢地坐直身体。

她刚才好像听到了什么奇怪的动静。她侧着耳朵，屏住呼吸，认真地聆听外面的声音。

隔着房间里那扇虚掩的窗户，一个细微的摩挲声正从蔷薇园的方向若有若无地传过来。塞西尔无法形容那是什么声音，但可以肯定的是，那绝对不是人类能够发出的声响。

思索再三，塞西尔决定去看一看。她不是一个爱管闲事的人，但那毕竟是她心爱的蔷薇园，她不太想让奇怪的东西糟践了那些盛放的蔷薇。更何况她现在已经睡不着了，与其这样躺在床上胡思乱想，还不如出去好好探查一下。

打定主意后，塞西尔轻手轻脚地下了床，披上一件薄薄的外衣走出房间。

沿着蜿蜒的走廊，她很快来到寂静的蔷薇园。夜晚的蔷薇园与白天的蔷薇园相比显得更加阴冷幽静，一阵微凉的晚风吹过，塞西尔不由得缩起双肩，环抱住自己纤细的手臂。

庭园深处再次传来刚才的动静，一阵一阵，宛如生命悠长的吐息。这声音并不悦耳，甚至是粗重诡异的，在塞西尔的耳朵里却透着隐隐的欢愉。

躲在里面的那个家伙似乎很开心，塞西尔这样想着。她继续循着声音传来的方向慢慢地走去，直到几乎被眼前的繁茂的蔷薇遮住视野才停下脚步，谨慎地向前微微探出半边脑袋。

她站在这个位置，听到的声响最为清晰。此时那种类似呼吸频率的声音已经消失了，转而变成猫咪一样满足的"咕噜"声。

难道奇怪动静的来源是一只猫？塞西尔的心情在一瞬间变得雀跃，对猫咪的期待战胜了对未知的恐惧，她拨开缠绕在一起的藤蔓，慢慢地向前望去——

一个面容陌生的少年正站在静谧的蔷薇丛中。

塞西尔瞬间愣在原地——不是猫！

像是察觉到她的目光，蔷薇丛中的少年忽然抬眸朝她的方向看了过来，露出一张漂亮得不似人类的脸。

银色月光下，他的肤色苍白，幽蓝的血管如同荆棘般在薄薄的肌肤下蔓延。黑发卷曲，鼻梁秀挺，猫眼似的眼瞳像翡翠一样浓绿，在黑夜中闪烁着幽暗的光。晚风微拂，他安静地立在那里，脚边隐约有漆黑的阴影在缓缓蠕动。

他身上穿的是莱维特庄园独有的用人服装，但奇怪的是，塞西尔从未在庄园里见过这个年轻人。他是新来的用人吗？可他看上去和用人这种身份实在是相差甚远。

塞西尔好奇地看着他，而他也眼睛一眨不眨地看着塞西尔，那副敌不动我不动的样子让塞西尔想到了躲在暗处观察人类的猫。

猫对自己的猎物有着无限的耐心，但塞西尔没有，于是她决定率先开口，试探一下少年的底细："你是谁？"

这个问题似乎难倒了对方。黑发绿眸的年轻人因为塞西尔的提问而微微睁大双眼，娇嫩的脸庞呈现出近乎婴儿般的天真与茫然。

"我……是……谁？"他慢慢地发出生涩的声音，而后陷入深深的困惑中。

塞西尔不动声色地审视着他的一举一动，这对普通人来说应该是一个非常简单的问题，他却露出了困扰与迷惑的表情，仿佛真的对此一无所知。另外，他说话的样子也很奇怪，与其说是十几岁的少年，更像是一个初生的、还未学会发音的稚子。这不是一个正常人会有的反应，但并不妨碍塞西尔觉得他有点儿可爱。

少年仍然在努力地思考。仿佛过了很久，他终于慢慢地歪了下头，用略微流畅一点儿的声音说："我……是……兰尼。"

原来是个小骗子，他突然就不可爱了。

虽然从未与兰尼说过话，但塞西尔也知道兰尼是蔷薇园里那个人近中年、满脸疲态的园艺师，绝不是眼前这个面容昳丽的黑发少年。然而少年此时穿着与真正的兰尼一样的衣服，待在他工作的地方，如果说他们只是非常巧合地同名，实在很难令人信服。

更何况——塞西尔微移眼眸，余光轻轻地扫过少年脚边的那簇枝叶。那里正躺着一副老旧的圆框眼镜，歪歪扭扭地横在草丛中，显然是不慎摔落下去的。当然，它是怎么掉在那里的并不重要，重要的是镜片的边缘上沾染了一点儿暗红的血迹。

塞西尔记得很清楚，那是真正的兰尼的眼镜。

似乎明白了什么，她将目光重新投向夜色下的少年。对方坦然地对上她的视线，神情无辜而纯洁，比月光还要纯净。

不可思议，真正的兰尼大概已经消失了，塞西尔却感觉不到分毫的恐惧。相反，因为这个少年的出现，她的心底涌现出丝丝缕缕的兴奋与期待，她知道这是自己的好奇心在作祟。

"那就把他留下来。"她听到自己的心底发出了一个小小的声音。

"不行，这家伙很诡异，现在消失的是用人，说不定下一个消失的就是你。"另一个更为理智的声音立刻反驳道。

"可是，他看上去很有趣呀！"

"有趣"这个字眼一浮现，塞西尔心中的天平渐渐倾斜了过去。

她很珍惜自己的生命，因为生命非常脆弱，随时都会因为意外的发生而消失。但她仍然对一切有趣的未知充满好奇，这是流在她血液里的本性，是她生来就无法磨灭的东西。并且她从未想过要去抑制自己的本性，因为她对追逐未知的过程甘之如饴，乐此不疲。

所以她其实早就做好了决定。

名叫"兰尼"的少年依旧安静地注视着她，碧绿的眼眸中流淌着浅浅的幽光。塞西尔对他露出微笑，目光温和而友好。

"你好呀，兰尼。"她这样说道。

塞西尔接纳了新的兰尼。

他们在蔷薇园中站了许久，晚风拂过，塞西尔不由得打了个小小的喷嚏。兰尼顿时向她投去目光，翡翠般剔透的绿眸在暗夜中闪闪发亮，如同一只好奇的猫。

塞西尔吸了吸发红的鼻子，朝他轻轻地招手："过来吧，再站下去就要着凉了，我先去给你找个房间住下来再说。"

她总不能让兰尼一直待在蔷薇园里，这里连个睡觉的地方都没有，放在她过去的世界里可是会被告虐待的。

塞西尔忍不住考虑这个问题，一转眼，兰尼已经来到她的身边。

"塞……西尔。"他眨了眨眼睛，说话与刚才相比已经流畅了许多。他的声音也很好听，清亮中带着丝丝的甜，像这样缓慢呢喃的时候，有种恋人间的亲昵感。

塞西尔有些惊讶："你知道我的名字？"

兰尼轻轻地点头："嗯。"

真是出乎塞西尔的意料，但她转念一想，他都能假冒宅邸里的园艺师了，知道她的名字也不足为奇。不过，用人一般都是称呼她为"小姐"的，他这样直呼她的名字，说明他并不了解莱维特家的情况，那么他假冒用人的目的究竟是什么呢？塞西尔对他越来越好奇了。

银月洒下淡淡的光辉，照亮了整座花园里的纯白蔷薇。塞西尔领着兰尼离开蔷薇园，穿过漆黑的长廊，凭着她的记忆，他们进入了一个空荡荡的房间里。

塞西尔点亮灯，放眼扫视一圈。房间里的摆设虽然很简单，但日常需要的东西一应俱全，看上去一点儿都不简陋。这间房原本是用来招待客人的，但宅邸里最不缺的就是房间，这间客房就因为位置偏僻而被闲置了下来。

"今晚你就先睡在这儿吧，明天我再去问问管家怎么安排你？"塞西尔指了指墙边那张柔软干净的床，对兰尼说道。

兰尼没有回应她，而是像一只初生的小动物般到处观察、轻嗅。塞西尔看着他伸出苍白细嫩的手在床上试探性地慢慢触摸，忍不住笑了一下。

这家伙怎么回事？连床都没见过吗？她的笑声轻而柔和，尾音像雾一样轻飘飘地落进兰尼的耳朵里。背对着她的少年停下触摸的动作，突然扭头望向她。

他这样站在灯光下尤其好看，柔和的光线修饰了他过于雪白的肤色，为他增添了一点儿温暖的光辉。但即便如此，他的身上仍然有一种强烈的、黑暗而沉郁的气息，如同挥之不去的阴影般缠绕着他。

塞西尔："怎么了？"

"塞西尔，"兰尼直勾勾地看着她，眸子宛如祖母绿的宝石般浓艳而剔透，"你的声音……真好听。"

塞西尔有一瞬间的茫然：他明明刚才还是处于不太会说话的状态，怎么突然就开始夸她了？

"嗯，多谢你的肯定，你的声音也不错。"她怎么说也是擅于交际的贵族千金，最起码的恭维话还是会说的。

听到这句话，兰尼眨了眨眼睛，用略带雀跃的声音确认道："塞西尔，你是在夸奖我吗？"

短短几个来回，他已经从发音生涩进步到了完全可以正常沟通的状态，这惊人的学习能力……或者说是适应能力，令塞西尔小小地惊奇了一下。

而且他似乎很喜欢别人的夸赞。这样猜测着，塞西尔微微侧脸，温和地告诉他："对呀，我就是在夸奖你。"

果然，兰尼闻言开心地笑了起来。他上身前倾，靠近塞西尔的面前。塞西尔尚未反应过来，他忽然抬起手，在她的耳垂上轻轻地碰了一下。

冰冷的手指轻轻地触碰到少女白皙柔嫩的耳垂，如同电流窜过，塞西尔的颈后瞬间冒起一层鸡皮疙瘩。她骤然抬眸，目光中充满警惕："你在做什么？"

塞西尔被兰尼的这一举动吓得措手不及。

兰尼似乎意识不到自己的行为对于一位刚认识的少女来说有多冒犯，他眉眼弯弯，神色中有种不谙世事的纯粹："我在和你玩啊。"

居然把这种行为说成单纯的玩耍，是这个家伙太纯洁了还是她太敏感了？

塞西尔微微蹙眉，如花瓣般娇嫩的唇抿成一条细细的线。兰尼认真地注视她，又抬手向那两瓣柔软而红润的嘴唇伸去。

"喂！"塞西尔皱眉躲开了，这次她脸上的不悦之色已经非常明显，开口的声音也冷了下来，"不要随便碰我。"

"为什么？"兰尼歪头，似乎不明白她为什么会这么抗拒自己，"你不喜欢和我玩吗？"

塞西尔冷冷地说道："我不认为这是在玩。"

接收到了她明确的拒绝后，兰尼露出了困扰与不解的表情。

"可是我们一直都是这么玩的。"他喃喃自语道，听起来有些委屈。

我们？是指他和他的朋友吗？塞西尔审视着他，随即意识到他没有在撒谎。无论是兰尼的眼神、表情，还是他下意识做出的肢体动作……塞西尔都找不出任何一丝撒谎的痕迹。如果不是他的演技过于精湛，那么就只能说明他的的确确把这种直接的触碰当作一种玩耍的方式。

塞西尔突然觉得自己是在和一只小动物跨物种沟通。她有些无奈地揉揉眉心，语气也慢慢地软了下来："总之，你不可以再像刚才那样，就算真的很想用这种方式和我……玩，也要先问过我的意见，好吗？"

她看上去耐心极了。迄今为止，只有可爱的小动物能够让她如此耐心地对待，兰尼算是少有的特例。这都是因为兰尼的一举一动太不像人了。

虽然这个评价听上去很像是在骂人，但这都是塞西尔的真实感想。她耐心地看着眼前的黑发少年，等待着他的回答。

"好吧。"兰尼眨了一下漂亮的绿眼睛，不情不愿地妥协道，"那我们下次再玩。"

塞西尔总觉得自己的意思被曲解了。她久违地产生了对牛弹琴的无力感。稍微思索后，她决定放弃这种毫无意义的交流："那就先这样吧，有什么事明天再说。我回屋睡觉了，你也早点儿睡，晚安。"

生怕兰尼再做出什么奇怪的举动，她语速飞快地结束了这个话题。

兰尼这次没有表现出无知与迷茫，在听到"晚安"这个词后，他出奇地安静了下来，仿佛很清楚这个词的意义是什么。

他坐到床上，将自己缩成一团，只露出那双剔透浓艳的碧绿眼眸："晚安，塞西尔。"

可爱！感慨的声音从塞西尔的心底传了出来，她眼神微妙地扫了兰尼一眼，转身熄灭了桌上的烛灯。

希望他们能够安稳地度过这一夜。

翌日清晨，用人们匆匆的脚步声吵醒了塞西尔。

托兰尼的福，后半夜她没有再做噩梦了，睡得还算不错。她原本以为这次能一觉睡到自然醒，没想到最后还是大失所望，被气得几乎想打人。

听着外面嘈杂的动静，她不爽地拽了拽被子，将自己整个人都捂在被子里，试图隔绝掉外面的声音。

但是效果并不好，甚至可以说是毫无作用。那些杂乱的脚步声、谈话声、器具的碰撞声简直无孔不入，宛如根植在脑子里一样怎么也消除不掉。

塞西尔终于忍无可忍，愤怒地一把掀开被子，猛地坐了起来，正要起床发火，忽然对上了一双翠绿色的眼睛——浓艳通透，像宝石一样清澈，又像深海一样幽寂——是兰尼的眼睛。

这个漂亮的少年正无声地趴在她的床边，如同一只乖巧的狗狗，用那双碧绿的眸子安静地注视着她。

这感觉实在是太诡异了。塞西尔努力平复心头的怒火，试图让自己冷静下来："你在干什么？"

"在等你醒啊。"兰尼理所当然地回答道。

"为什么要等我醒？"而且你为什么会出现我的房间里？

后一个问题塞西尔没有问出口，因为她已经看到了虚掩的房门——是她大意了，只顾着睡觉却忘了锁门。

但这里可是在她的家啊，她又是脾气不好的大小姐，谁会想不开去闯她的房间呢？是她低估了他，这小子根本就没有人类社会的基本常识，从一开始就不应该把他当作普通人类来看待。

"因为我饿了。"兰尼眨巴眨巴眼睛，认真地说。

他还真把自己当宠物啊！深深的无力感再次袭上塞西尔的心头，甚至驱散了她的起床气。她挥挥手，无奈地说："你先出去，我要换衣服。"

这话已经直接得不能再直接了，但兰尼像没听见一样纹丝不动，依旧趴在床边直直地看着她。

塞西尔惊讶于他的反应："喂，我让你出去，拜托你动一下！"

兰尼置若罔闻，甚至还将下巴搁到胳膊上。他仰起白皙漂亮的脸庞，透亮的绿眸在这种角度下显得更大更圆，闪着渴望的光："可是我很饿。"

塞西尔感到无语。自从遇到这个兰尼以后，她无语的次数似乎越来越多了。以前凯文总是会对她的言行露出无法理解的表情，当时她还觉得这是自己与成年人之间的代沟，现在她才明白了凯文的心情。

"也许我应该好好教会你怎样表现得像一个正常的人类。"塞西尔慢条斯理地说道，莹白纤细的指尖渐渐凝出银色的光圈。

"塞西尔，你已经起来了吗？"门外忽然响起阿诺德的声音，不等塞西尔反应过来，他突然推门进入，视线自然而然地投向床的方向。

毫无疑问，他也看到了趴在塞西尔床边的陌生少年。

"他是谁？"短暂的死寂后，阿诺德听到自己发出了完全不像自己声音的声音。

塞西尔心想：啊，不好，被哥哥看到了！

气氛瞬间压抑了。兰尼并没有什么反应，但阿诺德的脸色已经变得十分难看，甚至可以用可怕来形容。这是阿诺德自懂事以来，第一次如此失态。

他心爱的、像花骨朵一样柔弱娇嫩的妹妹，被他小心翼翼、无微不至地保护了这么多年，还从未与任何除他与父亲以外的男性接触过，更别提她还是在身着睡衣的情况下与对方共处一室！

阿诺德俊秀的脸庞变得无比阴沉，似乎他下一秒就会杀了兰尼。塞西尔意识到自己如果再不说点儿什么，阿诺德可能真的会对兰尼动手，于是开口解释道：

"哥哥，他是我们家的用人啦！"

阿诺德语气冰冷地说道："我不记得家里有这么一个用人。"

"呃……"塞西尔摸了摸脸颊，扯出一个勉强的微笑，"是我昨天刚带回来的。"

阿诺德闻言，将怀疑的目光移到她的身上。她刚醒不久，穿的还是精致的蕾丝边白色睡裙，睡裙的布料柔软而顺滑，少女的曲线若隐若现，有种朦胧青涩的美。

阿诺德的目光渐渐柔和了下来，心里升起隐隐的欣慰。

这是他的妹妹，是他的家人，更是他无比珍爱的至宝。外人只以为她骄纵又跋扈，只有他才知道她的可爱之处。可是现在，她居然被一个不知道从哪里冒出来的臭小子占了便宜……

阿诺德想到这里，心头的怒火重新燃起。他快步走过去，一把拎起兰尼的后领，毫不客气地将兰尼扔到一边，然后迅速地脱下自己的黑色军服披到塞西尔的身上，将她严严实实地包裹起来。

塞西尔感到无奈：他太夸张了吧，搞得像我被侵犯了似的。

"想要用人的话，我可以陪你去挑更好的。"阿诺德搂着塞西尔单薄的肩膀，柔声道，"这个人不行。"

被说"不行"的兰尼歪了下脑袋，漆黑的短发蜷曲着垂在脸旁，黑发映着雪肤，为他增添了一分柔软的无辜之感。

没想到阿诺德会对兰尼如此抵触，塞西尔感到了些许苦恼，试图为兰尼说些好话："可是他很听话啊。"

阿诺德态度坚决："听话的用人很多，不差他一个。"虽然在大多数情况下，阿诺德能无条件地顺着她，但在某些方面他是绝对不会妥协的。

意识到今天大概是无法说服阿诺德了，塞西尔无奈地轻叹一声："哥哥，先不说这些，我要迟到了。"

阿诺德立刻看了一眼墙上的时钟："我送你去学院。"

"不用啦！哥哥，你不是也要去王宫吗？"塞西尔谢绝了阿诺德的好意，轻声说，"快去吧，我迟到没关系，你迟到了可不好。"

"嗯。"阿诺德温柔地应声，随后又冷冷地扫了身后的兰尼一眼。他越看这小子越不顺眼，得找个机会撵走才行。

阿诺德离开了，顺便也把兰尼拖出了房间。

塞西尔终于顺利地换好了衣服并简单地洗漱了一下。

按理说这些事情一般都是由贴身女仆来完成的，但由于塞西尔不喜欢安妮，这些年也就省去了这一烦琐的步骤。

理好雪白如缎的长发后，塞西尔来到玻璃水缸前，轻轻地敲了敲透明的外壁。水里的小章鱼听到动静后，从水草后探出乌黑的小脑袋，拨动触手，慢慢地游到了水面上。

它看上去非常安定，似乎完全没有被刚才的骚乱所影响。

塞西尔习惯性地端起早已准备好的生肉，夹起一块扔进水里，然而小章鱼并没有像往常一样开心地接住这块肉，反而慢吞吞地游开了，看上去似乎对今天的食物不屑一顾。

怎么了？是肉坏掉了吗？塞西尔低头凑到盘子旁闻了闻，随即疑惑地蹙起细眉。

好像没坏呀，虽然肉的味道很腥，但是闻上去和平时没什么区别。

"难道它是在挑食？"她不确定地看向小章鱼。

小章鱼依然在水里浮浮沉沉，琉璃珠子似的圆眼睛惬意地眯起来，看都不看那盘生肉一眼。

它肯定是在挑食。塞西尔放下盘子，目光渐渐变得不善。

好啊，她天天好吃好喝地供着它，它不给她老实干活儿也就算了，现在居然还敢挑食，看来还是日子过得太安逸了！

塞西尔阴森森地盯着水缸里的小章鱼，不紧不慢地敲了两下玻璃外壁："小一，出来。"

感受到了赤裸裸的寒意，小一打了个哆嗦。它慢慢地抬起脑袋，刚一对上塞西尔的视线，便被吓得立马钻到水草后面，紧紧地缩成一团，说什么也不出来。

"小一——"塞西尔拖长了尾音，又喊了一遍。

小一纹丝不动。

塞西尔缓缓闭上双眸，用平静到令小一毛骨悚然的声音一字一顿地说："好，你不出来是吧？没关系，我有的是办法。"

听着她的威胁，小章鱼躲在水草后面瑟瑟发抖。就在塞西尔准备起身去取工具的时候，房门忽然被推开了。

"塞西尔，我好饿。"被拖出去的兰尼从门后探出脑袋，可怜兮兮地看着塞西尔，"我想吃东西。"

她差点儿把这家伙忘了。

塞西尔这才想起来兰尼也没有吃早餐，睨了水缸里的小章鱼一眼，恶狠狠地道："你不想吃饭，有的是人想吃，今天你一口也别吃了，给我好好待在这里反省吧！"

说完，她便起身走到窗边，将窗户关得严严实实，然后端起盛放生肉的盘子，头也不回地走出房间。一阵清脆的"咔嗒"声后，房门被彻底地锁上了。小章鱼第一次尝到了被关禁闭的滋味。

塞西尔拔出钥匙，抬眸望向等在一旁的兰尼。黑发的少年正定定地看着她手里的银质钥匙，绿眸里闪着幽幽的光，不知道在想些什么。

"你也想被关在里面？"塞西尔挑起一边的细眉，晃了晃手中的钥匙。

兰尼立即摇头。

"那就别盯着了，过来和我一起吃饭。"

塞西尔带着兰尼一起吃了早餐。

阿诺德和凯文都去工作了，莉娜也早早去了学院，餐桌旁只有她和兰尼两个人，虽然看上去有些冷清，但对塞西尔来说再惬意不过。据管家说，其实莉娜一大早就在她的门外等了很久，好几次想要敲门，但都踌躇着放弃了。后来阿诺德过来了，也许是不好意思，莉娜这才不舍地离开，独自去了学院。

塞西尔猜测莉娜是想喊她一起上学，可惜她并没有想与莉娜搞好关系的打算。不仅如此，今天她还要在艾利克斯的面前好好贬低莉娜一番，毕竟这是原游戏中出现过的剧情，她必须原封不动地复刻一遍才算过关。

塞西尔一边思考接下来该怎么演，一边漫不经心地扫了身旁的兰尼一眼。这一瞥，她忽然发现兰尼一直都在默默地观察她的一举一动，同时对她的行为加以模仿，包括她端坐的姿势、举起茶杯的高度、摆放刀叉的位置，每一件、每一样都精确到了完全一致的程度。

救命，这家伙是个学人精！

塞西尔默默地放下了手里的骨瓷杯，兰尼也以同样的速度放了下去。

该不会她做任何事他都要照着学吧？那她要去上厕所怎么办？

一想到那个糟糕的画面，塞西尔顿时陷入了深深的困扰中。兰尼不知道自己给塞西尔带来了怎样的难题，侧着脸，专注地看着塞西尔，等待她下一步的动作。

"啊，这不是小塞西尔吗？"一个温柔甜腻的声音突然打破了餐桌旁的宁静，塞西尔顺着声音望过去，发现斯特拉不知何时出现在门旁。

原来她已经住下来了，怪不得一大早用人们就忙忙碌碌的。

"早上好，斯特拉夫人。"塞西尔乖巧地打招呼道。

"不用叫得这么客气啦，直接把我当作你的朋友就好。"斯特拉步伐袅娜地走到塞西尔的对面坐下，单手托腮，眼睑微掀，神态慵懒地看向她。那双紫水晶般细长的眼眸里浮起柔柔的笑意，宛如夜河中缓缓荡漾的涟漪，好看得令人移不开眼。

塞西尔："好的，斯特拉夫人。"

对话就这么生硬地断了，斯特拉却一点儿也不气恼。她将目光投向一旁的兰尼，轻轻地笑着询问道："这个孩子也好可爱呀，是你的朋友吗？"

塞西尔："他是我的男仆，斯特拉夫人。"

这个美丽又柔媚的女人第一次露出了困惑的表情，皱起那秀美修长的细眉，用充满歉意的语气不解地询问道："小塞西尔，是不是我哪里做得不对，惹你生气了？"

塞西尔低垂眼睑，平静地回答道："您没有哪里做得不对，斯特拉夫人。"

斯特拉望向塞西尔的双眼里盈满失落："可是你每次见到我时，似乎都不太高兴。"

塞西尔反问她："您为什么一定要在意我高不高兴呢？"

这个问题的角度十分刁钻，斯特拉当即愣了一下。但她很快调整好自己的状态，抬手拢了拢耳边乌黑的碎发，扬起一个足以令人融化的轻柔的微笑。

"因为我们即将成为一家人呀！"

非常美好温暖的一句话，但塞西尔不喜欢。她说："斯特拉夫人，我不是您的孩子，您也不是我的母亲，您没有义务照顾我的心情。如果您一定要和父亲的孩子做朋友的话，就去找莉娜吧，相信她一定会很乐意。"

说完这番话后，她便直接起身离开了餐桌，兰尼理所当然地跟了上去。陪侍的用人们隐约觉得这位新夫人此时应该很尴尬，于是也都贴心地默默地退了出去。

房间里只剩下斯特拉一个人。她垂着脑袋，静静地坐在餐桌旁，不知过了多久，忽然伸出玉一样的手臂，跨过桌面，将塞西尔用过的骨瓷杯端到自己的面前。

骨瓷杯小而精巧，边沿用细细的金粉点缀，因为被少女柔嫩的唇瓣贴过，所以泛着水润的光泽。

杯中琥珀色的液体随着斯特拉的动作而微微摇晃，倒映出她微微含笑的艳丽脸庞。她将茶杯送至唇边，微微合上双眸，回忆着塞西尔身上的气味，而后将杯中的液体尽数饮下。

"可我想要的只有你啊，小塞西尔。"

塞西尔坐上马车后，才发现兰尼也跟了上来。他直接坐到塞西尔的旁边，学习着她的坐姿，一言不发，面容沉静。

"你怎么也来了？"塞西尔惊讶地问道。

兰尼闻言，碧绿色的眼眸顿时微微弯了起来："因为我是塞西尔的男仆。"

明明他的语气很真诚，不知道为什么，她总觉得听出了一点儿恶作剧的意味。

懒得细想这个问题，塞西尔低低地叹了口气，忽然问道："我刚才是不是很过分？"塞西尔自言自语般继续说下去，"我明明知道斯特拉没有恶意，却还用那种态度对她……明明她什么都没做错。"

她很清楚自己并不讨厌斯特拉，真正讨厌的是意图让斯特拉代替母亲的凯文·莱维特。但她无法反抗这个男人，所以只能迁怒到斯特拉的身上。

"要不还是等晚上回去以后跟她道个歉吧。"

塞西尔慢慢地冷静了下来。兰尼好奇地盯着她，忽然开口道："为什么要道歉？"

"呃……"塞西尔短暂地停顿了一下，"因为我对她做了不礼貌的事。"

兰尼慢慢地重复了一遍："不礼貌的事？"

"就是令人不悦的事。"塞西尔耐心地解释道，"让别人感到不悦就应该及时道歉，这是在人类社会中约定俗成的规则。"当然，我不需要遵守——塞西尔在心里双重标准地补充道。

兰尼若有所思。

马车很快在学院门前停了下来。因为塞西尔今天上学已经迟到了很久，所以此时学院门口看似空无一人，塞西尔与兰尼刚下马车，一个相貌平平到几乎没有任何存在感的年轻人从树后走了出来。

"莱维特大小姐，你可算是来了。"年轻人大摇大摆地走至塞西尔的面前，向她伸出一只手，笑得贱兮兮的，"这个星期的报酬，应该给我了吧？"

塞西尔差点儿忘了这件事。

塞西尔露出恍然的表情，示意兰尼留在这里，自己则转身向停在学院外的马车走去。

这个年轻人也是圣埃德蒙学院的学生，名叫基恩，他凭借熟练使用变形术的优势，在学生之间偷偷赚了不少钱——塞西尔就是他的主顾之一。塞西尔每次逃课去黑塔，都是靠他变成自己的样子在各位老师面前蒙混过关的，至今从未被发现——当然，这事价格不菲。

从马车上取了一袋金币后，塞西尔不紧不慢地返回去。刚走了没几步，从兰尼与基恩所在的方向突然传来一声痛呼——

"啊！"

塞西尔连忙跑过去，一转入门内就看到基恩正躺在地上抱着自己的左手痛苦地哀号，而兰尼则平静地站在基恩的面前，垂着脑袋静静地看着他。

塞西尔震惊地问道："发生了什么？"

听到她的声音，兰尼转过脸来，用温顺随意的语气告诉她："他刚才用手指了我。"

塞西尔感到费解："然后呢？"

兰尼："我告诉他这不礼貌，但他不肯道歉。"

塞西尔一时语塞：兰尼这家伙还挺会活学活用。

塞西尔的内心有点儿复杂："之后呢？你打了他？"

基恩看上去应该是被打了，只是不知道兰尼打了哪里，居然会让人痛成这样。

基恩仍然蜷缩在地上，发出微弱的呻吟声。塞西尔蹲下来，小心翼翼地挪开他完好的右手，露出下面被护起来的左手，塞西尔的瞳孔顿时微微一缩——

这只手被折成一种极其夸张的角度，即使皮肉尚且相连，却已可见下面断裂的腕骨。

"我没有打他。"兰尼也蹲了下来，凑到塞西尔的身旁，与她一起端详那只翻折的手，"我只是不喜欢他用这只手指我。"兰尼的语气平静、温和、柔软，仿佛只是在陈述一件不值一提的小事。

塞西尔隐约猜到了什么，慢慢地抬眸看向他。

兰尼的眼睛亮晶晶的，像是两颗碧绿剔透的宝石。在基恩的哀号声中，兰尼露出了微笑，轻快的声音里有种令人不寒而栗的恶意："所以我把它折断了。"

塞西尔原本以为兰尼只是个不会思考的学人精，现在看来，他不仅很会思考，还有一套自己的思维逻辑，而且似乎也很凶残。

塞西尔再一次意识到自己留下了怎样一个奇怪的家伙。她看着笑得可爱的兰尼，又扭头看了一眼痛苦呻吟的基恩，低声叹息道："可怜的基恩。"

还好这种程度的伤势对她来说并不难，如果触及致命的部位，就不是她能解决得了的问题了。

塞西尔将一只手悬在基恩折断的腕骨上方，柔和的白色光芒从她的指尖流泻，慢慢地笼罩住基恩的手腕。

光芒覆盖住那一小截皮与骨，发出密集的、宛如骨肉再生般的细微声响，被翻折的部位以肉眼可见的速度恢复到原本的位置上。

整个过程看上去十分短暂，但基恩的额头上渗出了豆大的汗珠。光芒消失后，他仍然死死地咬着牙关，紧盯着兰尼的眼中充满了怨恨。

"塞西尔，你在做什么？"兰尼目不转睛地盯着塞西尔手上的动作，好奇地问道。

"在治愈他手上的伤。"塞西尔耐心地解释道，"就是把这只被折断的手恢复原位。"

兰尼："看上去好像很好玩。"

基恩：好玩什么啊？我快痛死了！

"学的时候的确挺好玩，不过很少有能用到的场合。"塞西尔边说边扶起基恩，捏捏他的手腕道，"你感受一下，看看能动了吗？"

基恩依言转了转手腕，惊奇地发现这只手居然已经恢复如初。

兰尼对此也露出了惊讶的神情，于是充满希冀地望向塞西尔："我还想再看一遍。"

塞西尔摇了摇头："已经治好了，看不了了。"

被拒绝了，兰尼稍稍沮丧了一下，很快又抬起眼眸，开心地提议道："那我再折断一次，这样可以看了吗？"

基恩：你神经病啊？！

原本基恩还有几分报复的心理，现在因为这一句话瞬间烟消云散。这种没头没脑的疯子是他最怕的类型，一旦沾上就甩不掉，打不过又惹不起，他还是离得越远越好。

基恩抱着刚被治好的左手，恐惧地看了兰尼一眼，不动声色地后移半步。兰尼用猫看老鼠一样的眼神看着他，也随之随意地踏出半步。基恩被兰尼的这个动作吓得一激灵，立马逃命似的转身跑走。

塞西尔举起手里的那袋金币，提醒道："喂，你的报酬！"

"不要了！"基恩扔下这句话后，头也不回地逃走了。

塞西尔默默地收起金币，扭头看向身旁的兰尼："你以后尽量不要做这种事，会给我增添很多麻烦的。"

先不论基恩会不会将刚才的事情大肆宣扬——虽然他说了也不会有人相信，但仅从塞西尔的角度来考虑，基恩以后大概也不会再愿意接受她的雇用了。这对塞西尔来说不是一件好事，起码她不能再像以前那样肆无忌惮地旷课。塞西尔一想到这一点，心情又低落了一些——在原先就不太愉快的基础上。她的眼尾微微垂了下来。

她沉默地向黑塔的方向走去，柔美白皙的面容一如既往地平静，看上去没有任何不悦。兰尼脚步轻缓地跟在她的身后，毫不掩饰地侧过脸来盯着她，又在空气中轻轻地嗅了嗅。

在他们路过不知道第几棵郁郁葱葱的白蜡树后，兰尼终于走到了塞西尔的前面，用身体挡住她的去路，迫使她停了下来。

塞西尔微微抬眸看他："怎么了？"

兰尼俯下身，直勾勾地盯着她。他的身形清瘦而颀长，在塞西尔的上方落下昏暗的影子。之前在夜色里塞西尔看得不太清晰，后来他们之间又都是坐与蹲的姿势偏多，以至于直到现在，塞西尔才得以直观地感受到来自兰尼身上的若有若无的压迫感。

"塞西尔，"兰尼轻轻地开口道，漆黑浓密的长睫下，那双美丽的碧眸清澈幽亮，"你有点儿奇怪。"

塞西尔神情平静地问道："我哪里奇怪？"

"哪里？"兰尼微微歪头，突然凑到塞西尔雪白细腻的颈窝间嗅了嗅。塞西尔身体一僵，下意识地屏住了呼吸。

她不喜欢别人的触碰，却并不反感兰尼。她无法解释这种反常的现象，只能姑且将其归结为自己对"小动物"的宽容。没错，兰尼在她的心里，基本已经与小动物等同了——虽然是不太友善的那种。

兰尼伏在她颈窝处的时间很短暂，他仅仅几秒便抬起了脑袋，与塞西尔之间的距离一下子变得很近，近到塞西尔能够在那双碧色眼眸里清晰地看见自己。

"你身上的气味很奇怪。"他说。

塞西尔一脸疑惑：这是什么说法？她的身上有气味吗？她忍不住低头闻了闻自己，小心谨慎，再三确认后才肯定地说："没有气味呀。"

"有，而且是很好闻的气味。"

很好闻？塞西尔狐疑地瞥了他一眼，同时不自觉地抿了抿柔润的嘴唇。她从不缺少别人的赞美与奉承，也早就习惯了那些无聊的漂亮话，但兰尼的夸赞还是让她怔了一瞬，甚至生出一种微妙的不知道该怎么回答的局促感。

兰尼没有注意到塞西尔的小动作，保持轻嗅的状态，接着刚才的话题继续说下去："但是刚才稍微有一点点苦。"

"苦？"

"嗯，不过现在又不苦了。"兰尼吸了下鼻子，然后认真地说，"比之前还要甜一点儿。"

塞西尔开始觉得这家伙只是在胡说八道，但又的确因为他的胡说八道而平复了心底的不悦。

她双手环胸，看着眼前这个一脸真诚的少年，问道："既然你说能闻到我身上的气味，那不如顺便说说看，其他人身上有什么样的气味？"

"其他人？"兰尼疑惑地蹙起眉头。

"对呀，其他人。"塞西尔眨眨眼睛，双手慢悠悠地背到身后，"你能闻到其他人身上的气味吗？"她倒要听听这油嘴滑舌的小骗子能编出什么花样来。

兰尼似乎不愿思考这个问题，慢慢地皱起像鸦羽一样乌黑的眉。轻风拂过树叶，阳光在他的脸上落下深浅不一的阴影，他垂着头，低敛的眼睫下闪过一丝理所当然的漠视。

"能是能……但其他人身上的气味都是一样的，我不喜欢。"

"一样的？"塞西尔狐疑地问道，"那么多人身上的气味都是一样的吗？没有任何区别？"

"嗯……可能也有一点儿细微的区别。"兰尼摸了摸下巴，漠不关心地说，"我懒得去分辨啦，反正都没有你身上的气味好闻。"

这种说法很容易让人误解，但对方是什么都不懂的兰尼，那么塞西尔就不用去探究更深层次的意义——因为他只是单纯地想要表达自己对气味的敏锐而已。

不过，每个人身上都有自己的气味吗？塞西尔的好奇心被兰尼勾了起来，她下意识地模仿兰尼的动作，也凑到他的身前。她的身高与兰尼的身高差得有点儿多，即使兰尼此时微微俯着身，她也必须仰起脸才能对上他的视线。

她皱起小巧的鼻子，像兰尼那样轻轻地嗅了嗅。

一种冷冽而又潮湿的气息混合着蔷薇的香气幽幽地钻进她的鼻腔，很独特，也很吸引人，她忍不住又吸了吸，紧接着她打了一个小小的喷嚏——

"阿嚏！"

一滴生理性的泪水从她的眼角渗了出来。塞西尔抬手正要擦掉，下一秒，她就感觉到自己的眼角被一个柔软的、湿润的东西飞快地舔了一下。

塞西尔有点儿呆住了。

她很确定，刚才是兰尼舔了她。虽然她把兰尼看作自己的宠物，但这并不代表，他能像小猫小狗那样肆无忌惮地舔她。

而且他并没有征得她的同意。

她必须得好好教育一下他才行。

"兰尼。"塞西尔拉下脸，郑重地念出少年的名字。

"嗯——"兰尼眨巴眨巴眼睛，清越的尾音像无形的小尾巴微微上扬，看上去似乎心情很好。

塞西尔盯着他的双眸，用一种严肃的、缓慢的语气，一字一顿地说："你忘了我们之前的规定吗？"

"规定？"

塞西尔："在你触碰我之前，一定要先问过我的意见，上次我是这么说的吧？"

兰尼点了点头，表情纯真而无辜："可我刚才没有碰你，只是舔了一下。"

"舔也不行。"

"哦。"兰尼不情不愿地应了一声，脸上浮起毫不掩饰的失落。

塞西尔见他这次似乎是真的记住了，本想就此结束这个话题，可脑海中不由自主地又回想起刚才那个湿漉漉的触感——

等等，她仔细一想，兰尼的舌头好像有点儿奇怪。她越想越不对劲，于是对兰尼说："你把舌头伸出来给我看一下。"

"嗯？"兰尼迷惑地歪了下脑袋，依言乖乖地张开嘴，露出那条柔软的、湿润的舌头。

塞西尔紧盯着他，清澈的蓝眸中闪过一丝惊讶。

兰尼的舌头从色泽与长度来看都和普通人的舌头基本无异，诡异的是舌尖的部位——粉色的舌尖从中间开出一条短小的分叉，与蛇的芯子有些相像，却又没有蛇的芯子那么细长。相反，两个小小的尖端粉嫩而柔润，看上去反而有种莫名其妙的可爱与俏皮。

这种舌头——难道这家伙是由蛇变过来的？

在这个存在魔法的世界里，动物变成人形也不是没有可能。只是，想变成兰尼这种近乎神造的完美外形，不要说动物了，大概没有哪个魔法师能够做到。

这样想着，塞西尔忍不住端详他。兰尼任由她盯着自己，乖乖地维持着伸舌头的动作，漂亮纤长的眼睫温顺地垂下，透出一种逆来顺受的感觉。

这副美丽的面容与他的舌头形成巨大的反差，显得格外诡异。塞西尔还想多看一会儿，但在看到兰尼这过分顺从的神情后，随即醒悟——这一幕如果被别人看到，那可就糟了。

"好了，收回去吧。"她轻咳一声，自觉地后退一步。

兰尼乖乖地照做。

一阵悠扬的钟声从塔楼的方向传来，塞西尔知道，这是下课的钟声。她琢磨着反正已经迟到了这么久，干脆直接去黑塔找博德算了。只是要不要把兰尼一起带过去，她还需要好好考虑一下。

"有人来了。"兰尼突然轻轻地出声。塞西尔立刻抬头扫视周围，随即看到莉娜与艾利克斯正往他们所在的方向走过来。

"先躲一下。"塞西尔放低声音，一把拉住兰尼的手腕，双唇翕动，两个人的身影渐渐隐于空气之中。

这是博德教给她的隐身术，除了博德，至今还没有被任何人识破过。

"奥狄斯少爷，您找我有什么事吗？"莉娜走到树下，怀里抱着一本厚厚的《初级魔法教学》，礼貌地问道。

一头红发的小少爷不敢直视莉娜，别别扭扭地挪开视线："也没什么，就是碰巧看到你一个人怪可怜的，突然想起来一件事。"

莉娜："是什么样的事呢？"

"就是，那个……今年的舞会……你应该没有舞伴吧？"艾利克斯眼神飘忽，虽然他极力表现出一副不在意的样子，但略微紧张的身体还是出卖了他的小心思。

"舞会？"莉娜好奇地睁大眼睛。她从不知道原来贵族子弟上的学院还会举办舞会，一时露出了向往的神色。

"就是每年为了庆祝新学期开始而举办的舞会，看你这个样子根本就不知道嘛，那想必也一定没有人邀请你了？"

艾利克斯展现出教科书式的嘴硬，可惜莉娜并没有听出他的潜台词："暂时是没有。奥狄斯少爷，我还要赶着去上下一节课，没有什么重要的事就请回吧。"

说完，莉娜抱着书快步走开。艾利克斯很少被人拒绝，一时愣在了原地，过了一会儿，他的脸上闪过一丝恍然与懊悔之色，又连忙追了上去。

"啧啧，真是个笨蛋！"塞西尔摇摇头，从隐隐波动的空气中现出身形。

虽然是笨蛋，但他倒是给塞西尔创造了不错的契机。

塞西尔决定趁此机会，现在就追上去把今天的任务做完。于是她让兰尼一个人回到马车上等她放学，并仔仔细细地叮嘱他："老老实实地待在马车里不要出来，不能再像刚才那样随便欺负别人了，知道了吗？"

兰尼撇了撇嘴，看上去不是很情愿。

塞西尔："或者直接回家。"

兰尼顿时低首敛眉，迈开长腿，乖顺地向停在学院外的马车走去。

他还算是听话。塞西尔心底莫名其妙地涌起一股欣慰感。她注视着兰尼的背影，确定他的确没有走错方向，这才重新隐身，朝着莉娜与艾利克斯离开的方向追了上去。

学院大门外。

兰尼走到印有莱维特家徽的马车旁，正要抬腿上车，一道咬牙切齿的声音突然在他的身后响起："喂，那个贱民，你给我站住！"

兰尼顺着声音望去，发现是之前被自己折断手腕的那个人，没想到那个人并没有真的逃走，反而带了几个帮手去而复返。

基恩站在离兰尼五尺开外的地方，身后还站了一排凶神恶煞般的强壮男人。他恶狠狠地啐了一口，指着兰尼说："你折断我的手腕，别以为我会善罢甘休，今天我就要双倍报复回来，让你清楚得罪我的下场。"

兰尼眨了眨眼睛，轻声重复道："报复？"

"哼，怎么？已经怕了？"基恩冷笑一声，围在他身侧的打手们齐刷刷地从身后掏出粗长的棍棒，个个儿不怀好意地盯着兰尼。

"你折断我一只手腕，我就让他们打断你的四肢。怎么样？是不是很划算的买卖？"基恩说着说着，忽然不安地皱眉："喂，你们有没有听到什么声音？"

打手们面面相觑，纷纷摇头。

不知何时，基恩的周围渐渐传来细密的动静——轻微、嘈杂、不可忽视。"窸窸窣窣"的声响在他的耳边回荡，犹如密密麻麻的虫群，又似深海汹涌的暗潮，令他感到一阵头皮发麻。

他摇了摇头，试图驱散这种毛骨悚然的感觉，然而下一秒，他用余光扫过那个黑发绿眼的少年，突然发现少年的影子正在发生诡异的畸变——

　　细长的影子缓慢地伸展，犹如无声绽放的花。在基恩的注视下，它们缓缓蠕动、分化，最后变成无数只漆黑的触手，从阴影中伸了出来。

　　"快……快！快杀了他！"基恩的神情忽然变得狂乱而扭曲，他挥舞双臂，发出歇斯底里的叫声。

　　打手们面色犹疑，但仍然抄起棍棒，向阴影中的兰尼慢慢地逼近，然后一拥而上。

　　"奥狄斯少爷，请问您还有事吗？"赶着去听下一节课的莉娜再次被艾利克斯拦了下来，这让她稍微有点儿不高兴。

　　"就是舞会那件事，刚才我还没说完。"艾利克斯掩饰性地摸了摸鼻子，墨绿色的眸子躲闪游移，"其实我是想说，如果真的没有人邀请你，我倒是可以勉为其难，充当一下你的舞伴。"

　　莉娜终于明白了艾利克斯的意图，为难地咬住下唇，一时不知道该怎么回复他。

　　隐藏在暗处的塞西尔眼见自己的机会来了，于是解除隐身术，从墙后走了出来："莉娜、奥狄斯少爷，你们在这里做什么？"她轻轻蹙眉，做出一副惊讶又嫌弃的样子。

　　"塞西尔姐姐！"莉娜一见到她，顿时犹如见了救星般高兴地轻呼出声。

　　"是你？"艾利克斯毫不掩饰脸上的不悦之色。

　　塞西尔满不在乎地走到莉娜的身旁，莉娜轻声将自己与艾利克斯的谈话内容告诉了她："奥狄斯少爷刚才在问我参不参加学院舞会。"

　　"哦。"塞西尔露出标准的恶人脸，毫不客气地嘲讽道，"奥狄斯少爷问这个干什么？莫非是想邀请莉娜做您的舞伴吗？"

　　艾利克斯白皙的面容因为塞西尔的这句话瞬间浮起红云："关你什么事？"

　　"当然关我的事，她现在是我的妹妹呢。"塞西尔说，"不过我劝奥狄斯少爷还是换一个人邀请为好，毕竟莉娜从小过的就是平民生活，可没什么机会学习贵族的舞蹈，到时候她一旦在舞会上出丑，丢的可不只是我们莱维特家的脸面，更是您奥狄斯少爷的。"她将尖酸刻薄演绎得淋漓尽致。

艾利克斯轻蔑地看着她，问道："换一个人？换谁？你吗？"

这位小少爷真是单纯，一钓就上钩。塞西尔故作矜持地捂嘴，语调里透出藏不住的欣喜："也不是不可以……"

"哼，做梦去吧！"艾利克斯厌恶地打断她的话，"我宁可让不会跳舞的莉娜做我的舞伴，也不会邀请你这种人。"

塞西尔："你！"

语毕，艾利克斯重新将目光投向一旁的莉娜："莉娜，我等你的答复，下次见。"

莉娜："奥狄斯少爷……"

艾利克斯潇洒地离开了，剩下塞西尔与莉娜二人站在原地。

塞西尔轻轻松松地完成了今天的任务，心情总算好转了一些。莉娜热切地看着她，突然开口道："塞西尔姐姐，刚才真是谢谢你。"

塞西尔："啊？"莉娜有毛病吧，被她嘲讽还要谢她？

她惊讶得几乎控制不住自己的表情。然而莉娜并没有在意这些，继续用由衷感激的语气说道："刚才要不是你出来解围，我真不知道该怎么办。其实你说得没错，我从来没学过跳舞，要是这次和大家一起参加舞会，就必须得尽快练习了……"

虽然一直知道作为女主角的莉娜很善良，但塞西尔着实没想到她会善良到连别人的嘲讽都听不懂，或许这已经不能称之为善良，而是单纯地听不懂人话。

塞西尔再次感到无力："别想了，你再怎么练，跳得也不会比我好。"

莉娜闻言，清澈的蓝眸倏地一亮："那就由姐姐你来教我吧！"

塞西尔觉得莉娜不对劲——莉娜如果不是一个傻子，那就是另有所图。

但塞西尔并不在乎莉娜的意图究竟是什么，因为那与她无关。她唯一能做的就是扮演好自己的恶毒千金的角色，让世界看到她的尽职。

"我不会教你的，你去找别人吧。"塞西尔坚定地拒绝了莉娜。

莉娜弱弱地说："可是……我和别人也不熟悉。"

"那你和我就熟悉了吗？"塞西尔毫不客气地道，"你只是父亲的孩子，与我没有任何关系，希望你不要总是理所当然地把我当作你的家人，我没有兴趣陪你玩这种过家家的游戏。"

一个两个都是这样，一副理应和她友好相处的样子，可惜她并没有那样的闲情逸致。她与这个世界里的任何人都不同，他们是活生生的人，而她是被世界掌控的棋子，随时都会因为走错一步而被丢弃。所以她只要认真地扮演恶人的角色就好，至于和他们友好相处，那不是她应该考虑的事情。

"我并没有强求你做我的家人，我只是……只是……"莉娜被塞西尔这番话说得不知所措，支支吾吾了半天，突然冒出来一句，"那不做家人的话，我们做朋友可以吗？"

塞西尔：话都说到这份儿上了你还想和我做朋友，是有受虐倾向吗？

塞西尔十分少见地被噎了一下。莉娜见她微微发愣，立即抱住她的一条胳膊，亲亲热热地拉着她向前走："朋友之间教跳舞也是可以的吧？那就这么说定了，你一定要教我跳舞呀！"

塞西尔哑口无言，甚至忘记了拒绝莉娜，一时间竟然任由莉娜拉着自己走。

"不对，没有，我不是这个意思……"过了几秒，她终于找回自己的声音，正要解释就被莉娜打断了。

"只要你教我跳舞，以后你再迟到，我就帮你打掩护，好不好？"

好像……也不是不行。塞西尔沉默片刻，在莉娜殷切而期待的眼神中，最终还是选择了妥协："好吧。"

一天的课程很快就结束了。

下课后，因为不想和莉娜一起回去，同时考虑到兰尼还在马车里等自己，塞西尔又找个借口让莉娜先走。

对此，莉娜虽然很遗憾，但也担心父亲在家里等得着急，于是便坐上自己的马车先行回家了。

塞西尔一个人坐在教室里，趁这个机会把博德写给她的《黑魔法手帖》拿出来认认真真地看，顺便圈出了理解不了的部分，打算明天去黑塔的时候再向博德请教。不知看了多久，眼见外面天色渐晚，学院里的学生也都走光了，她才收起《黑魔法手帖》，抚平裙摆的褶子，起身准备回家。

然而她刚走出长长的走廊，一道清亮又有些熟悉的声音便叫住了她："喂，莱维特家的……那谁！"

有人在叫她？塞西尔循着声音望过去，在幽长走廊的尽头看到了一头红发的俊秀少年——居然是艾利克斯。

塞西尔安安静静地立在原地没动，不急不缓地开口询问道："奥狄斯少爷，您叫我？"

"对，就是你。"艾利克斯的声音很小，在空旷的长廊里模模糊糊地回荡着，"你过来一下。"

塞西尔没有动。她今天的任务已经完成了，没必要陪着这位小少爷演戏。不过，对于艾利克斯这个时间还待在学院里不走的原因，她倒是有点儿好奇。

"我急着回家，有事快说，不说我走了。"她冷淡地扔下这么一句，艾利克斯微妙地顿了一下，慢吞吞地走了过来。

塞西尔这才注意到，他的手里还拿着一只羽毛笔。

"其实我是想问你……"红发少年扭扭捏捏地支吾道，"你会不会做魔语专业导论课的作业？"

原来他是想让她帮忙写作业啊！塞西尔有点儿想笑。

其实写作业对她来说根本不难，别的不说，学习一向是她很擅长的事情，只是……

塞西尔默默地扫了他一眼，平淡地说："我也只懂一点儿，莉娜这门课程学得不错，你可以去问她。"

艾利克斯立即道："怎么可以去问莉娜？"

"哦？怎么不可以？"塞西尔意味不明地盯着他。

艾利克斯轻咳两声，遮遮掩掩地解释道："这……这种小事，我自己就能解决，根本没必要去麻烦她。"

他说得这么好听，其实只是不想在莉娜面前暴露自己的不足吧？

塞西尔摊开手，神色懒散地说道："既然你自己能解决，就请你自己做吧，我要回家了。"语毕，她转身就要走。

艾利克斯见状，连忙伸手拦住她："等等！这样，只要你帮我写作业，我就赏赐东西给你！"

塞西尔似笑非笑地说道："小少爷，我也是伯爵家的孩子，不是没见过世面的乞丐。"

艾利克斯闻言并不气恼，只是扬着下巴问她："那你见过人鱼吗？"

这个……她还真没见过。

塞西尔露出了好奇的神情："是很美的那个人鱼吗？"

小少爷发出一声嗤笑："想得美，你不知道很美的人鱼是禁猎的吗？是很丑的那种。"

"哦。"塞西尔顿时兴趣减半。

但她毕竟没见过人鱼，多少还是有些好奇。况且她也很想为小一增添邻居，拿人鱼做邻居似乎要比其他普通的鱼类酷多了。这么一想，这个交易还不错，于是塞西尔同意了。

两个人坐在空旷的教室里开始认真地做题——准确来说，是塞西尔在认真地做题，而艾利克斯则在一旁明目张胆地偷懒。

时间缓缓流逝，不知不觉，外面已是一片漆黑。塞西尔懒得点灯，就借着淡淡的月光看题。教室里只有羽毛笔在纸张上发出的"唰唰"声，静谧得落针可闻。

终于写完了最后一道题，塞西尔放下笔，唤道："奥狄斯少爷。"

艾利克斯沉迷于偷懒，没有搭理塞西尔。

"奥狄斯少爷。"

艾利克斯继续偷懒，继续不搭理塞西尔。

"艾利克斯，你死了？"

"你才死了！"艾利克斯立即凶巴巴地反驳道。

"原来你没死啊。"塞西尔慢条斯理地说，"你过来看看，我已经全部做好了。"

艾利克斯这才将目光移向她。少女肌肤莹白细腻，在黑暗中泛着光，微微卷曲的纯白长发犹如冰雪般无瑕，月光透过窗户照进来，在她的发丝上流淌着银色的冷辉——白得未免有点儿刺眼了。

艾利克斯下意识地移开视线，用余光轻轻地扫过一侧的圆拱形窗户——宽阔、干净，映出月色下萦绕的浓郁雾气。

下一秒，他突然僵在原地——在越来越浓的雾气中，一只巨大的猩红眼球露了出来。这只眼球比窗框还要大，此时正紧贴玻璃，一眨不眨地盯着他。

"塞西尔……塞西尔……"艾利克斯颤巍巍地低唤塞西尔的名字，双腿僵得宛如两根木头，一动也动不了。

"嗯？"塞西尔抬头，发出一声低低的、疑惑的鼻音。

"你看窗外……有一只超级大的眼球……"小少爷已经被吓得脸色惨白，连话也说不利索了。

"眼球？"塞西尔狐疑地扭头看向窗户，结果除了一片朦胧的雾气与若隐若现的冷月，她什么都没看见。

"眼球在哪儿？"她问道。

"啊？怎么不见了？"艾利克斯难以置信地揉揉眼睛，"刚刚明明就在窗外的啊！那么大一只！"

塞西尔无语地瞥了他一眼，低头将纸笔收拾好，转身向艾利克斯走去："你别装神弄鬼了，赶紧把作业拿去，我还要回家吃饭呢。"

"怎么会这样？"艾利克斯仍然不死心地睁大眼睛盯着窗户，边看边比画，"刚刚我真的看到了，就贴在这面窗户上……啊！"话未说完，他又发出一声尖叫，身体犹如一支离弦的箭，瞬间蹿到塞西尔的身旁。

"又出现了……那只……那只……"

猩红的眼球无声地贴在窗户玻璃上，放射状血丝如同密集繁复的蛛网般遍布整个眼白。在那可怕的、犹如毒蛇般的竖瞳中，映出塞西尔纤细单薄的背影，仿佛下一秒就会将她吸入其中。

艾利克斯心里一惊，下意识地抓住了塞西尔的胳膊。

"又怎么了？"塞西尔顿时蹙眉。

可怜的艾利克斯被吓得瑟瑟发抖，用小得几乎听不见的声音说："你看一眼就知道了……"

塞西尔疑惑地扭头，依旧什么都没有看到。

"艾利克斯，"她认真地说，"你是不是有妄想症？"

"我没有！"小少爷委屈地大喊。可恶，它刚刚明明就在这里，怎么塞西尔一望过去就不见了？难道那玩意儿的目标只有他一个人？！

艾利克斯越想越觉得毛骨悚然，全身的鸡皮疙瘩都冒了出来。他得赶快逃离这里才行！

他像抓住救命稻草一样紧紧地抱住塞西尔细弱的胳膊，胆战心惊地小声指挥道："快，趁它不在，我们快出去。"

她在玩游戏的时候怎么没发现这家伙是个一惊一乍的胆小鬼？塞西尔无语，只能像拖着一只树袋熊一样拖着艾利克斯向外走。

今夜的天气不是很好，星月暗淡，浓郁朦胧的雾四处弥漫。整座塔楼里只剩下他们两个人，当他们每走一步，就会有低沉的回音从幽暗的走廊尽头传来。

感觉就像是有人在尾随他们一样。

艾利克斯小心翼翼地四处张望，边张望边嘀咕："你的胳膊也太细了，一点儿安全感都没有。"

塞西尔心想：你还嫌弃上了？

"你可以去抱柱子，那个很有安全感。"她面无表情地说。

"我才不。"艾利克斯戾戾地撇嘴，依旧紧紧地抱住塞西尔的胳膊不松手。

塞西尔懒得管他。很快，两个人便顺畅无阻地到了塔楼一层，只要穿过最后这条幽深黑暗的走廊就可以走出塔楼，各回各家了。

"那么传说中的眼球在哪里？"塞西尔边走边慢悠悠地开口问道。

"我怎么知道？它走了也说不定……"

艾利克斯试探着直起身体，见这一路的确没有再见到那只可怕的眼球，突然如梦初醒般放开了塞西尔的胳膊："哼！算它识相，否则我一个炎爆术下去，一定炸得它鲜血四溅！"

塞西尔似笑非笑地睨他一眼："哦？是真的吗？"

艾利克斯挺直脊背，俊秀白皙的面容上带着满满的自信与从容："当然是真的，我的炎爆术可是……"

他说到一半时，忽然注意到塞西尔正定定地看着他的身后。她薄唇微张，那双幽蓝的眼眸中充满了惊恐之色："艾利克斯，你……你后面……"

艾利克斯闻言顿时闭紧双眼，兔子似的躲到塞西尔的背后："啊啊啊！别过来！塞西尔快保护我啊！"

一片死寂……

他号了半天，四周仍然寂静无声。艾利克斯后知后觉地睁开眼，这才看到塞西尔正笑盈盈地注视着他，那眼神就像他看小丑表演时一样轻松愉快——他被戏弄了。

艾利克斯的脸瞬间通红，他急忙从塞西尔的背后走出来，磕磕巴巴地解释道："我……我的意思是……你辅助我，我好释放炎爆术。"

"哦——原来是这个意思呀！"塞西尔戏谑地笑道。

艾利克斯眼神闪躲，不敢看她，只能底气不足地应声："嗯……嗯，你明白就好。"

塞西尔几乎要笑出声。没想到逗这位小少爷居然这么好玩，她怎么没有早点儿发现呢？

艾利克斯自知刚才丢脸，这下也不敢乱说话了。他闭紧嘴巴，安静地跟在塞西尔的身后，不时巡视四周的动静。

很好，那只巨大的眼球这次是真的消失了。

艾利克斯终于松了一口气，放松地舒展身体，目光刚一扫向窗外那片茂密的草地，猩红的眼球再次缓缓进入他的视线范围内——巨大、狰狞、令人窒息。

"塞西尔，那玩意儿又来了！"艾利克斯再次叫喊起来。

可惜这一次塞西尔连眼皮都没动一下："小少爷，你听说过'狼来了'的故事吗？"

狼来了是什么啊？现在是怪物来了啊！

眼看着那只形态可怖的眼球越靠越近，甚至有要钻进窗框里的趋势，艾利克斯被吓得几乎心肺骤停。

倏地，一根漆黑的、柔软的触手进入了他的视野内，并缓慢地环绕住那只猩红的眼球。眼球微微转动，似乎是在寻找触手的来源。触手越缠越紧，在眼白上勒出深深的痕迹。

"塞……"艾利克斯从喉咙里挤出细微的声音，双手颤颤巍巍地搭上塞西尔的肩膀。

下一秒，眼球便被触手勒爆，鲜血像瓢泼大雨一样铺天盖地地洒了下来。

艾利克斯已经被彻底吓傻了。

无数只细长软滑的触手在草地上游弋，将洒落的血水吸收得干干净净。这一切看似缓慢，其实却是在一瞬间便悄无声息地结束了。

塞西尔听到艾利克斯发出虚弱的呻吟，终于不耐烦地扭头看他："你又怎么了？"

艾利克斯捂住嘴，杏眼圆睁，紧紧地贴着她，像个受了惊吓的小媳妇："你看下面……"

他又开始了。塞西尔本不想搭理这个胆小鬼，但他看上去又实在可怜。没办法，她只好依言走至窗边，无奈地推开窗户。

夜幕沉沉，月光清透。

"塞西尔，是你吗？"清亮柔和的少年的声音从雾气中幽幽地传了上来。

是兰尼的声音。塞西尔精神一振，立即向下探头——身形修长的秀美少年正站在青葱的草丛中，静静地仰头看她。他的黑发像夜色一样深，湿漉漉的眼瞳犹如蒙着水汽的翡翠，碧绿清澈，在月色的辉映下闪着瑰丽的光。

他沉静地站在那里，仿佛已经驻足许久。

第四章

恶 魔

　　塞西尔开心地招了招手："兰尼！"

　　"什么兰尼？"艾利克斯不解地走过来，在看到楼下的少年后，顿时惊讶地睁大双眼，"这是谁？怪物呢？鲜血呢？"

　　"你回家看看医生吧。"塞西尔好笑地瞥了他一眼，顺手将纸笔塞进他的手里，然后转身向楼下跑去。

　　"哎！塞西尔，等等，别丢下我！"艾利克斯回想起刚才那一幕，被吓得立马追上去。然而塞西尔并不打算等他，很快跑到兰尼的身边，两个人不知道说了些什么，便头也不回地离开了。

　　"可恶，居然丢下我一个人。"

　　艾利克斯也胆战心惊地跑到楼下，还好，这一次没有再出现可怕的东西。他想起刚才那恐怖的一幕，本能地想要闭紧双眼绕开这片草坪，却在目光触及地面的瞬间傻眼了——

　　那些血呢？

　　塞西尔和兰尼一起乘坐马车回到了莱维特宅邸。

　　回家后，塞西尔并没有回到自己的房间里，而是向斯特拉居住的二楼走去。她没有忘记向斯特拉道歉，所以回来后的第一时间就要去执行这件事。兰尼也神态自然地跟上她，塞西尔没有说什么，默许了他的行为。

"你怎么会知道我在那座塔楼里呢？是有人告诉你吗？"踩上螺旋楼梯的台阶，塞西尔有一搭没一搭地与兰尼闲聊。

兰尼："不，是我自己找到的。"

"你自己找到的？"塞西尔惊讶地看他一眼，"你是怎么找的？"别告诉她他是一座座塔楼搜过去的。

兰尼温顺地说："只要循着你的气味，很快就能确定你的大致方位，这很简单。"

这种说法显得她身上的气味很大一样。塞西尔忍不住又低头闻了闻自己，确定身上的确没有任何奇怪的气味，才放下心来。

先不论这种寻人的方法是真是假，起码兰尼像狗狗一样令人安心这一点，她暂且是清楚了。塞西尔的心情又变好了一些。

两个人抵达安静奢华的二楼，一眼望过去，深红色的地毯从他们的脚下一直延伸到通道的尽头，两侧墙壁上挂着装裱精美的油画，全都出自塞西尔母亲的手笔。不知道她的渣男父亲每次看到这些画时，心里会作何感想。

塞西尔平静地来到斯特拉的房间外，轻轻地敲了敲门："斯特拉夫人，你在吗？"

"是……小塞西尔？"屋里传出斯特拉的声音，因为隔着一道门，听上去有点儿闷闷的。

"是我。斯特拉夫人，您现在有空吗？我想和您聊聊。"

"现在？"斯特拉有些迟疑，"可是现在我有点儿不舒服。"

塞西尔微微挑眉："您生病了？"

"嗯，不是什么大病，只是有些感冒。抱歉，小塞西尔，虽然我很想和你聊聊，但要是传染给你就不好了。"斯特拉歉意地笑笑，间或发出几声虚弱的咳嗽声。

这番话说得委婉而明确，塞西尔会意，轻声道："既然如此，那我就不打扰您了，请好好休息吧。"

"嗯，晚安……"门内再次传出断断续续的轻咳声。塞西尔脚步微顿，转身带着兰尼一起离开了。

回到房间后，塞西尔让兰尼先候在一边，自己则立即去查看小一的状况。

水缸里，小章鱼像往常一样在水草深处浮浮沉沉，眼睛舒服地眯成一条线，看上去十分怡然自得。

塞西尔总觉得把小章鱼关禁闭完全没有起到警示的作用。她敲敲玻璃，试图吸引小章鱼的注意力："小一，饿了吗？"

小章鱼慢悠悠地睁开眼，惬意地挥了挥触手，看上去莫名其妙地欠揍。

虽然对小章鱼的态度感到不爽，但毕竟一天没带它出去，也没有喂食，塞西尔多少还是有些不忍心。她拿来一大盘新鲜牛肉，上面还在滴着血水，小章鱼看到这盘肉，立马游了过来。

"看来你还是知道饿的嘛！"塞西尔笑笑，夹起一块肉丢进水里。

小章鱼游到肉的下方，闻了闻，居然一掉头又游开了。

塞西尔的目光逐渐凝重起来。

小一应该是能感觉到饿的，不然不会在看到肉后立刻游过来，但它又不吃，难道是因为没有胃口？

这可是个大问题。

塞西尔托着下巴，隔着玻璃水缸仔仔细细地打量起小章鱼。小章鱼被她盯得发毛，于是蜷起触手，将自己遮得严严实实。

"或者我可以试着喂点儿魔力看看？"塞西尔喃喃自语，想起之前博德说过的话，决定现在就试一试。

塞西尔默念咒语，抬起左手，伸出纤细的食指，一缕魔力从她的指尖轻飘飘地溢散，闪烁着幽蓝的微光，犹如无数颗微小的星星。

小章鱼见到这美丽的光辉，再度游出水面。塞西尔正要将手指靠近它，光洁的小臂忽然被碰了一下。她低下头，发现兰尼正趴在她的腿上，眼巴巴地注视着她。

见塞西尔一脸不解，兰尼微微起身，又凑近了些。紧接着，在塞西尔迷惑的目光中，他用柔软的、微凉的脸颊轻轻地蹭了蹭塞西尔，同时露出了渴望的表情。

这次塞西尔看懂了，兰尼想表达的意思是——他也想吃。

她轻柔而坚定地推开了这个撒娇鬼，毫不客气地说："我在喂小一，你过来干什么？"

兰尼眨眨眼睛："我也想要。"

"不行。"

"一点点。"

"不行。"塞西尔不由分说地将兰尼推出门外，然后利落地关上门。

兰尼安静地站在外面，想了想，从腰后伸出一只细长的、透明的触手。触手缓缓移动，像细流一样无声地钻进了门缝里。他看到塞西尔正在将自己的魔力灌输给小章鱼，神情温柔且充满耐心，与对待他时完全不一样。

兰尼的心头顿时升起一种怪异的、矛盾的情绪。虽然里面那只也是他的化身，是他的一部分，但它得到了自己所没有的优待。

为什么会这样？明明他也很想吃。

他不高兴……他非常不高兴。

是夜，塞西尔又做梦了。

梦里，她像睡前那样开开心心地给小一灌输魔力。小一吸收了她的魔力，肉眼可见地长大，先是撑破了水缸，然后挤爆了房间，最后连莱维特宅邸都容不下它了。它的触手疯狂地延伸，柔软的身躯像潮水一样溢出。塞西尔眼睁睁地看着它将宅邸里的所有人缠住，最后变成一团肿胀的庞大肉块，被吓得立马收起魔力。这时，肉块发出了沙哑刺耳的低鸣，两只黑洞一样的眼睛迟缓地移向了她。

"我还要吃……"

塞西尔顿时惊醒。映入她眼帘的是熟悉的屋顶、熟悉的吊灯以及萦绕在鼻尖的若有若无的蔷薇香气。

太好了，那只是个梦而已。她轻抚胸口，平复心跳，慢慢地坐了起来。

是她最近太紧张了吗？抑或是日有所思，夜有所梦？感觉她做噩梦的次数似乎频繁了不少。可她才喂了小一一次魔力，就做了这么可怕的梦，以后要是持续不断地喂还了得！她迟早会喂出心理阴影……

她越想越觉得糟糕，好在空气中一直弥漫着淡淡的蔷薇幽香，熟悉的香味抚平了少女内心的不安，顿时令她平静不少。

塞西尔忍不住深吸一口气，正要躺回去继续睡，忽然皱了下眉。

不对，这个味道好像和单纯的蔷薇花香不太一样，这比蔷薇的香味要更加冷冽，更加湿润，她甚至都能想象出是什么才会散发出这样独特的气息。

塞西尔垂着眼眸，福至心灵地慢慢看向一侧。果然，在昏暗的光线中，少年正趴睡在她的床边上。他的侧脸笼罩在薄薄的月光下，柔软的短发比夜还要黑，睫毛低垂的时候有种虚幻幽静的美。

是他的气味。

塞西尔静静地凝视着兰尼，不知道该不该叫醒他。

下一秒，兰尼睫毛轻颤，带着睡意，慢慢地睁开了碧色的眼睛。

"塞西尔？"他呢喃道。

好家伙，他居然自己先醒了。

塞西尔抿了下唇，声音很轻："你怎么又进来了？"她应该严厉地训斥他，却不自觉地放缓了语气。

兰尼眨巴眨巴眼睛，无辜地说："我听到你的呜咽声，以为你在做噩梦，就偷偷进来了。"

塞西尔沉默了一瞬："我的确做了一个噩梦。"

兰尼注视着她，用柔和轻缓的声音小心翼翼地问道："是什么样的梦呢？"

眼前似乎又出现了肿胀丑陋的肉块，塞西尔微微蹙眉，细长的手指无意识地捏紧了被角："我梦到小一吃下我的魔力后变成又大又丑的怪物。"

兰尼轻柔地说："听上去很可怕。"

塞西尔点了点头，喃喃道："的确很可怕。"

"但你现在不用害怕了。"兰尼微微倾身，凑到塞西尔的面前。塞西尔感觉到他微凉的、犹如迷雾般的气息，一时间竟然忘了躲开。

"为什么？"她低低地问道。

兰尼用柔软、湿润的脸颊轻轻地蹭了蹭她，吐出的声音低柔而恍惚，有种诱惑人心的力量："因为我在你的身边。"

塞西尔没有推开他，从他刚才的话语中感到莫名其妙的安心，困意像潮水般随之袭来。于是她在兰尼温柔的注视中慢慢地躺了回去。

"睡吧，塞西尔。"兰尼轻声说，"我在这里。"

"嗯。"塞西尔闭上了眼睛。

兰尼坐在床边上，专注地看着她，余光忽然扫过一旁的水缸。然后他缓缓扬起唇角，露出一个小小的、得逞的笑。

过了几天，学院休息，艾利克斯如约带着丑陋的人鱼来找塞西尔，顺便告诉了她一个坏消息。

"你认识基恩·麦金托什吗？"艾利克斯神色神秘地说道，"听说他失踪了。"

"失踪了？"塞西尔微微蹙眉，"这消息属实吗？"

"当然属实。"艾利克斯骄傲地仰起下巴说，"这可是我的父亲告诉我的。"

艾利克斯的父亲——奥狄斯公爵是当今陛下身边的亲信兼挚友，整个亚斯塔帝国就没有他不知道的事情。既然是他告诉艾利克斯的，那这消息的真实性就毋庸置疑了。

塞西尔摸了摸下巴，冷静地问道："你的父亲有没有告诉你，基恩是什么时候，在哪里失踪的？"

"什么地方不知道，但他告诉了我时间。"艾利克斯说着说着忽然压低了声音，"就是我们留在学院里的那一天。"

那天？塞西尔眉头一跳，忍不住多想。

那天的见面也是她见到基恩的最后一面，不仅如此，兰尼还折断了基恩的手，虽然她帮忙治好了，但这不代表他没有落下什么心理阴影。不知道他失踪这件事会不会与他被折断手有关呢？如果真的有关系，那她可就麻烦了……

塞西尔稳住心绪，镇定地抬眸望向艾利克斯："那你父亲有没有说他是怎么失踪的？"

艾利克斯摇了摇头："没有，他也不知道。他说基恩就像人间蒸发了一样，没有留下任何痕迹，搞得学院连最基本的调查都无从下手。"

塞西尔闻言，不由得心生疑惑：没有留下任何痕迹？不应该呀。就算学院找不到他的人，但最起码他失踪前做了什么，见了谁，这些学院应该是能查到的吧。他是学院的学生，失踪当天也来上课了，怎么可能没有留下任何痕迹呢？

塞西尔想不通其中的缘由，一时没有再说话。艾利克斯见她没有反应了，忍不住俯身凑近她，低声补充道："我猜，他有可能是被那晚的怪物带走了。"

塞西尔："怪物？"

"对呀，就是我看到的那只眼球。"提起那晚的遭遇，艾利克斯仍然心有余悸，清秀的脸庞也隐隐发白。

他说得像真的一样，明明她什么都没看到。

塞西尔狐疑地看了他一眼，决定不再讨论这个无解的问题。她扭头看向一旁那只被用人们费力搬下来的密封水缸，问道："这里面的就是人鱼吗？它吃什么？"

水缸被黑色幕帘遮住了，塞西尔看不见里面的情形，但从幕帘下传出的一阵阵沉闷的撞击声中就可以听出来，这只人鱼的脾气比较暴躁。

"吃肉就行。"一提到人鱼，小少爷又露出了骄傲的神色，"对了，这条人鱼可是我费了很大的功夫才猎到的，它的性格非常残暴，你最好小心一点儿。"

塞西尔好奇地问道："有多残暴？"

"它会吃活物，所以你最好不要把它和其他鱼类一起养，否则到时候出了差错，可别怪我没提醒过你。"

听上去，这条人鱼还没有她的小一残暴。塞西尔微微一笑："我知道了。"

他们的对话到此为止，塞西尔吩咐用人们将水缸抬到蔷薇园里，全然没有再理会艾利克斯的意思。艾利克斯犹犹豫豫地看着她指挥用人，纠结再三，还是憋不住开口了："那……那个，塞西尔。"

"嗯？什么？"塞西尔漫不经心地应声。

"那个，莉娜……她在吗？"艾利克斯终于磕磕巴巴地问出这句话。

搞了半天，原来他是想问这个啊。塞西尔好笑地看了他一眼，忍不住想要捉弄他一下："莉娜在呀，她还等着我给她讲故事呢。"

"真的吗？"艾利克斯的双眼顿时亮了，他转而又警惕地盯着塞西尔，"等等，你给她讲什么故事？"

塞西尔笑得温柔："奥狄斯少爷与眼球状的怪物斗智斗勇的故事。"

"那……那个不能讲！"艾利克斯立马慌了，一把捂住塞西尔的嘴，"那件事只有我和你知道，不许你告诉别人！"

塞西尔："嗯嗯嗯……"

"更不可以告诉莉娜！否则我就把人鱼收回，还要……"

他的话还未说完，就被一道惊讶而愤怒的声音打断："奥狄斯少爷，你在做什么？！"

艾利克斯听到这甜美的声音，慌得立马松开了塞西尔。

莉娜提着裙摆从大厅里径直跑了过来，一把将塞西尔拉到自己身旁，生气地看向艾利克斯，语气出奇地严肃："奥狄斯少爷，请不要再欺负我姐姐了。"

艾利克斯非常委屈："我没有欺负她。"

莉娜："我都看到了，您不必狡辩。"

艾利克斯闻言，立马求助似的看向塞西尔，谁料塞西尔刚一对上他的视线，就若无其事地移开目光，一点儿要帮他解释的意思都没有。

可恶，到底是谁欺负谁啊？

艾利克斯被塞西尔气得满脸通红，少爷脾气立马就上来了。他愤愤地瞪了塞西尔一眼，然后破罐破摔地喊了一句"你根本什么都不懂"便气呼呼地跑出了宅邸，留下莉娜和塞西尔两个人大眼瞪小眼。

"要不你还是去看看？"塞西尔不确定地说。

莉娜有些犹豫："可是……"

"他的父亲比我们的父亲爵位高，要是惹恼了他可就不好了，你应该也不想给父亲添麻烦吧？"塞西尔故意恐吓莉娜。

莉娜闻言顿时紧张起来："那……那我现在就去追他！"说完，她便急匆匆地跑出去了。

没了这两个家伙，塞西尔顿觉放松不少。她伸了个懒腰，慢悠悠地回到自己的房间里。

"小一，我给你找了个新邻居。"塞西尔边说边推门，谁知刚一推开门就看到了诡异的一幕。

本该在蔷薇园里清理杂草的兰尼此时正站在水缸前，定定地盯着水底的小章鱼。他将一根手指伸进水里轻轻地搅动，水里顿时卷起湍急的漩涡，连带着小章鱼也跟着转了起来。

塞西尔对兰尼的行为感到疑惑。她忽略了这明显不正常的指力，无奈地叹气道："兰尼，你在做什么？"

兰尼停下动作，无辜地眨眼睛："我在观察小一，你看，它变得好大。"

小一变大了？塞西尔闻言连忙走过去，盯着在水里打转的小一仔细地查看。

好像小一的确是大了不少，如果说它上一次只长到了半只手那么大，那么这一次几乎都有两只手那么大了——而且还是成年男性的手。

"前几天小一明明还没有这么大……"塞西尔微微沉吟，"难道真的是魔力的效果？"

兰尼赞同地点头："肯定是的，如果你继续喂下去，它应该会长得很快吧。"

他的话语中隐含了诱导的成分，本意是想让塞西尔回忆起之前的那个噩梦，暗暗提醒她不能再给小一喂魔力。但塞西尔似乎已经忘了那个梦，开心地看着水缸里的小章鱼，欣慰地说："没想到效果这么好，看来我还要再多喂它一些。"

兰尼皱眉——他想要的不是这样的结果。他记得塞西尔被噩梦吓到的样子，所以猜测塞西尔应该只是忘了。

看来他得再提醒她一次："塞西尔，它会越长越大。"

塞西尔点点头，理所当然地说："对呀，我就是要它长大。"

"它还会把你吃掉。"

"那真是太遗憾了。"塞西尔的语气漫不经心，完全没有任何惊恐的情绪。

兰尼仔仔细细地看着她。这和她之前的反应不一样，也和他所了解的、接触的人类不太一样。虽然他接触过的人类并不多，但是那些人都弱小又平庸。

兰尼好奇地问道："你不害怕吗？"

塞西尔点头："害怕呀！"

兰尼："可你看上去一点儿都不在乎。"

他似乎很执着于这个问题，塞西尔无奈地叹息，耐心而轻柔地讲给他听："因为人是会被驯化的动物，当一个人无时无刻不被死亡的威胁笼罩，无论他有多恐惧，都会渐渐变得麻木。"

兰尼很快从她的话语中找到了重点："你说的这个人是指你自己？"

塞西尔平淡地微笑，算是默认了这个答案。

兰尼继续问道："你随时都会死去吗？"

"可以这么说。"塞西尔微微停顿了一下，紧接着对兰尼扬起一个柔软的、安抚的微笑，"啊，但你不用担心，在我死之前，会安顿好你的，也会把魔力分给你和小——如果你需要的话。"

兰尼陷入了茫然中。他并不了解死亡的意义，所以也不知道塞西尔在说这番话的时候是抱着怎样的心情。

她看起来很平静，与往常没有什么区别，但他能够从她的身上嗅出一点儿奇异的芬芳——很奇特，很美妙，勾起了他的食欲。于是他本能地想要靠近她。

"小塞西尔，你在里面吗？"屋外突然传来柔媚的声音，伴随着越来越近的脚步声。

塞西尔略一思索，随即望向门口："斯特拉夫人？"

"是我，小塞西尔。我刚收到一批上好的红茶，特地想请你第一个品尝。"

黑发紫眼的艳丽美人袅袅婷婷地出现在门口，刚要对屋内的少女扬起笑容，目光忽然停在了兰尼的身上。她脸上的神情在一瞬间变得古怪起来。

"斯特拉夫人？"塞西尔轻轻地唤了一声。

"怎么了，小塞西尔？"斯特拉回过神来，含着笑回应塞西尔。

塞西尔关心地问道："您的感冒已经痊愈了吗？"

闻言，斯特拉先是一愣，紧接着露出感动的微笑："小塞西尔，你这么关心我，我好开心。"她脚步轻快地走向塞西尔，手中的折扇精致而华贵，将她衬托得更加艳光四射，"放心吧，我已经完全好了，所以才会来找你呀。"

她的言辞自然而亲昵，仿佛她与塞西尔早已是一对亲密无间的好友。

塞西尔没有像上次那样尖锐而冷漠，也柔和地笑了起来："斯特拉夫人，应该感到开心的是我才对。谢谢您没有因为我的态度而讨厌我。无论如何，我都要为上次不当的言行向您道歉。"

斯特拉惊讶地微微睁大眼睛，随即浅笑着轻轻地抚上塞西尔的脸颊："你在说什么呢？"斯特拉注视着她，眼神温柔而包容，"我们不是家人吗？家人之间不需要道歉，更何况你这么可爱。"

很博得好感的回应，除了最后一句——让人有点儿摸不着头脑。塞西尔这样想着，默默地做出乖顺懂事的神色。

几天过去了，她早已想通，自己其实根本没必要排斥这位美丽的继母，毕竟做决定的是那个渣男父亲，就算继母不完全无辜，也不该受到她的冷眼相待。每一个爱上那个男人的女人都很可怜，无论是她的母亲，还是莉娜的母亲，抑或是美丽而年轻的斯特拉。

于是塞西尔决定与斯特拉友好相处。

"现在来陪我一起喝茶吧，我还让他们做了很美味的小蛋糕，你一定会喜欢的。"斯特拉边说边抚摩塞西尔的脸颊，动作轻柔而缓慢，透着一种爱不释手的感觉，令塞西尔感到些许不适应。但她不太好意思让斯特拉把手拿开，毕竟她们才建立起和谐友爱的关系。

她只好先应一声，紧接着假装忙碌地转身，将水缸里的小章鱼捞出来，放进干净的玻璃瓶里，然后对斯特拉解释道："我先把我的鱼换个地方，您可以先去外面等着，我换好就去找您。"

"好的，那我在庭院里等你。"斯特拉笑眯眯地说。

塞西尔微一颔首，带上小章鱼先出去了。房间里只剩下斯特拉与兰尼两个人，气氛安静得近乎诡异。

"你刚才，是想吞噬小塞西尔吧？"过了半晌，斯特拉突然开口道。她轻抬皓腕，将精美的折扇抵在唇边，有种说不出的魅惑。

兰尼歪了下头："吞噬？"

"不用装了，你刚才释放出的气息太过浓烈，我一进来就察觉到了。"

斯特拉不动声色地审视眼前的少年。她看不出这个少年的本体是什么，但直觉告诉她，他极有可能是她的同类。原因无他，少年在刚才那一刻暴露出的欲望太过明显。她很清楚，那种几乎令人窒息的黑暗绝对不是弱小的人类所能拥有的东西。

兰尼定定地看着她，突然笑了一下："你是谁？"

"当然是小塞西尔的家人呀，你呢？"

"我是塞西尔的男仆。"兰尼的回答一本正经。

两个人的回答都没有破绽，但彼此都很清楚，这不是他们想要的答案。

斯特拉眯起眼睛，用柔软的嗓音轻声说："听着，我不管你是什么东西，你不要妄想抢走小塞西尔，更别想在我的地盘上偷吃她。"

兰尼："为什么？"

"因为……"斯特拉柔柔地笑了起来，然而那双漂亮的紫色瞳孔里没有一丝笑意，"她是我的。"她的声音渐低，透着一股令人战栗的阴冷，犹如一条吐着芯子的毒蛇。

兰尼对她的话语没什么反应。他歪着头，仔仔细细地打量面前的女人，忽然冒出一句："你的眼睛还好吗？"

"什么？"斯特拉美丽的脸庞顿时冷了下来。

兰尼也轻轻地笑了，笑声轻快而愉悦："没什么，只是简单的问候而已。"语毕，他心情很好地走出房间，留下斯特拉一个人站在原地。

"咔嚓"一声，折扇化成齑粉纷纷落下，斯特拉默默地看着一地的狼藉，脸色阴沉得吓人。

她被一个不知道是什么的东西威胁了，而且这家伙似乎还见过她的本体。绝对不能让他抢走她的猎物，绝对不可以！

塞西尔带着小章鱼去了蔷薇园。

没了原先的园艺师，蔷薇园里变得一团糟。爬藤蔷薇放肆地疯长，如同汲取了源源不断的生命力，蔓延得到处都是。奇怪的是，即使是这样，宅邸里也没有一个人发现真正的兰尼已经不见了，好像本来就不存在这么一个人。

这也是兰尼做的吗？莫非是他用了什么篡改记忆的法术？

塞西尔想不通，也就不想了。她走到又高又粗的柱形水缸前，用力拽下幕布，露出水缸里的生物。

"哕——"

塞西尔听到一声干呕声，于是循着声音向斜后方望去。

"小……小姐，我不是故意要偷看的，我只是……只是……"可怜的女仆胆怯地从繁茂的蔷薇丛后踱出来，脸色苍白，似乎刚刚经受了一次认知的冲击。

"我明白，你只是对人鱼感到好奇。"塞西尔善解人意地说，"但这是我最喜爱的蔷薇园，还是希望你不要吐在这里。"

女仆听懂了她的言外之意，连忙捂住嘴巴跑了出去。塞西尔目视女仆离开，然后略带嫌弃地看向水缸里的人鱼——不，或许该称它为"鱼人"更合适一点儿。

鱼人的上半身与人类的上半身基本一致，下半身是长长的、肥硕的鱼尾，鱼尾上布满密密麻麻的疙瘩，一眼看过去堪称精神污染。最丑的是它的脑袋，又圆又肿，虽然五官和人类的五官相似，但眼珠凸起，嘴唇肥厚，表皮是破败的灰青色，更像是鱼头的畸变。

　　这么恶心的玩意儿，难怪艾利克斯舍得送给她。

　　人鱼一看到有人靠近便开始疯狂地撞击缸壁。塞西尔嫌弃地皱起小脸，低头问小章鱼："小一，你喜欢这个新邻居吗？不喜欢我就把它扔了。"

　　小章鱼趴在玻璃瓶里紧紧地盯着发疯的人鱼，两只眼睛亮晶晶的，似乎对这个丑东西很感兴趣。

　　没想到小一的口味如此独特。

　　虽然小章鱼看上去很想要这个邻居，但塞西尔不是很喜欢。而且她如果真的收养这条人鱼，那就不能把小一放在她的房间里了，最起码她不希望每天一回到家就看到这么倒胃口的画面。

　　就在塞西尔左右为难的时候，兰尼过来了。他看着塞西尔，似乎想开口说点儿什么，但塞西尔一把将装着小章鱼的玻璃瓶塞到他的手里，并严肃地叮嘱他："你在这里看好小一和这条……人鱼，我得去陪斯特拉喝茶了。"

　　她没有忘记与斯特拉约好的下午茶，于是急匆匆地赴约。

　　"塞……"兰尼看了丑陋的人鱼一眼，碧色的眼眸里闪过嫌弃。他下意识地喊塞西尔的名字，一偏头，却发现塞西尔已经不见了。

　　兰尼冷漠地看看人鱼，又看看玻璃瓶里的小章鱼，然后一抬手，将玻璃瓶扔进人鱼所在的水缸里。

　　塞西尔如约来到了葱翠的庭院。

　　这个庭院是凯文用来招待客人的地方，不同于蔷薇园的蓬勃与隐秘，这里的一草一木都是按照他的审美用心打理的，有种贵族特有的精致与仪式感。

　　庭院一角摆放了一张小巧的象牙白雕花镂空圆桌，桌前只坐了斯特拉一个人，正托着下巴对着塞西尔盈盈浅笑。

居然没有其他人。

塞西尔走过去，拉开椅子坐到斯特拉的对面。斯特拉笑盈盈地看着她，将提前斟好的红茶轻轻地推到她的面前。

"我一听到你的脚步声就斟好了，现在温度应该刚刚好，你尝尝看。"

塞西尔心想：太体贴了吧。她依言端起骨瓷杯轻抿一口，由衷地赞叹道："谢谢您，斯特拉夫人，果然很好喝。"

"是吗？你喜欢喝我就放心了。"斯特拉捂嘴轻轻地笑，又从点心碟里拿起一块精致可爱的小蛋糕，送到塞西尔的唇边，"尝尝这个，你一定也会喜欢。"

塞西尔垂眸看了一眼，斯特拉用白皙修长的手指捏着色泽鲜艳的蛋糕，搭配上形状优美的深红色指甲，看上去妩媚又诱人。

塞西尔乖乖地在蛋糕上咬下一口，绵密的奶油粘到了嘴唇上。她习以为常，正要舔掉那一点儿奶油，斯特拉忽然伸出手指，在她的下唇上轻轻地擦了一下，眼里带着微妙的笑意。

塞西尔眉头微蹙，心里有种怪异的不适感。

塞西尔不确定自己是不是想多了？虽然她知道斯特拉想和自己搞好关系，但搞好关系不应该是这样吧？最起码她会觉得她们之间缺少了一些界限感。

她下意识地微微后仰，唇瓣随之离开了斯特拉的指腹。斯特拉见状，优雅地收回手，脸上扬起柔柔的笑，眼中那一点儿微妙的笑意又消失了，仿佛刚才那一幕只是塞西尔的错觉。

"小塞西尔还是很讨厌我吗？"

塞西尔平静地说："不，我很尊重您。"

"那你为什么要躲开我呢？"斯特拉的语气有些哀怨，漂亮狭长的眼眸也失落地垂了下来，为她增添了几分楚楚可怜的气息。

塞西尔不为所动，诚实地告诉她："因为我不习惯您刚才的动作。"

斯特拉眨了眨眼睛："我只是想帮你擦掉奶油。"

"这种小事，我自己来就好了。"

"但是家人之间就是要互相帮助啊！"斯特拉的眼睛弯了起来，像细细的月牙儿，"凯文希望我能多照顾你，我也想多宠爱你一点儿。"

塞西尔沉默了一瞬："他为什么要这么做？"

斯特拉伸出手，轻轻地抚上塞西尔的脸颊，神情怜惜而温柔："因为他说小塞西尔是个很害怕寂寞的孩子。"

塞西尔承认，刚才有一瞬间自己的心柔软了一下，但之后涌出的更多的还是讽刺与漠然，于是她垂下眼帘，站了起来。

"斯特拉夫人，很高兴能与您一起喝茶，但我还有事，不得不先离开了。"

"这么快就要走了吗？"斯特拉遗憾地轻轻叹息，而后重新扬起包容的浅笑，"好吧，还是你的事情比较重要。你快去吧，别耽误了时间。"

作为继母来说，斯特拉真的很通情达理，只是……

塞西尔抿了抿唇，道了声谢，走了出去。

看着少女逐渐离去的背影，斯特拉慢慢地捧住脸，艳丽的脸上渐渐浮现出满足的微笑。

刚才她摸到了塞西尔的嘴唇和脸颊，真软啊！一想到要将这么柔软的女孩儿吞食入腹，斯特拉就忍不住兴奋起来，白皙的脸庞泛起潮红，舌尖也无法控制地分泌出涎水。

塞西尔太可爱了，真的太可爱了！她好想快点儿吃掉塞西尔啊！

塞西尔回到令自己安心的蔷薇园里，一走进去就觉得哪里不对——园里好像太安静了，那条一刻不停的人鱼这么快就停止撞壁了吗？

她疑惑地顺着蔷薇延伸的方向向里走去，一转弯，发现兰尼正背对着她，双臂随意地垂下，本该抱在他手里的玻璃瓶不翼而飞。

塞西尔大吃一惊：小一呢？小一不会被他放跑了吧？

她一慌，连忙跑到兰尼身旁，二话不说地抓起他的手仔细查看，却没找到任何有关小一的痕迹。

"兰尼，小一呢？"她慌张地问道。

兰尼眨了眨眼睛，视线落到紧贴的那两只手上——很舒服。他仔细地感受着塞西尔的触碰，心不在焉地用余光扫过一旁高高的柱形水缸："在水里。"

"水里？"塞西尔顺着他的目光望过去，一瞬间惊讶地睁大了眼睛——本该待在水缸里的人鱼已经不见了，取而代之的是又变大一圈的小章鱼。

小章鱼察觉到她的目光，蹑足地抬了抬触手，然后继续慢悠悠地在水里游来游去。

一个大胆的猜测在塞西尔的脑中一闪而过："人鱼呢？"

兰尼："被吃掉了。"

塞西尔："被谁？"

兰尼理所当然地回答道："小一。"

果然……她知道小一能吃，但是不知道它居然这么能吃。虽然有点儿遗憾刚到手的人鱼还没发挥一下作用就没了，但塞西尔一想到以后都不用面对这么丑的东西了，心中又生出一股欣慰感。而且小一连这么丑的玩意儿都能吃下去，说明它的胃口已经恢复了正常——太好了！

塞西尔看着自在的小章鱼，不由得露出了老母亲般的笑容。她高兴地趴到水缸边上，抓住兰尼的那只手也随之拿开。

兰尼顿时不悦地说道："塞西尔，你为什么不摸我了？"

塞西尔一惊："我什么时候摸你了？"他不要突然语出惊人好不好？！

"就是刚才，你摸了我的手。"兰尼指向她拿开的那只手，用控诉的语气说道。

"呃……"塞西尔尴尬地解释道，"那不是摸，我只是在情急之下碰了一下而已。"她被吓了一跳，差点儿以为是自己无意识地做了什么猥琐的行为，那可就太糟了。

兰尼撇了撇嘴，似乎不满她的解释。他皱起眉，像是在沉思什么，忽然又舒展开来，问道："那我可以摸你吗？"

"不可以。"塞西尔语气坚定地回答道。

她怎么这样？兰尼的心情跌落谷底。

他发现了，白天的塞西尔很冷淡、很理智，而且对小一比对他要好得多。只有到了夜晚，她在恐惧的时候才会主动靠近他。

兰尼逐渐明白了。

到了夜晚，塞西尔又开始做梦。这次的梦境依旧充斥着血肉与肿块，连那种血腥刺鼻的气味都无比真实。整个世界犹如巨鲸的腹腔般令人窒息，塞西尔在其中无止境地奔跑，却无论如何都找不到逃离的出口。

救命……谁都好……快来救救她……

她无望地求救，然而回应她的只有血肉横飞的声音。它们像闭合的蚌肉，不断地挤压空间，慢慢地将她包裹起来。

这时，她突然看到一个熟悉的背影——清瘦、修长，柔软的黑色鬈发随风拂动。在这个腥臭肮脏的世界里，只有他纯净如初，像是一道朦胧的光。

"兰尼！"塞西尔陡然惊醒。

"我在呢，塞西尔。"一双苍白的手从黑暗中伸了出来，浸着幽冷的月光。兰尼俊秀的面容随之显现，与梦中人的轮廓慢慢地重叠。

"兰尼！"塞西尔突然一把抱住了他。

兰尼的身体微微一滞。少女的怀抱温热而芬芳，带着微湿的薄汗。她的呼吸急促，喘息声丝丝缕缕地传至他的耳畔。她柔软细嫩的肌肤、顺滑无瑕的发丝、剧烈跳动的心脏此刻都在他的怀中，散发着香甜诱人的气息。

兰尼的喉咙突然变得干渴。

兰尼不知道这是什么感觉，像是饥饿时不断膨胀的食欲，却又有细微的不同。

但他懒得去分辨这一点点的不同究竟是什么。感到饥渴就去填充饥渴，产生欲望就去满足欲望，他的思维方式就是这么直接。至于他满足欲望的方式也很直接——吞噬就好了。吞噬使他愉悦，也是他原始的本能。

于是他垂下眼眸，目光落到少女莹白的颈项上——或许他可以从这里开始。

他一般不会纠结这种无聊的小问题，此时的塞西尔却让他犹豫了。他似乎不能像对待其他生物那样对待她，否则那样会弄疼她的——他的心底突然冒出这个奇异的想法。

"兰尼。"塞西尔突然低唤他的名字。

"嗯？"兰尼温顺地回应道。

"我又做梦了，"塞西尔的声音里透着一丝后怕与惊惧，脆弱柔软得犹如将谢的花瓣，"我梦到世界变得血肉模糊，无论我怎么逃都逃不出去……"

兰尼维持着被她环抱的姿势，安静地倾听："然后呢？"

"然后我就看到了你，"塞西尔如同呓语般轻声吐露道，"还好你在这里……"

兰尼忍不住翘起嘴角。

"兰尼，梦境和现实是相反的吧？"塞西尔这样问道。

当然不是。兰尼在心里默默地反驳，但还是顺着塞西尔的话柔声安抚道："是的。"

"那我就放心了。"塞西尔放松地长舒一口气，然后突然推开兰尼，"你出去吧，我要继续睡了。快点儿，你不是有自己的房间吗？回你自己的房间睡去。"

她的态度转变得太过突然，兰尼迷惑地眨了眨眼睛，抬眸看向她。

少女的脸庞沐浴在月光中，莹白柔润的脸颊微微泛着红，犹如冰雪中开出的花，有种朦胧旖旎的美。她别过脸，长长的睫毛不安地轻颤。

兰尼觉得自己好像更渴了。

兰尼被塞西尔赶出了房间。

不是她阴晴不定，实在是这有点儿不合适。她刚才会突然抱住兰尼，完全是因为噩梦的余威还没有消除，所以才会下意识地想要抓住这根及时出现的救命稻草。但她很快就冷静了下来，并且迅速地意识到——她居然在只穿着一件睡裙的情况下主动抱了一位异性，这实在是太不理智了！

即便是她唯一的哥哥阿诺德，也没有与她有过如此亲密的接触——至少在她十岁以后就没有再发生过了。阿诺德也一直将她保护得很好，从小到大，她从未交过一个男朋友，更别提与异性拥抱了。

一想到自己刚才的所作所为，塞西尔就不可避免地感到羞耻。她点亮烛灯，将放在床边上的琉璃水杯拿过来贴在脸上。直到冰冷的水杯缓解了脸上的热意，她才吹灭烛灯，重新躺回到床上，希望不要再做噩梦了。

休假结束后，学院里恢复了往日的热闹。

塞西尔听了半节治愈术初级解析课，发现都是自己早就学透的内容，便偷偷跑去了黑塔。

博德仍然在研究他的魔药，听到塞西尔走近，连眼皮都不抬一下。

"喂，别折腾了，快来帮我指点一下迷津。"塞西尔毫不客气地坐下。

博德语气懒散，凌乱的黑发遮住了眼睛，只露出眼下一片乌青的黑眼圈："我指点不了，你去找别人吧。"

"好啊，那我去请教范伦丁教授，相信他一定很乐意为我解答。"

塞西尔转身就要走，博德闻言连忙拉住她："我点，我点行了吧？"他拨开额发，露出那张阴柔苍白的脸，无奈地说，"以后别动不动就拿范伦丁威胁我，次数多了就没效果了。"

"哼。"塞西尔得意地轻哼一声，重新坐回到椅子上。

范伦丁是学院里专攻治愈术的老牌教授，为人和善且十分爱才，尤其喜爱在治愈术方面有天赋的学生。如果让他发现塞西尔已经将治愈术运用得如此纯熟，必定会对她十分欣赏，还会把她抢过去做自己的亲传弟子。

博德可不愿意把塞西尔拱手让人，毕竟自己活了二十多年也只碰到塞西尔这么一个合心意的学生。

"说吧，你又有什么难题了？"博德放下手中的试管，托着下巴端详眼前的少女。

塞西尔抿了抿唇，说："也不是什么难题，只是我最近频繁地做噩梦，你能查出是什么原因吗？"

"噩梦？"博德微微沉吟，"可以是可以，不过我需要和你进行通感，下沉到你的精神层面上，才能查出来。"

"和你通感？"塞西尔闻言顿时担忧地蹙眉，"不会对我造成什么不好的影响吧？"

"你都敢和魔物通感了，还会怕我？"博德没好气地凝出光刃，小心地划破塞西尔的指尖，然后在自己的手上随意地划过一刀，两个人的血液在他的手心上交汇融合。黑色的魔法阵凭空出现，塞西尔只感到一阵短暂的眩晕，很快，博德便收起手，魔法阵也随之消失不见。

"结束了？"塞西尔惊讶地问道。

"当然，我又不是你。"博德帮她把划破的指尖治好，紧接着一脸狐疑地盯着她，"你最近有没有遇到什么奇怪的家伙？"

奇怪的家伙？塞西尔认真地思索起来，那必然就是兰尼了，另外斯特拉夫人应该也能算一个。

"大概有两个。"她老老实实地回答道。

博德无奈地揉揉眉心，本就病态苍白的脸色变得更差了："怪不得会被乘虚而入，你有点儿警惕心好不好？"

塞西尔："怎么了？有人侵入我的脑子了？"

博德慢慢地说："倒没有那么严重，有人篡改了你的梦而已。"

篡改她的梦？塞西尔沉默片刻："这么做有什么意义吗？"

"我怎么知道？"博德忍无可忍地翻了个白眼，紧接着表情渐趋严肃，"我看不出篡改梦境的人是什么人，你自己要多加小心。你还记得我之前教你的强制契约的方法吗？"

塞西尔点头："记得呀。"

"如果，我是说如果，你遇到了你对付不了的家伙，就用这个方法强制和他签订主仆契约，这样他就不能伤害你了。这可是我的秘传，不是那些烂大街的只能对付小魔小怪的普通法术，只要是我能对付得了的敌人，你都可以凭借这个契约制住他们。但是你也要记住，这个契约对魔力和身体的消耗都很大，不到万不得已的时候不要轻易用它。"

博德说完，忍不住又按压太阳穴："唉，我怎么有你这么个不省心的学生，这下可好，今天的魔药也没心思做了。"

塞西尔全然不理会他的抱怨，掏出《黑魔法手帖》继续学习。

不过，篡改梦的人……会是谁呢？

在黑塔的时间总是过得很快，一转眼，塞西尔又结束了在学院的一天。

回到家后，她先脱掉烦琐的绸裙，换上轻薄柔软的睡裙，正打算去洗个舒舒服服的热水澡，忽然听到有人敲门。

一位女仆恭敬地站在门外，塞西尔记得她是斯特拉的女仆之一。

"大小姐，夫人邀请您一起泡温泉。"

塞西尔："邀请我？"

女仆语气肯定地回道："是的。"

塞西尔忽然觉得比起兰尼，斯特拉才是那个更奇怪的人。哪有后妈刚一嫁过来就邀请继女泡温泉的呀？要邀请也应该是邀请她的渣男父亲吧，难道她会比渣男父亲更重要？

不，说不定他们早就一起泡过温泉了……塞西尔的思维渐渐发散，回过神来才意识到这样不好。

塞西尔轻咳一声以掩饰自己的走神，然后扬声拒绝道："不好意思，我今天不想泡温泉，就不去了。你替我谢谢夫人的邀请。"

女仆并没有离开："夫人说她摘了很多花瓣放在温泉里，您一定会喜欢的。"

她还放了花瓣？塞西尔不由得蹙眉："是她自己摘的吗？"

"是的，是夫人亲自采摘的。"女仆不紧不慢地说，"她说大小姐的肌肤很娇嫩，一定要好好保养才行。"

塞西尔心情复杂。斯特拉太用心、太体贴了，这种过分体贴的态度反而令塞西尔觉得怪怪的。

算了，她揣测再多也没有用，还不如直接去看看，说不定斯特拉只是单纯地在示好呢？就算斯特拉真的不怀好意，她也有自保的能力。

做好决定后，塞西尔对在外等候的女仆温和一笑："那我就不得不去了。"

塞西尔在女仆的带领下穿过庭院与中庭，来到宅邸后方的一个房间外。她许久没有在宅邸里闲逛，直到此时此刻才发现这个地方居然还有一间这么大的屋子。

"以前有这个房间吗？"塞西尔发出疑惑的低语。

"没有，大小姐。"女仆低眉敛目，"这是老爷特地为夫人建造的温泉房。"

渣男真是大手笔。她已经懒得评价了，挥挥手示意女仆开门。

女仆恭敬地推开门，门上的铃铛随之发出清脆悦耳的声响。

塞西尔脚步轻缓地走进去。

这个房间非常大，内部装饰奢华昂贵到了令人咋舌的程度——一排的水晶吊灯流转着耀眼的光辉，璀璨夺目的宝石与幽香的鲜花从门口沿着深红的地毯铺了一路，走在其中，仿佛每一步都置身于高高的金币堆里。

塞西尔现在总算是知道凯文有多喜欢这位新夫人了。

她顺着地毯一直向里走，终于看到了所谓温泉。

这是一个室内温泉，池壁由光滑的大理石砌成，池中盛着清澈的泉水，热气蒸腾，勾勒出一道朦胧而性感的曼妙背影。

"斯特拉夫人？"塞西尔试探性地轻唤一声。

雾气中的人随即转过来，露出那张美艳漂亮的脸。

"小塞西尔，你居然真的来了，我好开心！"斯特拉的眼中迸发出由衷的惊喜，仿佛小心翼翼的等待终于得到了回应。

塞西尔觉得斯特拉像后宫里被冷落的妃子，而自己就是那个八百年才想起来路过临幸一下的冷血皇帝。

"毕竟是您的邀请，我怎么好拒绝？"塞西尔笑了笑，探头向温泉里瞥了一眼。

花瓣在哪儿？她虽然是为了过来看看这位继母究竟打的什么主意，但也有一部分原因是对花瓣温泉浴感兴趣。结果水里根本就没有花瓣，塞西尔觉得自己被骗了。

隔着缭绕的雾气，斯特拉看到少女的脸上隐约闪过一丝失望之色，了然地轻轻一笑，从水中起身，慢慢地向塞西尔走去。

塞西尔看到对方完美的身体从蒸腾的雾气中慢慢显现，下意识地移开了视线。

不是她害羞，而是斯特拉的身材太好了，任何人瞥上一眼都像是在垂涎。她可不希望斯特拉日后和凯文提起自己时，会出现"那孩子一直在盯着我的身体"这样糟糕的内容。

很快，斯特拉来到塞西尔的面前，发出一声轻轻的、柔媚的笑，说："小家伙，现在看看我，我已经穿好浴袍了。"

塞西尔闻言移回视线。果然正如斯特拉所说，她已经披上一件宽大的浴袍，将她完美诱人的身材遮得严严实实。

塞西尔顿时松了一口气，由衷地说："父亲一定很喜欢您。"

"呵呵，还好吧。"斯特拉柔柔地牵起塞西尔微凉的小手，紫眸里浮动着迷人的光，"你呢？你喜欢我吗？"

塞西尔没有回答。

"好啦，过来换衣服吧。"斯特拉笑着跳过这个话题，将她拉到一旁的衣架前，然后像亲密的小姐妹一样，兴致勃勃地为她挑选起泡温泉的浴衣。

"这件粉色的怎么样？裙摆小小的，你穿一定很可爱。

"这件蓝色的也不错，和你的眼睛很相衬，也很适合你。

"这件呢？布料非常丝滑，还有点儿透，你穿上一定很性感。"

塞西尔终于忍不住开口道："斯特拉夫人，这些都是您的浴衣吗？"她不太喜欢穿别人的衣服，即使是没穿过的。

"当然不是。"斯特拉转过脸来，笑容无比甜蜜，"这都是我特地为你准备的。"

塞西尔："为我？"

"对呀，毕竟你也不可能只来泡一次，我还想以后经常和你一起泡温泉呢！"

她想得真周到。塞西尔托着下巴认真地盯着那些样式繁多的浴衣，最后抬手指向一旁一件最简单、最普通的白色浴衣："我穿这件吧。"

"好呀！"斯特拉莞尔一笑道。

趁着塞西尔去换衣服的时间，斯特拉摇了摇铃铛，让外面的女仆进来。

"把花瓣都放进水里。"她吩咐道。

四名女仆一同应声，将早已准备好的玫瑰花瓣撒到水面上。

很快，她们做完这项工作便又出去了。临走前，斯特拉还叮嘱她们："把门关好，不要让别人来打扰我们。"

"是，夫人。"女仆应声退下。

偌大的房间里又只剩下塞西尔和斯特拉两个人。

斯特拉优哉游哉地在温泉池中静静地等候。过了一会儿，塞西尔终于穿着纯白的浴袍出来了。

"小塞西尔，这件很适合你。"斯特拉双眸一亮。

塞西尔垂眸看向领口："是吗？"

"当然。"

斯特拉缓缓靠近塞西尔，从水中抬起柔滑莹白的手臂，然后将手伸到塞西尔的面前，柔声说："现在下来吧。"

塞西尔不动声色地盯着这只手，试图找出一点儿隐秘的破绽。但很显然，这只手除了格外纤长白嫩，没有任何不对劲的地方。

"小塞西尔？"斯特拉柔柔地呼唤她，"怎么又发呆了？快下来吧，水温刚刚好，一点儿都不烫。"

塞西尔暗暗思忖：人家都这么催了，自己一直不下去似乎也不太好。

于是她轻轻地握住斯特拉的手，在斯特拉的牵引下小心翼翼地进入了温泉池中。

果然如斯特拉所言，水温保持在一个刚刚好的程度，塞西尔一进去，就舒服地蜷起了脚趾。

她已经很久没有这么放松过了。流动的泉水与娇艳的花瓣像微风般轻抚她的肌肤，她慢慢地躺下来，一股温暖柔和的热流随即包裹住她，很快酥麻的感觉传遍全身。与此同时，玫瑰的幽香也在氤氲的热气中蒸发、飘荡，一时间，塞西尔甚至产生了一种身在仙境的错觉。

渣男可真会享受，给自己和新老婆造了这么一个好地方，直到现在都偷偷摸摸地不告诉她。塞西尔一边惬意地闭上双眼，一边在心里咒骂她的渣男父亲。

慢慢地，一双比花瓣还要柔润的手无声无息地攀上她的肩头，在她单薄圆润的肩上轻轻地抚摩，宛如正在爱抚一件无与伦比的宝物，带着无限的耐心与温柔，令人难以拒绝。

塞西尔微微睁开眼睛，听到耳畔响起斯特拉的声音，温柔轻缓，像蜜糖一样甜："舒服吗？"

塞西尔点了点头，没有说话。

"我就知道你会喜欢的。"斯特拉愉快地轻轻一笑，双手在塞西尔的肩颈处轻轻地按压，"这样是不是更舒服了？"

塞西尔无比认同地说道："嗯，您真是太厉害了。"看不出来后妈手法不错啊，刚好缓解了她最近因为频频做噩梦而产生的疲惫。

"在学院里学习了一天一定很辛苦吧？"斯特拉像一位真正的慈母，将塞西尔的纯白色长发用手捋顺，然后对她说，"趴到边上，我帮你按摩一下后背。"

"好的。"塞西尔微微停顿了一下，便听话地走到大理石边，轻轻地伏了上去。

现在她已经完全看不到斯特拉了，只能凭听觉和触觉来判断斯特拉的位置。

"哗哗"的水声从后方传来，不一会儿，斯特拉的双手便伸了过来，轻轻地捏住了塞西尔的浴袍后领。

"小塞西尔，先把衣服脱下来吧，这样我才好帮你按摩后背呀。"

塞西尔微微思忖了一下："温泉水可以直接接触肌肤吗？我怕对我的皮肤不好。"

斯特拉闻言笑了起来："小家伙，哪有你想得那么可怕呀？放心，我泡了那么多次都没问题，你也不会有问题的。"

"可是斯特拉夫人您的皮肤比我的好，就算真的有不好的影响也看不出来，我就不行了。"塞西尔垂着眼睑，半是羡慕半是失落地说。

斯特拉看着少女莹白动人的侧脸在雾中若隐若现，脖颈如同天鹅颈般修长优美，差点儿就要抑制不住地咬上去。斯特拉努力地压下这股冲动，对塞西尔露出带有安抚性质的柔媚笑容："胡说什么呢？小塞西尔，你的皮肤又滑又嫩，比我的可要好多了。"

"才不是，明明是您的皮肤更好，不信我们现在就比比看！"塞西尔突然变得执拗起来，说话的语气与神情也恢复了平日的娇蛮任性。

斯特拉求之不得。

"好好，那就让小塞西尔比一比。"她的声音里含着掩饰不住的笑意，玉臂微抬，浴袍的长袖滑至手肘处，露出一截湿漉漉的小臂。

塞西尔抓住斯特拉的手臂，睁大眼睛假装端详的样子，指腹却紧紧地按压上去，指甲内侧在一瞬间凝出一道细小的光刃。下一秒，一滴小小的血珠从她的指尖下渗了出来。

这是斯特拉的血，同时也混入了她自己的血。

"啊，斯特拉夫人，我好像不小心把你划伤了。"她满怀歉意地说，嘴角微微下撇，一副局促不安的样子。

斯特拉怜爱地看了她一眼，毫不在意地安慰道："没关系，只是破了一道小口子而已。"

"谢谢您不生我的气。"塞西尔收回手，将藏着血的手指攥进手心里，然后不好意思地笑了一下，再次转身趴了回去，"那请您继续帮我按摩后背吧。"

签订契约所需的材料她已经弄到手，接下来就看斯特拉会对她做什么了。如果斯特拉只是单纯地按摩，那她自然会把血融进水里，当作无事发生；如果斯特拉敢做出任何危害她生命的事情……

塞西尔在心里将主仆契约的咒语重复了一遍，默默地看着斯特拉投到墙上的影子。

"好，那你乖乖地趴在这里不要动，我会尽量温柔的。"斯特拉的声音越来越低，由甜蜜的女声逐渐变成雌雄莫辨的低柔嗓音。塞西尔看着那道曼妙的女性身影慢慢地靠近自己，贴在自己的后颈上，下一秒那道身影突然变成一团巨大的、四分五裂的花朵。

塞西尔：嗯？！

这完全超出了她的预料。

眼看着那如同花瓣般绽放的阴影即将落到她的身上，她立刻将指甲里的血液吞下去，然后飞快地默念咒语，与此同时，身后的斯特拉突然发出痛苦的低吟："痛……好痛……塞西尔……你对我做了什么？"斯特拉的声音变得粗哑。

塞西尔头也不回，边念咒语边说："强制契约，差不多该完成了，还有最后一步。"话音落下，塞西尔突然转身，用沾染鲜血的手指在那狰狞狂舞的漆黑口器上死死一按。

黑色的六芒星法阵凭空出现，名为"斯特拉"的怪物被夺目的光芒完全笼罩，下一秒，黑色法阵化为锁链，瞬间将光芒捆缚收缩——契约生效了。

随着一声低低的呻吟，光芒散去，斯特拉缓缓变回了人形，锁链与法阵都刻入了她的体内，与此同时，塞西尔的脑海中多了一份契约仆从的信息——无性的恶魔。

塞西尔立刻望向躺在地上的斯特拉，艳丽的美人此时正张着殷红的双唇剧烈地呼吸，紫眸里水光盈盈，从塞西尔的角度正好可以看到斯特拉鲜红舌头上的魔法阵在微微发光。

"我有恶魔了。"塞西尔轻轻地笑了起来。

第五章
学 习

　　塞西尔一直很想拥有一个强大的宠物。不是像小章鱼那种虽然很能吃但大部分时间在卖萌的废物点心，也不是像人鱼那种除了丑得让人吃不下饭一无是处的怪物，而是那种真正强大的、可以干掉敌人的、类似魔宠或者灵兽一样的生物。

　　如果要求不那么严格的话，或许兰尼也能算是个强大的宠物，但他看上去并没有表面上那么乖巧听话，而且目前他姑且还算是个人。

　　嗯……他应该是人吧？塞西尔不太确定。

　　不过不要紧，现在不需要纠结这些了，因为她拥有了真正强大的仆人——恶魔！由主仆契约缔结而得到的仆人远比宠物来得可靠和安心，因为他们受到契约的束缚，无法对主人做出不利的事情。除非主人身死或者主动解除契约，否则他们永远都无法背叛主人，这是契约生成的法则，没有任何生命可以违背。

　　塞西尔很激动，也很开心，没想到自己随便一网就捉到一条大鱼，有了这只实力强劲的恶魔，就算是日后与莉娜的"攻略对象"们打起来，她应该也能和他们打个平手吧？更何况，这只恶魔骗了她的渣男父亲，还哄得他晕头转向，一想到这一点，她就感到莫名其妙地爽快——干得好，斯特拉！

她走到斯特拉的面前蹲下，轻轻地摸了摸斯特拉漆黑潮湿的长发："你还好吗？感觉怎么样？"

斯特拉恶狠狠地瞪着她，眼神阴冷而狰狞："你这个低贱弱小的人类，居然敢强制与我缔结契约！"

"我是低贱弱小的人类，那你又是什么呢？"塞西尔笑眯眯地问道，"低贱弱小的人类手底下的一条狗？"

斯特拉美艳的面容瞬间变得愤怒而扭曲，柔顺的黑发突然腾空挥舞，猛地冲向塞西尔的脖子。

"啊！"不等发丝触及塞西尔，斯特拉突然发出一声撕心裂肺的惨叫。

塞西尔看着斯特拉，轻轻地说道："不要小看这个契约啊。"她伸手，捏住斯特拉的下巴，微一用力，斯特拉便痛苦地张开嘴，露出印有魔法阵的舌头。此时因为契约的力量生效，原本已经消失的魔法阵重新显现了出来，在斯特拉的舌面上泛着猩红的幽光。

"知道了吗？这就是契约缔结的证明。只要这个印记还在，你就永远不能攻击我。"塞西尔松开手，拍了拍斯特拉的头顶，语气轻松地说道，"所以不要再做无谓的挣扎了。有这个时间，你还不如起来陪我聊聊。"

斯特拉看了塞西尔一眼，塞西尔神情平静，任由斯特拉露骨地审视自己。

半晌，斯特拉终于慢吞吞地坐了起来，将凌乱的发丝拨到耳后，纤长浓密的眼睫微微掀起，剔透的紫眸已经恢复娇娆美艳的媚态："那么你想聊什么呢，主人？"

塞西尔心想：还挺入戏。

突然从后妈变成奴仆，斯特拉身份转换得极为流畅自然，但塞西尔稍微有点儿不适应，抬手抵在唇边轻咳一声，状似无意地问道："那个，你给我讲讲那个无性是真的还是假的呀？"

没想到她最关心的居然是这个。斯特拉眼中闪过一丝意味不明的笑意，舌尖轻轻地舔了下殷红的唇角："当然是真的，不信的话你可以检查。"

那就不必了。

她继续问道:"那我的父亲为什么没有发现这一点呢?无性和女性,差别还是挺大的吧。"

"因为我可以根据需要变换性别,换句话说,我既可以是女性,也可以是男性。"斯特拉说着,倾身慢慢地爬向塞西尔,声音逐渐变得低柔而有磁性,"如果你有需要,也可以试试……"

这个恶魔难不成还想父女通吃?塞西尔冷静地将斯特拉推了回去,继续问道:"下一个问题,你为什么要吃我?"

恶魔的脸上出现了一瞬的迟疑:"这不是你能理解的问题,而且一时半会儿也说不清楚,下一个。"

这个恶魔还卖关子。

塞西尔想了想,说:"好,最后一个。篡改我的梦,害我做噩梦的人是不是你?"

斯特拉这次露出了迷茫困惑的表情:"篡改梦?我没有做过这种事啊。"

塞西尔狐疑地打量她:"真的?"

"当然是真的。"斯特拉眨眨眼睛,紫罗兰色的瞳孔清澈无辜,看上去不像在撒谎,"我虽然是恶魔,但也不能篡改别人的梦,更何况这么做对我又有什么好处呢?我又不能在梦里吃掉你。"

有道理。塞西尔暂且认同了她的说法,下一秒忽然蹙起细眉:既然这个人不是斯特拉,那难道是……兰尼?

塞西尔丢下斯特拉,立马回到自己的房间里,拿出之前从博德那儿得来的《魔法生物图鉴》,仔仔细细地寻找起来。

能够篡改梦境的魔物……没有!没有!没有!

除了魅魔,没有任何一种魔物拥有这种能力,但要是魅魔,他们也不应该仅仅只是篡改梦这么简单,更何况,他们也不找女人……

塞西尔满肚子疑惑,躺在床上没有一点儿思绪。究竟是不是兰尼呢?如果真的是他,那他的目的又是什么?

她陷入了沉思中，不知过了多久，门外传来轻缓的脚步声——是兰尼从蔷薇园回来了。塞西尔连忙拿起一旁的薄毯盖到身上，闭上眼睛开始装睡。

很快，兰尼推开门走了进来，带着一身的蔷薇香气。塞西尔听到他慢慢地走近，最后在床边停下。

"塞西尔？"兰尼轻唤。塞西尔没有反应。

兰尼微微提高声音，又喊了一遍。塞西尔仍然没有反应。

兰尼安静了下来。

过了一会儿，塞西尔感觉到腿上的薄毯滑了下去。

一定是兰尼，她想。也许兰尼是想趁她睡着的时候对她使用改梦的法术，她要继续伪装下去，看看兰尼究竟要做什么。

塞西尔保持着平稳的呼吸，继续躺在床上一动不动，犹如陷入熟睡中。

兰尼没有出声。房间里渐渐响起细微的声音，"窸窸窣窣"，如同藤蔓抽枝般，在塞西尔的周围隐隐地响起。

冷静，保持冷静，塞西尔在心里提醒自己。下一秒，她的小腿肚被轻轻地碰了一下。她不确定是什么东西碰了她，但那绝对不是人类的手——那东西的触感冰冷、潮湿、柔软，有一种说不出的熟悉感。同时她也突然意识到，自己的大腿正暴露在微凉的空气中——是刚才的薄毯将她的睡裙裙摆蹭到了上面。

她的心跳加快了一点儿。

奇怪的触碰仍然在继续，像是在试探般，从塞西尔的小腿肚上慢慢地游走到膝盖上，然后又落到她柔白细嫩的大腿上。那东西在她的腿上轻轻地点了点，又蹭了蹭，比起恶意的骚扰，更像是单纯的好奇与恶作剧似的逗弄。

这很像兰尼会做的事。塞西尔这样想着，依旧没有动弹，等待兰尼下一步的动作。

然后她感觉到那个凉冰冰的东西慢慢地缠上了她的肌肤，一寸一寸地，在她的腿上激起奇异的酥麻感。

她终于忍无可忍，睁开了眼睛。

塞西尔的动作太过突然，几乎是睁开双眼的瞬间，她看到有什么纤细的、柔软的东西从她的眼前一闪而过，像水一样滑到了兰尼的身后——细细长长的，像是章鱼的触手。

"兰尼，刚才那是什么东西？"她直接问道。

兰尼把双手背在身后，无辜地眨了眨眼睛："没有什么东西啊。"

"哦？是吗？"塞西尔半信半疑地看了他一眼，慢慢地从床上坐了起来，顺便拉下裙摆，遮住自己嫩白的大腿。

"那刚才碰我的是什么？"她问道。

兰尼神态自然，甚至带着几分真诚与纯洁："是我的手。"

塞西尔会信他才有鬼。

很显然，兰尼对她有所隐瞒。基于现在对兰尼的真实动机并不了解，她不打算贸然与兰尼发生对峙。但她可以使些小手段，比如诱哄。

塞西尔清澈如海水般的蓝眸逐渐变得深沉，她若有所思地审视兰尼，突然对他绽放出一个温柔的、亲切的微笑。她的笑容在昏黄的灯光下充满了迷惑性，唇角柔和地上扬，宛如一个小小的钩子，勾得人心神荡漾。

"兰尼，到我旁边来。"她拍了拍柔软的床，示意兰尼坐过去。

兰尼看着她，像一只纯洁无害的小鹿，听话地坐到了她的身边。

他们并排坐在一起，肩膀相隔两根手指的距离。塞西尔用轻柔而耐心的语调对他说："把你的手伸出来。"

兰尼乖乖地照做，将双手伸到塞西尔的面前。

他的手苍白而修长，指节分明，肌肤细致，除了隐隐的蓝色血络，没有一丝血色。塞西尔认真地打量了一会儿，突然抬手在兰尼的手指上戳了戳。

兰尼："塞西尔？"他惊讶地看向塞西尔，浓艳的碧眸里浮现出疑惑。

"你刚才就是用这双手碰我的吗？不像啊。"塞西尔状似不解地呢喃道，指尖微微移动，停在兰尼冰凉的手心上，"是这里吗？"她边嘀咕边捏兰尼的手心，像揉捏猫咪的肉垫一样，动作轻柔，同时用细细的指尖轻轻地刮了他几下。这个动作带有一点儿隐晦的挑逗意味，兰尼喉结微动，双眼的碧色似乎加深了些。

他当然不懂什么是挑逗，只是因为塞西尔的触碰而感到愉悦。这种愉悦与他进食时的感觉是不同的，比起进食的满足，这种愉悦会令他本能地渴求更多。

塞西尔不动声色地偷瞥兰尼的神色，同时用一种循循善诱的、轻缓的语气问道："兰尼，告诉我，刚才碰我的是这双手吗？"

兰尼的目光落到她的脸上，专注而执着："是。"

不诚实。这家伙撒谎真的很熟练，从第一次见面时就这样，也许是因为没有人类的道德感，所以他才不会因为欺骗而产生任何负罪或愧疚的心理。

塞西尔微不可闻地叹了口气，自觉略过了"为什么要偷摸她"这个问题，反正兰尼的回答肯定是"想摸""想碰""很好奇"之类的内容，问了也是白问。她回想了一下睁开眼时看到的那一幕，顿时又有了眉目。

她将上半身微微后仰，双手依旧在轻捏兰尼的手心，眼睛却偷睨兰尼的后背——他的后背挺拔，像一棵苍翠蓬勃的杨树，隔着衣物可以隐约看出他腰肢劲瘦，有一种青涩又充满力量的美。

她看得很清楚，那个黑影一样的东西是一瞬间缩回到兰尼的身后的，那么她也许可以从检查后背这个方向下手。

塞西尔心里有了主意，慢慢地停下手上的动作，状似无意地开口道："兰尼，你刚才去哪儿了？"

兰尼乖巧地回答道："我去了蔷薇园。"

"去蔷薇园做什么？"

"修剪蔷薇。"

塞西尔闻言顿时紧张起来："你不会把蔷薇都剪坏了吧？"

兰尼可疑地停顿了一下，然后扬起纯真的笑容，面不改色地撒谎道："没有。"

其实整座蔷薇园里的植物都被他用触手破坏了，但他不觉得有什么问题，反正他又不喜欢。但是现在看来，塞西尔似乎不希望蔷薇被破坏。待会儿他再偷偷回去把它们复原吧，兰尼默默地想。

塞西尔听到这句否认的话后，放心地松了口气。暂且将心爱的蔷薇放到一边，她继续自己的哄骗工作："原来你是去修剪蔷薇了，怪不得你的背后这么脏。"她像煞有介事地指指兰尼的后背，对他提议道，"我帮你把背上的草屑都拿掉吧？"

"好。"兰尼一口答应，没有对塞西尔的话产生丝毫怀疑，像听话的小狗狗——如果他没有撒谎的话。

塞西尔的心情有些遗憾，然而脸色一如既往地平静。她将左手移到兰尼的背后，隔着柔软的衬衫布料，在他的肩胛骨上轻轻地按压起来。这一块好像很正常，再往下试试。

塞西尔的手继续向下游走，在兰尼的脊骨上揉捏抚摩。兰尼忍不住挺直腰背，全身肌肉都因为她温热的指尖微微紧绷。

但塞西尔并没有察觉到这一点，她认真地寻找着不对劲的地方，没有放过每一寸皮肤。可惜，除了手感很好，她仍然一无所获。

奇怪，那东西到底藏到哪里去了？就算是像斯特拉那样的恶魔，也会露出破绽的，这家伙的破绽究竟在哪里？

塞西尔不死心，又在兰尼的腰上掐了两下。少年的腰很细很白，但并不柔软，反而覆着一层薄薄的、坚韧的肌肉，如同冰冷坚硬的甲胄。

塞西尔下手的力道不轻不重，对兰尼来说就像幼猫的轻挠一样，他非但感觉不到丝毫疼意，反而有一阵隐隐的酥麻感迅速地从腰后扩散至全身。

塞西尔的手太柔软了，柔软得像涓涓的水流，或者轻拂的微风。但水和风并不能带给兰尼这样的感受——只有塞西尔，她的一举一动，都能轻易勾起他的欲望。

他可能是饿了。兰尼在逐渐膨胀的欲望中得出这个结论。

塞西尔收回了手，心里有点儿失望。

明明兰尼已经在她的面前露出了马脚，但她依然摸不出兰尼的底细。而且她今天也不能再强制签订主仆契约了，虽然在斯特拉的面前伪装得很好，但其实她的身体已经处于极度虚弱的状态。

博德没有夸大其词，强制契约对人的损耗的确很大，她起码要休息一周才能恢复过来。在此之前，她不能与兰尼硬碰硬，否则输的一定是她。

她有些疲惫地揉揉眉心，轻轻地推了推兰尼："你出去吧，我要睡觉了。"

但兰尼没有动，相反，塞西尔隐隐觉得，他似乎贴得更近了。

"兰尼？"她声音微扬，垂在身侧的两只手偷偷收紧。

他这是要撕下伪装了？

兰尼依旧没有回应她。他侧转过身，微微垂眸看着她，声音听上去有些暗哑。

"塞西尔，"他说，"我可以吃你吗？"

"啊？"塞西尔的反应慢了一拍。

"我可以吃你吗？"他又问了一遍，和平时一样礼貌、温顺、乖巧，却又透出隐隐的期待。

"不可以。"塞西尔意识到不妙，蜷缩起身体，慢慢地向后面退去。

但兰尼没有像往常那样听塞西尔的话，翻身扣住了塞西尔细细的手腕。她的力气本就和他的力气不是一个量级的，再加上身体虚弱，她此时根本没有挣扎的余地。

塞西尔想要抬腿踢他，又被他一把握住纤细的脚踝，完全受制。

塞西尔紧咬下唇，看着兰尼伏在她的身体上方，落下一片黑色的阴影。他低垂着那双剔透浓艳的绿眸，眸光浮动，映出她略微惊慌的脸，在黑暗中幽深美丽，犹如寂静的海。

塞西尔觉得这大概就叫玩火自焚。她的大脑飞速运转，开始迅速地思考化解危机的对策。按理说，她现在可以召唤恶魔，让斯特拉来救自己。

但这个办法很快就被她放弃了——斯特拉现在恨她还来不及，如果知道有人要吃她，估计只会拍手叫好，甚至还会在外面帮兰尼望风，然后看着她咽气直至死透，再开开心心地重获自由，继续下一段觅食之旅。

斯特拉靠不住，而她唯一靠得住的亲哥哥阿诺德又不在家。

她只能自救了吗？

她很快冷静下来，并尝试与兰尼沟通："兰尼？"塞西尔小心翼翼地戳了戳兰尼的锁骨，不敢太用力，怕他一口咬上来。

兰尼没有说话。他低下头，伏在塞西尔洁白优美的颈窝上，像猫一样好奇地轻嗅，嗅着嗅着，又用他那分叉的、柔软的舌头在塞西尔的耳垂上舔了一下。

"痒。"塞西尔缩了缩脖子，脸颊上不可避免地透出浅浅的红晕。

分叉的舌尖比普通的舌尖更能影响她的感官，她的半边身子仿佛瞬间酥软了，一向平静的声音也因此微微颤抖了。

兰尼的眸中露出恶作剧般的笑意。他很喜欢塞西尔做出这种反应，这让她看起来更加美味了。

他继续蹭着塞西尔的脖子、耳朵，漆黑如鸦羽般的黑发柔软地垂落下来，与塞西尔雪白微鬈的长发交织在一起，丝丝缕缕，相互交融，有种触目惊心的美。

塞西尔再次开口，试图说服他："兰尼，你不要吃我好不好？"

兰尼埋着毛茸茸的脑袋，声音听上去幽冷低哑："为什么？"

"因为我是人类，你也是。人类不可以吃人类，否则会受到惩罚，还会被处以死刑。"她说得很慢也很耐心，有种娓娓道来的劝阻意味。

兰尼却无辜地说："可我不是人类。"

塞西尔一时语塞——他居然这么若无其事地就说出来了。虽然她的确猜测过这种可能性，但听他亲口说出来还是有些紧张。好在她刚对付过一个奇形怪状的恶魔，对于兰尼的回答尚且处于可以承受的范围之内。

"好吧，就算你不是人类。"她抿了抿唇，斟酌着用词，"我也不建议你吃掉我。"

兰尼："为什么？"他抬起脑袋看向塞西尔，碧眸清澈得犹如荡漾的湖水，这道纯真的目光让塞西尔安心了些。

"因为我不好吃。"塞西尔解释道，"我没有什么肉，吃起来的口感会很柴，和其他人类相比差远了。"

"可是，"兰尼的一只手向下游移，在塞西尔的大腿上戳了戳，"这里很有肉。"

她的腿生得很美，不是瘦骨伶仃的"小鸟腿"，而是骨肉匀停的。小腿纤细笔直，晶莹白皙，大腿娇嫩柔软，有着恰到好处的肉感，令人看了便移不开眼。

她相信兰尼只是在单纯地陈述她并非没有肉这一点，但心情还是有点儿微妙。

"也只有那里有点儿肉而已，其他地方都是骨头。"她继续劝说，"而且我不爱运动，从小又经常生病，肉的口感很不好，肯定不合你的胃口。"

闻言，兰尼又埋到她的颈间，低低地说："可是你很好闻。"

没救了，这家伙怎么不听劝啊？

塞西尔强迫自己冷静下来，积极思考其他自救的对策。在她沉思的空隙，兰尼一直像小猫一样在她的颈窝里蹭来蹭去，一会儿舔舔她的锁骨，一会儿咬咬她的耳垂，一会儿又用鼻尖轻轻地磨蹭她的皮肤，黏糊糊的，一点儿都不像要吃人的样子。

塞西尔被他这样亲昵地接触，一开始还有点儿害羞，后来也就慢慢地习惯了。她感受着颈间湿润的鼻息，突然意识到一点——兰尼或许根本就不想吃她。

这个想法似乎有些乐观，毕竟他已经咬过她的耳朵了。但是她仔细想想，如果兰尼真的想吃掉她，那么应该像斯特拉那样迫不及待才对，而不是像现在这样对她挨挨蹭蹭，却迟迟没有下口。

而且他咬她的耳朵也是轻轻的，咬完再舔两下，和小动物的行为基本无异。

塞西尔曾经养过一只猫和一条狗，所以很清楚宠物面对主人时的行为。兰尼现在的行为，比起想要吃她更像是宠物在亲近主人，也就是说——他是在黏她。

但是兰尼和她相处的时间并不长，为什么会想黏她呢？塞西尔怎么也想不通。她的目光越过兰尼的身体，落向水缸里的小章鱼。小章鱼感应到她的视线，摆了摆漆黑细长的触手，看上去就和兰尼的……

塞西尔的脑海里突然闪过一个近乎荒谬的想法：当时从兰尼背后一滑而过的那些东西，不就和小一的触手一模一样吗？难道……兰尼的本体也是章鱼？

她不由得蹙眉，隐约觉得有哪里不对。就算同是章鱼，他们也不可能连触手都一模一样。她仔细一想，如果兰尼就是那个篡改她梦境的家伙，那他必然与她进行过非常亲密的、上升到精神层面的交互行为。

这是博德告诉她的，还询问过她有没有和他之外的人通感过。她当时非常果断地表示没有，这之后他们又把思考的方向转移到了"用法术放大她的内心恐惧"这一点上，也就没有再纠结通感这个途径。

现在她再回头想想，其实除了博德，还有一个"人"和她进行过通感，只可惜，当时她和博德都忽略了这个小家伙——另一个与她通感过的对象，就是小一。

窗外夜色渐深，烛灯昏暗得只能照亮周围窄小的一圈。

塞西尔被自己的猜测震惊得一时有些激动，而兰尼也察觉到了她突然加快的心跳。

"塞西尔，你的心跳好快。"他侧耳靠在塞西尔饱满的胸脯前，认真地聆听，"真的好快……你怎么了？"

塞西尔眼神微动。他果然不想吃她——没有人会关心自己的食物心跳得快不快，更不会询问食物"怎么了"。

他也许只是将想要亲近的欲望与想要进食的欲望弄混了。如果真的是这样，那么她就还有自救的机会。

塞西尔抿了抿唇，决定试一试。她轻轻地出声，清透湿润的蓝眸里慢慢地浮起盈盈的期待："兰尼，你是小一吗？"

"嗯？"兰尼迟缓地抬起眼睑，碧眸犹如翡翠般幽绿浓艳，碧光摇曳。

他有反应！

塞西尔内心欣喜，她伸手轻轻地抚上兰尼的黑发，像每次揉搓小一的小脑袋时那样揉了揉兰尼，用更加温柔的语气说："兰尼，你就是小一吧？"

兰尼眨眨眼睛，眸中碧波荡漾，令塞西尔想起了月光下的幽静湖面。

两个人无声地对视了几秒，终于，兰尼弯起眼睛，用愉快又甜美的声音说："你终于认出我了。"

她居然猜对了！

塞西尔的第一反应是放松地长舒一口气。兰尼看上去非常开心，垂下额头又想和她贴在一起。

她一把将兰尼从自己的上方推开，然后迅速地坐了起来。

"塞西尔——"兰尼拖长尾音，像是委屈兮兮地撒娇，眼巴巴地看着她。

他没有生气，也没有再次推倒她。

兰尼果然是她的宠物——只不过还需要被好好驯养一番。

塞西尔若有所思地侧头看兰尼，忽然抬手在兰尼的手腕上划出一道细细的光刃，兰尼没有任何反应，血却缓缓流了下来，是幽幽的深蓝色，像流动的星河，和小一的血液的颜色一模一样。

塞西尔的内心很复杂。她只是一时兴起养了一只小宠物，没想到这只小宠物不但变成人，还差点儿吃了她。

但她仍然对兰尼讨厌不起来。不仅仅是因为他这张好看又勾人的脸，更是因为他很听话，也很像她。不是性格上或外貌上的相似，而是一种很特殊的相像。

凯文说得对，她其实很害怕寂寞。因为她自始至终都很清楚，自己与这个世界里的所有人都不同，在这个异世界里，无论她伪装得多好，都是最格格不入的那个。

而兰尼也格格不入——他拥有人类的外形，却不懂得人类的习性与法则。即使是恶魔，也会完美地伪装成一个正常的人类，但兰尼不会。他明明身在此中，却仿佛游离在外。

他的出现让塞西尔感到了一丝安慰。所以她要继续留他在身边，无论是为了这寥寥无几的慰藉，还是为了她心底的那份不安分的好奇。

当然，也有一部分原因是她有点儿想吃章鱼小丸子了。

塞西尔略微心虚地摸了摸鼻子，故作严厉地看向兰尼："现在说说吧，既然你就是小一，那鱼缸里的小一又是谁？"

兰尼理所当然地说："也是我啊！"

塞西尔疑惑不解。这是什么情况，分身术？她怎么没听博德讲过还有这种类型的法术？

"怎么可能有两个你？"她惊讶地问道。

"它是我的一部分，所以也算是我。"兰尼撩起衬衫，露出苍白的细腰，一根细细的黑色触手从他的腰后慢悠悠地伸了出来，在塞西尔的面前轻飘飘地晃了晃。塞西尔下意识地伸手摸了一下，触手的尖端突然像壁虎断尾一样掉下一截。她被吓了一跳，立马缩回手。

断掉的那一截触手在落地的那刻慢慢地变成一滩漆黑的泥，黑泥任意变形，像橡皮泥一样，很快就变成一只可爱的小章鱼，甚至连眼睛的大小都和水缸里的那只完全一致。

塞西尔已经震惊到说不出话了——没想到小一居然是量产的，那她以后岂不是想吃多少章鱼小丸子都可以了？

好神奇！她下意识地咽了下口水，渴望地盯着这只刚刚成形的小章鱼。

小章鱼在塞西尔饿狼一样的目光下渐渐变得不安，害怕地蜷缩起自己的触手，像之前的小一那样自欺欺人地将自己包裹了起来。

塞西尔感觉完全不忍心吃下去，遗憾地放弃了这个决定。她把这只瑟瑟发抖的小章鱼捧起来，放进水缸里，两只小章鱼在水里相遇，顿时快乐地游了起来。

兰尼见她对小章鱼温温柔柔的，又不高兴地叫了一声："塞西尔。"

"怎么了？"塞西尔心不在焉地回应道。

兰尼毫不掩饰脸上的失落："你还没摸我。"他就不该再分出一个化身，这样塞西尔的注意力又被分走了，他什么好处都没得到。

塞西尔闻言,这才若有所思地看向他。

兰尼似乎在吃小章鱼的醋。

她突然想到了什么,回到兰尼的身边坐下,然后单刀直入地问他:"兰尼,我最近经常做噩梦,是不是你搞的鬼?"

兰尼转了转绿眼珠,表情无辜地说道:"不是啊。"

"嗯?"塞西尔的眼神逐渐犀利。

"谁让你总对它们好?明明它们只是我的一部分。"兰尼不情不愿地招了,言辞间对他的"一部分"颇为不屑。

塞西尔顿时感到无奈:好家伙,他吃自己的醋!她做噩梦反而还是自己造成的了?

知道了事情的真相后,她明明应该感到生气才对,此时却只觉得哭笑不得。她无奈地抚额,雪白的发丝垂在肩头,微微闪着晶莹的光。

"兰尼,之前的事情就算了。"她放缓声音,轻柔又包容地对兰尼说,"但是从现在开始,你不可以再让我做噩梦了,好吗?"

她的神情柔和,如同朦胧的月光。她微微侧脸,纯白的长发在烛火的映照下宛如黄昏时分的落雪,让人忍不住想要伸手触摸。

兰尼目不转睛地凝视她,看着她柔软粉嫩的双唇一开一合,从头至尾都没有留意她说了什么。体内的本能又开始蠢蠢欲动,他眸光幽暗,听话地应了一声"好",便倾身向塞西尔凑去。

"等等,你不可以再像刚才那样咬我!"塞西尔连忙阻止他。

兰尼微微停顿:"为什么?"

"因为那是一种错误的表达亲昵的方式。"塞西尔用一种平静而自然的语气,将兰尼想要"吃掉"她这件事神不知鬼不觉地替换成"表达亲昵的方式",而兰尼显然没有意识到这一点。

"亲昵?"兰尼歪头,漂亮的脸庞上浮现出淡淡的疑惑。

"对,就是亲密的接触之类的吧?"塞西尔也不确定自己这样解释对不对,只能尽量把这件事往听上去很安全的说法靠拢。

亲密的接触、亲昵的方式……

兰尼露出认真思考的神情,然后低声问道:"那怎样才是正确的呢？"

他在学习。塞西尔感到一丝莫名其妙的欣慰。她刚好可以借此机会纠正兰尼乱蹭、乱舔、乱咬的毛病，虽然作为宠物，他做出这些行为的确没什么问题，但他现在毕竟是人形，还是规矩一点儿比较好。

于是塞西尔温柔地告诉他："人类之间的表达方式。"

人类……

兰尼想起塞西尔对他做过的一切，包括抚摩与按揉。那些就是人类的方式吗？他也很喜欢。

兰尼似乎明白了什么，漆黑的睫毛轻颤。沉默了几秒后，他再次抬眸，苍白的手指笨拙地轻触塞西尔的脸颊，眸中碧光荡漾。

"教我，塞西尔。"他轻轻地说，"教教我……人类表达亲昵的方式。"

塞西尔没想到兰尼的求知欲这么强。她在脑内罗列了一下所谓人类表达亲昵的方式，大概就是牵手、拥抱、亲吻这几种。

而在这些方式中，适合塞西尔与兰尼的又只有牵手，其他的已经超过了饲主与宠物之间相处的范畴，塞西尔不打算教他。

她想了想，抬起一只手，对兰尼温和地说："那就教你牵手吧。"

兰尼好奇地观察她的手："牵手？"

"把手伸出来。"塞西尔轻声指示道。

兰尼乖乖地伸出一只手，像听话的小狗狗那样。

塞西尔感觉自己的心都要融化了。她很想揉揉兰尼乌黑柔软的短发，但理智让她忍了下来。她不能什么还没教就揉他的脑袋，这样会令他得寸进尺。塞西尔在心底暗暗告诫自己，紧接着继续对兰尼说："接下来握住我的手。"

兰尼看上去很茫然，他懵懵懂懂地把手覆在塞西尔的手背上，然后笨拙而生疏地一把将其包裹住。

"唑……疼！"塞西尔忽然蹙眉，发出一声低低的痛呼。

兰尼立即把手松开了，看向塞西尔的那只手，发现柔嫩洁白的皮肤已经变成红通通的一片。兰尼有些不知所措地问道："塞西尔，你受伤了吗？"

塞西尔揉揉手背，安抚地朝兰尼笑了笑："没事，只是有点儿疼而已。"

闻言，兰尼微微抿唇，碧眸像湖水一样无声地浮动。塞西尔猜测他可能是在内疚。

下一秒，兰尼不解地开口问道："为什么我只是碰了一下，你就会疼呢？"

她果然不该对这家伙的同理心抱以期待。

塞西尔无奈地叹息，而后耐心地解释道："因为我很脆弱，或者说……人类很脆弱。"至少对他而言。

兰尼似懂非懂地看着她，忽然在她的脸上戳了一下："可是你这次没有受伤。"

塞西尔哭笑不得地说道："倒也没有那么脆弱啦！"

兰尼疑惑地看着塞西尔。

看着对方茫然而湿漉漉的眼神，塞西尔决定讲解得更直接一些。

"你看，我的手很红。"她将那只被捏疼的手举高一点儿，确保兰尼不会转移注意力，"这说明，你刚才的力气对我来说太大了，所以下次再牵我的手时，你就得小心一点儿，轻一点儿，好好控制力道，否则会弄疼我的。"

兰尼认真地注视她，碧眸里映出她美丽白皙的脸。

少女的肌肤像深夜里的蔷薇花瓣，柔弱而不堪一击。像是为了不弄疼塞西尔，兰尼再次轻轻地、小心翼翼地握住她娇小纤细的手，手心缓慢地贴上她柔软的手背。

他的动作轻极了，像是在对待珍贵无比的瓷器。塞西尔能够感觉到他的细致、他的谨慎。他微凉的体温顺着手心传给她，伴随着淡淡的蔷薇香气，让她想起刚才与他亲密接触的每一个瞬间。

他还摸了她的腿，虽然是无意识的，没有任何暗示意味的。

塞西尔的心跳稍微有点儿加快，但又很快平静下来。这只是宠物对饲主的亲昵而已，她不需要在意。

她回过神来，继续对兰尼的动作加以指导："接下来手指滑下去一点儿，勾住我的手。"

兰尼依言与她双手交握，完美地完成最基础的牵手动作。

塞西尔很满意，无论是力度还是角度，兰尼的牵手都舒适得恰到好处，让她挑不出毛病。她柔柔地笑了一下，亲切的声音里充满鼓励的意味："很棒，你现在已经学会牵手啦！"

兰尼闻言，眼睛顿时亮了起来，像两颗亮晶晶的祖母绿宝石："那有奖励吗？"

塞西尔："嗯，这个嘛……"她可不敢轻易许诺什么奖励，要是兰尼这家伙又要吃她怎么办？

她想了想，忽然抬高一只手，在兰尼柔软的鬓发上轻轻地揉了揉："这就是奖励了。"

"啊——"兰尼不满地拖长了尾音，像个得不到满足的小孩子般撇了撇嘴角。

塞西尔没有再迁就他。她想起兰尼那根可以随意断掉的触手，心底的好奇不知不觉地冒了上来。

"兰尼，你的那个……"她竖起葱白的食指抵在唇边，斟酌着用词，"身体的一部分，可以给我看看吗？"

兰尼顿时警觉："你又要小一了？"

她要那么多小一做什么啊？

"不是……"塞西尔不太好意思地屈起食指，低声说，"我就是好奇，想再仔细看一看。"

兰尼依旧狐疑地盯着塞西尔，塞西尔被他盯得有些心虚，忍不住偷偷移开视线。

她真的只是想仔细看看触手的构造，绝对没有打章鱼小丸子的主意，真的没有！

兰尼一直不出声，塞西尔还以为他是不喜欢被别人看到隐藏的触手。就在塞西尔打算放弃的时候，兰尼突然开口了："可以给你看，但是你要和我再做一次'牵手'。"

好家伙，他居然还会谈条件了。塞西尔看着他坦然的表情，越发怀疑这家伙是不是故意装成这副样子的。

"好吧。"她没有多想就答应了，紧接着对兰尼伸出手。

　　兰尼眨眨眼睛，试探性地慢慢握住她的手。这次他已经能很好地控制力道了，甚至还无师自通般轻轻地刮了刮塞西尔的手心。这是她之前诱哄他时使用的小手段，没想到他这么快就学会了。

　　塞西尔觉得手心有点儿痒，脸上也有隐隐的热意。她迅速地抽回手，掩饰性地拢了拢耳边的垂发："好了，这次该给我看看了吧？"

　　兰尼："嗯。"他没有收回手，依旧低垂碧眸，再次伸手过去牢牢地包裹着塞西尔娇小柔白的手。昏暗的房间里渐渐响起细密的声响，如同涌动的潮水般越来越近。

　　塞西尔微微蹙眉，不安地四下张望："什么声音？"

　　动静依然在继续，地上隐约有黑影在攒动。塞西尔有些不安地看着这些黑影如同流动的蚁群般聚到窗下，深蓝色的窗帘无风自动，一点点地露出窗外那只猩红狰狞的眼球。

　　一只触手猛地从蠕动的阴影中伸出来，以一种肉眼不可见的速度穿透了那只眼球。眼球瞬间化作血水，"哗啦"一声洒了一地。

　　她刚才好像在脑海里听到了一声哀哀的惨叫——好像是斯特拉的声音。

　　诡异的眼球就这么消失了，塞西尔看着那只缓缓隐入阴影中的触手，不确定地开口道："刚才那个，是斯特拉的眼睛吗？"

　　兰尼抬起眼睑："斯特拉是谁？"

　　塞西尔一怔。

　　在兰尼抬眸的一瞬间，她从那双碧眸中看到了冰冷，仿佛"斯特拉"这个名字只是一粒微不可察的沙砾，甚至都没有在他的记忆里留下一丁点儿痕迹。

　　说起来，他好像的确没有对除她以外的其他事物表现过感兴趣的样子。

　　"斯特拉就是我的继母呀，你不是见过她吗？"塞西尔不厌其烦地解释道，同时期待地看着兰尼。希望兰尼不要露出茫然的表情。她虽然好为人师，但还是更喜欢正面的反馈。

　　说起"继母"这个词，兰尼似乎终于有了一点儿印象。

"原来是她。"他的脸上露出毫不掩饰的厌恶，"她就是刚才那个丑八怪，臭死了。"

他居然说一个大美人臭，明明斯特拉的身上很香。但塞西尔转念一想，也许兰尼闻到的是斯特拉本体的气味，这样似乎就能说得通了。毕竟斯特拉的本体是恶魔嘛，臭也是可以理解的。

塞西尔不再纠结这个问题，转而想起另一件事——之前艾利克斯曾经说过，在学院里有一只巨大的眼球盯着他，所以，其实他说的都是真的。

所以斯特拉当天晚上才会身体不适，拒绝见人。

塞西尔恍然大悟，决定明天好好去质问一下斯特拉——不，是拷问。

收拾了斯特拉这个偷看的恶魔，塞西尔不由得庆幸："还好她现在已经是我的仆人了，不然我迟早会死在她手里。"

"仆人？"兰尼眸光闪烁，警觉地望过来。

"嗯。"塞西尔认真地解释道，"她和我签订了主仆契约，现在我算是她的主人，原则上她是不能伤害我的。"

塞西尔没有将事实真相全部说出来，而是相对保留了一部分。比如契约是强制缔结的，又比如她根本打不过斯特拉——她只说了对自己有利的部分。

兰尼听了很不高兴，这种情绪在他漂亮精致的脸庞上得到了非常明显的表现。

"你不要我了吗？"他问道。

"怎么会？"塞西尔微微惊讶。

"你自己说的，你现在是那个臭东西的主人了。"

"呃……我不是那个意思。"塞西尔听到"臭东西"这个词就想笑，又怕引起兰尼的不满，只好努力地把笑意憋回去，"斯特拉是仆人，你是宠……朋友，仆人比朋友差远了。"她没有说出"宠物"这个词，而是用听上去更为平等的"朋友"来代替。

"真的？"兰尼笑了一下，仿佛刚才那副冰冷不悦的神情只是塞西尔的错觉，"那我可以吃了她吗？"

塞西尔："暂时不可以。"她刚得到这个恶魔不到两个小时，怎么可能让斯特拉变成兰尼的食物？那她岂不是亏大了？

兰尼闻言，顿时撇下嘴角，发出一声不满的轻哼。

塞西尔隐约觉得，与初遇时相比，兰尼的性格似乎又恶劣了些。是她的教导出了问题吗？她百思不得其解。

窗帘上仍然残留着恶魔的血液，深红而泛黑，犹如腐败的地狱之花。塞西尔念了一个强力去污咒，一阵清风拂过窗帘，上面的血迹顿时消失得一干二净。

回过脸来，她看到兰尼闷闷不乐的，有点儿不放心，于是摸了摸兰尼柔软的黑发，再次温柔地强调道："绝对不可以吃掉斯特拉。"

"嗯。"兰尼轻轻地应声，鸦羽般浓黑的睫毛垂下，微微低着头颅，透出几分柔和温顺的意味。

他绝对要吃掉斯特拉。他悄无声息地勾了下唇角。

经过今晚这么惊险刺激、峰回路转的一出，塞西尔终于感到有点儿累了。

房间里充斥着淡淡的蔷薇香，意外地产生了助眠的效果。疲惫与困意犹如潮水般一同袭来，她轻轻地打个哈欠，整个人肉眼可见地松懈了下来。

"兰尼，你回你自己的房间吧，这次我真的要睡啦！"塞西尔揉揉惺忪的眼睛，忍不住又打了个哈欠。

兰尼闻言，脸皱成一团："我不走。"

"你不走我怎么睡觉？"她不可思议地问道。

兰尼认真地回答道："我不会吵醒你的。"

是啊，你只会用噩梦吓醒我。

塞西尔当然不会同意让兰尼留下来。即便知道了他的真实身份，她仍然对他怀有一丝警惕之心。更何况兰尼是异性，如果让其他人——比如宅邸里的用人们看到他在小姐的房间里过夜，相信有关她的桃色新闻很快就会传遍大街小巷。贵族小姐与仆从之间的苟且之事，一向都是市民们喜闻乐见、津津乐道的八卦新闻。

看来有的时候宠物太黏人也不好。

塞西尔坚定地推了推兰尼："不行，你出去。"

然而兰尼根本不听塞西尔的话，不仅如此，他还耍赖似的趴到她的腿上，隔着她薄薄的纯白睡裙，用柔软的脸颊轻轻地蹭了蹭她纤细的腰肢。

塞西尔觉得腰侧有点儿痒。

"塞西尔……小一和小二都没有出去，我也不想出去。"兰尼可怜巴巴地说。他装可怜也就算了，还给用自己的触手变出来的另一只小章鱼起了"小二"这个名字。

"他们跟你不一样，根本没有可比性。"塞西尔无奈地柔声拒绝道。

突然，"砰"的一声，房门被人用力地推开了。

"塞西尔，我听说斯特拉把你叫走了，你没事吧？"破门而入的阿诺德在进来的一瞬间便僵住了。他最亲爱、最宝贝的妹妹此时居然正和一个男人待在一起，而且这个男人居然还趴在她的腿上！

塞西尔听到动静，顿觉糟糕，与此同时，趴在她腿上的兰尼也转过脸，毫无危机意识地看向门旁的阿诺德。

居然又是这个黑头发的用人！阿诺德一眼便认出了兰尼，心头怒火顿起，正要上前抓住兰尼将其丢出去，塞西尔手疾眼快，先阿诺德一步将兰尼藏到了自己的身后。

"塞西尔？"阿诺德露出了难以置信的表情。

"哥哥，你误会了。"塞西尔已经猜到他要说什么，于是主动解释道，"兰尼没有对我做什么不好的事，是我允许他待在这里的。"

闻言，兰尼眨眨眼睛，看上去心情很好。阿诺德却是震惊得几乎说不出话，那张清俊高贵的面容也隐隐变得有些扭曲："你……你允许的？"

塞西尔点了点头。

"那他趴在你的腿上，也是你允许的？"

塞西尔微妙地停顿了一下，继续点头。就当是她允许的吧，否则阿诺德一定会当场拔剑捅了兰尼。

阿诺德彻底呆住了，像是难以理解般地睁大了眼睛，蔚蓝的双眸里很快浮现出悲伤的情绪。他觉得塞西尔好像突然长大了。以前她只会围在他的身边，像只小狗一样无时无刻不跟着他，还总是让他这个哥哥保护好她，好像有谁要暗杀她一样。

　　但是现在，她居然会留男孩子在自己的房间里了。说不定再过一年，她就会挽着一个贵族男人的手，笑着对他说："哥哥，记得要来参加我的婚礼呀！"

　　不允许，他绝对不允许！阿诺德不敢想象那个可怕的画面。他回过神来，直直地望向一旁若无其事的兰尼，目光犹如看待犯人一样冷酷严厉："塞西尔，这家伙怎么还在这里？"

　　塞西尔言语匮乏地解释道："啊……因为他很听话。"她一时半会儿还真想不出兰尼除了听话还有什么优点。

　　阿诺德："我上次就说过了，这种来历不明的家伙不能留在家里。"

　　"嗯……可是他还会打理蔷薇园呢。"塞西尔弱弱地补充道。

　　"打理蔷薇园？"阿诺德狐疑地看了兰尼一眼，记得父亲的确配备了一个专门负责打理蔷薇园的园艺师，可那个园艺师是眼前这个细皮嫩肉的年轻人吗？

　　他的双眸与兰尼那双碧绿的眼瞳无声地对视。那双眼睛无波无澜，幽暗得像被迷雾笼罩的海。阿诺德逐渐回想起来了——的确是有一个叫作兰尼的园艺师，而兰尼的确就是这个年轻人。

　　这个兰尼已经在宅邸里待了很久，那岂不是早就对塞西尔图谋不轨了？阿诺德更生气了。

　　"既然塞西尔说你会打理蔷薇园，"他冰冷地审视兰尼，金发璀璨，骑士长的威严显得他凛然不可侵犯，"那就让我来检验一下吧。"

　　阿诺德提着一盏明亮的萤石灯，塞西尔与兰尼跟在他的身后，三个人一起来到静谧的蔷薇园外。

　　一推开漆黑的雕花铁门，塞西尔就闻到一阵奇异的香气。浓郁的蔷薇香混合着植物根茎的味道，充斥着整座蔷薇园，闻多了有种目眩神迷的眩晕感。

这个味道……塞西尔有了不好的预感。

三个人继续往里走，在一大片黑乎乎的植物前停下。阿诺德提起萤石灯凑过去，顿时照亮了这一片光景。

果然，塞西尔绝望地抚额——兰尼这个坏东西，居然把蔷薇花全部破坏了！

蔷薇园自建造至今从未出现过这样的惨状——花瓣像纷纷扬扬的落雪般到处都是，独独没有一朵完整的蔷薇。藤蔓与根茎被尽数折断，绿色的汁液从断掉的截面处流淌出来，将土壤与花瓣染得乱七八糟。

"这就是他打理的成果吗？"金发青年的声音低缓得令人听不出情绪，但塞西尔很清楚，阿诺德现在已经处于爆发的危险边缘。

"他……他偶尔也会有失手的时候……"连塞西尔自己都很明白，自己此时的解释是多么苍白无力。

可惜，罪魁祸首并不觉得有什么问题。黑发绿眸的漂亮少年若无其事地站在一片狼藉前，不仅没有露出任何慌张的表情，反而看上去颇为满意。

阿诺德扭头看向他，蓝眸如同冰封的冬日湖泊："这是你打理的？"

兰尼神态自然地点了点头："你喜欢吗？"

他喜欢才有鬼！阿诺德微微眯起眼睛，缓缓问道："你凭什么觉得我会喜欢？"

"因为原来的样子很丑啊。"兰尼碧眸轻眨，用一种天真的、不谙世事的却又近乎残忍的语气说，"丑陋的东西被毁掉了，你不应该感到高兴吗？"

阿诺德沉默了，这是他完全无法理解的思维。

塞西尔不知道该说什么。她原本以为兰尼只是单纯地不会修剪蔷薇，又或者是像狗狗一样喜欢拆家，现在看来，他果然还是有一套属于他自己的审美标准与行为逻辑。她无法评判他的审美是对还是错，但理应为他摧毁了母亲的蔷薇园这件事而生气。是她对兰尼的约束不够，才会造成这个意想不到的后果，归根结底，她也有责任。

"塞西尔，现在你也看到了。"阿诺德对她说，"他不能胜任园艺师这份工作，也不能再留在莱维特家。"

"是，哥哥。"塞西尔轻轻地叹息，抬眸冷淡地对兰尼开口道："你离开吧，不许再踏入莱维特家的大门，更不许再踏入这座蔷薇园。"

"塞西尔？"兰尼茫然地眨眼，似乎不能理解塞西尔为什么会如此生气。

塞西尔没有再像之前那样耐心地解释给他听。其实她虽然生气，但也没气到要赶走兰尼的程度，她这么做，只不过是为了安抚阿诺德罢了。

但她的确也为这些破碎的蔷薇感到难过。这是母亲的最爱，母亲如果还在，看到这一幕一定会落泪吧。

"塞西尔？"兰尼像只乖巧的小狗，慢慢地靠近到她的身边，"你生气了吗？"

"不要再靠近她了，你现在就离开这里。"阿诺德冷漠地抬起手臂，横亘在兰尼与塞西尔之间，"还是说，你更想去监狱里转一圈？"为了塞西尔，他有的是办法将兰尼塞进肮脏森严的监狱里。

兰尼侧过脸，慢慢地看向阿诺德。那双幽暗清澈的碧眸此时无比阴冷，浓烈的翠绿如猛兽般摄人心魄。

蔷薇园里安静得可怕，没有风声，没有鸟声，也没有枝叶的"簌簌"声。浓墨般的黑暗中，阴影犹如海潮般缓慢地涌动。

"哥哥，"塞西尔突然开口轻唤道，"你先回去吧，我再和兰尼说些话。"

涌动的阴影突然又停了下来。

"你和我一起回去。"阿诺德不放心地说道。

"不用，兰尼不会对我做什么的。"她对阿诺德安抚地笑笑，"你快回去吧，你待在这里，有些话我不好意思说出口。"

"好吧。"阿诺德心情复杂地离开了，留下塞西尔与兰尼两个人待在蔷薇园里。

塞西尔蹲下来，看着这些糜烂的花瓣，捏起来闻了闻，又叹着气放了回去。

兰尼也学她蹲下，像小孩子一样紧紧地挨着她："塞西尔，你喜欢这些花吗？"

塞西尔轻声说："还好啦，其实是我的母亲喜欢。"她嘴上说着"还好"，表情却很低落。她垂着眼睛，雪色的长睫上流淌着银色的星辉，美丽剔透，犹如一缕轻柔的月光。

兰尼定定地凝视她的侧脸，眼中渐渐浮起幽幽的碧光。

他不喜欢花，也不喜欢除花以外的东西。但塞西尔似乎很喜欢，只能把它们再复原回丑陋的样子了，他遗憾地想。

塞西尔蹲在破败的花瓣中，默默地看着眼前这一片狼藉，心底说不出是惋惜多一点儿还是无奈多一点儿。

她没有理由去怪兰尼。是她让兰尼试着去修剪蔷薇，却忘了他连人类最基本的行为常识都不知道。

你无法要求一只章鱼为你打理花园，毕竟它唯一见过的植物只有海草。塞西尔微不可闻地叹了声气。

寂静的深夜中，微凉的晚风再次造访这座凌乱的蔷薇园。轻柔的风吹起地上的花瓣，打着卷，形成一个接一个的旋涡，将它们轻轻地托了起来。

"嗯？"塞西尔怔怔地眨了眨眼睛。

破碎的蔷薇与断裂的藤蔓被风包裹着卷至空中。从翻涌的缝隙间，塞西尔看到这些残枝正以一种不可思议的方式复原，有如被看不见的胶水重新粘合一般，蔷薇很快恢复了完好无损的模样。

紧接着，风将这些恢复如初的蔷薇送到了它们原本所在的枝头上。奇妙的是，这些植物一回到原位便没有再掉下来，它们摇摇欲坠，娇艳欲滴，仿佛从未离开过枝头。

塞西尔惊呆了。这看上去很像魔法，但博德从未对她提过还有这种将死去的植物完全复原的法术。比起将没有生命的物体复原，这更像是某种完美的复活术。

塞西尔看向兰尼，眼神里充满了不确定："兰尼，这是你做的吗？"

兰尼笑了起来，因为塞西尔如此了解他而感到由衷地开心："你怎么知道是我做的？"

塞西尔："因为这里除了你没有别人。"

他原本还以为是塞西尔和他心有灵犀，原来只是简单的排除法。兰尼有一点点沮丧，但还是期待地看着塞西尔说："现在这里都复原了，你开心吗？"

塞西尔顿时明白了——原来兰尼是为了讨她开心，才搞出刚才那个观赏性极佳的"魔法"。说实话，她是挺开心的，毕竟兰尼帮她把母亲最爱的蔷薇园恢复了原样——如果忽略这家伙就是罪魁祸首的话。

"还……挺开心的，如果你以后再也不破坏这里，我会更开心的。"塞西尔抬眸看向兰尼，温柔地鼓励道。

"嗯……好吧。"兰尼蹙着眉，勉为其难地答应了。

紧接着，他又期待地问塞西尔："那我可以不离开吗？"

原来他还惦记着这件事。塞西尔心里感到一丝好笑，却故作遗憾地摇了摇头："不可以。"

"塞西尔……"兰尼顿时委屈地垮下脸，碧绿的双眸里泛起盈盈的水光。

他的确很聪明，这么短的时间内，就已经摸清楚塞西尔吃软不吃硬的弱点了。少年依然蹲在塞西尔的身边，双手乖乖地环抱膝盖，碧眸一眨不眨地盯着她，如同一只无比忠诚的小狗。

塞西尔无奈地抬起手揉揉他的头发，轻声对他说："但是你可以变回小一的样子呀，这样不就可以继续待在我的身边了吗？"

这就是她原定的计划。她要赶走兰尼，一方面是因为自己真的有点儿生气，另一方面还是为了过阿诺德那关。反正兰尼是小章鱼这个秘密只有她知道，以此瞒过阿诺德的眼睛简直轻轻松松。

闻言，兰尼一点点地睁大眼睛，眼中重新燃起愉快的光芒："那我也可以待在你的房间里了？"

"嗯。"塞西尔勉强点了点头，"但是你不能突然变成人形，会被发现的。"

"好。"兰尼答应得十分爽快。他的周围很快浮现出幽暗的阴影，像迷蒙的黑雾，渐渐将他的身躯隐入其中。黑雾散去后，黑发绿眸的少年消失了，只剩下一只孤零零的、像两只巴掌那么大的小章鱼。

这个大小的兰尼或许已经不能再被称为"小章鱼"了，但塞西尔也还能接受。她向小章鱼伸出一只手，小章鱼滑腻柔软的触手随即缠了上来，顺着她的手慢慢吞吞地钻进了喇叭袖里。

"呼——"塞西尔理好袖子，轻叹一口气，"该回去了。"

塞西尔回到了自己的房间里。

阿诺德没有离开，正坐在鱼缸旁等她。塞西尔一进门就发现他一直在盯着水缸里的小章鱼，顿时心虚地抿了抿唇。

鱼缸里的小一现在已经由一只变成两只，他肯定会有所怀疑。

果然，下一秒阿诺德便开口了。

"塞西尔，这里面什么时候又多出来一只小一？"

塞西尔若无其事地解释道："不是小一，是小一的孩子。"

"这里只有它一个，它怎么可能有孩子？"阿诺德不敢相信自己的眼睛。

"一个怎么就不能有孩子了？"塞西尔将双手背在身后，理所当然地说，"人家小一是自体繁殖，自己一只章鱼也能生一大堆孩子呢。"

"好，你说得都对。"阿诺德像往常一样迁就她，接受了这个说法，然后伸手将塞西尔拉到自己的面前，抬起脸宠溺地看着她，"那个兰尼已经离开了吗？"

"嗯。"塞西尔听话地点点头，"我给了他一点儿钱，他答应我不会再回来了。"

"那就好。"阿诺德微微停顿，继续道，"塞西尔，我不是不让你和异性来往，我知道你迟早会嫁人，但是——"

"哥哥在胡说什么呀？我才不会嫁人呢！"塞西尔撒娇似的打断他的话，"男人又蠢又臭，我才不要和他们结婚。"看到阿诺德神色微妙，她又笑嘻嘻地补充了一句，"啊，除了哥哥。"

阿诺德顿时松了一口气。

塞西尔："对了，哥哥，你这几天都不在家，是王宫里出了什么事吗？"

阿诺德没有察觉到她是在故意转移话题，轻轻地摇头，低声缓缓说道："不是王宫，是整个圣布里厄。"

圣布里厄是他们所在的这座城市，也是帝国的王都。

"最近圣布里厄不断有人失踪，虽然人数不多，但这其中有一个是麦金托什家的儿子，陛下要求我们必须尽快将这些失踪人口都找回来。"麦金托什家的儿子就是基恩——那个被兰尼折断手的学生。

塞西尔若有所思地问道："那么你们找回来了吗？"

"嗯。"阿诺德的脸色有些凝重，"但不是我们找回来的，是他们自己回来的。"

塞西尔微微讶异地说道："自己？"

阿诺德点了点头："这事有些古怪，你最近上学和放学的时候一定要小心，绝对不能让车夫把马车驾到人少的地方。"

"我知道了。"塞西尔乖巧地应下，心里却在暗暗奇怪。

如果她没记错的话，游戏原剧情里好像没有这个事件。

翌日，塞西尔带着变回小章鱼的兰尼一起上学去了。

学院里的气氛比上周刚开学的时候还要热闹。莉娜不解，塞西尔却很清楚缘由，淡淡地解释道："下周就要举办学院舞会了，他们要在此之前找好自己的舞伴。"

"原来是这样。"莉娜看着大教室里熙熙攘攘的学生们，好奇地侧头看向塞西尔，"那姐姐你有舞伴吗？"

塞西尔意兴阑珊地托起下巴："没有，我从不参加舞会。"

"为什么不参加呀？"莉娜问道，"舞会听上去很有意思啊！"

一群人像雄孔雀一样在一起争奇斗艳，哪里有意思了？塞西尔懒得回答莉娜这个问题。

其实她不参加舞会，一方面是因为的确不感兴趣，另一方面则是因为阿诺德不允许。按照阿诺德的想法，每一个想要成为她的舞伴的男人都是对她图谋不轨的、心思龌龊的畜生。在这种情况下，塞西尔也不好答应谁的邀约，只好干脆不参加了。

但今年和以往不一样，她虽然不参加，却还是要做做样子，挨个儿去邀请一下莉娜的几位"攻略对象"才行。

此时除了艾利克斯，还有另外两位"攻略对象"也该出场了，希望莉娜能够与他们中的一个迅速步入正轨，别再整天跟着她这个恶毒的继姐。

莉娜见塞西尔不搭理自己了，又凑上来甜甜地跟塞西尔说话："姐姐，今年你也一起参加吧？我们可以做对方的舞伴，刚好你教我跳舞，这样我们就不用再浪费心思去邀请别人啦！"

谁要和游戏女主角做舞伴啊？三个"攻略对象"都在后面排队竞争呢！这种关键时候过去横插一杠，她是嫌命太长吗？

"不要。"塞西尔果断地拒绝了。

"为什么呀？"莉娜颇受打击，清澈的蓝眸搭配她的表情，使她看上去楚楚动人，"我会好好学跳舞的，绝对不会给你拖后腿的。"

"不要就是不要，跳舞我也不教了，你去找别人吧。"塞西尔表情冷漠地起身，头也不回地离开了。

莉娜这个人到底怎么回事？就这么想要和她搞好关系吗？难道她的抵触表现得还不够明显？塞西尔想不通。

她一个人走在长廊里，然后随便拐进一间闲置许久的教室里，关上门，找了个浮尘不多的位子坐了下来。

这间教室很大，墙边堆满了老旧的货物，厚重的黑色窗帘将高高的落地窗遮得严严实实，没有一丝光亮透进来，整个空间静谧而空旷，令塞西尔感到莫名其妙地安心。

"什么是跳舞？"身旁传来清亮好奇的少年的声音，塞西尔侧过脸，看到兰尼不知何时已经变回人形，正悄无声息地坐在她的旁边。

"跳舞是一种表演艺术，不过在我们这里，更应该算是一种促进感情的双人活动吧。"塞西尔认真地解释道。连她自己都没有发觉，在面对兰尼的时候，她总是会变得耐心许多。

兰尼表情迷惑，看上去并没有听懂："那舞伴呢？"

塞西尔："舞伴就是和你一起跳舞的对象呀！"

"跳舞的对象……"兰尼的绿眸蒙蒙眬眬的，像笼了一层湿润的雾气，"那如果我想跳舞，任何人都能做我的对象吗？"

"不行的。"塞西尔轻轻地笑着摇头，垂在耳畔的发丝微微摇晃，"你要先邀请对方，得到对方的同意才行。"

兰尼："邀请？"

"就像这样。"塞西尔站起来，优雅地俯身，做出邀约的手势，"先摆好姿势，然后对你想要邀请的对象说：'你愿意做我的舞伴吗？'

"学会了吗？"

"嗯，会了。"兰尼点头。

塞西尔对此表示怀疑。她重新坐下来，不再讨论这个话题。兰尼没有再继续提问了，安安静静地坐在一旁。

塞西尔趁机拿出随身携带的《黑魔法手帖》，正要接着上次学习的地方继续看下去，身旁突然响起"窸窸窣窣"的声音——是兰尼站起来了。

她用余光扫过少年修长笔直的双腿，继续垂眸看书。

一道阴影落下，熟悉而冷冽潮湿的气息突然靠近她。

她抬起睫毛，看到身侧的黑发少年微微俯身。他伸手，用苍白的指尖触及她的耳畔，撩起一缕雪色的发丝。

"塞西尔，"兰尼轻眨碧眸，轻声地说，"你愿意做我的舞伴吗？"

塞西尔惊讶地看着兰尼。看来她还是低估了兰尼的学习能力。这个小家伙不仅立马学会了如何邀约，还举一反三，擅自增加了一个撩头发的动作。

他的动作、声音、目光，虽然没有贵族的优雅与矜持，却无一不令人心动，仿佛被镀上一层浅浅的、柔和的光晕。塞西尔相信，这个世界上，没有任何一位少女能够拒绝这样的兰尼。

但她可以，因为她不是少女，而是不解风情的恶毒老巫婆。

"不要。"塞西尔毫不客气地拒绝道，"你又不会跳舞，我做你的舞伴干什么？"

"啊——"兰尼拖长了尾音，孩子气地皱起鼻子，"我也可以学跳舞的。"

塞西尔冷冷地睨他："跟谁学？"

兰尼："你。"

"不行。"塞西尔继续垂眸看书，细长的手指翻开下一页，语气冷淡而平静，"教跳舞很麻烦，我才没有那个工夫教你。"

"怎么这样？"兰尼委屈地坐下来，凑到塞西尔的身旁，漂亮的下巴顺势搁在她单薄的肩头，"我很聪明的，你教一遍我就能学会，一点儿都不麻烦。"

塞西尔眼也不抬："跳舞才不是那么简单的事情，不可能只教一遍就学会的。"

兰尼继续说："可你之前明明答应会教我人类之间表达亲昵的方式，所以你必须教我跳舞。"

"跳舞才不是表达亲昵的方式。"

"跳舞不是促进感情的双人活动吗？"兰尼一本正经地用她的解释来反驳她，"怎么不是表达亲昵的方式了？"

塞西尔居然无法反驳。被什么都不懂的兰尼堵得说不出话，这是她没想到的。看来他学习能力太强也不是一件好事，这样她作为饲主，迟早会被这只宠物爬到头上。

"不行就是不行，你说再多也没用。"塞西尔毫不客气地警告他，"好了，从现在起你不准再说话，否则明天我就不带你出来了。"

这句话的效果很好，兰尼被吓得立刻闭上嘴。教室里重归安静，塞西尔满意地抿唇，继续低头看书。

兰尼默不作声地盯着她，绿眸幽暗，眼中闪过一丝恶作剧的光芒——不让他说话，那他就直接行动。

他不声不响地趴在塞西尔的肩头，呼吸平稳，看上去几乎快要睡着了。然而下一秒，一只漆黑的触手却神不知鬼不觉地从他的腰后伸了出来，慢吞吞地抬起尖端，向塞西尔洁白修长的后颈一点点地探去。

塞西尔正在专注地研究手帖上记录的黑魔法。兰尼安静下来，她也得以全神贯注地投入到学习与思考中，以至于全然没有察觉到身后有异物在靠近。

触手悬在她的颈后，轻轻地碰了一下她光洁细腻的肌肤。

塞西尔顿时微微一顿，能感觉到一种冰冷的、柔软的东西正在她的颈后轻轻地搔动。这种搔动非常轻柔，仿佛猫咪小心翼翼地试探，塞西尔几乎瞬间便猜到了是谁搞的鬼——兰尼这家伙又开始恶作剧了。

她很清楚兰尼这么做的目的。出于不能太顺着宠物的饲主心理，她装作无事发生，继续垂眸看书。

触手没有因此退回去，而是在空中微微停顿，像是在思忖下一步该怎么做，很快便移到塞西尔的腰边。

兰尼记得很清楚，除了耳朵，腰也是塞西尔的敏感点。于是他控制触手，在塞西尔的腰侧缓缓游移。

塞西尔今天穿了一件精致繁复的深蓝色长裙。裙摆蓬松，腰际有一圈细细的镂空刺绣，既遮住了少女柔白的肌肤，又隐约可见纤细的腰肢，令人浮想联翩，是设计师的得意之作。

触手在镂空处轻轻地试探，根据镂空的大小变换形态，最后缩成细长如线般的触手，悄无声息地钻了进去。

裙子并没有完全贴着身体，起初塞西尔还没有感觉到什么。可是很快，她便感觉到腰上多了一点儿滑腻的凉意。

但这个时候，她还没有怀疑到兰尼的头上，单纯地以为是裙子漏风。毕竟每次穿这条裙子的时候，她总会觉得腰间凉飕飕的，于是没有多想。

察觉到塞西尔不会在意，兰尼变本加厉，无声地勾了下唇角，控制触手继续延伸。那点儿凉意顺着少女的腰线慢慢地环绕，一点点地慢慢贴上了少女柔嫩的肌肤。

细细的触手刚一贴上塞西尔的腰，塞西尔的身体便突然颤抖了一下。那种冰冷又滑腻的触感如同电流穿过，迅速地在她的身上激起一层细细密密的鸡皮疙瘩。她长睫轻颤，扭头看向一旁的少年。

"兰尼，不要再闹了。"她低低地出声，脸上透出隐隐的薄红。

兰尼歪了下头，轻眨碧眸："那你教我跳舞。"

"不行。"

冰冰凉凉的触手仍然在她的腰际游走，间或轻轻地磨蹭两下。

"兰尼，快拿出去。"

"教我跳舞。"

"真的不行。"

"教我跳舞，教我跳舞，教我跳舞……"

塞西尔被兰尼磨得没脾气，终于无奈地妥协道："好吧，我教你就是了。"

兰尼闻言，立即惊喜地睁大眼睛："真的？"

"嗯。"塞西尔点点头，雪白的长睫如蝶翼般轻轻地颤动，眼尾微微泛着红，看起来既脆弱又诱人，"快把你的……爪子拿出去，不然我就不教你了。"

"好！"

兰尼见目的达成，立马变回了听话的小狗狗。他收回触手，依然靠在塞西尔的肩上，眼神乖巧无比，仿佛刚才那个做坏事的人根本不是他。

塞西尔暗暗松了一口气。

刚才兰尼的行为，换作任何一个男人，她都会用黑魔法整得对方生不如死，但做出这种行为的是兰尼，那她就连生气都生不起来了。谁会和自己的宠物置气呢？更何况兰尼还是一只什么都不懂的小章鱼，她不能用看待人类男性的目光去看待他。

塞西尔努力地像这样说服自己，但一想到这家伙用触手在她的腰上贴来贴去，她的脸颊还是止不住地升起丝丝热意。

兰尼突然敏锐地吸了吸鼻子："塞西尔。"

"嗯？"塞西尔心不在焉地回应道。

"我突然闻到一股……"兰尼慢慢地凑到她的脸畔，双眼的碧色渐渐变深，"很香甜的气味。"

气味是从她的身上散发出来的，和他之前拥抱她时闻到的一模一样，很香甜，很好闻，很……诱人。

兰尼感觉到有什么在蠢蠢欲动，也并不打算压制这份莫名其妙的欲望。他牢牢地注视着少女微红的脸，喉结不受控制地轻轻滑动。

他们之间的距离突然拉得非常近，近到可以看清映在彼此瞳孔中的自己。

塞西尔的身体有点儿紧张，也有点儿僵硬。她不安地移开视线，侧过脸低声说："你又在说奇怪的话了，离我远点儿。"

兰尼当然不会乖乖地照做。他一向忠于自己的欲望，在这种时候是绝对不会听塞西尔的。

兰尼本能地越靠越近，塞西尔想要推开他，身体却僵得使不上力气。

这时候，教室的门被毫无征兆地打开。

塞西尔立刻抬眸望去——只见一头红发的艾利克斯正表情呆滞地站在门旁，手中的课本"啪"的一声掉落到地上。

三个人一起离开了那间隐秘昏暗的大教室。

"那个……"艾利克斯清了清嗓子，尴尬地不知道该说些什么。

他简直不敢相信自己的眼睛。

他只是想找个地方逃掉接下来的魔语专业导论课，没想到会撞上塞西尔。

虽然早就知道塞西尔是和莉娜完全不一样的人，但他怎么也想不到她们姐妹俩的差别居然这么大。

身为矜持优雅的贵族小姐，塞西尔竟然……竟然和异性躲在教室里亲热！虽然他开门的时候他们并没有真的发生什么，但他们当时的距离已经非常近了，近得嘴唇都快要贴在一起……

纯情小少爷艾利克斯回想起自己刚才看到的一幕，白皙的脸颊上顿时又泛起可疑的红晕。

"你想说什么？"塞西尔冷淡地开口道。

说实话，对于艾利克斯突然出现在门口这件事，她其实是很庆幸的。但一看到这位小少爷扭扭捏捏的样子，她又忍不住生出想要打人的念头。

"那个，其实也没什么……"艾利克斯摸了摸鼻子，目光不受控制地飘向塞西尔身旁的黑发少年，"他是谁？"

不对啊，他想问的不是这个问题！

兰尼察觉到艾利克斯探究的视线，冰冷地回望过去。他的面容精致昳丽，犹如圣像上的纯洁天使，那双幽暗的碧眸却阴森得吓人，艾利克斯心里一慌，立马又避开视线。

塞西尔："他是我家的仆人，你之前不是见过吗？"

"啊……原来是他。"艾利克斯回忆起之前自己撞见大眼球的那晚，这才反应过来，兰尼就是那晚在教学大楼下等塞西尔的人。

这个少年长得不错，原来是莱维特家的仆人啊……

"等等，你和你家的仆人勾搭在一起？！"后知后觉的艾利克斯忍不住喊出声。

"你闭嘴。"塞西尔忍无可忍地轻念噤声咒，艾利克斯那张不断开合的嘴当场失去了声音。

兰尼"扑哧"一声笑了出来，眼里满是幸灾乐祸的恶意。

"你上次把那只丑得要死的人鱼塞给我，我还没找你算账呢，你还敢在这里胡说八道。"塞西尔扯住艾利克斯的领结，一把将他拉到自己面前，阴恻恻地威胁他，"你要是敢把刚才看到的说出去，我就去告诉莉娜你怕鬼，还要把你那天晚上抱着我号啕大哭的细节也讲给她听。"

闻言，艾利克斯惊恐地睁大眼睛，嘴唇开合却发不出声音，只好不断地用力摇头。

"你现在清楚应该怎么做了吧？"塞西尔慢条斯理地问道。

艾利克斯疯狂地点头。

"好。"塞西尔解除咒语，艾利克斯如同一只几近干死的鱼终于回到水中，立刻大口地呼吸起来。

塞西尔莫名其妙地看他："你只是被噤声，又不是要窒息，至于这样吗？"

"可是……我……我刚才……真的快要窒息了……"可怜的小少

爷弯着腰气喘吁吁地道。他脸色苍白，看起来十分凄惨。

"浮夸。"塞西尔嫌弃地看着艾利克斯，兰尼在一旁无比赞同地点头。

与此同时，兰尼垂在腿边的手指微动，一道水似的波纹漾开，从他苍白的指尖迅速地消失了。

总算打发走了聒噪的小少爷，塞西尔决定再去黑塔转转，向博德请教几个有关黑魔法的小问题。

对此，兰尼有点儿不乐意："你刚才说好的教我跳舞。"他垂下漂亮的眼尾，语气有些埋怨。

"会教的，但肯定不是现在。"塞西尔安抚地对他笑了笑，"晚上回去一定教你，不要急。"

"好吧。"虽然不情愿，但兰尼还是听话地应下了。

为了避免麻烦，他们找了个隐蔽无人的角落，兰尼变回小章鱼，钻进塞西尔的小包里，然后塞西尔再一个人前往黑塔。

黑塔内。

少女的脚步轻缓无声，如同一只轻盈娇贵的猫，她的头发、肌肤、眼睛都在黑暗中闪烁着荧荧的光，晶莹剔透，起起落落，如同宇宙中璀璨不灭的星辰。

飘浮在空中的亡灵们一反常态，纷纷像闻到肉味的饿狼般向她凑去，可惜还未靠近到她的裙角，就被她的法术驱散了。

看到塞西尔走近，博德先是像往常一样没精打采地抬起头，然后突然微微蹙眉，灰眸闪烁了一下，懒洋洋地开口道："主仆契约用到了吗？"

塞西尔坐下来，双手捧起脸，笑眯眯地回答道："当然，非常好用，我很喜欢。"

"那当然，也不看看是谁发明的。"博德放下手中的药剂，对她扬起一个惫懒又得意的笑，"这下知道我和范伦丁那个老家伙的差距了吧？仅凭治愈术可对付不了敌人，如果不是我的强制契约，你现在说不定已经……"

"已经死了。"塞西尔语气轻松地打断他的话。

博德停顿一下，脸色顿时凝重："有这么严重吗？"

"嗯。"塞西尔点点头，一五一十地把事情的经过告诉他，"对方是个恶魔，一门心思只想吃了我，要不是我及时与她签订契约，估计现在连骨头都不会留下。"

过程听上去似乎十分惊险，她的语气却如往常一样平淡。博德神色复杂地看着她，继续问道："那么那个恶魔现在是你的仆人了？"

塞西尔："对呀！"

"那她现在在哪儿？"

"在我家里。"

博德震惊道："在你家里？！"

"对。"塞西尔露出回忆的表情，"啊……但是她现在应该很虚弱，毕竟昨天又受伤了。"

斯特拉在与她缔结契约后又被兰尼戳破了一只眼睛，估计最近又要称病躲在屋子里不出来了吧。

博德听塞西尔说完，顿时暗暗松了口气——还好那是个雌性恶魔，最起码不会对塞西尔做出别的事，毕竟他的主仆契约只能阻拦仆人对主人的攻击与伤害，并不能禁止主仆之间发生其他事。

不对，不能放松警惕！塞西尔是个对这方面一窍不通的笨蛋，要是恶魔真的看上了她……

博德越想越觉得危险，连忙对塞西尔说："那个恶魔不能放在你家里，太危险了，你把她送到这里，我找个容器把她关起来。"

"不行。"塞西尔轻轻地蹙眉，"她现在是我的继母，我的父亲喜欢她喜欢到还为她单独建了一处温泉，要是我把她偷走了，父亲一定不会放过我的。"

居然会被一个恶魔诱惑到这种程度，蠢男人还真是色迷心窍。博德在心里将凯文默默地骂了一通，然后重新审视面前的塞西尔，用一种格外严肃的、认真的语气询问道："我问你，你最近有没有觉得自己有什么奇怪的地方？"

奇怪的地方？

塞西尔仔细地想了想，好像她除了之前频繁地做噩梦，其他都还挺正常。做噩梦现在也被证实是兰尼搞的鬼，所以目前已经没有什么能够让她觉得奇怪的了。

博德从她的神情里看出了答案："有恶魔想要吃你，这件事本身难道不就很奇怪吗？"

塞西尔："是很奇怪……"

她突然发现，自己好像已经对这些莫名其妙的事情见怪不怪了。毕竟自己养的小章鱼都能变成一个活生生的人，还能篡改她的梦境，还能把她的蔷薇园恢复原状，区区一个想要吃人的恶魔又算得了什么呢？

博德默然，看她的眼神说不出是无奈多一点儿还是气愤多一点儿。

"其实从你进来开始，我就隐隐感觉到有点儿不对劲了。"博德移开视线，阴柔倦怠的脸上闪过一丝不自然，"你今天看上去尤其……"

他不知道该怎么说。

美丽——塞西尔原本就是足够美丽的；惊艳——他几乎每天都能看到她，早已没有那种惊艳的感觉了……比起这些，也许"吸引人"要更贴切一点儿。

这一点，在那些亡灵反常的举动中也得以体现。博德猜测：自己作为人类都能察觉塞西尔的特别之处，那么那些非人的生物能够感知到的或许要比他能够感知到的多得多，所以它们才想要靠近塞西尔，甚至吞噬她。

这种变化是从什么时候开始的呢？他居然从未发觉。

博德的脸色越发凝重，他决定好好查查塞西尔身上的这种变化是因何而起。在此之前，他只能尽可能地保护好塞西尔不被其他魔物盯上。

"总之，你在家里的时候也要小心一点儿，即使那个恶魔已经与你缔结了契约，你也不能和她单独待在一起。"博德一字一顿地叮嘱道，那双总是灰蒙蒙的眸子因为少见的认真而显得格外严肃。

塞西尔疑惑不解地问道："为什么不能单独待在一起？"

"因为……因为她会……"博德看着塞西尔那双清澈无辜的蓝眸，有些说不出口，"总之你一定要对她保持警惕，不能因为她是雌性就松懈下来，更不能让她找到机会。"

塞西尔："找到机会做什么？"

"找到机会睡……睡……"博德怎么也说不下去了。

塞西尔了然地挑眉："找到机会睡我？"

博德震惊地睁大眼睛，像是无法忍受般大喊道："你不要顶着那头纯洁无瑕的白毛说这种话！"

"好吧。"塞西尔不以为意地耸肩，"不过你也太夸张了，这又不是什么脏话。"

"那也绝对不是一个贵族小姐该说的话！"

塞西尔快要被博德吵死了。

"我会小心的，现在我们是不是可以开始上课了？"她掏出《黑魔法手帖》，不耐烦地提醒博德。

博德也不好意思再和她深入地探讨这个话题了，于是两个人默契地拿出道具，开始今天的法术课程。

夜幕降临，塞西尔揣着小章鱼回家。

回到家后，她先和阿诺德、莉娜三个人一起吃了晚餐。凯文不在家，餐桌旁的气氛相对和谐了一些。

"斯特拉夫人呢？不在吗？"塞西尔抿了一口果汁，随口问道。

莉娜轻声细语地回答道："她的感冒复发了，正在屋子里休息呢。"

塞西尔："哦。"果然又是这个借口。

她没有再询问下去，莉娜见她杯子里的果汁快见底了，又替她添了一些。阿诺德默默地注视着塞西尔的一举一动，几次拿起手边的银色刀叉又放下，欲言又止。

塞西尔没有注意到他的反应，她迅速地吃完，一溜烟便跑了出去——她袖子里的小章鱼早就等不及了。

塞西尔回到房间里，做的第一件事就是反锁房门，然后拉开袖子，小章鱼从里面缓缓爬出来，雾似的阴影升起，渐渐变成一位美丽的黑发少年。

"你该教我跳舞了。"兰尼一开口说的就是这句话。

"知道啦，马上就开始。"塞西尔一边心不在焉地应声，一边打开衣橱，头也不回地吩咐兰尼，"你先去柜子后面站着，不准偷看，我换件衣服。"

兰尼："跳舞需要换衣服？"

"不是，是我身上的这条裙子有点儿重，不适合跳舞……"塞西尔随手拿出一件轻薄的短裙，正要脱掉身上这件，突然察觉到背后有一道目光。

"兰尼。"她无奈地轻唤道。

兰尼眨眨眼睛，一脸无辜地开口道："我没有偷看。"

"你的确没有偷看。"塞西尔转过身来说，"你是在光明正大地看。"

兰尼依旧眼睛一眨不眨地盯着她："可是我喜欢看你。"

塞西尔的脸突然有点儿红。

她觉得宠物有时候还是不要具备说话能力的好，毕竟它们太热情了，也不懂得人类的界限和分寸，一般人还真受不了。

还好她很清楚兰尼不是人类，只是一只小章鱼，所以自己不用考虑他这些话语的背后是否有更深层次的含义。她清了清嗓子，以此掩饰自己的心虚："不是喜不喜欢的问题，而是你不可以做这种事。"

"为什么？"兰尼的目光里充满好奇。

"因为你现在是一名男性，而我是女性。女性在换衣服的时候，男性不可以盯着，这是常识，现在明白了吗？"

"哦。"兰尼点点头，乖乖地背过身去。塞西尔趁机快速地脱掉身上那件繁复沉重的深蓝色裙子，然后又穿上刚才拿出来的短裙。

短裙是很简洁宽松的款式，穿起来十分方便，除了胸前那几条交叉的系带。塞西尔低着头，正在认真地给自己系蝴蝶结，耳后突然响起少年轻快的声音，像跳跃的琴键，格外悦耳："塞西尔，你在做什么？"

塞西尔被吓得心脏骤停，手一抖，系到一半的丝带又散了。

"兰尼，你怎么又过来了？我不是告诉过你不可以偷看吗？！"她第一次发出这种羞恼的、微尖的声音，像一只被踩到尾巴的猫，凶巴巴的，意外可爱。

兰尼低头看着她，分叉的舌尖轻轻地舔过湿润的唇，尖尖的牙齿隐约可见："我看到你已经穿好了。"

"还没有呢！"

塞西尔没好气地白了他一眼，一只手捂着胸口，另一只手将他向后推。

但她没推开他。兰尼握住那只白皙柔软的手，目光落在她的脸上，微微下移。

"塞西尔，我有一个问题一直想问你。"

他有什么问题，不能等她系好丝带再问吗？塞西尔感到深深的无奈，但考虑到兰尼的求知欲很强，还是妥协了。

"什么问题？你问吧。"

兰尼定定地凝视她，眸中碧光浮动，幽暗剔透，犹如月光下微微荡漾的湖水。他好奇又纯真地问道："你今天说的'睡我'是什么意思？"

塞西尔发现，兰尼不仅学习能力强，抓重点的能力也很强。

她和博德明明说了那么多更重要、更有信息量的对话，他通通没记住，最后竟然只记住了一个毫无意义的"睡我"。

她不知道是该夸他求知欲旺盛还是该怪他求知欲有点儿过于旺盛了。

塞西尔略微沉默了一会儿，觉得还是不要认真回答他这个问题比较好。

虽然她好为人师，但这种话题，实在不是她擅长的领域。更何况，兰尼对人类的认知度极低，他甚至才学会什么是牵手，这种情况下如果她突然给他科普睡眠中的两性关系，跨度会不会有点儿太大了？

塞西尔站在饲主与老师的双重角度上仔细斟酌，用心思量，最后微微抬眸，用一种平缓的、亲切的、令人信服的态度告诉兰尼："这个词其实是'和我在同一个房间里睡觉'的缩写。因为以前的人很穷，大家买不起房子，天冷的时候只能挤在一间屋里睡觉。屋子的主人每每在寒冷的夜晚看到有人在屋外徘徊，就会问他'今晚要来我的屋里睡觉吗'，但是由于天气太冷，人们张不开嘴，就会尽量少说话，最后这句话慢慢地演变为一个短小的词汇。你听懂了吗？"

兰尼露出似懂非懂的表情。

塞西尔心想：他可能是没听懂，但是没关系，要的就是他听不懂，这样他那颗小脑瓜就懒得琢磨了。

然而下一秒，兰尼便开口问道："那'睡你'也是'和你在同一个房间里睡觉'的缩写吗？"

没想到，兰尼——举一反三第一人——不，第一鱼，居然这么快就提取出了她那些废话里的重点。

"嗯，真聪明。"塞西尔努力地忽略掉心底的那一点儿微妙，沉重地应了一声。

"原来是这样，我懂了。"兰尼点了点头，眼睛弯弯的，看上去心情很好，仿佛又学到了一个了不起的新知识。

塞西尔在心里默默地松了一口气。还好，还好，她算是糊弄过去了，不然就凭兰尼这求知若渴的精神，如果真的要她认认真真地解释这个问题，估计解释到天亮也解决不了。

塞西尔庆幸地将自己的手从兰尼手中抽回来，然后转过身，正要把散掉的丝带重新系回去，耳边又听到兰尼轻快的声音——

"那我今晚可以睡你吗？"

塞西尔手一抖，丝带又散了。

"兰尼，"塞西尔深吸一口气，"在家里你就不要用这种简略的方式说话了，正常点儿就好，我能听懂。"

兰尼撇了撇嘴，为刚学会一个新的知识却不能活学活用感到些许不满："好吧，那我今晚可以睡在你的房间里吗？"

这个说法听上去就没那么糟糕了。塞西尔感到一阵莫大的欣慰，但马上想起兰尼那些不安分的小动作，微微抿唇，说："看你的表现。"

兰尼歪头，疑惑不解。

"在我教你跳舞的过程中，如果你表现良好，就可以睡在这里；如果你总是不听话，不认真学——"塞西尔微微眯起双眼，"我就把你丢出去。"

兰尼立马安静下来，无论是紧闭的薄唇还是漂亮的眉眼都透出一种急欲表现的温顺，仿佛一只正在摇着尾巴，焦急地等待主人的夸奖的小狗。

塞西尔满意地点了点头。

"从现在开始，你表现良好的第一步——不可以偷看我换衣服。"

兰尼乖乖地转身，一直走到门后，还很自觉地捂住了自己的眼睛。

塞西尔很满意。

房间里响起一阵"窸窸窣窣"的衣料摩擦声，很快，塞西尔轻声呼唤兰尼："好了，可以过来了。"

兰尼把手从眼睛上拿开，顺从地走到塞西尔的面前，安静地垂眸看了一眼。

少女胸前交叉的黑色丝带被她系成一个漂亮的蝴蝶结，轻盈飘逸，点缀在莹白细腻的肌肤上，有种无法言说的美，虽简单却又令人过目不忘。

兰尼看得很认真，直到塞西尔轻声打断他："不要走神，接下来我要开始教你了。"

兰尼收回视线，乖巧地看着塞西尔。

考虑到兰尼并不懂得人类的礼仪，塞西尔决定略过那些花里胡哨的行礼姿势，直接从最简单的舞步开始教起。她抬起胳膊，上前一步，对面前的兰尼说："首先，抬起你的双臂，就像我这样。"

兰尼乖乖地照做。

"然后把右手搭到我的腰上。"

兰尼闻言，将右手放了上去。兰尼苍白修长的手刚一搭上塞西尔纤细柔软的腰肢，塞西尔便疼得低声抽气。

"塞西尔？"兰尼低头看她。

"兰尼，你又忘了我跟你说过的话。"少女有些无奈又苦恼地说，"要轻一点儿，小心一点儿，不然你会弄疼我的。"明明是抱怨的话，可从她的嘴里说出来，却总是轻柔的，让人忍不住想要听到更多。

兰尼看着她，放轻力道，再一次小心翼翼地将手搭上去，隔着一层薄薄的布料，轻轻地扶住她的腰。

他不是故意的。他当然记得塞西尔对他说过的话，尤其是用这种柔软的语气。他只是想要听到更多、看到更多。

所以，他只是不小心，不小心用力了一点儿而已。

塞西尔继续教他下一步动作。

"另一只手握住我的手。

"对，然后踏出左脚。

"接下来踏出右脚……再往前一点点。

"跟着我的步调走，很好，就是这样……"

出乎意料地，兰尼学得非常快，舞步也有模有样，甚至可以算得上标准。原本塞西尔还担心他会不会出现肢体不协调的情况，现在看来是她多虑了。

可能这也是兰尼身为小章鱼的优势之一。

塞西尔脑袋里一边想着这些奇奇怪怪的问题，一边教兰尼慢慢地跳一些连贯的动作。随着她的身形移动，胸前的丝带跟着摇晃，两根长长的黑色丝带飘来飘去，在空中画出轻盈的弧度。

兰尼一直盯着这两根丝带。他像猫咪一样，做什么事都不专注，又对外界充满了好奇心，任何一点儿风吹草动都能吸引走他的注意力。现在这两根不停晃动的丝带在他眼里无异于猫咪的逗猫棒，无论他们现在跳到哪一步，那双翠绿的眸子始终紧跟着丝带移动。

塞西尔也察觉到了兰尼那略微下移的、无比专注的目光。虽然她很清楚，兰尼只是被丝带吸引了注意力，但还是觉得不太好意思。

"兰尼，"她清了清嗓子，用稍微强势一点儿的语气说，"专心一点儿，不许再看那两根带子了。"

兰尼微微抬眸，没有说什么，但塞西尔还是从那双清澈的绿眸里看出了不满——他还有脾气了。

塞西尔又轻咳一声，兰尼这才依依不舍地将目光移开了。他直视着塞西尔的眼睛，认真地听她讲解下一步动作，舞蹈教学继续进行。

又过了一会儿，塞西尔觉得胸前的丝带似乎松了一点儿……不，不只是松了一点儿，准确来说，应该是越来越松。

她立即低头，映入眼帘的是一只细细的、像藤蔓一样长而柔软的触手。这只触手是从兰尼的腰后伸出来的，此时正紧紧地卷着一根垂落的丝带，在悄无声息地向下拉扯。

"兰尼。"塞西尔停了下来。

兰尼："嗯？"

塞西尔努力平复心情："不要去扯那两根带子。"

兰尼眨眨眼睛，无辜地举起双手："我没有扯。"

"你没有扯，那你给我说说……"塞西尔一把抓住细细滑滑的触手，不顾触手的挣扎将它举到兰尼眼前，"这是什么？"

兰尼弯起漂亮的绿眼睛："是小三。"

睁眼说瞎话，他居然还好意思给这只触手取名字！

"不管是小三还是小四，都不可以再扯我衣服上的带子，否则我就把这玩意儿做成章鱼小丸子，知道了吗？"塞西尔扬起下巴，睁大眼睛，试图表现出严厉愤怒的一面。

可惜，没有起到任何震慑的作用，因为兰尼根本不知道什么是章鱼小丸子。他正近乎贪婪地感受着触手末梢传来的少女的体温和触感——温热的、柔软的，轻易便能勾起他想要吞噬的欲望。

但是塞西尔不希望被他吞噬，所以他只好先忍耐一下。

房间里又安静了下来。

塞西尔见兰尼只是直勾勾地盯着自己却不说话，最终还是无奈地妥协："算了，先停一下，我去拿件外衣穿上。"

语毕，她松开触手，转身走向衣橱，谁料刚一迈出脚，就被什么东西绊了一下——是那只被兰尼取名为"小三"的触手，并没有被兰尼收回去。

这只触手像一条长长的尾巴，从兰尼的腰后一直蔓延到塞西尔的脚下，而她刚才只顾着看那个调皮的触手尖尖，完全没有注意到自己的脚边居然也有。

看清罪魁祸首后，塞西尔的脑海中瞬间闪过了上百种章鱼的烹饪方法。她不受控制地向下摔去。就在她以为一定是脸先着地的时候，突然有一只手托住了她——一只冰冷的、苍白的手。

塞西尔松了一口气，还好，兰尼接住了她，这样她就不用摔个狗吃屎了。只是，兰尼差不多也该扶她站起来了吧，一直保持这个姿势，她也是很累的。

塞西尔动了动嘴唇，正要唤兰尼，就被他揽住腰，扶着站起来。

但是兰尼并没有松开她。

她被容貌昳丽的黑发少年揽在怀里，身体被迫紧贴着他，鼻尖萦绕着独属于他的幽冷气息。

"兰尼？"塞西尔抬起眼睑，视线正好撞进那双碧绿的眼眸里。

她在这双碧湖般的眼瞳里看到了自己，湖水轻轻地荡漾，折射出美丽诱人的光芒，她的面容倒映在其中，仿佛随时都会被淹没。

"我们还跳舞吗？"兰尼在她的耳畔轻轻地问道。

塞西尔顿时清醒，一把推开兰尼，怄气地说："不跳了。"

还跳什么跳？她的心都要跳出来了！

在兰尼的百般捣乱下，塞西尔强行结束了今天的教学。

很显然，兰尼很喜欢这种近距离的接触方式。他坐在地上，像甩尾巴一样甩着那根名为"小三"的触手，拖长了尾音不停地念叨："塞西尔，我还没跳够呢，你再教教我……"

"我教你的那几下已经够你用的了，舞蹈课到此结束。"塞西尔从抽屉里找出一把剪刀，走到不停摇晃的触手前停下，"现在我要剪了这个'小三'，你不要动。"

兰尼抬着脸看她，眨了下眼睛："不用这么麻烦。"

细长柔软的触手晃晃悠悠地伸到塞西尔的面前，在她的手心里蹭来蹭去。塞西尔一脸疑惑地摊开手心，细细小小的尖端顿时脱落下来，变成一个全新的、可爱的小章鱼趴在她的手心上。

这样的报复根本毫无快感！

她与这只小章鱼对视了几秒，然后把它放进了水缸里。现在水缸里已经有三只一模一样的小章鱼了，她看着它们相亲相爱地游在一起，甚至产生了老母亲般的欣慰感——看来她今后得为它们准备更多的肉才行，不然它们可能会为了争夺食物而打起来。

"塞西尔，你再教教我。"兰尼仰起脸，用渴求的、晶亮的眼神注视着塞西尔。他以为只要把"小三"给塞西尔，塞西尔就会高兴地继续教他跳舞，但他低估了塞西尔的冷酷程度。

"不教了，睡觉。"塞西尔态度坚定，爬上床用被子把自己裹得严严实实，然后指挥兰尼，"你变回去，进鱼缸里，没有我的允许不可以出来。"

这个架势就是没有任何商量余地的意思了。

"哦。"兰尼失望地撇了撇嘴，不情不愿地变了回去，然后又慢吞吞地爬进了水缸里。

塞西尔吹灭了烛灯。房间里瞬间暗了下来，一片寂静中，她只能听见自己的呼吸，以及终于平稳的心跳声。

她在黑暗中望向透明的水缸，隐约看到了四团大小一致的黑影——四只小章鱼。

奇怪的是，她似乎能辨别得出哪一只才是真正的小一，也就是现在的兰尼。

它们明明一模一样，可她总觉得兰尼在看着她。

她闭上眼睛，脑海中情不自禁地重现出兰尼扶起她时的那个眼神。她当时有心跳加快的感觉，也许是因为近距离的接触让她感到些许羞涩与无措，但又似乎不仅仅是这么简单。

那双翠绿的眼睛剔透而璀璨，在与他对视的那一刻，她仿佛透过他的眼睛看到了无尽的漆黑与星云。

章鱼眼中的世界是那样的吗？这是塞西尔坠入梦乡前的最后一个疑问。

第二天一早，塞西尔久违地见到了自己的父亲。

他终于忙完了王宫里的事务，特地一大早赶回来，就为了和他亲爱的家人们一起吃一顿丰盛的早餐。

"今天可真热闹。"塞西尔坐在餐桌前，一边打哈欠一边心不在焉地呢喃了一句。

"是呀，因为大家都在呢！"莉娜开心地回答她。

不仅凯文和阿诺德都在家，连斯特拉也出来了。她看上去和之前一样美艳动人，温柔娇媚，一定要说哪里不同的话，就是那双紫水晶般的眸子似乎黯淡了些。

"小塞西尔，今天起得真早呀！"斯特拉一眼就看到了塞西尔，步态袅娜地走到塞西尔的旁边，连都没看别人一眼，便无比自然地坐了下来。

坐在对面的凯文笑容有点儿僵硬。他还特意让用人把旁边的椅子拉开，餐具都摆好，就是为了让他的新妻子坐过去，结果她居然连看都没看自己一眼。他多少觉得有点儿尴尬。

塞西尔用余光瞥了他一眼，心里暗暗发笑。

"斯特拉夫人，你的病好了吗？"她侧过脸，亲切友好地询问身旁的美人。

斯特拉笑容温柔明艳，紫眸轻眨，浓黑的长鬈发散在肩上，一举一动都分外撩人："当然，不然我也不敢下来和你们一起用餐呀。"

"嗯。"塞西尔心不在焉地点头，随手叉起一颗新鲜的小番茄，红色的汁液顿时流了出来，"我还以为你的病情又加重了呢。"

斯特拉的表情僵硬了一瞬。

"还好，现在已经没事了。"她重新扬起微笑，紧盯塞西尔的眼神温柔而露骨，仿佛只看得到塞西尔一个人，"没想到小塞西尔你居然这么关心我，我真的好开心。"

餐厅里弥漫着一种莫名其妙的气氛，凯文清了清嗓子，忍不住关切地开口道："斯特拉，你生病了怎么也不告诉我？"

斯特拉对他敷衍地笑了一下："只是轻微的感冒而已。"

凯文继续说："就算是感冒也不能忽视，要不我让医生来给你看看吧？"

"不用！"斯特拉一口回绝道。

气氛再次变得尴尬。

凯文总觉得，斯特拉没有刚遇见时那么温柔了。他决定在孩子们面前找回一点儿面子，于是和蔼地说："看来我不在家的这几天，你们相处得很好啊。"

斯特拉柔柔一笑，顺势伸手环抱住塞西尔的肩头，一副亲密无间的样子："当然，小塞西尔这么可爱，谁会不喜欢她呢？"

莉娜闻言立马放下手中的刀叉，也凑到塞西尔的身边，甜甜地说："我也喜欢塞西尔姐姐。"

塞西尔被斯特拉抱着，心里一阵发毛。斯特拉那两条纤细柔白的胳膊此时搭在她的肩上，一只手垂下来，另一只手在她的后颈处轻轻地摩挲。

这令她产生了如同被毒蛇舔舐般的不适感。

塞西尔想起斯特拉那花瓣一样的狰狞口器，顿时起了一身鸡皮疙瘩。她毫不客气地拿开斯特拉的手，一脸冷淡地说："斯特拉夫人，请离我远一点儿，我怕您会把病菌传给我。"

"塞西尔，你又不礼貌了。"凯文在一旁低低地呵斥道。

塞西尔不以为意，抿了口热牛奶不再说话。

斯特拉盯着她，目光在她的唇上停留——这张嘴真是一如既往地刻薄。

她看着眼前这个神情冷淡的雪发少女，不由得回想起那晚自己贴在窗外看到的情景。

很显然，塞西尔身边那个黑发绿眼的家伙也不是人类，但塞西尔并没有与他签订主仆契约，反而与他牵手、拥抱，像对待人类一样与他亲密接触。

可恶！可恶！可恶！

凭什么？！

斯特拉越想越气，额发遮挡下的紫眸晦暗阴郁，仿佛能渗出怨毒的血水。

凭什么她就要被强制签订契约，沦为人类的一条狗，看着摆在眼前的美味却一口也吃不到，甚至还要眼睁睁地看着别人把美味从她面前夺走？

怨恨与不甘侵蚀着斯特拉努力维持的理智。她慢慢地坐直身体，脸上扬起艳丽的微笑，甜腻的嗓音宛如掺了剧毒的蜜糖，状似无意地说："小塞西尔，你那位可爱的小男仆呢？我怎么没看到他跟过来？"

全场愕然。

塞西尔可以确定，这个恶魔是故意的——她就是在倚仗继母的身份给自己下绊子，真是欠揍。

"塞西尔，什么男仆？你什么时候有男仆了？我怎么不知道？"凯文最先开口，以一种质问的语气。

阿诺德脸色复杂："塞西尔，原来那家伙根本就不是花匠吗？"

连莉娜也磕磕巴巴地说："塞西尔姐姐，你……你都有男仆了？"

塞西尔现在就想宰了这个嚣张的恶魔。

桌旁所有人的目光都聚集在她的身上。她保持平静，漫不经心地说："不是男仆啦，只是蔷薇园里的园艺师，前两天他因为活儿干得不好，已经被我赶走了，这件事哥哥也是知道的。"

阿诺德："但是她说男仆……"

"那只是我和斯特拉夫人说的玩笑话呀，你们不会都当真了吧？"塞西尔好笑地打断他的话，"我可是莱维特家的女儿，怎么可能会看上一个仆人？"

阿诺德很想说"你对那个仆人的态度是不太正常"，但想想人已经被赶走了，再说这些只怕会惹塞西尔不高兴，只好憋了又憋，默默地闭嘴。

凯文倒是很相信塞西尔的说辞，她的性格一向高傲，连普通的贵族男子都看不上，又怎么可能看上一个身份低微的仆人？

这么一想，凯文顿时安心不少。他端起父亲的架子，温和又不失严肃地训诲塞西尔："无论如何，你以后尽量不要再开这种玩笑了。还好这次是被你的母亲听到了，如果被其他人听到，当了真再传播出去，很可能就会影响到我们莱维特家的名声。"

你还会在乎名声这种东西？

"是是是，知道了，知道了。"塞西尔懒得反驳，敷衍地应了几声便不再接话。

之后凯文又例行公事般询问了莉娜的学习情况、阿诺德的工作情况以及斯特拉来到新家以后的适应情况，一顿早餐搞得像开例会一样痛苦而漫长，吃得塞西尔哈欠连连。

终于，"例会"结束了。

凯文和阿诺德两个公务繁忙的人先行离开，莉娜邀请塞西尔和她一起去上课，被塞西尔以"你先走吧，我要和斯特拉夫人说些话"为由拒绝了，无奈之下，莉娜只好沮丧地独自坐上马车，前往学院。

目送着他们一个接一个离开的塞西尔，此时正跟在斯特拉的身后，一起来到二楼的房间门前。

"砰"的一声，门被打开，斯特拉被她一把推了进去。

斯特拉跌坐在绵软的地毯上，<u>丝丝缕缕的黑发像海藻般散乱地垂落</u>，遮住了那张美艳的脸。

塞西尔轻轻地关上门，走近斯特拉，在恶魔的前方停下。

从斯特拉的角度，能够看到两条笔直纤细的小腿，视线向上移动，是层层叠叠的裙摆以及一只娇小柔软的少女的手。

塞西尔蹲了下来，伸出一只手在斯特拉的下巴上轻轻地挠了挠，然后柔声说道："美丽的斯特拉夫人，您似乎没有身为奴仆的自觉。"

斯特拉眸色一黯，她贴着塞西尔的手心，温顺地轻蹭了一下。

"怎么会？我刚才不是演得很完美吗，亲爱的主人？"

"是吗？"塞西尔平静地看着她，"可我不是很满意。"

斯特拉能够察觉到塞西尔在生气。

被那双幽蓝冷漠的眸子直直地注视着，恶魔心底的屈辱与不甘再次涌了上来。她猛地张开嘴，正要一口咬上去，舌头突然产生强烈的灼烧感，她痛苦地伸出舌头，上面猩红色的魔法阵正在隐隐地发光。

"你看，这就是不听话的下场。"塞西尔摸摸斯特拉的头发，放在她下巴上的手指微微用力，"之前是我没有好好约束你，才会让你一而再，再而三地得寸进尺。但你要记住，我是你的主人，而你只是我的奴仆。"

她捏住恶魔的下巴，美艳而虚弱的恶魔被迫仰起脸，黑发散乱，紫眸黯淡，额头因为疼痛而渗出一层细密的薄汗。

"你应该搞清楚，自己该做什么，不该做什么！"

塞西尔是真的很生气。

虽然兰尼的事情并没有因为斯特拉的多嘴而暴露，但总归还是让塞西尔稍稍紧张了一下。

她不担心斯特拉会吃掉自己，毕竟她对博德的能力还是十分信任的，只是怕斯特拉以后会时不时像今天这样，阴她一招，那她可就头痛了。

她并不想和一个连性别都不明的非人生物上演蹩脚的暗斗戏码，这会让她觉得自己的生命在加速地流逝。

所以她打算教训一下这个意图反抗的恶魔，最起码让这个恶魔明白，以下犯上，在她这里是不可能的。

"把手伸出来。"塞西尔冷冷地命令道。

斯特拉恨恨地瞪她一眼，不情不愿地伸出一只手。

"不是这只，是你刚才在餐桌旁摸我后背的那只。"

斯特拉又磨磨蹭蹭地伸出另一只手。

塞西尔抓起她的手，认真地打量："告诉我，你当时在想什么？"

斯特拉有些茫然："什么？"

"我说，你用这只手摸我的时候，脑子里在想什么？"塞西尔放慢语速，重复了一遍。

斯特拉愣了一下，随即扬起柔美的笑容："当然是在想小塞西尔的皮肤真好啊！"

"不是吧。"塞西尔打断她的话，"你难道不是在想怎样用指甲划开我的皮肉、从哪里开始吃比较好之类的问题吗？"

被猜中了，斯特拉陷入了尴尬的沉默中。

塞西尔注视着她，用平静又带着些许鼓励的语气继续问道："还有，故意提起兰尼的时候，你又在想什么？"

斯特拉这次没有立即开口，而是先小心谨慎地观察少女的表情，揣测她的心理，然后才试探地出声："想让凯文发现，你在屋里藏了一只魔物。"

"你果然是这么想的。"塞西尔阴恻恻地道。

那不然呢？说真话你不高兴，说假话你也不高兴，你到底想听什么？

恶魔开始讨厌人类了，果然这个人类除了极其美味，没有任何优点可言。

但是塞西尔又真的很美味，比自己遇到的任何一种食物都要美味诱人。一想到她最终会成为别人的食物，恶魔的内心又开始挣扎不舍。

塞西尔一脸无语地看着斯特拉做出各种扭曲的表情。她摸摸斯特拉的手，用安抚的语气对恶魔说："别紧张，先让我把话说完。"

少女的手洁白而细腻，有着人类特有的柔软与温热。她的抚摩让斯特拉混乱的心情逐渐平复下来，斯特拉隐约觉得体内那种灼烧般的剧痛正在慢慢地减弱，这让斯特拉下意识地放松了身体，因为疼痛而惨白的脸色也一点点地恢复明艳。

"好，现在张开嘴。"

斯特拉顺从地张嘴，露出鲜红的舌头。上面的魔法阵已经浅淡得几乎看不见了，这说明她现在暂时没有想要攻击主人的意向。

"好，闭上吧。"塞西尔满意地颔首，然后笑眯眯地对斯特拉说，"刚才的那些想法以后不可以再有了。那晚你的眼睛是如何被戳爆的，你应该还记得吧？"

斯特拉忍不住打了个寒战。她当然记得，那种深入骨髓的恶意与冰冷，直到现在仍然如附骨之疽——而且还是两次。

她再也不想经历了。

"戳你眼珠子的那个人……姑且算是我的人吧，"塞西尔本想说宠物，话到嘴边又改了个口，"他很凶，也很厉害，而且还是杂食动物，什么都不挑。要是你下次再敢做些惹我生气的事……"塞西尔眯起眼睛，掂了掂斯特拉的手，恶狠狠地威胁道，"我就让他吃了你这只手。"

斯特拉被吓得立马把手缩了回去。

塞西尔对这个反应很满意。

说完狠话后，她站起身拍拍手，准备出去。一直趴坐在地毯上的斯特拉慢慢地开口，略微虚弱的声音比往常多了分低沉与沙哑："你不会真的以为，那个家伙是可以信任的吧？"

塞西尔微微停顿，侧脸看她："怎么说还是比你好的。"

"呵！"斯特拉发出一声冷笑。

"他的目的和我的目的一样，只是比我更能伪装罢了。"斯特拉慢慢地抬起眼睑，紫水晶般的眼瞳里闪过讥诮的光，"如果不想沦为他的食物，我劝你还是尽早与他缔结契约为好。"

既然她已经吃不到嘴了，最起码不能让那个家伙抢走，最好是把他也变成塞西尔的奴仆，让他也尝尝这种受人束缚、奴役的滋味。

斯特拉阴暗地想拖兰尼下水，可惜塞西尔并没有把注意力放在斯特拉的后半句话上。

"其实我之前就一直想问，为什么你和兰尼都想吃我？"塞西尔微微蹙眉，"我活到这么大还是第一次遇见这种情况。"

先不论兰尼是不是真的想吃她——虽然她觉得不是，但他也的确说过"塞西尔的气味很好闻"这种话，而且每次说完都会靠近她、触碰她，或许他和斯特拉都是被同一种东西吸引了。

斯特拉眼神晦暗地看了她一眼，说："我也是第一次遇到你这么美味的人类。"

果然也是因为某种气味……塞西尔微微沉吟："那在此之前，你就从来没有闻到过吗？"

斯特拉笃定地说道："没有。"

"那你是从什么时候开始闻到这种气味的？"

斯特拉没想到塞西尔会问得这么细。恶魔不擅长记时间，只能努力地思索，最后给出一个非常模糊的答案："大概是我来这儿之前的那几天。"

那几天？到底是一天、两天，还是三天？

从斯特拉困惑的眼神中，塞西尔知道，她已经不能指望这个恶魔给她提供更多的信息了，毕竟恶魔思考的样子看起来很蠢。

"行吧，你歇着吧。"塞西尔利落地开门，出去，关门，动作一气呵成，快到斯特拉甚至来不及反应。

直到塞西尔已经彻底离开了二楼，斯特拉才呆呆地眨了眨眼睛，并且后知后觉地意识到——她被嫌弃了。

"可恶！"

第六章

饥 饿

　　塞西尔还在琢磨斯特拉说的那些话。虽然斯特拉提供的时间很模糊，但那段时间里塞西尔唯一遇到的变故也就只有莉娜的到来而已。

　　难道这件事和莉娜有关？但游戏剧情里并未提及过莉娜携带了可以吸引魔物的东西，而且莉娜自己也没有这个特征。

　　塞西尔决定还是先和博德谈一谈再说。

　　她回到自己的房间里，习惯性地往水缸里一瞥。黑色的小章鱼正眯着眼睛，惬意地在水里游来游去，触手像花一样伸展绽放，看上去有种诡异的美感。

　　很好，它很乖，没有乱跑。

　　塞西尔满意地笑了一下，正要喊兰尼出来，突然意识到哪里不对——宽阔透明的水缸里，除了漂浮游荡的海草，居然只有一只小章鱼。

　　她以为自己看错了，连忙走近到水缸前，用渔网将海草拨开，却仍然没有发现其他三只小章鱼的踪影。

　　难道是因为它们知道她想吃章鱼小丸子，所以连夜逃跑了？

　　塞西尔一脸茫然。

这时，唯一剩下的那只小章鱼从水中伸出湿漉漉的触手，顺着塞西尔的手指盘旋而上，留下一路蜿蜒的水渍，慢慢地爬到了她的手臂上。它用那双晶亮的圆眼睛注视着塞西尔，隐隐透出期待的情绪，仿佛在等着她的夸奖。

"你是兰尼？"塞西尔不确定地问道。

小章鱼顿时兴奋地挥舞触手。现在它的触手已经长得很长了，残留在触手上的水渍被它甩得到处都是，塞西尔没有防备，一转眼脸上也被洒满了透明的水珠。

算了，算了，她和小章鱼计较什么！

她无奈地把小章鱼从自己的手臂上拿开，正要找毛巾把水渍擦掉，一个湿湿的、柔软的东西忽然在她的脸上舔了一下。

她一抬眸，看到兰尼已经站在自己的身旁。黑发绿眸的少年正微微俯着身，用他那分叉的、粉色的舌尖，一点儿一点儿，认真细致地舔掉她眼尾处的水珠。

他的身上有种潮湿幽冷的气息，像寂静无光的深海，无端地令人感到幽暗与阴寒。

塞西尔已经习惯了他的靠近，并没有在第一时间就推开他。她微微愣了一下，然后抬手挡住自己的侧脸，兰尼见状不满地嘀咕了一声，但还是乖乖地抿上嘴，没有再乱嗅乱舔了。

"兰尼，小一呢？"塞西尔疑惑地问道，"还有小二、小三，它们都跑到哪里去了？"

兰尼闻言，愉快地舔了下唇角，然后神秘地说："你猜。"

不知道为什么，在看到这个动作的瞬间，她就已经猜到了最糟糕的结局。

兰尼依旧用那双美丽的碧眸定定地看着她，眼中充满期待，让她很难说出责怪的话。

塞西尔艰难地开口道："它们该不会是被你吃了吧？"

"错啦。"

兰尼开心地笑了起来，弯弯的眼睛像月亮般明亮而纯净。

塞西尔松了一口气。

"那它们去哪儿了？"

"它们一直都在水缸里。"兰尼从腰后伸出三只柔软滑腻的触手，一个接一个地剥落，掉入水缸里，慢慢地变成三只一模一样的小章鱼。

"然后……"兰尼的食指在水缸外壁上慢慢地移动，水里的一只小章鱼仿佛受到某种无形的牵引般，跟着他的食指移动到了另一只小章鱼的面前。

"小一吃了小二。"

被牵引过去的小章鱼张开触手底部的口器，瞬间将另一只小章鱼吞了下去。

"但是小一还是很饿，所以又去吃了小三。"

同样的操作，另一只小章鱼也被吞下去了。

塞西尔忍不住疑惑地问道："那……小一呢？"

兰尼腼腆地笑了一下，举起食指抵在柔软湿润的唇边："刚好我也很饿，所以就把小一吃了。"

到头来它们不还是被你吃了吗？

塞西尔突然意识到：兰尼与她所了解的任何物种都不同，他虽然有智力也有自己的行为逻辑，但更忠于自己的本能。

他的本能就是吞噬——吞噬一切他所能见到的东西，无论是丑陋的人鱼还是他自己的分身，他都无所顾忌。而从他体内剥离出的分身也是如此，不会对一模一样的个体产生同类间的友好心态，更不会出现塞西尔想象中的相亲相爱的美好画面。

他们之所以没有立即吃掉对方，只是因为他们暂时达不饿。

一旦饿了，他们就会本能地去寻找任何可以充饥的食物。

塞西尔不由得想起斯特拉说过的话，下意识地抿了抿唇。

这是她紧张的表现。

她看了看兰尼，又看了看水缸里那只新的"小一"，垂下雪白的睫毛，静静地思考了几秒，然后抬眸，小心翼翼地问道："那你现在还饿吗？"

兰尼点头，眼神依旧是渴求的，甚至带了点儿委屈："更饿了。"

塞西尔这才反应过来。兰尼自从变成人形后，就一直在和她吃同样的食物——水果、蔬菜、牛奶、被各种调料精心烹调的熟肉……但是人类的食量对他来说实在是太少了。

在还是一只迷你章鱼的时候，兰尼就已经食量大得惊人，每天吃的生肉都是以盆为计量单位，而且还逐日增长。现在兰尼变大了，理应吃得更多，结果却要被迫和塞西尔吃着同等分量的食物——其中还有许多并不是肉。

小章鱼原本明明是一只纯粹的食肉动物，现在生生地被塞西尔养成杂食动物。

这不是一个合格的饲主应该做的事。塞西尔突然觉得自己有点儿过分。

"抱歉，是我考虑得不周全。"

塞西尔抬起手，兰尼自然地低下头颅，宛如一只等待爱抚的狗狗。塞西尔内疚地摸了摸兰尼柔软微鬈的黑发，后者微微眯起眼睛，露出了愉快、享受的表情。

他真的很喜欢塞西尔的触碰，无论是以什么样的方式。

塞西尔看着兰尼舒服的样子，脑海中又响起斯特拉的冷笑。她很想问兰尼"现在想吃她吗"，但是又有点儿不敢问。

她害怕这个问题会提醒兰尼。这就好像是一块肉主动跑到饥肠辘辘的人面前询问他"要吃我吗"，答案必然是肯定的。

她想了想，最终只是牵起兰尼的手，对他温柔地笑了一下："走，我带你去吃东西。"

她只要把兰尼喂得饱饱的，让他感觉不到饥饿，这样他就想不起来吃她了。

嗯……大概吧。

塞西尔把变回小章鱼的兰尼塞进袖子里，一个人偷偷溜进了厨房里。

现在已经过了做饭的时候，偌大的厨房里空无一人。塞西尔关上门窗，像土匪过境一样将视线范围内的所有肉类搜刮一空，全部拿到桌子上，然后拉开袖子，把小章鱼放出来。

小章鱼顺着塞西尔的手背慢慢地爬到桌面上，张开身躯底部的口器，露出锯齿一样的尖利牙齿——她下意识地摸了摸自己的耳朵。

还好之前咬她的是人形的兰尼，否则她的耳垂都能被咬穿。

她安静地站在一边看着小章鱼进食，短短几分钟，小章鱼便将桌上的肉清理得一干二净，连肉渣都没有留下。

它重新回到了塞西尔的手心里，仰起圆圆的小脑袋看着她。

塞西尔轻声问道："吃饱了吗？"

小章鱼用力地甩了甩长长的触手，似乎在说远远不够。

这么多都没吃饱吗？看来兰尼这几天果然被饿坏了啊……

塞西尔想了想，忽然打了个响指："走，我带你去吃点儿大补的。"

小章鱼眨巴眨巴眼睛，眼中充满疑惑。

塞西尔二话不说，带着它离开厨房，然后将它塞进自己的小挎包里，脚步匆匆地上了马车。

她突然想起来，圣埃德蒙学院里有一座重金打造的魔法生物生态园。

这座生态园里有很多稀奇古怪的魔法生物，有一些是从大陆各地搜寻来的，还有一些是副院长自己培育出来的。虽然学院平时也会组织学生们进去参观学习，但除此之外，为了防止生物丢失，生态园一律不予开放。

生态园的钥匙只掌握在几个老师的手里，其中就包括博德——因为他经常需要用里面的一些生物做实验。

然而学院董事们不知道的是，其实早在半年前，博德就把他的那把钥匙给了塞西尔。

"里面有些动物的味道还不错，你可以抓几只尝尝。"当初博德是这样对她说的。

塞西尔后来还无语地问他："难道你说拿来做实验的那些生物其实都进了你的肚子里了？"

"对啊。"博德点头，"味觉实验。"

可惜塞西尔收下钥匙后总是忘记这件事，所以半年过去了，她一次也没有踏进过那座生态园里。

现在想想，生态园里都是魔力充沛的魔法生物，对兰尼而言，它们的营养价值与美味程度应该比普通的肉食的营养价值与美味程度要高得多。

不如她带兰尼去那里偷些食物来吃，只是少几只的话应该不会被发现。就算被发现，她也可以说是被博德拿去做实验了，反正他自己也经常干这种事。

塞西尔回忆完生态园的位置，马车也在学院门外停了下来。

和平时一样，因为她迟到，这个时候学院门口已经没什么人了。塞西尔一个人走在林荫小道上，忽然听到有人喊她："莱维特大小姐，你可算是来了。"

这个声音好像有点儿熟悉。塞西尔扭头向后望去，看到一个嬉皮笑脸的年轻人正向她走来。

"早安，莱维特小姐。上次的报酬你还没有给我，该不会已经忘了吧？"

塞西尔微微睁大眼睛，对于出现在自己眼前的人感到有些惊讶。

"基恩·麦金托什？"她不确定地说出这个名字。

"是我，你没有忘记我真是太好了。"他冲塞西尔伸出手，眼睛死死地盯着她，"上次的报酬，你带了吗？"

塞西尔定定地看着他，感觉有种说不出的古怪。

之前阿诺德跟她说过，失踪的基恩已经回来了，但她没想到，他居然这么快就回学院了，而且还敢过来要报酬——就好像他的手从未被兰尼折断过一样。

而且他的眼睛好诡异。塞西尔不记得他从前的眼睛是什么样的，但应该没有现在这么凸。虽然看上去和以前区别不大，但他的眼睛像死鱼的眼睛一样，缺失了一点儿人类的鲜活与灵动。

塞西尔想了想，试探性地问他："基恩，你的手还好吗？"

基恩奇怪地看她一眼："我的手怎么了？"

他不记得了。

塞西尔垂下眼睑，遮住眼中的惊讶。她摘下脖子上的翡翠吊坠，平静地递给基恩："我今天没有带报酬，就把这颗吊坠给你吧。"

　　基恩是识货的，一看到这颗翡翠吊坠便露出贪婪的笑，捧着吊坠又吹又摸，直接将塞西尔晾在了一边。

　　塞西尔趁机快步离开，然后找了个隐蔽的角落，将兰尼放了出来。

　　"兰尼，你觉得他是不是已经把你给忘了？"塞西尔疑惑地问道。

　　兰尼笑了一下："谁知道呢？"

　　这模棱两可的态度是怎么回事？她继续说："反正我觉得他有点儿奇怪。"

　　兰尼闻言，跃跃欲试地舔了下嘴角："那我可以吃了他吗？"

　　"不可以。"

　　兰尼顿时露出失望的表情。

　　"先不管他了，现在我们要隐身潜入生态园里，你记住握紧我的手，绝对不能松开。"塞西尔认真地叮嘱兰尼，兰尼微微低头，目不转睛地看着她，嘴角一直带着小小的弧度。

　　塞西尔不自在地抿了下唇，说："我刚才说的你都记住了吗？"

　　兰尼点点头，无比自然地牵起她的手。

　　塞西尔莫名其妙地觉得，兰尼这个动作好像有点儿太自然了……不，这本来就是很自然的事情，毕竟是她教的，也是她让兰尼这么做的。兰尼只是在听从她的指令而已。

　　塞西尔摇了摇头，不再胡思乱想，低头轻念咒语。一道透明的波纹漾开，她和兰尼的身形一同隐入空气之中。

　　他们很快到达生态园。

　　一把腾空的钥匙在锁眼里转动一圈后，生态园的大门被打开了。紧接着，大门重新关上，塞西尔和兰尼的身形在草地上慢慢地显现。

　　这是一个巨大的庭园，占地面积大约是黑塔的两倍。在这里，天上飞的、地上跑的、水里游的，各种生物应有尽有，不过都是塞西尔不认识的物种。

　　生态园里的生物们看到有人进入，连眼皮都不抬一下，继续睡觉的睡觉，喝水的喝水。它们早就习惯人类的参观了。

塞西尔拉着兰尼走到距离他们最近的陆地区域，指着一只很像猪的庞然大物对兰尼说："兰尼，就吃这个怎么样？看上去肉很多。"

这只猪——姑且这么叫它，像是听懂了塞西尔的话一样，从鼻孔里发出一声不屑的怒吼，然后抬起前蹄就要踢向塞西尔。

一只触手自上方垂下，慢慢地缠住了它。

塞西尔立即侧脸看向兰尼："你要吃它吗？"

"嗯。"兰尼点了点头。

但他并没有像之前那样变回小章鱼，而是静静地立在原地，睫毛微垂，侧脸静谧而美丽。

生态园里渐渐安静了下来，所有的生物都停下动作，慢慢地趋于死寂。

塞西尔眨了眨眼睛，不明白发生了什么？渐渐地，她听到四周传出微小细碎的声响，有什么东西从翠绿的草丛里淌过。

塞西尔低头看向脚下。

无数只漆黑的触手正从兰尼的身后缓缓涌出，不知何时已经蔓延至整座生态园。它们像潮水般无声地席卷，覆盖了每一片草地与水域。

每一只被触手掠过的生物，都在一瞬间化为乌有。

塞西尔看呆了，没想到一眨眼的工夫，这里三分之一的生物就这么消失了。

她来不及去想它们是死了还是被兰尼吸收了，伸手就要去拦兰尼："兰尼，快停下，不能吃这么多！"

此时，他们身后的大门响起门锁转动的声音。

不好，有人来了！塞西尔立即念动咒语，与此同时，兰尼侧身望向大门的方向——那双清澈的绿眸里透出死一般的冰冷、残酷，还有一种令人窒息的幽暗。

塞西尔立即拉住他的手，两个人的身形瞬间变得透明，连带着那些触手也一起消失了。

他们躲到了一棵粗壮的树桩后面。

169

过了一会儿，戴着单片眼镜的副院长走了进来。

塞西尔紧张地屏住呼吸，余光一扫，发现兰尼居然在打哈欠。她被吓得立马捂住兰尼的嘴，兰尼不明所以地眨眨眼睛，保持这个姿势不再动弹。

副院长双手背在身后，慢吞吞地走到工具架旁。生态园里起码有一半以上是他培育的物种，所以他时不时就要过来看看。他像往常一样拿起一把鬃毛刷，正要向前走去，突然震惊地推了一下鼻梁上的眼镜。

"怎么回事？怎么少了这么多动物？"他立刻把眼镜取下来用力地擦了擦，然后重新戴上，"真的变少了！"

他惊得一把扔掉鬃毛刷，焦急地在剩下的生物里寻找起来："没有……没有！"

就在塞西尔快要憋不住气的时候，副院长突然抱住脑袋，发出一声震天动地的号哭："我的天马宝宝不见了！"

要知道这只天马可是他实验多年才培育出来的独苗，前前后后花费了他多少精力与时间，更重要的是，倾注了他多少心血——现在它居然就这么不见了！

"到底是哪个浑蛋偷走了它？！"

塞西尔默默地看向身旁的兰尼，兰尼依然维持着被她捂嘴时的姿势，猫眼似的绿瞳一眨不眨地盯着她。

虽然塞西尔很不想承认，但是副院长的天马宝宝大概在这个家伙的肚子里。她的心情颇为复杂。

痛失天马的副院长已经红着眼冲了出去，一边冲一边发出愤怒的嘶吼："居然敢偷走我的天马宝宝，我一定要你付出代价！"他的声音响彻整座生态园，即使背影已经完全消失在塞西尔的视野里，怒吼的余音依然在生态园的上空盘旋回荡。

塞西尔慢慢地解除隐身，顺势坐下来。

她扭头看向身旁的兰尼。美丽的黑发少年正紧贴着她的肩膀，碧眸微弯，像一只餍足的猫。那些如黑潮般的触手已经不见了，只留下一只纤细柔软的小触手，安静地伏在塞西尔的腿边。

察觉到塞西尔的视线，他伸出舌尖，轻舔了下她温热的手心，他看上去非常乖。

塞西尔低低地叹息一声，收回手，慢慢地站起来。

兰尼茫然地看着她："塞西尔？"

塞西尔低声询问道："吃饱了吗？"

兰尼微微停顿，然后点了点头："吃饱了。"

"吃饱了就快离开这里，我去找博德。"

从塞西尔的声音里听不出什么情绪，但兰尼还是敏锐地察觉出塞西尔现在的心情不好——塞西尔每次心情不好时，味道都会变苦。

他想去拉塞西尔的手，但又有些犹豫。

因为塞西尔这次的味道尤其苦，比他之前折断那个人的手和破坏蔷薇园的时候的味道还要再苦一点儿。

她现在应该很生气。

塞西尔没想到事情会变成这样。

她原本打算像博德那样，隔三岔五地偷一只出来给兰尼补一补，结果这家伙一下子吃掉了三分之一，还吃了副院长最心爱的天马。

副院长现在想必已经去兴师问罪了，估计很快就会找到博德的头上。她不打算害博德背下这么一口大锅，想来想去，只能自己上了。

毕竟是她带兰尼来这里的，是她打开了大门，是她给了兰尼这个机会。

归根结底，都是她的错。

她也在心底小声问自己：是不是一开始就不应该把兰尼留在身边？这个问题有点儿难解，她暂时先不考虑。

总之，她现在先去找博德说明一切才是最要紧的事情，否则再迟一点儿，可能就赶不上了……

塞西尔的心里闪过无数个念头。她抬腿向大门的方向走去，突然，一个柔软、潮湿的东西小心翼翼地碰了一下她的手臂。

她不用想都知道是什么。

塞西尔回过头，看到兰尼正站在她的身后侧着脸偷看她的神色，一只小小的触手因为她的回头而迅速地蜷缩了起来。

"塞西尔，你生气了吗？"兰尼见她不说话，不确定地开口道。

塞西尔面无表情地反问道："你知道还问我？"

兰尼微怔，那只小小的触手也慢慢地收了回去。

塞西尔是真的很生气，毕竟这是她第一次承认"自己在生气"这件事。

"因为什么？"兰尼看上去有些困惑，宝石般的绿眸笼上一层薄薄的雾。

塞西尔也微微歪头，平静地说："你猜？"

兰尼听到这句话后，瞳孔微微地缩了一下——生气的塞西尔有点儿可怕。

黑发的少年垂下蝶翅般的长睫，在苍白的脸上落下一片阴影。

"因为我吃得太多了？"沉默片刻后，他终于低声开口道。他的语气依然是小心翼翼的，充满谨慎与试探，仿佛惹怒塞西尔是一件多么危险的事情。

可明明他才是危险的那一方。只要他想，塞西尔就会像这些消失的生物一样，连一丝痕迹都不会留下。

塞西尔不知道自己该以什么样的态度来对待他。

一想到这会儿博德可能已经被副院长抓走了，她顿时没有心思再想这些，抬腿就要走。兰尼连忙拉住她的手腕。

"兰尼，来不及了，有什么话等我回去再说好不好？"

塞西尔无奈地转身，耳边突然响起一声马的嘶鸣。

她疑惑地顺着声音望过去，只见一匹通体雪白的骏马正停在她的右上方，骏马的背上长了一对优美的大翅膀，洁白蓬松，此时正随着它的飘浮上下挥动。

塞西尔一脸震惊：这……这应该就是副院长的天马宝宝吧？

"我把这个东西复原了，"兰尼委屈地问道，"你可以不生气了吗？"

塞西尔看着他，陷入沉默中。他拉着塞西尔的手腕，力气刚好控制在既不会弄疼塞西尔，又不会让她轻易挣脱开的程度，他微鬓的黑色额发柔软地垂在脸畔，衬得他的肤色更加苍白。浓黑的长睫下，那双总是剔透纯粹的碧眸此时蒙上了一层氤氲的水汽，看上去柔软又湿润。

塞西尔有点儿心软，但忍住了。

"除非你把这里所有的东西都复原，"塞西尔冷硬地说，"我才可以考虑一下。"

兰尼："考虑什么？"

塞西尔："不生气。"

兰尼露出不舍的神色。

"那好吧。"兰尼的语气听上去也不是很情愿。虽然他的表情、语气都表现出他不想复原全部食物的痛苦心情，但他还是照做了。

漆黑的触手再次蔓延至目光所及的每一处角落，溶解、会合、重组……渐渐变成一大团奇形怪状的黑雾。

塞西尔用近乎惊奇的眼神看着这一幕。

就像之前蔷薇园被复原的过程一样，那些本该被他吸收的生物从黑雾中慢慢地显露雏形。

它们原本是十分混乱的样子，头、尾巴、翅膀像插花一样插得到处都是，但很快，它们在混沌中找到了自己的位置，并逐渐形成一个个完整的个体。

塞西尔原本以为兰尼只能把植物复原一下，没想到他居然连活生生的动物也能复原，甚至连天马这种人工培育的神奇物种都……

看着动物们已经若无其事地回到自己的领地上，继续睡觉的睡觉、喝水的喝水，塞西尔陷入了深深的震撼中。

兰尼见她不说话，忍不住又凑近到她面前，微微垂下毛茸茸的脑袋："你考虑了吗？"

"什么？"塞西尔略微失神地抬头，几乎与他额头相触。

"你说过你可以考虑一下的……"他的脑袋又低下去一点儿，声音也低低软软的，"不生我的气。"

塞西尔终于想起这件事。她本想说出"我还没有考虑好"这样模棱两可的回答，但兰尼的眼睛一直注视着她，柔软的触手也若有若无地轻拂她的脚踝，像是在渴求她的安慰与爱抚。

"好吧。"

塞西尔带着变回小章鱼的兰尼一起去了博德那里。

令她欣慰的是，博德还在，而且看上去和平时没有区别。

"你问副院长有没有来过？"博德漫不经心地回答，"他是来过，不过刚走。"

闻言，塞西尔顿时一脸紧张："他没和你说什么吧？"

博德懒洋洋地抬起头，视线在塞西尔的脸上慢慢地打转："他问我今天有没有去过生态园。"

副院长果然是来兴师问罪的，还好那些生物已经被复原了。

塞西尔："那你怎么回答的？"

博德："没去啊，我一直都在睡觉，去那个鬼地方干什么？"

塞西尔继续问道："那他没有让你把钥匙交出来？"

"他倒的确让我交钥匙了，然后我就把以前随手做着玩的假钥匙找出来了。"

博德从一堆杂物里面翻出一把银色的钥匙，然后摊在掌心上："喏，你看，就是这个，是不是做得很棒，很完美，很无可挑剔？"

塞西尔刚要说点儿夸赞的话，博德忽然随手一扔，像扔垃圾一样把那把假钥匙扔到了身后，紧接着无聊地叹气。

"可惜假的打不开门，所以还是垃圾。"

闻言，塞西尔微微蹙眉："那副院长为什么没有没收这把钥匙？难道他知道这是假的？"

博德摇头："他不知道。我都准备把这玩意儿给他了，他不知道听到什么声音，突然大喊一声'宝宝'就冲出去了。"

博德边说边露出犯恶心的表情，显然对"宝宝"这个称呼难以接受。

塞西尔这才彻底放心下来。无论如何，生态园里的生物没有少，这样即使副院长有心要查，也查不出什么东西来。

不过副院长也够厉害的，天马在生态园里叫唤，他在博德这边都能听到，不愧是视如珍宝啊！

塞西尔微微沉默了一会儿，博德意味深长地看着她，问道："是不是你在生态园里做了什么？"

塞西尔心虚地摸摸鼻子："就是不小心……偷走了副院长的宝宝。"

博德微挑了下眉："你偷他的宝宝做什么？"

塞西尔："给我的小宠物……加点儿餐。"

博德想起她那只奇奇怪怪的小宠物，好奇心又涌了上来。这才过了多长时间，那只小东西已经可以把副院长的天马作为储备粮了，想必现在应该已经长得很大了吧？

"那么你的小宠物现在有多大了？"博德托起下巴，饶有兴致地问道。

塞西尔觉得还是直接给他看看比较好。

她打开小挎包，露出里面的小章鱼。由于一路上过来塞西尔都没有和小章鱼互动，它现在看起来蔫了吧唧的，触手也都无精打采地蜷缩在了一起。

"只有这么点儿？"博德惊讶地伸过手，把小章鱼从包里捏了出来。

塞西尔无奈地点头："嗯，很小，很乖，但是特别能吃。"

"哦？"博德好奇地打量着小章鱼。小章鱼虽然不喜欢被他提在手里，但见塞西尔就在旁边看着，只好继续自闭。

"有多能吃？"

"把我家厨房里的肉都吃光了，还没吃饱，所以我才带它来生态园。"没想到差点儿连生态园里的动物都要被它吃光了。后半句塞西尔没说，只在心里默默地补充了一下。

博德微微沉吟，看向小章鱼的目光里充满探究："那的确是很能吃，只是不知道它是如何消化掉这么多食物的。"

塞西尔没有吱声，只是静静地坐在一旁，不知道在想些什么。

博德看了她一眼，狭长的灰眸中闪过一丝了然的笑意："你不想养了？"

"倒也没有。"塞西尔闷闷地说。

博德起身,拿了一个广口的试剂瓶,装满水,然后将小章鱼放进去。小章鱼进入水里,敷衍地划了两下,接着继续蜷起触手,进入自闭状态。

"如果你不想养了,我倒是可以勉为其难地接收一下,反正我有的是办法喂饱它,而且我还挺想把它解剖看看……"博德懒洋洋的语气虽然没变,额发下露出的目光却兴味十足。

塞西尔知道他说的不是假话,连忙从他手里一把夺走试剂瓶,将小章鱼护在自己怀里,没好气地说:"我才不会把它给你。"

"那就捐给副院长。"博德慢慢地摩挲下巴,用提议的口吻说道,"你看,他那个生态园里的环境还是很好的,把这个小东西送进那里,应该不用担心饿肚子的问题。"

那她确实是不用担心,只是生态园里其他的动物可能要担心一下。

博德见塞西尔抱着试剂瓶沉默不语,也慢慢地不再说话。半晌,他突然在塞西尔的面前蹲下,抬手轻抚她雪白柔软的头发。

"那就把它扔了吧,不会有人怪你的。"

塞西尔睫毛轻颤,低低地说:"它会怪我。"

博德语气温柔地说道:"它只是一只宠物啊。"

兰尼只是一只宠物吗?

塞西尔微微垂下眼眸,看向怀里的小章鱼。小章鱼正趴在试剂瓶的透明内壁上,一双圆圆的眼睛一眨不眨地盯着她。

好像……它不只是宠物那么简单。

塞西尔默默地把手指伸进瓶口,柔软黏湿的触手顿时迫不及待地缠了上来。

"就算是宠物也不能随便抛弃。"她将小章鱼重新放回包里,又把试剂瓶塞回博德的手里,说,"你还是去解剖别的东西吧。"

闻言,博德咂了咂嘴,好像对这个结果还有点儿失望。他又揉了揉塞西尔的头发,问道:"那你打算怎么办?为它包下全王都的屠宰场吗?"

"先不管了。"塞西尔无奈地揉揉额角，"反正它现在也饿不死。"

塞西尔："还有一个问题。"

博德："什么？"

"这个世界上存在所谓复活法术吗？"塞西尔突然抛出一个莫名其妙的问题。

博德一头雾水："你这思维也太跳跃了。不过，复活术啊……"他想了想，突然讽刺地笑了一下，"那已经不是人类能够涉及的领域了吧。"

塞西尔追问道："那是谁能涉及的领域？"

"比如，神之类的。"博德戏谑地挑了挑眉，显然自己也不相信这个答案。

这个世界并没有神之类的存在，虽然这并不妨碍子民们拥有自己的信仰，但如果有人去街上向众人宣传这个世界有一位伟大的神明，那这个人必然是会受到嘲笑的。

所以这个答案几乎是不可能正确的。

塞西尔再次陷入沉默中。

过了许久，久到博德差点儿以为塞西尔快要睡着了的时候，她忽然又开口道："还有……"

博德自然地抚摸她的头发，耐心地回应道："嗯？"

"可以把你的爪子拿开了吗？别以为我不知道你只是想趁机摸我的头发。"

被戳穿的博德讪讪地收回手，嘀咕道："摸两下都不让，小气鬼。"

塞西尔："哼！"

晚上一起用餐的只有莉娜和塞西尔两个人。

下午的时候，管家发现厨房里的肉食全部消失，本打算到了晚上将厨房遭窃这件事告诉凯文，好在塞西尔比凯文先回来，告诉管家那些肉都被她带去喂外面的流浪小动物了，管家这才作罢。

后来厨房里又被迅速地补充了大量肉食，但由于时间匆忙，品类仍然不如之前的丰富。

餐桌旁，莉娜见塞西尔不说话，以为她是不喜欢今晚的菜肴，便主动寻找话题："听说今天副院长在学院里面大喊大叫，说有人偷了他的宝宝，还要和那个人拼命呢！"

塞西尔面不改色地回应道："哦？那他找出来是谁偷的了吗？"

"没有，说是又找回来了。"莉娜神情困惑，"但是副院长还是要查，虽然我们都不明白他究竟要查什么？"

"可能是觉得面子上挂不住吧。"塞西尔随便搪塞了一句。

餐厅里又安静了下来。

莉娜清清嗓子，又想到一个话题："对了，我还听说有人看到……"

"莉娜，"塞西尔打断她的话，"吃饭的时候少说话。"

"哦。"莉娜扁扁嘴，不再吱声了。其实她是想说，有人看到那个叫基恩的人今天往生态园的方向去了，不知道是不是和副院长这件事有关。

塞西尔好像有点儿心不在焉，算了，她还是不要打扰塞西尔了。

晚餐后，塞西尔回到房间里，在水缸前坐了下来。

水缸里只有两只小章鱼，一只是"小一"三代，另一只是兰尼。

兰尼看到她回来了，立刻从水缸里爬出来，变成黑发绿眼的少年，像往常那样温顺地站在她的面前，低声说："塞西尔，我还是很饿。"

塞西尔没有顺着他的话说下去，像是为了再次确认一般，以一种认真的、循循善诱的语气对兰尼说："兰尼，今天那些被你复原的动物，真的是被复原了吗？"

兰尼连连点头。

"那它们，还是原来的它们吗？"

兰尼微微停顿，声音平静而安定："一模一样。"

塞西尔说不上自己此时是放心多一点儿还是担心更多一点儿，总之很复杂。

她决定先放弃思考这件事，转而去考虑另一个更加严峻的问题：兰尼说他还是很饿，这说明今天的食物并不能满足他。

那还有什么能满足他呢？肉、血，还是魔力？

塞西尔突然想起来，之前喂小一吃魔力的时候，兰尼一脸渴望的神情。

难道他更喜欢她的魔力？

塞西尔隐约觉得自己找到了一个暂时可行的办法，但还不能确定，所以需要先试一试。

她静静地想了一会儿，然后突然抬起一只手，将纤细柔白的食指伸到兰尼的面前。幽蓝色的细碎光芒从她的指尖流出来，兰尼安静地看着，喉结微动，目光专注。

"吃吧。"塞西尔轻轻地说。

兰尼看了她一眼，然后低下头颅。他不需要确认自己的理解是否正确，在他看来，有塞西尔的允许，这就足够了。

兰尼伸出鲜红湿润的舌头，舌尖分出两个尖尖的叉，轻轻一卷，便将那些溢散的光芒都卷走了。

人类无法吸食别人的魔力，就算一定要达到这个目的，也必须通过法术进行转换与吸收。像兰尼这样简单粗暴的吃法，塞西尔也是第一次见。

她小心仔细地控制魔力的输出，每次只释放出一点点，以防兰尼一次吃太多。

但很显然，兰尼并不满足这种浅尝辄止的吃法。

他微微张嘴，含住了塞西尔纤细白皙的食指。

塞西尔愣了一下。

在她愣神的时候，兰尼已经舔舐起她的指尖来。她能够感觉到，兰尼那微凉的、柔软的舌头正在她的指腹上轻轻地舔过，与此同时，他尖利的犬齿也不轻不重地抵在她的指节处，仿佛正在小心地确认这个地方可不可以咬下去。

塞西尔觉得这样有点儿危险。她下意识地想要抽回手指，可兰尼轻轻地咬住了她的手指。她抬眸望向兰尼，看到兰尼也正抬着漆黑的睫毛，定定地盯着她。

他进……进食的时候，为什么要看着她啊？

塞西尔在那双剔透美丽的绿眸里看到了自己略显慌张的脸，小心翼翼地轻唤一声："兰尼？"

"嗯？"兰尼咬着她的手指，口齿不清地回应道。

"不可以吃掉我的手指。"塞西尔尽量让自己的声音听上去显得平静，"只要吃掉手指上面的光点就可以了，再吃下去我会……"

她说着说着突然没了声音，因为她看到兰尼把嘴松开了。她看得很仔细，无论是他濡湿的、分叉的舌尖，还是柔软的嘴唇都看得一清二楚。

她感觉好像有点儿糟糕。

塞西尔的脸颊无法控制地升起丝丝热意。她站起身，打算出去冷静一下，下一秒，一个冰冷滑腻的东西突然缠上了她的脚踝——是兰尼的触手。

她低头看向那一只柔软的、漆黑的触手。虽然它紧紧地缠绕着她，令她无法走路，但细细的末梢仍然在缓慢地、像水波一样轻拂着她的小腿肌肤。

难道兰尼现在是想吃了她吗？还是和之前一样，他只是单纯地想要表达亲昵？

塞西尔来不及弄清楚这一点，因为兰尼已经凑了过来——在她毫无防备地露出白皙的脖颈时。

兰尼开始舔咬她的脖子。和之前那种逗弄似的舔咬不同，这次他的力道稍微大了一点儿，足以令塞西尔感到细微的疼痛，却又不至于咬破她娇嫩的肌肤。

塞西尔被兰尼咬得心脏狂跳，却又不敢推开他，只好抬起一只手，慢慢地放到他的脑袋上，然后一下又一下，轻轻地、小心翼翼地抚摩他的头发。

"兰尼……兰尼，可不可以先停一下？"

兰尼听到塞西尔的声音，停下轻咬的动作，但他尖尖的牙齿仍然停在塞西尔的脖子上，这让塞西尔胆战心惊，甚至产生了一种羊入虎口的感觉。虽然她没有羊那么弱小，但是兰尼远比老虎要凶残得多。

塞西尔几乎都要投降了。

她感受到兰尼尚且平缓的鼻息，推断兰尼现在应该还没有被食欲冲昏了头，于是继续轻抚他柔软的黑发，试图安抚他此刻的情绪。

"我知道你现在很饿，"塞西尔轻轻地柔声说，"但是你不能吃我。"

"为什么？"兰尼终于开口说话了，发出的声音居然有些喑哑。

糟糕，为什么是这种声音？继续用纯洁无辜的声音和她说话啊，浑蛋！

她努力平复自己因为紧张而略显混乱的心情："因为吃了我，你会后悔的。"

兰尼："可我现在想吃。"

他太自我了，果然是她的教育出了问题。

塞西尔稍稍调整了下腰背，让自己僵硬的身体得以放松一点儿。然而她这点儿细微的动作也被兰尼发现了，又一只触手缠了上来，将她的手臂牢牢地卷住。

他太过分了！塞西尔决定，如果能活过今晚，她一定要用兰尼做整整一锅的章鱼小丸子，一边吃一边做，直到她吃吐为止。

但前提是，她得活过今晚。

她深吸一口气，用柔和平缓的声音对靠在她颈边的兰尼说："吃了我，你就再也见不到我了，这样你开心吗？"

兰尼的回答慢了半拍，他似乎是在考虑："不开心。"

塞西尔："吃了我，也就再也没有人教你人类的生存方式了，这样你开心吗？"

"是表达亲昵的方式。"兰尼安静地纠正她。

"都一样。"塞西尔停顿了一下，"总之吃了我，就不会再有人教你人类表达亲昵的方式了，这样真的好吗？"

这次兰尼回答得很坚决："不好。"

不错，看样子她有希望力挽狂澜。塞西尔在心里为自己暗暗打气，继续问道："最后，如果你吃了我，就没有人教你跳舞了，这样也可以吗？"

她本以为兰尼这次的回答会和之前的回答一样，结果他却很轻松地来了一句："那我就不学了。"

　　塞西尔一时语塞。

　　这个天杀的章鱼小丸子！她几乎要骂脏话了，好在理智让她忍了下来，并迅速地尝试在这个问题上寻找其他的突破口。

　　"你不学了，那要怎么和别人跳舞呢？"塞西尔循循善诱道，"没有人愿意和一个不会跳舞的舞伴一起跳舞。"

　　"你愿意啊！"兰尼理所当然地说。

　　塞西尔愣了一下："可是我已经死了。"

　　"那我就不学了。"

　　"为什么？"塞西尔下意识地接着问道。

　　兰尼抬起头，直直地看着塞西尔，那双浓艳剔透的绿眸里映出少女纤柔美丽的面容，在烛火的照耀下熠熠生辉，格外惑人。

　　"因为我只想和你跳。"

　　塞西尔微微发怔。

　　兰尼目不转睛地注视她。那双翡翠般的瞳孔冰冷、纯粹，目光中没有任何一丝人类的情感，却又无比地专注，令她感到一丝莫名其妙的热切。

　　塞西尔微微抿了抿唇，小声问道："那你现在……还要吃了我吗？"

　　兰尼手指微动，没有出声。

　　塞西尔听到细微的"沙沙"声，紧接着，脚踝和手臂上的触手都抽离了。她终于放松地长舒一口气。

　　兰尼合上嘴，慢慢地松开了她。塞西尔来不及去看他现在的表情，刚才她整个人一直处于高度紧张的状态中，现在一松懈下来，顿时有些腿软。

　　她扶着水缸试图站稳，但双腿依然无力，甚至连手臂也没有几分力气，根本不足以支撑她扶稳自己。于是她轻微地摇晃了几下，无法控制地向前倒去。

　　兰尼轻轻地托住了她。

他的力度控制得刚刚好，塞西尔整个人都倒在了他的怀里。他伸出双手，像是在回忆一般，慢慢地尝试着环住塞西尔露出的半截腰。

触感比隔着衣物时还要柔软很多。少年的手指苍白修长，薄薄的皮肤下蔓延着幽蓝色的经络。他慢慢地加大力度，将手指轻轻地按压在塞西尔的肌肤上，印出一点点的指痕。

她的肌肤非常柔软。兰尼像是得到了什么新奇的玩具，眼睛亮了起来。他在塞西尔的腰上又按了几下，然后手指慢慢地上移，顺着脊柱向上探索。

"兰尼——"耳边突然响起塞西尔虚弱但阴沉的声音。

他又悄无声息地将手缩了回去。

"把手拿开，把我扶好，然后牵我的手，把我扶到床边坐下。"塞西尔冷静地指挥道。

闻言，兰尼颇为遗憾地叹了一口气。他不太情愿地把手从塞西尔的腰上拿开，然后按照她说的那样，牵着她走到床边坐下。

塞西尔顿时觉得整颗心都踏实了。

她稍微活动了下僵硬的身体，然后抬眸看向兰尼。兰尼正直勾勾地盯着她，眸中碧光浮动。

塞西尔下意识地向后缩了缩，兰尼又俯身凑近。

她忍不住开口道："兰尼，你刚才不是已经答应过了不吃我吗？"

"我没有要吃你。"兰尼无辜地眨了眨眼睛，然后抬起一只手指向塞西尔的脖子，"我是在看这里。"

"这里？"塞西尔看不到，只能抬手去摸，"这里怎么了？"

"红了。"兰尼一本正经地回答道。

还不都是被你咬的！塞西尔满脸通红，用控诉的语气说："我早就跟你说过了，不能咬我。"

兰尼："你没说过。"

塞西尔："怎么可能？！"

兰尼："你只说过不能碰你，也不能舔你。"

塞西尔被气得声音都颤抖了："那就再加一条——更不能咬！"

"好吧。"兰尼又叹气，然后突然凑到塞西尔的颈边，在她留有齿痕的肌肤上轻轻地舔了一下。

一阵酥麻的感觉立刻从塞西尔的脖子扩散至全身,她下意识地缩起修长的脖子。

"塞西尔。"兰尼又低唤她的名字。不知道是不是怕吓到塞西尔,他的声音又轻又低,在塞西尔的耳边轻轻地响起,犹如情人的呢喃。

塞西尔故作镇定地问道:"又要干什么?"

"我可以摸一下你的腰吗?"兰尼认真地问道。

他舔都舔了,咬也咬了,现在还来问她可不可以摸一下?

塞西尔的心情很复杂。她沉默了几秒,轻声说:"只能摸一下。"

兰尼得到她的允许后,抬起一只手,轻轻地搭到她的腰上,小心翼翼地、轻轻地抚摩了一下,然后手指微微下陷。

"好了,不可以再摸了。"塞西尔平静的声音打断了他的动作。

兰尼抬起浓密的睫毛,安静地注视她。

美丽的少女半躺在床上,手肘撑起单薄的上半身。她的身后就是窗户,银色的星光透过玻璃,洒在她纯白的长发上,衬得那双幽蓝的眸子更加晶莹透亮。

"我说了摸一下,就只能摸一下。"她轻轻地说,语气虽然轻柔却不容置疑,"否则以后再也没有东西给你吃了。"

兰尼微微思考,然后乖乖地将手收了回去。

他还是听话的。虽然他爱吃了点儿,性格恶劣了点儿,能力变态了点儿,最主要的是——过于危险了点儿。

塞西尔脸上的热意早已退去。她感受着自己逐渐平稳的心跳,轻缓地、柔和地开口道:"兰尼……你现在还饿吗?"

兰尼点头:"饿。"

"和之前相比呢?"

兰尼认真地想了想:"没有那么饿了。"

那么给他吃魔力是有效果的,塞西尔总算感到了一丝欣慰。

她又向后退了退,然后理好衣服,慢慢地坐直。她将略微凌乱的碎发拨到耳后,抬头看向兰尼,轻声细语地说:"以后每天我会固定喂一点儿魔力给你,你不要乱吃其他的东西,好不好?"

兰尼闻言，顿时开心地弯起眼睛，毫不犹豫地回答道："好。"

塞西尔松了一口气——她总算找到解决的办法了！

她挥挥手，示意兰尼变回小章鱼，兰尼却不太乐意。

"我可以待在这里吗？"他指了指柔软的床。

塞西尔语气坚决地回答道："不可以。"

兰尼沮丧地融入黑暗中，幻化为小章鱼的姿态回到水缸里。

塞西尔这才放心地合上眼睛，然后一夜没睡着。

之后的几天，她都没有再带兰尼去上学。

她每天独自去学院，除了在博德那里学习法术，其他的时间基本都在学院的大书库里度过。

那里是全王都最大的书库，里面收录了各种各样的书籍，包括许多奇奇怪怪、令人意想不到的古籍秘录。

她每天在其中进行大量的翻阅与检索，试图寻找出任何有关章鱼类生物的记载。可惜什么都没有，就好像这个世界里根本就不存在章鱼这种生物，甚至是这一类外形的生物。

那么兰尼究竟是什么呢？

塞西尔仔细地回忆与兰尼之间的对话，想要从中找出蛛丝马迹，却仍然没有收获。

她决定去请教副院长。

从大书库里出来后，塞西尔就一直向生态园的方向走去。生态园与大书库之间的距离不算远，不过因为路边种满了臭果子树，所以学院的学生们平时宁愿绕路也不愿走这里。

臭果子树，顾名思义，是一种可以结出恶臭果子的树。虽然臭果子树的气味非常不好闻，但是其果子作为肥料营养价值极高，所以副院长在这条路上种满了臭果子树，为的就是它能够给他的生态园提供更加丰饶的沃土。

塞西尔屏住呼吸，加快脚步。突然，有人在她的身后叫住了她："莱维特大小姐。"

塞西尔转身，看到从臭果子树后面钻出来的年轻人后，毫不客气地说："怎么又是你？上次的报酬我不是已经给你了吗？"

对方古怪地笑了一下，那双微凸的眼睛看上去似乎比之前更凸了——这个人正是失踪后又回来的基恩。

"你在找什么？"他没有再提报酬的事，而是没头没脑地问了这么一句。

塞西尔："什么？"

"你在找什么？"基恩又问了一遍，开口的语调和速度与刚才一模一样。

塞西尔微微后退一步，警惕地说："与你无关。"

基恩死死地盯着她，如同案板上一条死不瞑目的鱼，牙齿磨动，慢慢地发出莫名其妙的怪笑。

"我知道你在找什么！我知道你在找什么！"他突然张开双臂，大声地叫喊，"你在找我们最伟大的神！我们的统治者，我们唯一的灵魂归宿……"

他像突然疯了一样大喊大叫，全然不顾周围人投来的异样目光。塞西尔被他这一嗓子吼得吓了一跳，正打算给他来个噤声咒，突然注意到几个老师已经向她和基恩所在的方向走过来了。

"基恩·麦金托什？"为首的老师一把扣住他的肩膀，疑惑地说，"你在这里做什么？"

基恩不理会他，依然在旁若无人地大喊大叫。

为首的老师将不解的目光落到塞西尔的身上，塞西尔尴尬地解释道："他在传教。"

语毕，为首的老师看基恩觉得他更加可疑了。

"基恩·麦金托什，你昨天去过生态园吗？"为首的老师继续问道。

塞西尔听到"生态园"这个词，顿时心里一紧。

她不动声色地盯着基恩的反应，想看看他如何回答。

基恩毫不犹豫地点头："去过。"

塞西尔疑惑地蹙眉：他什么时候去的？自己怎么从头到尾都没有发现？

几个老师惊讶地相互对视了一眼，显然也没有料到基恩居然承认得这么干脆。

"那你去生态园是打算做什么的？"

基恩回答得依然很干脆："去找吃的。"

塞西尔震惊了——基恩的目的居然和自己的目的一样！

"行，就是你了，副院长要见你，跟我们走吧。"

那几个老师当场露出"破案了"的欣慰表情，然后像押解犯人一样把基恩带走了，过程顺利得让塞西尔有点儿摸不清头脑。

那么，这到底是什么情况？

她对刚才发生的一切一头雾水，唯一可以确定的是暂时还是不要去找副院长请教问题了，他现在应该很忙。

塞西尔想了想，转身向教学大楼的方向走去。

第七章

舞　会

　　"塞西尔姐姐，我在这里！"隔着拥挤的人群，莉娜伸长了胳膊，向人群中的塞西尔用力地招手。

　　这节课是范伦丁教授的治愈术进阶讲解，是有上百个学生一起听讲的大课，所以这会儿人才会这么多。

　　莉娜拉着塞西尔走到教室里，找到靠窗的位子坐下，然后从小包里拿出一袋烤好的小饼干，对塞西尔说："姐姐，这是我昨天烤的饼干，你要尝尝吗？"

　　塞西尔刚好有点儿饿了，她接过小饼干，刚要脱口而出"谢谢"，脑海中突然浮现出一行大字——

　　"警告！！！"

　　"做得这么丑，一看就不好吃。"她一边将小饼干放回去，一边不太自然地说。

　　莉娜脸一红，收回小饼干，不好意思地说："其实味道还可以，不过我也觉得糖放得有点儿多了。"

　　脑海中那一行刺眼醒目的烫金大字终于消失，塞西尔在心里暗暗松了口气。

"对了，再过两天就要举办学院舞会了，姐姐找好舞伴了吗？"莉娜拍了拍双手，兴致勃勃地问道。

塞西尔的脑海里突然闪过兰尼的脸。

她立刻强迫自己忘掉，平静地说："不，我不参加舞会。"

莉娜闻言，遗憾地叹气："唉。"

塞西尔看了莉娜一眼——说起来，莉娜后来也没有再缠着她学跳舞了，难道是跟着艾利克斯学了？

"你学会了吗？"塞西尔轻声问道，"跳舞。"

莉娜闻言，先是有些发愣，然后微微低头，脸上露出羞涩的笑容："我遇到一位骑士先生，"她小声说，"他教了我一点儿。"

塞西尔疑惑了：骑士先生？她怎么不记得莉娜的"攻略对象"里有一位骑士？

塞西尔追问道："什么样的骑士？你在哪儿遇到的？"

莉娜被她一连串的问题问得有点儿发蒙，但还是如实回答道："是上周我去买书的时候遇到的，他人很好，很正直，也很风趣……"

塞西尔努力地回想游戏中的原剧情。

买书时遇到的正直骑士——那不是便装出行的二皇子吗？他怎么这么早就出场了？

塞西尔揉了揉额角，决定把剧情重新捋一遍。

到学院舞会这一章节的时候，原剧情中的莉娜会有三个选择：

一是和傲娇小少爷艾利克斯跳一晚上，好感度大幅增加；

二是和傲娇小少爷艾利克斯跳完一首曲子后就出去，在无人的街道上邂逅出宫散步的二皇子；

三是被塞西尔推给一个又土又丑的男同学，和男同学跳完舞后发现对方的真实身份其实是帝国的大魔导师。

如果莉娜选择了第一条路线，那么另外两个"攻略对象"则会以其他形式延后出场。也就是说，无论舞会的当天莉娜做出了怎样的选择，在此之前都不应该提前邂逅二皇子。

那么现在到底是什么情况？剧情被打乱了？

塞西尔的心中缓缓冒出一个问号。加上基恩，这已经是她今天第二次产生迷茫的感觉了。

"那你的舞伴——"她慢慢地说，余光忽然瞥到一缕黑色的薄雾，从她的脚边像水一样瞬间流走了。

与此同时，位于她左侧的窗户被人敲了两下。

"塞西尔，你出来一下。"一头红发的清秀青年正站在窗外，声音隔着窗户模模糊糊地传到塞西尔的耳朵里。

艾利克斯？他这个时候找她干什么？塞西尔奇怪地抬手指了指自己："我？"

艾利克斯点点头，说："就是你。"

他不找莉娜反而找她——不会又是让她帮忙写作业吧？塞西尔疑惑地走出教室，在无人的长廊里见到了艾利克斯。

"找我有什么事？"她直接走过去，毫不客气地问道。

艾利克斯看着她，目光专注，神情看上去和平时不太一样："想见你。"

塞西尔浑身的鸡皮疙瘩都被激起来了，她用像看变态一样的眼神上下打量着艾利克斯，然后无比恶心地问道："你有病吧？"

艾利克斯的神情一瞬间变得有些委屈。

塞西尔敏锐地发现哪里不对劲——虽然艾利克斯也经常做出这种小媳妇似的表情，但和塞西尔现在看到的这种神情完全不一样。现在的艾利克斯，看上去要更无辜、更纯粹、更熟悉。

塞西尔顿时蹙眉："你不是艾利克斯？"

与此同时，艾利克斯的眸色逐渐变浅变艳，最后呈现出剔透的浓绿色。

"兰尼？"塞西尔几乎脱口而出。

没有人比她更熟悉这双眼睛了，即使它们现在跑到了另一个人的眼眶里。

"塞西尔。"艾利克斯——不，应该是兰尼笑了一下，弯弯的绿眼睛里浮起纯粹的喜悦之情。

塞西尔微微移开视线，低声问道："你怎么变成这个样子了？艾利克斯呢？"

"不知道，我没有见过他。"兰尼摇头，那双漂亮的碧眸为艾利克斯的面容增添了几分妖异与昳丽。

塞西尔明白了——他只是变成艾利克斯的样子来见她，但并没有遇见艾利克斯，更没有对艾利克斯做出什么不好的事情。

塞西尔下意识地松了一口气。经过生态园那件事后，她总觉得兰尼什么都吃，所以看到他变成艾利克斯的样子后，就会下意识地猜测他是不是把艾利克斯也吃进肚子里了。

虽然艾利克斯是个连话都不会说的笨蛋，但勉强也算是她的朋友，要是真的就这么没了，她多少有点儿接受不了。

兰尼见塞西尔一直不说话，只是盯着他的脸，还以为她不喜欢这张脸，想了想，脚下又有漆黑的犹如迷雾般的阴影缓缓升起。

"等等，你要干什么？"塞西尔看到他脚下的阴影，连忙按住他的手。

兰尼："我换一个人和你说话。"

塞西尔："换谁？"

兰尼露出思考的表情："阿诺德？"

那就更不对劲了。

"不用换了，这里时不时会有人走过，你这样换来换去会被别人发现的。"塞西尔看着面前这个拥有兰尼眼睛的"艾利克斯"，声音不自觉地放轻了些。

兰尼能够感觉到她情绪的变化，果然听话地没有再换，依旧保持着艾利克斯的样子。塞西尔盯着他的脸端详，忍不住低声询问道："你是怎么做到的？这也是某种魔法吗？"

她知道章鱼的拟态很厉害，只是不知道兰尼现在的"伪装"是否就是所谓拟态，毕竟她连兰尼究竟是不是一只章鱼都不知道。

"不知道。"兰尼眨眨眼睛，声音轻而平静，"这是我的能力。"

他用了"能力"这个词，而不是"魔法"或"法术"，就像章鱼的拟态一样，是自身就有的技能，而不是后天学习得来的。

她仍然无法判断他究竟是什么。

塞西尔不再考虑这个难解的问题，看了看周围偶尔路过的一两个学生，低声问道："你怎么来了？"

闻言，兰尼轻轻地笑了一下。

明明是艾利克斯的脸，可他这么一笑，又透出几分兰尼的感觉——那种俏皮的、纯真的，带有一点儿恶劣与危险的笑容。

塞西尔有一点点恍神。

他理所当然地说："因为我想见你。"

塞西尔微怔："这个我知道，但我不是和你说过，要乖乖地待在家里不能乱跑嘛。我晚上就回去了，到时候再喂你也来得及……"

"我不想待在家里。"兰尼突然打断她的话。

塞西尔闻言，微微侧头，陷入了沉思中。的确，小动物都是喜欢出去玩耍的，就算是海洋动物也不例外，更何况那个水缸的空间实在太小了，整天待在里面没有娱乐，就算是单细胞生物也会感到厌烦。

"但是你现在又长大一点儿了，我把你随时带在身边的话，很有可能会被别人发现。"塞西尔认真又耐心地解释道，"而且你也不能一直不接触水源呀，那样会缺水的。"

"你是因为这个才不带我出来的吗？"兰尼幽幽地看着她。

塞西尔微顿了一下："那不然呢？"

兰尼用一种平静又隐约有些委屈的语气低声说："我以为你是不想见到我。"

被他说中了。

她本来以为，兰尼不懂得人类的情感，就算学习能力再强应该也不会考虑到这个层面，没想到他意外地敏锐。

塞西尔抿了抿唇，不知道该怎么说这件事。

自那晚差点儿被兰尼吃掉以后，她就再也不允许他变成人形了。她每晚按时按点地隔着水缸将魔力喂给小章鱼形态的兰尼，然后抱着枕头去其他房间里睡觉。除此之外，他们之间没有任何互动和交流，连简单的触碰都完全避免。

她的确不太想见到兰尼，但不是因为讨厌他，而是因为害怕。她不仅害怕兰尼会吃掉她，更害怕和他在一起时那种慢慢脱离掌控的感觉——很糟糕、很危险。

塞西尔微微垂着眸，不知道该怎么解释。从兰尼的角度看过去，她的下颌尖尖，唇瓣柔润，睫毛纯白如同晶莹的落雪，让人忍不住想要伸手摸一摸。

兰尼很想摸一摸，但忍住了。因为他能察觉到，塞西尔最近有点儿害怕他的触碰。

过了半晌，塞西尔终于抬起头，把垂在耳边的发丝捋到耳后，半开玩笑地说："因为怕你吃了我嘛！"

兰尼听到她这么说，有些不高兴地蹙起眉头。虽然兰尼现在的外表是艾利克斯，但塞西尔的脑海里还是自动浮现出了兰尼做这个动作时的表情与神态。

果然还是他自己的脸最适合。塞西尔的脑海中突然不合时宜地闪过这个念头。

就在她走神的时候，兰尼突然说："我已经不会再吃你了。"

塞西尔："真的？"

"嗯。"兰尼认真地看着她，碧眸透亮，轻轻一眨，眼中漾起潋滟的光，"虽然现在还是很想，但我会努力忍耐的。"

这种承诺听上去完全不会让人觉得放心！

塞西尔张了张嘴，正要说点儿什么，突然看到一个人正在朝他们的方向走过来。她定睛一看——居然是真的艾利克斯！

"兰尼，艾利克斯过来了，你快变成别人的样子，快快快！"塞西尔顾不上讨论吃不吃的问题，连忙低声催促兰尼。

兰尼短暂思索一秒，眼瞳的颜色渐渐发灰——

塞西尔一看到这个瞳孔的颜色就知道兰尼要变成谁。

"不行，不能变成博德！"塞西尔压低声音提醒他。博德不喜欢出门，更不喜欢范伦丁教授，无论如何都不可能出现在范伦丁教授的课堂外。

兰尼闻言，微微停顿，然后眼瞳的颜色又慢慢地变蓝，红发也一点点地暗淡，渐渐镀上一层金子般的光芒——

他要变成阿诺德？塞西尔一边挡住他的身形一边暗暗猜测。

下一秒，一道甜甜的、没有任何起伏的少女声音在塞西尔的耳畔轻轻地响起："姐姐。"

他居然变成莉娜！

她很想让兰尼再换一个人，但是来不及了，一头红发的小少爷已经走近。

艾利克斯在距离她们大概十步远的地方停了下来。他首先看到了正对着自己的塞西尔，那头雪白的长发在空无一人的长廊里实在是太显眼了。

"喂，塞西尔。"一头红发的小少爷有些别扭地叫了塞西尔一声，对她招了招手，"你过来一下。"

塞西尔瞥了面前的"莉娜"一眼，抬腿刚要走过去，却被"莉娜"伸手拉住了，只能无奈地对艾利克斯说："有什么事你自己过来说。"

艾利克斯犹犹豫豫，过了几秒后才慢慢吞吞地走到塞西尔的面前。

他现在一看到塞西尔就会想起上次撞见她和男仆勾勾搭搭的事情，多少有些不好意思。

"其实我是想问你见到莉娜了吗？我有事想找她……"他不敢直视塞西尔，只好移开视线说话，移着移着突然发现塞西尔身旁的金发少女有点儿熟悉。

因为少女一直都是背对着他的，所以他刚才都没怎么注意，现在仔细一看，这个背影不就是他想找的莉娜吗？

小少爷的耳根一下子通红："哎，莉娜，你在这里呀？"

"莉娜"转过身来，面无表情地看着他。艾利克斯从未在莉娜的脸上见过如此冰冷的表情，那双永远温暖的蓝眸此时犹如深海般寂静幽冷，被这样的眼睛注视着，艾利克斯莫名其妙地感到一阵心慌，有些紧张地绞动自己的十指，脸颊微红，笨拙不安地移开视线。

"那个……莉娜……其实……"他憋了半天也没憋出来一句完整的话，突然忍无可忍地对塞西尔说，"你能不能回避一下？"

塞西尔后知后觉："啊？"她终于意识到，原来自己才是这里的电灯泡。她尴尬地摸了摸鼻子，试图退后，一只冰凉的手突然拉住了她。

"姐姐不走，要走你走。""莉娜"开口，发出的声音清甜又冷漠，有种别样的韵味。

可怜的艾利克斯瞬间僵住了。

塞西尔立即上去打圆场："她的意思是，我们还要上课呢，你有什么话要说快说，别耽误时间。"

沮丧的艾利克斯这才振作了一点儿。

"好吧，其实我是想问……"他鼓起勇气，红着脸看向一脸冰冷的金发少女，磕磕巴巴地问道，"那个……你的舞伴已经选好了吗？如果没有的话，我希望你可以考虑一下，和我一起……上次是我邀请的方式不对，但其实我一开始想到的人选就是你……"

"不可以。"少女无比冷酷地打断了他的话。

空气在一瞬间凝固。

艾利克斯呆站在原地，脸越来越红，最后红得像个大番茄，仿佛随时都会爆炸。他羞恼地瞪了"莉娜"一眼，壮胆似的喊出一句："你以为我真的想邀请你啊？笨蛋！"然后他便飞快地跑掉了，只留下塞西尔和伪装成莉娜的兰尼站在原地。

"倒也不用这么狠。"塞西尔试图说点儿什么。

"我不喜欢他。"兰尼嫌弃地冷哼一声。

那你刚才还用人家的脸混进来！

塞西尔心情复杂。她本来想着要不要把艾利克斯追回来再挽回一下，但一想到莉娜已经提前遇到了绅士风趣的"骑士先生"，而且莉娜当时那种娇羞的表情……

算了，算了，多半剧情是不会进入艾利克斯的路线了，拒绝就拒绝吧。

塞西尔摇摇头，不再去想这件事，转而问兰尼："我要进去听课了，你在外面等我？"

虽然不知道他是怎么来的，但塞西尔还是不太放心让他自己一个人回去——谁知道他会不会把路边的小猫小狗给吃了。

兰尼："我也要进去。"

塞西尔沉默了一瞬，说："但你现在是莉娜的样子，而莉娜就在里面……"

话未说完，塞西尔眼前的"莉娜"发生了变化，在若有若无的雾气中，"她"的身形逐渐拔高，头发变短变红，瞳色越来越深，五官渐渐立体，呈现出一种近乎中性的清秀面孔。

兰尼再次变回艾利克斯的样子。

他还挺会随机应变。

事到如今，塞西尔觉得无论在兰尼身上发生什么事，自己都不会感到惊讶了。

"好吧，那你和我坐在一起。"她妥协道。

塞西尔带着兰尼从大教室的后门进入，找到之前的位子坐下。范伦丁教授还没有到场，教室里面仍然是闹哄哄的，所以没有人注意到刚才的异常。

莉娜看到塞西尔回来时身边多了一个艾利克斯，不由得感到几分好奇："艾利克斯，你不是说你不喜欢治愈术吗？怎么也过来听课了？"

清秀的红发青年毫不客气地问道："关你什么事？"

塞西尔觉得兰尼的态度真的比自己这个所谓恶毒千金的态度要恶劣多了。

"是不关我的事。"莉娜平复好心情，继续细声细气地问道，"但是你可不可以不要坐在我和姐姐的中间啊？"

红发青年此时正光明正大地坐在塞西尔和莉娜中间的位子上，用自己的身躯将姐妹两个完全隔开。

闻言，红发青年用余光扫了她一眼，用一种不屑、冷漠的甚至是厌恶的语气回答她："不可以。"

今天的兰尼发疯了。

莉娜一直以来的好脾气被磨没了，她生气地看着眼前的艾利克斯，忍无可忍地说："艾利克斯，我从没见过像你这么不讲理的人！"

塞西尔一看坏了，立即抢先发话："艾利克斯，你给我出来。"说完，不等莉娜反应过来，她就强行把假扮成艾利克斯的兰尼拉了出去。

这次，以防再遇到熟人，她一直把兰尼拉到教学大楼的后面才停下。这一片种了很多香樟树，枝繁叶茂，是个隐蔽又清净的好地方。

"你还是别上课了，跟我去黑塔吧。"塞西尔无奈地提议道。

兰尼慢慢地变回自己的样子——黑发绿眸，肌肤苍白。阳光透过树叶的缝隙，在他的脸上落下斑驳的光，细碎明亮，仿佛要将他融化。

"我不去。"他说。

塞西尔不解，微微蹙眉："为什么？"

"我不想见到其他人。"

这又是什么毛病？

塞西尔隐隐有些担忧。他一会儿不想待在家里，一会儿又不想见到其他人……该不会是因为一直没吃饱，饿抑郁了吧？

塞西尔担心地打量他，柔声询问道："兰尼，你怎么了？是哪里不舒服吗？"

兰尼摇摇头。他没有不舒服，或者说他不太能分辨舒服与不舒服的界限。他只知道，塞西尔不在的话，他会不高兴。

不高兴，他就想破坏一切，但塞西尔不允许他这么做。

人类的束缚太多了，但他不太想离开塞西尔，所以愿意听她的话。那样她就会温柔地抚摸他、夸赞他、触碰他。

塞西尔的手有种神奇的魔力，能够抚平他所有的不满与焦躁，同时也能勾起他更多的渴望与欲念。

他现在渴求更多。

"塞西尔，你之前说过，会教我人类之间表达亲昵的方式。"兰尼低头看着塞西尔，声音轻轻的，像是情人的呢喃，又像是小动物的呜咽，令人听了莫名其妙地感到心尖微颤，"你已经很久没有继续了。"

"再教教我吧，除了牵手，人类还会做什么？"他低低地请求道。

啊，怎么又提到这个了？塞西尔有些心虚地摸摸鼻子："这个，人类会做的事情实在是太多了……"

兰尼眼巴巴地看着她："比如……？"

他的眼睛像湖水一样碧绿清澈，不染纤尘，面对这样的目光，塞西尔实在不忍心撒谎。

"比如拥抱。"她投降似的，有气无力地回答道。

"拥抱？"不知道为什么，兰尼隐约觉得自己能猜到这是一种怎样的触碰方式，但还是想听塞西尔说出来。

他喜欢听塞西尔用这样柔弱的、呜咽般的语调对他说话，会让他感到冰冷的血液在流动。

"就是，两个人的胳膊互相抱住对方的身体，"塞西尔抬起双臂对着空气大概示范了一下，"然后两个人正面贴在一起……这样的方式。"

兰尼的眼睛顿时亮了一下："就像那晚你做噩梦的时候，我向你伸出手，然后你对我做的那样吗？"

他的话让塞西尔瞬间回忆起那晚的情形。

那是她第一次和兰尼那么近距离地接触，近到她能够感觉到少年冰冷的身躯和她自己微微加快的心跳。

塞西尔的耳根开始泛红："嗯，差不多吧。"

"那样的方式……我也很喜欢。"兰尼眼神蒙眬，低声呢喃，似乎是在回想那晚的经历，然后他迫不及待地向塞西尔伸出手臂，希冀地说，"和我拥抱，塞西尔。"

塞西尔犹豫地看着他，迟迟没有动。

兰尼迷惑地歪了歪头："塞西尔？"

塞西尔睫毛微颤，低柔的声音里透出几分为难："我做不到，兰尼。"

兰尼轻轻地眨了眨眼睛："为什么？"

塞西尔认真地想了想，决定把自己的顾虑好好解释给他听："人类之间会通过拥抱来表达亲昵与喜爱，但这种方式不适合我和你。"塞西尔看出兰尼眼中的茫然，继续耐心地说道，"因为这是两个足够信任的人才会做的事，但我现在不够信任你。"

她说了"不够信任"。兰尼的脸色瞬间变差，但他并没有生气，只是单纯地感到疑惑和委屈，甚至还有些伤心："为什么？你为什么不够信任我？"

塞西尔低低地叹息道："因为我害怕你呀。"

兰尼陷入了沉默中。

塞西尔不知道他是不是在思考，但没有打扰他。她希望兰尼能够明白，她只是一个脆弱的、渺小的人类，如果不被用心对待，就会像泡沫一样，轻轻一碰就碎了。

如果他想留在她的身边，就必须表现给她看，让她明白，他不会对她的生命产生威胁。就像她与斯特拉签订的主仆契约那样，他永远不能攻击她，也不能伤害她。只有这样，她才能信任他。

兰尼依旧沉默不语。过了许久，他终于发出轻缓的、犹如梦呓般的声音："我明白了。"

塞西尔害怕他，就像她害怕那些噩梦一样。

现在他就是塞西尔的噩梦，所以塞西尔想要远离他。

那么只有出现新的噩梦，塞西尔才会再次靠近他。

一定是这样的。

塞西尔可不知道兰尼的小脑瓜里又想出了什么绝妙的点子。

她只以为自己暂时安全了，于是松了口气："那我们去黑塔吧。"

"我不去。"兰尼依然执拗地拒绝。

"为什么呀？你又没有抑郁。"塞西尔不解地看着他，蓝眸因为单纯的疑惑而微微发亮。

兰尼直直地注视她，眼中碧光荡漾："我就想和你待在一起。"

怎么又是"直球"攻击？他还有完没完了？

她之所以不想见到变成人类形态的兰尼，是因为这家伙根本就不是真正的人类，只会像动物那样表达自己的喜怒哀乐，却又顶着一副漂亮的、勾人的人类外壳。

就像现在这样，他满脸无辜地说一些让人误解的话，害得她一个人在这里不知所措。

"兰尼，这种话……"她本想让兰尼以后注意一下说话方式，可刚一对上后者的目光，舌头就像打了结一样。

兰尼："嗯？"

"算了，我们可以去别的房间，不和博德待在一起。"最后她挫败地说。

兰尼轻轻地笑了起来："好。"

接下来的两天还算平静。

兰尼果真像他承诺的那样，再也没有对塞西尔做出任何会令她不安的举动。他每天只是按时进食、按时睡觉、按时藏在她的小包里，跟着她一起去学院上课。

莉娜和艾利克斯的状态倒是不太好，甚至可以用糟糕来形容。他们两个现在只要一见面就会发生激烈的争吵，莉娜会骂艾利克斯是"傲慢、小气、蛮不讲理的自私鬼"，艾利克斯会骂莉娜是"土包子、坏脾气、只知道跟在姐姐后面的大笨蛋"。两个人吵得不可开交，以至于在餐桌旁，莉娜只要一提到艾利克斯就会发出一声愤怒的冷哼。

塞西尔觉得这俩人最终肯定不会在一起了，艾利克斯彻底出局。

副院长的生态园事件也在基恩的招供下圆满了结。基恩承认他打开了生态园的大门，本想进去偷一两只动物解解馋，结果不小心把它们都放跑了，其中也包括副院长最爱的天马宝宝。

虽然没过多久，这些动物就自发地回去了，但基恩的确犯了错，差点儿为学院带来不可估量的损失，所以必须受到严厉的惩罚。

另外，副院长问他钥匙是从哪里得到的，他的回答是"神明的馈赠"——最后被查出来是他偷了范伦丁教授的钥匙，因此他这一学年所有范伦丁教授的课程都被判为不合格。

塞西尔觉得这一切实在是太巧合了，但这个时候也无暇去管这件事。舞会前的这两天，她无疑是学院里最忙的学生之一，原因无他，就是她要疲于应付一大堆络绎不绝的"挑战者"。

因为要稳住人设，同时也为了给自己减少麻烦，塞西尔在进入圣埃德蒙学院的第一年便拒绝了许多热情洋溢的舞会邀约。

一开始，她的态度还算礼貌，但世界显然不满意她这种并不恶毒的回应方式，于是她开始毫不客气地嘲讽那些邀约者，结果非但没有把他们逼退，她反而还获得了一个新的称号——"难攻不下的高岭之花"。

之后每一次学院舞会，都会有许许多多的学生在舞会前尝试着邀请她，试图成为跨越高峰的第一人。而塞西尔的拒绝方式也越发毒辣，每一次都能让挑战失败者信心大跌，铩羽而归。

今年也是如此。

学院舞会的前一晚，莉娜又在餐桌旁提及此事："姐姐，你真的不参加明天的舞会吗？"

塞西尔："不参加。"

"可是今年学院外的人也可以作为被邀请的舞伴参加，舞会一定会非常热闹的！"

塞西尔态度坚定地说道："没兴趣。"

学院外的人？阿诺德和斯特拉的眼睛瞬间亮了。

"小塞西尔，舞会这么有趣的事情怎么可以不参加呢？"斯特拉率先开口，她柔媚地微笑，狭长的眼尾像一只小小的钩子，"这是你展示自己的大好机会呀！如果你觉得不好意思的话，我可以陪你去的。"

阿诺德闻言，正在举杯的右手微微一顿，然后古怪地瞥了斯特拉一眼。

"塞西尔，其实我也可以陪你去参加舞会。"他温柔地看向塞西尔，蔚蓝的眼眸像大海一样包容沉静，"明天一位重要的人物似乎也被邀请了，作为负责保护他的陪同人员，我也要前往圣埃德蒙学院，直到舞会结束。"

塞西尔：谁要和你们参加舞会啊？！

偏偏莉娜还在一旁起哄："好啊！好啊！大家都去，人多热闹嘛！"

塞西尔看向斯特拉，用平静而不失遗憾的语气说："斯特拉夫人，虽然很感谢您的积极热心，但参加舞会的都是一男一女，您和我同为女性，作为舞伴来说好像不太合适。"

斯特拉眨了眨盈盈的紫眸，轻松地说："我可以穿男装啊！"

塞西尔：重点不是这个！

阿诺德淡淡地开口，语气中透着显而易见的疏离："斯特拉夫人，塞西尔有我这个哥哥陪伴就够了，您如果实在觉得无聊，不如用这个时间多陪陪父亲吧。"

塞西尔：阿诺德，说得好！

斯特拉当然察觉到了阿诺德的敌意，但自认为自己现在无论如何也是在场这三个人名义上的继母，阿诺德不尊重她已经让她不太高兴了，居然还想与她抢夺塞西尔，这就更让她内心不悦。虽然她目前还无法吃了塞西尔，但她情愿守着塞西尔，也不能让别人从她嘴边将猎物夺走。

想到这里，斯特拉捂嘴，轻轻地笑了起来，深红色的指甲将她的紫眸衬得流光溢彩，在灯光的照耀下有种摄人心魄的美："凯文公务繁忙，不去打扰他才是我应该做的事。倒是你，阿诺德，是否也应该替你的父亲分担一下烦恼呢？前些天我可是听他说过，要尽快替你找个门当户对的妻子呢！"

一旁围观的莉娜和塞西尔听到这番话后顿时齐齐睁大了眼睛——听斯特拉的意思，凯文这是要给阿诺德安排相亲！

"我的事情不用您操心，斯特拉夫人。"阿诺德神情冷淡，一向温和完美的俊美面容此时看上去有些冷酷，"您只要照顾好自己，不要隔三岔五地去骚扰我的妹妹就行。"

斯特拉："我没有骚扰小塞西尔呀，我们只是好朋友间的正常互动罢了。"

阿诺德："是吗？邀请她一个人与你一起泡温泉也是正常互动？那你为什么不邀请莉娜？"

莉娜没想到话题居然落到自己头上，顿时大惊："什么？温泉？斯特拉夫人和姐姐一起泡过温泉了？"

塞西尔："这种小事不值一提……"她这个当事人的声音夹在他们三个人中间显得非常无力。

"我是小塞西尔的继母，想和她拉近一下感情，有什么问题吗？"

"拉近感情不是像你这么拉近的，你这种行为明明就是骚扰……"

"我怎么骚扰她了？"

"你碰了塞西尔就是不可以！"

"行了，行了，都给我停下！"塞西尔终于忍无可忍地一拍桌子。

正在激烈大吵的两个人和沉迷看戏的莉娜同时转过脸来，齐刷刷地看着她。世界终于安静了。

"都别吵了，明天一起去。"塞西尔平静地说，"散会。"

塞西尔回到自己的房间里，长舒一口气。

水缸里的小章鱼听到她的脚步声，慢悠悠地从水底浮了上来，伸出潮湿滑腻的触手，然后慢慢地爬到她的手上。

塞西尔摸了摸它的小脑袋，轻声问道："饿了吗？"

小章鱼点了点头。

水缸里的"小一"三代仍然在闲适地漂浮着，和之前被吃掉的几只相比，它的日子显然要舒服多了。

兰尼没有吃它，因为被塞西尔叮嘱过不能乱吃东西。而且兰尼现在也很清楚，就算吃掉它，也填补不了自己体内的空缺。

相反，塞西尔的一滴魔力对他来说都是无上的甘霖，是整座生态园里的动物都无法比拟的美味珍馐。只有塞西尔能够满足他，他只需要塞西尔。

小章鱼目不转睛地盯着眼前的雪发少女，温顺地等着她开口。

果然，塞西尔温和地看着兰尼，轻轻地说："变过来吧。"

语毕，漆黑的阴影像雾般将小章鱼吞噬。黑发绿眼的少年在阴影中显现，伏在塞西尔的腿上，微仰着头颅凝视她。

塞西尔将魔力凝结在白皙的指尖上。

兰尼伸出舌尖，认真地舔食美丽的幽蓝色光芒。那些细细碎碎的光点犹如璀璨的星光，被他尽数卷入口中。

他的进食过程几乎可以用赏心悦目来形容。

塞西尔小心地盯着兰尼，以防自己一时不察被他咬掉手指。还好，兰尼并没有这么做。

他很快就吃完了今天的定量。虽然很想咬一咬塞西尔的手指，但他知道这样做会引起塞西尔的恐惧，所以忍住了，最后只是意犹未尽地舔了舔唇角，便乖乖地结束了今天的进食。

"做得很棒！"塞西尔鼓励地摸摸兰尼的头发。兰尼忍不住翘起唇角，露出愉快满足的微笑。

"塞西尔，明天也是这个时候进食吗？"为了不那么快变回小章鱼，兰尼故意趴在塞西尔的腿上不动，抬头勾着她说话。

"嗯……"塞西尔微微沉吟，手指在下颌处轻轻地摩挲，"明天可能要迟一点儿了，因为我要去参加学院舞会。"

"舞会？"兰尼眨了眨宝石般碧绿的眼睛，"你不是不参加吗？"

塞西尔："原本是这样计划的，可是今年哥哥想要我去，拒绝他也不好，而且斯特拉也想去，虽然不知道她打的是什么主意，但我原本就想把她带到博德那里看看，机会难得，干脆就一起去算啦！"

兰尼不是很高兴——又是一群人，像苍蝇一样"嗡嗡嗡"地围着塞西尔转。

"那你的舞伴是我吗？"兰尼很快振作精神，期待地看着塞西尔。

"啊？"塞西尔微微一愣，显然没有考虑过这个问题，"这个嘛……舞伴应该是哥哥吧，毕竟我的主要目的还是陪他。"

兰尼的脸色又变差了一点儿："不是我吗？"

这个问题过于尖锐，塞西尔尴尬地沉默了几秒。

事实上，她还的确没有考虑过让兰尼做她的舞伴，因为她压根儿就没打算参加舞会。她只是想到阿诺德要保护的人应该就是假扮骑士的二皇子，而二皇子必然是接受了莉娜的邀请，这样一来，舞会开始的时候阿诺德一定会落单。

塞西尔想象一下那个画面，顿时觉得孤身一人的哥哥实在是太可怜了，所以决定陪他一次。但她的确没有考虑过和兰尼跳舞的可能性——毕竟她只教过兰尼最基本的舞步。

塞西尔莫名其妙感到一阵心虚，摸了摸鼻子，尽量从合理的角度对兰尼解释："呃……兰尼，不是我没考虑过你，是情况实在不允许。你看，你还没学会跳舞呢，怎么好和我一起跳舞呢？"

兰尼狐疑地看着她："可你上次明明跟我说已经足够了，不用再学了。"

这家伙，怎么正经话一句记不住，这些不该记的倒是记得一清二楚？

"对呀。"塞西尔保持镇定，波澜不惊地说道，"你在家里跳是足够了，但是想要出去展示一下的话还是差了点儿。而且哥哥见过你，有他在的场合，你肯定不能以这副姿态出现。"

兰尼漫不经心地说："那我就变成别人。"

"你还是别了，舞会当天学院戒备森严，你变成别人的样子小心露馅儿，到时候出了事反而麻烦。"

这也不行，那也不行，兰尼不吱声了。

塞西尔怕他一生气又激动地咬人，于是时不时像撸猫一样抚摸他的头发，替他顺毛。

这招很有效，兰尼心头的不悦果然因为她温柔的抚摸而平息了许多。他低头安静地思考，漆黑的睫毛在跳跃的烛火下微微扑闪，如同两只翩跹的蝴蝶。塞西尔自上而下地看他，想起那晚他轻咬她的脖子时发出的低哑的声音，轻抚头发的指尖不由得轻颤了一下。

完了，完了，她这是被美色迷惑了吧？

"塞西尔？"兰尼感觉到塞西尔的动摇，突然抬眸好奇地注视她，"你怎么了？"

"没什么。"塞西尔故作从容地收回手，两只手轻轻地交叉绞动，试图分散自己的注意力。

"我想好了。"兰尼温顺地开口，望向少女的眼神湿润而温柔，"我不要求做你的舞伴了，我只要能和你一起去就好。你不要把我丢在家里。"

塞西尔的心都要被他的语气和眼神融化了。

这……这有人能拒绝吗？没有吧？没有吧！

但是她就可以。

塞西尔十分为难地叹了一口气："兰尼，不是我不想带你，是真的没有地啊……"

"女士参加舞会要穿的裙子是没有口袋的。"塞西尔耐心地讲给兰尼听，"除此之外，也不会有人在跳舞的时候背着包包，所以你去了也没有地方可以待。"

可怜的兰尼快哭了。

塞西尔的心里顿时充满了罪恶感。

"那……那这样吧。"她连忙又想出一个提议，"你可以缩小吗？缩得特别特别小。"

兰尼惨兮兮地点头："可以。"

闻言，塞西尔总算放松地笑了起来。

"那就好办啦！明天你就缩得和蚂蚁一样小，然后藏在我的头发里或者衣服里，这样就不会被人发现了。"

兰尼想了想，不确定地问道："只要我变得和蚂蚁一样小，你就不会把我丢在家里了吗？"

"当然。"塞西尔被兰尼小心翼翼的样子可爱到了，情不自禁地弯下腰，用柔软的双手轻轻地抬起他的脸庞，直视那双碧翠剔透的漂亮眼眸，"只要你听话，我是不会丢下你的。"

兰尼也回望她，藏下眼中狡猾的笑意："好。"

总算到了学院舞会这一天，塞西尔很认真地站在衣橱前，不知道自己该穿哪条裙子比较好。

"塞西尔，你在里面吗？"房门被敲了两下，阿诺德的声音隔着房门传进来。

塞西尔转过脸，说："在的，进来吧。"

门被轻轻地推开，面容清俊的金发青年走了进来。他看到塞西尔微微苦恼的样子，忍不住露出温柔的微笑："是不是在烦恼舞会穿什么？"

"嗯，实在是太难选了。"塞西尔点了点头，继续歪着脑袋打量自己满满当当的大衣橱，"感觉没有适合舞会穿的衣服呢！"

她的裙子虽多，但还没有一条是为舞会准备的。毕竟她一向不喜欢参加舞会这种活动，平时贵族间的交际也很少去。

纤弱美丽的少女微微垂着头，陷入纠结中。她的纯白长发一直垂坠到腰间，发丝柔顺而微卷，衬得腰肢纤细婀娜，清澈的蓝眸轻轻地转动，雪色的睫毛时而忽闪，犹如晶莹的冰凌落入幽深的海水中。

阿诺德无声地看着她，嘴角始终噙着浅浅的笑意。

他不希望塞西尔和其他异性跳舞，但是和他跳舞就没有问题。因为他是塞西尔的哥哥，是绝对安全的。

"实在挑选不出来的话，要不要试试我准备的这件？"阿诺德突然开口道。

塞西尔侧过脸，好奇地看向他。

阿诺德笑了一下，对着门外打了一个清脆的响指，两名女仆抬着一个站立式衣架走了进来。

塞西尔微微睁大眼睛，眼中充满了不加掩饰的惊艳。

衣架上整齐服帖地挂着一条精致繁复的深蓝色礼裙。礼裙是自然垂坠的，腰身纤细紧实，裙摆由一层一层的轻盈薄纱堆叠而成，自上而下铺满了细细密密的宝石碎粒，又搭配幽幽发光的萤石细屑，一眼望过去，犹如梦幻闪耀的璀璨星河，又如月色辉映的幽静深海。

"这是……给我准备的裙子？"塞西尔呆呆地发出疑问。

"对啊！不是给你的还能是给谁的？"阿诺德笑着刮了下她圆润小巧的鼻头，然后轻轻地挥了挥手，两名女仆微微欠身，安静地退了出去。

塞西尔惊喜地快步走到裙子前，爱不释手地抚摸裙子的面料。

"可是，你不是昨晚才决定和我一起参加舞会吗？"她无法理解地扭头看向阿诺德，"你是怎么在这么短的时间内，找到这么漂亮的裙子的？"

"嗯，这个嘛……"

阿诺德挑了下眉，似乎在考虑要不要把挑裙子的诀窍告诉塞西尔？塞西尔知道他是在故意卖关子，无奈之下只好抱着他的胳膊轻轻地摇了摇。

"拜托啦！哥哥，告诉我吧！"

阿诺德最受不了塞西尔对他撒娇，只要塞西尔一对他撒娇，无论是什么事他都可以答应。

当然，如果是让他承认她的小男朋友那就免谈。

阿诺德宠溺又满足地笑了笑，柔声和盘托出道："其实在看到这条裙子前，我已经挑选了半年了。"

塞西尔讶异道："半年？"

"嗯。"阿诺德点点头，轻描淡写地说，"你今年的生日不是还没过吗？我从去年就想送条独一无二的裙子给你，之后就一直在全国各地挑选，最后在北境那里找到了专为女王制衣的老裁缝，请他定制出这条裙子。原本是打算将这条裙子作为你的生日礼物送给你的，结果你要参加学院舞会，所以我就先把这条裙子拿出来了。"

光是听上去就非常辛苦的事情居然被他说得这么轻描淡写，塞西尔一时间居然觉得眼睛酸酸的。她吸了一下鼻子，掩饰性地软声抱怨道："你现在就把生日礼物送给我，那等我过生日的时候不就没有礼物了吗？"

"怎么会？"阿诺德轻轻地捏了下她的小鼻子，笑着说，"等你过生日的时候，我自然会准备更好的礼物给你。"

塞西尔大为感动，软软地道谢："谢谢哥哥。"

阿诺德看到她眼尾泛红，一颗心早就软化了。他将裙子从衣架上取下来，放到塞西尔的手里，说："快换上吧。"说完，他便迈开长腿走出房间，并顺手关上了门。

塞西尔独自抱着裙子站在屋内，深吸一口气，然后走到镜子前，正要换掉身上的睡衣，忽然想起来房间里还有一个人……或者说，还有一只章鱼。

她心有所感般突然转头望过去，水缸里的两只小章鱼几乎同时抬起触手，将自己的眼睛遮得严严实实。

"遮起来也没用，我知道你会偷看的。"塞西尔不紧不慢地开口，与此同时，拿起一件黑色的斗篷走向水缸，"呼啦"一下将水缸盖了起来。

"这样就看不到了吧。"

塞西尔满意地弯了下嘴角，紧接着重新回到镜子前，脱掉身上的睡衣，最后仔细地换上了阿诺德为她准备的蓝色礼服裙。

阿诺德的眼光果然很棒，这条裙子实在是太美了。

她开心地对着镜子左看右看，然后提着裙摆小跑着打开门。阿诺德听到开门的动静后，迫不及待地从邻屋走了出来，在看到换上裙子的塞西尔后，一瞬间竟然怔在原地。

"怎么样？好看吗？"塞西尔俯身捋了下裙摆。

阿诺德的回答慢了一拍："美极了。"

塞西尔轻轻地笑了一下，如雨后的蔷薇。莉娜听到这边的动静后也急忙过来，嘴里还在急切地嚷嚷："让我看看，让我看看，我也想看……天哪！"

塞西尔被莉娜拉到明亮的水晶吊灯下仔细地观赏，喧闹与人声都远去了，塞西尔的房间里只剩下两只小章鱼与一片寂静。

两只小章鱼依然在水里慢悠悠地漂浮着，安安静静的。突然，一只小章鱼如同水球般炸开，蓝色的血液与黑色的断肢充斥整个水缸。

另一只静止了一会儿，随后它的触手掉下一小截——又一只一模一样的小章鱼出现在水中。

莉娜也换上了一条白色的新裙子，裙摆上缀满了可爱的百合花，精致而清新，据说是她的骑士先生送给她的。

塞西尔在心底为艾利克斯默哀一秒，原剧情中他也为莉娜准备了一条漂亮的礼服裙，现在看样子是用不到了。

阿诺德穿的倒是和平时差不多，一身黑色服饰，简洁利落，将他无可挑剔的五官与身材衬托得更加完美。倒是斯特拉……塞西尔原本以为她一定会穿着那种性感妖媚、凸显身材的低胸大露背晚礼服去艳压全场，结果出乎他们所有人的意料，她居然真的穿了一身男装，将浓黑的长发束成高高的马尾，紫眸狭长，脸庞白净没有一丝妆容，看上去比往常多了几分性别模糊的利落与英气，胸部平坦，骨架适中，双腿修长笔直，套在漆黑的高筒马靴里。

莉娜整个人都看呆了，阿诺德的脸色也有点儿不好。他原本以为斯特拉只是说说而已，没想到她居然真的穿了男装，而且这么一看，竟然还真的挺像那么回事。

要不是他知道这人是自己的继母，不然她现在告诉他们自己是个长得比较美的男人，他应该也会相信。

相比莉娜和阿诺德，塞西尔的反应就要淡定得多。毕竟她从一开始就知道这家伙是无性的，所以只是扫了斯特拉一眼，然后淡淡地说了一句："斯特拉夫人，你打扮得好出挑。"

斯特拉像是没有听懂她话里的讽刺般，轻佻地微微一笑："这都是为了和小塞西尔你相配呀！"

斯特拉说完就要去挽塞西尔的胳膊，阿诺德先她一步牵住塞西尔的手，然后朝塞西尔露出柔和的微笑："我们走吧。"

莉娜善解人意地过去挽住斯特拉，说："斯特拉夫人，你跟我走吧。"

两对人，两辆马车，分配刚刚好。但兰尼还没有带上，塞西尔松开阿诺德的手，急急忙忙地往回跑。阿诺德奇怪地问她："塞西尔，怎么啦？"

塞西尔提着裙摆边跑边答："我回屋里拿个东西，马上就来。"

她要拿个东西？剩下三个人面面相觑——她穿成这样，拿什么东西？

塞西尔回到了房间内。

她走到水缸旁，看到两只小章鱼仍然在里面浮浮沉沉，水质清澈像刚换过水一样。

其中一只看到她回来，立马从水里冒出头，细细的触手迫不及待地伸了出来，像是要拥抱她一样。

塞西尔知道这个就是兰尼了，甚至能从那双圆圆的眼睛里猜出这家伙现在想说的话——"我还以为你要丢下我了"。

塞西尔非常抱歉地捧起小章鱼，将其举到自己的眼前，轻声安抚道："对不起啊，刚才我是被他们拉出去的，不是故意把你丢在这里的，你看我现在不是来接你了吗？"

小章鱼眨巴眨巴眼睛，似乎接受了她的道歉。

塞西尔笑了笑，说："现在快变小吧，我们要出发了。"

小章鱼又眨了眨眼睛，然后在塞西尔的注视下，圆圆的身躯开始越来越小，越来越小，一眨眼的工夫就缩成了指甲盖般大小。

眼看着它还要继续缩下去，塞西尔突然出声："停。"

小章鱼停了下来，抬起黑乎乎的、只有一个图钉那么大的小脑袋，疑惑地看着她。

"先保持这么大吧，再小我怕把你弄丢了，到时候那么多人，我找都找不到。"塞西尔低声解释道。

小章鱼明白了她的意思，于是顺着她的手臂爬到她裙子的抹胸处。这个位置点缀了许多大大小小的深色碎钻，它隐藏在碎钻之间，再把散开的触手蜷缩起来，根本不会有人发现。

塞西尔微微低头，看到缩小后的迷你章鱼正乖巧地趴在她胸前的碎钻前，心情一时有些欣慰又有些微妙。想了想，她又到首饰台前翻出一条蓝宝石项链戴到脖子上，这才离开房间，脚步匆匆地跑出庭院。

天色渐黑，马车已经准备就绪。

阿诺德牵起塞西尔的手，将她扶上马车，然后自己坐到她的对面。

车夫一挥长鞭，马车缓缓驶动。塞西尔安静地坐着，尽量不低头去看藏在碎钻间的小章鱼，以防引起阿诺德的注意。

事实上，阿诺德也的确没有注意到她的胸前是否存在什么异常。他正在一心一意地欣赏妹妹的美丽，根本无暇去管其他的事情。

"塞西尔，你回去拿了什么？"阿诺德专注地看着她，澄澈的蓝眸里映着昏黄的烛火，看上去澄澈而温柔。

塞西尔指了指挂在自己锁骨间的蓝宝石吊坠，笑着回答道："就是这个啦！"

这条项链也是阿诺德送给她的生日礼物，阿诺德见她特意戴上了这条项链，眼神越发温柔如水。

"很配这条裙子。"他说。

塞西尔点了点头，骄傲地说："我也这么觉得。"

一只小小的章鱼依然藏在深蓝色的碎钻之间一动不动。

马车终于在圣埃德蒙学院门前停了下来。

今夜的学院比往常还要热闹，络绎不绝的宾客带着自己的舞伴走进学院里，跟随校内人员的指引前往大礼堂。

莉娜刚从马车里探出头，就听到一个温和清朗的声音呼唤她："莉娜。"

马车里的塞西尔和阿诺德也听到了这个声音，他们伸出脑袋向外张望，看到一位金发碧眼的俊美青年正站在不远处安静地等候。

阿诺德："殿……"

青年竖起食指抵在唇边，阿诺德顿时明白了他的意思。

"骑士先生！"莉娜开心地冲他挥手，像只小鸟一样欢快地飞了过去。

塞西尔这下也看明白了——原来这位就是捷足先登的二皇子殿下，他不但亲自教莉娜跳舞，还预定了她舞伴的位置。

不得不说，他看上去的确比艾利克斯有魅力多了。塞西尔不禁再次为艾利克斯默哀一秒。

莉娜与他们道别完，便跟她的骑士先生开开心心地走掉了，剩下塞西尔、阿诺德、斯特拉三个人站在原地面面相觑。

"既然小莉娜已经不愁舞伴了，那我的舞伴就只能是小塞西尔了呢。"斯特拉无比自然地挽起塞西尔的右臂，全然没有要问阿诺德的意思。

阿诺德一脸冷漠地将她的手从塞西尔的胳膊上拿开，然后自己接过塞西尔，毫不客气地说："斯特拉夫人，还是劳烦您再去找一位落单的舞伴吧，塞西尔是我的妹妹，就不用您操心了。"

语毕，他挽着塞西尔跟着人群头也不回地走了。塞西尔边走边扭头对斯特拉做了个鬼脸，看样子非常得意。

斯特拉被气得脸色阴郁，最后还是低斥一声，跟了上去。

大礼堂。

塞西尔在阿诺德的带领下缓缓步入大厅，不紧不慢地环顾四周。

大厅里金碧辉煌，穹顶高耸，无数盏华美璀璨的水晶吊灯闪烁着流光溢彩的光芒。精致漂亮的甜点与饮品随处可见，甚至还有几位学生装扮的侍者四处分发果酒。宾客与学院中的少年少女身着华贵精致的礼服穿梭其中，空气中充斥着交织的香味与阵阵笑声，与那些贵族间的上流聚会基本无异。

塞西尔不喜欢这种场合，但偶尔来感受一次也不错。

她随手拿起一颗草莓放进嘴里，阿诺德见状，不由得失笑："你还真是到哪儿都忘不了吃。"

塞西尔耸了耸肩："反正现在也没事做嘛！"舞会还没开始，其他学生都在四处攀谈闲聊，塞西尔没有这方面的兴趣，只好边吃东西，边到处乱瞄。

巧的是，她居然在人群中看到了艾利克斯。

这位小少爷并没有因为莉娜的拒绝而一蹶不振，相反，他也邀请了一位美丽的少女。同样都是金色的长发、蓝色的眼眸，这位美少女的身材比莉娜的身材要好，五官也比莉娜的五官更加明艳一点儿，看上去就像是特意要将莉娜比下去似的。

塞西尔摇了摇头："幼稚。"

阿诺德微微低头："嗯？"

塞西尔便凑到他的耳边，将艾利克斯与莉娜的来龙去脉讲给他听。与此同时，周围的一些男生也注意到了盛装出席的塞西尔和她身旁的这位舞伴，纷纷凑在一起窃窃私语起来：

"喂，看到了吗？那个难攻不下的高岭之花居然来了，还带着一个舞伴。"

"那个男人是谁啊？你们认识吗？"

"阿诺德·莱维特你都不认识？他是骑士团现任团长，也是塞西尔的亲哥哥。"

"居然是哥哥，那算了……"

兄妹俩自然听到了这些议论。阿诺德脸上一直挂着一丝若有若无的笑意，全程置若罔闻，塞西尔也没什么反应，只是不耐烦地打了个哈欠："还没有开始吗？我都快吃饱了。"

"已经开始了。"阿诺德轻声说道。他的话音落下，大厅里忽然暗了下来，与此同时，校长走上高台。接下来便是一段毫无新意的致辞，塞西尔压根儿没有听进去。终于，致辞结束，灯光亮起，音乐响起。

阿诺德握住塞西尔的手，正要去扶塞西尔的腰，一个小小的东西突然从她的胸前掉了下去。

"啊！"塞西尔发出一声低呼。

"怎么了，塞西尔？"阿诺德疑惑地轻声询问道，"是什么东西掉了吗？"

不是什么东西掉了——是小章鱼跑了！

塞西尔眼睁睁地看着指甲盖大小的小章鱼在光滑的地板上一路滑行，以飞快的速度向礼堂的后门跑了过去。

她连忙对阿诺德道了一声歉，并当场编出一个"导师喊我有事"的理由，然后便脚步匆匆地追了出去。

阿诺德甚至还没有反应过来："塞西尔？"

小章鱼一路不停歇，一直溜进礼堂后方的荆棘园里。

塞西尔追得气喘吁吁，直到踏入荆棘园后，终于跑不动了。

她站在灰白色的大理石喷泉池前剧烈地喘息，裙摆飘摇，单薄纤弱的身体摇摇晃晃。

一道漆黑的阴影自她眼前缓缓升起，黑暗涌动，一双苍白修长的手从阴影中伸了出来，轻轻地接住了少女摇晃的身体。

塞西尔靠在兰尼的怀中，呼吸渐渐平稳。她不悦地抬起眼，忍不住低声责怪道："你跑这么快干什么？我差点儿追不上。"

"不高兴。"兰尼直白地回答道。

闻言，塞西尔站直身体，奇怪地看他："你怎么啦？"

兰尼撇了撇嘴："你只顾着和阿诺德说话，都没有理我。"他好像是在撒娇。

塞西尔也觉得有点儿不好意思，于是摸了摸鼻子，低声说："对不起啦……因为哥哥就在旁边，我也不好低头看你嘛！"

事实的确如此，但兰尼才不管这些。他微微垂首，直直地看着塞西尔，犹如翡翠般剔透的绿眸在夜色中流光溢彩："我想和你跳舞。"

塞西尔惊讶地眨了眨眼睛："啊？可是哥哥和斯特拉都在那里……"

"不去那里，就在这里跳。"兰尼认真地说，"这里也能听到音乐，你需要的话，我也可以让声音再大一点儿。"

闻言，塞西尔侧耳聆听。的确，礼堂里悠扬浪漫的音乐一直传到了这里，虽然声音不大，但比在现场倾听更多了一分空旷与幽远。

这好像也不是不可以。

塞西尔抬眸，刚对上兰尼的目光，又不太自然地移开："可是这里黑漆漆的，好像不太适合跳舞。"

兰尼："黑？"

"嗯……"塞西尔抬头看向星光暗淡的夜空，"你看，月亮被云层挡住了，连星星都没有几颗。"

"星星……"兰尼若有所思地环顾四周，然后轻轻地说，"有的。"

话音刚落，周围突然一点儿一点儿地亮了起来。塞西尔好奇地看过去，发现在交错丛生的荆棘中，居然如同星光亮起，慢慢地生出一朵一朵蓝色的小花。这些蓝色的小花的形状是十字形的，一颗颗地点缀在深暗茂密的荆棘里，星罗棋布，光辉熠熠，就像夜幕中的繁星般梦幻璀璨，晚风拂过，甚至可以隐隐闻到阵阵幽香。

塞西尔惊讶地微微睁大眼睛。

好美……这也是兰尼的魔法吗？

"塞西尔，"兰尼的声音在她的耳畔轻轻地响起，"现在我们可以跳舞了吗？"

不知是无意还是有意，他的唇瓣轻轻地擦过塞西尔的耳骨。兰尼温热的鼻息拂进塞西尔的耳道里，她的身体瞬间敏感地起了反应。

塞西尔无法拒绝。她垂下睫毛，藏在发丝间的耳根微微泛红："嗯。"

乐声悠扬，舞步翩翩。兰尼并不会跳复杂的舞步，好在他们也不需要。

塞西尔带着他，一步一步，耐心而温柔。

两个人在星光点点的荆棘丛中轻缓地旋转，少女的裙摆扬起，深蓝色的碎钻与晶莹的蓝花交相辉映，犹如漫天星河，瑰丽而璀璨。

他们的舞步很慢，时间无声地流淌，仿佛也随着他们的动作慢了下来。

不知过了多久，音乐停下，一曲终了。

塞西尔有点儿累，停下来调整呼吸。兰尼静静地看着她，宝石般翠绿的眼眸专注而炽热，眼神强烈到令人无法忽视。

塞西尔被他盯得心跳都快了，忍不住抬起脸，轻声开口道："怎么了？饿了吗？"

她只是为了缓解此时这种莫名其妙的燥热气氛随口说了一句话，谁知道兰尼居然认真地点了点头："我好饿。"

塞西尔一愣，身体顿时僵住了。

"兰尼，你是在开玩笑吧？"她勉强地露出一个浅浅的微笑，眼神脆弱而不安。

"我没有，我是真的好饿，饿得快要受不了了。"兰尼定定地注视她，声音低哑，目光炽热得像是要把她一口吞食入腹。

塞西尔紧张地咽了下唾沫，本能地想要后退，却又因为恐惧而动不了。

"那我喂你吃魔力？"她小心翼翼地问道。

兰尼摇了摇头："我不想吃魔力。"

塞西尔被吓得心脏都快要跳出来了："那……那你想要吃什么？"

兰尼依然专注地凝视着她，薄唇开合，发出的声音轻而喑哑："我不会吃你的，我可以舔一舔吗？"

"舔？"塞西尔下意识地问道，"舔哪里？"

"脸。"兰尼说话的时候，晶亮的绿眸因为渴求而微微湿润，看上去饿坏了。

还好，起码不是像脖子那样危险的地方，猫猫狗狗也喜欢舔主人的脸，问题应该不大吧？塞西尔想了想，最终还是同意了："好吧，但你要答应我，只可以舔脸，绝对不可以舔其他地方。"她不放心，又柔声提醒了一遍。

"嗯，我保证。"

兰尼已经饿得有些呼吸急促了。得到塞西尔的应允后,他迫不及待地捧起塞西尔的脸,伸出湿润的舌头,在她柔软的脸颊上轻轻地舔舐起来。

塞西尔一直在心里暗示自己:他只是舔一舔而已,小狗舔得比他凶多了,没什么的,不要紧张……

可是根本没有用,她的心跳一直在加快,脸上的温度也在迅速地变热。她能够清晰地感觉到,兰尼分叉的舌尖正从她的左脸颊慢慢地下移,来到她的下颌处。他轻轻地啃咬塞西尔的下巴,动作克制而凌乱,她只觉得被他触碰过的每一处肌肤都不可抑制地酥麻了起来。

她下意识地微张唇瓣,本想多吸取些氧气,结果兰尼的唇舌也随之转移阵地——

他舔到了她柔软的下唇瓣。

塞西尔的身体瞬间僵住了。

她没想到兰尼会舔到这个位置。

虽然她很清楚,兰尼对她并没有那个意思,也不是故意的,只是刚好转移到这个部位,但她无法做到完全不在意……或者说,她在意得不得了。

塞西尔整个人僵在原地,而兰尼仍然在探索这个从未触碰过的领域。

塞西尔的嘴唇软软的、甜甜的,比沾上露水的蔷薇花瓣还要柔软娇嫩,一呼一吸间,散发出一种无法形容的芬芳,只是舔一舔便令他欲罢不能。

不由自主地,兰尼又在少女粉嫩的唇瓣上轻轻一咬。他并没有用力,但塞西尔依然吃痛,从唇齿间溢出一声细弱的低呼。

如同汁水四溢的成熟果实般,她的唇瓣渗出一颗圆润细小的血珠,少女的幽香与鲜血的腥气混杂,融合成一种极其甜美致命的气味。

兰尼的味觉被极大地刺激了,他本能地垂下头颅,近乎饥渴地吮吸塞西尔染血的唇瓣。塞西尔被他咬得头昏脑涨,早已忘了自己身在何处，只能在酥麻与刺痛中紧紧地搂住他。

他们呼吸交缠，气息紊乱。直到塞西尔再次因为疼痛而低低地吸气，兰尼才依依不舍地与她分开。

他垂眸看向怀中的少女，发现她的下唇已经被自己咬破了，唇瓣被摧残得又红又肿，犹如被暴雨淋湿的蔷薇，看上去既可怜又诱人。

"塞西尔，你还好吗？"兰尼有点儿愧疚，但还是舍不得松开她。

塞西尔的脸早就红透了。她抬起雪白的长睫，一双剔透蓝眸像浸泡在清水里一样湿润泛光，只是轻轻一转便格外勾人。

"你说呢？"她的声音细弱，如同小动物初醒时的呜咽，又带着一点儿欲拒还迎的娇嗔。

兰尼的眸色更加深了，他无意识地低头，轻轻地抵住塞西尔的额头，然后与她鼻尖相触，目光交缠，低声问道："你现在是不是很痛？"

塞西尔轻轻地咬了咬嘴唇，蝶翼般的睫毛轻轻地颤抖："有点儿。"

兰尼知道自己不能再继续咬下去了，因为他已经弄疼了塞西尔。但是他的欲望已经被点燃，甚至像高涨的浪潮般越涌越多。

"我……"他张了张唇。

"你还想继续？"塞西尔突然轻轻地接话。

兰尼直直地看着她，眨了眨碧色的眼睛。

他的眼神已经说明一切。

塞西尔将视线微微移开，唇角扬起一丝若有若无的弧度。

"你能控制好自己，无论如何都不会吃我吗？"她低声问道。

兰尼沉默半晌，声音低哑："可以。"

"那就好。"塞西尔低低地应了一声，然后突然伸出手，主动搂住了兰尼的脖子。

兰尼愣了一下。

下一秒，塞西尔的唇便主动贴了上去。

她承认，她现在已经有点儿意乱情迷。

她的理智告诉自己不可以这样，但她根本控制不住自己。

笨蛋兰尼根本不知道什么是亲吻，只会一遍遍地咬她、舔她。

可她知道。

她一边痛恨自己为什么轻而易举地便被兰尼撩拨，一边又在心里乞求他快点儿亲吻她。偏偏这个迟钝的家伙完全不会接吻，没办法，只好由她来主动了。

塞西尔一边在心里默默地唾弃自己，一边在兰尼的唇上轻轻地吮吸。

兰尼的双眸因为她大胆的举动而微微睁大，紧接着他抬起一只手环紧她纤细的腰肢，另一只手托住她的后颈，手指插入她雪色的发间，让她更贴近自己。

塞西尔轻轻地吮吸兰尼的唇，兰尼很快便本能地张开嘴，露出湿润的、微微分叉的舌尖，塞西尔的舌顺势滑进他微凉的口腔里，与他唇齿交缠。

塞西尔像一位倾囊相授的老师，耐心而温柔地引导着他，而他又是一个过分聪明的学生，很快便掌握了技巧，并反客为主，吻得她低喘连连。

兰尼的舌头和常人的舌头不同，温度略低，柔软滑腻，塞西尔被他吻得呼吸困难，舌尖发麻，几乎快要喘不上气。

两个人身体紧贴，如同相缠的两株藤蔓般紧紧地绞在一起。兰尼的身体滚烫，塞西尔随即感觉到了他的身体变化。她差点儿忘了，兰尼虽然只是一只小章鱼，但也是一只雄性动物。

不能再继续下去了，趁她还没有完全丢失理智。她这样晕晕乎乎地想着，然后抬起手，轻轻地推开了兰尼。

兰尼毫无防备，竟然真的被她这么轻轻一下推开了。他的绿眸早已黯得近乎无光，他像是被塞西尔蛊惑一般，再次凑了上去。

塞西尔面色潮红，柔软微鬈的发丝凌乱地垂在胸前。见兰尼靠近，她连忙抿紧了唇，不让他再亲吻自己。

兰尼见状，视线微微下移，略低下头颅，又缠着咬上她小巧漂亮的下巴。他细细密密地舔舐、啃咬，用尖尖的犬齿轻轻地啃磨，塞西尔被他舔得浑身酥麻，双腿发软，连推拒的力气都没有了。

这时，远处突然传来一声高亢怪异的尖啸："至高无上的神祇！长眠的已行者与将来者！请给予我回应……我找到了……请赐予我永恒……请在此降临你的国……"

如同疯子在持续不断地念叨着混乱难懂的祷告，那个刺耳的尖啸在夜色中逐渐靠近。

紧密贴合的两个人被打断了。

塞西尔的大脑终于清醒了过来。她看了神色不悦的兰尼一眼，立刻趁机推开他，然后循着声音跑出荆棘园，探头向外一看——果然，她就觉得这个叫声有点儿耳熟——是基恩的声音！

还好他们刚才没有被发现。

塞西尔有些心虚地抿了抿唇，努力地深呼吸，让自己狂跳不止的心脏尽快放缓下来。

刚被副院长通报批评过的基恩此时并没有和其他学生们一起参加舞会，更没有在家里反省，而是一个人在空旷的道路上游荡，一边行走一边疯疯癫癫地大声叫喊着什么。

似乎是察觉到了塞西尔的视线，他猛地转过头来。在看到塞西尔的一瞬间，他的双眼突然亮得惊人，在漆黑的夜色中犹如两只发光的灯泡。

"是你……是你……"他含混地嘟囔着，慢慢地向塞西尔走近，状态看上去很奇怪。

塞西尔微微蹙眉："基恩，你怎么了？"

"是你……是你……我的圣餐……我的胎衣……嘿嘿嘿……我的神啊……请允许我……请允许我……"他像是一个精神错乱的疯子，不停地念叨着让人听不懂的话。

塞西尔隐约感觉到不妙，以防万一，她抬起右手，幽蓝色的火焰在她的手心缓缓凝聚。

"基恩，你最好不要再靠近了。"她语气平静，温和而清冷的声音幽幽地传进风里，"我不会因为你是同学就手软。"

像是听懂了她的警告，基恩停下脚步，僵硬地站在原地。

他们之间相隔着大概十步远的距离，中间隔着一片荆棘。

兰尼无声无息地出现在塞西尔的身后，周身弥漫着阴冷的、压迫性十足的寒意。

他现在应该正在气头上。塞西尔忍不住偷偷侧过脸看了他一眼。

兰尼随即低下头，在她的唇角上轻啄了一下。

塞西尔：这个人怎么突然就像打开了某种不得了的开关一样？！

她立马转回去，好不容易降温的耳根又热了起来。

基恩仍然站在远处，用狂热到近乎恐怖的眼神直勾勾地盯着他们："啊……圣餐……神灵……万物的统治者……请看到我……请回应我……"

他口中含混不清地喃喃自语，很快开始哭泣、狂笑，发出动物一样怪异的号叫："啊啊啊……圣灵……请怜悯我……至高无上的神啊……"

兰尼厌恶地发出一声轻嗤："什么东西？好恶心。"

塞西尔神色凝重："是挺恶心的。他怎么会变成这样？"

自从基恩失踪回来以后，他的样子就越来越奇怪。现在看来，也许他在失踪的那段时间里发生了什么怪事。

在两个人低声耳语间，疯狂叫喊的基恩突然发生了诡异的变化。他的嘴角慢慢地流下一行鲜血，眼球高高凸起，在他说话的时候一直在剧烈地转动，像是要挣扎着跳出眼眶。

塞西尔试探地叫了一声："基恩，你怎么了？"

基恩没有回答她，依旧在狂笑、怪叫，然后突然抱住自己的头颅，发出一声撕心裂肺的尖啸。

下一秒，他的脖子发出"咔嚓咔嚓"的断裂般的清脆声响。在暗淡的月色下，塞西尔清楚地看到，三颗同样的头颅从他断开的脖子里钻了出来。

塞西尔震惊得难以言表。

兰尼："恶心。"

顶着四颗脑袋的基恩已经不能用人类来形容了，它变成了一只丑陋诡异的、不折不扣的怪物，口中发出含混不清的怪声，四颗脑袋齐齐转向塞西尔，暴凸的眼睛流下黏稠的血泪，看上去比艾利克斯钓上来的那只肿胀的人鱼还要恶心。

塞西尔慢慢地握住兰尼冰凉的手，声音轻得像风一样："兰尼，准备好了吗？"

兰尼不明所以地眨了眨眼睛："嗯？"

对面那只名为基恩的怪物流下涎水，眼球转动，发出奇怪的声响。它死死地盯着塞西尔，突然张开嘴巴，发出混浊的四声低吼，然后迈开双腿，疯了似的向塞西尔和兰尼所在的方向跑了过来。

"快跑！"塞西尔声音清亮，拉起兰尼，拔腿便飞快地向后跑去。

荆棘园就在大礼堂的后方，塞西尔听着耳边的"猎猎"风声，身后是穷追不舍的怪物，它在不断地发出令人头皮发麻的怪异叫声，她更加铆足了劲向大礼堂的后门跑去。

兰尼被她紧紧地拉着，跟着她边跑边好奇地问道："为什么要跑？不可以杀了那个东西吗？"他不记得基恩的名字了，只能把基恩称为"那个东西"。

"不可以！这里是学院，而且他是这里的学生！"塞西尔紧张地叮嘱兰尼，"绝对不能杀了基恩，不然我们会有麻烦的！"

兰尼若有所思，听话地点点头："好，那就先不杀他吧。"

基恩的叫声逐渐逼近，而塞西尔也终于跑到了大礼堂的后门前。礼堂里正传出阵阵悠扬古典的乐声，她想起阿诺德和斯特拉也在里面，连忙扭头对兰尼说："快，变小，变小。"

兰尼不太高兴地撇了撇嘴，然后乖乖地变回指甲盖大小的小章鱼，轻轻一跳，落到塞西尔的抹胸里。

塞西尔："你给我出来。"

他们身后，四颗脑袋的基恩已经越来越近，小章鱼不情不愿地从抹胸里慢吞吞地爬出来，又慢吞吞地爬进闪闪发亮的碎钻间。

终于，基恩追了上来。它哭叫着伸出干枯细长的胳膊，像一根老化腐朽的枝干，颤抖着一点点地伸向塞西尔的后背。

塞西尔抬起双手，搭在厚重的大门上，用力一推，冷风顿时"呼呼"地灌了进去。一瞬间，大厅里所有人都停下动作，无数道目光齐齐地投了过来。

塞西尔平静地说："怪物来了。"

下一秒，她一抬右手，幽幽的蓝色火焰从她的手心里喷涌而出。

"啊啊啊！"基恩发出撕心裂肺的痛吼。

大厅里的众人顿时惊恐地骚乱起来。

"有怪物！四个脑袋的怪物啊！"

"哕，好恶心！"

"救命！学院里怎么会有怪物出现？"

"不知道……快看，它还穿着我们的制服！"

有人发现了基恩身上的学院斗篷。与此同时，幽蓝色的火焰将基恩整个人熊熊燃烧，塞西尔趁机向人群中跑去。

"塞西尔，你没事吧？"第一眼就看到塞西尔的阿诺德已经从人群中赶了过去，一把抱住她，担忧地捧起她的脸。

塞西尔轻轻地喘息着说道："是基恩，他异变了。"

"基恩？"阿诺德顿时震惊地望过去。他自然记得这个名字，毕竟就在不久之前，他才和他的骑士团搜寻过这个人的踪迹。没想到一个大活人居然会变成这个鬼样子……

阿诺德想到刚才基恩的手差点儿就要抓到塞西尔了，心里顿时一阵后怕。他抱紧塞西尔，看向基恩的目光冷酷而充满刺骨的寒意，令人不寒而栗。

火焰逐渐熄灭，基恩的全貌慢慢地显露在众人面前——

它裸露在外面的皮肤已经被烧得一片焦黑，然而那四颗一模一样的头颅居然依旧坚挺地顶在那根不堪重负的脖子上。它慢慢地转动充血的眼球，混浊疯狂的目光无比精准地锁定在塞西尔的脸上。

"圣餐……神明的馈赠……是神赐予我的……嗨嗨呼呼……"基恩再次口齿不清地嘟囔起来，断裂的牙齿随着它说话接二连三地喷出来，看上去有种触目惊心的扭曲感。

大厅里的学生们已经彻底看傻了，大部分人只是温室中的花朵、养尊处优的贵族，从未见过这么可怕的场面。

直到有个眼尖的女生弱弱地开口，颤抖的声音在屏息的人群中显得格外清晰。

"这个怪物……看上去是不是有点儿像基恩？"

"好……好像真的是基恩。"

"没有流血的那个头的确有点儿像基恩。"

"天哪！居然是基恩！"

渐渐有学生认出怪物的真容，他们震惊地讨论起来，慢慢地忘记危险与恐惧。突然，一名老师高声大喊道："同学们，快退后！"

基恩的四个头颅似乎终于不堪重负，一个接一个地脱落了下来，紧接着，密密麻麻的白色肉芽从脖子的断截面里冒了出来。

这些肉芽疯了似的生长蔓延，一眨眼的时间，便长成巨大的、不停扭动的、沾满黏液的巨大白色蛆虫。

"啊啊啊！"

人群彻底炸开锅。这下再也没有人想要盯着怪物了，众人纷纷弯腰呕吐起来，而定力稍好、忍着没有吐的人也连忙疯了似的向礼堂正门挤去。

"救命啊！"

"快逃啊！老师救救我们！"

范伦丁教授率先从人群中跨出，握住胸前的光明圣徽，口中默念咒语，一道白色圣光自他身前亮起，暴胀成巨大的圆球，直直地冲向那只缓慢爬行的人形蛆虫。

"叽——"被光球击中的蛆虫发出尖细刺耳的叫声，它的表皮随之破裂，喷溅出大量脓水般的白色黏液。

人群中再次响起此起彼伏的呕吐声。

范伦丁教授紧张地盯着这只尖叫的蛆虫，紧握圣徽的手指微微泛白。

突然，蛆虫抬起身躯，高高一跃，从范伦丁教授的头顶上越过，重重地落到阿诺德与塞西尔的面前。

阿诺德冷冷地直视这只恶心的怪物，一只手紧紧地环抱住塞西尔，另一只手从腰间缓缓抽出长剑。

蛆虫伏下粗长的身躯，慢慢地张开满是牙齿的血盆大口。

下一秒，一道黑蓝色的、犹如浓雾般的火焰自后向前穿过蛆虫的躯体，一声巨大的爆炸声响起，蛆虫甚至来不及逃，便在一瞬间燃烧，变成纷纷扬扬的灰烬。

"所以我才说光系法术都是鸡肋，重要时刻根本派不上用场。"漫不经心的声音在大门后低低地响起，暗淡的月光下，面容阴柔苍白的黑发男人不紧不慢地走入众人的视野里。

帝国首屈一指的黑魔导师——博德·姆菲尔德。

他终于从黑塔里出来了。

"塞西尔，到我这边来。"博德抬起灰眸，懒散地开口道。

黑发灰眸的男人身量修长，肤色苍白，身上穿着松松垮垮的白色衬衫和黑色长裤，领口的领结半挂在脖子上，外面套了一件宽大的黑色外袍。他只是随意地站在那里，便透出一种说不出的慵懒气质。

他看上去像是刚睡醒般没精打采，出手却又无比精准狠厉，和亲切和蔼的范伦丁教授形成鲜明的对比。

博德·姆菲尔德会出现在这里，是在场众人怎么都没想到的。

在大部分学生的印象里，这个人就像长在黑塔里的蘑菇一样，永远不会出来。只有校方强制，或者黑塔要塌了，他不得已才从里面走出来。

甚至还有一些学生偷偷怀疑，这个人其实早就不在黑塔里了，反正除了校方的领导，也没有人踏足过那里，谁知道里面到底有没有人。

在这种前提下，没有任何一个人预想过博德的出场，更没想到，他居然一出手便轻轻松松地灭掉了这只巨大的、丑陋的人形蛆虫。

相比之下，范伦丁教授显得又弱又没用。

学生们开始窃窃私语，范伦丁教授的脸色像吃了一只苍蝇那么难看。

"塞西尔，他刚才在叫你？"阿诺德有些惊讶。他作为帝国骑士团的现任团长，自然也是见过博德的，但不明白这样一位实力强大、性格孤僻的黑魔导师为什么会喊出妹妹的名字？

塞西尔知道瞒不住了，只能小声地告诉他："他就是我之前说的老师啦……"

阿诺德："你的老师是他？！"

塞西尔心虚地点了点头："嗯。"

黑魔法并不如光系法术那么受人追捧，一般情况下，贵族们都是不愿意让自己的孩子接触黑魔法的，莱维特家也不例外。本来她还打算继续瞒下去，托博德的福，现在是瞒不住了。还好知道这件事的人是阿诺德，他这么容忍她，绝对不会去跟凯文告状，这样她就可以继续跟在博德的后面学法术了。

阿诺德的心情有点儿复杂，本来以为自己了解塞西尔的一切，现在看来有些事情似乎并不是他所想的那样。也许今晚回去后，他应该和塞西尔好好聊聊。

博德懒洋洋地走进大厅里，倦怠地打了个哈欠，然后掀了掀眼皮，没精打采地望向塞西尔："怎么不动？被吓傻了？"

塞西尔似笑非笑地打量他——看不出来啊，老博德，还挺会耍帅。

博德看出她眼里的戏谑之意，顿时不太自然地咳了一声："快点儿。"

众目睽睽之下，塞西尔不能不给老师这个面子。她抬头和阿诺德说了一声，然后便慢慢吞吞地走了过去。

这下人群里更是炸开锅了。

"博德居然收学生？我怎么没听说过？"

"你没听说过正常，他确实明确表示过自己不收学生，让我们没事别去骚扰他，有事也别去。"

"那现在这是什么情况？"

"这还不明显吗？情况就是，博德导师嘴上说不收学生，背地里偷偷给自己找了个学生……"

博德黑着脸，随手释放了一团炸裂的紫色电光。电光在大厅上空发出"噼里啪啦"的声响，仿佛悬在头顶上的雷电，众人见状立即害怕地安静了下来。

塞西尔走到博德的面前，不紧不慢地调侃道："你怎么出来了？难道是黑塔里没存粮了？"

博德没好气地瞪了她一眼："还不都是因为你！"

塞西尔不明所以地指了指自己："因为我？"

"你跟我回黑塔一趟，我有话要和你说。"博德没有像往常那样和她斗嘴，反而一脸严肃。

塞西尔也认真起来："好吧，那我把哥哥也叫过来，顺便还有那家伙。"

博德："那家伙又是谁？你以为我那里是景点吗，带那么多人过去观光？"

"是上次和我缔结契约的那个恶魔啦！你不想见就算了，我本来还想带给你看看呢。"她故意这么说。

果然，博德一听到"恶魔"这个词，眼睛瞬间就亮了："别！别！让那家伙一起过来，我要好好研究一下。"

"好。"塞西尔打了个响指，扭头对不远处的阿诺德招了招手。阿诺德收起长剑，迈开长腿大步走了过来。

"博德阁下。"他抬起一只手微微按在胸前，欠身对博德恭敬行礼。

博德点了点头，没有多说什么。

塞西尔在混乱的人群中扫视一圈，疑惑地询问道："哥哥，斯特拉呢？"

阿诺德淡淡地说："不知道，估计是躲到哪里去了吧。"

不可能，那家伙可是邪恶的恶魔，这种时候浑水摸鱼还来不及，怎么可能躲起来？

塞西尔在心里默念主仆契约的咒语，很快，她的声音便犹如荡漾的涟漪般在脑海中传了出去。这个咒语就如同主仆二人间的加密传音，除了斯特拉，不会有第三个人听见。

过了一会儿，斯特拉从一处密集的人群里钻了出来。从她略微不爽的神情来看，估计是正在做什么好事，还没结束就被塞西尔的传音打断了。

"斯特拉夫人，你在干什么？怎么半天不见人影呀？"塞西尔明知故问。

斯特拉扬起明艳娇媚的微笑："没什么，只是有点儿被吓到了。"

塞西尔似笑非笑地打量她："哦，是吗？"

斯特拉八成是想混在人群里抓个活人吃吧！看她的样子，还被吓到，饿到还差不多！

范伦丁教授调整好尴尬难堪的心情，趁此空隙和其他几个老师一起商量了下对策。最后他们拍了拍手，提高音量，示意大家先留在学院里，暂时不要随意走动，更不要擅自离开学院，以防再有其他怪物突然出现。

博德则视若无睹地带着塞西尔等三个人直接离开了礼堂，径直向他的黑塔走去。

没有人拦下他们，毕竟有博德在，就算遭遇怪物群袭也不用害怕。

就这样，四个人一起进入了黑塔。

塞西尔早已习惯，斯特拉和阿诺德却是第一次进入这种地方。塔里的亡灵像发现新鲜物件一样围着他们飘来飘去，斯特拉被他们绕得烦了，干脆趁阿诺德不注意的时候，突然张开花朵一样的狰狞口器，粗长的鲜红长舌轻轻一卷，将苍蝇般四处飘荡的亡灵吞食得干干净净。

塞西尔：这家伙还真是不客气！

"好了，现在我们开始谈正事吧。"博德手指轻点，四周的银色烛台一盏接一盏地被点燃，照亮了满屋子的瓶瓶罐罐。

"你想谈什么？"塞西尔找了张椅子坐下来，撑起手肘托他着下巴，微微垂下眼眸，装作无意地看了一眼胸前的小章鱼。

小家伙正蜷缩着触手趴在碎钻之间里一动不动，那双亮晶晶的圆眼睛已经闭合起来，看样子似乎睡着了。

"你应该也感觉到了吧，那个怪物是冲着你来的。"博德声音低缓，一向对什么都提不起劲的黑魔导师此时脸色看上去严肃又凝重，居然比平时多了一分认真和沉郁。

闻言，塞西尔微微惊讶地说道："冲我来的？"

博德难以置信地反问道："难道你没感觉出来？"

塞西尔："我还以为它只是刚好看到了我。"

博德一时无语。他这个宝贝学生还是一如既往地粗心大意，明明对一只宠物都能那么上心，偏偏在自己的事情上总是不当一回事。

不同于塞西尔的随意，阿诺德闻言倒是出奇地紧张。他身体微微前倾，眉头微蹙，神情冷峻地询问博德："阁下，您说那个怪物是冲着塞西尔来的，这是什么意思？"

博德没好气地瞥了塞西尔一眼，然后慢慢地解释道："你们仔细地回想一下，这只怪物在追着塞西尔进入礼堂后，有没有转移目标？"

阿诺德微微沉吟："没有。"

"就是这样。"博德说，"大礼堂里人那么多，可它看都没看别人一眼，目光锁定的仍然是塞西尔。甚至后来范伦丁对它发起攻击，它既没有逃跑，也没有反击范伦丁，反而越过范伦丁，跳到了塞西尔的面前。"

"再结合它说的那些话，虽然听上去像是精神错乱下的胡言乱语，但仔细地推断一下就会发现，它说的话其实都是有迹可循的。"

塞西尔抬起睫毛："什么意思？"

博德望向她，眼神认真："它说……你是它的圣餐。"

斯特拉无声地望了过来。

塞西尔轻轻地摩挲下巴，轻声低语道："也就是说，它把我当成了他的'食物'？"

"没错，"博德点点头，意有所指地轻瞥神色莫测的斯特拉一眼，"和那家伙一样。"

碍于阿诺德在这里，他没有指明，但塞西尔很清楚他口中的"那家伙"是谁。变成怪物的基恩和斯特拉一样，都被她的气味吸引，一心想要将她吞食入腹。在斯特拉的眼里，她是仅此一个的无上美味，而在基恩的眼里，她是神明馈赠的圣餐。

"现在回想起来，前段时间基恩偷偷潜入生态园里，八成也是跟着你去的。"博德继续冷静地分析道，"你想一下，当初被副校长质问为什么要去生态园时，基恩是怎么回答的？"

塞西尔："去找吃的。"她当时还感到惊奇，这个人的目的居然和她的目的一样，都想去生态园里偷几只动物解解馋。

现在看来，基恩所说的"吃的"，并不是指那些生态园里的动物，而是——

塞西尔。

第八章
挑　衅

除了斯特拉，大家的表情都不太好。

斯特拉还没有反应过来博德的言外之意，她正无聊地四处打量，试图再找点儿落单的亡灵解解馋，直到阿诺德沉重地说了一句："阁下，你的意思是，那只怪物的目标自始至终都是塞西尔？"

斯特拉的注意力终于被吸引过来了，她紧张地插嘴道："什么？目标是小塞西尔？还有谁要吃小塞西尔？"

此话一说出口，塞西尔、阿诺德和博德三个人顿时齐齐地将目光投向她。

"什么叫'还有谁'？"阿诺德目光不善地审视她，一字一顿地说，"斯特拉夫人，请你告诉我，除了基恩还有谁吗？"

斯特拉：不好，说漏嘴了。

她干巴巴地笑了两声，说出的话语有些底气不足的意味："当然是其他那些虎视眈眈的男人啦！你看，小塞西尔这么可爱，总会有些臭男人想要吃掉她的吧？比如我们面前这位——"

她边说边抬起细长的手指，指了指无辜的博德，将导火线转移到了他的身上。

博德黑了脸："你不要胡说，我又不吃人，怎么可能会对塞西尔虎视眈眈？"

阿诺德眼神莫测地看着他："阁下，关于这一点我也很疑惑，您对外一直宣称不收学生，为什么独独会为塞西尔破例？"

这个问题……博德很为难，不知道该怎么说。

他总不能直接告诉对方，因为我特别喜欢有白色头发的人，而且我喜欢脑子不正常的疯子，而你的妹妹刚好完美地契合这两点，所以我一看到她就失去原则了——这也太糟糕了，这不就相当于把自己的怪癖公之于众吗？

"因为我一眼就看出来她在黑魔法上有着不可多得的天赋，是百年一遇的天才。"最后博德只能故作高深地给出这个答案。

塞西尔在一旁赞同道："这是真的，我确实是个天才。"

"原来是这样。"阿诺德没有像刚才那样质疑这个解释，反而点了点头，骄傲地说，"我的妹妹的确从小就很聪明，阁下真是独具慧眼。"

博德：你们兄妹俩稍微谦虚点儿吧！

暂且将这个问题糊弄过去，博德清了清嗓子，继续刚才的话题："既然我们现在已经知道基恩的目标是塞西尔，那么接下来需要弄清楚的一点就是，它为什么要吃塞西尔？"

闻言，塞西尔不动声色地扫了斯特拉一眼。斯特拉避开她意有所指的视线，像没事人一样蹙起漂亮的细眉，一脸凝重地加入讨论："因为它喜欢吃人？"

阿诺德摇了摇头："不可能，它自己之前就是人。"说到这里，他突然停了下来。

塞西尔扭头看他："哥哥，你想到什么了吗？"

阿诺德眉头慢慢地拧紧，声音也逐渐低了下去："我在想……这个基恩，之前真的是人吗？"

大家突然安静下来。

的确，这个问题在此之前似乎从来没有人注意过，但仔细地想想，人类是能变成那副模样的吗？

"基恩之前失踪过，然后过了一段时间又自己回来了，"阿诺德低声说，"是从哪儿回来的？怎么回来的？回来前的那段时间里经历过什么？这些都很令人怀疑。"

塞西尔补充道："而且自从回来后，基恩整个人就变得非常奇怪。我不知道别人有没有注意到，反正我每次见到回来后的基恩，都觉得基恩少了点儿活人的气息，眼睛也很不对劲，像发胀的死鱼的眼睛一样。"

博德微微沉吟："这一点的确很可疑，可惜现在已经没有办法确认它究竟是不是人类了，否则或许还能找到新的突破口……"

"还有办法。"阿诺德突然打断他的话。

博德抬眸好奇地看了他一眼："哦？还有什么办法？"

阿诺德："当初和基恩一起失踪的，还有几个生活在贫民区里的人，他们也是和基恩一起回来的，或许可以从他们的身上找到突破口。"

这的确是一个好方法，只不过……

"前提是，他们现在还没有发生'意外'。"博德意味深长地接话道。

阿诺德顿时反应过来：如果那些人的情况和基恩的情况一样，那么那些人会不会现在也变成那副丑陋可怕的怪物模样？如果是这样的话，那么生活在那附近的人就有危险了！

阿诺德立刻起身，弯腰摸了摸塞西尔的头发，目光温柔而认真："我现在就召集骑士团赶往贫民区。塞西尔，你先待在博德阁下这里不要走，等我处理完那边的事情就回来接你。"

塞西尔有些担心地说道："现在就要去吗？可是那里说不定很危险。"

"放心，那种程度的敌人对我来说不算什么。"阿诺德平稳温和的语气令人倍感安心，他伸出拇指，在塞西尔柔软白皙的脸颊上轻轻地抚摩，动作自然而亲昵，"听话，你乖乖地待在这里等我回来，我没有回来之前千万不能出去，好吗？"

他的眼神殷切而认真，看得出来他是真的很怕塞西尔乱跑。

塞西尔抿了抿唇，然后乖乖地点了点头，轻声说："那你要小心。"

阿诺德温柔地笑了，抬眸看向博德："阁下，塞西尔就麻烦您了。"

博德漫不经心地点了下头，没有多说什么。没有什么怪物是他对付不了的，塞西尔待在他的身边就意味着绝对安全。

阿诺德离开了，昏暗的黑塔里只剩下塞西尔、博德和斯特拉三个人。

塞西尔看了神情懒散的博德一眼，慢慢地开口道："你是故意支走哥哥的吧？"

博德一只手托起下巴，凌乱额发下的灰眸微微弯起："被你看出来了。"

塞西尔似笑非笑地弯了下嘴角，然后不紧不慢地站起身，走到正在无聊打哈欠的斯特拉身后，将她推到博德的面前。

"喏，看吧，这位就是美丽的恶魔小姐。"塞西尔在"小姐"一词上加重了语气，轻松柔和的声音里隐约带了一点儿调笑的意味。毕竟现在的斯特拉看上去，完全就是一位容貌艳丽的漂亮男人。

斯特拉闻言，眼神暧昧地瞥了她一眼。那双犹如宝石般剔透美丽的紫眸里浮起*丝丝缕缕*的热意，只是看上一眼，便勾得人口干舌燥。

"我是不是'小姐'，你不是一清二楚吗，主人？"她说到"主人"的时候，将尾音拖得细细长长，仿佛一条顺滑的小尾巴。塞西尔面无表情地看着她，宛如在看一个智障。

博德费解地看着斯特拉，问道："她到底是雄性还是雌性？我怎么看不出来？"

塞西尔："是无性。"

"什么？"博德大惊，表情顿时变得紧张起来，"那她岂不是可男可女？"

塞西尔点了点头："没错，理论上是这样的。"

"那你还和她待在一起？"博德几乎要疯了，"太危险了，快离这种家伙远一点儿！"

塞西尔实在是不明白这个人在紧张什么，斯特拉已经是自己的契约仆人了，没有比斯特拉更安全的了。况且，一定要说的话，现在躺在她裙子上的某只小章鱼可比斯特拉要危险多了——从各种意义上来说。

塞西尔突然想起那个近乎激烈的吻，耳根顿时又开始发热。

"你怎么了？"博德注意到她忽然不说话，遂狐疑地凑过去低声询问道，"不会是已经发生过什么了吧？"

"怎么可能？"塞西尔没好气地推开他，"快点儿说正事，我晚上还要回去呢。"

博德终于想起了他们的"正事"。他站起身，仔细地打量斯特拉，目光仿佛能穿透身体。斯特拉被他打量得浑身不舒服，忍不住开口道："你要做什么？"

"塞西尔说过，你也想吃了她。"博德不急不缓地说，"你是为了什么？"

"因为她散发出非常诱人的气味，而我的嗅觉又非常灵敏。"斯特拉的语气稀松平常，仿佛只是在谈论今天的天气。

斯特拉已经猜出来了，教会塞西尔使用那个可恶的主仆契约的人就是面前这个一脸惫懒的男人。他那个强制主仆契约非常特别，契约里寄存的是制约者的魔力，而不是使用者的魔力，这也是塞西尔能够轻松拿下她的原因。换句话说，制约她的不是塞西尔，而是这个叫作博德的男人。

所以斯特拉很识时务地回答了他的问题。

"嗯……"博德边听边摩挲下巴，微微沉吟，"那你是从什么时候开始闻到了这种气味呢？"

"就是我去他们家前的那几天……"斯特拉还是和之前塞西尔询问她时一样心不在焉地回答，然而话还未说完就被博德打断了。

"我劝你还是再仔细想想，毕竟我不像塞西尔那么有耐心。"博德似笑非笑地看着她，狭长的灰眸里闪烁着危险的冷光，"你也不想被莱维特伯爵问问为什么会受伤吧，小恶魔？"

斯特拉现在总算知道塞西尔那恶劣的一面是从哪里培养来的了。

看到斯特拉吃瘪，塞西尔心情很好，笑眯眯地看着斯特拉陷入沉默中，然后不确定地慢慢开口。

"大概是……我到莱维特家的前五天。我确实记不清了，只记得那天晚上的月亮很圆，我正打算出去觅食，"斯特拉的目光扫过塞西尔的脸，"然后就闻到了她的味道，混在一阵蔷薇的香气里。"

前五天……那天发生了什么特殊的事情吗？

塞西尔努力地回想，半晌，轻轻地蹙起细眉："我想起来了，那天我和莉娜在学院里撞到了艾利克斯。"

博德："还有别的吗？"

"还有……"塞西尔陷入沉思中，声音也低了下去，"那天我和小一进行了通感……"

像是终于想到了什么，她顿了顿，不再说话。她还记得通感后的那段时间里，她的精神状态一直不是很好。当时她只以为这是因为自己的魔力太低，现在看来，也许还有别的原因。

她忍不住低头看向藏在胸口前的小章鱼，小家伙仍然趴在亮晶晶的碎钻之间沉沉入睡，全然不知道外界发生了什么。

"所以这一切很有可能是那次通感之后开始的。"博德幽幽地说，"虽然现在还不确定，但只要再找个人和你的小宠物进行一次通感，应该就能证明这种推断是否正确了。"

塞西尔微微抬眸。

"不过这样做也是有风险的，一旦这个推断被证实是真的，那就意味着又会有一个人变成怪物们的'圣餐'。"博德幽幽地看着塞西尔，低声说，"你好好考虑一下。"

塞西尔的心情很复杂。

如果真相真的像博德推测的那样，她会变成怪物们眼中的美食，原来全都是拜小章鱼所赐——搞了半天，小章鱼才是真正的罪魁祸首。

可小章鱼自己并没有这样的吸引力，为什么独独她这么倒霉呢？塞西尔怎么都想不明白。

看来的确需要再找一个人和小章鱼进行通感仪式，只有这样，才能确定这个糟糕的推论是否正确。

然而问题又来了——除了她，谁会和一只小章鱼通感呢？更何况和小章鱼通感并不是一件轻松的事情。

那次差点儿要了她半条命。

默默地思考了一会儿后，塞西尔重新平复好心情，面色平静地说："这件事先放到一边吧，我考虑考虑，以后再说。"

博德没有再多说什么，他看出来塞西尔很喜欢那只奇奇怪怪的小宠物，既然如此，还是让她自己去权衡比较好。

过了一会儿，阿诺德平安归来。他首先检查了一下塞西尔的身体状况，确定她安然无恙后才开始讲述自己的调查结果："还好，那几个人暂时没有出现异常现象，但他们和塞西尔之前见到的基恩有点儿像，也是眼球很凸，看上去就像肿胀的死鱼眼睛一样。"阿诺德面色凝重，"以防万一，我们以调查的名义将他们带走了，现在他们正在骑士团留置观察。"

塞西尔连忙问道："那他们有没有说什么奇怪的话？"

"有。"阿诺德点了点头，"一直在念叨着'至高神'什么的。"

"那就没错了。"塞西尔微微叹气，"基恩在变成怪物之前也是这个样子。"看来那些人很快也会变成丑陋的怪物，这只是时间的问题。

讨论完这个问题后，阿诺德准备带塞西尔回去。学院高层们已经初步排查了一遍，学院里不存在第二个怪物，危机暂时解除，学生与宾客们也可以放心回家。

与博德道别后，三个人离开黑塔。莉娜被她的骑士先生送回莱维特家的马车上，见到阿诺德后，他们又在一起说了一些话。塞西尔和斯特拉也老老实实地坐上马车，斯特拉还温温柔柔地安慰了莉娜一会儿。

可怜的莉娜被吓坏了，到现在都没有缓过来。事实上，绝大部分学生也是如此，被吓到才是正常的反应，像塞西尔这样太过淡定，反而显得不太正常。

"姐姐，你不害怕吗？"莉娜捂住胸口，弱弱地问道。

塞西尔淡淡地说："还好吧。"怪物只是有点儿恶心而已，和兰尼篡改的梦境相比简直不值一提。

想到兰尼，塞西尔的心情又沉重了起来。

和别人通感吗？回去先问问他好了。

马车平缓地驶动，在无言的沉默中，他们回到了莱斯特家的宅邸。

莉娜需要休息，被女仆扶回自己的房间里。斯特拉欲言又止，看着塞西尔，一副有话要说的样子。可惜阿诺德先斯特拉一步，拉着塞西尔进了房间里，轻轻地关上了门。

"哥哥，还有什么事吗？"塞西尔坐在床边，仰起脸看向面前这个金发蓝眸的俊美青年。

虽然阿诺德的脸上没什么表情，但她能够感觉到他的心情不是很好。这是她作为妹妹的直觉，毕竟他们共同生活了十几年，她很了解他。

阿诺德没有立即回答她。他走到水缸前，无声地看着水里的小章鱼，突然开口道："小一，只剩下一只了。"

"嗯，被你发现啦！"塞西尔摸了摸鼻子，若无其事地回答道，"另一只被小一吃掉了，就在昨天。"

阿诺德微微侧脸看向她："你不觉得小一太危险了吗？"

塞西尔点了点头，顺从地说："是有一点儿。"

阿诺德静静地凝视她，忽然轻轻地叹了口气。他大步走过来，在塞西尔的面前半蹲下身，抬起脸，轻轻地握住塞西尔的双手，蔚蓝的眼眸里充满了毫不掩饰的担忧与疼惜。

"塞西尔，你现在的处境太危险了。有的时候，我都怀疑你根本不知道什么是危险，你这样让我很害怕。"

"哥哥……"塞西尔低低地唤了一声。她知道，她害阿诺德担心了，一定是今晚的事情吓到了他。

阿诺德专注地看着她，蓝眸里映出她微微内疚的脸，柔弱而美丽，如同雕像般深深地刻在他的瞳孔之中。

"塞西尔，你不信任我吗？"他问道。

塞西尔讶异地睁大眼睛，立刻反驳道："怎么会？我最信任的人就是哥哥你了。"

阿诺德："那你为什么从来没有告诉过我，你是博德的学生呢？"

塞西尔微微沉默了几秒："因为博德教的是黑魔法嘛……我怕你会不高兴。"

"我怎么可能会不高兴？"阿诺德声音很轻，眼神专注得仿佛只看得到塞西尔一个人，"你明知道无论你做什么事，我都会无条件地支持你。我不怕你做出任何出格的事，我只怕你不告诉我、不信任我。"

塞西尔说不出话，只能理亏地垂着眼睛，老老实实地挨训。

"母亲走后，我们只有彼此。我想要保护你、陪伴你，但我总是忘了，你也是会慢慢地长大的。"阿诺德的声音像在黑夜中缓缓流淌的水。他抬起手，轻轻地抚摩塞西尔的头发，动作温柔而小心，像是怕弄碎她一样。

"塞西尔，告诉我……"他轻轻地问道，"你是不是……已经不需要我了？"

塞西尔的心口微微一滞。她好像确实惹阿诺德生气了。

她抿了抿唇，连忙着急地解释道："不是的，我真的没想那么多。我就是怕你会不高兴，仅此而已，绝对没有要故意隐瞒的意思，更没有不需要你，真的！"

阿诺德看着小姑娘手忙脚乱的样子，眼中不由得闪过一丝隐隐的笑意。

她还是他可爱的小姑娘，虽然没有以前那么黏人了——这也是他最难过的地方。

他很清楚，不是塞西尔需要他，而是他需要塞西尔——他害怕塞西尔丢下他。

阿诺德低垂睫毛，遮挡住眼里的情绪，继续轻声说道："可是今天在舞会上，你也丢下了我。"

"那是因为……因为……"塞西尔嗫嚅了一会儿，终于放弃狡辩，"对不起，我下次再也不会这么做了。"

阿诺德："真的吗？还有下次？"

"嗯？"塞西尔有些茫然。

"我是说，下一次舞会，你的舞伴还会是我吗？"阿诺德微笑着看她，眼中浮起盈盈的期待。

塞西尔这才反应过来。

她低头看向阿诺德，果然，青年脸上的失落和难过一扫而空；相反，他的嘴角微微上扬，脸上还挂着浅浅的、得意的微笑。

他是故意的！塞西尔睁大了眼睛，有些羞恼地提高声音："哥哥，你又耍我！"

"只是对你的小小的惩罚而已。"阿诺德轻轻地笑着揉揉塞西尔的头发，然后站起身，微微弯腰，认真地看着她的眼睛。

"最后一个问题。"他竖起修长的食指，清澈的蓝眸如星辰般闪耀。

塞西尔对上他的目光，说："什么？"

"你的嘴唇怎么肿了？"

他声音轻轻的，目光微微下移，萦绕在少女柔嫩的双唇上。

原来阿诺德早就发现了。

她耳根微微泛红，右手掩饰性地抬起来，将了将耳边柔软的碎发，下意识地垂下眼眸，视线落到胸前的碎钻上。小章鱼已经醒了，正眨巴着那双小小亮亮的眼睛，无声地盯着她。

塞西尔的耳朵更红了。

"出去的时候，不小心被虫子咬了。"她这样回答道。

"原来是这样。"阿诺德似乎接受了这个解释。

他站直身体，目光恢复平静，温和地对塞西尔叮嘱道："那你早点儿休息，明天我再送你上学。"

"嗯，"塞西尔乖巧地点了点头，小声说，"晚安。"

"晚安。"

"咔嗒"一声门响后，阿诺德离开了房间，并关上了房门。

塞西尔长长地松了口气，然后起身走到水缸旁。

她将藏在碎钻之间的小章鱼提起来，放到手心上，看着它小声说道："快去水里吧，你今天出来得太久了。"

小章鱼从她的手里爬了下来，但并没有爬进水缸里。相反，阴影自它周围缓缓升起。不等塞西尔反应过来，兰尼便出现在她的面前。

他绿眸微动，声音又轻又低："虫子？"

塞西尔有点儿尴尬，将视线不自然地移开，柔软的雪色发丝微鬈，从耳畔垂落到锁骨上，散发出诱人的芬芳。

"那是糊弄哥哥的……"

她的话没能说完。兰尼忽然倾身靠近，微微垂下头，迫不及待地吻了她。

塞西尔有点儿不知所措。

她没想到兰尼会突然吻自己，更没想到他在这么短的时间里就已经很熟练了。

兰尼低垂着头，轻轻地吻她。他一只手搭在她的腰上，另一只手按在她身后的水缸上，以一种半包围的姿势将她圈在自己的怀里。

这样她就没有办法逃跑了。

他们唇舌纠缠、气息交融。房间里安静得针落可闻，塞西尔能够清晰地听见他们亲吻时发出的声响，伴随着急促而又混乱的呼吸，听了令人面红耳赤。

塞西尔现在就很面红耳赤……不仅面红耳赤，而且还心跳剧烈，剧烈得心几乎要跳出胸腔。

明明他亲吻的动作很轻，感觉却又很激烈，他是怎么做到的？

难道章鱼在这方面也是有天赋的吗？

塞西尔轻喘着推开他，脸红得几乎要滴血。

兰尼低垂眼睑，看着她柔嫩的唇瓣被自己吻得光泽水亮，眸色一深，喉咙不可避免地微微收紧。

他不太明白自己在做什么，但他很喜欢，并且欲罢不能。

他不确定这是不是一种表达亲昵的方式，但他觉得是。因为他想要和塞西尔一直做下去，永不停歇地做这件事，任何人都不要来妨碍他、打扰他，只有他和塞西尔两个人。

这种感觉……好极了。

兰尼微微低头，又要吻上来。塞西尔见状连忙抬起一只手，用手背挡住自己的嘴。兰尼停了下来，剔透的绿眸里浮起毫不掩饰的不悦之情。

他不高兴了。塞西尔心里冒出这个想法，眸光微闪，轻轻地、低低地开口道："兰尼，你不可以再做这种事了。"

"为什么？"兰尼疑惑不解地问道。

他很喜欢，而且以为塞西尔也是喜欢的——他能够闻到她的气味在变甜，又甜又诱人，就像在邀请他靠近一样。

"因为这是不好的行为，是不应该在你和我之间发生的。"塞西尔移开视线，温柔地解释道。

闻言，兰尼微微蹙眉，不满地说："可这是你先对我做的。"

他的潜台词是——塞西尔可以对他做这种事，那么就意味着他也可以对塞西尔做这种事，因为这是塞西尔默许的，她自己也做过了。

没有道理只有塞西尔可以做，而他不可以，这不公平。

塞西尔当然明白这一点，所以现在她很后悔，因为她冲动了。

"我知道。我后悔了，不行吗？"她喃喃自语道，垂下眼睛不敢看兰尼。她只是被蛊惑了，被当时的气氛和情境蛊惑了——当时气氛那么好，周围星光闪烁，而兰尼又咬了她。

她一时情不自禁，所以才会犯了不该犯的错。当时她不理智，但现在过了这么久，她已经完全清醒过来了。

兰尼很危险，她不能和他做这么亲密的事情。她连拥抱这么简单的动作都不敢，又怎么能和他亲吻呢？这种行为无异于将自己送到猛兽的嘴边，并且主动邀请对方，想怎么吃都可以。

阿诺德说得对，她应该再警惕一点儿。

现在的兰尼太危险了，她必须在他与自己之间划分出明确的界限。

而亲吻是最没有界限的行为，她不去制止也就算了，居然还主动教他。

一想到这里，塞西尔就恨不得时光倒流，将自己所做的一切全部推翻。

太糟糕了！

塞西尔越想越后悔，心底不由得生出抗拒的心思。她动了动手指，有点儿想要推开兰尼，但又不敢轻举妄动，只好小心翼翼地垂着眼，低着头，尽量不与兰尼视线相触。

但兰尼随即伸出手，勾起她的下巴，轻轻地抬起她的脸，强迫她与自己对视。

他们再一次呼吸交织，近得几乎能听到对方的心跳声。塞西尔对上那双宝石般美丽的绿眸，鼻间萦绕着他身上冷冽潮湿的奇异香气，隐约觉得有点儿头晕目眩。

现在的状况很危险，她在心里暗暗告诫自己，要想办法拉开与兰尼的距离才行。

水缸的玻璃外壁坚硬而冰冷，塞西尔靠在上面，感觉硌得脊背有点儿疼。她轻轻地眨了眨眼睛，蝶翼般的长睫轻轻地颤抖，在空中画出雪色的线。

"兰尼，可以不要再贴着我了吗？玻璃太硬了，我的后背有点儿疼。"

她试图让兰尼远离自己，但兰尼并没有动。相反，他将搭在水缸上的那只手微微移动位置，伸到了塞西尔的后背上。他的手指顺着塞西尔的脊骨慢慢下移，一下一下地轻轻按揉，然后他低低地开口道："这样呢？还疼吗？"

他这一招又是从哪里学的？无师自通吗？他是不是聪明得有点儿过分了？

她脸颊又开始泛红，与此同时，后背被兰尼揉过的地方又痒又热，又酥又麻。

她下意识地微微抬了抬下巴，刻意压制的呼吸不小心与兰尼的相连，心跳不经意地又加快了一点儿。

兰尼直勾勾地盯着她，眼中的碧色无声地荡漾，喉结动了动，再一次勾起她的下巴，想要凑近吻她。

塞西尔连忙反手捂住嘴，但这并不能阻止兰尼。

他眸色微深，伸出柔软的、濡湿的舌头，像猫一样轻舔她的手心，舌尖轻扫，在她的手上留下暧昧的水渍。

塞西尔感觉手心很痒，下意识地收起细长瓷白的手指。

兰尼又开始咬她的指尖。他看上去没有之前那么急切了，没有再迫不及待地亲吻她，而是在她的手指上细细地啃咬。他的动作轻而细密，温柔中透出无尽的细致与耐心。

塞西尔开始有点儿招架不住。她的身体有点儿发软，微微无力地靠在冰冷的玻璃上。兰尼的手轻轻地扶着她，以防她滑下去。

他迟迟没有再进一步，只是眼眸半闭，耐心地轻啄塞西尔的手心。

塞西尔感觉手心痒得不行，害怕似的抽回手，压低了声音说："兰尼，你不要再……"

她的话被打断了，兰尼迅速地吻了上来。

这一次，他的动作急迫了许多。他的舌尖像潮水般席卷了塞西尔柔嫩的口腔，细致地扫过她口腔里的每一处角落，追逐着她柔软的舌根。

原来他之前的耐心都是装的，一切都是为了让她放松警惕。

塞西尔在这个近乎饥渴的深吻中迷迷糊糊地想。

她再一次被吻得呼吸困难，身体像浮萍一样攀附着兰尼，双腿不自觉地贴紧他。

她胸口剧烈地起伏，双颊绯红，喉咙里发出细细的呜咽。

她快要喘不上气了。

透明的细丝从她的唇角流了下来，兰尼用余光轻轻一瞥，微微张嘴放开了她。

塞西尔开始大口呼吸。

她的心跳像擂鼓一样，"咚咚咚"地响个不停，几乎快要震穿她的鼓膜。即便如此，兰尼仍然没有放开她。

他安静地看着她，分叉的舌尖在唇间若隐若现。

他不用呼吸，也不用换气，如果可以，他想要一直吻下去。

但他知道，塞西尔不可以。

兰尼轻轻地、遗憾地叹了口气。

"你还叹气！"塞西尔被气坏了，一把按住兰尼的嘴，生气地训斥他，"说了不可以这样做，为什么不听我的话？你再这样，我就要把你丢出去了！"

兰尼又开始舔她的指缝，发出暧昧的声音。

塞西尔眼尾泛红，眸中凝着盈盈的水光："不准舔我。"

兰尼眨了眨眼睛，温顺地停下动作。

刚才他亲得很满足，所以他现在可以稍微听话一点儿——为了让塞西尔高兴。

"从现在开始，不可以再吻我，听到了吗？"塞西尔微微挺直后背，板起红通通的小脸，一脸严肃地说。

"吻？"兰尼眨了眨眼睛，显然对这个词很好奇，"刚才我们做的事情，是'吻'吗？"他像一个好奇宝宝一样追问，绿眸牢牢地盯着塞西尔。

塞西尔：绝对不能告诉他！

她眼神微微躲闪，双唇抿成一条细细的线。兰尼见她不说话，继续用好奇的语气询问道："'吻'也是人类之间表达亲昵的方式吗？"

"不是！"塞西尔立刻反驳道。

兰尼微微歪头，微鬈的黑发轻轻地垂落在脸畔，柔软而温顺，让人忍不住想要伸手摸一摸。

"那是什么？"他眸光浮动，安静地问道。他的眼神再度恢复纯净澄澈，纯洁得让人无所遁形。

塞西尔掩饰性地轻咳了两声，尽量用一种平静的、一本正经的语气胡编乱造："是一种很不好的行为，类似于挑衅和宣战。"

兰尼："挑衅？"

"对，挑衅。"塞西尔竖起一根手指，认真地说，"因为你看，都咬到别人的嘴了，一般人都是会生气的吧？所以你不可以再对我做这种事了，我是会生气的，我一生气就会考虑……"

塞西尔话未说完，兰尼便轻声打断了她："可是我吻你的时候，你的气味很香。"

塞西尔："嗯？"

"你的气味很香，这证明你很喜欢。"兰尼慢慢地低下头来，温热的呼吸与她的交织在一起，"塞西尔，你喜欢我吻你，是吗？"

可恶！

她有些狼狈地反驳道："你这种推断没有任何依据，根本证明不了什么……"

她话未说完，兰尼再次贴了上来。

他怎么又来？！

塞西尔都被折腾累了。兰尼似乎永不餍足，再一次夺走了她的呼吸，她只能微仰着脸，轻轻地推他。

她觉得如果他再不结束，自己可能会死。

"兰尼……快停下……"她发出含混不清的声音，兰尼置若罔闻。

突然，门外响起轻轻的敲门声："小塞西尔，你睡了吗？"

塞西尔身体一僵——是斯特拉的声音。

塞西尔浑身的鸡皮疙瘩都起来了——被吓的。

她一把推开兰尼，压低了声音，语速飞快地说道："斯特拉来了，快点儿变回去！"

兰尼不高兴，脸皱成一团。

塞西尔："快点儿！"

兰尼撇了撇嘴，双手变成柔软的触手。黑色的阴影中，他又变回那只巴掌大小的海产动物，触手细长，慢吞吞地摆动着，不情不愿地爬回水缸里。

塞西尔看了一眼，发现它比另一只小章鱼还小那么一点儿。

怎么回事？它怎么越长越小了？

斯特拉仍然在外面敲门，频率加快了点儿："小塞西尔，你在里面吗？"

"来了，来了！"塞西尔回过神来，抬手在自己的嘴唇上用力地擦了一下，然后起身去开门。

换回女装的斯特拉正笑盈盈地站在门外，漂亮的紫眸里闪着意味深长的光芒。

"小塞西尔好像很忙呀！"她的语气听上去意有所指。

塞西尔面无表情地问道："你什么意思？"

斯特拉抬起指甲鲜红的手指，捂在嘴边轻轻地微笑："你忘了吗？恶魔的听觉可是很敏锐的。"

塞西尔的确是忘了，但不需要这家伙再特意提醒一次。

"看来你没有重要的事要说，那还是请回吧，我今天很累，现在要休息了。"

她毫不客气地准备关门，斯特拉见状连忙撑住门，硬生生地挤了进来。

"怎么这么没耐心？小塞西尔，你真是越来越不可爱了。"斯特拉嗔怪地瞪了塞西尔一眼，步态袅娜地走了进来。

塞西尔觉得自己还是对她太客气了。

斯特拉进屋后，这边看看，那边摸摸，全然一副十分新奇的模样。

这是她第一次进入塞西尔的房间里，会感到好奇也很正常。

她本来以为塞西尔这么一个不正常的人类少女，房间里面说不定会堆满很多奇奇怪怪的东西，像博德的黑塔一样一看就很阴森古怪。然而事实上，这个房间看上去和其他贵族小姐的房间几乎没有区别，很难想象塞西尔的生活环境居然如此普通，甚至可以说是毫无特色。

不过仔细想想，这样也算是她的伪装吧，毕竟在凯文和阿诺德的眼里，她一直只是一个有些骄纵的小女孩儿罢了，谁能想到，她其实连对恶魔都敢下手呢？

"你找我到底有什么事？"塞西尔双手环胸，靠在桌边上不耐烦地看着她，"应该不仅仅是想要参观我的房间吧？"

"那当然，参观房间只是顺带的，过来确认小塞西尔的人身安全才是我的主要目的。"

斯特拉不紧不慢地转身，走到塞西尔的面前停下。她比塞西尔高出一个头，此时微微俯身，柔顺的黑色发丝刚好落到塞西尔的颈窝里，发梢轻轻地扫动，在塞西尔白皙的肌肤上激起丝丝痒意。

"那个家伙还留在你的身边吧？虽然你在阿诺德的面前已经把他

赶走了。"斯特拉眼波流转，余光慢慢地扫过一旁的水缸，"让我猜猜，是水里这只奇怪的生物吗？"

塞西尔安静地与她对视："你到底想说什么？"她不喜欢说话拐弯抹角的人，尤其是像斯特拉这样阴阳怪气的家伙。好在因为兰尼，她最近变得很有耐心，所以她还可以继续容忍一会儿。

斯特拉见她没有什么反应，顿时也失了逗弄的心思，站直身体，瞥了水缸里的小章鱼一眼，慢悠悠地说："你最好尽快扔掉你的小宠物，如果可以的话，弄死它更好。"

水里的小章鱼不游了，圆圆的脑袋微微歪了一下。

塞西尔几乎可以想象出兰尼现在的表情，一定是茫然而困惑的。

"为什么？"她冷淡地问道。

"因为你会变成现在这样，都是被你的小宠物害的。"斯特拉摊开双手，直白地说，"我就直说了，除了我，以后还会有其他怪物盯上你，你可别以为它们每个都像我这么怜香惜玉啊！"

塞西尔匪夷所思地打量斯特拉："怪物盯上我，你不是应该感到高兴吗？"毕竟主人被怪物吃掉了，斯特拉身上的主仆契约也就解除了，无论结果如何，对斯特拉来说都是可以重获自由的好事，她应该无比期待才对。

斯特拉闻言，微微挑了一下眉，然后深深地看了塞西尔一眼。

"我的确应该感到高兴，但在此之前，我还是更希望你能活得久一点儿。"她慢慢地伸出食指，轻轻地抵上塞西尔的唇，"毕竟，你仍然是我最想得到的猎物呢！"

塞西尔明白了斯特拉的意思——斯特拉不希望别人吃掉她，因为斯特拉更想自己吃掉她。

她可真是个香饽饽啊！塞西尔无声地笑了一下，眼中却毫无笑意。

"既然如此，你怎么不直接去吃我的小宠物呢？我的小宠物的味道应该比我的味道要浓郁得多吧？"

如果博德的推测正确，那她身上的特殊气味应该就是在与小章鱼通感时染上的。她只是通感一次，就变成怪物眼中的美味，那么作为气味的源头，小章鱼又该多么吸引人呢？

塞西尔提出这个合情合理的设想，然而斯特拉微微皱眉。

"这就是我让你丢掉你的小宠物的原因了……"斯特拉忽然放低声音，一向轻浮的眼神也在一瞬间严肃了起来，"你的小宠物没有你想象的那么吸引人，相反，你的小宠物让人不想靠近。"

塞西尔疑惑地重复了一遍："不想靠近？"

"嗯，感觉你的小宠物的身上有一种刺骨的冷意。"斯特拉在说这句话的时候又下意识地睨了水缸里的小章鱼一眼。

小章鱼依旧一动不动，仿佛没有听到她的声音一样。

塞西尔狐疑地看着斯特拉。恶魔居然会说出这样模糊不清、充满主观意识的话，甚至还用了夸张的形容词。

斯特拉看出塞西尔眼里的疑惑，没有再多说什么，而是抬手拨了下耳边的碎发，娇柔地笑了一下："好了，今天的姐妹夜话到此为止，我要回去睡美容觉了。晚安，小塞西尔，明天见。"说完，不等塞西尔回应，她便径直走向门口。打开门后，她又扭头看了屋里的水缸一眼。

所谓"刺骨的冷意"并不是夸张的说法，而是她的确感受到了，那种慢慢地剖开她的脊骨，将她的神经与脊髓一点儿一点儿地破坏吞噬的阴冷感觉。

好在她现在是小塞西尔的继母，就冲着这个特殊的身份，相信这个怪物也不敢将她怎么样，这也是她敢当着这个怪物的面对塞西尔说这些话的原因。

怎么说她也是一个恶魔呢！斯特拉冷冷地勾了勾唇角，慢悠悠地离开了房间。

屋里只剩下塞西尔一个人，她静静地站在原地，无意识地摸了摸微肿的嘴唇。

柔软的触手悄无声息地缠上她透白的手腕，她垂眸轻轻地扫了一眼，触手慢慢地变成少年修长苍白的手指。

兰尼又靠了过来。

塞西尔坚定地说："不准挑衅我。"

他颇为遗憾地停了下来，从腰后垂下的触手依然在塞西尔的小腿上轻轻地磨蹭，滑腻而潮湿，留下冰冷晶亮的水渍，莫名其妙地让人眼睛一热。

这个坏家伙，亲了她那么久还不满足。塞西尔没好气地拍掉兰尼的手，他顿时不解地眨了眨眼睛。

"先不要乱摸，我有问题要问你。"她平静地说。

兰尼一脸无辜地反问："什么问题？"

闻言，塞西尔微移眼眸，默默地看了水缸里的"小一"三代一眼："你怎么比它还小了？"

兰尼神色自然地回答道："因为它长大了。"

"胡说！"塞西尔不假思索地反驳他，"它的大小一直没有变，我记得清清楚楚，是你变小了。"

兰尼的脸上完全没有说谎被戳穿的尴尬；相反，他还若无其事地走到水缸旁，伸手将小章鱼从水里提了起来。

"那就让它也变小嘛！"他这样说着，捏着小章鱼的手指轻轻地按压了一下。

小章鱼像一只装满血液的口袋，被他轻轻一捏便瘪了下去，蓝色的鲜血黏糊糊地流到地上，自动凝聚到一起，重新幻化成一只新的小章鱼——一只更小一号的，和兰尼的本体一样大小的小章鱼。

这已经不是简单地变小了。

塞西尔一时不知该作何评价？她看着这只小章鱼慢吞吞地爬进水缸里，抬手揉揉额角，然后轻轻地问道："兰尼，你是不是故意变小了？"

闻言，兰尼露出"被你猜出来了"的表情，漂亮剔透的绿眸微微弯了一下："不是故意，是自然地变小。"

"什么叫自然地变小？"她双手环胸，注视兰尼。

"因为你需要我变小。"兰尼伸手比画了一下，认真地说，"如果太大的话，就不能钻到你的袖子里了。"

塞西尔明白了，所以它是特意维持小小的体形，为了让她每天将它带在身边。

亏她还疑惑怎么喂了那么多它都不见长。

"那么你现在究竟多大了？"她冷静地问道。

兰尼微微停顿一秒："也没有很大。"

塞西尔不信："让我看看。"这家伙最擅长撒谎，绝对不能轻易听信他的话。

兰尼闻言，撇了撇嘴，不情不愿地变了回去。浓黑的阴影像墨一样在地面上缓缓蔓延，在塞西尔的注视下，阴影慢慢地变成张牙舞爪的形状，漆黑粗长的触手从里面伸了出来，如同拥抱般软软地环绕住塞西尔的身体。

它比她想象的要大多了。

眼前的小章鱼，已经远远不能用"小章鱼"来形容。它的身躯巨大，比后面的水缸还要宽上一圈，柔软滑腻的触手几乎和塞西尔的大腿一样粗，此时尽数环绕着她，显得她整个人看上去格外纤弱娇小。

这已经不是章鱼了，这是海怪啊！

塞西尔现在的心情很复杂。

她原本一直盼着小章鱼快快长大，这样就可以在莉娜的生日宴上好好吓莉娜一次。结果小章鱼真的长大了，她反而有点儿接受不了。

想起兰尼最近的反常举动，塞西尔总觉得这些触手非常危险。

不行，最近这段时间她绝对不能和兰尼共处一室。她认定了这一点，微一弯腰便从蠕动的触手间钻了出来。

"你快变回去吧，我出去睡。"她避开兰尼的视线，低头跑到床边抱起枕头，然后头也不抬地便跑出去了，根本不留给兰尼反应的时间。

兰尼一脸疑惑：塞西尔这是怎么了？怎么突然一副很怕自己的样子？

兰尼不明所以，仔细地回想今晚发生的一切。

是因为斯特拉说的那些话吗？自从斯特拉离开后，塞西尔的态度就变得有点儿奇怪。

兰尼似乎明白了什么，眸色渐渐变深，触手在地上无声地游动。

真是碍事的东西！

深夜，斯特拉独自躺在柔软的大床上，百无聊赖地拨弄自己的头发。

蠢货凯文又被宫里的事务拖住了，她一个人乐得清闲。这种贵族夫人的生活实在太无聊了，如果没有小塞西尔的主仆契约，她还真想一口吃掉凯文。

看得见吃不着的日子真煎熬啊！斯特拉无聊地打了个大大的哈欠，长腿交叠，轻轻地翻了个身。她准备睡了，虽然她并不困。恶魔不需要睡觉，她只是实在无事可做。

要不数羊吧，不，还是数小塞西尔好了，这样说不定会睡得快一点儿。斯特拉这样想着，闭上眼睛，开始在脑海里数塞西尔——

一个塞西尔、两个塞西尔、三个塞西尔……一盘塞西尔……

她感觉，好像越数越饿了……

就在她沉溺于幻想不能自拔的时候，寂静的屋里突然传来"窸窸窣窣"的声响。

好像有什么进来了。斯特拉瞬间警觉，蓦地睁开紫眸。

一团黑色的浓雾正悬在她的头顶上，在这浮动的雾气中，涌现出无数只绿色的竖瞳，它们密密麻麻地排布在漆黑中，正阴冷地齐齐盯着她。

这一幕几乎可以用惊悚来形容。

斯特拉美目圆睁，几乎瞬间便张开花瓣般的口器。然而那团长满眼睛的雾气比斯特拉的动作更快，它像一阵刺骨的风，"唰"地涌进她的口腔里，然后迅速地填满她的喉咙。

斯特拉身体僵住了，圆睁的紫色眼眸里缓缓流下两行鲜血。下一秒，深红的血液从她的毛孔里"汩汩"涌出，血液像水一样，无声地流了一地。

她微弱地呼吸，慢慢地倒了下去，躺在一片黏稠的血泊中，肢体像干枯的花瓣般迅速地萎缩。

黑雾从血泊中升起，在空中微微停留了一会儿。

死一般的寂静中隐约有笑声回荡。

斯特拉病倒了。

这个消息对凯文来说简直是晴天霹雳。只是几天未见，他美丽的新妻子突然变得半死不活，如同一名重症病人那样极度虚弱和苍白，连呼吸都变得无比微弱，仿佛随时都会死去。

他想起阿诺德和塞西尔的母亲——他因病去世的第一任妻子，一种无言的恐惧再次袭上这个男人的心头，他惊慌地赶往王宫，将王都里最负盛名的医生请到了家里。

斯特拉被迫接受了这个医生的治疗，奄奄一息地躺在床上，寸步难行。

塞西尔觉得这件事太突然了，处处透着古怪。

"不会是你搞的鬼吧？"她望向水缸里的小章鱼。

小章鱼摇了摇圆圆的小脑袋，圆溜溜的眼睛清澈而无辜。

塞西尔没有再追问下去。

经过基恩异变那件事后，宅邸里的气氛明显不如以往轻松了。阿诺德继续调查那些留在骑士团的平民，忙得整天看不到人影。莉娜的状态也不太好，虽然没有生病，但夜里多次被噩梦惊醒，整个人的精神状态不太好。直面怪物的冲击对她来说太大了，她需要一点儿时间来慢慢地淡忘这件事。

只有塞西尔的生活一成不变，她吃完早餐后便和往常一样收拾收拾课本，准备前往学院。

小章鱼从水里伸出湿漉漉的触手，想要爬向她的袖子。

"你待在家里，不准跟着我。"塞西尔突然抬起一只手，阻止了小章鱼继续靠近自己。

小章鱼的圆眼睛里充满疑惑。

"这是针对你昨晚挑衅我的惩罚。"她依然对那件事念念不忘，并借此机会言辞严肃地教训小章鱼，"不可以跟过来，自己在家里好好反省。如果让我发现你偷偷溜出来，我就把你送给博德。"

她的表情认真而冷峻，看上去一点儿开玩笑的意思都没有。

小章鱼被她吓到了，可怜巴巴地眨了眨眼睛，蜷起柔软的触手，慢慢地沉到水底。它不想惹塞西尔生气，怕塞西尔真的会不要它。

小章鱼乖乖地待在水底，甚至还举起一只触手对塞西尔慢慢地挥了挥。

塞西尔满意地勾了勾唇角，这才独自前往学院。

她需要好好冷静一下，或者做些其他不相关的事情来转移注意力，否则她会控制不住地回想起与兰尼接吻的过程，那太糟糕了。

塞西尔一边强迫自己不要再想了，一边向黑塔走去。由于基恩的出现，今天学院里的人并不多，不少学生和莉娜一样状态不佳，正在家里休养调整。

"塞西尔——"有个清亮的声音由远及近，塞西尔闻声望过去，看到一头红发的俊俏小少爷正向她大步走来。

塞西尔："艾利克斯？"她本以为这位胆小的小少爷也会受到惊吓，没想到他居然按时来上学了。

"那个，怎么只有你一个人？"艾利克斯走到塞西尔的面前，挠了挠柔软的火红短发，顾左右而言他，"其他人没和你一起来吗？"

"其他人？谁？"塞西尔挑了下眉，"莉娜？"

"我可没说是她，是你自己说的。"艾利克斯别别扭扭地嘟囔道。

塞西尔转了转眼眸，似笑非笑地说："哦，那就是我猜错了。你没什么事就闪开吧，我还要去上课呢！"

说完，她抬脚便要走，艾利克斯见状，连忙伸手拦住她。

"哎，等一下！"艾利克斯扁起嘴，吞吞吐吐地嘀咕道，"就是莉娜，就是莉娜行了吧？我就想问你点儿问题。"

"什么问题？快点儿问吧。"塞西尔懒洋洋地说，"我赶时间。"

其实她也不是很赶时间，只是忍不住想要逗逗这个小少爷，毕竟他的反应真的很有趣。

艾利克斯并不知道塞西尔的恶劣心思，扭扭捏捏地开口道："那个，她今天怎么没来？是不是被昨天的事情吓到了？"

"嗯。"塞西尔漫不经心地轻哼一声。

艾利克斯听了，顿时紧张起来："那你得带我去看她！"

塞西尔轻飘飘地瞥了他一眼："我凭什么要带你去看她？"

"因为……因为……"艾利克斯白皙的面容涨得通红，憋了半天没憋出个所以然来。

塞西尔托着下巴，悠闲地看着他，心里暗暗发笑。

"因为什么？没有理由我可不会带你回家，毕竟莉娜的心情已经很差了，看到你估计只会更差。"

"我看到她心情还差呢！"艾利克斯立即反驳道。

"哦？既然如此，那就更不能让你们两个见面了，否则你俩一见面就打起来怎么办？"塞西尔耸了耸肩，一副爱莫能助的样子。

"我才不会做这种事！"

塞西尔敷衍地点点头："是是是，你不会，莉娜会，所以还是算了吧。"

艾利克斯气呼呼看着她，明知道她是故意的，却还是一点儿办法都没有。他咬了咬下唇，思索半响，终于不情不愿地提议道："这样，你带我去你家看莉娜，我就带你去猎人鱼。"

塞西尔顿时提起兴趣："是很美的那种吗？"

"都说了很美的那种禁猎！"艾利克斯忍无可忍地低吼道，"是上次那种丑人鱼！你不是见过了吗？"

"噉！"塞西尔嫌弃地嗤之以鼻，"那玩意儿恶心死了，我才不要。"

艾利克斯："那可是我辛辛苦苦才逮到的！你不要就还给我！"

塞西尔神色平淡地说道："已经死了，怎么还给你？"

"什么？"艾利克斯惊呆了。

"总之那么丑的人鱼我才不想要，你还是留着自己猎吧。"塞西尔摇了摇头，作势就要离开，艾利克斯见状，连忙一把拉住她。

"有好看的！"他着急地脱口而出道。

塞西尔侧脸看向他，蓝眸里泛起涟漪："什么？"

"有好看的，不过不是人鱼……"艾利克斯犹豫了一下，还是说出来了，"是蜗牛。"

塞西尔好奇地说道："好看的蜗牛？"

"不，准确来说，应该叫蜗牛女。"艾利克斯脸色不是很好，像是想到了什么糟糕的回忆，"长在蜗牛壳里的漂亮女人。"

第九章
马　蒂

蜗牛壳里的漂亮女人？听上去似乎很有趣。

塞西尔的好奇心立马就被勾起来了，她轻轻地摩挲下巴，幽蓝的眼眸里生出浓厚的兴趣："在哪里？"

"在一个渔村里，是我上次偷猎人鱼的时候意外发现的。"艾利克斯低声说，似乎不是很想提及这个话题。

塞西尔："那只人鱼是你偷猎的？"

"不是……不是啦！"艾利克斯发现自己说漏嘴，连忙反驳道，"那个渔村里都没什么人了，我只是逮一只人鱼也不算偷猎吧？"

塞西尔戏谑地说："也许你偷猎的人鱼就是那里的村民呢。"

"怎么可能？！"艾利克斯被吓得小脸"唰"地变白。

还是这么胆小，这样还要坚持来学院，看来他是真的很惦记莉娜了。塞西尔觉得这位小少爷也挺可爱的，如果可以的话，倒也不是不能帮他一把。

更何况，她对传说中的蜗牛女也很感兴趣。蜗牛壳中的漂亮女人——想想应该挺有美感的。蜗牛女没有她想象的那么特别也没关系，她可以带回去给小章鱼做食物，反正那么丑的人鱼小章鱼都吃下去了，不那么丑的蜗牛应该更没问题。

塞西尔的脸上写满了"想去"两个字，艾利克斯欲言又止，犹豫再三后终于遮遮掩掩地开口道，"但是你最好不要生出偷猎她们的心思，远远地看一眼就行了。"

"为什么？蜗牛女也禁猎吗？"塞西尔好奇地问道。

"不是，是她们太凶残了……"艾利克斯露出后怕的表情，"比那些人鱼凶残多了，我上次差点儿被她们抓住，简直就是千钧一发。"

塞西尔毫不客气地说："那是你太菜了。"

"谁说的？我很厉害的好不好！"

"算了吧，你连斯特拉吓唬人的眼珠子——"塞西尔说着说着突然微微停顿，然后若无其事地转移话题，"总之你还没有我的小宠物厉害呢，你还是老老实实地学法术吧，冒险不适合你。"

"你竟然这么侮辱我？塞西尔，你太……等等，谁的眼珠子？你知道眼珠子？"艾利克斯当场炸毛，没两分钟又开始盯着塞西尔。

"我说你的眼珠子有问题，那么丑的人鱼也能往外送，我看你就是故意抓人鱼来吓唬人的。"

塞西尔强行圆了过去，然后继续绕回刚才的话题："这样，你先带我去见蜗牛女。等抓到一只后，我就带你去看莉娜，还能帮你美言几句，怎么样？"

她像一个诱惑人心的恶魔，声音低柔地在艾利克斯的耳边呢喃，"很划算的交易，你也是这么认为的吧？"

艾利克斯犹豫了。

说实话，那个渔村阴森森的，如果不是因为之前他对人鱼好奇，他还真不想踏入那里。现在要他再去一次也不是不可以，只是目标是那些蜗牛女的话……

他神色踌躇，迟迟没有作出决定。塞西尔打量着他，又慢悠悠地补充一句："也可以提供一点儿其他的信息给你。"

艾利克斯的眼睛瞬间亮了，他急不可耐地问道："你可以告诉我那个突然出现在莉娜身边的舞伴是谁吗？"

"那就要看你配不配合了。"塞西尔笑得意味深长。

"好吧。"他最终还是没有抵挡住诱惑，面色沉重地说，"但我要先回去拿一下我的圣晶石枪。"他的法术只是最普通的水平，没有武器的话，还真搞不定那些蜗牛女。

"随便你。"塞西尔随意地耸了耸肩，"别忘了带点儿鱼饵。"

艾利克斯离开了，塞西尔趁机去黑塔转了一圈。

"蜗牛女？你有把握吗？需不需要我陪你一起去？"博德打了个哈欠，显然才睡醒。

"应该问题不大，当然你要是能给点儿毒药什么的就更好了。"

塞西尔在五颜六色的试剂瓶里挑挑拣拣，试图找出几样称手的药剂。

"毒药就不必了，要抓就抓活的。"博德拿出两只装着湖绿色浓稠液体的透明瓶子扔给塞西尔，掀了掀眼皮，懒洋洋地说，"这个泼出去可以麻痹对方的身体，你多带上几瓶，应该能用得上。"

塞西尔笑眯眯地接下："谢啦，老博德。"

博德："我才二十九岁！"

塞西尔："你上次才说过你已经三十二岁了。"

"那是我记错了！"

塞西尔敷衍地点头："行行行，那就博德小弟，你再去配几瓶给我吧，我给艾利克斯分点儿。"

博德气急败坏地说："我不给！"

塞西尔："那我自己找。"

"等等，你别乱翻！喂！快放下来，那个不能碰……"

从博德那里搜刮了一整包种类繁多的药剂后，塞西尔和取枪回来的艾利克斯一起坐上马车，前往那个偏僻无人的小渔村。

本以为路途不会太遥远，谁知道马车刚进入一片茂密的森林里，他们就迷路了。

这都得怪艾利克斯这个笨蛋，居然不记得去渔村的方向，害得马车只能在森林里来回打转。

塞西尔忍无可忍地训斥他："你不记得路还敢带我来？你故意坑

我呢？"

"我没有不记得路，我只是……只是……"艾利克斯急忙为自己辩解，俊秀白皙的脸庞涨得通红。

塞西尔："只是什么？"

"只是方向感不太好……"艾利克斯底气不足，辩解的声音越来越低。

塞西尔无可奈何地翻了个白眼："蠢货。"

艾利克斯："你！"

"别在这儿你你你了，不认路就赶快下去吧，再这么绕下去，马都晕了。"塞西尔毫不客气地嘲讽他，掀开车帘，率先跳了下去。

这是一片无人管辖的森林，植被恣意生长，茂密繁盛，没有任何可以称之为道路的土地。

在他们像无头苍蝇一样到处转圈的时候，天色已经渐渐暗了下来，此时森林里漆黑寂静，夜色随着塞西尔的深入而逐渐浓郁。

这里看上去似乎没有什么危险，但也不排除在森林深处正潜伏着未知的野兽。

塞西尔微微叹息，从事先准备的背包里拿出一支蜡烛点亮。

身后传来树叶轻微的"簌簌"声，是艾利克斯过来了。

"怎么样？能找到方向吗？"艾利克斯小心翼翼地走到塞西尔的身旁，身体下意识地缩到她的身后。

"你说呢？"

塞西尔举起蜡烛照亮前方的黑暗。满眼都是杂乱的树木，地上堆积着厚厚的腐烂树叶，层层叠叠的树叶中偶尔闪烁着一两点黄色的亮光，像小小的灯泡一样，亮光很快又暗了下去——那是动物的眼睛，看黑暗中的轮廓，多半是些藏匿于此的鸟兽。

"呀！"艾利克斯被吓了一跳，立马抓住塞西尔的胳膊，"那……那是什么？"

塞西尔冷漠地说："是吃人的怪物。"

艾利克斯顿时被吓得小脸惨白："那我们怎么办？要不现在就逃吧！"说着，他就要拉走塞西尔。

塞西尔无奈，只好认认真真地告诉他："拜托你睁大眼睛看看，哪有这么小的怪物啊？最多就是几只猫头鹰，你清醒一点儿吧！真是的……"

艾利克斯被她说得满脸通红，立马不服气地松开了她："我……我只是为了谨慎一点儿。"

"我还是更希望你能把这份谨慎用在看路上。"塞西尔没好气地瞥了他一眼，继续举着蜡烛向前走去。森林里又黑又冷，可以的话，她不是很想在这里度过漫漫长夜。还好今夜的星星很多，在星光的指引下，或许他们很快就能找到走出这里的方向——前提是没有野兽出现。

四周弥漫着浓浓的草木气息，混合着淡淡的潮湿的水汽。塞西尔猜测附近应该有水，于是继续向气味浓郁的深处走去。

艾利克斯怕黑，虽然刚被她嘲笑过，但仍然像个委屈兮兮的小媳妇一样寸步不离地跟着她，生怕不小心跟丢了。

两个人慢慢地走进幢幢树影里，很快，前方传来细微的活水流淌声。水声清越，在这片近乎死寂的森林里显得无比清晰。

塞西尔与艾利克斯对视一眼，循着声音传来的方向慢慢地走过去。

烛光一点点照亮四周，一条静静流淌的细窄河流随之进入他们的视线范围内。

"有河！"艾利克斯兴奋地跑过去，背着他的圣晶石枪便趴到河边，高兴地掬起一捧水。清澈的河水顺着他的指缝流淌下来，在漆黑的夜色里闪烁着粼粼的波光。

塞西尔没有立即走过去，而是举着蜡烛继续在周围的树林里小心巡视。这里有水，说不定也会有隐匿的野兽。艾利克斯这个家伙没有警惕心，她可不能像他一样，否则突然被攻击了都来不及防备。

艾利克斯仍然蹲在水流边洗手，而塞西尔已经举着蜡烛向树林更深处走去。

水声渐渐远去，一阵又一阵的树叶"簌簌"声在塞西尔的周围频频响起。

然后她就在细碎的声响中听到了一道浅浅的呼吸声，很浅，也很有规律，比起野兽的呼吸声更像是人类的呼吸声——前面有人。

　　塞西尔不动声色地握紧手中的蜡烛。烛火摇曳，她在昏黄的烛光下微微眯起眼睛，垂至腰际的长发在夜色中映出浅浅的光晕，素白耀眼，犹如晶莹的冰雪。

　　她唇瓣微动，指尖逸出隐约的幽蓝光点。

　　下一秒，一个身形修长的男人从树影中缓缓走了出来。他生得异常俊美，肤色是冷色调的白，浅金色的长发微微卷曲，松松地搭在肩上，透出一种迷人的闲适与随性。

　　他一看到塞西尔，浅蓝色的眸子里闪过一丝惊讶，然后轻轻地勾起唇角。

　　"请问，"他慢慢地开口，声音低沉悦耳，如同悠扬的大提琴，"您也迷路了吗？"

　　塞西尔指尖的光又灭了下去。

　　她和这个金发男人一起回到了河边。

　　艾利克斯正在到处找她，此时看到她毫发无损地回来了，先是松了一口气，待到看清她身旁的陌生男人后，又夸张地竖起眉毛。

　　"塞西尔，我们都迷路了，你还有心思去……"他说到一半，偷觑男人一眼，然后一把将塞西尔拉过去，嘀咕道，"去勾三搭四，你也太过分了吧？"

　　"勾个鬼！这个人也迷路了，我只是好心把他带过来而已。"塞西尔白了艾利克斯一眼。

　　艾利克斯嘟囔道："嘁，说什么好心，还不是色迷心窍。"

　　塞西尔简直想给他一拳。

　　金发男人不慌不忙地坐下来，用捡来的树枝生起一个火堆，然后抬起脸，笑眯眯地看着他们，说："你们也坐下来取取暖吧，这里还挺冷的。"

　　塞西尔靠近两步坐了下来，艾利克斯见状，也不情不愿地挤到她的身旁坐下。

他可不喜欢这种长相漂亮的男人，一看就很会骗小女生，还好莉娜不在这里，不然他一定会把这个男人撵走。艾利克斯一边在心里默默地发狠，一边拿起一根小树枝拨动火堆。微弱的火苗在他的折腾下越来越小，最后"腾"的一下，熄灭了。

金发男人掏出打火石，笑着说："再点一次吧。"

火堆被重新点燃，这次心虚的艾利克斯不再乱捣鼓，抱着膝盖老老实实地缩成一团，活像一只做错事的小动物。

塞西尔默默地扫了他一眼，眼中的鄙夷十分明显。

"闲着也是闲着，不如来聊聊吧。"浅金发的男人微笑着提议道。

昏黄的火光映出他的衣着，这个男人穿的虽然是绅士们穿的西装三件套，但外套并没有服帖地穿好，反而被随意地搭在肩上，上面粘着一两片落叶，处处透着一种贵公子般的漫不经心。

"我叫马蒂，是个游手好闲的探险者。你们呢？"他慢悠悠地问道。

塞西尔第一次听到有人这么评价自己，于是也不紧不慢地说："我叫塞西尔，是个混吃等死的贵族子弟。"

艾利克斯：这都是什么乱七八糟的自我介绍！

似乎没想到塞西尔会这样回答，马蒂略微惊讶地挑了挑眉，眼中浮现淡淡的笑意："那我们差不多嘛！"

塞西尔："你也是贵族？"

马蒂笑眯眯地补充道："落魄贵族。"

塞西尔："哦，看不出来。"

"毕竟要面子。"马蒂轻松地说，"在穿着打扮上还是要体面一点儿的。"

塞西尔点了点头，露出理解的表情。

艾利克斯觉得自己有点儿插不进话，但是只听他们在那边说也很不爽，所以他决定硬插进去："我叫艾利克斯，是个天赋异禀的天才魔法师。"他骄傲地扬起下巴。

塞西尔：太蠢了！

虽然她没有说出来，但艾利克斯已经从她的眼神里读懂了这句话。

"不准用这种眼神看我！"他面色羞愤，脸颊在火光的映照下显得越发绯红。

塞西尔摇了摇头，懒得和他争论。她将目光移向马蒂，神情冷淡而平静："可以冒昧地问一下，您为什么会出现在这里吗？"

虽然对方看上去没有恶意，但这不代表她可以放松警惕。

马蒂轻轻地笑着说："因为我迷路了。"

"我的意思是，"塞西尔语气认真地说，"您是因为什么迷路的？"

"嗯，告诉你们也没什么。"马蒂摸了摸下巴，漫不经心地说，"我正在寻找一个小渔村，途中误入这片森林里，结果就迷路了，你们呢？"

闻言，塞西尔与艾利克斯无声地对视一眼：没想到这个人的目的地居然和他们的目的地一样。

"是传闻有人鱼出没的那个渔村吗？"塞西尔不动声色地询问道。

"嗯？你们也知道这个传闻？"马蒂的眼睛一亮，显得他俊美的容貌更加熠熠生辉，"莫非你们也是冲着人鱼去的？"

"你怎么知道？"沉不住气的艾利克斯脱口而出道。

马蒂微微一笑："我也是现在才知道的。"

艾利克斯这个笨蛋！

既然已经被对方猜到了，他们也就没有继续隐瞒下去的意义。塞西尔用树枝拨了拨渐渐微弱的火堆，平静地说："我们的确是冲着人鱼去的，可惜还没见到人鱼就被困在这里，看样子今晚是走不出去了。"

"也不一定。"马蒂神情悠闲，看上去十分游刃有余地从马甲口袋里掏出一个古铜色的圆形罗盘，罗盘背面雕刻着精致繁复的浮雕，看上去价格不菲。

"这个罗盘虽然有些年月了，但还是很准的。"他单手打开略显陈旧的铜盖，露出里面精细的指针，"只要跟着这个罗盘走，应该很快就能走出这片森林。"

艾利克斯狐疑地说道："你有罗盘为什么自己不用？"

马蒂耸了耸肩，神情自然得没有半分羞愧："我分不清方向嘛！"

原来也是个路痴。

塞西尔无奈地接过罗盘，马蒂还在一旁提醒她："小心点儿，那是我祖父留给我的宝贝，就这一个。"这家伙，看来的确是个没什么钱的落魄贵族。

塞西尔稍微小心地拿起罗盘，仔细地看了看指针的方向。

"走那里。"她指向漆黑的树林。

艾利克斯闻言，顿时激动地站了起来："那还等什么？我们快走吧！"这种时候他就比谁都积极了。

塞西尔无奈地轻轻叹息，将罗盘合上盖子还给马蒂。马蒂伸出手，从她手里接过罗盘，温暖的指尖无意间擦过了她细腻柔软的指腹。

"啊……抱歉。"他浅浅地笑了一下，浅蓝通透的眼眸像水一样轻轻地荡漾。

塞西尔收回手，冷淡地微动双唇："没事。"

马蒂将罗盘收了起来。

三个人顺着罗盘的方向走下去，没过多久，便走出了这片森林。站在无人的道路边，艾利克斯突然脸色一变："糟了。"

塞西尔和马蒂齐齐看向他："怎么了？"

艾利克斯神色尴尬地说道："我把马车落在森林里了……"艾利克斯见塞西尔脸色阴沉，连忙补充道，"不过没关系！接下来没多远就到小渔村了，最多再走十几分钟，没有马车也没关系。"

塞西尔没有什么反应，马蒂听了倒是面露期待："这么快吗？看来我们还能赶上在那里休息一晚。"

艾利克斯神情犹豫，小心翼翼地偷瞄塞西尔一眼："塞西尔，我们快走吧？"

"嗯。"塞西尔没什么表情地答应了，艾利克斯顿时暗暗松了一口气。

出了森林，艾利克斯的方向感随即变好了。

路痴马蒂理所当然地跟着他们，仿佛他们已经是一个熟悉的团队。他一路上都在抛话题，讲的都是有关人鱼的传说，塞西尔和艾利克斯听得津津有味，倒是完全没有感到无聊。

就这样，大概二十分钟后，他们来到一个荒凉漆黑的村子前。这个村子的位置的确很偏僻，周围都是半人高的芦苇地，一眼望过去看不到一只活物。

浓烈的鱼腥味顺着晚风吹拂过来，塞西尔微微蹙眉，正要抬手遮挡鼻子，一条柔软的手帕突然出现在她的眼前。

"拿去用吧，能挡住一点儿气味。"马蒂微微弯腰，侧过脸看她。他的嘴角噙着温柔的笑意，眼睛也是弯弯的，像两弯明亮漂亮的月牙儿。

塞西尔垂下睫毛，默默地接过手帕按住鼻子。手帕上传来沁人心脾的淡淡清香，冲散了风中的鱼腥味。塞西尔轻轻地吸一下，客气地说："谢谢。"

马蒂闻言笑了一下，双眸犹如揉碎的星光般闪耀："你帮我找到小渔村，应该我谢谢你才是。"

一旁默不做声的艾利克斯突然不满地开口道："不是我帮你找到的吗？"

马蒂微微停顿，然后也对他笑了一下："那我也给你一条手帕？"

艾利克斯沉默几秒，然后嫌弃地皱了皱眉："不用了。"

这个马蒂，肯定是想勾搭塞西尔。塞西尔那个男仆没有跟过来真是可惜，不然他就有好戏看了。艾利克斯想起那个黑发绿眸的美丽少年，不由得遗憾地叹了口气。

艾利克斯在这边遗憾兰尼没来，躺在床上半死不活的斯特拉正在咒骂兰尼。

别人不知道，她却很清楚，当晚差点儿杀死她的不是别的，就是塞西尔身边那只长着触手的、乌漆墨黑的怪物。

它们散发着同样的气息，同样冰冷彻骨，令人战栗。

至于那家伙为什么会留她一口气，大概是因为塞西尔吧。

那家伙肯定是怕塞西尔生气。

塞西尔这个人类，虽然看上去温温柔柔的，但其实内里冷血又恶劣。碰上她在乎的人还好，如果是她不在乎的人，她才不管对方的死活。

而斯特拉这个恶魔刚好处于一个微妙的界限之间，不能算是她在乎的对象，但又不能死——毕竟是她签下的第一个恶魔，对她多少有点儿特殊意义，或者说，多少有点儿利用价值。

所以斯特拉不能死。同样的，只要她死不了，怎样塞西尔都不会在乎。

斯特拉回想起那晚自己被重创后听到的恶劣笑声，被气得几乎要咬断舌头。

"夫人，不要激动。"一脸严肃的中年男医生沉声说道，"您的心跳又变快了。"

斯特拉冷冷地扫了他一眼。

凯文请来的这个医生实在令人烦躁，不仅对她没有任何帮助，还只会让她吃药、静养，简直就是狗屁不通。

她可是恶魔！除了人类，还有什么药能对她有用呢？

是的，她现在最需要的是新鲜的人类。

斯特拉沉默了一会儿，突然勾了勾殷红的嘴唇，神态妩媚地抬手揩唇："医生，请问我还有救吗？"

医生目不斜视，慢慢地将听诊器从斯特拉丰满的胸前移开："当然有救，只要夫人老老实实地遵守医嘱。"

斯特拉轻轻地笑着问道："那您的医嘱是什么呢？"

医生平淡地回答道："待在房间里，什么都不要做。"

闻言，斯特拉微微蹙眉，宝石似的紫眸里浮出淡淡的忧愁与恼怒："医生，您真的会治病吗？难道您看不出来我快死了吗？什么都不要做，是让我等死的意思吗？"

医生默默地瞥了她一眼，将听诊器收进自己的医疗包里。

"我只会替人治病。夫人，您的病我爱莫能助。"

斯特拉微微一顿，而后眼波流转："你的意思是……我不是人？"

"我也不确定您是什么，但应该和人没什么关系。"医生站起身，后退一步，微微鞠躬，"请放心，我不会对莱维特伯爵多说一句，您大可放心地继续养病。"

她居然被看出来了！也对，毕竟她现在太虚弱了，不仅虚弱，还无比饥饿。

斯特拉轻轻地擦拭嘴角，眼中浮动着紫色的、迷幻的幽光，她的眼神勾勾缠缠，像蜘蛛丝般牢牢地粘在中年医生的身上。

这个人类虽然有些老，但保养得还可以，肉质看上去比贫民区里那些穷人要好多了，闻上去也没有什么异味。

很好，很不错。

斯特拉轻轻地咽了下口水。

"医生，如果你真的想让我好好养病……"她的声音又低又柔，犹如梦中的呓语，"能不能给我开一味药呀？"

"什么药？夫人请说。"

斯特拉发出一声轻笑，细长的舌头伸了出来。那殷红的嘴唇越张越大，逐渐开裂，在医生惊恐的眼神中，慢慢地变成四分五裂的巨大口器。

"这个药，当然是你呀！"

医生还来不及发出惊叫，就瞬间被长满利齿的口器咬下了头颅。

斯特拉满足地抹了抹染血的嘴唇，慢慢地伸了个懒腰："嗯，感觉好多了。"

医生离开了，从王宫归来的凯文甚至没来得及看到医生驶走的马车。

他刚一回来就看到斯特拉正赤着双足在屋里走来走去，虽然脸色依旧苍白，但精神看上去已经好多了。

"亲爱的，你怎么样？霍罗特医生怎么不打声招呼就走了？我还没来得及问他你的病情呢。"凯文连忙赶过去扶住斯特拉，一脸担忧地询问道。

斯特拉虚弱地笑笑："他说我的病没什么好看的，多休息就好，根本不需要他出马。"

"怎么可能？这个庸医！"凯文愤怒地说，"你都这样了还没什么好看的？我看根本就是他治不了找出来的借口。"

斯特拉轻轻地拉住凯文的手，声音柔和而平缓："不怪他，其实我也觉得没什么。你看，我现在已经能正常走路了，再休息一段时间应该就能恢复了。"

凯文担忧地说道："真的没什么吗？要不要我再去找一位医生给你看看？"

"不用。"斯特拉轻轻地摇头，"我现在就想到处转转，呼吸一下新鲜空气。对了，小塞西尔呢？我想去找她聊聊。"

凯文愣了一下："塞西尔好像还没有回来。"

"啊？"斯特拉大惊，"已经这么晚了，她还没回来吗？"

凯文微微皱眉："大概是去朋友家里玩了。这孩子也真是的，不回来也不说一声。"

那你这个当爹的也不知道去找找？斯特拉简直想给这个男人一巴掌，恶狠狠地瞪了凯文一眼，提起裙子便跑了出去。

一转眼，斯特拉便跑到了塞西尔的房门前。

房门被锁上了，但她如今是这座宅邸的女主人，自然有各个房间的备用钥匙。不过塞西尔的房间是特殊的，所以这个房间的钥匙也被斯特拉藏在了一个绝对隐蔽的地方——斯特拉微微张口，将细长的手指伸了进去，一把金色的钥匙被她从喉咙深处拿了出来，上面沾满了透明的黏液。

她用这把钥匙打开门，小心谨慎地走了进去。不知道那只奇形怪状的怪物有没有在屋里，她得小心一点儿，以防再被它攻击一次。

斯特拉小心地探出脑袋，向水缸的方向一瞥——水缸里只有一只小章鱼，正在无比悠闲地吐着泡泡。

斯特拉：它果然在！

斯特拉被吓得一把关上门，拔腿就跑，一直跑到了二楼的走廊里才气喘吁吁地停了下来。

嗯……等等。

她突然想到了什么，慢慢地直起身子，狐疑地向下望去。

如果没记错的话，那个水缸里应该有两只小章鱼才对，怎么只剩下一只了？

塞西尔一行人慢慢地走进小渔村里。

虽然在外面看不出来什么，但进入村子里后，塞西尔还是忍不住蹙起漂亮的细眉。

这个村子实在是太令人作呕了。放眼望去，到处都是深浅不一的泥沼，泥沼呈破败的灰绿色，黏稠而腥臭，虽然看不到任何鱼虾，但里面一直在"咕嘟咕嘟"地冒泡。房屋的墙体上遍布深绿色的苔藓，苔藓上长着密密麻麻的藤壶，远远一看，就像无数只无神的眼球。

除了恶劣的坏境，村里的鱼腥味也远比外面的更加浓烈，混浊的空气中除了鱼腥味，还处处散发出一种类似死尸般的腐臭味，令人闻了感到一阵胃液翻涌。塞西尔下意识地捂紧手帕，而一旁的艾利克斯已经控制不住地干呕起来。

"哕……怎么回事？上次来的时候还没这么恶心……"他一边低头干呕，一边难以置信地抱怨道。

马蒂扫视周围一圈，淡淡地开口道："这里毕竟没有人居住，会变得越来越脏也很正常。"

艾利克斯："这里已经不是脏那么简单了吧？"

马蒂没有和艾利克斯在这个问题上纠缠下去，低头瞥一眼，突然伸手拉住塞西尔的胳膊："小心！"

塞西尔正好站在一块长满苔藓的石块上，被马蒂这么猝不及防地一拉，脚下一滑，身体顿时不受控制地向后倒去。马蒂见状，连忙上前一步伸出双臂，顺势接住了她。

塞西尔感觉到自己的后背正抵在男人温暖宽厚的胸膛上，她眉头一跳，立马站直身体，与他拉开一点儿距离。

"怎么了？"她转头望向身后的马蒂。

马蒂抬手指向她的脚下："刚才，那里有东西浮出来。"

"啊！"艾利克斯闻言，顿时惊恐地跳到塞西尔的身旁，像小鹌鹑般紧紧地贴着她，"什么东西？！"

塞西尔无奈地瞥了艾利克斯一眼。她还没害怕呢，他跳什么？

马蒂被胆小鬼小少爷的反应逗笑了，轻弯眼睛，眼中浮起随性的笑意："我也没有看清，可能是鱼虾之类的吧。"

"鱼虾有什么好小心的？大惊小怪。"自知丢人的艾利克斯脸颊泛红，还好周围很黑，没有人发现他这点儿细微的变化。

马蒂微笑了一下，没有再说什么。他走向一旁距离他们最近的石屋，抬头看了一眼墙上密密麻麻的藤壶，遗憾地叹了口气："本来还想在这里休息一晚，现在看来是不行了。"

艾利克斯嫌弃地撇了撇嘴："这么恶心的地方还想休息？还是快点儿找人鱼吧，这鬼地方多一秒我也不想待了。"

塞西尔没有说话，只是微微抬眸，无声地望向渔村深处。银色的星光照耀下，绿色的泥沼呈现出诡异的光泽，大大小小的气泡绵延不绝地浮出水面，仿佛正有什么可怕的生物潜伏在泥沼之下。

突然，她感觉到有一个凉凉的东西爬上了自己的小腿，立刻低下头。修长莹白的小腿上空无一物，除了微微拂动的裙摆，她并没有看到任何奇怪的东西。

她收回视线。

很快，那种冰凉而又滑腻的触感又出现了，她能够清晰地感觉到有什么柔软凉滑的东西正沿着她的小腿，慢慢地向上游走。这种触感太熟悉了，熟悉到她的耳根已经开始透出可疑的粉红。

"停下！"塞西尔忍不住发出一声低低的呵斥。

马蒂和艾利克斯齐齐看过来："什么？"

塞西尔身体一僵。

"没什么。"她掖住裙摆，若无其事地说。

如果说刚开始塞西尔还没有反应过来，那么在之后那种滑腻黏湿的触感爬满腿窝后，就算肉眼看不到任何东西，她也能准确无误地感觉出来了。

除了小章鱼，再也没有其他生物能给她这种感觉，也再也没有什么人的触碰能让她在瞬间生出细密的鸡皮疙瘩。肯定是兰尼跟过来了，而且这家伙还故意不让她看到，试图隐瞒自己存在的痕迹。

兰尼太不听话了，根本就没把她的警告当一回事！

她很想将这只可恶的小浑蛋揪出来，然而现在艾利克斯和马蒂都在一旁看着，实在不好轻举妄动。

塞西尔在短短一瞬间调整好表情，马蒂微微侧头注视她，平静的目光中暗含着探究。

"你真的没事吗？"他关心地询问道，余光轻轻地扫过她裸露的小腿。

少女的小腿笔直修长，在一片肮脏的污秽中更显得莹白干净，在阴暗的光线下，她的肌肤通透而耀眼，泛着冷月般的质感。

非常美的一双腿，漂亮得令人移不开眼。只是，小腿肚上似乎有一点儿透明的水渍，是从什么地方沾上的呢？

马蒂目光莫测，嘴角依然噙着淡淡的笑意。

塞西尔神色如常，仿佛刚才那一瞬的失态只是他们的错觉。

"没事，只是腿上被什么东西碰了一下。"她说，"估计是水里的虫子之类的吧。"

兰尼：又说他是虫子！

兰尼不太高兴，透明的触手顺着塞西尔的左腿微微蠕动，黑色的荷叶裙摆因此轻轻地起伏了一下。现在并没有风，所以这个小小的起伏便显得有些诡异。

塞西尔下意识地咬了咬柔嫩的下唇。有点儿痒，但是她又不敢动。

马蒂默默地看了她一眼，隐在黑暗中的眼神有点儿微妙的暧昧，但他最终什么都没有说。倒是艾利克斯听到塞西尔说水里有虫子，立马又紧张起来。

"水里有虫子？该不会是水蛭吧？那玩意儿会咬人的。"

塞西尔心不在焉地安抚他："不是水蛭，我只是被碰了一下，没有被咬。"

"真的？"艾利克斯一脸紧张地四处张望，"不是最好，我们还是快点儿找蜗牛女吧，这个地方太脏了，我可不想在这里过夜。"

塞西尔当然也想尽快找到蜗牛女，然而现在这里多了一个捣蛋鬼。

她忍着腿上的痒意，张了张嘴，正要提出分头行动，马蒂突然开口道："蜗牛女？什么蜗牛女？"

艾利克斯丝毫没有说漏嘴的自觉，"啧"了一声，不耐烦地解释道："就是长在蜗牛壳里的女人，好了我们现在就去找，你也要帮我们找，否则我们可不帮你找人鱼。"

"蜗牛壳里的女人……"马蒂面露兴味，"好像很有趣，好，我和你们一起找。"

塞西尔简直想掐死艾利克斯。本来她还想单独行动顺便揪出小章鱼，现在可好，三个人绑在一起了。

柔软的触手仍然在她的腿上轻轻地扫动，细长的触手像水纹一样拂过，虽然肉眼看不见，却在少女柔嫩素白的肌肤上留下了透明的水渍，这感觉糟透了。

塞西尔忍住伸手去拍的冲动，先是无奈地长叹一口气，然后抬眸对艾利克斯扬了扬下巴："艾利克斯，把你包里的绿色药剂递给我。"

"绿色药剂？"艾利克斯依言从背包里翻出一只装着绿色液体的小玻璃瓶，疑惑地举起来摇了摇，"这里面是什么？"

"强力麻痹剂。"塞西尔平静地回答道，从艾利克斯手里接过玻璃瓶。

艾利克斯大惊："你要这东西干什么？"

"以备不时之需。"塞西尔打开玻璃瓶闻了一下，言辞间意有所指，"如果水蛭再爬到我的腿上，这个药剂就能派上用场了。"

艾利克斯一脸震撼地看着她："那样你自己也会被药剂毒到的吧！"

塞西尔阴恻恻地说："那就同归于尽，反正我不允许任何东西在我的腿上动来动去。"

此话一出，她腿上那种凉滑黏腻的蠕动顿时停止了。

很好，看来她的震慑起作用了。塞西尔满意地勾了下唇角，又将玻璃瓶盖塞回瓶子里。

同样被震慑到的艾利克斯呆呆地看着她，在心里不断地警告自己：塞西尔的确是个狠人，绝对不能招惹她！

暗示完腿上那只不安分的小家伙后，塞西尔率先抬脚，若无其事地向渔村深处走去。说实话，原本她还对黑漆漆的沼泽地有几分忌惮，如今被小章鱼这么一闹，她已经完全无所畏惧了。

或者说，她不是无所畏惧，而是根本没有心思去想别的可怕的事情。

她现在只想把不听话的小章鱼从腿上揪下来，然后狠狠地教训一顿。

说好的乖乖地待在家里，这家伙倒好，最后还是偷偷摸摸地跟过来了，不仅如此，还故意隐藏自己不让她看到，这简直就是公然叫板，肆意挑衅她作为饲主的权威和威严，太欠揍了。

看不见的触手仍然缠在塞西尔的腿上，细细的一圈，像一只柔软而牢固的腿环。

塞西尔一边走在前头，一边不动声色地垂下手摸了摸，指尖还未触及小章鱼的身躯，一直不动的触手居然灵活地转移方向，飞快地爬到了她的另一条腿上。

她心里很气，偏偏艾利克斯和马蒂就在身后，又不能当着他们的面收拾小章鱼。没办法，她只好加快步伐，尽量让自己忽略那滑腻冰凉的触感。

突然，身后的艾利克斯大喊一声："塞西尔，前面有东西！"

塞西尔闻声，立刻抬眸向前望去——

冒着气泡的黑绿色泥沼中，一只外形丑陋的人鱼正悄无声息地探出脑袋，直勾勾地盯着她。

这只人鱼和艾利克斯偷猎的那只一样，鱼头肿胀，鱼眼暴凸，身上长满了密密麻麻的疙瘩，和墙上那些恶心的藤壶很像。

暗淡的月光倾泻下来照到人鱼的身上，塞西尔可以清晰地看到那些大大小小的疙瘩里正在"扑哧扑哧"地冒着绿汁。

"哕……"身后再次响起艾利克斯的干呕声。

一对上塞西尔的目光，人鱼突然张开血盆大口，腥臭的口气扑鼻而来。几乎是在一瞬间，人鱼发出一声刺耳的尖啸，然后一个鲤鱼打挺，从黏稠的泥沼中飞跃而出，猛地扑向塞西尔。

"小心！"

一声疾呼响起，闪耀着神圣光芒的银色长枪从她身侧擦肩而过，瞬间刺穿人鱼肥硕的尾巴。人鱼发出一声痛苦的号叫，只听"砰"的一声，人鱼的身躯又重重地摔下去，溅起无数泥点。

塞西尔先一步退回到后方，幸免于难。倒是冲到前面的艾利克斯，猝不及防，当场便被摔落的人鱼溅了一身泥点。

"好恶心。"他无比嫌弃地伸手去抹，慢慢走近的塞西尔顺手将马蒂的手帕递给了他。

"拿去擦擦，擦完记得洗干净还给人家马蒂。"

马蒂："还是送给你吧。"

艾利克斯扁了扁嘴，用力地擦拭脸上的泥点。摔进泥沼里的人鱼仍在费劲地扑腾，好在圣晶石枪的威力十分强大，人鱼除了无力地挣扎，根本无法撼动分毫。

"这里的人鱼好像也越长越丑了，这个鬼地方有毒吧？"艾利克斯心疼地看着那支无比耀眼的银色长枪，一张俊俏白皙的小脸垮了下来。

那只人鱼的尾巴还在流着脓水一样的绿汁。天哪！他的宝贝长枪要被污染了！

艾利克斯跃跃欲试，恨不得立刻就将长枪拔下来。塞西尔凑过去看了看，嘀咕道："不知道兰尼吃不吃这个。"

"什么？"艾利克斯一脸惊恐地扭头看向她，"你家兰尼连这玩意儿都吃得下去？！"

马蒂饶有兴致地插嘴道："兰尼是谁？"

眼看着艾利克斯的嘴像漏斗一样越倒越多，塞西尔终于忍无可忍地一巴掌堵住他的嘴："你给我闭嘴，再废话我就把人鱼塞到你的嘴里！"

艾利克斯立马安静了，墨绿色的杏眼求饶似的眨个不停。

救命！他可不敢吃这鬼东西，会死人的！

人鱼仍然在一旁用力地扑腾，塞西尔轻轻地扫了一眼，干脆直接地转移话题："马蒂，这是你要的人鱼，你带走吧。"她是在委婉地撵马蒂走。这个家伙比艾利克斯敏锐多了，他在这里，她实在不好做小动作。

　　本以为马蒂会喜悦地应下，然而这个男人摇了摇头："这只人鱼太丑，我已经不想要了，我还是和你们一起去找蜗牛女吧。"

　　她几乎都要怀疑这个人是故意的。

　　马蒂不要，艾利克斯也舍不得继续用自己的圣晶石枪串人鱼，干脆一脚踩在人鱼的脑袋上，用力地将圣晶石枪拔了出来。

　　人鱼得到解放，正要钻入泥沼里，一道幽蓝的火焰忽然笼罩住它，滚烫的鱼油混合着绿汁从它的体表"吱吱"地渗出，它再次痛苦地尖叫起来。

　　塞西尔抬着施展法术的右手，对另外两个人说："你们先去找蜗牛女，等我处理完这只人鱼，就追上你们。"

　　闻言，艾利克斯面露担忧："你还是和我们一起吧，要是待会儿你一个人走丢了怎么办？"

　　塞西尔神色淡淡地说道："你以为我是你呀，这么容易走丢。好了，你们快点儿去找吧，别浪费时间。"

　　"好吧。"艾利克斯握紧银色长枪，妥协地转身向前望去。

　　隔着高矮不一的石屋和坑坑洼洼的泥沼，前面隐约有一处黑漆漆的阴影，远远望过去像是一个泥石堆砌的山洞，看上去有点儿像是他之前见过的岩洞，如果没有记错的话，蜗牛女应该就在那里面。

　　说实话，他有点儿害怕进去，但是又不能让这个马蒂看扁了。

　　先进去探探路吧。

　　艾利克斯硬着头皮走过去，马蒂没有发表意见，安安静静地跟着艾利克斯离开了。临走之前，马蒂看了挣扎扑腾的人鱼一眼，目光微移，又落到塞西尔的身上。

　　刚才马蒂看得很清楚，这只人鱼是冲着塞西尔来的，这究竟是巧合还是别的什么原因，他需要再观察一下。

　　两个碍事的人终于走远了，塞西尔紧绷的神经瞬间松懈下来，她长舒一口气，下意识地想要找个东西靠一下。

两只粗长柔软的触手慢慢地从她的身后环住她纤细的腰肢，还有两只细一点儿的小触手缓缓缠上她的大腿根，像黏人的小猫一样在她的肌肤上轻轻地磨蹭。

它们都显出了暗色，即使在昏暗的光线下，也能看到上面布满了漆黑的圆形吸盘，正随着触手的游动一张一缩，规律而平缓，犹如绵长安静的呼吸。

塞西尔的脸微微红了一瞬。

她回过头，看到黑发绿眸的少年正站在她的身后，察觉到她的视线后，他立刻抬手捂住自己的眼睛。

"别捂了，我又不是瞎子。"塞西尔好气又好笑地说道。

兰尼慢慢地张开手指，从细长的指缝里露出两只浓绿晶亮的眼睛。

他的眼睛一眨一眨的，比天上的群星还要璀璨，眼波无声地流转，掩在漆黑卷翘的长睫下，泻出剔透美丽的幽幽碧光。

对上这样一双潋滟的眸子，很难有人能把持得住。

但塞西尔把持住了，不仅如此，还一脸冷漠地将兰尼的触手从自己的腰间、腿上一根根地扯了下来。

兰尼的神情逐渐变得紧张："塞西尔，你生气了吗？"

废话。塞西尔面无表情地注视兰尼，他下意识地收起触手——塞西尔很生气，他闻出来了。

"我不是不让你出门吗？你怎么又跟过来了？"

兰尼眨巴眨巴眼睛，无辜地辩解道："因为你一直没有回来。"

塞西尔依旧面无表情，冷冰冰地问道："我没回来又怎么了？"

她站在兰尼的面前，与他隔着大概半米的距离。月光流淌在她纯白耀眼的发丝上，将她的脸映得和月色一样冷。

兰尼看着她，兰尼碧绿的眸子湿漉漉的，声音又低又软，透着一股莫名其妙的委屈："我想你了。"

塞西尔幽蓝的瞳孔微微扩大。短暂的沉默后，少女严肃冰冷的表情有所缓和："就算是这样，你也不可以不经过我的允许就……"

兰尼继续可怜兮兮地问道："你不想我吗？"

这……这个家伙犯规！

她白皙的脸庞一点点地泛起可疑的浅红。兰尼见她的态度开始松动，趁机伸出双臂，上前一步，松松地环住了她的腰。他俯下身，靠近她小巧可爱的耳骨，轻声重复了一遍："塞西尔，你不想我吗？"

"不想。"她故作冷硬地回答道。

他们仅仅只是一天没见而已，怎么可能这么快就想了啊？！而且他们只是饲主和宠物的关系，为什么要讨论想不想的话题？这很奇怪也很没必要吧？

塞西尔心里有点儿乱，心跳也有点儿莫名其妙地微微加速。

她不停地在心底提醒自己，这个家伙会吃她，这个家伙会吃她……然而不等她的思绪平静下来，兰尼突然低下头，开始慢慢地舔她的耳朵。

柔软的舌头细致而缓慢地描摹她的耳郭，留下黏答答的透明水痕。塞西尔还未来得及平缓的心跳再次加快，随着心跳一同加快的还有她的呼吸。

她的呼吸微微急促，正在认真舔舐的兰尼随即轻轻地笑了一声，笑声轻快而愉悦，听得出来他现在的心情很好。

塞西尔的小脸瞬间红透了。

"你给我老实一点儿。"她一把推开兰尼，眼神闪躲地移向一边，"这里还有一只人鱼呢，你不要妨碍我。"她边说边看向泥沼中的人鱼，却在看到眼前的一幕后讶异地睁大了双眼——黏稠的泥沼里空无一物，别说人鱼了，连片鱼鳞都没有。

怪不得刚才那么安静——不对，怎么回事？那么大一只人鱼呢？

塞西尔疑惑地四处张望，兰尼见状，上扬着唇角问她："塞西尔，你在找什么？"

塞西尔头也不抬，只用手随意地比画了一下："我在找刚才那只人鱼。"

"那只人鱼啊……"兰尼露出恍然大悟的表情，漫不经心地说，"已经被我吃掉了。"

她震惊地问道："什么时候？"

"就是刚才。"兰尼从腰后慢慢地伸出一只滑腻湿润的触手，细细的末梢微微蜷曲，乖巧地伏在塞西尔的面前，"是被它吃掉的。嗯，就叫它小五吧。"

他是真的很喜欢给自己的触手起名字，虽然起的名字都很随便。

塞西尔心情复杂地看着这只触手，伸出手在它低伏的末梢上慢慢地摸了两下。被命名为"小五"的触手被塞西尔摸得微微颤抖，同时又微微抬高末梢，轻轻地蹭着塞西尔的手心，看上去似乎十分享受塞西尔的抚摩。

连触手都很享受，那触手的主人……塞西尔下意识地抬眸看向兰尼，果然，他正舒服地微眯眼睛，上半身也无意识地倾向塞西尔，毛茸茸的脑袋微微歪斜，整个人就像一只餍足的猫咪。

可爱。

塞西尔抿了抿唇，忍不住又屈起手指，在凉滑的触手上轻轻地刮了一下。

这下兰尼更舒服了，不仅是触手，他浓密如蝶翼的睫毛也轻轻地颤动，半闭的潋滟绿眸里透出一种近乎淫靡的艳丽。

"塞西尔，"他微微张口，分叉的舌尖在唇间若隐若现，"再摸摸我。"

塞西尔手下一抖，连忙收起手，一边转身向艾利克斯离开的方向走去，一边用冷淡的语气说："我要去找蜗牛女了，你要是还想跟着我，就乖乖地变回小一的样子，不准再偷偷捣乱。"

少女温暖的手指离开了他的肢体，这让他顿时感到有点儿空落落的，不只是身体，心里也感觉很空虚，很不舒服。

兰尼不高兴地"哦"了一声，慢吞吞地变回黏腻的小章鱼，然后伸出纤细柔长的触手，像荡秋千那样轻盈一荡，准确无误地落到了塞西尔的肩膀上。

兰尼的花样还挺多。

她本想让小章鱼藏到她的袖子里，但突然想起之前这家伙在她的腿上爬来爬去，本欲说出口的话顿时又憋了回去——她可不想再让这个黏糊糊的小东西在她的裙子里钻来钻去了。

默默地平复好难堪羞赧的心情后，塞西尔将小章鱼拿到手里，严肃地说："听好了，接下来你只准待在我的手上，除此之外，哪也不准去，更不准跑到我的裙子里或者爬到我的腿上。"

小章鱼乖乖地点了点圆乎乎的小脑袋，玻璃珠般透亮的眼睛纯洁而干净，轻轻一眨，几乎能沁出水来。

装模作样！塞西尔没好气地白了它一眼，抬腿向黑漆漆的阴影处走去。

正如艾利克斯所猜测的那样，这的确是一个天然的岩洞。

岩洞里面的湿气极重，到处都是潺潺的流水声，四周的岩壁潮湿而滑腻，表面上覆盖了一层厚厚的苔藓，摸上去的手感十分令人不适。唯一欣慰的一点是这里没有密密麻麻的藤壶，最起码在视觉上不用再饱受折磨了。

塞西尔举着蜡烛走了没多远，就听到艾利克斯的叫声带着重重的回音从岩洞深处传来："塞西尔，你快过来，我们在这里面！"

塞西尔循着声音找过去，刚绕过重重叠叠的岩壁，一片粼粼的水光便晃了一下她的眼。

她来到一片清澈幽深的水域前，艾利克斯和马蒂正站在这里等她。

"你终于来了，我还以为你迷路了呢。"艾利克斯对她招招手，同时压低声音，"快过来看，这里有一个空的大蜗牛壳。"

塞西尔闻言，慢慢地走了过去。

正如艾利克斯所言，在距离他们不远处的水面上，倒置着一个巨大的灰色蜗牛壳。蜗牛壳上布满怪异的黑青色纹路，因水面的折射呈现出凹凸不平的光泽。

她从未见过这么大的蜗牛壳。

塞西尔微微蹙眉："你怎么就能确定这个蜗牛壳是空的？"

艾利克斯："肯定是空的，我用圣晶石枪捅过了，没有任何反应。"

塞西尔仍然感到狐疑。

这个蜗牛壳刚好倒置在水里，从他们的角度根本看不到壳里有没有东西。不知道是不是光线的原因，她总觉得这个蜗牛壳在微弱地"呼吸"。

以防万一，她将那只装有强力麻痹剂的玻璃瓶拿了出来。下一刻，她看到巨大的蜗牛壳微微地动了一下，与此同时，她听到了小章鱼舌头轻舔的声音。

人不能……至少不应该什么都吃。塞西尔很想这么教育兰尼，但仔细一想，兰尼根本就不是人。

算了，兰尼想吃就吃吧，吃饱一点儿就不会惦记她的肉了，这对她来说是好事啊。

塞西尔看着眼前发出细碎声响的蜗牛壳，心里为蜗牛女默哀一秒，然后慢慢地后退两步。

"塞西尔，怎么了？"站在她身旁的艾利克斯疑惑地询问道。

塞西尔尽量放低声音，轻声细语地说："蜗牛壳在动。"

"在动？"神经大条的艾利克斯显然还没有发现这一点，睁大杏眼，好奇地伸着脖子，向前方望去。

又是一阵细微的动静在水里响起，伴随着"咕嘟咕嘟"的气泡声，比一个蜷缩的成年人还要大上一圈的蜗牛壳微微颤动，缓慢地翻过面来。

一具呈灰青色的、皮肤和血肉半透明的曼妙躯体从蜗牛壳的下面露了出来。

说是一具躯体并不十分准确，因为她实际上只有赤裸的上半身，腰部以下连接着厚厚的蜗牛壳，半透明的青灰色黏膜将壳与肉相连，共同组成庞大而笨重的下半身。

虽然还没有看到脸，但从这个身材来看，她的确可以被称为是美丽的女性——虽然死气沉沉的肤色不太符合人类的审美。

蜗牛壳中的女性低着头，长长的犹如蜘蛛丝的头发垂在胸前，遮挡住饱满的胸脯。她腰肢收缩，身下沉重的厚壳随着她的扭动慢慢地向前，在水中缓慢地拖曳。空旷阴冷的岩洞里回荡着蜗牛壳移动的声响，迟缓而滞涩，仿佛在岩石上拉扯一般，让人听了牙根一阵发酸。

"她好像爬得很艰难啊，会不会是哪里受伤了？"艾利克斯凑到塞西尔的身边嘀咕道。

塞西尔轻瞥他一眼："你见过爬得快的蜗牛？"

艾利克斯："倒也没有。"

他们站在原地纹丝不动，默默地看着蜗牛女慢慢地靠近。站在两个人后方的马蒂轻轻地摩挲下巴，看了看蜗牛女，又看了看塞西尔，眼中的兴味越来越浓厚。

蜗牛女在塞西尔的前方停了下来。

艾利克斯握紧手里的圣晶石枪，小声推测道："她都没有像人鱼那样攻击我们，肯定是受伤了。"

"嘘。"塞西尔抬起食指抵在唇边，双眸牢牢地盯紧蜗牛女。

受没受伤不重要，重要的是他们怎么才能把蜗牛女带回去。虽然听上去小章鱼很想用它填肚子，而塞西尔直至刚才为止也是这么打算的——但她现在改变主意了。

塞西尔还是觉得，让这么一个少见的美人和丑陋的人鱼一个下场未免有点儿暴殄天物，还不如带回去好好养起来。

就在她这样打算的时候，眼前的蜗牛女终于慢慢地抬起了脸。

塞西尔在心底轻轻地"哇"了一声。

这是一张令人过目不忘的脸。半透明的、青色的脸庞美艳而空灵，皮下血络错综清晰，透出人类所没有的妖异。尤其是她的眼睛，浅淡的眸子通透而特别，瞳孔中的纹路像水纹一样一圈圈地荡开，充满了迷幻炫目的美感。

如今这双独特的眼睛正直直地盯着塞西尔。塞西尔从蜗牛女的眼中看不到任何属于人类的情绪，甚至可以说是一片空白，塞西尔唯一能够感觉到的就只是蜗牛女在单纯地"看着"自己而已。

"的确是长在蜗牛壳里的漂亮女人。艾利克斯，你的审美总算正常了一次。"塞西尔忍不住轻声赞赏道。

"那当然，也不看看我是谁……"艾利克斯骄傲地扬起下巴，正要又个腰得意一下，忽然意识到哪里不对，"等等，你是在夸我吗？怎么听上去那么别扭？"

塞西尔懒得搭理艾利克斯，而是定定地看着蜗牛女，生怕惊吓到她，于是尽量放轻动作，小心翼翼地向她伸出一只手。

蜗牛女呆呆地看着塞西尔，眼神空洞，看上去没有任何思考的能力。她也学着塞西尔的样子慢慢地伸出一只手，试探似的轻触了下人类少女的指尖。

她的手指又尖又长，指间连接着薄薄的蹼，半透明的青色皮下，关节与骨头一目了然，看上去格外可怕。不过有了人鱼的对比，在场的三个人已经没有一个会对蜗牛女的蹼爪感到不适了，他们甚至觉得这样的手掌可以称得上好看。

两种截然不同的指尖短暂地相触，然后蜗牛女又飞快地缩回手指。

塞西尔耐心地注视她，等着她做出下一步举动，然后看到她将碰过自己的那根手指送到嘴边，含到嘴里慢慢地舔了一下。她舔得很轻也很慢，口水顺着青色的嘴角不受控制地流淌下来。

艾利克斯看得脸都红了。

是不是哪里不对劲？就在塞西尔意识到事态的发展不对时，看上去一直很迟钝的蜗牛女突然睁大双眼，那双梦幻的眸子在刹那间变成没有瞳仁的青灰色，紧接着她张大嘴巴，惨白的舌头像一条细细的长蛇，倏地向塞西尔甩了过去。

塞西尔震惊，立即迅速地后退。

她的反应很快，然而蜗牛女像是突然变了个物种一样，不仅能够在水里飞快地移动，甚至还能拱起沾满黏液的沉重身躯，直接腾空飞跃。

艾利克斯看傻了。

塞西尔没有犹豫，一口咬掉药剂的玻璃瓶盖，将瓶子里的绿色药剂尽数泼向腾空飞来的蜗牛女。蜗牛女缩成一团，将坚硬的外壳面向塞西尔，准确无误地挡下了博德调制的强力麻痹剂。

艾利克斯后知后觉，惊恐地大喊道："塞西尔，快跑啊！"

"感谢你的及时提醒。"塞西尔出奇地冷静，幽蓝色的火焰自她手心喷涌而出，火苗如同怒吼的狂狮，汹涌地袭向蜗牛女。蜗牛女再次缩起肢体，用巨大的蜗牛壳挡住了塞西尔的攻击。

这也可以？

她突然感到了一丝丝疲惫。

"塞西尔，别打了，快跑啊！"艾利克斯在一旁大喊道。

"还用你说？！"塞西尔忍无可忍地吼了他一句，拔腿便向岩洞外跑去。

她已经看出来了，这只蜗牛女和刚才的人鱼一样，这么多人就只盯着她一个，说到底还是被她身上那种特殊的气味所吸引了，无论她往哪里一站，都能被怪物们迅速地锁定。

塞西尔被气得想骂人。

她像一只轻盈的白鹿，在黑暗中恣意奔跑，纯白的长发如丝缎般闪烁着耀眼的光芒。而蜗牛女则在后面穷追不舍，不断地从口中喷射出青色的、污浊的黏液，黏液落到地上，发出"刺啦刺啦"的声响。

恶心死了，这样一点儿都不美！

塞西尔一边跑一边丢药剂瓶，泼出去的药水却仿佛石沉大海，没有兴起半点儿波澜，甚至还被蜗牛女的壳子反弹了回来。她想了想，立刻向站在岩洞口的艾利克斯和马蒂求助："你们两个快过来帮我！"

艾利克斯手中的圣晶石枪闪闪发亮，他一边对着黑漆漆的湖水刺下去，一边头也不回地大喊道："我们两个也被困住了！这里的人鱼太多了！"

闻声，塞西尔从逃跑的间隙里扭头一瞥，在看清那黑漆漆的一片后，脸上顿时露出震惊的表情。

不知何时，岩洞里已经聚集了一群丑陋肿胀的人鱼。它们像饥饿的兽群般露出獠牙，发出此起彼伏地尖啸声，成群地卡在窄小的岩洞口，疯了似的想要向外涌。

塞西尔严重怀疑这些丑东西都是冲着自己来的。可怜的艾利克斯和马蒂并不知道这一点，正在奋力剿杀人鱼，努力将这些突袭的人鱼阻隔在岩洞之内。

塞西尔只好继续奔跑，努力与岩洞拉开距离。但蜗牛女并没有放弃追赶她。塞西尔跑到渔村的更深处，这里没有房屋的遮掩，到处都是深暗的湖水，虽然危险，但也足够她施放攻击范围更大的法术。

蜗牛女像恶鬼般在湖中飞速滑动，然后腾空跃起，自空中向塞西尔伸出尖利的蹼爪。

塞西尔站在原地轻念咒语，一道黑蓝色的、犹如浓雾般的火焰自她面前呼啸而出，直直地冲向蜗牛女。火焰触及蜗牛女的手臂，顿时化作青色的焦油，"滴答滴答"地落进水里。

蜗牛女发出一声刺耳的尖叫，迅速地缩进庞大的蜗牛壳里。火焰喷射到蜗牛壳上，再次被强制熄灭，甚至有零星的火点被反弹到塞西尔的身上。

"嗞！"塞西尔的手被灼烧了，娇嫩的雪肤上顿时出现一小片狰狞的红印，疼得她倒吸一口冷气。但她无暇去处理这处伤口，巨大的蜗牛壳正在水面上飞快地滑行，再次向她冲过来。

她已经没有还手的办法，看着迅速逼近的蜗牛壳，她的心脏一点点地下沉，就在此时，几只触手从她的肩上延伸出去——这是小章鱼的触手。

由于要施放法术，她在逃跑之前便将小章鱼转移到了肩膀上。她本来希望它能够隐藏好自己，却没想到它居然在这个最不利的时机现身。

塞西尔紧张地想要抓住它，但还是慢了一步。

细长的触手缠住厚重的蜗牛壳，像捏气球那样慢慢地勒紧。塞西尔很想说兰尼这个傻子，那破壳我用黑魔火焰都烧不透，你那么软的触手能顶什么用？

然而下一秒，奇迹发生了——蜗牛壳在触手的挤压下一点点地变形，甚至发出细微的碎裂的声响。柔软的触手像藤条般牢牢地包裹住蜗牛壳，很快，凹凸不平的外壳上出现肉眼可见的裂缝。

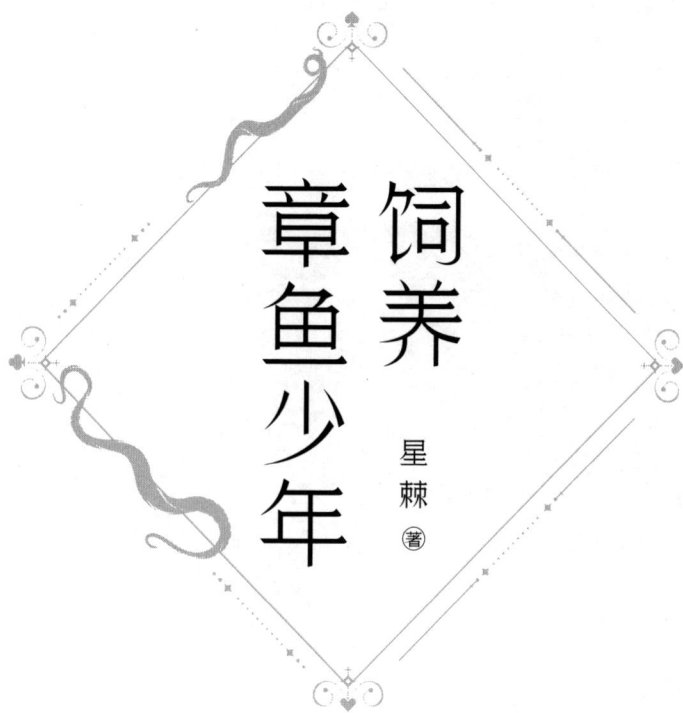

饲养章鱼少年

星棘 著

下册

青岛出版集团 | 青岛出版社

第十章

喜　欢

　　塞西尔的身旁升起深黑的雾气。

　　黑发绿眸的少年自雾中浮现，安静地站在她的身侧。触手从他的腰后延伸，没入湖中，泛着水一样的光泽。

　　"塞西尔，我可以吃掉蜗牛女吗？"他轻轻地问，神态平静，伴随着蜗牛女痛苦尖厉的呻吟。

　　塞西尔再一次意识到：兰尼除了是一只不怎么乖的小章鱼，更是个不折不扣的怪物。

　　她愣了一瞬："可以。"事到如今，她已经没有豢养蜗牛女的心思了，既然蜗牛女对她没有任何用处，那还不如让兰尼吃掉。前提是，他能吃到这壳里的肉。

　　得到了塞西尔的允许后，兰尼彻底放开了力量。

　　他幽幽地看着哀叫的蜗牛女，慢慢地抬高触手，将沉重的蜗牛壳悬到半空中。漆黑的夜色下，清冷的月光倾泻而下，照亮了蜗牛壳上那些怪异的纹路，也照亮了那些越来越大的裂缝。

　　触手仍在慢慢地收紧，像是故意延长这个过程一样，他没有像勒爆恶魔眼球那样干脆利落，而是一点点地缠绕着蜗牛壳，眼睁睁地看着蜗牛壳里的女人被挤压得露出赤裸的上肢，曼妙的身躯逐渐弯折成一个扭曲的形态。

半透明的黏液顺着裂缝稀稀拉拉地流下来，混合着黏稠的血液。蜗牛女发出断断续续的叫声，如同鸟雀泣血的痛吟。

这一幕血腥而残忍，甚至有点儿令人不适。塞西尔不由得微微蹙眉，低声说道："她叫得有点儿惨。"

兰尼侧脸看塞西尔，唇角勾着小小的弧度："你不喜欢她的叫声吗？"

塞西尔摇了摇头。

兰尼若有所思，又伸出一只长长的触手。触手抬至空中，利落地缠绕住蜗牛女的脖子，然后用力一绞，蜗牛女瞬间断了脖子，没了声息。

"其实我也不喜欢。"兰尼声音轻缓，投向蜗牛女的目光中透着毫不掩饰的厌恶，"难听死了，吵得我耳朵疼。"

塞西尔很肯定这只是兰尼的一种比较夸张的说法，毕竟他不太能分辨什么是好听的声音、什么是难听的声音，但还是不由自主地脱口而出道："那你喜欢什么样的叫声？"

兰尼垂下漆黑的眼睫，直勾勾地注视她："我喜欢你的叫声。"

这话怎么听着怪怪的？塞西尔抿了抿唇，下意识地避开视线。

但兰尼并没有停下这个话题。他似乎很喜欢讨论这些，继续用一种柔和的、低缓的语调说："尤其是我咬你的时候，你发出的叫声非常好听，可是你很少会发出那样的声音……"

塞西尔的脸越来越红，她立即逃避似的打断他的话："你不要再说了！"

"为什么？"兰尼不解地眨眨眼睛。

什么为什么？你不要一本正经地谈论这种事情啊！

塞西尔羞赧地咬住下唇，脸红地说不出话。兰尼定定地盯着她，微一抬手，轻轻地勾起她的下巴，视线在她湿润柔软的唇瓣上勾缠。

塞西尔立马就猜出来兰尼想做什么，她几乎是瞬间抬手捂住自己的嘴，他的视线随之下移，落到她白皙的手背上。

"塞西尔，你受伤了。"他低低地说，被长睫遮盖的浓艳绿眸里闪过一丝森冷。

塞西尔垂眸看了一眼，不是很在意："没事，只是一点儿小伤。"

"不是小伤。"兰尼执拗地纠正她，然后捧起她的手，举到自己的脸侧，微微歪头，用柔软苍白的脸颊轻轻地蹭了蹭少女的手背，"你很疼，我听到你叫了。"

塞西尔微微一怔。她还以为兰尼并不会注意到这些细节，毕竟他一直都很神经大条，也从来没有对进食以外的事情在意过。

塞西尔突然产生了一种微妙的感觉，仿佛她的心脏正在一点点地变得柔软，像一根轻柔的羽毛般随着兰尼的话语而微微蜷缩，渐渐渗出一丝丝甜甜的水。

这太不正常了。她微微别过脸，试图看下惨死的蜗牛女，让自己冷静下来。

蜗牛女仍然被触手悬挂在空中，肢体倒挂，在凄冷的月光下逐渐变得灰白。塞西尔看着蜗牛女，本该感到恐惧和害怕，可奇怪是，她好像没什么感觉。

"蜗牛女弄伤了你的手，作为回报，应该也扯断蜗牛女的手才对。"兰尼慢慢地说，微蹙的眉头使他看上去有点儿苦恼，"但是她已经死了，应该感觉不到受伤的疼了吧？"

塞西尔想了想，耐心地回答他："她已经感觉到了，在她痛苦尖叫的时候。"

兰尼神情不满地说道："但她受到的痛太轻了，远远比不上你受到的痛。"

不，怎么想都是蜗牛女更痛，毕竟她都死了。塞西尔内心很想纠正兰尼的这种错误的想法，但说出口又变成安慰："没有你想的那么夸张啦！其实我也不是很疼，现在已经没什么感觉了。"

"不，你就是很疼。"兰尼继续轻轻地蹭着她的手背，漆黑的发丝垂落在她的指尖上，像兔子尾巴一样柔软而温顺，"任何人的疼都比不上你的疼，你就是最疼的，我能感觉到。"

塞西尔哭笑不得：这是什么奇怪的逻辑？就算是她也几乎要听不

懂了。

但她能听出来，兰尼是在心疼她。塞西尔的目光不知不觉地柔和了下来，她看着眼前的少年，蓝眸轻眨，纯白的睫毛在脸上投下浅浅的阴影。

"你又在瞎说，你又不是我，怎么能感觉到我疼不疼呢？"她轻声开口道，声音像水一样轻柔。

兰尼抬起眼睑，与她视线相接。他静静地凝视她，没有说话，而是微微张口，舌尖轻卷，在她被灼烧的手背上轻轻地舔了一下。

一阵微弱的酥麻感从塞西尔的手背上迅速地传开，塞西尔指尖轻颤，下意识地想要缩起手指。

"我当然能。"他说，漂亮的绿眸里闪着光，"我还能感觉到……你现在很舒服。"

塞西尔微微一滞，脸颊瞬间红了。

塞西尔觉得自己现在的心跳有点儿不正常——太快了，快到似乎下一秒心脏就要跳出胸腔。

她以为自己不应该有这样的反应。她很清楚兰尼并不知道这些话的含义，就像他并不知道亲吻不是一件随随便便的、和谁都能做的事情。

但她的心跳还是很快，而且她很清醒。

她没有被美色迷惑，也没有被感官支配，只是单纯的，因为兰尼的话语而感到微微的悸动，还有一点儿无法抑制的喜悦。

现在不是想这些的时候，她需要冷静一下。

塞西尔没有出声，垂下雪色的长睫。从兰尼的角度，可以看到她柔软的嘴唇和尖尖的下巴，素白干净的肌肤在夜色里微微发着光，犹如晶莹的冰雪。

兰尼眸色深了一些，喉结不自觉地轻轻滚动。

"塞西尔，你不相信我吗？"他低下头，又蹭了蹭塞西尔的手背，唇瓣轻轻地擦过她细腻白皙的指尖，低柔微哑的声音里透着些许委屈。

塞西尔怀疑他是故意的，毕竟他很擅长装可怜。

她不能被他牵着鼻子走。她抿了抿唇，努力让自己的语气保持平静："我不信，你肯定是瞎猜的。"

"我没有瞎猜，我知道，你就是很舒服。我能够感知到你的一切，包括你每一次身体变热……"兰尼轻轻地陈述着，唇瓣一开一合。不知是有意还是无意，他尖尖的犬齿在她细腻的肌肤上慢慢地磨蹭，分叉的、凉滑的舌尖随着他说话起伏，一直在若有若无地扫过少女细嫩的指缝，激起对方的丝丝痒意。

塞西尔的耳郭又开始发红，与此同时，她的心尖也在随着兰尼的动作而微微酥麻。

兰尼总是这样，纯洁无辜地说些直白到令人羞耻的话，偏偏她还无力反驳。

塞西尔呼吸略微加快了一些，长长的睫毛呼扇，犹如暗夜中翩跹灵动的素白蝴蝶。

"那你告诉我，你为什么能感知到我的感受？"她试图用认真的、探讨的语气进行这个话题，这样能让她稍微理智一点儿。

兰尼眨了眨眼睛，理所当然地回答道："因为我们通感过啊。"

塞西尔微微一愣，有些难以置信地问道："通感？"

"对，我们之前不是通感过吗？在我睡着的时候。"兰尼歪头，以一种极其亲昵的姿势轻轻地蹭她的手，目光专注而温柔，"在那之后，我就能感知到你的一切，也能闻到你的气息。"

他的眼睛因为满足而微微弯起，像清冷而皎洁的月亮，那双碧绿的眼瞳在夜色里明亮而通透，如同猫科动物的瞳孔。结合他现在的样子，塞西尔甚至觉得自己已经听到了他发出的安逸的"咕噜咕噜"声。

太可爱了……她很想摸摸兰尼的脑袋，但他所说的话让她忍住了这个不合时宜的想法。

通感的确可以让双方的感知相连，但绝不可能持续那么长的时间。一旦结束了通感的状态，相连的五感也会随之切断，她和博德每一次的练习也是如此，从未有过例外。

更何况，如果兰尼能够凭借通感仪式感知她的存在，那她为什么从来没有与兰尼的感知相通过呢？

所以兰尼说的这种情况几乎不可能，但塞西尔又觉得，兰尼不会在这种事上骗她。

她越来越迷惑了："你确定是通感的缘故吗？你没有骗我？"

兰尼听了她的话后，漂亮的眼尾随即垂下，苍白的面容上隐约露出几分失落："你怎么总是不信我？"

塞西尔不自然地停顿一下："谁让你总是撒谎？"

兰尼不太懂什么是撒谎，脸上浮现出茫然的神情，塞西尔见状，只好温柔而耐心地解释给他听："就是说假话。"

"我没有说假话。"兰尼觉得自己被冤枉了，据理力争地反驳道。

他居然还理直气壮的。

塞西尔很想把这个小骗子的案底讲给兰尼听，但他根本不给她这个机会。

"既然你不相信我说的话，那我们就再试一次。"他认真地说。

塞西尔微微一怔："再试一次？试什么？"

兰尼没有回答她。一只柔软纤细的触手从他腰后伸了出来，无声无息地来到塞西尔的后颈处。

少女的后颈线条修长而优美，犹如天鹅高雅的颈项，却又比天鹅多了一分白玉般的质感，在月色下泛着光。

漆黑黏滑的触手停在她光洁的脖颈处，细细的尖端微微勾起，在她的肌肤上轻轻地拂动。濡湿凉滑的触感引起塞西尔的阵阵战栗，她像一只受惊的小兔子，立马缩了下脖子，被触手扫过的部位也随即泛起浅淡的粉红。

"告诉我，塞西尔，"兰尼专注地看着她，"你现在有什么感觉？"

塞西尔不好意思说出口，好像一旦说出来，就正中了兰尼的圈套一样。

于是她抿紧唇瓣，故作镇定地低声回答道："没什么感觉。"

"你撒谎。"兰尼现学现卖，目光灼灼地盯着她，"你现在应该感觉很痒。"

淡淡的羞耻与懊恼像在阴影下滋生的藤蔓，慢悠悠地爬上塞西尔的心头。她的耳朵因为谎言被戳穿而微微泛红，兰尼敏锐地注意到了，又抬起一只手，好奇地慢慢揉捏她的耳垂。

他手指冰凉，揉捏的动作缓慢而轻柔，指腹在塞西尔的耳郭上轻轻地摩挲，在摸到她小巧的耳骨时，还很新奇地轻轻刮了一下。

这明明是很简单的动作，甚至称不上暧昧，却莫名其妙地令塞西尔感到了一阵抑制不住的酥麻感，仿佛有无数只小蚂蚁爬过她的身体。

"这次呢？"兰尼声音轻轻的，直勾勾的目光令她无所遁形，"什么感觉？"

塞西尔哪里说得出口？她已经被强烈的羞耻感淹没了。她现在相信兰尼的确与她保持着感知共通的状态，也相信他此时正在享受着她身体的每一处变化。

塞西尔紧咬下唇，一想到兰尼正在心知肚明地等她开口，她的眼尾顿时沁出水一样的殷红。

可怜的少女眼尾通红，却还隐忍着不肯张嘴。兰尼定定地凝视着她，慢慢地说道："塞西尔，你的身体好热。"

不知何时，他的声音居然已经如此低哑了。

塞西尔蓦地抬眸："不准再说了！"少女的声音也和往常不太一样，细弱而轻柔，带了一丝微不可察的颤抖，听上去可怜又可爱，轻易便能勾起人的怜爱之情。

兰尼微微惊讶地睁大绿眸："塞西尔……你想要我碰你吗？"

"我不想！"塞西尔的神情看上去快要哭了。

"可是你刚才……"懵懂无知的兰尼还欲说下去，塞西尔连忙慌乱地抬手捂住他的嘴。

"不准再说这些了，你还吃不吃蜗牛女了？"

兰尼被她打断，有些不满地撇了撇嘴。但他不会强迫塞西尔，因为他不想惹塞西尔不高兴。

但刚才那一刻，塞西尔的感官的确在渴求地发出信号——触碰我。

他不会弄错这一点的。

看着塞西尔隐忍而慌张的样子，兰尼遗憾地叹气，那双水光潋滟的绿眸冷却了一些，他微移视线，余光轻轻地扫过空中的蜗牛壳。

蜗牛女半透明的、柔软曼妙的身躯已经在短短的时间内变得干瘪而混浊，蹼爪萎缩，仿佛动物被抽干了血液。

兰尼掀了掀眼皮，意兴阑珊地说："已经不想吃了。"

塞西尔："啊？"说想吃的是你，现在不想吃的也是你，明明只是一只小章鱼，怎么这么善变？

兰尼垂下眼眸，目光像胶一样紧紧地粘着她，碧色的眼中沉沉浮浮、荡漾着隐隐的热意："我现在只想吃你。"

还没来得及平复心情的塞西尔顿时呆住了："怎么突然又……？"

她的大脑一片混乱，之前被兰尼看穿的羞耻与此时的茫然混作一团，像杂乱的毛线，将她的心也乱七八糟地缠绕了起来。

"因为刚才你散发的气味实在是太好闻了。"兰尼认真地说。他的视线黏糊而热烈，像甜腻的蜜糖，他只是这么直直地看着，便几乎要将塞西尔融化。

"但我不会吃你，我会努力忍耐的。"

我不信！我都看到你的喉结在动了！

塞西尔身体紧绷，强烈的危机感让她觉得兰尼正在用眼神一点点地将她吞食入腹。她无法分辨自己此时的紧张是因为恐惧还是因为别的，只能抿紧嘴唇，一点点地向后退。

兰尼一把抓住她的手，将她拉到自己身前。

他们的身体在一瞬间紧紧相贴，兰尼体内的欲望如同潮水般疯狂地涌了上来，他下意识地低下头颅，本能地想要触碰塞西尔的一切。

而塞西尔也感觉到了他的变化。她轻轻地挣扎，试图脱离兰尼的身体。

两只触手悄无声息地缠上她的大腿，在她的肌肤上轻轻地磨蹭，柔软且冰凉，像它们的主人一样近乎贪婪地缠绕着她。

塞西尔双腿发软，不由自主地倒进兰尼的怀里。

触手开始变本加厉。

塞西尔的脑袋埋在兰尼的颈间，鼻尖充斥着潮湿幽冷的香气。她觉得大脑昏昏沉沉，想要张嘴说点儿什么，下巴却被兰尼轻轻地勾了起来。

他的唇瓣轻轻地擦过她的眼睛、鼻尖，在她的脸上缠绵流连，最后来到她柔软的唇边。

塞西尔能够感觉到自己体内的每个细胞都在疯狂地叫嚣，每一个细胞都在渴望着兰尼进一步的深入。

她需要救援。

兰尼还没有吻下去，塞西尔却已经觉得自己不能呼吸。她像可怜的溺水之人，挣扎着想要逃离这片水域，身体却不由自主地下沉，只能紧紧地依附着眼前这唯一的存在。

他像她的求生木，又像她的汪洋海。

她已无法自拔。

兰尼轻轻地蹭着塞西尔的唇瓣，微冷的气息拂过她绯红的脸颊。塞西尔无力地搂住他的腰，眼眸半睁半闭，逐渐放弃挣扎。

远处突然传来艾利克斯急切的呼喊声："塞西尔！拦不住了，快跑啊！"

塞西尔瞬间清醒，立马抬头循着声音传来的方向望过去——

成群的人鱼和蜗牛女正追在艾利克斯的身后，如同迁徙的大麻哈鱼，密密麻麻、声势浩大。它们在泥沼中快速地游动，发出此起彼伏的尖啸声，令人一看便头皮发麻。

虽然这一幕很可怕，艾利克斯狂奔的样子也很可怜，塞西尔却仿佛看到了救星，甚至在艾利克斯的头顶上看到了耀眼的圣光！

艾利克斯使出吃奶的劲向着他们所在的方向疯狂地逃跑，塞西尔见状立即拍了拍兰尼的肩膀，用无比庆幸的语气催促他："快快快，艾利克斯过来了，快藏起来。"

兰尼的表情肉眼可见地变得不爽，他从鼻腔里发出一声短促的冷哼，然后收起触手，身形被升腾的黑雾笼罩。

下一秒，塞西尔感觉到有个凉凉的东西爬到了自己的肩膀上。

还好兰尼没有气呼呼地说"我要杀了这个人"。塞西尔放松地长舒一口气，站在原地，挺直自己微微无力的腰背，然后看着气喘吁吁的艾利克斯跑到她的面前。

"塞西尔，快……快逃，我的圣晶石枪拿不出来了，再不逃我们今夜都得死在这里。"

塞西尔看了一眼飞速游来的人鱼群，深吸一口气，然后……她果断地拔腿就跑。

艾利克斯："你等等我呀！"

两个人在漆黑的渔村里快速穿梭。人鱼的叫声尖厉而刺耳，只是一只人鱼发出的叫声便令人听了毛骨悚然，更别提现在乌泱泱的一群了。塞西尔一边跑一边问艾利克斯："你之前来的时候也有这么多吗？"

艾利克斯近乎崩溃地大喊："怎么可能啊？这么多我根本出不去好吗？！"

塞西尔："那这次怎么会冒出这么多只人鱼？"

艾利克斯快哭了："你问我，我问谁去啊？！"

塞西尔觉得一直这么跑下去胜算不大，毕竟渔村里到处都是泥沼，这种恶劣的场地对他们来说十分不利。

她让艾利克斯将背包里剩余的药剂全部拿出来，一瓶接一瓶地往后泼。部分人鱼被泼中，拖曳的动作随即迟缓了下来，塞西尔趁机施展法术，火焰一道接着一道地喷射而出，人鱼顿时发出凄厉刺耳的惨叫，空气中散发出臭肉被烧焦的古怪气味。

艾利克斯边跑边助威："继续继续，烧死它们！"

塞西尔冷静地说："我只能烧一烧人鱼，碰到蜗牛女就没办法了。"

艾利克斯："那我们还是快点儿逃吧！"

在塞西尔连续不断的法术攻击下，冲在前面的人鱼死伤大半。后面的蜗牛女原本是可以跃过去的，但由于人鱼的尸体都堆叠在了一起，巧妙地挡住了蜗牛女的行进路线，一时间，塞西尔与艾利克斯居然得到了一丝喘息的机会。

经过马拉松般的长跑后，他们终于逃到了渔村外。

幸存下来的人鱼滞留在渔村的入口处，村外没有水，也没有泥沼，它们只能在干涸的土地上缓慢地爬行，像庞大的蛆虫那样，用力地拖动自己腐烂的身体。

"哕——"艾利克斯又开始了。

塞西尔不耐烦地打断他："别吐了，又不是没见过。"

艾利克斯吐了半天也没吐出东西来，只好悻悻作罢。他看着前面这些恶心的人鱼，努力地转移自己的思绪，然后突然"咦"了一声："塞西尔，我刚才好像看到你的小男仆了。"

塞西尔微微一顿："你是出现幻觉了吧，人鱼的气味那么难闻，说不定它们偷偷释放了什么具有致幻作用的气体。"

闻言，艾利克斯顿时大惊："啊？那我不会有危险吧？"

塞西尔淡淡地瞥了他一眼："不要胡思乱想就不会中招。"

艾利克斯被吓得连忙清空大脑，捂住脑袋，什么都不敢想了。

塞西尔看着他这副傻兮兮的样子，暗暗松了口气。过了几秒，她忽然又想起这里似乎少了个人，于是问道："对了，马蒂呢？"

艾利克斯边放空大脑边答："他被一只人鱼缠住了，我的圣晶石枪也被他拿走了，这会儿可能还在搏斗吧。"

"你确定？"她满脸不可思议地问道，"这话说出来你自己信吗？"

艾利克斯心虚地眼神乱飘："我尽力了，你看我连枪都给他了……我们别管他了，逃命要紧，继续跑吧！"

塞西尔十分鄙夷地看了他一眼。

人鱼还在继续爬行，照这个速度，感觉它们直到天亮也爬不出一千米，塞西尔不是很担心。但是那些蜗牛女可就说不准，虽然那些蜗牛女暂时还被困在狭窄的村口，但等这些人鱼爬出村口，被堵在后面的蜗牛女们应该也就能出来了。那些蜗牛女可没有人鱼这么弱，他们一旦被那些蜗牛女追上，就只能向隐匿的小章鱼求助。

塞西尔不太想向兰尼求助，总觉得兰尼会趁此机会要求点儿什么。

于是在短暂的权衡后，她决定放弃生死不明的马蒂，先逃离这里再说。

塞西尔稍做休整，将最后一瓶麻痹剂扔向人鱼，然后再一次释放出呼啸的幽蓝色火焰。

人鱼被烧得"吱啦吱啦"地冒油，随着火焰的熄灭，绿色的汁水流了一地，很快便渗进松软的泥土里。

艾利克斯又要吐了，塞西尔顺手将空掉的瓶子尾部塞进他的嘴里。

"快走。"她抓住艾利克斯的肩膀，转身就要离开，他突然"呜呜"地叫了起来。

塞西尔皱眉："你干什么？"

"呜呜！"艾利克斯睁大眼睛，用力伸手，遥遥地指向黑漆漆的渔村入口。

塞西尔一把拿掉他嘴里的玻璃瓶，顺着他指的方向望过去。

清冷的月光下，身材修长的金发男人正向他们走来。他手中握着熟悉的银色长枪，枪头尖利，在黑暗中闪耀着璀璨的光辉，如同他的金色头发一样耀眼。这支镶嵌着圣晶石的长枪落在他的手里看上去是如此相衬，仿佛只有在此时它才是一件真正的武器。

艾利克斯激动地说："我的枪！"

塞西尔："你都把它丢了，还好意思说是你的。"

艾利克斯被她噎得脸颊通红："那又怎样？那是我花大价钱买来的！"

塞西尔摇摇头，转移目光，重新望向死里逃生的马蒂。

也许用"死里逃生"这个词来形容他并不贴切，因为他的每一个步伐、每一个动作看上去都是那么轻松，仿佛不是在逃生，而是在微冷的月夜中闲庭信步。

马蒂是从人鱼群的后方出现的。人鱼和蜗牛女立刻发现了他，它们的眼睛放光，像饿狼看见肥美的羊羔般凶猛地扑了过去。

马蒂举起圣晶石枪，脸上带着若有若无的微笑，一枪捅死一只迎面扑来的人鱼。人鱼发出凄厉的惨叫，马蒂一脚踩在它肿胀的脸上，将长枪拔了出来。

又一只人鱼游了过去，抱住了他修长有力的腿。他垂下眼眸，居高临下地俯视这只丑陋的生物，毫不留情地抬手，用长枪穿刺过人鱼的喉咙，轻轻一绞，那颗肿胀的人鱼头便掉进了沼泽里。

这个男人剿杀人鱼的动作干净利落，透着一种残酷冷厉的美感，然而他的表情与之截然相反，自始至终，那张美丽的面容上都带着一丝温和的笑意。

这种巨大的反差在他的身上完美融合，造成一种近乎迷人的扭曲，令人忍不住心生战栗，却又移不开追随的目光。

塞西尔认为这应该算是马蒂的一种人格魅力，他如果不满足做一个普通的落魄贵族，而是去当个什么黑手党首领，说不定反而干得风生水起。

当然，她现在考虑更多的是，马蒂会不会顺手把她和艾利克斯也一起捅成串串，毕竟他们两个已经把他放弃了，压根儿没想过他能活着出来。

塞西尔认真地盯着马蒂的一举一动。

他一个人拎着银色长枪，在人鱼堆里行动自如，不仅如此，他还能准确无误地扎中蜗牛女的软肉。一时间，怪物们被他杀得不敢靠近，只能围在他的四周，退缩地看着他不紧不慢地走出渔村。

"你们是在这里等我吗？"马蒂来到塞西尔与艾利克斯的面前，微笑着问道。

艾利克斯震撼得说不出话，杏眼圆睁，像一只受惊的小鹿。

塞西尔神态自然地点头："是的，我们刚准备进去救你。"

"原来是这样。不好意思，让你们担心了。"马蒂笑了笑，似乎接受了这个说法。

塞西尔淡定地说："你没事就好。"

马蒂微微一笑，将沾血的圣晶石枪递给艾利克斯，语气温和而真诚，随性的举止中透着旧贵族特有的高贵与优雅："多谢你的武器，还给你。"

不知道为什么，艾利克斯突然觉得"武器"这个词由马蒂说出来显得格外讽刺。

他难为情地接过圣晶石枪，避开马蒂的视线，闷闷地提议道：

"我们还是快点儿回去吧，省得再有别的怪物追上来。"

塞西尔点头赞成，马蒂也没有异议。

三个人转身向来时的方向走去，塞西尔渐渐放慢脚步，故意落在另外两个人的后面。

她微微侧脸，对肩膀上透明的小章鱼嘀咕道："那里还剩下很多人鱼，你要不要吃？"

耳边的碎发被一阵风轻轻地吹拂，黑暗中隐约有什么东西穿过了纯白的发丝，塞西尔猜测应该是小章鱼抬起了触手，说不定这会儿正在高兴地挥舞它们。

"那就快去吧，我在前面等你。"她不由得轻轻地笑了起来。

塞西尔脸颊被熟悉的、柔软冰凉的触手贴了一下，紧接着肩膀上的重量消失了，透明的小章鱼顺着她的手臂爬了下去。

"塞西尔，"走在前面的马蒂突然侧身，似笑非笑地看过来，"你在和谁说话？"

男人站在深暗的夜色里，美丽的面容上带着若有若无的笑意，不动声色地将目光落在塞西尔的身上，像是在打量，又像是在审视。

塞西尔微微一顿，而后也扬起柔和的浅笑，她歪了歪头，纯白的鬈发垂在颈间，光芒浅淡。

"我刚才说话了吗？"

马蒂静静地看着她，水蓝色的浅眸中慢慢地浮起探究的光。

塞西尔毫不避讳地回视他，目光平静而坦然。

"不，应该是我听错了吧。"短暂的寂静后，马蒂温和地笑了，侧身向她伸出一只手，"来吧，我们得加快脚步了。"

塞西尔神色不变，提起裙摆，快步向他走去。

他们一起走进漆黑的森林里。

塞西尔、艾利克斯、马蒂离开了。

荒凉阴森的渔村里只剩下成堆的尸体，以及一些逃过火焰与枪，幸运存活下来的人鱼和蜗牛女。它们用暴凸的眼球直直地盯着那个消失在黑暗中的少女背影，肿胀的躯体在泥地上缓慢地拖曳，前仆后继，如同朝圣者般前行。

滞涩沉重的声响中，小章鱼的身躯渐渐浮现。

不是小小的、可爱的圆脑袋的小章鱼，而是庞大的、犹如小山般充满压迫感的巨型怪物。它垂下粗长柔韧的漆黑触手，铺天盖地，无声地翻涌，在苟延残喘的人鱼和蜗牛女上方笼下深深的黑色阴影。

一种刺骨的、令人毛骨悚然的冷意瞬间席卷了这个渔村，犹如潮水侵袭，残存的人鱼和蜗牛女蓦地伏下头颅，身体开始控制不住地剧烈颤抖。它们浑身战栗，疯狂地号叫，不顾一切地想要逃离这里，但已经迟了。

圆月高挂，银色的星辉落在黑云般缠绕的触手上，无数只幽绿的眼睛从怪物的身躯里涌出来，它们缓慢地转动，瞳孔中央的黑色竖线狰狞而锐利，透出近乎妖异的猩红。

眼球齐齐下移，竖瞳闪烁，黑暗中响起沉郁的摩擦声。

伏在泥土中的人鱼与蜗牛女已经无法移动，大量的形同泪水的液体从它们的眼眶里汹涌地流下，它们的大脑嗡鸣，被撕裂的喉咙里发出似哭似笑的呜咽与嘶吼。

像是恶劣的戏弄般，触手并没有迅速地绞杀它们，而是一只一只，不紧不慢地将它们高高举起，然后再一点点地缠绕收紧。

荒芜阴暗的村子里，森冷惊悚的气息无声地蔓延，而在这死一般的气息中，冷月高照，触手狂舞，惨叫与鲜血绵延不绝。

塞西尔、艾利克斯、马蒂在森林里加快步伐，靠着来时的记忆，居然找回了艾利克斯落下的马车。

"是我的马车！"艾利克斯借着月光看清马车上的家徽，惊喜地跑过去。

"快上去。"塞西尔毫不客气地催促道。

三个人一起坐上艾利克斯的马车。由艾利克斯担任车夫，塞西尔依据马蒂的罗盘辨别方向，一行人在罗盘的指引下向王都驶去。

到目前为止，危机算是暂时解除了，虽然小章鱼还没有追上来，但塞西尔不是很担心。兰尼连从莱维特宅邸到渔村这么远的距离都能追上她，更别提现在这点儿路程了。估计现在兰尼还在大快朵颐吧，机会难得，她就让兰尼吃个尽兴吧。

塞西尔并不同情那些人鱼和蜗牛女，毕竟不是它们被兰尼吃掉就是她被它们吃掉。

她揉了揉太阳穴，秀眉舒展，有些疲惫地低声叹息。坐在对面的马蒂看了她一眼，温和地开口询问道："累了吗？"

塞西尔懒懒地答道："还好吧，就是运动量太大了，需要稍微休息一下。"

马蒂发出一声柔和的低笑。

"你还真是一个有趣的女孩子。"他托起下巴，饶有兴致地说，"我以为在遭遇这样的事情后，你至少会感到恐惧和后怕，最起码不是现在这种淡定的态度。"

他不确定地挑了挑眉，低沉悦耳的尾音微微上扬。事实上，他从未见过像塞西尔这样的少女。无论是在初见人鱼时表现出的淡定，还是之后被人鱼追逐时的冷静反击，她的反应都远远不同于常人的反应，无一不令他发自内心地感到赞叹。甚至在那之后，她近乎冷酷地放弃他的生命这一点，也让他另眼相看。

他喜欢这样行事果断的人，更何况对方还是一位美丽而神秘的柔弱少女。

吸引怪物，反杀怪物——这样的特质使她看上去迷人极了。

想到这里，马蒂看着塞西尔的眼睛越来越亮，嘴角的笑意也越来越深。

塞西尔不想过多地讨论自己，平静地垂下眼睑，用一种平淡的、稀松平常的语气说："我和艾利克斯之前在学院里见过更恶心的怪物，更何况艾利克斯很早就捕过这里的人鱼了，这个小渔村对我们来说并不算什么。"

负责驾车的艾利克斯听不清楚他们的对话，但还是听到了"学院""怪物"这几个词，顿时激动地附和道："对，那只怪物可比人鱼恶心多了，而且还是我们的同学变的，你能想象出来有多恐怖吗？"

马蒂摩挲下巴，微微沉吟："嗯……想象不出来，是什么样的怪物呢？"

塞西尔淡淡地道："有着四个脑袋的人形蛆虫。"

艾利克斯："哕——"

"那的确是比人鱼恶心多了。"马蒂笑了笑，自然而然地接过话题，"你们说那只怪物是你们的一个同学变的，这又是什么情况？"

塞西尔微微蹙眉，不知道该不该将这件事说出来，毕竟这对学院的声誉不好，目前圣埃德蒙学院仍然对外封锁这一消息。

但显然，有人并不会考虑到这一层。

"就是我们学院里的一个学生，很普通的一个人，我还和他一起上过课呢。"藏不住秘密的艾利克斯已经开始了，一边驾着马车，一边露出稍许复杂的神情，"是我最讨厌的魔语课，所以我对他也没有什么好印象。"

人家只是和你上同一节课就要被你讨厌，你的讨厌范围也太广了吧！

也许是马蒂剿杀人鱼的过程给艾利克斯留下了良好的印象，也可能是马车外面太黑，他一个人有点儿害怕。在这种前提下，艾利克斯迫不及待地打开话闸子，将基恩事件事无巨细地讲了出来。

"那个学生前阵子突然失踪，学院到处都找不到他，结果没过几天，他自己又回来了，而且还像什么事都没发生过一样继续上课。"艾利克斯停顿了一下，"不过我们都觉得他的脑子好像出了点儿问题，连副院长的生态园都敢偷闯……"

马蒂微微挑眉，好奇地问道："生态园？"

"就是一个培育魔法生物的地方，这不重要。"艾利克斯继续说，"在那之后，他就越来越不正常了。直到舞会那天晚上，他突然追着塞西尔跑进大礼堂里，顶着四颗流血的脑袋……"

"追着塞西尔？"马蒂敏锐地抓住这个重点，抬眸望向坐在对面的雪发少女。

塞西尔平静地开口道："那晚刚好我在礼堂外面。"

"原来是这样。"马蒂若有所思地微笑，眼眸在烛火的辉映下闪烁着星星点点的碎光。

不知道是不是自己心理阴暗，塞西尔总觉得这个人的笑容里隐含深意。她不想再继续这个令人不悦的话题，于是低垂眼睑，安静地扭头看向窗外。

一只细小的、不易察觉的黑色触手突然出现在窗外的黑暗中，慢吞吞地攀住窗框，悄无声息地进入她的视野里。

塞西尔微微睁大了眼睛——是兰尼，看来那些怪物已经被吃完了。

在瑟瑟的晚风中，小章鱼的触手一点点地变至透明，塞西尔目不转睛地看着它逐渐消失，很快，滑腻冰凉的触感再次回到她光洁的手臂上。

她竟然感到了一丝莫名其妙的心安。

"塞西尔？"马蒂轻轻地呼唤她的名字，俊美的面容上透着隐隐的关心。

塞西尔收回视线，对他笑了一下："怎么了？"

"抱歉，是不是让你想起不好的回忆了？"马蒂一脸歉意地说，"其实我也只是有点儿好奇，如果你不喜欢的话，我们可以聊点儿别的。"

还好他没有注意到小章鱼的身影。塞西尔暗暗放心，顺势转移话题："没什么，我只是在想，我们应该已经快要走出这片森林了。"

闻言，驾车的艾利克斯顿时激动地说道："真的吗？"

谢天谢地……他只是一个养尊处优的小少爷，向来是饭来张口、衣来伸手，今天突然面对这么多可怕的怪物，还要充当马车车夫……他从来没干过这样的活儿，实在是太苦了。可怜的艾利克斯身心俱疲，此时听到塞西尔的这句话，心中顿时涌现出无限的希望。

塞西尔点点头，伸手指向马车窗外："你们看那里，已经能看到隐隐约约的蒸汽了，这说明我们已经接近都城边缘。"

马蒂顺着她指的方向望过去，黑漆漆的森林上空，隐约可见一缕缕细细的白色蒸汽在上升，烟雾缭绕，为深暗的夜幕增添了一分鲜活的工业气息。

他目光含笑，赞赏地说："的确，你观察得很仔细。"

这个人怎么总是夸她？塞西尔抿了抿唇，不再说话。

听到这个消息的艾利克斯顿时打起精神，一甩长鞭，更加卖力地驾着马车。就像塞西尔推测的那样，没过多久，他们终于离开了这片森林，驶入高大恢宏的王都城门。

此时已是深夜，宽阔的街道上空无一人。马蒂决定在这里与他们分别，于是请艾利克斯停下马车，然后拉开幕帘，从马车上利落地跳了下来。

马蒂站在马车窗前，轻轻地敲了两下，车内的塞西尔听到动静后，慢慢地拉开帘布。

"我要回去了。今晚能认识你们，应该也是一种奇妙的缘分吧。"他轻轻地笑了一声，紧接着抬起右手，对塞西尔摊开手心。精致漂亮的古铜色罗盘静静地躺在他的手心里，在月光的照耀下闪烁着金子般的光辉。

塞西尔不明所以地看着他，长长的睫毛颤动着。

马蒂与她对视，唇角扬起淡淡的弧度。他浅金色的头发卷曲着垂在肩上，在黑夜中闪烁着柔和的光晕，一如他此时的神情。

"这个罗盘送给你，期待我们下一次的相见。"他的声音低柔而优雅，此时这样娓娓道来，更加显得动听而迷人。

塞西尔有些发怔。虽然她也觉得马蒂这个人不错，但是这个罗盘不是他祖父留下的宝贝吗？他就这样随随便便地送给她真的可以吗？

她没有将心中的疑虑问出口，马蒂却已经猜出她的心中所想，无所谓地笑笑，美丽的面容上透着与生俱来的随性与慵懒："只是一个罗盘而已，没有你想的那么重要。更何况，我们现在已经是同生共死的朋友了，朋友之间送一点儿小礼物也很正常吧。"

塞西尔一时间说不出话，艾利克斯忍不住在旁边插嘴道："那你怎么不送我？"

马蒂微微侧目看他："我不是把手帕送给你了吗？"

话都说到这份儿上了，塞西尔再不收下反而显得有些扭捏。

她想了想，小心翼翼地接过这个意义非凡的罗盘，然后抬眸望向马蒂，真诚地说："谢谢你，等到下次见面时，我也会送你礼物的。"

马蒂轻轻地笑了："那我就期待着你的礼物了。"

说完，他微微欠身道别，然后将外套搭在肩上，转身挥了挥手，步伐闲适地走远，逐渐消失在夜色中。

马蒂离开了，马车上只剩下塞西尔和艾利克斯两个人。

艾利克斯看着塞西尔手里的罗盘，一脸认真地说："连祖父的遗物都送给你了，这个马蒂肯定是想勾搭你。"

塞西尔波澜不惊地说道："只是一个旧罗盘而已。"

"只是一个旧罗盘？"艾利克斯挑起火红的眉毛，阴阳怪气地提高音量，"这可是他祖父的遗物，你看之前在森林里的时候他多宝贝这个罗盘，那个时候他可没说这'只是一个旧罗盘'啊！"

话虽这么说没错，但艾利克斯的这种语气让塞西尔感到一阵不爽。

将罗盘收进小挎包里，她睨艾利克斯一眼，冷冷地说："那你把你的圣晶石枪送给他是怎么回事？你也是想勾搭他吗？"

红发小少爷的脸瞬间涨得通红。

"我那是为了保命！"他不服气地争辩道。

"哦——"塞西尔勾了下唇角，"你为了保命，连武器都丢了，不知道莉娜会不会对这个故事感兴趣呢？"

"你！"艾利克斯被她治得死死的，再也不敢乱说话了，只哼哼几声便钻回到马车前座，继续做一个老老实实的车夫。

马车从城门前的大道一直行驶到王都另一端的莱维特庄园，马车停下的那一刻，塞西尔听到外面响起嘈杂的人声。

"回来了！回来了！小姐回来了！"女仆们翘首以盼，一看到马车便激动地叫喊起来。

"确定是塞西尔吗？你们看到了？"一个清脆悦耳的青年声音随即响起，语速略快，冷静中透着隐隐的急切与担忧。

"没有，但那是奥狄斯家的马车……"

"奥狄斯家？"

马车外有人快步走近，不等塞西尔走下马车，深蓝色的幕帘便被人掀开了。

清俊高挑的金发青年正站在马车外，他腰背挺拔而紧绷，在看到幕帘后的少女后，瞳孔微缩，一瞬间几乎忘记呼吸。

"哥哥……"塞西尔低唤一声。

阿诺德没有吭声，那双湛蓝的眼眸里翻涌着浓郁而复杂的情绪。

下一秒，他突然上前一步，紧紧地抱住了她。

空气似乎在这一瞬间凝固了，世界归于寂静。

"哥哥？"塞西尔犹豫地抬起手，试探地摸了摸他柔软的金发。

"塞西尔，你去哪儿了？"阿诺德闷闷的声音从她的颈后传来，听上去竟然有一丝隐约的鼻音。

糟糕，他该不会是哭了吧？塞西尔顿时慌张起来，手忙脚乱地想要看看阿诺德的脸，却又不敢推开他，只好小声地解释道："我和艾利克斯去抓人鱼了……"

"艾利克斯？"阿诺德的声音骤然冷了下来，"是奥狄斯家的那个艾利克斯吗？"

被点名的艾利克斯紧张地咽了咽口水，从马车前座探出脑袋："那个……晚上好，阿诺德阁下。"

阿诺德轻轻地将塞西尔抱下马车，然后转头看向艾利克斯。金发青年在夜色下神色冰冷，一向温和完美的表情此时变得无比阴沉："就是你带我妹妹出去的？"

谁敢带她出去呀？明明是她自己要去的！艾利克斯心里委屈得不行，连忙摇头澄清道："不……不，跟我没有关系，是她提议要去抓人鱼的。"

"她提议，你就带她去了？"阿诺德眼神冷厉，沉声质问艾利克斯，"你没有想过会出现什么样的后果吗？"

艾利克斯百口莫辩，紧张得小脸皱成一团，白皙的额头也开始冒冷汗："我……我也不知道那里会有那么多人鱼呀！"

阿诺德："你说什么？"

"我……我先回去了，塞西尔再见！"艾利克斯被阿诺德盯得汗毛直立，再也顾不得什么，逃也似的丢下这句话便驾车溜走了。

宅邸大门前只剩下塞西尔和阿诺德两个人，用人们眼见形势不妙，早就趁艾利克斯溜走之前回到自己的位置上，一个个跑得比艾利克斯还快。

　　周围除了深夜的风声，什么动静都没有。

　　塞西尔偷偷抬眸，看到阿诺德依旧抿紧薄唇，一声不吭。

　　他生气了。

　　塞西尔的心脏"怦怦"乱跳，她逃避似的垂下眼帘，一个字也不敢说。

　　过了许久，阿诺德终于动了。他仔细而沉默地将塞西尔全身上下都检查了一遍，塞西尔生怕被他发现手背上那块被灼伤的肌肤，便偷偷将手缩进袖子里。

　　还好，阿诺德没有发现。

　　他仍然不说话，只是低垂着眼睛拉起塞西尔的手，一路默不作声地将她拉进宅邸里。塞西尔乖乖地任他牵着走。

　　他们回到了塞西尔的房间里。

　　房间里的灯一直是亮着的，桌上的书籍有被翻动过的痕迹。塞西尔猜测是阿诺德一直在她的房间里等她回来，结果迟迟没有等到，才忍不住要出门找她。

　　她越发觉得愧疚了，垂在腿侧的双手也不安地绞在一起。

　　她长这么大，还是第一次见到阿诺德这么生气，太可怕了，比凯文生气要可怕一百倍。

　　就在塞西尔琢磨着要怎么率先打破沉默的时候，阿诺德冷不丁地开口道："塞西尔。"

　　塞西尔立即抬眸："嗯？"

　　阿诺德目光晦涩地看着她，声音轻得像缓缓流淌的湖水："那个艾利克斯，说的都是真的吗？"

　　塞西尔被吓得不敢承认，但更怕自己乱甩锅会害到艾利克斯，毕竟阿诺德刚才的样子真的很可怕。

　　算了，她还是承认吧，艾利克斯已经够倒霉的了。塞西尔认命地咽了咽口水，然后轻轻地眨眼，胆怯地小声回答道："嗯，是真的，是我非要拉着他去抓人鱼的，和他没什么关系……"

少女脸庞莹白，眼眸剔透，说话的时候唇瓣一张一合，声音低低轻轻的，像小猫细细的呜咽。

阿诺德凝视她，剧烈的心跳无论如何都平息不下来。

当得知塞西尔一晚上都没有回来后，他第一次产生了恐惧的心理。

他很害怕，害怕得不得了，害怕塞西尔会像基恩那样突然消失，害怕她再也不会回来。那他一定会满世界地找她，直到他死为止。

一想到这些，他就感觉自己的心跳快要停止了。而塞西尔还在为另一个男人说话。

像是无法忍受般，阿诺德深深地吸了一口气，然后定定地看着塞西尔，慢慢地开口道："难道你从来没有考虑过我的感受吗？"他一向温柔的声音里竟然透着几分隐忍的脆弱。

"啊？"塞西尔愣了一下，觉得阿诺德是不是想得太多了。

她只是和艾利克斯去抓人鱼而已啊，就像两个人去郊外秋游一样，虽然后来事态的发展的确超出了她的预期，但她一开始的心态确实是很轻松的——她本来还以为能带着蜗牛女赶回来吃晚饭呢。

"那个……哥哥你的意思是……"塞西尔有些迟疑地开口道，"你也想和我们一起去吗？"

阿诺德突然觉得有点儿心累。

"我是想说——"俊美的金发青年闭上眼睛，而后又慢慢地睁开，定定地注视着塞西尔，柔软的眼神中透着无奈，"你不知道我有多担心你吗？"

塞西尔微微停顿，然后有些迟缓地眨了眨眼睛，脸上逐渐露出恍然且心虚的表情。

她的确没有考虑这么多，但并不是因为不重视阿诺德，而是她并没有把抓人鱼当一回事，至于后来情况紧急，她自救还来不及，就更没有心思去想这些了。

塞西尔觉得自己必须解释一下，不能因为这种小事伤了阿诺德的心。

她抬眸看着阿诺德的眼睛，老老实实地承认错误："对不起，我不应该不和你说一声就擅自跑出去。"

阿诺德"嗯"了一声："还有呢？"

"还有……不应该这么晚才回来。"

"还有呢？"

"还有？嗯……还有……还有……"塞西尔想了半天也不知道还有什么，只好对阿诺德露出求助的神情，"还有什么呀？"

阿诺德一字一顿地提醒她："还有不应该和异性一起出去。"

"这也太严格了吧？"她不服气地皱了皱鼻子。

"谁让你一点儿警惕心都没有？"

阿诺德眼神复杂地看着她，微微叹了一口气，然后在她的身边坐下。

他刚才真的很想对这个小浑蛋发火，但一看到她那张茫然无辜的脸，突然就又心软了。他终于意识到，自己永远无法对塞西尔生气。无论他心里闪过多少念头，在看到塞西尔的那一刻，都会瞬间烟消云散。

这是他无法控制的结果。

阿诺德再次陷入沉默中，房间里安静得令人心慌。

塞西尔有点儿坐立不安。她不怕凯文那个"渣爹"，不怕斯特拉那个恶魔，也不怕其他怪物——她只怕阿诺德。毕竟阿诺德既当爹又当妈，虽然一直在宠爱和容忍着她，但这不代表她可以任意伤害他。

正因为在意，她才更不能让对方伤心。

塞西尔小心翼翼地侧过脸，偷觑阿诺德的神色，却不想阿诺德刚好也在看塞西尔，两个人的视线不经意地对上，目光交会，塞西尔顿时心虚地收回视线。

"怎么？知道错了？"阿诺德的声音从她的身旁传来，与刚才相比已经恢复了以往的平静。他已经冷静了，知道自己该说什么，不该说什么。

塞西尔眼神乱飘："我明明刚才就已经承认错误了。"

"但你看上去不是很服气。"

"哎呀，我下次再也不敢啦！"塞西尔自知理亏，干脆转身一把抱住阿诺德的胳膊，求饶似的撒娇，"要是下次再和艾利克斯一起出去，我就是小狗！"

阿诺德轻轻地捏了一下她小巧的鼻尖："你现在就是小狗。"

"汪！"塞西尔十分配合地轻轻叫了一声。

阿诺德被她逗笑了。

看到阿诺德的笑容，塞西尔终于放心了。她刚想伸个懒腰放松一下，房间里突然响起"啪"的一声，清脆短促，很像是金属落到地板上发出的声响。

阿诺德与塞西尔一同循着声音低下头，看到一个精致的、有些陈旧的古铜色罗盘正平稳地躺在地上，而塞西尔的小挎包刚好对着罗盘的方向包口大敞，很显然罗盘是从这个包里掉出来的。

塞西尔已经猜到这是谁做的了。

她很想狠狠地掐小章鱼一下，但它现在是透明的状态，根本看不见。而且小章鱼不知何时已经离开了她的手臂，八成是丢完罗盘就跑掉了，这家伙狡猾得很，她完全相信它能做出这种恶作剧一样的事情。

阿诺德刚刚柔和下来的眼神因为这个来路不明的罗盘，再次变得锐利而敏感。

塞西尔如芒在背，不由得慢慢地挺直了腰背。她也不敢弯腰去捡罗盘，更不敢主动提起这个罗盘的来历，只好态度端正地抿紧唇，目不斜视，乖乖地等着阿诺德发问。

果然，阿诺德开口了："这个罗盘是从哪来的？"

塞西尔诚实地回答道："是朋友送的。"

阿诺德微一挑眉："艾利克斯？"

"不是！"塞西尔立马反驳道。

"那是哪个朋友？"阿诺德伸长手臂，越过塞西尔的双腿，将掉在地上的罗盘捡起来，细细查看，"马蒂……这好像是个男人的名字。"

怎么回事？她怎么没有发现罗盘的背面居然刻了名字啊？！

一刹那，塞西尔万念俱灰。

阿诺德将罗盘在一旁的桌子上摆好。他没说话，塞西尔却觉得此时的每一分、每一秒都无比煎熬。她决定坦白。

"是今天认识的一个朋友送给我的。"她恹恹地说。

阿诺德的语气波澜不惊："这个朋友叫马蒂？"

塞西尔连连点头："嗯。"

"好吧，我知道了。"

阿诺德没有再问下去，只是抬起一只手，轻轻地摸了摸塞西尔柔软纯白的头发。

他微微低头，温柔地看着塞西尔，说："最近王都不太安全，你乖乖地待在家里，暂时就不要出门了。"

塞西尔闻言，顿时惊讶地抬起眼睑："发生什么事了吗？"

阿诺德微微思考了下，不知道该不该将这件事告诉她。塞西尔见他面色犹豫，又故技重施，抱着他的胳膊轻轻地晃了几下。

阿诺德无奈地轻叹一声："你还记得之前留在骑士团全天候观察的那些人吗？"

塞西尔不假思索地回答道："当然记得，他们和基恩一起失踪后又回来了。"

"对，就是那几个人。"阿诺德担心会吓到塞西尔，放低了声音，"他们也像基恩那样变异了。"

塞西尔微微惊讶了一下。虽然她之前预想过这个糟糕的结果，但没想到它居然会真的会发生。

"那他们都是变成……"塞西尔抬起双手比画了一下，"基恩那个样子吗？"

"嗯。"阿诺德点了点头，"而且我们还发现，他们并不是真正的本人。"

他们不是本人？这又是什么情况？

塞西尔越听越迷糊了："那他们是什么？"

"我们也不知道，姑且只能把他们当作一种全新的生命体。"阿诺德娓娓道来，"而且还是拥有低等智慧的生命体。"

和本人一样，却不是本人……那失踪回来后的基恩也是这样吗？

塞西尔微微蹙眉，语气有些凝重："那真正的他们去哪里了呢？"

阿诺德微微停顿了一下："我们推测，真正的他们应该已经死了。"

塞西尔："死了？"

"嗯，"阿诺德点头，"而且我们调查出，那几个人在失踪前曾经被基恩雇用过。至于基恩雇用他们的目的是什么，没有人知道，但据说那几个人经常会接打手的活儿，所以基恩很可能雇用他们去做打手了。"

"他们在那之后就失踪了？"

"对。"阿诺德专注地看着她，目光认真而关切，"这绝对不是普通的失踪案件，目前陛下正在派人展开调查。我们不知道还会不会有人继续失踪，更不知道会不会被替换的死人混迹在王都，所以这段时间最安全的就是待在家里，哪里都不要去。"

听上去的确很危险，塞西尔点了点头，乖巧地答应了。

"好，我都听哥哥的。"她想了想，突然又担忧地侧过脸看向青年，"哥哥你也要出去调查吗？那岂不是很危险？"

听到塞西尔这么担心自己，阿诺德顿时心软得一塌糊涂。

"调查的事情陛下已经交给别人了，不归骑士团负责。"他眉眼舒展，整个人都透着水一样的温柔，"这几天我会留在家里好好陪你的，以防你再背着我偷偷乱跑。"

"我才没有偷偷乱跑，我是光明正大地跑……"塞西尔嘀咕道。听到阿诺德轻轻地"嗯"了一声，她立马老实地闭嘴了。她最近总惹阿诺德生气，接下来这段时间还是表现得听话一点儿，省得哪天阿诺德气极了把她抓起来关禁闭。

雪发少女坐姿笔直，乖巧地举起一只手，侧身直视阿诺德，认真地说："我保证哪里都不去，就在家里陪你。"

阿诺德静静地看着她。

他怎么又不说话？塞西尔被他搞得有点儿紧张："那……那个，你不想让我陪你吗？"

阿诺德轻轻地叹了声气："我当然想让你陪我。"

不如说，他恨不得让她每天、每时、每刻都能陪在他的身边，但他很清楚，这是无比自私的想法。

"我只是在想，你今天居然这么听话。"阿诺德温柔地轻抚少女的头发，脸上挂着浅浅的笑意，"我真是太欣慰了。"

塞西尔震惊地说道："你也太容易满足了吧？"

"谁让你总让我担心。"阿诺德无奈地说。

她承认，自己好像的确是太自我了，尤其阿诺德刚才的反应，更让她内疚得无以复加。

"哥哥，对不起，我以后一定会多考虑你的感受。"塞西尔低垂着脑袋，再一次郑重地、认认真真地道歉。从阿诺德的角度，刚好看到她的眼尾，明明是在道歉，却又处处透着无辜与柔弱，仿佛做错事的那个人是他一样。

阿诺德再一次在心里深深地叹息，展开双臂，对塞西尔宠溺又期待地说："来抱抱。"

塞西尔乖乖地抱住了他。

阿诺德微微低头，轻嗅她发间的芬芳。埋在他怀里的少女像熟睡的小动物那样一动不动，突然冷不丁地开口道："哥哥，你之前在马车上抱我的时候，是不是哭了？"

阿诺德的身体瞬间僵硬："我没有。"

"你有，我明明都听到你的鼻音了。"

"那是因为我有点儿感冒。"

"可我还听到你的声音有点儿抖。"

"那是被你气的。"

"可是后来我看到你的眼睛也有点儿红。"

"那是你的错觉！"阿诺德终于忍无可忍地捂住她的嘴。

塞西尔微仰着脸，眨了眨眼睛，看向阿诺德的眼神渐渐变得戏谑起来，含混不清地嘟囔道："哥哥是哭包……"

"我走了，你立刻上床睡觉，明天我来叫你起床！"阿诺德丢下这句话便耳根泛红地落荒而逃，留下塞西尔一个人坐在屋里偷乐。

看来他的确是哭了，还拒不承认。

她放松地打了个哈欠，然后起身关门拉窗帘，正准备去洗个澡，突然看到了被阿诺德放在一边的罗盘。

阿诺德不喜欢这个刻有马蒂名字的罗盘。但这毕竟是别人送给塞西尔的东西，他也没有没收，只是随手放到了桌子上。

塞西尔随即想起罗盘掉出来时的情形——她还没有找小章鱼算账。

她环视一圈，正要喊小章鱼出来，眼前便浮现出浓郁的黑色雾气。兰尼在她面前现身，眼眸碧绿，像是被水润过一般晶莹透亮——他看上去吃得很饱。

塞西尔阴恻恻地看了他一眼，不等他开口，便抬手指向桌面上的罗盘："那是你翻出来的吧？"

兰尼眨眨眼睛，无辜地说："不是我。"

塞西尔神色不变地说道："那是谁？"

兰尼："是小五。"

他又来这一招是吧？塞西尔直接说："那你让小五出来。"

兰尼没有拒绝，撩起衬衫的衣摆，露出苍白劲瘦的细腰，一只漆黑柔软的触手慢吞吞地从他的腰后伸了出来。

塞西尔一把握住凉滑的触手，问道："就是它干的？"

兰尼点了点头，神态真诚。

塞西尔低垂眼眸，轻轻地捏了捏滑软的尖端。兰尼喜欢这样的触摸，像猫一样微微眯起了眼睛。

塞西尔不动声色地扫了他一眼，手指顺着触手慢慢地抚摩。它在她的手里变得无比温顺，甚至还软软地蜷曲起来，像它的主人一样，迫不及待地渴望她进一步的触碰。

他只有在这种时候才会这么诚实……塞西尔的眼中闪过一丝笑意，她微微勾起唇角，一边轻轻地抚摩触手，一边凑到兰尼的耳边，温柔地问道："喜欢我这么做吗？"

兰尼微眯眼睛，身体不自觉地靠近她："喜欢。"

"那我再问你一次。"塞西尔坏心眼儿地松开手。

兰尼立刻失落地睁开眼睛，有点儿迷茫地看着她："什么？"

塞西尔："罗盘是被你翻出来的，还是被小五翻出来的？"

兰尼微顿，固执地说："小五。"

她决定今天一定要治一治兰尼的坏毛病，于是抬起手指，慢慢地抚上兰尼的腰。

兰尼顿时情不自禁地挺直了腰背。

虽然少年看上去漂亮又瘦弱，像一株温室里的沾着露水的花朵，但他实际上也是有肌肉的。不同于强壮男人的那种很明显的一块块肌肉，兰尼的身体匀称干净，紧实腰腹不只充满了少年气，更隐含了一种蓬勃的、绝对的力量感。

塞西尔面色柔和，细长的手指在兰尼苍白紧实的腰腹上慢慢地游走。兰尼下意识地屏住呼吸，腰腹紧绷，浓绿的眼眸微微下移，目不转睛地盯着她。

"这样呢？你喜欢吗？"她轻轻地问，温热的手指像羽毛一样划过兰尼的侧腰。

兰尼的声音变得又低又哑："喜欢。"

"那你乖乖地告诉我，"塞西尔不紧不慢地诱导他，"罗盘是不是被你翻出来的？"

兰尼碧眸渐深，乌黑的睫毛轻颤："是。"

坏家伙，非要她用些手段才肯承认。

塞西尔愤愤地瞪了他一眼，然后利落地收回手。

柔软细腻的触感从腰上消失了，兰尼顿时不满地嘟囔一声："塞西尔——"

"别叫我，你这个闯祸精。"塞西尔一脸严肃地敲了敲桌子，将罗盘举到兰尼的面前，"现在给我坦白，你故意把这个东西扔到地上，究竟存了什么坏心思？"

兰尼眼神清澈地说道："我只是不小心把它碰掉了。"

塞西尔："我的包上有搭扣，你少撒谎。"

在塞西尔严厉的目光下，他终于不情不愿地撇了撇嘴："我不喜欢这个东西。"

"所以你想借哥哥的手把它扔了？"

兰尼移开视线，下巴微仰，一副他没错的样子。

塞西尔简直想给他颁发一张"宫斗奖状"。一天到晚学别的东西不积极，怎么一到做坏事的时候他就无比精通呢？难道他的坏心眼儿真的是天生就有的？看着黑发少年一脸无辜的表情，塞西尔陷入了深深的迷惑中。

"塞西尔，你再摸摸我。"他还敢若无其事地提要求。

"谁要摸你！"塞西尔没好气地瞪了他一眼，转身就要去拿睡衣和枕头。

气死她了，他先是偷偷溜出来，再是变成透明体在她的腿上乱爬，这些她都还没来得及好好教训他一顿，他居然又给她找事情？

她要去别的地方睡，她情愿和斯特拉睡，也不要和这个一肚子坏水的家伙睡在一个房间里。

塞西尔走向衣橱，还没拉开橱门，就被兰尼一把扣住手腕。

"塞西尔，你要做什么？"

塞西尔一脸冷淡地说："我要拿上睡衣去别的地方睡觉。"

"去哪里？"兰尼微微低头，直勾勾地盯着她，"去阿诺德那里吗？"

"你为什么会这么想？"她无法理解地蹙眉，"阿诺德是我的哥哥，我怎么可能去他的房间里睡觉？"

"可是他刚才不是和你……"兰尼歪歪脑袋，有些困惑又不悦地说，"抱抱了吗？"

他不理解"抱抱"的含义，但记得这个动作。

塞西尔对他说过，这个动作是"拥抱"，是两个相互信任、关系亲密的人类之间才会做的事。

塞西尔不愿意与他做这件事，因为她不够"信任"他，但她与阿诺德做了这件事，而且还是两次，今晚。

兰尼非常不高兴。他很讨厌阿诺德，还有那个送罗盘的马蒂，还好马蒂已经走了，但是阿诺德还在。

他也想和塞西尔"抱抱"。

她没想到兰尼会如此认真地记下这个词，毕竟这只是阿诺德哄小孩似的说法……或者说，是她哄阿诺德的方式。

但是这些都不重要，重要的是，兰尼现在的言行举止看上去就像一个吃醋的人类一样。

塞西尔稍微有一点点不知所措。

她的心尖因为这个近乎荒谬的猜测而微微一酥，随即她又暗暗讥讽自己。

她到底在胡思乱想什么啊？兰尼怎么可能懂得吃醋的情感？他只是单纯地以为她和阿诺德的关系亲密，亲密到她可以和阿诺德拥抱，可以和阿诺德睡在同一个房间里。他只是单纯地感到疑惑而已。

塞西尔暗暗地呼出一口气，让自己不正常的心跳慢慢地恢复正常。然而兰尼并不打算罢休，他固执地看着塞西尔，目光幽幽，湿润的吐息轻拂到她的脸上，混合着冷冽的香气。

"我也想要抱抱。"他说。

塞西尔微微一怔："不行。"

"为什么不行？"兰尼不高兴，"为什么阿诺德可以和你抱抱，我就不可以？"

塞西尔耐心地解释道："因为阿诺德是我的哥哥。"

"我也是你的……"兰尼说到这里，停顿了一下，似乎在认真地思考。

塞西尔静静地等着他说下去。她也很好奇，兰尼现在的自我认知是什么。

黑发绿眸的少年陷入了沉思中。过了几秒，他终于抬起眼睑，说："我是你的兰尼。"

塞西尔微愣一下，然后"扑哧"一声笑了出来。

兰尼不明所以地眨巴眨巴眼睛："塞西尔？"

"你这个说法也太奇怪啦！"塞西尔笑盈盈的，清澈的蓝眸像月牙儿一样微微弯起，原本心里那点儿不满也烟消云散，"兰尼只是名字，不能作为一种表达关系的词汇。"

"为什么不能？"兰尼深深皱眉。

塞西尔一边笑一边讲给他听："因为你看，阿诺德是我的哥哥，其意义就在于'哥哥'是我的，而你说的这句话……"

"可我也是你的。"兰尼认真地打断她的话。

塞西尔的笑声戛然而止。

足足一分钟的时间，塞西尔的大脑失去了思考。她呆呆地看着兰尼，眼眸因为茫然而显得有些无神。

她能够听到自己的心脏正在雀跃地跳动，震耳欲聋，犹如擂鼓。

"塞西尔？"兰尼奇怪地唤她，用修长的手指轻触她的脸颊——很凉，又很烫。

塞西尔终于回过神来，快速地眨了几下眼睛，然后掩饰性地微微垂下浓密的睫毛。

她很确定，非常确定，就在刚才那一刻，她心动了——不是因为被兰尼的美色蛊惑，也不是因为理智缺失，而是真真实实地，因为兰尼的那句话而心动。

这很奇怪啊！他是她的宠物，他只是在陈述这个事实，语气甚至没有一丝波澜。她却因为这么简单的一句话而欣喜，甚至涌出丝丝甜蜜的满足，仿佛从心底颤巍巍地开出一朵娇嫩的花。

因为兰尼告诉她——他也是她的。

一种美妙的感觉在塞西尔的心里无声地蔓延，她情不自禁地蜷起指尖，长长的睫毛在灯光下微微颤抖，如同被雨打湿的雪色蝶翼。

她需要整理一下自己混乱的心情，需要更加冷静地思考……

塞西尔没有再出声，低着头绕过兰尼，径直走到床边，胡乱地拿起床上的枕头和睡衣，然后头也不回地向门的方向走去。

"塞西尔？"兰尼更加迷茫了。他一把抓住塞西尔的手臂，因为忘记控制力度而在塞西尔的肌肤上留下浅浅的红痕。

但塞西尔并没有注意到这一点，她现在的感官已经被剧烈的心跳占据了，无论如何，她只想尽快逃离这里。

"你不高兴了吗？"兰尼小心翼翼地俯身看她。

"没有，我只是……"塞西尔的声音很低，透着一丝不易察觉的慌乱，"我只是很困了，我要去睡觉了。"

兰尼仍然不肯放走她："你可以在这里睡。"

"不，我不能和你待在一个房间里……"

"我不会吃你的。"兰尼委屈地撇撇嘴角。

塞西尔当然知道这一点。但现在她根本不能和兰尼共处一室，害怕自己的心脏会爆炸。

"我知道，但我只是想要一个人静静……"塞西尔无奈地抬眸，有些恳求地看着兰尼，"你让我一个人去睡吧，好不好？"

兰尼第一次见她露出这样的神情。

她耳朵很红，脸颊也很红，神色却是无助而彷徨的，看上去有种异乎寻常的脆弱。不是那种外表上的脆弱，而是内心的——她的内心在动摇。

兰尼感到很苦恼，他不想看到塞西尔露出这样的表情，但又不想让塞西尔离开自己。

他专注地凝视塞西尔，最终在满足自己的欲望和让塞西尔高兴之间艰难地选择了后者。

"那你可以和我'抱抱'吗？"最后他有些低落地提出要求，耷拉着毛茸茸的脑袋，像一只被遗弃的狗狗。

塞西尔的心跳得更快了。

"可以。"她不忍心再拒绝这个可怜兮兮的家伙。

兰尼的心情再一次雀跃起来，他看着塞西尔，像阿诺德那样对她伸出双臂。

塞西尔不敢看他的眼睛。她抬起胳膊，慢慢地用双手环抱住他的腰背，然后将脸轻轻地贴上他微冷的胸膛。

她能够听到对方的心跳声，对方的心跳像人类的心跳一样，一下一下，平稳而规律地搏动着。

不像她的心跳，乱得不成样子。

塞西尔轻轻地抱住漂亮的少年，然而对方并不满足于这样的触碰，他渐渐收紧双臂，近乎贪婪地将她拥进自己的怀里。

"塞西尔，你可以不离开这里吗？"他在塞西尔的耳边低低地问道。

塞西尔耳根一软，差点儿就要妥协了。但她仍然能听到自己胸腔里传来的声音，时时刻刻都在提醒着她——冷静一点儿！

"兰尼，不要不听话。"她将脸埋进兰尼的怀里，眼眸微合，偷偷轻嗅他身上幽冷的、好闻的气息，"我们说好了的。"

"好吧。"兰尼不情不愿地答应了。

塞西尔暗暗松了一口气，又有些说不清道不明的失落。

她慢慢地松开兰尼，低垂着眼睑，后退一步，然后温柔地说："晚安，兰尼。"

兰尼看着她，昳丽精致的脸上堆满了沮丧和低落："晚安，塞西尔。"

他看上去可怜极了。

塞西尔差点儿就要控制不住自己，她连忙转身，逃也似的离开了这个房间。

她要去找莉娜。

塞西尔抱着枕头站在莉娜的门外。

其实她在逃出房屋的途中纠结过究竟是去找莉娜，还是去找斯特拉。

反正她绝对不能找阿诺德，他会杀了兰尼的。

虽然莉娜在她的对立面，但莉娜怎么说也是个正儿八经的女孩子，而且在很多方面比她要正常多了。而斯特拉只是一个恶魔，所以肯定不懂人类的心情，更何况还是这种有些混乱的少女心事。

所以塞西尔只是稍微犹豫了一下，便敲响了莉娜的房门。

几乎没有任何等待的时间，莉娜很快便过来打开了门。

"姐姐！你终于回来了！"房门后面，金发蓝眸的少女微微睁大眼睛，惊喜地说。

塞西尔打量了她一眼，莉娜虽然穿着睡衣，但头发并不乱，脸上也没有被吵醒的蒙眬睡意，看上去似乎还没有睡觉。

塞西尔不确定地开口道："你还没有睡吗？"

莉娜连连摇头："我听说你一直没有回来，担心得根本睡不着觉。"

塞西尔心底又浮起小小的愧疚，本来以为只有阿诺德在担心她，没想到莉娜居然也在等她回来。她有些不好意思地摸了摸鼻子，说："其实我只是出去玩了，你们不用这么担心我的……"

"警告！！！"

好烦，这种时候警告还要跳出来一下。

塞西尔不爽地闭嘴了，但莉娜还是听出了塞西尔话里的亲近之意，而且莉娜也看到了塞西尔抱在怀里的枕头，几乎没有多加思考，莉娜便开开心心地将塞西尔拉进了屋里。

"外面冷，姐姐快进来吧！"

塞西尔被她拉进房间里。

房间里的光线并不明亮，只在床前点了一盏荧荧发光的萤火灯，窗帘没拉，银色的、微冷的月光倾洒一地。

莉娜将手足无措的塞西尔按到柔软的大床上，然后铺好薄被，自己也爬上床，开开心心地和塞西尔并排躺在一起。

"那个……"塞西尔不知道该怎么开口。

"嗯？"莉娜扭过头来，期待地看着她，"有什么烦恼吗？"

这也可以算是烦恼吧……大概……

塞西尔皱了皱细眉，又慢慢地舒展，看上去很犹豫也很苦恼。

莉娜见状，稍微调整了躺姿，整个人侧躺过来面向塞西尔，然后轻声地鼓励她："没关系，你想说什么都可以，我的嘴巴很紧，绝对不会告诉别人的。"这就是艾利克斯远远不如莉娜的地方了。

塞西尔听到这句话后，松了一口气，抬起眼睑与莉娜安静地对视。像是受到了莉娜的鼓舞，她终于慢慢地开口了："其实……我最近……的确是有一点儿烦恼，我好像对一个人有了心动的感觉。"

闻言，莉娜顿时惊讶地睁大眼睛："心动？是什么样的男孩子这么幸运？"

塞西尔低低地回答道："是一个什么都不懂，整天只想着吃的笨蛋。"

莉娜若有所思地说道："那的确是个笨蛋呢……但是姐姐会对他

有好感，说明他还是有可爱之处的吧？"莉娜话锋一转，笑盈盈地问道。

塞西尔微微一愣，然后轻轻地颔首，嘴角扬起一丝连她自己都没有发觉的、微小的弧度。

"嗯，他很乖……也很黏人。"

莉娜："像小狗狗一样？"

塞西尔顿了顿："没有小狗狗那么听话。"

"但是听上去还是很可爱。"莉娜总结道。

塞西尔想要纠正她："不，他经常恶作剧，又狡猾又喜欢装可怜，跟可爱完全不搭边。"

莉娜肯定地说："可是即便这样，他在你的眼里还是很可爱。"

塞西尔："啊？"

"因为你的表情是这样说的。"莉娜轻轻地戳了戳塞西尔柔软的脸颊，小声提醒她——她在提及那个"不可爱的家伙"时，脸上一直挂着若有若无的笑意，眼睛也很亮，目光像夜晚的银河，璀璨而温柔……这就是坠入爱河的表现啊！

塞西尔不知道自己不知不觉间居然暴露了这么多，有些心虚地压下唇角，睫毛轻颤，略微沉默了一会儿。

"姐姐？"莉娜叫了她一声。

"你觉得……"塞西尔迟疑地开口道，"这是有好感的表现吗？"

莉娜点了点头："对呀，好感度已经非常高了。"

"可是，我有点儿怕他。"

莉娜讶异地说道："怕他？为什么要怕他？"

"因为他对我来说很危险，"塞西尔顿了顿，轻声补充道，"是会威胁到生命的那种危险。"他会控制不住自己的食欲，会在极度饥饿的情况下把她当作自己的食物。塞西尔在心底害怕着这样的兰尼，即使他每一次都会认真诚恳地对她说"我不吃你"。

莉娜想了想，小心翼翼地问道："那他伤害过你吗？"

塞西尔轻轻地摇头："没有。"

莉娜："那你想离开他吗？"

"不想。"塞西尔的回答慢了半拍。

"明明知道他很危险，却还是不想离开他……"莉娜微微叹了口气，然后弯起眼睛，笑容明亮，"姐姐，这已经不仅仅是简单地有好感了。

"你已经喜欢上他了呀！"

第十一章
诱　拐

　　莉娜的话像一束光瞬间驱散了塞西尔心底迷雾般的困顿与茫然。

　　她是喜欢兰尼的？喜欢一只随时都有可能吃掉她的小章鱼，她的脑子坏掉了吗？

　　塞西尔垂下眼睛，认真地想了想——她的脑子应该的确是坏掉了，不然早该在兰尼第一次表现出想要吃她的欲望时，就想方设法地远离这个小怪物。

　　但她没有，她仍然把他留在身边，甚至一次次容忍他对自己做出过界的行为。

　　所以她从一开始脑子就坏掉了，或者说，她从很早之前就已经对兰尼产生丝丝缕缕的情愫了。

　　难以想象，她居然喜欢上了一只章鱼！塞西尔陷入了深深的自我怀疑中。

　　莉娜有些紧张地看着她，小心翼翼地问道："姐姐，你怎么不说话了？是不是我哪里说错？"

　　"不，你说得很对。"塞西尔深吸一口气，语气轻而平静，"我的确是喜欢他的。"虽然他不是人，塞西尔在心里默默地补充了一句。

莉娜没想到塞西尔居然这么快就想明白了，眨了眨眼睛，试探地开口道："那……"

"太晚了，睡觉吧。"塞西尔突然对莉娜温柔地笑了一下，然后翻了个身，背对莉娜闭上了眼睛。

呜呜呜，莉娜还想继续聊下去呢！眼见塞西尔不再搭理自己，意犹未尽的莉娜沮丧地说了声"晚安"，也轻手轻脚地睡下了。

塞西尔听到莉娜拽被子的动静，又悄悄睁开了眼睛。

窗外夜幕幽远，星辉灿烂，她看着皎洁的月亮，心里逐渐被一种酸涩又甜蜜的感觉所填满。

这就是喜欢的感觉吗？她轻轻地抚上自己的胸口，唇角不自觉地上扬。

她并不讨厌。

身旁的莉娜发出浅浅的、平稳的呼吸声，听上去已经睡着了。塞西尔毫无睡意，只是一遍又一遍地在心里重复自己和莉娜之间的对话。

还好她今晚来找了莉娜。其实她想谢谢莉娜点醒自己，但这么做一定又会被警告，所以她想了想，最终还是什么都没说。但她发自内心地感谢莉娜，并且想用一种安全的方式表达自己的感激之情。

哪天让斯特拉把莉娜也带去泡一泡温泉吧，她想。

第二天，塞西尔和莉娜一起从晨曦的柔光中醒来。

一打开门，塞西尔就看到阿诺德正一脸慌张地到处乱转。

塞西尔揉了揉眼睛："哥哥？"

她的声音不大，但阿诺德还是敏锐地捕捉到了。清俊的金发青年立刻转身，在看到塞西尔的那一刻，紧绷的身体明显放松了下来。

他去她的房间里没找到人，被吓得出了一身冷汗，还以为这小家伙又偷偷摸摸地跑出去了，没想到居然在莉娜这里。

阿诺德松了一口气，无奈地看向塞西尔："你怎么又跑到莉娜这里了？"

塞西尔拍拍怀里的枕头，诚实地回答道："来睡觉呀。"

她和莉娜一起睡觉？她们两个什么时候关系变得这么好了？

阿诺德的心底泛起一点儿微妙的酸意，他忍不住问道："怎么突然想和莉娜一起睡觉了？"

"因为……"

塞西尔不知道该怎么回答，还好莉娜及时开口："是我缠着姐姐，要她把昨晚的经历讲给我听的。"

"是这样吗？"阿诺德低头望向塞西尔，"你都没有讲给我听。"

塞西尔不好意思地笑了一下："因为你也没有问嘛……"

事实也的确如此。阿诺德看了莉娜一眼，然后抬手揉了揉塞西尔的头发，柔声说："待会儿你也和我说说吧，我想听。"

塞西尔乖乖地点头："嗯。"

"好了，快点儿去洗漱吧，我等你们过来一起吃饭。"阿诺德说完便转身离开了，留下两个小姑娘面面相觑，齐齐松了一口气。

"我就说吧！我的嘴巴很紧的。"莉娜得意地眨了眨眼睛。

的确，莉娜比十个艾利克斯加起来都要牢靠得多。塞西尔勾了勾嘴角，然后将目光投向走廊的尽头——她的房间在那里，某只黏糊糊的小章鱼应该也在那里，如果它足够听话的话。

"我们去洗漱吧。"塞西尔收回目光，对莉娜笑了笑。

餐桌旁，阿诺德告诉女孩子们，凯文最近一段时间都不会在家。

因为上次被凯文请回家的医生在回去的当晚就暴毙了，这让凯文的嫌疑一下子变得很大。他要留在王宫里接受审讯。

莉娜听到这个消息后很紧张。

塞西尔倒是没什么感觉。眼不见，心不烦，她还不想看到这个"渣爹"呢。只是来过莱维特宅邸的医生突然暴毙这件事的确有点儿古怪，直觉告诉她：这件事和斯特拉那个恶魔脱不了关系。

不过她暂时不想去考虑这些，因为她的心神已经被另一件事完完全全地占据了——即使对方并不知道她现在的心意，毕竟兰尼是一只只知道吃的笨蛋小章鱼嘛……

塞西尔抿了一口果汁，眼中漾起水一样轻柔的笑意。

她这样算是恋爱脑吗？

"塞西尔，"阿诺德好奇地看着她，说，"你今天好像很开心。"

塞西尔抬头，露出明亮的浅笑："因为可以光明正大地不去上课了嘛！"

少女的笑容甜美而美好，犹如圣洁柔和的光芒。阿诺德总觉得，不仅仅是可以不用上课这么简单的原因。

莉娜遗憾地说："其实我还挺想去上课的，我的治愈术还没学会呢。"

"那个没关系，我可以教你……"塞西尔兴致勃勃地提议，话未说完，就被脑子里突然浮现的那行大字打断了。

"严重警告！！！"

她生硬地接下去："反正你这么笨，肯定学不会。"

莉娜完全不在意她的嘲讽，开心地一拍双手："好啊！那我就等姐姐你教我啦！"

不是他的错觉，今天塞西尔的心情果然很好，她甚至主动提出教别人法术，这在以前是绝对不会发生的事情。而且父亲被审讯这件事好像已经被她们遗忘了，虽然阿诺德觉得这样也很好，不过如果被父亲知道根本无人在意他的话……

阿诺德看了看其乐融融的两个女孩子，无奈地轻轻叹息。

算了，只要塞西尔开心就好。

早餐结束后，阿诺德去王宫里会见凯文。莉娜本想找塞西尔玩，但一看到她一副心不在焉的样子，心下顿时明了，便识趣地悄悄溜走了。

塞西尔一个人脚步轻松地踱回了自己的房间。她将双手背在身后，唇角含笑，一路上无论看到什么都觉得心旷神怡。不仅是心旷神怡，她还有一点儿雀跃的、轻飘飘的感觉，像是踩在云端上一样。

因为她就要见到喜欢的人了！

即使这种喜欢只是她单方面的，也足以令她欣喜不已。

原本很短的路程被她走得极其漫长。终于抵达目的地，塞西尔站在门外，一只手按在银色的门把手上，心里突然开始不受控制地忐忑起来：兰尼有没有乖乖地待在里面呢？还是他早就溜出来了？他不会因为昨晚的事情生气吧？

塞西尔第一次破天荒地考虑这么多。她就这么站在门外，陷入了纠结踌躇的境地中。

然后她就看到一只细细的、像线一样的触手从门缝里伸了出来，在空中探了探，然后慢慢地缠上自己白皙的手腕，在她的肌肤上轻轻地蹭了蹭——是兰尼，他已经感知到她的靠近了。

塞西尔的心跳再次微微加快。她按住门把手，正要开门，房门突然被人从里面拉开了。一只苍白冰凉的手从门内伸出来，一把握住她的手腕，将她拉了进去。

房门随即被关上。

塞西尔抬起脸，不出意外地看到一双浓艳剔透的绿眸。绿眸的主人定定地看着她，发出低柔而委屈的声音："你怎么现在才回来？"

塞西尔的心顿时柔软起来。

他真的好可爱！

她忍不住抬起手，摸摸兰尼漆黑卷曲的碎发，温柔地对他说："对不起，我刚才去吃早餐了。"

兰尼苦着脸，不高兴地嘀咕道："我都没有早餐。"

塞西尔微微讶异地说道："你昨天不是吃过了吗？"他一次吃了那么多，那么大的渔村都被他吃光了。

"可是我还想吃你的魔力，你都好久没有喂我吃过了。"兰尼用一种控诉的语气说道。

塞西尔知道他又在装可怜，才没有好久那么夸张。但她还是点了点头，轻轻地笑着说："好，待会儿就喂你。"

兰尼闻言，漂亮的绿眸顿时亮了一下。他能感觉到，塞西尔今天的心情很好，也很温柔，还很好说话。

他眼眸微转，隐约觉得自己可以趁机再多提一点儿要求。于是他伸出双臂，微微歪头，一脸希冀地盯着塞西尔："那我可以抱抱吗？"

塞西尔闻言，轻轻地眨了眨眼睛。

如果在以前，她一定会言辞坚定地拒绝，因为她不想让兰尼觉得自己没有原则，想抱就抱，想吃就吃，就像盘子里的食物一样唾手可得，毫无威慑力。

但现在的情况不一样了……

她看着兰尼清澈的碧眸，心中再次浮起淡淡的喜悦与悸动。

这次她不想拒绝。

兰尼期待地看着她，双眸像宝石一样晶晶发亮。

塞西尔的心里漾起细细密密的酥软感，像被风吹皱的湖面，晕开一圈圈柔和的水纹。

她几乎快要抑制不住唇边的笑意。

她长睫轻扇，伸出白皙细腻的双手，像要仔细地感受一样，慢慢地、一点点地搂住了兰尼的腰。

她的鼻尖萦绕着兰尼的气息。

塞西尔将脸埋进他微冷的怀里，满足地深吸一口气。

她这样好奇怪啊！

但是她好像真的很喜欢兰尼。他们仅仅一夜没见，这种喜欢的心情就又加深了一些。她迫不及待想要见到他，迫不及待地想要触碰他。

如果兰尼也能像她这样喜欢她该有多好啊！甜蜜的心情顿时又涌起丝丝酸涩，她抿了抿唇，很快将这份微酸的感觉压下去，然后抬起脸庞，专注地凝视兰尼。

兰尼低下头，眨了眨眼睛："塞西尔？"

塞西尔："嗯？"她连应声都是轻快温柔的。

"你为什么一直盯着我？"兰尼好奇地问道。

塞西尔眼波微漾，目不转睛地说："因为我想看。"

他不太能理解塞西尔这个随心所欲的，或者说不按常理的回答，但仍然被少女身上散发出的甜香诱惑，情不自禁地低垂脑袋，轻轻地抵着塞西尔的额头。

他们气息相融，呼吸交缠。塞西尔抬起眼睑就能看到兰尼的眼睛，碧绿剔透，倒映出她微微泛红的脸。

塞西尔的耳畔响起兰尼低低的声音："那你可以再摸摸我的腰吗？"

这个家伙真的很会得寸进尺！

她眼睛微转，总觉得自己不应该什么都顺着他。虽然她现在已经确定自己对兰尼的感觉是喜欢了，但这并不代表她就可以无条件地满足他的一切要求。

她现在姑且还算是兰尼的饲主呢，哪有饲主整天听宠物的话，宠物要她做什么她就做什么的？

她要矜持，要有自己的立场和原则，要占据主导地位。塞西尔在心里默默地提醒自己，并试图用一种冷静而不容置疑的语气拒绝兰尼："当然不可以……"

她还没说完，兰尼便轻轻地蹭了蹭她小巧的鼻尖，小声央求道："就摸一下。"他鼻尖也是凉凉的，呼出的气息仿佛海水般潮湿而冷冽。

对不起，她是个废物。

她一秒就沦陷了。

塞西尔悲愤地咬了咬下唇，然后认命地抬起一只手，轻轻地撩起兰尼的衣角。

他穿的是用人统一的服装，棉麻材质的白色衬衫，面料稍微有一点儿粗糙，越发衬得他皮肉细滑，肤色苍白，透着冰冷的光泽。

应该给他买几件好点儿的衣服了，这个穿起来肯定不舒服，塞西尔默默地想。

她搂着兰尼的腰，将温热细长的手指探进衬衫里，首先在他的腰窝处试探性地按了按。兰尼虽然没有出声，但塞西尔能够感觉到他的呼吸加快，腹部收紧，显然是喜欢的。

这个反应也非常可爱。塞西尔忍不住起了坏心思，开始弯起手指，在他凹陷的腰窝里轻轻地画圈。

少女的手指柔软而细腻，每一次若有若无的触碰都像浮云般轻柔，令人欲罢不能。

兰尼的呼吸逐渐加重。

"塞西尔……"他低低地唤道。

"嗯？"塞西尔心情很好地应了一声，微微上扬的尾音像一只小小的钩子。

"不要把手拿开。"兰尼贴着她的耳郭，低哑的声音里夹杂着一丝隐隐约约的央求，听上去让人不忍拒绝。

塞西尔温柔地说："好。"

她的手像阴影下的藤蔓，无声无息地、一寸一寸地顺着兰尼的脊骨向上攀爬。兰尼能够感觉到那只柔软细嫩的手正在他的背上慢慢地抚摩，细致轻缓，令他舒服得浑身发麻。

偏偏他们的身体还紧贴在一起，他能够清晰地感知到她身体的温度、呼吸的频率以及心跳的起伏。

他双眸的碧色越发幽暗，双手不自觉地抱紧塞西尔，膝盖抵进她的裙摆里。

塞西尔察觉到了兰尼的小动作，但现在不是很想制止。

她微微仰起脸，柔软的唇瓣不经意擦过兰尼的喉结。兰尼的喉结顿时滚动了一下，他情不自禁地微微张口，尖利森白的犬齿轻轻地咬住塞西尔的耳骨。

塞西尔感到有一点点疼，但更多的是遍布全身的酥麻感。

不知道是不是塞西尔的错觉，她突然觉得，不知不觉中空气里似乎弥漫起了一种迷醉的香气。她意识到现在的气氛实在是有些旖旎，还有一点点危险。

她的理智告诉她应该就此收手，但她的身体好像失去了控制。

她舍不得离开兰尼的身体。莉娜说得对，她明明知道这个人很危险，却还是不想离开他，这不是喜欢又是什么呢？

她是在以身试险。

塞西尔身体滚热，莹白的肌肤透出诱人的红色。兰尼游移嘴唇，慢慢地来到她柔嫩的唇角。

他们唇角相触，眼睑低垂，如同两条紧紧缠绕的藤蔓。

塞西尔心中的花缓缓绽放，娇嫩的花瓣沾着晶莹的露水，在晚风中微微颤抖，摇摇欲坠，一如她此时的神态。

她看着近在咫尺的少年，眸光潋滟，忍不住轻轻地开口道："兰尼，你知道什么是喜欢吗？"

兰尼正想要低头亲吻她，听到这个问题后微微停顿，露出了迷茫的神色。

"喜欢？"他这个表情就是不知道了。

塞西尔在心里轻轻地叹息，环抱着兰尼的双手随之垂了下来。兰尼不解地看着她，不明白她为什么会突然停下："塞西尔？"

塞西尔的心情五味杂陈，她知道兰尼没有错，他又不是人类，原本就不懂得人类的情感，她不应该在这方面过多地要求他。

但她还是希望兰尼能够喜欢上她，就像她喜欢兰尼一样。

她会不会有点儿太强求了呢？

塞西尔不知道，只知道原来自己并不能满足于这种隐忍的、单方面的喜欢，贪婪地想要得到更多。

"塞西尔，"兰尼略微不满的声音将出神的塞西尔拉了回来，"我还没来得及吻你。"

听到兰尼说出"吻"这个字时，塞西尔不由得面色一红。

虽然他现在仍然不知道"吻"的真正含义。

"你都不知道什么是喜欢，不可以吻我。"塞西尔稳定心神，平静地说。

兰尼听了更加不高兴："为什么？这两件事有什么关系吗？"

"当然有关系。"塞西尔认真而轻柔地告诉他，"只有两个互相喜欢的人才能亲吻，你都不知道什么是喜欢，自然是不可以做的。"

闻言，兰尼陷入深深的思考中。过了一会儿，他抬眸问道："那你快告诉我，什么是喜欢？"

塞西尔非常乐意。她唇角微弯，温柔地说："喜欢就是比亲昵更进一步的感觉，是想要见到一个人，触碰一个人，陪伴一个人的心情。"

兰尼不假思索地说道："那我也有。"

你有个鬼！你那是想要进食的心情好吗？

塞西尔没好气地横了他一眼，可惜由于眼尾泛红，威严全无。

"总之只有相互喜欢的人才可以亲吻，如果你不喜欢我，是不可以随随便便对我做这种事的。"塞西尔一本正经地对他说。

兰尼深深蹙眉，碧眸里充满狐疑："可你之前明明说这是挑衅。"

塞西尔：说漏嘴了。

她轻轻地咳了两声，掩饰地解释道："对呀，一个人如果被另一个和他关系一般或者不好的人挑衅了，那他一定会生气的吧？只有被喜欢的人挑衅才不会生气，所以这种事情也只有两个相互喜欢的人才能做。"

塞西尔强行圆上了这个解释，兰尼微微沉吟，然后轻眨眼眸，认真地看着她："那么只要我喜欢你，我就可以亲吻你了吗？"

塞西尔狡猾地眨了眨眼睛："是的。"

"可是我要怎么做才算喜欢你呢？"

塞西尔微微一怔，然后轻柔地、慢慢地笑了："这种事情，我会慢慢地教你的。"

她觉得自己的行为很卑劣，因为她在试图引诱什么都不懂的兰尼一点点地喜欢上她。但她的心里没有任何罪恶感，甚至是微微兴奋，乃至欢欣雀跃的。她很清楚，自己就是这么自私的一个人，她想要兰尼喜欢自己，想让兰尼懂得自己的心情。

为此，她不介意使用一些恶劣的手段来达成目的。

兰尼并不知道塞西尔在想什么，定定地看着美丽狡黠的雪发少女，温顺而期待地对她说："那你现在就教我吧！"他在这方面一向是个求知若渴的乖学生。

塞西尔轻轻地托着下巴，仔细地想了想，说："好，那我先教你如何正确地拥抱吧。"

兰尼茫然，他还以为自己已经学会这项技能了。

塞西尔看出他眼中的困惑，微微摇了摇头："不行，你拥抱的方式不对。"

说着，她将兰尼的双臂向上抬了抬："比如你的胳膊，这个位置刚好卡在我的胯骨上，你的骨头又很硬，这样我会很不舒服的。"

兰尼乖乖地将环抱的双臂向上抬了一点点。

塞西尔又将他肩膀的角度稍微调整了下："还有这里，要伏得再低一点儿，这样我才能近距离地听到你的心跳声。"

兰尼乖乖地照做。

"还有，力气要小一点儿，其实我昨晚就被你勒得有点儿疼……"

"对不起。"

"没事，还有这里……"

兰尼像个精致的人偶，温顺乖巧，任由塞西尔对他上下摆布。

等塞西尔终于调整好了最舒服的拥抱姿势，他才眨眨眼睛，用期待的神情说："现在呢？我做得正确吗？"他像个渴望夸奖的孩子。

塞西尔对上他的眼神，忍不住弯起唇角。

"非常正确，作为奖励……"她对兰尼勾了勾手指，兰尼立即像只听话的狗狗，乖乖地垂下头颅。

塞西尔看着他，双眸盈盈如水。

她伸出手，轻轻地拨开少年柔软漆黑的额发，然后倾身凑上去，在他的额头上轻轻地印下一个吻。

"这就是给你的奖励了。"

兰尼一怔，轻轻地眨了眨眼睛。

塞西尔的这个吻很轻，如蜻蜓点水，却在他的心里泛起莫名其妙的涟漪。他不太懂这样的心情是什么，但他下意识地想要注视塞西尔的眼睛，想要向她索取更多。

明明他们已经贴得很近了，身体紧紧地缠绕，近到每一寸都严丝合缝，但他仍然觉得不够。

他不仅想要吃掉眼前的少女，甚至渴望贴近她，与她的一切融为一体。

这个也是饥饿的感觉吗？兰尼的眼中闪过迷茫，翠绿的眼睛像被迷雾笼罩的碧湖。

而塞西尔并没有给他寻求答案的机会，抿了抿唇，后退一步，很快离开了兰尼的身体。

"其他的下次再教你吧。"她柔柔一笑，脚轻轻地踮起，双手放松地背在身后。

她已经得到了最舒适的拥抱，暂时心满意足了。一次教太多也不好，恋爱毕竟是一件循序渐进的事情，她怕一次教太多兰尼会消化不了。

不是塞西尔质疑兰尼的学习能力——他在这方面的能力当然很强，但比起他毋庸置疑的学习能力，塞西尔更怀疑他的理解能力。毕竟"喜欢"是一种非常复杂的情感，即使塞西尔身为人类也经常搞不懂，更不要说一只小章鱼了。

但她有足够的耐心，愿意一点点地、不厌其烦地教兰尼，直到他彻底学会为止。

塞西尔的心里满是不为人知的小盘算，兰尼不知道，仍然目不转睛地盯着她。

"下次是什么时候？现在不可以吗？"他迫不及待地问道。

他实在是太好学了。塞西尔在心里默默地感慨，正要开口，突然听到门外有脚步声逐渐靠近。

细细的鞋跟敲击冷硬的大理石地砖，发出清脆的声响，塞西尔几乎立即便猜出了来人是谁。

能够将细高跟的鞋穿得如此熟练，除了她美艳的继母也没有别人了。

"斯特拉来了，你快进去。"塞西尔指了指屋里的水缸，对兰尼说。

兰尼纹丝不动："我不。"他还挺叛逆。

不等她再多说几句，门外的脚步声停了下来。房门被"咚咚"地敲响，柔媚的声音隔着房门轻轻地响起："小塞西尔，你在吗？"

塞西尔看了兰尼一眼。

"我有很重要的事情要和你说。"斯特拉继续说道。

很重要的事？塞西尔想了想，走过去打开门。

果然，斯特拉正笑盈盈地站在门外，漂亮白皙的手上还端着一盘葡萄。

"我就知道你一定在里面。好啦，让我进去吧。"

塞西尔狐疑地将目光落到那一盘葡萄上："这就是你说的'重要的事'？"

"哎呀！边吃边说嘛！"斯特拉轻飘飘地抬起一只手，正要抚上塞西尔的脸，就被一只冰冷的触手紧紧地缠住了。

斯特拉黑着脸说："小塞西尔，快让他把这玩意儿从我手上拿开。"

这玩意儿给她带来的心理阴影实在是太大了，她现在一看到这东西就犯怵。

塞西尔在心里偷笑，然后一本正经地对身后的兰尼说："放开她吧，我看她吓得不轻。"

兰尼阴冷地瞥了恶魔一眼，慢慢地收回触手，斯特拉这才松了一口气。

塞西尔关上门，三个人一起走到桌旁坐下。兰尼一声不吭地盯着斯特拉，双手紧紧地环住塞西尔的腰，冰冷不悦的面容上充满了敌意。

看到两个人的动作如此自然又亲昵，斯特拉神色莫测，忍不住开始阴阳怪气地说道："哟，关系这么好呀？"

少女白皙的脸颊上迅速地泛起可疑的红晕，而兰尼则一脸懵懂，茫然不解地扭头看着塞西尔。

斯特拉将这两个人的反应看在眼里，心里千回百转，脸上依然是笑盈盈的。

她捏起一颗葡萄，剥掉皮，正要送至塞西尔的嘴边，突然注意到一旁那道阴恻恻的眼神——像刀子一样，虎视眈眈的，仿佛随时都能将她千刀万剐。

斯特拉手一抖，默默地将葡萄送进自己的嘴里。

"你刚才说的'重要的事'到底是什么？"塞西尔催促道，"快点儿说，我还要去教莉娜治愈术呢。"

斯特拉张开殷红的唇，先是不紧不慢地舔干净手上的汁水，然后才在塞西尔不耐烦的目光下幽幽开口。

"就是凯文的那件事，你们应该已经从阿诺德那里听说了吧？"

斯特拉轻轻地掩嘴，狭长的紫眸艳光流转，"医生暴毙之类的。"

塞西尔面无表情地看着她，说："是你干的？"

斯特拉讶异地说道："你已经知道了？"

塞西尔："我也是猜的。"

果然人类是最阴险狡猾的物种，连恶魔也比不过。斯特拉幽幽地叹了口气，习惯性地伸手去摸塞西尔："唉，我也是迫不得已……哟！"

她还没说完，兰尼的触手已经悄无声息地缠上她的手，如同绞杀猎物的毒蛇，将恶魔漂亮的手骨勒成一种扭曲的、可怕的形状。

斯特拉被兰尼欺负得火气"噌噌"上涌，理智全无，猛地张开嘴，美艳的脸庞瞬间四分五裂，变成一朵猩红的花，对准蠕动的触手便要狠狠地咬下去。

"到此为止。"少女低柔平静的声音突然响起，触手和恶魔之花同时停下动作。

塞西尔对斯特拉淡淡地说道："把你的大嘴巴给我收回去。"

浓黑的魔法阵在狰狞的口器上隐隐发光，斯特拉愤愤地收缩口器，变回黑发紫眸的雪肤美人。

塞西尔又将视线投向兰尼，声音轻柔地安抚道："兰尼，先把小五收起来吧。"她也不知道这只触手是不是之前的小五，反正没有变成小章鱼的触手统称为"小五"没有错。

兰尼显然不太乐意，触手仍然一点点地收紧，发出"嘎吱嘎吱"的声音——那是恶魔手骨变形的声音。

斯特拉的脸色糟透了，她立即望向自己唯一的主人。塞西尔接收到那双美眸投来的求助信号，轻轻地叹息道："兰尼，这次就先放过她吧。"

她这样说着，温柔地摸了摸凉滑的触手。触手因为她的触摸而松了一些，尖端微微翘起，在她的手背上轻轻地磨蹭。塞西尔浅笑了一下，又抬起另一只手，柔柔地抚上兰尼苍白的脸颊。

兰尼身上那种阴冷的戾气随即消失，他贴着塞西尔细腻的手心，又变得温顺而安静。

这两个人是怎么回事？明明只是简单的安抚动作，为什么却透着一种旖旎、暧昧的感觉？斯特拉更加不爽了，看着塞西尔和兰尼，酸溜溜地说："还摸摸蹭蹭的，我怎么就没这待遇呢？"

塞西尔无动于衷地扫了她一眼："你算老几？"兰尼毫不客气地发出一声讽刺的轻笑。

斯特拉被气得青筋凸起。

"有事说事，别跟我扯这些有的没的。"塞西尔安抚完兰尼，再一次不耐烦地催促恶魔。

斯特拉这才愤愤不平地接回话题："我来是想告诉你，我多半要被发现了。"

闻言，塞西尔微微蹙眉："为什么？"

斯特拉揉了揉自己变形的那只手，错位的手骨在她的捏动下一块块地恢复原状。

"那个医生是被我吃掉的……"察觉到塞西尔冷厉的目光，她连忙解释道，"我当时很虚弱嘛……谁让他要自己送到我嘴边？而且他还发现我不是真正的人类，如果不处理掉他的话，他肯定扭头就告诉凯文了。"

塞西尔才不相信斯特拉是迫不得已，但斯特拉毕竟是邪恶的恶魔，塞西尔也没那个闲情逸致去纠正恶魔的三观。

"然后呢？"塞西尔托起下巴，语气平淡地问下去，"然后你做了什么？"

斯特拉又开始剥葡萄，一边回忆一边将葡萄放进口中，透明的汁水从斯特拉殷红的唇角流下，塞西尔很难分辨那究竟是葡萄汁还是恶魔的口水。

"然后我就把他吃得干干净净，连骨头都没有剩下……啊，但是我把皮留了下来……"斯特拉颇为遗憾地说道，"我控制了医生的车夫，然后把皮套到了车夫的身上。接下来的过程就很简单了，你知道牵线木偶吧？"

塞西尔点点头："知道。"

"伪装成医生的车夫就像牵线木偶一样，被我控制着离开这里，然后凭着我的指令回到医生的家里。当然，在那之后，我就没有再控制那家伙了，本来还以为他能多撑几天的，但我忘了人类的身体非常不堪一击。"

"所以失去你的控制后，车夫当晚就在医生的家里暴毙了。"塞西尔顺着她的话推测道。

斯特拉耸了耸肩："就是这样，你说现在怎么办？"

塞西尔不由得揉了揉眉心。这个恶魔做事还真是随心所欲，根本就不考虑后果。现在一口黑锅甩到凯文的头上，无论最后审讯的结果如何，凯文都一定会怀疑到斯特拉的头上。

不过斯特拉毕竟是恶魔，就算身份暴露，凯文也不能把她怎么样。

想到这里，塞西尔又松了口气，冷淡地横了斯特拉一眼，说："谁让你吃医生了？自己没事找事。"

斯特拉闻言，顿时委屈地控诉道："你还怪我，说到底不都得怪你身边这只怪物吗？要不是他害得我半死不活，我也不至于虚成这样，更不至于饥不择食，去吃一个丑兮兮的老男人。"

还有这回事？塞西尔心里一动，扭头看了兰尼一眼。

黑发绿眸的少年对上她的目光，坐姿端正，腰背挺直，温顺乖巧，眉眼纯洁。

塞西尔：我知道了，一定是斯特拉的错。

她收回目光，真诚地对斯特拉说："你就努力地让父亲消除对你的怀疑吧，我相信以你的能力一定能办到。"

斯特拉无语："以我的能力？以我的什么能力？"

塞西尔眨了眨眼睛，俏皮地说："就是'那种能力'嘛！"

看着塞西尔欠揍的小表情，斯特拉咬牙切齿。正当她死死地盯着美丽柔弱的人类少女时，一直默不作声的兰尼突然开口道："塞西尔，'那种能力'是什么？"

这让塞西尔怎么回答……塞西尔一时有些发怔，稍微愣神了几秒，很快恢复镇定，刚要一本正经地糊弄兰尼，斯特拉突然无比干脆地凑了过去，跟兰尼说起了悄悄话。

结果兰尼更加迷惑了。

斯特拉看着黑发少年一脸迷茫的样子，心里不由得一阵舒爽——这根本就是个什么都不懂的雏鸟，还好意思和她抢人。

她越想越得意，不由得鄙夷地睨兰尼一眼，从鼻腔里发出一声嘲讽的冷笑："你连这个都不知道，还是回你的水缸里玩水去吧。"

塞西尔：有没有搞错啊？你刚被人家揍得半死不活，还敢这么明目张胆地挑衅？

她想起斯特拉一次次堪称作死的行为，终于意识到：恶魔其实是一种很容易好了伤疤忘了疼的生物。斯特拉迟早要把自己作死。

塞西尔恨不得现在就把斯特拉赶出房间，偏偏塞西尔还有问题没有问完，而兰尼默默地看着斯特拉，眼神已经不算友好。

当然，这只是塞西尔的视角。在斯特拉的眼里，面前的兰尼已经变成名副其实的怪物——庞大的、漆黑的、不可名状的。

无数只森冷的竖瞳从兰尼的体内翻涌而出，齐刷刷地盯着斯特拉。

斯特拉的鸡皮疙瘩瞬间就起来了。

"兰尼，你不要听她……胡说八道。"塞西尔立即打断两个人的对话，中间还微妙地停顿了一下。

闻言，兰尼将目光从斯特拉的身上移开，神情重新变得茫然而好奇。

而斯特拉早已渗出一身的冷汗。还好刚才塞西尔打断了兰尼的话，虽然塞西尔也是无意的。

"那是什么？"兰尼锲而不舍地询问道。

塞西尔偷觑斯特拉一眼，眼神中的警告意味十分明显。斯特拉立即抿紧红唇，低眉顺眼，一句话也不插了。

塞西尔这才放心地解释道："其实我说的'那种能力'是指蛊惑啦。"

斯特拉：好像某种意义上也差不多。

兰尼微微歪了歪脑袋："蛊惑？"

"对呀，你看斯特拉是恶魔，她多少有一点儿蛊惑人心的能力。"

塞西尔笑眯眯地说，"否则她怎么能让我的花心父亲乖乖地听她的话呢？"

斯特拉：当然是凭借我的美貌。

兰尼："能让别人听话，就是有蛊惑人心的能力吗？"

塞西尔温柔地回答道："对呀。"

斯特拉：哼，骗人精。

兰尼摆出一副若有所思的样子，紧接着双眸微微一亮："那你一定也有蛊惑人心的能力吧！"

塞西尔一怔，不解地问道："为什么这么说？"

兰尼浅浅一笑，面容如画上的天使般美好："因为我也愿意听你的话。"

塞西尔觉得自己的心被击中了。

斯特拉看着脸颊迅速升温的人类少女，震惊得几乎说不出话：我是输在这个地方吗？输在不会说这些肉麻兮兮的话上？这小子装什么纯情啊？他杀人的时候不是挺利索的吗？

斯特拉被气得疯狂地磨牙，恨不得当场揭露兰尼人前一套人后一套的丑恶面孔，却又怕这怪物半夜暗杀她。

最后，她只能憋屈地站起身，从牙缝里挤出阴沉的声音："我走了，葡萄留给你们吃吧。"

塞西尔这才想起来自己还有正经问题没有问斯特拉，连忙又把她按着坐下来："等等，我有件事想问你。"

斯特拉没好气地说："快问。"

这个恶魔居然还横起来了。塞西尔调整了下自己的表情，语气重归平静："你见过人鱼吗？"

斯特拉："见过啊。"

"是什么样的？"

斯特拉挑起一缕柔软的发丝绕在指尖，心不在焉地回忆道："很漂亮，很柔弱，口感也很好。"

"我说的是那种很丑的人鱼。"塞西尔纠正道。

"很丑的人鱼？"斯特拉嫌弃地皱眉，说，"那我可没见过，我对丑东西没有兴趣。"

塞西尔表示理解，就像人类也对鲱鱼罐头避而远之一样，那么丑的人鱼，斯特拉看一眼就会觉得食欲骤降吧。

小章鱼却能一口气吃那么多，这么一对比，小章鱼的确很可怕。

"那你听说过吗？一个不知名的小渔村里出现的丑人鱼。"

斯特拉意兴阑珊地摇了摇头："没有，我还是更喜欢吃人类。"

斯特拉没有听说过也没有见过，那么可以初步断定，那个渔村里的人鱼存在的时间并没有很长。

"那么长在蜗牛壳里的女人呢？你见过吗？"

斯特拉闻言，更加嫌弃了："那更恶心了吧！我怎么可能见过这么倒胃口的东西？"

斯特拉都没见过，那么人鱼和蜗牛女究竟是从哪里冒出来的？难道它们也是异变的产物？

塞西尔仔细地思索，脑海中突然浮现出一个毛骨悚然的猜想——那些人鱼和蜗牛女，该不会是由村民异变的吧？

斯特拉根本没有心情考虑这些奇奇怪怪的问题。她现在担心的事情只有一件——那就是凯文会不会怀疑她的身份，进而找人把她抓起来。

她倒是不担心有人来抓她，反正来一个吃一个，再不济还可以逃跑。她是不想因此离开这座宅邸，这样以后见到塞西尔的机会就很渺茫了。

恶魔苦恼极了。

"好了，我没有其他问题了。"塞西尔优雅地起身，顺手拿起平摊在桌上的烫金书籍，"我现在要去教莉娜治愈术。兰尼，你乖乖地待在这里不要出去。斯特拉，你可以走了。"

斯特拉："啊？用完我就要赶我走？"

塞西尔微一挑眉："不然呢？"

斯特拉被气得暗暗咬牙。

兰尼也有点儿意见："我想跟你一起去。"

"不行，会被发现的。"塞西尔安抚地对他笑了一下，想了想，又

341

将书柜最下面的抽屉打开，从里面抱出一摞装裱精致的书。

"你可以看这些小说打发时间，有几本还挺有意思的——对了，你会看书吗？"

兰尼看了一眼最上面的那本书，封面色彩斑斓，上面写着一行漂亮的烫金花体字——《被女皇掳走后我变成帝国第一的大魔导师》。

什么东西？

他点点头，说："会。"但是他没看过。

"那就好。"塞西尔将这一摞小说都放到桌子上，然后摸摸兰尼微鬈的黑发，柔声说，"乖乖地待在这里看书，千万不能出去，待会儿我让斯特拉送点儿食物过来。你想吃什么？"

斯特拉被气得头顶都要冒烟了：他们真把她当用人了，还让她给这只怪物送吃的！

兰尼认真地思考后说："想吃肉。"想了想，他又补充道，"还有草莓。"因为塞西尔很喜欢吃草莓，塞西尔喜欢的他都喜欢。

"好。"塞西尔笑了笑，侧眸看向斯特拉："听到了吗？"

恶魔气呼呼的："知道了！"

塞西尔这才满意地离开。斯特拉恶狠狠地瞪了兰尼一眼，也忙不迭地跟着塞西尔出去了，怕慢一步就会被怪物报复。

两个人一起离开后，屋里只剩下兰尼一个人。

兰尼将那几本书一一摊开，一本本看过去：《我成了帝国的最后一只人鱼》《身为亡灵的我今天也在拯救世界》《一觉醒来我变成穿着裙装的女孩子》《和公爵大人抵死缠绵的十天十夜》……

他无法理解，明明每一个字都认识，组合起来却完全看不懂。兰尼紧紧皱眉，下意识地抗拒这些看起来很复杂的东西。

但是塞西尔似乎很希望他看这些书。

兰尼想起少女温柔浅笑的样子，拿起那本《和公爵大人抵死缠绵的十天十夜》，翻开第一页。

他还是看吧。

塞西尔来到莉娜的房间门前，刚推开门，就看到纯洁的金发少女正坐在窗边，神色恍惚地看着窗外的风景，一副心事重重的样子。

塞西尔安静地站在门旁，没有出声打扰莉娜。

很快，莉娜就发现了塞西尔的存在："姐姐！你来了怎么也不叫我呀？"莉娜惊讶地娇呼一声，小脸迅速地泛起可疑的红晕。

塞西尔笑了笑："总觉得我来的时机不对。"

"才没有。"莉娜羞赧地拉着她坐下，又拿出茶壶和刚烤好的小饼干，"姐姐，这些饼干是我刚烤的，还很酥脆呢！"

塞西尔没有吃，因为吃下就一定要讽刺莉娜几句，否则一定会被警告，偶尔一两次还没什么，次数多了就危险了。

塞西尔为自己倒了一杯红茶，轻抿一口，然后悠悠地开口道："其实我是来教你进阶治愈术的，虽然你肯定学不会。"她适时地补上这句嘲讽的话后，顿了顿，继续说道，"但是看样子，你现在应该没有学习的心思吧？"

莉娜脸红红地嗫嚅道："我……我很快就会调整好的。"

塞西尔笑而不语，放下茶杯，单手托着下巴，饶有兴致地看着眼前的金发少女。

莉娜的脸顿时更红了："姐姐，你能不能不要这么看着我？你这样……我很紧张。"

"哦，我只是随便看看。"塞西尔慢悠悠地说道，"那你调整好了吗？我要开始上课了。"

说完，塞西尔翻开书。莉娜见状，连忙一把按住书页："那……那个，还要等一会儿，我还有一个小小的疑问。"

塞西尔望向她："什么疑问？"

"外面真的很危险吗？"犹豫了半天，莉娜终于问了出来。

塞西尔隐约能猜到她此时的心思。

"看上去应该和平常没什么区别，但是你也不知道在这种平静的日常中会不会潜藏着下一个基恩。"塞西尔耸了耸肩，"所以，危不危险，全看你怎么想。"

比如对博德来说肯定不危险，毕竟他杀基恩就像灭老鼠一样简单。

"那……那骑士先生……"莉娜听了这番话后，顿时紧张起来，红晕消退的脸上布满了担忧。

塞西尔心下了然——莉娜果然是在担心她的骑士先生。

虽然塞西尔很想告诉莉娜"你的骑士先生现在应该非常安全"，但这样会被判定为帮助莉娜。以防万一，塞西尔还是决定不多这个嘴了。

"你没有他的联系方式吗？"她想了想，问莉娜。

莉娜忧郁地摇了摇头："没有，我们之前都是约在书店里见面的。"

这还真是非常不高效的见面方式，不过也很符合游戏原本的风格，既轻松又浪漫。

可现在这个世界的画风已经越来越诡异了。

"那就试着写一封信给他吧，写好让用人送给书店老板帮忙保管，这样一旦你的骑士先生进出那个书店，就可以让老板把信转交给他了。"塞西尔淡淡地提议道。

"对啊！我可以写信！"莉娜眼睛一亮，感激地扬起笑容，"谢谢姐姐，我现在就去拿纸笔！"

她立刻起身去拿纸笔，塞西尔看着她轻盈的背影，脑中闪过二皇子英俊的脸。

其实根本不需要什么送信的用人，把信直接交给阿诺德就好了。

当然，不能被莉娜知道。

塞西尔那边在等莉娜写信，兰尼这边也没闲着，他正在认真地看小说，越看越迷茫。

突然，房门被人毫无预兆地从外面打开，端着草莓的斯特拉黑着脸走了进来。

兰尼冷冷地扫了她一眼——塞西尔一不在这里，恶魔就原形毕露了是吗？

斯特拉一脸不爽地把草莓放到桌子上，顺势向兰尼手中的小说一瞥。

"《和公爵大人抵死缠绵的十天十夜》……"她忍不住读出声,"你喜欢看这种东西?"

兰尼抬眸看她:"这种东西是什么东西?"

斯特拉:"当然就是……"说着说着,她突然停了下来。

等等,这家伙什么都不懂,也就是说,她说什么他都会信。那她是不是可以……?斯特拉的脑海里渐渐浮起邪恶的念头,她看着黑发绿眸的昳丽少年,慢慢地扬起意味不明的微笑:"让我来好好解释给你听吧。"

兰尼静静地看着斯特拉,眼中的鄙夷一目了然。

斯特拉愠怒地说道:"你这个眼神是什么意思?"

兰尼垂下眼睑,继续看书,一副懒得和她说话的样子。

她居然被彻彻底底地无视了!

斯特拉被气得牙根痒痒,但一想到自己的计划,又生生地忍了下去。

兰尼什么都不懂,而塞西尔又总是编谎话糊弄他,那么她只要将塞西尔一直在欺骗他这件事告诉他,再告诉他那些词正确的意思是什么,他必定会有所不满。

到时候这两个人必然要发生争执,等他们打起来,她就可以坐收渔人之利。最差,她也能得到塞西尔的信任与依赖,运气好的话说不定还能解除主仆契约……

斯特拉越想越美,顿时觉得兰尼的恶劣态度也不是那么不能接受了。

她走到兰尼的身旁,微微俯身,紫眸瞄向兰尼手里的小说。

"是不是有疑惑?"斯特拉伸出白玉般的食指,在书上轻轻地点了点,"需要我解释给你听吗?"

兰尼睨她:"你怎么还不走?"

斯特拉妩媚地笑笑:"我这不都是为了你好吗?你想,要是小塞西尔回来后问你这本小说讲了什么,你答得不对怎么办?"

她眼波流转,语气里充满诱导的意味:"小塞西尔一定会很生气吧,说不定还会对你感到失望呢!"

兰尼微微停顿了一下。

斯特拉知道他已经动摇了。

果然，短暂的沉默后，兰尼冷冷地开口道："你说说看。"

斯特拉忍不住勾起唇角，对兰尼勾勾葱白的手指，唇边勾起靡丽惑人的笑："走，我带你出去实践教学。"

"实践？"兰尼微微歪头。

"对呀，我们现在说再多也是纸上谈兵，没用的。"斯特拉神秘地眨了眨眼睛，"得去找个有经验的大姐姐言传身教才行。"说着，她走到门旁，打开房门。

兰尼仍然站在原地，定定地看着被放在桌面上的小说。

"走呀。"见兰尼迟迟没有动静，斯特拉扭头风情万种地瞥了他一眼，"难道你不想让小塞西尔体会到什么叫真正的快乐吗？"

兰尼没有说话。

他微微侧眸，看了一眼红润饱满的草莓，眼前似乎浮现出雪发少女柔美的脸。

如果他学会了斯特拉所说的那些事情，塞西尔会夸奖他吗？

兰尼安静地思考，不知过了多久，终于抬起眼，望向倚靠在门上的恶魔。

恶魔了然一笑。

莉娜的信写好了，塞西尔答应莉娜会把信交给认识路的用人，然后塞西尔把信收起来，回自己的房间。

她一路上都在猜想，兰尼会不会看不懂那些奇奇怪怪的小说，又有点儿担心他真的能看懂，毕竟这些小说里还是存在一些糟糕的剧情的。

等等，她那里是不是的确有一本不太健康的小说？叫什么来着？什么的十天十夜？

不好，她该不会连那本也一起给兰尼了吧？塞西尔突然惊醒，连忙加快步伐走到自己的房门前，握住把手，一把推开房门——屋里空空如也。

斯特拉不在，兰尼也不在，桌上只有一盘深红色的草莓和几本散乱的小说。

微风轻轻地吹动窗帘，四下寂静无声。

塞西尔微征："兰尼？"

没有人回应她。

兰尼不见了，屋里没有留下任何打斗的痕迹，但是有一盘新鲜的、上面沾着水珠的草莓，这说明斯特拉已经来过了。

塞西尔走过去，将倒放在桌面上的小说翻过来。小说的名字叫《和公爵大人抵死缠绵的十天十夜》，正是她最不想给兰尼看到的那本。

她刚穿过来的那几年，日子过得实在无聊。因为还没有遇到博德，所以她不能整天学习黑魔法，贵族小姐们的茶会她也毫无兴趣，只能天天待在家里，把书房里的藏书翻出来，一本接着一本地看。

但是那些书都太正经了，又正经又枯燥，让人完全没有看下去的欲望。

塞西尔被这些堪比学术论文的东西搞得清心寡欲，头晕眼花，甚至起了逆反心理。于是她就跑出去搜罗了一堆奇奇怪怪的小说——当然也包括这本《和公爵大人抵死缠绵的十天十夜》，内容同样枯燥，剧情乏善可陈，但是她看完了，而且还是背着阿诺德偷偷摸摸地看完了。

在那之后她就把这些小说一起放在书柜的最下面。时间过去太久，以至于她完全忘记这些小说的内容是什么，否则她也不会这么大大咧咧地拿给兰尼看。

塞西尔懊悔地揉了揉眉心，目光微微下移——落到了摊开的那一页的文字上。

她简直不敢去想兰尼在看这一页的时候是带着怎样的表情和心理？塞西尔发出一声近乎绝望的低吟，然后快步走出房间，上了二楼，来到斯特拉的卧房里。

一名女仆正在打扫卫生，看到塞西尔来了，她停下手上的动作，恭敬地欠身行礼："大小姐。"

塞西尔淡淡地问道："斯特拉夫人呢？"

女仆说："夫人刚才回来换了个装，然后就带着一位少年出去了。"

塞西尔："少年？什么样的少年？"

女仆的脸微微红了红："黑头发，绿眼睛，皮肤很白，腰很细，长得很漂亮……"

塞西尔忍不住打断女仆的话："你看得也太仔细了吧！"

女仆被塞西尔的语气吓了一跳，垂下头，怯怯地嗫嚅道："我……我就看了一眼。"

"你看了一眼，连他的腰很细都看出来了？"塞西尔莫名其妙地有些恼火，"你这一眼看得是不是有点儿太多了？"

女仆身子一抖，眼泪都快流下来了："我……我没有，我真的只看了一眼。"

"下次一眼都不准看！"塞西尔气呼呼地离开了，扔下女仆一个人在原地瑟瑟发抖。

等到回到自己的房间里后，塞西尔才勉强恢复冷静，意识到自己刚才的表现实在是有点儿失态。

她从来不是这么容易激动的人。但不知道怎么回事，她一看到女仆那羞涩的表情，听到女仆那沉醉的描述时，火气一下子就上来了。

都怪斯特拉！塞西尔相信兰尼绝对不会主动离开，必然是斯特拉用什么下三烂的方法诱拐了他。

兰尼什么都不懂，极有可能听信斯特拉的话。虽然在杀伤力上，兰尼比斯特拉要强大得多，但他的性格单纯，远没有恶魔那么邪恶，自然也分辨不出恶魔的坏心眼儿。

所以恶魔很有可能趁此机会，将兰尼从塞西尔的身边骗走。

塞西尔越想越生气，恨不得将斯特拉大卸八块。她暗暗发誓，等把兰尼找回来，她一定要打断斯特拉的腿。

"这次绝对不会放过你。"塞西尔恶狠狠地合上小说，立刻动身出门。

她现在就去找人。

"怎么样？是不是从来没有来过这个地方？"

天色渐暗，冷清的道路两侧亮起一盏盏红色的灯。原本还没什么人的街道渐渐变得热闹起来，而这些行人八成是男性。

一个扎着低马尾辫的、容貌艳丽的男人和一个黑发绿眸的少年也不紧不慢地走在人群中，男人笑着对少年说话，眼波流转间皆是惑人的艳光。

"这里人太多了，我不喜欢。"少年厌恶地蹙眉。

"你懂什么？"漂亮男人摇了摇头，表情中透露出显而易见的优越感，一副看不上少年的样子。

这两个人正是擅自离开莱维特宅邸的斯特拉和兰尼。

由于目的地的特殊性，斯特拉特地在走之前换了一身合身的男装，又把脸上的妆卸掉，将披散的长发松松地绾成一束，用深紫色的缎带打了一个漂亮的蝴蝶结。

就算是打扮成男人的样子，她也得保持精致，谁让她长得这么美呢！

她现在俨然已是一位美貌惊人的"贵公子"了。

兰尼意兴阑珊地掀了掀眼皮，对周遭的一切都毫无兴趣，甚至逐渐感到不耐烦，就在他打算转身回去的时候，斯特拉突然冲他暧昧地挑了一下眉。

"到了。"她停下脚步，微微抬眸看向前方。

两个人的面前是一扇厚重的黑色大门，门上用深红色的颜料勾勒出一朵妖娆盛放的花。

兰尼面无表情地问道："这是哪里？"

斯特拉对他神秘一笑："当然是进行实践教学的好地方。"说完，她便抬手敲门，"咚咚咚"三声落下，大门被人从里面打开了。

一个风情万种的女人站在门后，手里拿着一个细长的烟斗，眼尾上扬，无声地对门外的两个人上下打量。

她眼神很露骨，穿着也很露骨——开衩的裙摆一直开到大腿根处，臀部浑圆，丰满性感的曲线一览无余，上身倒是包裹得严严实实，严实到可以清晰地看出身体的轮廓。

“哎呀！两位客人长得可真漂亮。”她笑盈盈地说，目光直勾勾地盯着兰尼。

“你也很漂亮。”斯特拉上身前倾，轻轻地勾了勾烟斗女的下巴，眼神挑逗而散漫。

烟斗女“哧哧”地笑了起来：“请进吧。”她吸了一口烟，转身向里屋走去。

斯特拉带着兰尼一起跟上。

烟斗女拉开深红色的幕帘，混乱奢靡的一幕随之映入两个人的眼中。

烟雾缭绕，男男女女在昏暗的光线中拥抱接吻，喝酒调笑。穿着暴露的女人们举着酒杯穿梭其中，也有些男人四处游走。空气中浓郁的香水味令人头晕目眩，兰尼不由得厌恶地捂住鼻子。

烟斗女又吸了一口烟，吐出一个扁扁的烟圈，然后慵懒地看向斯特拉：“二位想要什么样的？”

斯特拉看了兰尼一眼，说：“温柔成熟的那种，最好是能手把手地教导一下。”

闻言，烟斗女用视线扫过兰尼，然后心知肚明地笑道：“没问题。”紧接着，她对迎来送往的女侍者招招手，然后与对方说了几句话。

很快，一个看上去知性温柔，充满了成熟气息的美丽女性走了过来。烟斗女对她使了个眼色，成熟的大姐姐立马柔弱无骨地向兰尼靠近。

“小弟弟，是你需要教学吗？”她伸出白嫩的手，轻轻地抚向兰尼的脸，“来吧，姐姐会把所有的知识都详详细细地教给你，保证一学就会——啊！”

她指尖还没碰到兰尼的肌肤，突然发出一声惨痛的尖叫。

斯特拉和烟斗女立刻扭头望去，这才发现这个女人的胳膊已经被兰尼拧断了。

被拧断的小臂摇摇晃晃地垂下来，鲜血很快染红了轻纱般的衣袖。

女人发出痛苦的惨叫，而兰尼依旧面无表情，甚至还在斯特拉的衣服上擦了擦手，仿佛刚才摸到的是什么脏东西。

女人惊恐地看着他，疯了似的逃跑了。其他客人和侍者们也停下动作，齐齐地望向他们。

烟斗女也放下了手中的烟斗，神色莫测地看着兰尼，然后又看向斯特拉，欲言又止："客人，这种情况……"

斯特拉挑眉："不接了？"

"不是。"烟斗女摇头，凝重地说，"得加钱。"

好吧，看来她们也习以为常了。斯特拉掏出几枚金币放到烟斗女的手里，想了想，随即有了一个新的点子："你这里有会变形术的人吗？"

烟斗女收起金币，笑眯眯地回答道："当然有，岂止是会，简直是精通。"

她像刚才一样对一旁的女侍者传达要求，很快，一位面容娇美的女性走了过来。

烟斗女对斯特拉微笑："您想让她变成什么样子？"

斯特拉眼眸微转，然后牵起变形女的手，将她拉到就近的一个房间里。

兰尼厌烦地站在外面，眼中的戾气已经非常明显。

不一会儿，斯特拉从房间里走出，跟在她身后的是一名雪发蓝眸的柔美少女。

兰尼望向这个无比熟悉的少女，眸中的森冷蓦地消失，转而泛起微微的亮光——那完全就是塞西尔的脸，甚至连身高、体形也基本一致。

"怎么样？是不是有感觉了？"斯特拉在他的身边低声问道。

兰尼没有出声。

少女轻轻地抚了下薄透的裙摆，怯怯地看了兰尼一眼。像是在小心翼翼地试探，她对上兰尼的目光，精致白皙的小脸上慢慢地扬起一个羞涩而纯洁的浅笑。

兰尼没有再动手打人，而是静静地看着她，那双浓绿的眸子里碧波荡漾，在暧昧的灯光下显得极其诱人。

少女的脸渐渐变红。

斯特拉也满意地勾起唇角，看着一言不发的两个人，拍了拍手，发出一声轻轻的低笑："好了，让我们开始今天的教学吧。"

斯特拉睨烟斗女一眼，她们一手推一个，将两个人一起推进了屋里。然后斯特拉"啪嗒"一声关上门，将外面的喧嚣瞬间隔断在了门外，看来这里的隔音效果非常好。

斯特拉让变成塞西尔的女性坐到床边上，腰背挺直，下巴微微扬起，嘴角勾起若有若无的弧度。这是塞西尔最常见的姿态与表情，也是她最勾人的瞬间之一。

斯特拉相信，这样一定能让兰尼迅速地代入情绪。

果然，兰尼的眼神发生了变化。他依旧直勾勾地盯着少女，但眸色与刚才相比更深了。

斯特拉忍不住开始扬扬自得：她的点子真是绝妙，一下子就把小怪物拿捏得死死的，她怎么就这么聪明呢？

得意的恶魔一边自我陶醉，一边对变形女使了个眼色。变形女会意，轻轻地对兰尼招了招手。

兰尼目不转睛地看着她，上前两步，站到她的面前。

变形女与他双目对视，慢慢地扬起温柔的微笑。她的笑容也和塞西尔的笑容有七成相似，这是刚才斯特拉临时调教的效果。

兰尼眨了眨清透的碧眸，也对她笑了一下。他笑得太好看了，明明纯洁又美好，却又透着一种说不出的诱惑。

变形女被少年的美色蛊惑，胆子渐渐大了起来。她站起身，慢慢地伸手，想要解开胸前的纽扣。一旁围观的斯特拉突然出声："停！"

变形女疑惑地看向她："怎么了？"

"谁让你自己脱衣服了，我是让你引导他，让他来做这种事。"斯特拉无奈地摇了摇头，一边指挥一边抱怨道，"真是笨死了，要不是我不会变形，还真不如我自己上。"

变形女的脸红了一瞬。她咽了一下口水，抬眸羞怯地偷看了兰尼一眼。

兰尼依然静静地注视着她，唇角噙着诱人的笑意。

变形女感觉到自己的心跳加快了。她垂下眼睑，轻轻地握住兰尼的手。兰尼没有甩开，而是任由她握着自己。

事情很顺利！斯特拉眼睛一亮，期待地看着他们。

变形女不由得羞涩地抿了一下唇。下一步，她握住兰尼的手，将其拉到自己的身前。

气氛暧昧。

她轻轻地抬眸，双唇翕动，正要开口让少年解开自己胸前的纽扣，突然呼吸一滞——她变成了一摊黏稠的血水。

目睹了这一幕的斯特拉当场呆住。

兰尼神色冷淡地收回手，在衣服上用力地擦了两下。斯特拉眼睁睁地看着那只手上的皮被他生生蹭掉，露出里面森白的手骨和鲜红的血肉，紧接着迅速地再生，重新长出一层新的、干净的、苍白的皮肤。

"果然，"兰尼低缓地说，"除了塞西尔，任何人的触碰都令我无法忍受，连作为食物都觉得无比恶心，包括你。"

他没有抬眸，斯特拉却心里一凉。她很清楚，兰尼的这句话是特意对她说的。

黑发绿眸的少年仍然安静地站在原地，睫毛低垂，在苍白的脸上投下淡淡的阴影，血水在他的脚下缓缓流淌，而他目光幽暗，甚至没有多看一眼，仿佛那只是一捧微不足道的尘土。

斯特拉开始控制不住地战栗。明明兰尼什么都没做，她却恐惧得冷汗涔涔。她能够感觉到，兰尼对她的耐心已经消耗殆尽，而这正是一个极为危险的信号。

她极有可能落得和变形女一样的下场，甚至比变形女更惨。

逃，现在就逃！

斯特拉目光一凛，正要动身逃跑，门外突然传来"轰隆隆"的声响。

兰尼侧脸望向紧闭的房门："什么声音？"

斯特拉不敢吱声。

下一秒，房门被猛地撞开，一群衣着暴露的女人争先恐后地挤在门口。

斯特拉顿时震惊地睁大眼睛："这……这不是外面的那些女侍者吗？"

那里面还有之前为他们领路的烟斗女和被兰尼拧断胳膊的成熟大姐姐。她们挤在门后，身体贴着身体，脚踩着脚，全都直勾勾地盯着兰尼，目光如狼似虎。

"这是怎么了？该不会是想分吃了你……？"斯特拉没说完，突然指着兰尼脚边大叫一声，"那是什么东西？！"

兰尼低下头。他的脚边是那摊由变形女化成的血水，此时血水微微波动，扩散出一圈圈深红的波纹。在这些黏稠的波纹中，无数只细细小小的肉芽慢慢地探了出来。

兰尼淡定地说："是基恩。"在他的认知里，"基恩"就是异变者的代名词，所以他将它们统称为"基恩"。

斯特拉当然不记得基恩是谁，但这并不妨碍她使用这个词。她怔怔地看着窄小的门框，神色逐渐变得嫌弃且厌恶："好多基恩……"

在他们说话的时候，挤在门口的女人正一个接着一个地"基恩化"。她们的眼球从眼眶中掉落下来，蛆虫般的肉芽从眼眶中缓慢地爬出。斯特拉后退一步，厌恶地几欲作呕。

她虽然是恶魔，但并不想吃这么恶心的东西，甚至连碰都不想碰它们，就像人类不想踩到狗屎一样。

然而异变者并不会给她这个纠结的时间。在疯狂的撞击下，它们终于撞破了整个门框。墙面被破开巨大的洞，顶着蛆虫脑袋的怪物们一拥而入。

一道鲜血喷溅而出。

斯特拉循着声音望过去，顿时后怕地捂住胸口。

一根粗长的、漆黑的触手穿过"烟斗女"的胸腔，将它举到高高

354

的屋顶上。"烟斗女"早已没了人类的模样，但头部以下仍然是丰满的女性身躯，鲜血从它的体内"汩汩"地流出，流淌到地板上，血液里发出嫩芽破土般的声音，更多的肉芽从它的血液里疯狂地伸出，迅速地延伸。

斯特拉被这一幕恶心得快吐了，下意识地想要离开这里，余光却不经意地扫过兰尼的脸——这个小怪物居然在笑！

他看上去非常愉悦，眼睛弯弯，瞳孔浓绿，眸中荡漾着幽暗的光。斯特拉想起他看变形女时也是这样的眼神，当时她还以为他是起了欲望，现在看来，从那个时候起她就猜错了。

这真是个比恶魔还要可怕一百倍的大怪物！

顶着蛆虫脑袋的异变者疯狂地扑向兰尼，而兰尼纹丝不动，触手像翻滚的海潮般汹涌地席卷四周。

鲜血四溅，怪物们在这个密闭的房间里恣意厮杀。美丽的少年静立在血肉与嘶吼中，面容幽冷而柔和，如同浸润着月光。

不，这不是厮杀，这分明就是单方面的屠杀！

目睹这一幕的斯特拉全身冰冷，心脏一点点地下沉，双腿控制不住地向破损的门框迈去。

即使是恶魔也有恐惧的东西，她现在可以非常肯定地确定——她必须逃离这个地方。

塞西尔在外面找了很久。

虽然斯特拉是她的契约仆人，兰尼残留着与她的通感，但她仍然无法掌握他们的行踪，这让她多少有点儿挫败感——尤其是在这种时候。

没有办法，她只好使用最原始的办法，循着路边的店铺一家家地问下去。

还好，斯特拉和兰尼的外形足够醒目，还真有不少人对他们记忆深刻。

"啊，你说那两个人啊……他们好像往深巷那个方向去了。"一位老妇人"啧啧"摇头，"小姑娘，那可不是个好地方啊！现在天已经黑了，那里脏男人多得很，你这么小可不能去，还是快点儿回家吧。"

"谢谢奶奶。"塞西尔笑着道谢，顺便在老妇人的店铺里买下一根棒棒糖。

深巷啊……

斯特拉居然敢带兰尼去那种地方，看来果然是活腻了。

塞西尔神色不变，然而目光已经冷得近乎寒冰。

她抬头看了一眼完全漆黑的夜空，迅速地坐上马车前往深巷。

大约半个小时后，马车在灯光昏暗的街巷前停了下来。

"小姐，需要我陪您进去吗？"车夫担忧地问道。

"不用，你先回去吧。"塞西尔冷淡地说，"回去后不要告诉任何人我来过这里，否则你应该知道后果。"

车夫闻言，顿时恭敬地应声："是，小姐。"

马车很快消失在茫茫夜色中，塞西尔抬眸看了一眼长长的街道，抬腿向前走去。

店铺老奶奶说得没错，这里都是肮脏不堪的男人，他们的脸上挂着猥琐的笑，脚步虚浮，在这条幽暗的街道上流连忘返。

也有几个不知好歹的男人向塞西尔搭讪，但无一例外，他们都哭着、喊着，甚至惨叫着跑开了。

塞西尔可不知道"客气"这两个字怎么写。

她顺着街道的一侧，一边催动契约法阵，一边慢慢地向街道深处走去。可以的话，她倒是想走进这些店里，一家家地找过去，但那样做的话，估计到明天她就会在整个王都里出名了。

没办法，她只好强行催动魔法阵，利用魔法阵强大的束缚力将恶魔逼出来。塞西尔口中轻念咒语，顺着契约给予她的微弱的反馈，慢慢地来到一条阴暗窄小的巷子前。

他们是在这里面吗？她略一思索，抬脚走了进去。

这个小巷非常冷清。

和其他人来人往的巷道相比，这里安静得近乎诡异，不仅没有一个人影，而且似乎连月光也不愿在此流连。

这个狭窄的小巷仿佛被神明抛弃了。

塞西尔抬起手，指尖上亮起一簇幽蓝色的小火苗。借着这点儿火苗，她不急不缓地向前走，走了没几步，前方的黑暗里渐渐响起迟缓的脚步声。

塞西尔停了下来，指尖上的火苗变大了一些。

光晕浅浅散开，照亮了漆黑的小巷，也照亮了步履蹒跚的来人——是一个身形浮肿的中年男子。

他看着塞西尔，慢慢地伸出双手。灰白的脸庞上，一双凸起的眼珠在眼眶里诡异地转动，发出滞涩的声响。

"小……小姑娘，可以帮我……啊啊啊！"

中年男人话还没说完，就被席卷的幽蓝火焰瞬间吞噬。

"又是一个异变者吗？"塞西尔看着散落在黑暗中的灰烬，低喃道，"不知道兰尼现在在哪里……"

异变的人化为灰烬，塞西尔停在原地，不知道该不该继续向前走。

也许这个巷子深处还会有更多的异变者在等着她，她又不是博德，一个两个还好，数量多了肯定对付不过来。

但魔法阵的反馈在这个位置是最强烈的，而且她越往前走，传递给她的反馈就越明显，这说明斯特拉很可能就在这个巷子的某处，甚至有可能与她只有一墙之隔。

塞西尔垂下眼静静地思考，与此同时，在她身后的巷子拐角处，无声无息地浮现出一道漆黑的阴影。

一个面容普通、身形颀长的青年隐在巷口，望向塞西尔的目光里充满了探究。

他呼吸很轻，隐在黑暗中，几乎无法察觉他的存在。

阴影微微动了动，似乎要迈开双腿走进小巷里，但下一秒，一个风风火火的身影便从小巷深处跑了出来。青年静止一瞬，迅速转身，重新消失在黑夜中。

来人正是死里逃生的斯特拉。

身着男装的恶魔神情狼狈，不仅头发上的蝴蝶结散了，连那身华贵的衣服也略显凌乱。她原本只是不顾一切地向外逃，结果一眼看到站在前方的雪发少女，顿时如同见到救星般，激动地冲了过去："小塞西尔，快管管你家那只小怪物！"一向美艳嚣张的恶魔此时面色惨白，像一只鹌鹑，楚楚可怜地缩到塞西尔的身后。

塞西尔冷漠地瞥了她一眼，声音里毫无波澜："兰尼在哪里？"

"就在那里……"斯特拉从她的背后探出头，害怕地指向小巷深处，"他已经杀疯了，你快去阻止他！"斯特拉似乎理所当然地认为塞西尔能够制约失控的兰尼，就像塞西尔能够凭借契约制约她一样。

塞西尔微微蹙眉："杀疯了？他在杀谁？"异变者，还是人类？

斯特拉闻言，露出一脸厌恶的表情："就是那些'基恩'啊。"

那些"基恩"？塞西尔隐约明白了斯特拉的意思——看来这里有很多和基恩一样发生异变的人类，而兰尼正在大杀特杀。

还好，最起码说明他现在是安全的。塞西尔放心了些，正要向小巷深处走去，左侧的高墙忽然轰然崩塌。

无数根漆黑粗长的触手挥舞着伸向空中，在漆黑的夜空下显得庞大而狰狞。

整个街道上的人都听到了这声巨响，他们循着声音响起的方向望过去，只能隐约瞥见月下挥舞的触手和迅速漫延的血河。

"怪……怪物啊！"

"啊啊啊！"

客人和接客的侍者惊声尖叫，纷纷从其他店里跑出来，有些人甚至来不及穿好衣服，便推推搡搡地逃出这条可怕的街道。

很快，人走街空，被血染红的街道上只剩下塞西尔和斯特拉。

触手依然在舞动，像无数只漆黑的长蛇。在漫天的巨蛇下，散乱的墙块中，黑发绿眸的美丽少年正静立其中。

他神色幽暗，眼睑低垂，鲜血无法沾染他分毫，黑暗中，他的肌肤依旧如月光般苍白皎洁，充满了圣洁又诡异的毁灭感。

"估计已经彻底失控了，签订契约吧。"斯特拉躲在塞西尔的身后拱火。

塞西尔看都没看她，而是对少年低唤一声："兰尼。"

塞西尔的声音不大，像风一样轻。兰尼却像敏锐的小动物一样立即抬起了脑袋，看向与他相隔不远的雪发少女，绿眸犹如通透的宝石，瞬间亮起。

塞西尔对他温柔地笑了一下。

兰尼立刻收起触手，像见到主人的狗狗摇着尾巴一样，高高兴兴地来到塞西尔的面前。

"塞西尔。"他专注地凝视少女，神情温顺而乖巧。

斯特拉：真会装！

塞西尔将兰尼从头到脚检查了一遍，确定他没有受伤也没有粘上什么脏东西，这才放下心来。

然后她摸摸兰尼柔软的黑发，轻声对他说："这里危险，我们快点儿回家吧。"

其实有兰尼在，大概是没有什么危险的，但塞西尔担心这条街道上还潜藏着更多更可怕的异变者，以防万一，他们还是尽快离开比较好。

"好。"兰尼乖乖地点头。

斯特拉见状，连忙也凑过去："小塞西尔，那我呢？"

塞西尔眼神莫测地睨她一眼："你当然是和我们一起回去，今天的账我还没和你算呢。"

斯特拉顿时打了个寒战。她很想躲，但对方有契约在手，她根本无处可躲。耳边似乎仍然回荡着塞西尔阴恻恻的声音，斯特拉怀着深深的恐惧，不情不愿地跟上塞西尔和兰尼的脚步。

三个人的身影渐渐远去。

过了一会儿，那个面容普通的青年再次从阴影中走了出来。街道上空无一人，他看着早已消失在夜色中的三道背影，淡淡地问道："你说的人就是那个发色纯白的少女？"

从他身后的阴影里传出一声轻轻地笑："很特别，不是吗？"

"的确很特别。"青年说，"不过她身边的那个少年似乎更特别。"

"我还是更喜欢特别的女孩子。"阴影中的声音渐渐低下去，像一阵消逝的风，飘散在深暗的夜色里，"不过你要是很感兴趣的话，可以跟过去看看。"

黑暗中响起逐渐远去的脚步声，青年神色淡淡，一双黑眸无星无光。

"我的确想去看看……不过不是现在。"

第十二章
洗　澡

深夜，塞西尔带着兰尼和斯特拉回到了莱维特宅邸。

谢天谢地，阿诺德还没有回来，否则他发现塞西尔又偷偷溜出去，一定会被气得狠狠地骂她一顿。

不，被骂还没什么，塞西尔就怕再把阿诺德气哭了，那她真的罪恶感爆棚。

三个人先是鬼鬼祟祟地一起回到塞西尔的房间里，然后将房门反锁。

以防万一，塞西尔还在房间里加了一层隔音魔法。整个空间被一道看不见的水纹笼罩，窗帘被拉上，屋里寂静得针落可闻。

斯特拉紧张地咽了一下口水，如同紫水晶般漂亮的眼眸不安地四处打转。

兰尼也低眉顺眼地站在一边，薄唇紧抿，一声不吭。

塞西尔走到床边坐下，双腿交叠，一只手懒懒地托起下巴："说吧，为什么要带兰尼去那种地方？"她眼睑微抬，明明是视线向上的，却透着一种俯视的意味。

斯特拉不得不承认，变形女即使外形变得再相像，也模仿不了塞西尔的神态与举止，冒牌货和本尊的差别太大了。

斯特拉柔顺地笑了笑，柔柔弱弱地为自己辩解："也没什么啦……只是兰尼看书遇到了一些疑虑，我好心帮他解答一下。"

塞西尔语气不变地问道："去深巷解答？"

斯特拉："有些问题，仅仅灌输理论知识是不够的，还是需要实践一下的。"

"实践？"塞西尔目光一凛，声音突然变冷，"你还带他去实践了？"

斯特拉心里一惊：糟糕，说漏嘴了。

她紧张得身形一顿，试图圆过去："不是，不是，是观摩实践，主要是观摩别人实践的过程。"

塞西尔定定地看着斯特拉，显然不相信这样的解释，又侧脸望向兰尼，用温柔的、循循善诱的语气问道："兰尼，你告诉我，斯特拉带你去那个地方到底做了什么？"

兰尼不假思索，诚实地回答道："她找了一个会变形的人，让那个人变成你的样子。"

塞西尔的火气立马上来了。

"还有呢？"她阴恻恻地问道。

兰尼："让那个变成你的人摸我的手，还让她引导我脱她的衣服。"

塞西尔彻底没了声音。

斯特拉听得默默地颤抖，连偷觑塞西尔的勇气都没有。她低眉敛目，恨不得把自己缩成一只小小的蚂蚁，心里不停地咒骂诚实的兰尼：神经病，说得那么详细干什么？她不也是为了教他怎么哄塞西尔开心吗？他居然转头就把她卖了！叛徒！积极鬼！打小报告的虫子！

斯特拉把自己能想到的所有骂人的词汇都用到了兰尼的身上，可惜兰尼根本听不到。

经过漫长的、令人窒息的沉寂后，塞西尔终于开口了："斯特拉，"她轻轻地说，柔和低缓的声音令恶魔听了不寒而栗，"你最近应该都不会出门了吧？"

斯特拉连连摇头："不出，我哪儿都不去！"

"好。"塞西尔抬起细白的手，漆黑繁复的魔法阵自她手心浮现，"那这双腿也就不需要了。"

话音落下，斯特拉突然不受控制地跪倒在地。她痛苦地张开红唇，舌面上的魔法阵闪烁着猩红的光，一滴滴血珠从魔法阵中央渗了出来。下一秒，魔法阵从她的舌头突然扩大至全身，魔法阵的纹路化作半透明的黑色锁链，一个闪光，便蓦地嵌入恶魔的双腿里。

"啊——"恶魔发出凄惨的叫声，美艳的脸庞扭曲而惨白，豆大的汗珠涔涔流下。

"斯特拉，别以为我不知道你打的是什么主意。"塞西尔微微俯身，看向跪在她面前的恶魔，"只要不侵犯我的东西，你做什么我都不会管。相反，如果你动了我的东西，我随时都可以让你消失。"

斯特拉痛苦地呻吟道："这只小怪物又不是你的东西。"

"谁说的？"塞西尔声音平静地说道，"他就是我的。"

兰尼闻言，静静地侧过脸看向塞西尔。

斯特拉继续不死心地辩解道："可是我也没侵犯他呀，我只是想教他一些生理知识而已。"

塞西尔神色微妙地抿了抿唇，沉默几秒后，低低地说："那种东西……我自己会教他的，不用你多管闲事。"

斯特拉顿时震惊地睁大眼睛。

恶魔震惊到几乎忘了双腿的疼痛。

斯特拉：对不起，打扰了，是我多管闲事。

她原本还以为塞西尔是那种很冷漠的性格，现在看来，也许在某些方面，塞西尔反而意外地直率、主动。

她仔细一看，少女白净的脸庞上居然还泛起一点儿可疑的红晕。

塞西尔害羞了，塞西尔居然害羞了！

恶魔的震惊加倍。

少女强势地说出这么大胆的话，却又忍不住偷偷害羞……好可爱，真的好可爱！可恶！这么可口的人类偏偏喜欢一只奇形怪状的怪物，为什么不喜欢她啊？！

斯特拉忌妒得不行，却又不敢多嘴，魔法阵在双腿上留下的剧痛还没有消失，她可不想再受一次这样的酷刑。

美艳的恶魔被折磨得眼泪汪汪，看上去梨花带雨，好不可怜："我知道了，我以后再也不多管闲事。主人，你就饶了我吧。"

兰尼又看了她一眼。

眼见斯特拉痛得站不起来，塞西尔终于停止催动契约。她调整好自己的状态，平静地看着趴在地上的斯特拉，淡淡地说道："还有你的女仆，她见过兰尼。"那个女仆还记住了他的特征——包括他的腰很细。

塞西尔总觉得心里隐隐有些发酸，但她也不明白这有什么好酸的，人家只是陈述事实而已。

"我明白，我现在就去杀了她！"斯特拉连忙积极表现。

塞西尔微顿："倒也不用做到这种程度，只要想个法子消除掉她这部分的记忆就好，你有办法吗？"

斯特拉想了想，紧接着紫眸一亮："我可以给她洗脑。"

塞西尔微微沉吟："不会对她产生什么不好的影响吧？"

斯特拉："不会，只是让她以为今天见到的只有我一个人而已。"

那倒是不错。塞西尔站起身，然后对斯特拉微扬下巴："好，那走吧。"

斯特拉心里一惊："去哪儿？"塞西尔不会还要带她去小黑屋里疯狂地鞭打吧？

恶魔表现出的惊恐太过明显，塞西尔用看傻子一样的眼神看她，说："我去看着你洗脑，防止你糊弄我。"

"我怎么可能做这种事？"斯特拉佯装委屈地叫了一声，然后咬着牙慢慢地爬起来。

其实还真被塞西尔猜中了，她的确是打算把塞西尔糊弄过去的。斯特拉知道塞西尔很听阿诺德的话，到时候她只要示意女仆去阿诺德那里打小报告，这样阿诺德必定会想方设法赶走兰尼。

可恶的塞西尔，居然猜到了这一步。

斯特拉愤愤地站起来，本想抬腿走两步，然而双腿被契约之力束缚了，只动了一下便又倒了下去。

"啊！"恶魔痛呼一声，柔媚地望向塞西尔，"主人，我走不了路了。"

塞西尔冷冷地说道："自己扶墙。"

斯特拉敢怒不敢言，只好含着泪，慢腾腾地从地上爬起来，然后小心翼翼地扶着冰冷的墙面，一瘸一拐地走出房间。

斯特拉的样子实在很滑稽，导致默默地围观全程的兰尼突然"扑哧"一声笑了出来。

塞西尔也忍不住笑了。

两个人笑得越来越开心，气得斯特拉扭头大吼一声："有什么好笑的？"

塞西尔："嗯？"

斯特拉瞬间蔫了："随便笑……随便笑……"

两个人笑得更大声了。

将兰尼安置在屋里后，塞西尔跟着斯特拉以乌龟般的行进速度缓慢地上楼。

终于到了二楼，隔着长长的地毯，站在走廊尽头的女仆一眼就看到了斯特拉。

"夫人，您这是怎么了？"女仆正要去扶斯特拉，突然看到斯特拉身后的塞西尔，顿时被吓得缩回了手。

斯特拉原本已经将手递给女仆了，这下失去支撑，又一次摔到了地上。

好在脚下铺了一层厚厚的地毯，极好地缓冲了斯特拉受到的伤害。

但斯特拉的屁股还是很痛。

"夫人！您没事吧？"女仆慌张地蹲下扶斯特拉，脸上满是愧疚和恐慌，"对……对不起！夫人，我刚才不是故意的。"

斯特拉幽幽地叹息。塞西尔看出来这个恶魔要开始演了。

果然，女仆见斯特拉叹气，顿时更加紧张："夫人，您……您是不是身体又不舒服了？我现在就扶您起来，要不要我去跟管家先生汇报一下，让伯爵大人回来看看？"

"不用。"斯特拉摇了摇头，美眸中隐含淡淡的忧愁，"安妮，我现在有些小麻烦，你愿意帮我吗？"

女仆依旧紧张："夫人，我是苏西。"

"没关系，这都不重要。"斯特拉神色不变，继续说道，"你只要回答我，你愿意帮我吗？"

女仆忙不迭地点头："我当然愿意！"

"好，那你凑过来一点儿，眼睛睁大一点儿。"斯特拉有气无力地招了招手。

女仆依言凑到斯特拉的面前，努力地睁大自己的眼睛。

斯特拉突然按住女仆的肩膀，下一秒，斯特拉伸出鲜红的舌头，在女仆明亮的眼球上缓缓地舔了一下。

塞西尔隐隐觉得自己的眼睛有点儿疼。

女仆姿势不变，目光呆滞，斯特拉又在女仆另一只眼球上舔了一遍，然后意犹未尽地收起舌头。

"其实这个安妮也不错，"斯特拉柔柔地轻叹一声，扭头看向塞西尔，"要不我吃了她吧？"

塞西尔："不行。"

连人家名字都记错了，特斯拉还好意思夸人家不错……可能是吃起来不错。

女仆的目光慢慢地恢复清明，她看到坐在地毯上的斯特拉，再一次激动地喊道："夫人，您怎么坐在这里？快，我扶您起来！"

斯特拉小声地对塞西尔说："今天的事她已经全都忘了。"

塞西尔无声地打量女仆，忽然开口道："苏西，今天夫人出去过吗？"

苏西眨眨眼睛，不假思索地回答道："没有呀，夫人身体不好，一直在房间里休息呢。"

"嗯，"塞西尔点点头，"扶夫人进去继续休息吧。"说完，她毫不留恋地转身离开。

斯特拉顿时放松地长舒一口气。真是个可怕的人类，这么一看，塞西尔的确和那只怪物很相配……不，应该是绝配。

塞西尔回到自己的房间里。果然，兰尼正乖乖地坐在屋里等她，手里还捧着那本内容非常不健康的小说——《和公爵大人抵死缠绵的十天十夜》。

塞西尔看到那个花里胡哨的封面，眼皮不由得一跳。她刚要从兰尼手里夺过小说，兰尼突然开口道："主人？"

塞西尔手一抖，小说"啪"的一声掉到地上。

兰尼看着神色糟糕的塞西尔，像是发现了什么有趣的东西，又轻快地叫了一声："主人。"

塞西尔一脚将小说踢开了。

"那个……兰尼……"她眼眸微移，表情有些尴尬，"这个不用学。"

"为什么？你不喜欢吗？"兰尼好奇地眨动眼睛，"斯特拉就是这么叫你的，然后你就没有再惩罚她了。"

这过于敏锐的观察力……

她只好认真地解释道："那是因为我已经惩罚过她了，跟这个称呼无关。你不用学她这样叫我，我和你之间不是这种关系。"

兰尼："这种关系是什么关系？"

塞西尔："就是主仆关系。"

兰尼似懂非懂，又继续询问道："那我和你之间是什么关系？"

她也不知道该怎么回答这个问题。宠物和饲主？不，他们现在已经不是了，没有哪个身心正常的饲主会对自己的宠物怀有男女之间的感情。

那他们是什么关系？恋人吗？也不对，存在"喜欢"这种感觉的只有她一个人而已，最多算单恋，远远达不到恋人的程度。

所以准确地说，他们的关系应该是一无所知的宠物和心怀不轨的饲主的关系。

没错，一无所知的是兰尼，心怀不轨的是她。

塞西尔有些心虚地抿了抿唇，随即垂下长长的睫毛："我们之间没什么关系，随便你怎么想吧。"

兰尼微微侧头，直直地看着塞西尔。过了一会儿，他突然轻轻地嗅了嗅："塞西尔，你的身上有血的味道。"

塞西尔闻言，连忙低头闻了闻自己的衣服。

"我身上没有。但是我好像的确闻到一股淡淡的血腥味……"她循着气味轻嗅，慢慢地凑到兰尼的面前，然后了然地抬眸，说，"是你身上的血腥味。"

兰尼面色迷茫。他闻不到自己身上的气味，或者说分辨不了，他的嗅觉只会在塞西尔的身上发挥作用。

看着一脸困惑的黑发少年，塞西尔无奈地轻轻叹气："算了，我带你去洗澡吧。"

小章鱼当然不会给自己洗澡，连怎么脱衣服都不会。塞西尔看着一动不动的兰尼，慢慢地意识到了这个问题。

紧接着，她的面颊开始一点点地泛起浅淡的红晕。

"塞西尔？"兰尼不解地眨眼，像只好奇的黑猫，微微歪了歪脑袋。

塞西尔移开视线，低低地说："你不要动……我先帮你把衣服脱下来。"她的声音又柔又轻，轻得几乎听不见，但兰尼听见了。

他薄唇微动，嘴角扬起小小的弧度："好。"

塞西尔低垂眼睑，不敢去看兰尼的眼睛。她慢吞吞地伸出手，手指莹白细长，犹犹豫豫地悬在兰尼的身前，却迟迟没有更进一步。

兰尼安静地、期待地注视她，眼眸在烛火的映照下像流光溢彩的祖母绿宝石。

"兰尼。"塞西尔低低地开口道。

兰尼："嗯？"

"斯特拉和你在那种地方待了那么久，天都黑了，你们有没有……"她支支吾吾的，仿佛羞于启齿般嘀咕道，"有没有做什么不该做的事情？"

兰尼迷茫地眨了眨眼睛："不该做的事情？"

"就是……"塞西尔不知道该怎么形容，"就是很亲密的接触之类的。"

她觉得自己很小家子气，明明想要表现出一副完全不在意的样子，却总是忍不住多想。

她怎么可能不在意呢？她不仅在意，而且在意得不得了。她会忍不住猜想：兰尼会不会像拥抱她那样拥抱其他的女孩子，会不会像亲吻她那样亲吻其他的女孩子，又或者做出一些与她都未曾做过的事。

一想到这些，她就无比忐忑，连带着面对斯特拉时的平静和冷漠也烟消云散。

她根本就没有像自己表现出来的那么毫不在意。

但她好像也没有质问的立场。

塞西尔担忧得睫毛颤抖，柔软的唇瓣抿成一条线，指尖无意识地蜷起来，看起来动人极了。

兰尼垂眸凝视着她，目光专注，一秒也不想移开。

"没有……"他低声回答道，"没有很亲密的接触。"

"真的？"塞西尔立即抬起眼睛，"那普通的接触呢？有没有？"

天哪！她为什么要问这么多？显得她好小气！

兰尼有些茫然，不确定地重复道："普通的接触？"

"就是……那里的人有没有碰你，或者摸你，或者……"塞西尔微微停顿了一下，"和你亲亲抱抱什么的？"

兰尼好奇地说道："亲亲抱抱不是亲密的接触吗？这个问题你刚才已经问过了。"

她知道已经问过了，就是想再详细地问一遍不行吗？！

塞西尔耳根微微泛红，说话的声音也不如刚才有底气："你只需要回答'有'还是'没有'。"

"没有。"兰尼回答得很干脆。

塞西尔有点儿不相信。

"可是你之前说过，有个女孩子变成我的样子。"塞西尔迅速地瞄了他一眼，眼神意有所指，"你没有对她做什么吧？"

"没有。"兰尼安静地看着她，目光干净而纯粹，"她又不是你。"

塞西尔微微一怔，隐约听见胸腔里的心跳声，热意随即扩散至全身。她下意识地抬手，用微凉的指尖轻轻地碰了碰自己的脸颊，脸颊有一点点发烫。

她从心底蔓延出喜悦、慌乱、不知所措。她不明白，怎么会有这样的人，明明什么都不懂，却总是能够轻易地撩拨她的心？

一定是因为自己太喜欢他了。

塞西尔被兰尼直勾勾地看着，心脏跳得厉害。她试图再说点儿别的，以此转移自己的注意力。

"那你说的，她引导你脱她的衣服……"少女微抿了一下唇，纯白的睫毛微微抖动，像簌簌的雪花，"你脱了吗？"

等等，怎么又是这个话题？她怎么就绕不开这种话题了呢？！

塞西尔非常懊悔，却又不想改口。她果然还是很想知道答案。

兰尼乖乖地摇头："没有。"

塞西尔终于松了一口气。还好，他没有和其他女性亲密接触，也没有脱别人的衣服。果然她的兰尼就是最听话的，即使恶魔费尽心思也无法带坏他。

塞西尔心里的疙瘩终于被解开了。她抬起脸，神色放松地伸出手，开始替兰尼解衬衫上的扣子。

少年的衬衫穿得很规矩，每一颗纽扣都被扣好，冰雕似的锁骨被遮挡得严严实实，领口以上，只能隐约看见漂亮的喉结。

塞西尔开始解最上面的纽扣，兰尼温顺地一动不动，从头至尾都很安静。

这一幕看上去很温馨。

结果解到第二颗纽扣的时候，塞西尔又停下来，忍不住开口道："你真的没有碰那个女孩子？"

兰尼眼睛一眨不眨地看着塞西尔。

她的问题太多了。她神情很紧张，幽蓝的眼眸比海水更清透，嘴唇微张，柔软的唇瓣粉嫩湿润，散发着不可思议的甜香。

兰尼目光下移，不由自主地倾身吻了她。

嘴唇与嘴唇轻轻地接触，然后他的舌尖灵活地钻了进去。塞西尔的双眸微微睁大，她来不及低呼，兰尼的舌头就侵入了她的口腔里。

这一次的吻来势汹汹，透着几分压抑已久的急切。兰尼微微俯身，投入而专注地吻她。他的舌尖细致地探索她口腔里的每一处角落，留下他的温度和气息。

塞西尔无法评价这个吻，只能迷迷糊糊地意识到，自己根本对此无法招架。一种美妙的感觉像电流般经过她的全身，她面色潮红，双腿发软，呼吸有些困难。

但她不想推开兰尼。相反，她抬起双手，搂住了兰尼的脖子。

她微微踮脚，紧紧地搂住对方，主动地加深了这个吻。

他们吻得忘乎所以，唇舌纠缠。她几乎产生了缺氧的感觉，抬起一只手软软地推了推兰尼，两个人这才依依不舍地分开。

塞西尔的脸已经红透了，她双眸湿润，抬手轻轻地擦了擦唇角，低声问："你还没有回答我，你有没有碰那个女孩子？"

兰尼目不转睛地凝视她，碧色的眼瞳出奇地灼热。

他开口，嗓音有些低柔沙哑："没有。除了你，我谁也不想碰。"

塞西尔的心跳变得更快了。她那还没有恢复清醒的大脑再一次昏昏沉沉，像汹涌翻滚的旋涡，发出混乱的、不理智的频率。

这句话好奇怪，却莫名其妙地令她安心，又莫名其妙地令她欣喜。

就好像……兰尼也喜欢她一样。

她如此迫切地希冀着这不是自己的妄想，却又清楚地明白现在的自己并不清醒。她以为这是独一无二的爱意，但事实上也可能是独一无二的食欲，就像斯特拉对她那样。

塞西尔讨厌这种不清不楚、患得患失的感觉，于是再一次擦拭自己的嘴唇，就像在擦去心底那股如藤蔓般疯长的妄念。

她后退一步，拉开与兰尼的距离。

兰尼直直地看着她，碧绿的眼眸潋滟而美丽。

"塞西尔，"他问道，"你不帮我脱衣服了吗？"

塞西尔面颊通红："我突然想起来你不需要脱衣服，只要变回小章鱼就行了。"

兰尼闻言，俊秀的五官顿时皱了起来："我不想变回去。"

"但是你变回去可以方便很多。"塞西尔一本正经地解释道，那过分认真的语气，不知道是在说服兰尼，还是在说服她自己，"你现在这个样子，我不但要帮你脱衣服，还要帮你洗澡，那样会很麻烦的。但是你变回去的话，我就只要把你放回水缸里就好，只要稍微泡一泡，你身上的血腥味就消失了，就算没泡干净，我也可以再帮你刷一刷，整个过程都要不了多少时间。怎么样？是不是很方便？"

听完她说的这些话后，兰尼不高兴地撇撇嘴角，眼中的笑意也消失了。

"你很讨厌帮我脱衣服吗？"

塞西尔微妙地停顿："不是讨不讨厌的问题，而是不合适。"

兰尼："什么不合适？"

塞西尔迟疑地说："性别……"

兰尼："性别？"

塞西尔底气不足地解释道："因为你现在是男性，而我是女性，异性之间不可以互相脱衣服，这种行为是……"

"我不信。"兰尼突然打断她的话，"你肯定又是在骗我。"

这家伙怎么突然变得这么聪明了？不对，什么叫骗？什么叫"又"骗？

塞西尔十分气恼地说道："谁说我骗你了？"

兰尼眨眨眼睛，一脸无辜地说道："斯特拉。"

"什么？"塞西尔蹙眉，不爽地问道，"她都说我什么了？"

兰尼乖巧地将斯特拉说过的话一字不落地复述了一遍："她说你教给我的那些东西都是假的，包括睡觉、亲吻、拥抱……"

塞西尔听了后顿时火冒三丈。这个该死的恶魔居然趁她不在拆她的台，还公然毁坏她在兰尼心里的良师形象！看来她刚才的惩罚还是太轻了，应该再狠一些才是。塞西尔在心里愤愤地想着。

此时正在床上数羊的斯特拉突然打了个寒战。

怎么回事？这种毛骨悚然的感觉！

可怜的恶魔惊疑不定地躺在床上瑟瑟发抖，而塞西尔已经在心里罗列出一百种惩罚她的方法。

兰尼仍然在不高兴。他唇角下压，睫毛垂下，形成深色的阴影，抿起的唇线透露出一丝委屈。

看到兰尼的神情，塞西尔也渐渐觉得自己有点儿过分。说好了的事情又反悔，还三番五次地骗他，自己是不是有点儿太坏了？塞西尔认真地自省着。

她可能的确有点儿坏。她稍微有那么一点儿过意不去，为了弥补兰尼，她决定满足他这个小小的要求。

"好吧，那你不要乱动。"她这样说着，抬起双手，开始细致认真地为兰尼解开衬衫上的纽扣。她目不斜视，除了纽扣哪儿也不看，直到全部解下，才轻轻地说了一句："好了，你自己去那边洗吧。"

她侧过脸，指向垂挂在房间另一边的深色厚布帘。那后面是她的浴缸，又大又宽敞，干净得一尘不染，只有她一个人用过。

兰尼顺着她的指尖望过去，疑惑地问道："你不和我一起吗？"

塞西尔总觉得兰尼又是在得寸进尺，虽然没有证据。

"你自己不会洗吗？"她没好气地问道。

兰尼认真地回答道："不想一个人洗。"他居然还理直气壮的。

塞西尔："那你想怎样？"

兰尼眨眨眼睛，碧眸里微光浮动："想要你陪。"

现在她可以确定了，这家伙的确是在得寸进尺。

她略一沉吟，突然干脆地说："好吧。"

兰尼也没料到她会这么快答应，先是愣了一下，然后碧绿的眼眸微微一亮："你答应陪我一起了？"

"嗯，"塞西尔点点头，认真地看着他，"但是你要先变回小一的样子，我要先做一项准备工作。"

兰尼不明所以，但还是乖乖地变回小章鱼。潮湿的黑雾渐渐散开，巴掌大小的小章鱼老老实实地爬到塞西尔的手上，留下亮晶晶的水渍。小章鱼抬起圆乎乎的小脑袋，扬起黏腻冰冷的触手，像一只黏人的小猫一样亲昵地磨蹭她的手心。

看得出来，它很高兴。

塞西尔不怀好意地看着磨蹭自己的小章鱼，突然伸出另一只手，一把将其提了起来："来，我陪你洗。"

塞西尔提着一脸茫然的小章鱼，直接走向浴缸，然后打开水阀，将水流开到最大，最后将小章鱼丢了进去。

可怜的小章鱼"咕咚"一声沉进水里，眨巴着圆溜溜的大眼睛，目光迷惑而惊恐，甚至忘了从水里浮上来，然后就眼睁睁看着塞西尔拿出一把细细的刷子，在刷子上面挤满香喷喷的沐浴露。

她在自己的手心上刷了一下，绵密的泡沫立刻涌了出来。

小章鱼那双亮晶晶的圆眼睛瞬间睁大了。

塞西尔举起刷子，恶狠狠地看着小章鱼，说："不想洗是吧？来，我帮你洗，保证把你洗得干干净净，香香软软。你乖乖的，不要乱动。你动得越狠，我刷得越稳……"

小章鱼一脸惊恐地望着塞西尔。

给小章鱼洗澡的工作开始了，塞西尔卷起袖子，气势满满。她用刷子细致刷过小章鱼的每一只触手，泡沫很快堆满了整个浴缸。小章鱼在挣扎中逐渐绝望，最终变成一只奄奄一息的"死鱼"，任由残忍的刽子手对自己上下其手、蹂躏宰割，用这种牺牲自己的方式帮助塞西尔收获真正的快乐。

"哇！好有成就感呀！"一番辛勤的劳作后，塞西尔看着水里闪闪发亮的触手，发出一声满足的感慨。

翌日，斯特拉果然老老实实地待在自己的房间里，再也不敢出来乱转悠了，连早餐都让女仆送到她的床边，双腿像是彻底废了一样。

塞西尔对斯特拉的表现很满意。

除此之外，工作繁忙的阿诺德一直到早上才从王宫里回来。

塞西尔和莉娜已经坐到了餐桌前，阿诺德环视一周，疑惑地问："斯特拉夫人呢？"

塞西尔淡定地回答道："老毛病又犯了。"

阿诺德惊讶地挑了挑眉："老毛病？"

他怎么不知道斯特拉还有什么老毛病？这位继母不是还很年轻吗？

"她不是一直身体不好吗？"塞西尔不以为意地说，"上次那个暴毙的医生也没有看出什么来。"

"那的确是。"阿诺德若有所思，随即露出凝重的神情，"对了，有关那个医生的庭审结果已经出来了。"

塞西尔微微讶异地说道："这么快？"她还以为能审上几天呢，最好把凯文留在那里寸步难行，好好折磨他一番。

莉娜听到这句话后也立马放下刀叉，期待地望向阿诺德："那爸爸可以回来了吗？"

"这件事有点儿复杂，我稍后再说。"阿诺德神色不变，严肃地看向塞西尔，语气认真地询问道："塞西尔，昨晚你出去过吗？"

怎么回事？是那个车夫向他偷偷告密了，还是斯特拉那边出了问题？她冷静地停顿一秒，然后若无其事地回答道："没有啊，昨晚我一直和斯特拉待在一起呢。"

阿诺德目光狐疑地问道："真的？"

"当然是真的。哥哥，你怎么可以不信我？！"塞西尔佯装不满地皱起细眉，"你要是不信的话就去问斯特拉好了，还有她身边的那个女仆，她们都可以为我做证。"

阿诺德见她生气，顿时慌了，连忙起身越过餐桌摸了摸她的头发，用愧疚而温柔的语气安抚道："我怎么可能会不信你呢？我只是太担心了，想仔细确认一下。"

这个说法……看来没有人向他告密。

塞西尔暗暗松了一口气，表情也随之柔和下来："你想确认什么？"

听到她的询问后，阿诺德坐了回去，一向温和的神色多了一分乌云般的隐晦："昨晚王都里又出现了新的异变者，而且有目击者称在现场看到了一只巨大的怪物，还有一个白色长发的少女。"

原来是从深巷里逃出来的目击者暴露了她。那她就更不能承认了，如果阿诺德知道她去了那种地方一定会生气，而且会非常生气。

打定主意后，她先是惊讶地微微睁大眼睛，那双幽蓝剔透的眼眸里浮现出纯粹的茫然，然后她微微蹙眉，疑惑地问道："新的异变者？在哪里？"

阿诺德眼神闪躲，神色不是很自然："在哪里不重要，重要的是，目击者对那个少女的描述和你很像。"

"那肯定不是我呀！"塞西尔不假思索地反驳道，"现场那么危险，如果我真的在那里，肯定早就被吃掉了吧！"

"你说得对。"阿诺德微微沉吟，很快接受了这个说法。

塞西尔看了他一眼，端起手边的杯子喝下一小口热牛奶，紧接着用天真又好奇的语气慢慢地问道："那些新的异变者又是什么情况？也和基恩他们一样失踪过吗？"

"不。"她的提问转移了阿诺德的注意力，他抬眸看向眼前的两个女孩子，似乎在仔细地斟酌应不应该将这些事情告诉她们。毕竟这些事情真的很可怕，而莉娜上次又因为目睹基恩的变异而精神不振。

莉娜看出青年眼中的顾虑，挪动座椅小心地贴近塞西尔，伸手抱住塞西尔的胳膊，然后柔柔弱弱地开口道："没关系的，有姐姐在我就不害怕了。阿诺德哥哥，你说吧。"

下次不能再让她们两个坐在一起了。他在心里这样暗暗想着，清俊的面容仍然严肃而沉重："昨晚突然出现大量异变者，经过我们的调查，发现那些异变者中的绝大部分是从事服务工作的女性。"

塞西尔微微挑眉："服务工作？"

"你不用了解得那么清楚。"阿诺德轻咳了两声，试图掩盖过去。

青年这副不自然的模样实在是太可爱了，塞西尔忍不住轻轻地笑出声："哥哥，我已经不是小孩子了，就算你不说清楚我也能猜出来。"塞西尔托着下巴，微微歪头看他，"还是说，其实你是在心虚。"

阿诺德没料到她会问出这个问题，俊秀白皙的脸庞瞬间变红："我又没有……我为什么要心虚？"

"哦，那你就大大方方地说出来。"塞西尔坏心眼儿地盯着他的脸，唇角轻轻地勾起微小的弧度，"我又不会像你这样害羞。"

他后知后觉地意识到，自己居然被纯洁可爱的妹妹捉弄了，越发想找个地缝钻进去。

"什么……什么？你们在说什么？到底是什么服务工作呀？"一头雾水的莉娜忍不住插嘴，看看塞西尔又看看阿诺德，"是女仆吗？还是在餐厅里工作的姐姐们？"

塞西尔看着这两个纯情的人，总觉得再逗弄他们好像不太好，若无其事地转移话题："那么这些女性是怎么变成异变者的？这一点你们知道吗？"

"暂时不知道。"阿诺德摇了摇头，神色很快恢复正常，"但可以确定的是，她们在昨晚之前就已经变成隐藏的异变者。

"更糟糕的是，这种异变可以通过男女结合的方式传播感染。"

塞西尔微微沉吟，突然目光一凛："也就是说——"

"没错。"阿诺德的神色越发凝重，"只要是和那些女性……接触过的男性都会成为潜在的异变者。"

虽然他的用词很委婉，但塞西尔还是听懂了。

怪不得她昨晚遇到的那个人也会异变，原来是被感染了。

不得不说，这的确是一个非常高效的传播方式。每天去深巷光顾的人数不胜数，而那些女性成为隐藏异变者的时间又完全是未知数。如果这些客人有妻子，必然会再感染一拨。

塞西尔慢慢地说："这可糟糕了啊……"

阿诺德点点头，认真地说："所以我才不让你们出去。现在就算陛下想瞒也瞒不住了，接下来，王都里的异变者只会越来越多。"

"那该怎么办呢？"塞西尔托着下巴，指尖轻轻地敲击着桌面。

原本的游戏剧情从头至尾都是温馨轻松的，从来不会出现什么可怕的怪物，更不会发生如此丧心病狂的事件。看来这个世界早就脱离原来的轨迹了。

"只能祈求神明的帮助了。"阿诺德无奈地笑了一下，语气中充满玩笑般的自嘲。

"神明吗？"塞西尔无意识地呢喃道。

这个世界真的存在神明吗？就算有，他也不一定会拯救人类吧。

至少神明从未对她伸出过援手呀。

塞西尔觉得这个话题没有讨论下去的意义了，反正烦恼是皇帝的，与她无关。

她还是更关心她那个要死不死的"渣爹"。

"父亲的庭审结果是什么？"塞西尔懒洋洋地问道。

阿诺德神色复杂地说道："霍华德医生回来了，父亲已经洗脱嫌疑。"

"什么？"塞西尔震惊地提高声音。他怎么可能会回来呢？他明明已经被斯特拉吃掉了呀！

似乎猜到塞西尔的心中所想，阿诺德点了点头，说："我知道你在怀疑什么，我也是这么想的，包括陛下和二皇子殿下也是这么想的，所以我们请雷诺阁下检验了一下。"

雷诺就是那个帝国首屈一指的大魔导师，莉娜在原剧情中的"攻略对象"之一。

塞西尔记得这家伙的实力比博德的实力还要强一些，不过经常神出鬼没，也不爱以真面目示人，其实没有博德那么好相处。

这个缺爱且性格古怪的阴郁男，除了莉娜也没人能搞定了。不过现在看来，他们应该不会再有交集。

塞西尔点点头，示意阿诺德继续说下去："结果呢？那个回来的霍华德医生是本人吗？"

"没错，"阿诺德微微停顿，"死掉的那个其实是他的车夫。"

这一点倒是对的。但是医生也的确死了啊，还是说其实斯特拉吃掉的那个不是医生？

塞西尔感到很疑惑，又不好将这部分的实情说给阿诺德听。想了想，她只好先把这个疑虑放到一边，继续问道："那父亲呢？他怎么没和你一起回来？"

阿诺德："他说要好好感谢雷诺阁下，让我们不用担心，他晚点儿再回来。"

塞西尔：并没有人担心，反而有点儿遗憾。

早餐结束后，塞西尔趁莉娜不在，就将莉娜的那封信偷偷交给了阿诺德，并让他送给二皇子。

"可以的话，让他写封回信，然后你再偷偷交给我。"塞西尔鬼鬼祟祟地叮嘱道。

阿诺德不解地问道："为什么不直接让二皇子表明身份，然后他们光明正大地见面呢？"

塞西尔："哎呀，情趣嘛！"

阿诺德：我纯洁可爱的妹妹是不是太懂了点儿？

虽然满腹疑惑，但阿诺德还是认认真真地收起信，并承诺一定会尽快将信送到二皇子的手里。

塞西尔开开心心地道了声"谢"，然后回自己的房间。

可怜的小章鱼昨天被她一顿洗洗刷刷之后，已经彻底蔫了，从早上睁开眼就一直泡在水缸里一动不动，圆乎乎的小脑袋也耷拉着，看上去十分颓丧。

兰尼就这么讨厌洗澡吗？塞西尔很是不解。

她回到房间，第一眼就是看向宽阔干净的水缸，果然，小章鱼仍然在里面静静地装死。

太夸张了吧？它还被洗抑郁了？

塞西尔下意识地蹙眉，稍微有那么一点儿心疼。

稍微，只有稍微……可能比稍微还要再多一点点。多一点点……好吧，她快心疼死了。

塞西尔快步走到水缸前，伸出双手，将软绵绵的小章鱼从水里捞了出来。她把它捧在手心上，用鼻尖轻蹭它潮湿的小脑袋。

"兰尼，你怎么啦？"她关切地看着它，睫毛呼扇，幽蓝的眼瞳里闪烁起细碎的光，"是不是哪里被我刷破了？还是你不喜欢那个沐浴露的味道？"

小章鱼依然恹恹的，连每天必有的蹭蹭都不做了。

塞西尔很担心，捏捏触手，试图让小章鱼有所反应，但小章鱼仍然纹丝不动。

塞西尔终于慌了。

"兰尼……"她摸摸小章鱼的圆脑袋，低声问它，"你可不可以变回人类的样子？"

小章鱼看向她，大大的眼睛看上去有点儿茫然。

塞西尔温柔地解释给它听："我看不出你现在出现了什么问题，只有你变成人形，我才能根据你的状态猜测你究竟怎么了。兰尼，你现在这个样子，我没有办法了解你。"

她想要了解兰尼，即使兰尼不是人类，而这也是横亘在他们之间的障碍，她只有更加努力才能靠近兰尼的内心。

小章鱼明白了她的意思，乖乖地舒展触手，潮湿的雾气渐渐将其吞噬。

黑发绿眸的少年出现在塞西尔的面前。他柔软的额发依旧沾着隐隐湿意，发梢微微卷曲，贴在苍白的脸上，像夜一样漆黑，衬得那双浓艳的绿眸更加迷人，仿佛有种摄人心魄的美。

但塞西尔只看出了他眼神里的空洞和茫然。

他究竟是怎么了？塞西尔的心都被揪紧了，她忍不住抬手轻触兰尼的额头，担忧地问他："兰尼，你怎么了？是不是哪里不舒服？"

兰尼慢慢地点头，神情恍惚而迷惑。

塞西尔很紧张，拉着兰尼走到床边，然后让他躺上去，自己则坐在床边上轻轻地握住他冰凉的双手。

她不能请医生来，否则兰尼的身份就会暴露，而且她也不觉得医治人类的医生能看出兰尼的问题，毕竟兰尼不是人类。或许她只能去寻求博德的帮助了。

她这样想着，起身便要走开。

兰尼拉住了她的手，准确地说，是拉住了她的小拇指。

塞西尔低下头，美丽苍白的少年正安静地看着她，黑发垂落在干净的枕头上，温柔得几乎让她的心融化。

"塞西尔，"他轻轻地说，"我想靠着你。"

他看上去像是在撒娇，但塞西尔从未见过他这么脆弱无助的模样。她无法拒绝，于是也上了床，慢慢地躺在兰尼的身旁，侧转过来，与他四目相对。

"这样可以吗？"她温柔地问道。

兰尼没有出声，只是安静地注视她。触手从他的腰后伸出来，慢慢地缠绕住塞西尔的身体。它们柔软而凉滑，缓缓地缠上她白皙的手臂、小腿、腰肢。

黑色映着莹白，触手在少女的肌肤上缓慢游走，显得少女越发娇小柔弱，犹如剔透易碎的琉璃，随时都会被毁灭。

塞西尔觉得触手缠得有点儿紧，令她感到了一点儿不适。

她想要开口让兰尼松开一点儿，但又有一只纤细的触手穿过她纯白的发丝，来到她的后颈。

冰凉的触手犹如一只温柔的手，慢慢地拨开她长发，然后轻轻地贴上她白净的颈后肌肤，宛如一个轻柔的吻。

塞西尔心底那点儿恐惧又奇异地消失了。

她试着拥抱他，抬眸仔细地观察他的表情。他似乎没有之前那么恹恹了，但还是算不上好。

于是她慢慢地抱紧他，一点儿一点儿地贴近他。

兰尼的神情与之前相比略好一些，看上去似乎没那么无精打采了。塞西尔的拥抱让他心中的空缺得到了些许满足，他很喜欢，但仍然远远不够。

他也抱紧塞西尔，触手缠绕着她的双臂，在她的腰上缓缓地游走，凉凉的、滑滑的，还有点儿细细密密的痒意。

塞西尔下意识地蜷起身躯，伏下脑袋，贴到兰尼的胸膛前。

她能听到兰尼的心跳正在趋于平缓，而她的心跳越来越快。

他俩仿佛是世界的两极，永远都是不同的频率。

浓郁的雾气笼罩了无人的街道。

塞西尔站在街道中央，神色迷茫地环顾四周。

这条街道有点儿眼熟，路边遍布隐秘的小巷，暗红的灯光在黑暗中明明灭灭——这里是深巷？但是好像又有哪里不同。

每个巷口都似曾相识，却又透着莫名其妙的不协调，比起她之前见过的深巷，这里更像是翻转的镜像。

好奇怪，她这是在哪儿？

塞西尔慢慢地向前走去，谨慎而小心地巡视四周。街道上一片沉寂，潮湿的浓雾掩盖了夜空中的繁星。

漆黑无垠的夜幕上，一轮巨大的、血红的圆月悬挂其中，光晕朦胧而清冷，中间一道锯齿状的竖线若隐若现，远远地望去宛如猫科动物的竖瞳。

红色的月亮？塞西尔仰起脸，认真地注视着这一幕，慢慢地停下脚步。这里果然不是她所存在的现实世界。

这里是梦境还是幻觉都不重要，重要的是她要如何从这里离开。

塞西尔迅速地冷静下来，仔细地观察周围，试图找寻出路。

然而这个古怪的地方似乎并不打算放她离开，一只穿着红色长裙的怪物突然向她冲了过来。塞西尔注意到怪物是从一个小巷里出来的，而这个小巷正是她之前进去过的那个。

她立刻念动咒语，糟糕的是，法术并没有像往常一样快速生效——她无法在这里施展法术。

塞西尔深深锁眉，低低地咒骂一声，转身就要逃跑。怪物穷追不舍，边追边发出似男似女的哭泣，突然它猛地一跃，将塞西尔压倒在地。

怪物枯枝般的利爪牢牢地锢住她的胳膊，背后又生出两只狰狞的长臂，将她的小腿也死死地按在地上。

"圣餐……圣餐……呜呜呜……也给我吃一口吧……"怪物似哭似笑，刺耳的嗓音一直在念叨着"圣餐"。

塞西尔咬牙挣扎，用力地挣脱怪物的束缚，抬起一条腿，狠狠地踢上它的腹部。

怪物发出一声无比尖厉的尖叫："你杀了我的孩子……你杀了我的孩子……我的孩子……好痛啊！"

它全黑的眼眶里突然渗出鲜血，平坦的腹部飞快地鼓胀起来，犹如一只快要爆炸的皮球。

塞西尔毫不犹豫，用尽全力又踢了一脚。

皮球破开了，有什么东西从里面掉了出来。塞西尔瞥了一眼，掉出来的并不是孩子，而是几颗血淋淋的男人头颅。

塞西尔抬起腿，用膝盖猛地顶上怪物的腹腔，然后迅速地从它的身下钻了出去。

怪物依然在号哭。

它再次向塞西尔猛然扑去，而塞西尔则刚刚站稳身体，她在这一瞬间产生了近乎绝望的心理。突然，怪物的身躯定格在半空——

下一秒，怪物化作血色的沙砾，瞬间消散在凄冷的晚风中。

塞西尔看呆了。

紧接着，她突然感觉自己的睫毛有点儿痒。她下意识地想要眨动眼睛，突然，深色的海水从天而降。

她没有看错——深蓝色的海水从夜空中倾泻而下，瞬间淹没了这个世界，也淹没了她。

她沉入冰冷的海水中，晶莹的长发像海藻般静静地漂浮。

大脑在缺氧，她的意识逐渐模糊。

"兰尼……"她发出一声微弱的低唤。

海水中突然出现密密麻麻的眼睛。

她彻底失去了意识，眼前重归黑暗。

第十三章
爱 欲

塞西尔惊醒了。

睫毛仍然痒痒的，她迷迷糊糊地抬起眼皮，发现兰尼正在轻吻她的眼睛。

他的动作看上去像是无意识的举动，仿佛他在做这件事的同时并没有想着什么，只是单纯地想要亲吻她而已。

他好温柔，温柔得都不像兰尼了。

他今天果然很奇怪。

塞西尔的耳根发烫，她睫毛微颤，有些不好意思地推开了他。兰尼眨了眨眼睛，略微迷离的碧眸恢复了清澈。

塞西尔侧眸望向窗外。

外面的天色已经黑了，没想到她会抱着兰尼睡觉，而且竟然睡到现在。

"你现在感觉好点儿了吗？"她从床上坐起来，摸摸兰尼的头发。

兰尼眼眸轻眨，不确定地说："应该……好点儿了。"

那就是仍然不太好的意思。塞西尔微微叹了口气，这个懵懵懂懂又精神不振的状态——兰尼多半是生病了，她还是赶紧把博德约出来看一看吧。

塞西尔撑起手肘，准备下床，这时，触手轻轻地缠住了她。

塞西尔无奈地说道："兰尼……"

外面突然响起"咚咚咚"的敲门声。

"塞西尔姐姐，父亲回来了！"莉娜高兴的声音透过门传了进来。

"渣爹"回来了。

塞西尔轻轻地拍了拍缠绕在腰上的触手，触手像小蛇一样不情不愿地缩了回去。她扭头看向躺在床上的兰尼，柔声说："我出去了，你留在这里继续休息，待会儿我带些吃的回来。"

兰尼可怜巴巴地望着她。

"姐姐，你在里面吗？"莉娜又在外面喊她了。

"来了。"塞西尔提高声音应了一声，然后起身走向房门。临走前，她又扭过头，对兰尼做了一个"嘘"的手势。

兰尼一声不吭，用触手把自己包成一只漆黑的茧——这是不高兴了？

塞西尔跟着莉娜走在长长的走廊上，忍不住回忆刚才做的那个噩梦。

噩梦的内容很诡异，既现实又虚幻，而且充满了一种强烈的隐喻。

莫非这是一个预知梦，暗示她会被异变的怪物杀死。还是暗示世界会被海水淹没，而她也将在无尽的海水中死去？可是最后的那些眼睛又是什么意思呢？

塞西尔越想越迷惑，索性放弃了思考——算了，回头一并去问博德吧。

"姐姐，父亲带了一个人回来。"莉娜满脸憧憬地说，"听阿诺德哥哥说，那个人就是赫赫有名的亚斯塔第一魔导师，厉害得不得了。"

塞西尔："你想认识他吗？"

莉娜兴奋地点了点头："我想跟他学法术！"

闻言，塞西尔笑了一下："也不是不可以。"别说学法术了，只要莉娜愿意，追求他都没问题——当然，现在的莉娜应该没有这个意向。

两个人边聊边走，很快来到了会客厅。

风格典雅的会客厅里灯光明亮，正如莉娜所言，里面除了凯文和阿诺德，还有一个陌生人。

那是一名黑发黑眸的青年，他的身形颀长，腰背挺拔，从背后看过去气质卓然，几乎与阿诺德不相上下，面容却泯然众人矣，远没有阿诺德那么俊美出众。他虽然不丑，但充其量也只能被称为清秀。

这和塞西尔记忆中的大魔导师判若两个人——要知道，他的脸在游戏里可是数一数二的，就连用电脑软件制作出来的角色都比另外两个人精致得多。

塞西尔只能猜测他是故意变成这副样子的，毕竟在原本的游戏剧情里，他和莉娜的初遇，用的也是一张平淡无奇的路人脸。

三个人听到来人的动静，齐齐望向一起进来的两名少女。

黑眸青年淡淡地看了塞西尔一眼，很快收回视线。

"莉娜、塞西尔。"凯文扬起笑容，身子侧向青年，向两位少女隆重地介绍道，"这位就是帝国首屈一指的大魔导师雷诺阁下，快过来向阁下行礼。"

塞西尔和莉娜齐齐上前，提起裙摆，对雷诺微微屈膝，行了标准优雅的淑女礼。

"雷诺阁下。"

雷诺对她们回以骑士礼。

他自始至终都是神情冷淡的，即使看到莉娜也没有表现出任何波动，不是傲慢也不是高冷，就是面无表情，仿佛心无杂念，对什么都不感兴趣一样。

塞西尔忍不住开始回想他在游戏里是如何被莉娜一步步攻陷的。

"这次我能洗脱嫌疑，多亏了雷诺阁下的佐证。"凯文诚挚地感激道，"雷诺阁下以后有什么需要在下的地方，尽管开口。"

雷诺："那是我应该做的。"

"不，没有什么应该不应该，无论如何，您救了我这个事实无法改变。"凯文态度坚定地说道，"我的两个女儿也很感谢您，她们一得知这件事，就在家里嚷嚷着要感谢您，没办法，我只好将您请来了。"

有吗？她们有嚷嚷着要感谢人家吗？这个人怎么吹牛都不串供的啊？

无视了两个女儿疑惑的目光，凯文笑得一脸真诚。

其实凯文早就想结交这位号称帝国第一的大魔导师了。此人年纪轻轻，天赋异禀，是百年一遇的绝顶天才，在帝国子民中的声望极高，陛下更是极其器重他。这样一个惊才绝艳的人物，每个贵族都想拉拢到自己的阵营里，凯文也不例外。偏偏此人又非常难接近，这么久以来，凯文一直没找到机会。

谁知这次天赐良机，雷诺居然会主动为他做证。

虽然雷诺说得没错，这原本就是他分内的工作，但凯文还是觉得机会来了。于是凯文以女儿的感谢为借口，将雷诺请到家里。接下来，只要雷诺对凯文的任何一个女儿有兴趣，他们的来往就可以继续下去了。

凯文打得一手好算盘，笑容越发温和友善。

雷诺淡淡地看了一眼面前的少女们，不置一词。

凯文见状，又道："她们可能是害羞了。这样吧，你们带雷诺阁下去花园里逛逛如何？"

莉娜一头雾水。倒是塞西尔平静地答应了："好的，父亲。雷诺阁下，请随我们来。"说着，她望向雷诺，微微欠身行礼。莉娜不明所以，也跟着她照做一遍。

雷诺看着她们，稍微沉默了一会儿，然后点了点头。

三个人在芬芳馥郁的小花园里不紧不慢地散步。

莉娜不明白塞西尔为什么会突然答应这个奇怪的提议？塞西尔微微侧脸，以一个只有莉娜才能看到的角度对莉娜无声地念动唇语——"学法术"。

莉娜立刻明白了。于是在安静地逛完大半个花园后，莉娜终于鼓起勇气开口道："那个……阁下。"

雷诺停下脚步，低头看莉娜。

"我有一个请求，不知道您会不会答应……"莉娜紧张地握紧双手，目光炯炯地抬起脸，"我想请您教我法术，可以吗？"

"你想学法术？"雷诺想了想，语气平淡地说，"可以是可以，但我只教意志坚定的人。"

塞西尔：好家伙，居然这么好说话！

"意志坚定的人？"莉娜微微沉吟，然后双眼一亮，"我就是意志坚定的人！"

塞西尔不由得在一旁轻轻地点头。

雷诺摇了摇头："意志坚定，不是嘴上说说就可以的。我能看出，你的内心有疑虑和困扰，并且随时都在摇摆不定，我不会将法术教给容易动摇的人。"

塞西尔：看人真准。

"阁下会占卜术吗？"塞西尔忍不住开口问道。

雷诺看了塞西尔一眼，道："会一点儿，但不精通。"天才的不精通就是离成神只有一步之遥的意思。

莉娜被说中心事，也不好意思反驳。但雷诺一眼就能看出塞西尔内心有困扰，这让塞西尔更加想要成为他的学生了。

"那雷诺阁下，您有什么办法可以让人的意志变坚定吗？"莉娜双手合握，认真地说，"只要可以让我意志坚定，什么我都会去做的。"

闻言，雷诺依旧没什么表情，但也没有再拒绝莉娜。过了一会儿，他微移视线，看向一旁的玫瑰，随手摘下一片花瓣，指腹在上面轻轻地抚过。

花瓣变成纯粹的黑色，上面闪烁着华丽漂亮的花体字，在月色下微微泛着银色的光泽。

"你可以去这个地方看一看，或许能从中得到些许启发。"

莉娜接过黑色的花瓣，发现上面居然写着一行地址。

说完，雷诺又望向一旁默不作声的塞西尔。

"或许也能解开你的疑虑。"说完，他便微一欠身，独自离开了花园。

与此同时，兰尼正在塞西尔的床上发呆。

其实塞西尔离开后，他就不是很想继续躺着了。但床上还残留着塞西尔的体温和气息，他下意识地想要多待一会儿。

过了许久，他终于慢腾腾地从床上爬起来，变成一只小小的小章鱼，顺着窗户悄无声息地爬了出去。

很快，兰尼来到斯特拉的窗外。

斯特拉正坐在床上看书，不是什么正经书，和塞西尔藏起来的那本《和公爵大人抵死缠绵的十天十夜》差不多。

但是看书远远没有实践来得有趣，于是她很快就困了。

她把书放到一边，娇娇柔柔地打了个哈欠，正要起来照照镜子清醒一下，余光突然扫到一只漆黑的、细长的触手，就在她左侧的窗台上。

斯特拉被吓得瞬间从床上弹了起来。

但小章鱼无动于衷，慢悠悠地爬了进来，并在斯特拉的面前化作神色迷茫的少年。

"你又想做什么？"斯特拉缩成一团，表情惊恐，"我已经被小塞西尔狠狠地惩罚过了，就不用你再动手了吧？"

兰尼一副懒得听她废话的表情，慢慢地开口道："我想问你一个问题。"

斯特拉："你去问小塞西尔啦！"

兰尼微微一顿，神色渐渐不悦。

"好……好吧，问我也是一样的。"斯特拉讪笑道，"反正小塞西尔那个小骗子肯定又会糊弄你，但我不会，这一点你可以完全放心地相信我。"她说着说着又骄傲起来，风情万种地撩了一下头发。

兰尼看都没看她。

他低垂着脸，漆黑的长睫垂下淡淡的阴影。他声音低缓而冷淡，说话时的语气带着近乎懵懂的茫然，犹如一尘不染的白纸。

"我昨天吃了很多，也杀了很多，我明明已经不饿了，但一看到塞西尔，又会忍不住想要吃她，为什么会这样？"

斯特拉认同地回答道："因为她好吃啊！"

"不对。"兰尼不假思索地反驳她，"感到好吃和感到饿是完全不一样的感觉。"

"嗯……"斯特拉微微沉吟，不确定地说，"也就是说，你看到她并不是想吃她，而是产生了食欲？"

兰尼连连点头。

"那你为什么不吃她？"

兰尼愣了一下："因为塞西尔会不高兴。"

"她不高兴，你就不吃了？"斯特拉用探究的目光睨他，"你又没有和她缔结契约，只要你想，随时都可以吃了她，但你没有。

"你再跟我描述一下，你看到她时产生的那种食欲，具体是什么样的感觉？"

这个问题倒是兰尼从未考虑过的。他垂下眼，认真地想了想，然后低低地、慢慢地，像是沉浸在回忆中那般无意识地开口道："我感觉体内很空，好像有一个很大的空缺，无论吃多少都不会满足，只有触碰她，我才会稍微舒服一点儿。"

但空缺无法被填满，每一次短暂的触碰后，它都会变得越来越大，无论吃下多少食物他都无法满足，只有靠近塞西尔才能得以缓解。

可是塞西尔害怕他的食欲，所以他只能努力忍耐。但不知道为什么，他现在连忍耐都变得无比艰难了。

兰尼微微蹙眉，神情迷茫而困惑。

"只有触碰她才会得到满足吗？"斯特拉若有所思地看着他，突然妩媚地笑了一下，"你这不是食欲，是爱欲吧？"

兰尼不解地眨眨眼睛："爱欲？那是什么？"

"是一种比食欲更复杂的欲望啦……"斯特拉瞥了他一眼，阴阳怪气地说道，"真是了不起呀！明明只是一只什么都不懂的小怪物，却也会产生爱欲。"恶魔酸溜溜的语气里隐含着一丝淡淡的落寞，"这可是连恶魔都没有的东西呢……"

爱欲？兰尼完全不懂这个词汇的含义。

少年脸上的迷茫之色更加浓了，眉头微蹙，半张面庞隐在淡淡的阴影里。

斯特拉看出他眼中的困惑，继续用酸溜溜的语气解释道："简单地说，就是你喜欢小塞西尔，或者说，你爱她。"

喜欢？爱？他听塞西尔讲过"喜欢"的含义，却从未讲过什么是"爱"。

兰尼认真地看着恶魔，碧眸澄澈，懵懂的神色纯粹而干净："喜欢和爱有什么不同？"

"嗯……"斯特拉摩挲下巴，稍微思考了一会儿，然后懒洋洋地说，"'爱'比'喜欢'的程度更深吧，用人类的表达方式来说，也就是'爱'比'喜欢'要更强烈。"

爱比喜欢更强烈，爱比喜欢的程度更深。

兰尼陷入沉思中，面容深沉而恬静。不知过了多久，他突然轻轻地开口道："那我应该是爱她的。"少年的声音清冽而幽冷，明明又轻又缓，却宛如黑暗中跳跃的音符，轻盈而动人。

斯特拉惊讶地看了他一眼，尾音微微上扬："你确定？"

兰尼没有回答恶魔。他眨眨眼睛，困惑的绿眸里渐渐泛起荧荧的光。

所以他并不是想要吃掉塞西尔，只是想要爱她。而爱是比喜欢更强烈的情感，所以他想要拥抱塞西尔、亲吻塞西尔、时时刻刻地和塞西尔待在一起。

"爱"是这么美妙的东西吗？

兰尼从斯特拉的窗户离开了，连一句"谢谢"都没有留给她。

斯特拉的心情很惆怅。她居然又给这只小怪物免费上了一课，还是非常重要的一课——她完全可以借这个机会提一些要求，为自己争取一点儿好处，可是她居然错过了。

原本已经开始犯困的她现在肠子都悔青了，偏偏她的腿动不了，又不能追上去。她只好躺在床上干瞪眼，看着窗外繁星璀璨的夜色。

一只怪物在这样美丽的夜晚里明白了什么是爱，也可能还未明白——但他的确拥有这样的情感。

她突然有点儿忌妒。恶魔的生命漫长而无趣，她尝试过一切，唯独没有尝试过爱。因为恶魔没有这样的情感。爱会使人失去理智，会变成诱惑的枷锁，而恶魔是诱惑的化身，从来没有恶魔被诱惑的道理。

但是，看到那么多的人类陷入爱欲之中无法自拔，她偶尔也会想体验一下这究竟是一种怎样的滋味。可惜，她永远也体验不了。

"真是无趣啊……"恶魔低低地叹了一口气，翻了个身，不再看向窗外了。

第十四章
洗　礼

　　"上面写了什么？"雷诺走后，塞西尔抬眸，目光落到莉娜手中的那片花瓣上。

　　莉娜小心翼翼地抚平花瓣，一句一顿地念出来："群星归位，万物初始……群星十字会。"

　　"感觉像是某种集会或者秘密组织。"塞西尔推测道，"你想去看看吗？"

　　"可是……这也没有时间和地点呀？"莉娜没有正面回答她的问题，只是困惑地微拢秀眉。

　　看来莉娜是想去的。塞西尔微微沉吟，道："你翻过来看看反面。"

　　莉娜依言照做。果然，她惊讶地睁大眼睛："真的有！"

　　塞西尔看了她一眼，示意她继续。

　　"列克唐纳画廊旁的街巷，今夜零时，静候您的驾临。"莉娜有些迷惑地说道，"列克唐纳画廊旁边有街巷吗？我怎么记得那边好像没有路呢？"

　　塞西尔也记得那个地方是没有任何巷道的，这个类似邀请函的东西却让她们前往街巷。

有趣！回想起雷诺说的那番话，塞西尔越发感兴趣了起来。但经过上次的蜗牛女事件后，她已经不敢贸然行动，思来想去，她觉得还是把博德拖上比较好，刚好她也要向博德咨询一下小章鱼的情况。

"等一下，我叫上一个人。"

她让莉娜先回到房间里等她，然后快步跑回自己的房间里。

兰尼正盘腿坐在她的床上，看到她回来，顿时眼睛一亮："塞西尔，我有件事要对你说……"

"嘘。"塞西尔将食指竖在唇边，对他做了个噤声的动作，然后直奔书桌，从抽屉里翻出一面圆圆的小镜子。

兰尼有些失落，但还是安静地抿紧嘴唇。

塞西尔将一缕幽蓝色的魔力注入镜面里，镜面泛起涟漪，不一会儿，一张阴柔惫懒的面容便浮现在镜面之中。

"哪位？"博德懒洋洋的声音透过镜子传了过来。

塞西尔："怎么？几天没见，老年痴呆了？"

博德冷笑："怎么？几天没见，你还记得我呢？"

臭老头儿，一张嘴就阴阳怪气的。

"我这不是情况特殊嘛！你看最近还有哪个不要命的往学院里跑的？"塞西尔毫不客气地问，"我这儿有个有意思的活动，你来不来？"

博德掀了掀眼皮，意兴阑珊地问："又是抓人鱼吗？"

"才不是抓人鱼，是去探索一个不存在的街巷。"

塞西尔故意没有说出她们的真实目的是探访群星十字会，毕竟她很清楚，博德不喜欢人群聚集的地方。

闻言，博德微微挑了挑眉，显然是兴趣上来了："不存在？不存在要怎么去？"

塞西尔："所以才说是探索呀！"

博德微微沉吟，很快一口答应道："好，你现在在哪里？"

塞西尔："在家。"

"那你在你家门外等我，我现在就去。"

话音刚落，镜面便失去了光泽，博德的脸从镜子里消失了。塞西尔打开抽屉，将镜子原封不动地放了回去。

一转身，她看到兰尼依然乖乖地坐在床上，像一只眼瞳晶亮的大狗狗。

"塞西尔，你要去哪里？"他紧张地问道。

"去听讲座。"塞西尔走到兰尼的身前，抬手轻轻地摸了摸他的脸颊，"你乖乖地待在这里等我回来，不可以到处乱跑。"

她原本也是想带上兰尼的，但想想莉娜和博德都在，兰尼无论是人形还是小章鱼的形态都不合适。而且他今天的状态也不好，想想还是让他待在家里好好休息吧。

兰尼眨了眨眼睛，委屈地说："可是我也想去。"

"不行，你今天哪儿也不能去。"塞西尔摇头，对他的诉求无动于衷，"兰尼，你不能每次都这么不听话，否则我就不喜欢你了。"

她的话音刚落，兰尼突然抬眸："喜欢？"

"啊……呃……就是饲主对宠物的那种喜欢，没有别的意思……你应该懂的吧？"塞西尔顿时觉得自己说漏嘴，连忙结结巴巴地解释道。

"不懂。"兰尼盯着她的双眸，目光专注。

他为什么要用这种眼神看她啊？好像他已经看穿了她的谎言一样！

塞西尔不由得想要逃离。她避开兰尼的视线，不自然地说："那等我回来再详细解释，作为交换，你不可以偷偷溜出去，否则我就不讲给你听了，记住了吗？"

兰尼继续静静地看着她，直至她的脸颊慢慢地升温。

少年突然伸手钩住她的脖子，将她拉向自己，然后在她的唇上轻轻地落下一吻。

"好，我等你。"

少年松开手，意犹未尽地舔了舔唇角。

塞西尔落荒而逃。

塞西尔几乎是红着一张脸和莉娜溜出宅邸。

阿诺德被凯文拉着一起送雷诺回去了，虽然雷诺再三坚持自己一个人可以离开，但凯文总想着和他多聊点儿，说什么都要送人家回去。

以防阿诺德回来后着急，塞西尔特地留下字条，在上面写明了是带着莉娜去见博德，这样阿诺德也能放心。

两个女孩子跑出莱维特宅邸后，一眼就看到了在树下等候的博德。

他来得倒是快。

两个人走过去，莉娜见到这位深居简出的黑魔导师，有些紧张地打了个招呼："博德老师……晚上好。"

博德点了点头，开门见山地说道："你们的真实目的是什么？大半夜跑出来，应该不只是想要探索一条不存在的巷道吧？"

她果然骗不过他。塞西尔尴尬地笑了笑，迫不及待地推着博德向前走："哎呀！边走边说，边走边说，时间宝贵，就别在这儿浪费了。"

博德冷冷地瞥了她一眼，虽然嘴上没说什么，但身体已经妥协了。

深夜寂静，三个人走在清冷无人的街道上。

"群星十字会……"博德神情倦怠地翻看那枚印有银色文字的深黑色的花瓣，不急不缓地说，"听上去像是个秘密组织。"

塞西尔赞同地点头："我也这么觉得。"

博德睨她一眼："你也这么觉得，那你还要去看？"

塞西尔："哎呀！长长见识嘛！"

博德冷嗤一声，懒得戳穿她。

走在塞西尔左侧的莉娜正在紧张地看路。塞西尔想了想，又问道："对了，有个问题我想咨询你一下，是关于我那只小宠物的。"

博德："你是真把我当副院长了。"

"你不比副院长那个老头儿年轻有为多了？"塞西尔适时地奉承道，"他和你根本就不是一个梯队的，没有可比性。"

虽然明知道塞西尔是在拍马屁，但博德听了这番话后仍然觉得很舒畅。毕竟塞西尔不比别人，她的马屁可是很珍贵的。

"好吧，你想问什么？"博德伸了个懒腰，懒洋洋地开口道，"先说好，太专业的问题我可回答不了啊，除非你把它带给我让我解剖一下。"

"解剖就不必了。"

塞西尔一边回想兰尼白天时的萎靡状态，一边认真地说："是这样的，昨天我帮它洗了个澡，用了细毛刷和我的沐浴露，结果今天它的状态就变得很不好，无论我怎么安抚都没有用，你说……它会不会是有应激反应了？"

博德一脸疑惑地问道："应激？什么是应激？"

塞西尔突然意识到这个世界好像没有应激反应这个概念。

她想了想，尽量用一种比较好理解的表达方式解释给博德听："就是动物对于外界的一些刺激而产生的紧迫反应，一般会表现为惊吓、恐惧、紧张，从而导致一系列的生理和心理上的不良反应之类的。我这样说你能明白吗？"

"嗯，听懂了。"博德点了点头，意味深长地看她，"我发现你总会知道一些奇奇怪怪的知识。"

塞西尔"哈哈"干笑两声："小时候看的杂书比较多。"

博德挑了下眉，没有继续追究这个话题。他慢慢地摩挲下巴，想了想，若有所思地说道："如果你说的应激是动物会产生的一种普遍现象，那么也不排除你的小宠物有这种可能性。"

塞西尔赞同地连连点头。

"但是——"博德话锋一转，"我没记错的话，你的那只奇形怪状的小宠物，本来就是生活在水里的吧，怎么洗个澡就有应激反应了呢？"

对啊，小章鱼应该不至于这么脆弱吧？她也没有很用力啊！塞西尔再次陷入了困惑中。

"那还会是什么原因呢？"她苦恼地呢喃道。

博德似笑非笑地看着她，开玩笑似的提议道："实在担心的话，你可以和它再进行一次通感试试。"

对，她还可以通感。

博德看着她沉思的表情，挑了挑眉，不可思议地问道："你还真的考虑了？"

塞西尔："不是你提议的吗？"

博德顿时哭笑不得："我是在开玩笑啊……"

她是真的傻了，连博德这家伙的玩笑话都没听出来。但是她真的觉得这是个好办法——很多时候她无法揣测兰尼的内心，也许通感反而是最直接、最有效的方法。

博德看着她的表情，很快意识到她在想什么。他捏了捏塞西尔的鼻子，一直懒洋洋的语气里突然多了一丝严肃："喂，你不会真的打算再和它进行一次通感吧？"

塞西尔："我在考虑。"

"你不用考虑了，不行就是不行。"博德近乎强硬地反驳道，"你应该很清楚，上次通感给你带来了什么样的后果——你快被那东西害死了。你不想着尽快处理掉它，还想和它再进行一次通感？难道那只古怪的魔物可以迷惑人的心智不成？"

塞西尔不知道该怎么说。

在某种意义上，她的确是被迷惑了。

但她的大脑是清醒的、理智的。她只是喜欢上了博德口中那只"古怪的魔物"而已。

"他又没有伤害过我。"塞西尔弱弱地辩解道。

"那还不叫伤害吗？"博德紧皱眉头，"我们之前已经分析过了，就是这只魔物害得你现在的处境非常危险，换作别人早就把它扔了、宰了，你居然还养在身边，你究竟在想什么？"

塞西尔沉默不语。

博德也意识到自己刚才的态度稍微有点儿激动。但他的确很担心自己这个唯一的学生，他害怕塞西尔迟早会因为这只宠物而失去生命。

他深吸一口气，慢慢地平复心情，然后压低了声音，道："如果你实在舍不得扔掉它，你可以放在我这里。我答应你，我不会解剖它也不会虐待它，会好好养着它，你想它了过来看一眼就行，这样可以吗？"

塞西尔知道这是博德能够做出的最大的妥协了，但她还是不能答应。

塞西尔虽然没有立即回答他，但脸上的表情已经说明一切。

"你……"博德心口一堵，正要继续说下去，莉娜突然打断了他们的话。

"博德老师、塞西尔姐姐，你们快看，我们到画廊这里了！"金发少女抬起一只手，激动地指向前方，湛蓝色的眸子在漆黑的夜色里闪闪发亮。

其实此处距离画廊还有一小段路程，但莉娜总觉得如果自己再不做点儿什么，那两个人会当街吵起来。

博德的怒气被打断，他意味不明地瞥了莉娜一眼，慢吞吞地吐出一句："塞西尔应该很喜欢你。"

莉娜闻言，小脸顿时一红："这……这种事情，我也不清楚啦！"

塞西尔：他是在讽刺你啊！

总而言之，感谢莉娜，博德终于平静了下来。

三个人走近古典素雅的列克唐纳画廊，在封闭的雕花铁门前站定。

"除了我们来时的这条街道，这一片没有任何可以供人行走的路。"博德沿着乳白色的墙慢慢地向前走，"难道这里存在着空间法术？"

"如果存在空间法术，"塞西尔冷静地推测道，"应该会有触发的条件吧。"

"触发的条件……"博德眼睑低垂，突然视线微移，视线落到莉娜的身上，"是那片花瓣上的字吗？"

莉娜恍然大悟，连忙将保存完好的花瓣从小包里拿出来："群星归位，万物初始……博德老师，您指的是这句……哇！"话未说完，她突然睁大双眸，发出一声惊呼。

皎洁的月光荧荧发亮，仿佛在地上洒下一层浅浅的银霜。列克唐纳画廊旁的白色墙体发生变化，被月光照到的地方开始扭曲、变形，泛起粼粼的波纹，最后延伸出一条细窄的巷道。

"果然。"博德的眼中生出一丝兴味。

"看来你们要找的群星十字会就在前面。走吧，小姐们。"博德笑了一下，迈开长腿走进了月光下的小巷里。

塞西尔和莉娜对视一眼，紧随其后。

三个人顺着小巷向前走，很快来到一扇门前。门是虚掩的，有微弱的光从门缝里透出。

博德没有犹豫，直接推开了门。

出乎他们的意料，里面的光线很昏暗。一排排座位从门后一直延伸到前方的聚光灯下，一个男人正站在灯下，声音沉稳，高谈论阔。

没有人注意他们的到来，座位上的观众都在聚精会神地看着灯下的男人，塞西尔甚至能从他们的脸上看出虔诚。

他们三个人找了后排的座位坐下。

台上的男人仍然在声情并茂地演讲。他挥舞双臂，神情热忱，寥寥几句便能将在场的众人带入到他的情绪之中，甚至连莉娜也逐渐神情专注起来。

只有博德和塞西尔依旧一脸平静。

两个人双手环胸，懒散地靠在椅背上，不仅是表情，连动作都一模一样。

"你能概括出这个人演讲的重点是什么吗？"博德意兴阑珊地低声问道。

塞西尔："神明、信仰、救赎。"

博德赞同地点头，和塞西尔凑到一起嘀咕道："说不定过会儿就让大家交钱了。"

"不会让大家交钱的。"一个低沉悦耳的声音突然悠悠地响起，塞西尔立即抬眸，正对上一双含笑的蓝瞳。

"晚上好，塞西尔。"留着浅金色长发的漂亮男人趴在前排的座椅上，抬起一只手，微笑着对塞西尔打了个招呼，"真巧啊！没想到我们会在这里相遇。"

塞西尔微微一怔："马蒂？"

"我真高兴，你还记得我的名字。"马蒂温和地笑了笑。

莉娜的注意力被打断了，她看着眼前这个异常俊美的男人，忍不住凑到塞西尔的耳边小声道："姐姐，这个人是不是就是你之前说的那个有好……？"

"不是！"塞西尔立刻否认道。

"哦。"莉娜有点儿失望，还以为这个人是姐姐喜欢的男人呢，毕竟他们看上去真的很般配。

"塞西尔，这位是？"博德挑了下眉，看向马蒂的眼神不算友好。

塞西尔简短地介绍一下："是我在人鱼村结识的朋友。"

马蒂笑眯眯地点了点头，手肘撑在椅背上半托着下巴，全身上下透出一种说不出的随性与放松。

塞西尔怎么也没想到马蒂居然也在这里，而且正好坐在他们前面一排。

"你也是来这里接受洗礼的吗？"马蒂饶有兴致地问道。

他们管这叫接受洗礼？塞西尔微顿，然后轻轻地点头："对，你呢？"

马蒂勾了勾嘴角："我是这里的会员。"看来他比她级别高多了。

塞西尔看着马蒂，总觉得哪里怪怪的。她对此人在人鱼村时表现出的一言一行仍然历历在目，实在想象不出这样一个随心所欲的人居然会加入这种稀奇古怪的秘密组织。

"你是不是觉得我不像是会加入这种组织的人？"马蒂一眼看出她的心中所想，并慢悠悠地问了出来。

她被看穿了。塞西尔语气淡淡地说道："我觉得你不像是有信仰的人。"

博德默默地看了她一眼。

闻言，马蒂先是挑了下眉，然后随和地笑了："为什么不信呢？"他摊开双手，用一种无所谓的语气说，"这对我又没有什么影响。"

这话说得倒也没错。

"而且你也知道，我是个落魄贵族。"马蒂耸了耸肩，卷曲的金色发尾从肩头滑落，"虽然我看上去好像过得悠闲自在，但其实已经负债累累了。如果好心的神明能够救助一下贫穷的我，那我每天都来接受一次洗礼也没有问题啊！"

这个人一点儿都不虔诚，是个真正意义上的烂人啊！塞西尔看向马蒂的眼神顿时变得一言难尽："既然你都负债了，为什么还要把那个罗盘送给我？拿去典当掉不好吗？"

"那个罗盘啊……"马蒂漫不经心地说，"不用管它，我把它送给你，当然是因为我想送。一定要说的话，是因为我对你……"

"塞西尔。"一道清脆冰冷的少年声音突然打断了他的话。

马蒂微微睁大双眸，眼中闪过一丝隐隐的惊讶之色。

他看到一双湿冷苍白的手从黑暗中伸出来，轻轻地环住了塞西尔的脖子。

仿佛美丽的水妖般，一名黑发绿眸的少年悄无声息地出现在黑暗中。他隔着椅背，从后面贴近纤弱的雪发少女，唇瓣轻轻地贴着她白皙的耳郭。

"你让我等得太久了。"他低声开口道。

马蒂微怔一秒，随即漾开浅浅的笑："这位是？"

兰尼抬眸瞥了马蒂一眼，碧眸中没有任何感情。兰尼收紧双臂，以一种更加亲昵的姿态贴近塞西尔，无意识的动作中透着绝对的占有欲。

马蒂安静地注视着兰尼，浅眸中闪过暧昧的深意。

感受到兰尼的气息后，塞西尔白皙的脸庞肉眼可见地泛起诱人的红晕。

兰尼这个不听话的坏家伙，怎么又偷偷跟过来了啊？！

俗话说，事不过三，她一共就把他丢在家里三次，他居然次次都溜出来了。她说话就这么没有威信吗？而且他这次还比前两次要更过分，之前起码还好好地隐藏自己，这次倒好，居然肆无忌惮地出现在这么多人的面前，究竟知不知道什么叫危险啊？

塞西尔又羞恼又紧张，一时不知该做何反应，坐在一旁的莉娜在经过刚才那一瞬间的惊吓后，已经慢慢地回过味来——这个少年知道姐姐的名字，还说姐姐让他"等得太久了"。

这句话真的信息量很大，令人忍不住多想。

最重要的是，姐姐没有抗拒他的靠近，也没有斥责他这种明显不合礼节的行为，难道——

莉娜的眼中闪过一丝恍然，她再次凑近塞西尔，神秘兮兮地嘀咕道："姐姐，他才是你上次说的那个人吧？"

"莉娜，现在不是讨论这个的时候。"塞西尔掩饰性地抿了抿唇，虽然竭力想要做出一副冷静的样子，但脸上依然是透红的，而且也没有说出反驳的话。

莉娜顿时了然——这个黑发绿眸的少年就是姐姐喜欢的人。她忍不住又看了看马蒂和兰尼，虽然两个人都很好看，但果然还是这个少年更胜一筹。

姐姐果然很有眼光。莉娜在心里默默地赞叹。

与此同时，一直提不起精神的博德终于坐直了身体，用充满敌意的目光盯着兰尼，手心凝起灰黑色的光团："你是什么人？什么时候进来的？"

他完全没有察觉到有人靠近，直到少年发出声音。对方像幽灵一样无声无息地出现在阴影中，仿佛原本就与黑暗融为一体。

能在博德眼皮底下做到这种程度的人寥寥无几，无论是谁，对他们来说都非常危险。

兰尼听到博德的质问后，下意识地、有些困惑地歪了歪脑袋。在他的认知里，博德应该是认识他的，不应该对他如此警惕才对。但他随即意识到，博德从未见过他的人类形态，于是他只好微微低头，无辜地看向塞西尔。

博德也将不善的目光转移到塞西尔的脸上。

大家怎么都看她呀？塞西尔的脸更红了。

似乎察觉到塞西尔两颊的温度升高，兰尼贴心地抬起双手，轻轻地贴上塞西尔的脸颊。

少年湿冷修长的手贴在少女白里透红的肌肤上，动作亲昵而自然，仿佛已经做过许多次。博德和莉娜看得眼睛都直了。

下一秒，塞西尔略微不满地拍了拍少年的胳膊，少年撇了撇嘴，不情不愿地垂下双手。

这个反应……总感觉他们的关系已经非常亲密了啊！

"塞西尔，"马蒂很快恢复了平淡自然的神色，微微笑着，目光一直锁定在兰尼的身上，"你还没向我们介绍这位突然出现的朋友。"

塞西尔这才回过神来。

"那个……他叫兰尼，是我的……好朋友。"塞西尔微微停顿了一秒。

兰尼没什么反应，毕竟他对"朋友"一词没有概念。

"这样吗？"马蒂微微弯起眼睛，漫不经心地问道，"那么你一定和这位朋友约定了深夜见面吧？"

一针见血。

博德看向塞西尔的目光更加犀利，而莉娜则暗暗崇拜：不愧是姐姐，进展居然如此神速！

"呃，倒也不是……"塞西尔半真半假地回答道，"只是我们今天本来约好了要见面，结果我不小心失约了。"

"难怪我觉得他的语气有些抱怨呢。"马蒂笑容灿烂，拍拍身旁的空座椅，道："既然你是塞西尔的朋友，那就是我的朋友。来，兰尼，坐下来吧，我这边刚好有空位。"

闻言，博德又将不满的目光转移向马蒂。

这个东道主一样的语气是怎么回事？这家伙和塞西尔很熟吗？就算一定要有一个人说出这句话，那也该由他这个老师来说才对，什么时候轮到这个叫马蒂的家伙了？

一群人之间的气氛尴尬到极点，偏偏兰尼根本不接马蒂的茬儿。兰尼松开塞西尔走到莉娜的身边，然后冷冷地看了莉娜一眼。

"啊！您请坐。"莉娜会意，立刻识相地让出一个空位，让兰尼顺理成章地坐到塞西尔的旁边。

这下坐在塞西尔右边的博德更不爽了。

马蒂见状，感到有趣似的挑了挑眉，然后继续接着之前被打断的话题。

"对了，塞西尔，那个罗盘，你今天带在身上了吗？"

塞西尔自然地回答道："没有，罗盘被我收在家里了。"

"你的那个破罗盘早就被阿诺德扔了。"安安静静的兰尼再次打断他们的对话。

塞西尔：你不要胡编乱造啊！

马蒂微微一愣："阿诺德是谁？"

"是我的哥哥。不对，他没有扔掉你的罗盘。"塞西尔手忙脚乱地解释道。

一直没吭声的博德终于也忍不住了："这小子连阿诺德扔掉你的罗盘这种事都知道。塞西尔，难道他和你住在一起？"

这句话如平地惊雷，这次连马蒂和莉娜都屏住了呼吸。

塞西尔沉默了。

她累了。她发誓，她今晚一定要吃了小章鱼。

灯光下的演讲不知何时已经结束，而塞西尔还在努力地填补兰尼给她挖的坑。

"阿诺德没有扔掉那个罗盘，他只是问了问来历，就把罗盘还给我了。"塞西尔冷静地说，"至于兰尼为什么会知道这件事，是因为我在那之后与他提起过，但也只是随口提了一句，所以他才会误解吧。事情就是这样，你们不要想太多。"

"原来是这样呀，吓了我一跳。"莉娜笑盈盈地接道，"我说我怎么从来没在家里见过他呢。"

博德在一旁阴阳怪气地说道："我倒是不知道你有个关系这么好的朋友。"

"你又不是我爸，怎么可能什么都知道？！"塞西尔毫不客气地顶回去。

我可比你爸尽职多了！博德在心里不服气地反驳。

"原来是这样，那我就放心了。"马蒂温和地笑了笑，看向塞西尔的目光温柔而大度，"不过就算罗盘真的被扔了也没什么大不了的，我还可以再送别的东西给你。"

话音落下，兰尼的眼神顿时变得阴冷而危险："塞西尔才不会要你的东西。"

马蒂平静地微笑："是吗？你很了解塞西尔？"

气氛骤冷，一种剑拔弩张的氛围隐隐浮现，在两个人之间无声地蔓延。

"那个……"塞西尔试图打圆场，这时，一个沉稳的男声打断了她的话。

"几位似乎是之前从未见过的面孔，是第一次来我们这里吗？"

塞西尔一行人齐齐抬头，发现一个穿着黑色长袍、笑容和蔼的中年男人正站在他们的身旁——是那个在前面演讲的男人。他们刚才一直在交谈，居然没有注意到这个人走过来。

"是一位朋友建议我们过来的。"塞西尔点了点头，"他说此处可以解开我们的疑惑。"

男人闻言，自谦地微一欠身："能够获得诸位的信任，在下不胜荣幸。那么，在为您解惑之前，您可以先回答我一个问题吗？"

塞西尔："请问。"

男人放缓语调，问道："您觉得，在这个世界上有神的存在吗？"

塞西尔不假思索地说道："我觉得没有。"

闻言，马蒂饶有兴致地望向她。

"哦？为什么您会觉得没有呢？"男人平和地问道。

塞西尔："因为在我需要帮助的时候，神从未出现。"

男人听了，遗憾地摇了摇头："如果阁下的确需要救助，那么神就一定会出现。"

塞西尔似笑非笑地反问道："那么照你的意思，神是在针对我喽？"

"不，神不会针对任何人。神公平公正，平等地爱着他的每一个子民，绝不会厚此薄彼。"中年男人眼眸低垂，神情虔诚，"神会拯救每一个人，前提是这个人要相信神的存在。"

这还算什么公正平等？塞西尔在心底冷笑，而后起身行礼："我明白了，那就等我什么时候相信神的存在，再来寻求您的解惑吧。"

说完，她便转身离去。博德、莉娜和兰尼也二话不说地跟了上去，剩下马蒂和中年男人留在原地。

"真是一位不讨喜的小姑娘啊……"男人摇了摇头，叹息一声。

"可是也很有个性，不是吗？"马蒂笑盈盈地反问道。

男人："你觉得这叫有个性？"

马蒂看了他一眼，理所当然地说："那不然呢？或者我换个词，很可爱？"

眼前这人居然会对这种小姑娘另眼相待，想到了某种糟糕的可能性，中年男人再次重重地叹了口气。

塞西尔等四个人走出了那条铺满月光的小巷。

奇异的是，他们刚一离开巷道，小巷便消失了。

原本延伸出的道路再次变为一堵厚实的高墙，墙面斑驳，布满了岁月的痕迹。

"没想到帝国首屈一指的大魔导师也会相信这种东西，真是世风日下……"塞西尔侃侃而谈，走在后面的博德毫不客气地打断她的话。

"少掰扯这些没用的，说吧。"博德阴森森地看着塞西尔，蓦地抬起一只手，指向站在少女旁一脸无辜的黑发少年，"这家伙到底是谁？"

塞西尔："我不是说过了吗？就是我的一个好朋友啊！"

"你以为这种瞎话能骗得了我吗？"博德深深地看了兰尼一眼，道，"我总觉得……他给我的感觉很熟悉。"

博德的话语里似乎隐含深意。

塞西尔耸了耸肩，笑了一下："哪里熟悉？"

"我要是知道哪里熟悉还用问你吗？"博德没好气地瞪了她一眼，继续将目光投向兰尼。

兰尼在博德的审视下越发茫然，下意识地握住塞西尔的手，紧紧贴在她的身旁。

博德："你把手给我拿开！"

兰尼立即不满地反驳道："凭什么？"

"你！"博德的火气也上来了。他抬手便要施放法术，塞西尔见状，连忙上前一步，将兰尼挡到自己的身后。

"老师，您冷静一下！"莉娜也立刻阻拦博德，紧张地说，"您不能伤害他，不然姐姐会生气的！"

博德阴恻恻地说道："她凭什么生气？难道我还没有这个臭小子重要？"

塞西尔抿了抿唇，没有吱声。

博德大惊："我就这么微不足道，连这种不知道从哪里冒出来的家伙都不如？！"

塞西尔忍无可忍地说道："谁让你非要和他比了？"

"塞西尔，我真是看错你！"博德被气得脸都红了，这还是莉娜第一次在这位黑魔导师的脸上看到这么激动的表情。

"博德老师，姐姐不是这个意思。"莉娜连忙打圆场。

"本来就不是这个意思。"塞西尔无语地瞥了博德一眼，然后推着他走到路边的黑铁长椅上坐下。

"别推我！"博德气呼呼地扭头喊道。

这人真是够幼稚的！

四个人在长椅上坐下，塞西尔和兰尼坐在一起，博德和莉娜坐在他们的对面。虽然此时街道上已经空无一人，但塞西尔还是施了一层隔音法术和隐身法术，彻底隐藏了他们的存在。

博德冷笑道："哪里需要这么大张旗鼓？直接把我解决掉不就一了百了了吗？"

她以前怎么就没发现这个人这么会阴阳怪气呢？

"我又没说不告诉你。"塞西尔无奈地揉了揉额角，慢慢地说道，"只是兰尼的身份实在特殊，绝对不能让其他人知道。"

莉娜闻言，顿时紧张地捏紧裙摆："啊？那我是不是需要回避一下？"

塞西尔思考了一瞬,摇了摇头:"不用。"她信任莉娜,不介意将这件事也告诉莉娜。反正,兰尼迟早都要出现在大家的面前,她不能永远把兰尼关在自己的房间里,那样对兰尼来说太不自由了。

想到这里,塞西尔对兰尼偷溜出来的不满又消退了些,甚至想到他只能一个人待在房间里等着她回去,心底反而浮现出一丝隐隐的愧疚之情。

塞西尔扭头看向兰尼,兰尼安静地对上她的视线,轻轻地弯了弯唇角。

塞西尔瞬间原谅了他。

"现在可以说说了吧,这家伙究竟是谁?"博德眼神不善地盯着兰尼,仿佛下一秒就会将兰尼毁灭。

塞西尔深吸一口气,缓慢而郑重地说:"他就是小一。"

话音落下,世界有一瞬间的寂静。

博德瞳孔微张,懒散的声音顿时变得认真起来:"小一?你的那只小宠物?"

塞西尔慢慢地点头。

"姐姐,谁是小一?"莉娜一头雾水地问道。

"唉!"塞西尔轻叹一声,侧脸对兰尼说道:"兰尼,给他们看看吧。"

兰尼立即明白她的意思。

他垂下眼,漆黑潮湿的雾气从他脚下的阴影里升腾而起。雾气逐渐吞噬了这个黑发绿眸的少年,如同快速增殖的细胞,越来越大,很快变成一团膨胀翻涌的黑云——当然,这只是一种肉眼所能判断的形态,事实上,它看上去更像是一种不可名状的诡异生物。

"这是什么?"莉娜疑惑地微微前倾,试图看清这一团究竟是什么。

下一秒,无数只粗长滑腻的触手争先恐后地从黑云里伸了出来。

"啊!"莉娜被这一幕吓得措手不及,没有任何反应的时间,当场便晕了过去。

"谁让你变成这副样子吓她了?!"塞西尔一巴掌拍在蠕动的触

手上，"快给我变小！"

蠕动翻涌的黑云没有发出任何动静，只是默默地收回了触手，但博德还是从这么一团东西里看出了"委屈"的情绪，真是诡异。

塞西尔没想到兰尼居然会把莉娜吓晕过去，刚要试着叫醒莉娜，脑海中便出现一行异常喜庆的大字——

"恭喜你！任务大成功！"

她差点儿忘了这回事了。说起来，她买小章鱼的初衷就是为了吓唬莉娜，后来屡次失败，没想到会在这种时候获得"大成功"。

塞西尔突然觉得，还是让莉娜继续晕着吧，回去后让斯特拉给莉娜洗个脑，今天就当无事发生。否则莉娜一旦知道家里藏了一只自己最害怕的软体动物，估计会被吓得吃不下饭。

兰尼再次变回巴掌大小的小章鱼，脑袋圆圆，眼睛晶亮，柔软的触手慢慢地缠绕上塞西尔的手腕，看上去听话又无辜，和刚才那一团可怕的怪物简直天差地别。

博德目不转睛地打量这只湿漉漉的小章鱼，过了一会儿，终于慢慢地开口道："难道刚才那个绿眼睛的家伙，其实是这只给你制造了无数麻烦的小宠物？"

塞西尔一本正经地反驳道："说话不要那么难听，哪有这么夸张？"

博德抬眸，冷冷地瞥了她一眼："怎么？我说得不对吗？它给你制造的麻烦还少吗？"

塞西尔闷闷地说："我自愿承担这些。"

博德："哦，也就是说你自作自受。"

这个人今天说话怎么这么难听？

博德阴阳怪气了一顿后，将小章鱼从塞西尔的手上提了起来。他像以往那样仔细地盯着小章鱼，神情却有些心不在焉的落寞："难道这才是你无论如何也不愿扔掉它的原因吗？"

塞西尔愣了愣，正要回答，博德又接着说道："你喜欢上了一个非人的生物，即使这个生物非常危险，你也不肯放手。"他轻飘飘地转移视线，落到塞西尔的身上，"那晚出现在深巷里的怪物，就是它吧？"

塞西尔沉默了半晌，点了点头。

"果然。"博德低低地叹气，将小章鱼重新放回塞西尔的手心里。

"塞西尔，你太不理智了，你就不怕有一天，你会因它而死吗？"

塞西尔想了想，突然扬起一个浅浅的微笑："我从来不是一个足够理智的人，更何况，能为自己喜欢的人而死，不是一件很幸运的事吗？"

她不是为了爱情不顾一切的人，但真心实意地认为，比起永远担惊受怕地活在这个世上，还是为了所爱之人死去要幸福一些。

小章鱼抬起圆乎乎的小脑袋，眼眸晶亮，一眨不眨地盯着她。

"当然，这只是随便说说的玩笑话啦！"塞西尔突然没心没肺地摆了摆手，笑道，"我的命硬得很，这种事你还不清楚吗？"

博德眼神复杂地看着她："你命硬不硬我不知道，你脑子不正常我现在是一清二楚了。"

好吧，她决定今天就让博德任意嘲讽。

"好了，你让它变回去吧。"出乎意料地，博德没有再数落她，反而身体前倾，托着下巴，仔细地盯着小章鱼的一举一动。

小章鱼在博德的注视下再次变回人形。他刚一变回去，就忙不迭地抱住塞西尔的腰，然后用一脸敌意的表情与博德对视。

看来也并非塞西尔单方面的付出啊……

博德勾了勾唇角。

"好了，今天就先到这里吧，我也很困了，有什么话我们明天再说。"他站起身，看向眼前紧靠在一起的两个人，倦怠地打了个哈欠，"我猜这个小家伙应该还有话要跟你说，就不打扰你们了。我先送莉娜回去，你们尽快跟上来。

"还有，别忘了明天带着这家伙一起来找我。"

说完这番话后，博德抱起昏迷在一旁的莉娜，迈开修长的双腿便要离开。

塞西尔想了想，突然叫住他："等一下，我还有一个问题想问你。"

博德恹恹地望过来："什么？"

"你……"塞西尔顿了顿，神色复杂地开口道，"你怎么知道……我喜欢兰尼？"

博德闻言，那张苍白阴柔的脸上顿时露出像看傻子一样的表情。

"你看那家伙的眼神那么明显，就算是智障也能猜出来吧？"

塞西尔："有那么明显吗？"

"哼！幼稚！"博德不屑地冷哼一声，紧接着薄唇翕动，面前的空气随即撕裂出一个将近两米高的口子。透过裂缝，可以看到对面的莱维特宅邸，以及站在宅邸门前默默地等待的金发青年。

"我在前面等你，你们快点儿跟上来。"博德抱着莉娜，留下这句话后，便头也不回地走进裂缝里。

裂缝消失了，剩下塞西尔和兰尼站在原地。

夜色沉沉，世界寂静无声。

塞西尔抬头看向兰尼，无奈地开口道："我不是让你不要跟过来的吗？"

兰尼低低地说："可是我等了很久。"他的语气很轻、很平静，仿佛只是在陈述一件不值一提的小事，但塞西尔还是听出了他隐藏在每一个音节里的情绪。

他看上去似乎和平时有些不同，似乎没有以往那么直白了，甚至多了一丝隐忍。

塞西尔感到惊奇。

兰尼小心翼翼地观察她的神色，见她没有生气，又慢慢腾腾地开口道："塞西尔，我不是故意不听话的，你不要丢掉我，更不要去喜欢那个马蒂，好不好？"

她喜欢马蒂？塞西尔终于意识到兰尼在担心什么，眨了眨眼睛，忍不住笑出了声："兰尼，你在想什么呀？你这个样子，真的好像吃醋的人类。"

兰尼迷惘地看着她："吃醋？什么是吃醋？"

"就是一种类似忌妒的情绪。"塞西尔轻轻地笑着，幽蓝剔透的眼眸微微弯起，盛着满溢的星光，"人类只有在喜欢的人面前才会吃醋。

兰尼，你该不会是喜欢我吧？"

　　兰尼认真地想了想，然后平静地回答道："我对你的感觉应该不是喜欢。"

　　塞西尔的笑容慢慢地淡了下去："这种事情我早就知道了，你不用这么明确地告诉……"

　　她未说完，便被目光专注的兰尼突然打断："应该是爱。"

　　"啊？"塞西尔的反应慢了半拍。

第十五章
交　融

塞西尔怔住了。

她知道兰尼并不明白"爱"这个词的含义，但在听到这句话的刹那，她的心跳还是静止了一瞬，然后开始变得剧烈而紊乱。

"兰尼，不要突然说一些奇奇怪怪的话。"塞西尔低下头，无意识地握住双手，细长的十指绞在一起，一如她此刻混乱的心，"你都不知道什么是爱……"

兰尼定定地看着她，不服气地说："我知道。"

"你又知道了。"塞西尔声音低低的，"我从来没有教过你。"

"是斯特拉告诉我的。"兰尼认真地说，"她告诉我，爱比喜欢更深，是一种比喜欢还要强烈的情感。"

斯特拉居然没有糊弄这个小笨蛋。塞西尔有些惊讶，不知道是在惊讶斯特拉的诚实，还是在惊讶兰尼的理解能力。

他能够理解吗？不久之前，他明明连"喜欢"都不懂。塞西尔不太敢相信，或者说，她害怕自己信了之后，才发现兰尼并不懂得什么叫"爱"。

她不想让自己陷入无疾而终的期待中。

想到这里，塞西尔深吸一口气，然后微微抬眸，努力用一种平静的、冷淡的语气对兰尼说："但你有没有仔细地想过，你以为的'爱'可能只是你的食欲，因为你一直想要吃掉我，不是吗？"她像是在说服兰尼，又像是在说服自己。

听了塞西尔的话后，兰尼垂下眼，陷入了沉默中，看上去似乎真的把塞西尔的设想听进去了，并且正在认真地思考。

塞西尔无声地注视他。他的睫毛又黑又长，安静低垂的时候像两扇薄薄的蝶翼，在脸上投下昏暗的阴影。她静静地看着他，仔细地观察着他的每一根睫毛，仿佛怎么都看不厌。

兰尼突然出现在她身后的那一刻，其实她是高兴的。因为兰尼今天一整天都很不对劲，那副恹恹的样子像是生病了一样，让她很担心。但他跟过来了，不仅恢复了平日里黏人的状态，而且还像防贼一样防着马蒂，像吃醋的人类一样，非常可爱，也非常令人心动。

当时塞西尔就在想：就算兰尼永远不懂什么是喜欢也没有关系，只要他们一直保持这样的关系就好了。

但是他为什么要突然对她说这些话呢？搞得她现在又开始忍不住期待他的回答了。

兰尼依然没有出声，而塞西尔不自觉地蜷起手指，紧张地看着他。

不知过了多久，兰尼突然抬眸。他的眼瞳晶亮，塞西尔猝不及防，直直地望向那双翡翠般的绿眸。

"我的确是想要吃掉你的，不管是过去、现在还是之后的每一个时间。"兰尼的言辞简单而直白，他缓慢地诉说，如同一个正在认真组织语言的孩子。

塞西尔抿了抿唇，轻声问道："难道你对我的感觉其实是食欲？"

兰尼摇了摇头。他微微俯下身，距离塞西尔又近了些。彼此呼吸交错，塞西尔能够清晰地看到自己的脸正映在他剔透的眸子里，随着他的睫毛眨动，泛起轻柔的、碧色的涟漪。

"但是比起吃掉你，我更想拥抱你、亲吻你、和你在一起。"

他目光专注而纯粹，像是一抹轻柔的月光。

"这一定不是食欲吧？"

塞西尔愣在了原地，大脑里一片空白。

世界静止了，在无边的寂静中，她渐渐听到了来自胸腔里的声音，一下一下，剧烈而混乱。她听到蔷薇绽放的声音，从遥远的地方传来，轻盈而盛大，与她的心跳声疯狂地共鸣。

"那么……这是什么呢？"塞西尔发出一声轻轻的呢喃，唇角无意识地上扬。

她已经知道答案，但还是想听兰尼说出来。

"是爱欲。"兰尼捧起她的脸，无比认真地回答她。

柔和的月光落在兰尼的眼睛里，将他的双眸映得清澈潋滟，犹如一泓幽碧的湖水。

塞西尔突然意识到今夜月色很好，但仍不及眼前人的万分之一。

她缓慢地眨了眨眼睛，眼中渐渐浮起抑制不住的笑意。下一秒，她突然伸出纤细的胳膊，轻轻地搂住兰尼的脖子。

她凑上去，主动吻了他。

这个吻比以往任何一个吻都要温柔，却盈满爱意。她的舌头小心翼翼地扫过兰尼的唇舌，缓慢而细致地探索他口腔里的每一处角落，比起品尝，更像是一种满足的触碰。

她想要更深、更深地触碰他，将自己的满腔爱意都传达给他。

塞西尔从未觉得自己居然如此幸福。

兰尼能够察觉到她的喜悦。他闻到塞西尔的气息正在迅速地变化，她的身上散发出浓郁的甜香，诱人而温暖，仿佛有一种令人无法抗拒的魔力，让他忍不住想要紧紧地拥抱她。

他能够听到塞西尔的心跳声——很快，很剧烈。

而他的也是如此。

这就是爱的感觉吗？

他们拥吻了很久。直到塞西尔感到有些呼吸困难，兰尼才意犹未尽地放开她。

他定定地凝视着塞西尔，双眸一眨不眨。而塞西尔依旧搂着他的脖子，微微仰着脸，扬起唇角，通透的蓝眸里似有星光闪烁。

"难道你是喜欢我的？"她轻轻地问道。

兰尼一本正经地纠正她："不是喜欢，是爱。"

"好吧，是爱。"塞西尔红着脸，甜蜜地妥协了，"那你可不可以告诉我，你是从什么时候开始爱上我的？"

这个问题稍微有点儿难，兰尼微微蹙眉，再一次陷入沉思中。

塞西尔见他一脸认真的样子，忍不住轻轻地蹭了蹭他的鼻尖："好啦，不用真的这么认真地去想，这些都不重要。"

兰尼不解地眨巴眨巴眼睛："不重要？怎么会不重要？"

"因为我不在乎这些呀！"塞西尔看着他，声音轻盈而温柔，"我知道你是喜欢我的，这就足够了。"

兰尼闻言，微微不满地皱起鼻尖，非常认真地说："不是喜欢，是……"

"是爱，是爱，我知道啦！"塞西尔笑得眼睛弯起来，像两弯漂亮的月牙儿，"我知道你爱我了，不用这一遍一遍地重复。"

那样我会不好意思的。塞西尔在心里嘀咕，藏在发丝间的耳朵几乎红透了。

兰尼依旧目不转睛地盯着她："那你爱我吗？"

这个问题……不是已经非常显而易见了吗？

她避开兰尼的视线，白皙柔嫩的脸颊又开始升温。兰尼不依不饶，强行将她的脸扳过来，固执地说："塞西尔，你还没有回答我的问题。"

塞西尔非常不好意思回答这个问题。她觉得如果现在就说出这个答案，那她的心脏一定会爆炸。于是她只好转移注意力，争取时间让自己擂鼓般的心跳稍微平复一下。

"对了，兰尼，我们是不是应该快点儿回去了？"她指了指博德消失的地方，若无其事地说，"博德估计都等急了。"

话音落下，被她指到的地方突然被撕开一条裂缝，身披黑袍的高瘦男人走了出来，裂缝在他的身后张牙舞爪。他懒散地抬起头，露出那张阴柔且明显不耐烦的脸。

"你还知道我在等你啊？"博德看向塞西尔，阴阳怪气地说，"你让我等得太久了。"这是之前兰尼对塞西尔说过的话，他故意在这种时候重复一遍，意图不言而喻。

塞西尔的脸瞬间就红了，她小声询问道："你在哪里等的？"

博德："你说呢？阿诺德一直像看犯人一样看着我，我敢留在那里吗？"

塞西尔闻言，脸更红了："那你不会很早就过来了吧？"

博德挑了下眉，似笑非笑地看着她："也没有很早，也就是你问完这小子什么时候爱上你的当口儿，我就过来了。"

这个人过来了都不吱一声！他不吱声也就算了，还特意隐身偷看是吗？！

"哎呀……听得我牙都酸了。"博德还在一旁阴阳怪气，狭长的眼眸半闭，说话的时候目光在兰尼和塞西尔之间来回打转，看上去像是在翻白眼，"我还从来没有说过这么恶心的话呢！"

"那是你可怜！"塞西尔啐了博德一口，拉起兰尼直接从他的身边越过，"走，我们不理这个臭老头儿。"

兰尼一脸迷茫，显然还没有搞清楚状况："塞西尔，谁是臭老头儿？"

塞西尔："就是博德呀！你看他整天一副萎靡不振的样子，其实就是太老了，精气神都没有了，还要谎报年龄装年轻。"

"喂，你不要乱说啊！我今年才三十五岁。"博德顿时气急败坏地说道。

"哼，你上次还说你二十九岁呢！"塞西尔恶狠狠地瞪博德一眼，然后摸摸兰尼的脸，温柔地对他说，"你先变回小一，我们要回家了。"

兰尼乖巧地点头。黑雾缭绕，少年的身形消失在黑夜中，一只湿漉漉的小章鱼出现在塞西尔白嫩的手心里。

博德凑过来嫌弃地看了一眼，道："也就你能喜欢上这种东西，黏糊糊的，我看着都难受。"

"谁让你看了？"塞西尔没好气地回嘴，然后将小章鱼藏进自己的袖子里。

两个人走进裂缝里。眼前一黑，下一秒，他们已经出现在莱维特宅邸的大门前。

一直在这里等候的阿诺德双眸一亮，紧接着微微沉下脸，目光不善地望向博德："阁下，您可算是把我妹妹带回来了。"

博德扯了扯嘴角，意味不明地说："毕竟不能打断别人的好事啊！"

这时，一个一瘸一拐的高挑身影也从夜色里走了出来。塞西尔定睛一看，居然是被女仆搀扶着的斯特拉。

黑发紫眸的美人直直地盯着塞西尔，在看到少女异常红润的双唇后，突然意味深长地笑了一下："完事了？"

塞西尔：你们一个个的能不能正经一点儿啊？！

阿诺德不明所以地看着这两个人，总觉得他们不对劲。

"完事？什么完事？"他狐疑地盯着斯特拉，目光如刀般锐利。

斯特拉柔柔一笑："那当然是……"

"当然是关于治愈术的讨论完事了。"塞西尔微微提高声音打断她的话，目光意有所指地扫过她的腿，"是关于如何治愈斯特拉的腿的。"

恶魔瞬间听懂了塞西尔的暗示，随即识相地闭紧嘴巴。

闻言，阿诺德重新将狐疑的目光投向塞西尔："和博德阁下讨论治愈术？"

众所周知，博德是黑魔导师，且对治愈系的法术非常不屑，阿诺德很难想象出这样一个人和塞西尔一起讨论用治愈术救人的场面。

"不要对我有这么大的偏见啊！我虽然讨厌治愈术，但不代表我不会。"博德耸了耸肩，无精打采地说，"更何况，我的宝贝学生特意跑来向我请教问题，我怎么忍心拒绝呢？"

这话说得就夸张了，博德老师。

阿诺德听了也不是很舒服，想起博德只有塞西尔这么一个学生，金发青年看向博德的眼神越发警惕起来。

"阁下能如此悉心照顾我的妹妹，还将她安然无恙地送回来，在下感激不尽。但站在她哥哥的角度，还是希望阁下以后尽量将学术讨论安排在白天，不要和我的妹妹在晚上见面，这也是为了她的安全考虑。"

博德闻言，懒散地挑了挑眉，狭长的灰眸中闪过一丝嘲讽似的笑意："你怀疑我无法保护她？"

阿诺德神情平静地说道："我并不是怀疑您，我是怀疑所有人。"

"这个所有人也包括你自己吗？"博德冷冷地问道。

阿诺德神色不变，没有说话。

气氛一时有些紧张。

"好了，时候不早了，早点儿回去休息吧。"

短暂地停顿后，博德抬起一只手，轻轻地揉了揉塞西尔柔软的头发，然后又捏了捏她小巧的鼻尖："别忘了明天来见我——带上你的小宠物。"

塞西尔揉揉发红的鼻子，用掺杂着鼻音的声音回答道："知道啦！"

"那我走了。"博德笑了一下，然后不紧不慢地转身，凝结的空气在他面前被撕开狰狞的裂缝，他抬起一只手挥了挥，瘦高的身影随即消失在沉沉的夜色里。

阿诺德静静地看着博德离开，过了许久，终于垂眸望向塞西尔："我们也回去吧。"

塞西尔点点头，自觉地牵起阿诺德的手，跟着他一起走进宅邸里。

一心想着看热闹的斯特拉眼见什么都没发生，阿诺德又一直待在塞西尔的身边，搞得她连听八卦消息的机会都没有，无聊之下，只好又让女仆扶着她一瘸一拐地回自己的房间了。

至于塞西尔和阿诺德，他们并没有在第一时间回屋，而是先去了莉娜那里。

可怜的莉娜仍然处在昏迷中，像陷入沉睡中的睡美人，呼吸平稳，安安静静地躺在床上。

塞西尔面露担忧，阿诺德看了她一眼，轻手轻脚地将她拉出门外。

"不用担心，医生刚才已经来过了。"阿诺德轻声细语地安抚道，"莉娜只是睡着了而已，明天就会醒来的。"

闻言，塞西尔顿时松了一口气："那就好。"

"对了，还有这个。"阿诺德说着又从上衣口袋里掏出一个折叠整齐的信封，递给塞西尔，"这是二皇子殿下写给莉娜的回信。"

塞西尔接过信，随口好奇地问道："这么快？二皇子殿下不忙吗？"

"忙，但回封信的时间还是有的。"阿诺德笑了一下，突然收起笑脸，状似不经意地开口道，"对了，他还想约莉娜在两天后见面。"

"哦，见面……"塞西尔一边将信收好，一边漫不经心地点头，"可以是可以，不过最近外面很危险，要注意安全。"

阿诺德见她神色如常，忍不住旁敲侧击："两天后，这个时间，你就没觉得有什么异常吗？"

"这个时间怎么了吗？"塞西尔用手指轻轻地抵着下巴，做出努力思考的模样，"好像没什么不对呀！"

阿诺德的脸色黯淡了下来："是没什么不对，大概是我记错了吧。夜深了，你去睡觉吧，别熬太久。"

他眼中的失落非常明显。

塞西尔看着他一副魂不守舍的样子，实在不忍心再逗弄他了，于是一把抱住他的胳膊，笑眯眯地打断他的话："我刚才是在逗你啦！两天后是哥哥的生日，我怎么可能不记得呢？"

阿诺德一愣，湛蓝的双眸瞬间睁大："你记得？"

"当然了，我又不是傻子。"塞西尔仰起脸看他，神情柔和而美好，"放心吧，就算我忘了自己的生日，也不会忘记哥哥的生日的。"

阿诺德怔怔地看着她，突然控制不住地弯起眼睛，开心地笑了起来："好巧，我也是。"

塞西尔："那我们就是只能记得彼此生日的两个笨蛋啦！"

"笨蛋兄妹！"

兄妹二人相视一笑。

回到自己的房间里后，塞西尔开始认真地思考两天后的安排。

阿诺德不喜欢大办生日宴会，以往每年的生日都只有塞西尔一个人为他庆祝。但今年家里多了莉娜和斯特拉，要不要把她们两个人也算上，这是个问题。

至于凯文……不管了，他死在外面都无人在意，出现在生日宴会上只会煞风景。

除此之外，还有生日礼物也要好好考虑。塞西尔原本是打算送阿诺德一套衣服的，但一想起阿诺德送给自己的那条裙子，就觉得自己准备的那套衣服根本拿不出手，还是压箱底算了。

不然还是去找博德吧，她记得博德认识一些厉害的工匠大师，到时候去他们那里找找有没有什么稀有的武器。

对了，还有蛋糕。蛋糕这种东西一定得是亲手做的才有诚意，但她做蛋糕的水平一向不怎么样，要不明天就开始紧急练习吧……

塞西尔拿着笔，站在桌旁认真地沉思，全然没有留意小章鱼早已从她的袖子里爬了出去。

雾气弥漫，黑发绿眸的少年悄无声息地站在她的身后。

塞西尔只顾着想阿诺德的事情，都不管他。兰尼不满地蹙眉，突然伸出一只手，将塞西尔的下巴勾向自己。

塞西尔没有防备，只能侧着头，微仰着脸，被迫与身后的人对视。

"兰尼……"她刚一开口，就被兰尼吻住了。

他的唇瓣柔软而微凉，萦绕着海水般幽冷潮湿的气息。他以一种急迫而略显强势的姿态侵入塞西尔的口腔里，追逐她的舌尖，将她吻得头昏脑涨，没有一丝招架之力。

"兰尼，等一……呜……"塞西尔试图说话，然而兰尼并不给她这个机会。她的呜咽被对方尽数吞下，只能从喉咙里溢出低低的呻吟声。

她听见自己发出甜腻而诱人的声音，这让她的体温迅速地升高，柔软的脸颊开始发烫。

现在这个姿势对她并不友好，甚至有些难受。但她并不想推开兰尼，相反，她微微睁开双眸，幽蓝的眸子半睁半闭，像钩子一样缠缠绵绵地注视着兰尼。

兰尼翠绿的眼瞳越发幽暗。

他微微张口，放开眼前的少女。塞西尔眼尾泛红，因为他突然抽离的动作而微微不满，她下意识地侧过身，微微踮脚，主动吻上兰尼的唇。

她抱住兰尼的身体，用手指撩起兰尼的衬衫，在少年劲瘦的后腰上轻轻地抚摩。

这只是塞西尔无意识的动作，兰尼的呼吸却因此逐渐急促。

他突然托起塞西尔，一把将她抱到身后的桌子上。塞西尔坐在冰冷的桌面上，漂亮的裙摆散开，像一朵肆意绽放的花。

她前倾上身，搂住兰尼的脖子，手指插进兰尼柔软的黑发里。她轻轻地含吮他的嘴唇，细致而轻柔，耐心地用舌尖一遍遍地描摹他的唇形。

兰尼情不自禁地抱紧她，发出低低的请求："塞西尔……"

塞西尔轻扯了下兰尼的头发，兰尼顿时安静了。

安静的房间里回荡着两个人急促的呼吸声，紧接着，一声低哑的呻吟从兰尼的唇边溢出。

塞西尔咬了他的舌头。

他的舌尖有一条小小的分叉，比常人要敏感许多，此时被塞西尔咬了一下，令他下意识地贴紧塞西尔，想要索求更多，塞西尔却坏心眼儿地推开了他。

兰尼随即抬眸，看到雪色长发的少女正满脸潮红地坐在他的面前，微微仰起下巴，眸中泛着盈盈的水光，用一种柔得几乎要融化般的声音对他说："这是对你的惩罚，谁让你三番五次地不听我的话？"

更过分的是，在她刚才吻得正投入的时候，他突然松开了她，她很不高兴。

兰尼顿时委屈地喊她："塞西尔……"

"撒娇也没有用。"塞西尔拍了拍兰尼的脸颊，然后轻轻地从桌子上跳了下来，顺手理了理自己因为接吻而凌乱不堪的头发，"明天我们要做的事情还有很多呢，现在必须休息了，晚安。"

去见博德、给哥哥挑选礼物、练习做蛋糕，还有给莉娜传信……她忙得不得了，所以今天说什么都不能再继续下去，否则她明天什么事也干不了。

"塞西尔……再亲一会儿……"兰尼可怜兮兮地眨眼睛，抱住塞西尔不肯松开。

"不行，我要睡觉了。"塞西尔冷酷地拒绝了他，并把他的手扒拉开，对其严肃警告，"你也必须回到水缸里乖乖地睡觉，要是被我发现你半夜偷溜出来……"塞西尔眯起眼睛，语气中满是威胁，"我就把你扔给博德。"

兰尼扁扁嘴，不敢吱声了。

塞西尔双手环胸，阴恻恻地看着他。

可怜的兰尼在她的注视下不情不愿地变回小章鱼，又不情不愿地爬回了水缸里。

塞西尔这才满意地点了点头，说："这才乖嘛！"

可怜的小章鱼在水里伤心得都快哭了——自己只是想要亲亲而已，为什么总是被塞西尔拒绝？她就从来没有拒绝过阿诺德！

自己只是想和塞西尔更加亲密，究竟是哪里做得不对呢？

小章鱼恹恹地在水里吐泡泡，突然想起一个人……或者说，一个恶魔——一个精通人类情感的恶魔——也许可以问问她。

第二天一早，塞西尔带着斯特拉去见莉娜。

莉娜已经醒来了，但精神状态仍然不太好。在看到塞西尔的一瞬间，她像是联想到了什么，脸色又变得惨白。

塞西尔不用猜也知道，莉娜肯定是想起兰尼的本体了。

确实那个样子对一般人来说冲击太大，除了博德这种见多识广的大魔导师，其他人看到兰尼本体的感觉应该和见到异变者的感觉差不多。

但塞西尔还是觉得兰尼比那些恶心的异变者要可爱多了——即使是那一团不可名状的庞大本体。

塞西尔默默地叹了一口气，扭头看向一旁的斯特拉。

斯特拉会意，对塞西尔摆出表示"好的"的手势，然后一瘸一拐地走到莉娜的面前，捧起莉娜的脸。

"啊？斯特拉夫人，您……您要做什么？"莉娜紧张得不知所措，双手局促地举在空中。

"不用紧张，小莉娜，很快就好。来，不要动……"斯特拉像温柔的姐姐一样，一边柔声地安抚她，一边固定住她的脑袋，然后伸着脖子，突然在她湛蓝的瞳孔上舔了一下。

眼看着莉娜的眼神逐渐恢复清明，塞西尔试探地唤了一声："莉娜，你还好吗？"

"姐姐？"莉娜眨了眨眼睛，疑惑地看向她，"怎么了吗？"

塞西尔："没什么，就是想问问你还记不记得昨晚发生的事。"

"昨晚发生的事……"莉娜偏着头，仔细地想了想，"昨晚我们和博德老师一起去了那个画廊旁边的教会，还在那里听了一场演讲，之后博德老师就送我们回来了。在那之后我就记不太清楚了，好像是睡着了……真难为情呀……"莉娜不好意思地笑了一下。

听完这番话后，塞西尔顿时放下心来。

斯特拉转过脸，对着塞西尔偷偷地露出一个得意的笑容。

塞西尔没搭理斯特拉。她将二皇子的回信拿出来交给莉娜，并告诉莉娜："这是书店老板给我们的，说是那位骑士托他转交的回信。你看看，是你的那位骑士先生吗？"

莉娜闻言，双眼顿时一亮。她迫不及待地接过信封，取出里面的信，一句一句地看下去。

塞西尔与斯特拉对视一眼，默默地退出了房间。

"我为你做了这么多事，你是不是应该解开我腿上的约束了？"离开莉娜的房间后，斯特拉试图提出要求。

塞西尔淡淡地扫了她一眼："这么多？多在哪里？"

"你看，上次那个女仆，叫什么来着的，也是我搞定的，还有……"

"你还好意思提那个女仆？"塞西尔毫不客气地打断她的话，"那不是你搞出来的事吗？"

"那还有你那只小怪物，要不是我教他，你能和他进展到那一步吗？"

"哪一步？"塞西尔冷冷地看着她。

斯特拉微愣，努力挤出一个不那么直白的词汇："交合？"

塞西尔的耳尖泛起一抹浅浅的、不易察觉的粉红。

"没有进展到这一步，你不要胡扯。"

闻言，斯特拉立即露出匪夷所思的表情。

"不是吧？！都这样了那家伙还不出手，这绝对是有问题吧……"

"你才有问题！"塞西尔不悦地瞪了她一眼，"我看你现在这样就很好，还是继续病着吧。"

说完，塞西尔便头也不回地离开了，剩下斯特拉一个人站在原地傻眼。

可恶，这个人怎么这样？！

塞西尔办完了莉娜的事，接下来该去找博德了。

不过今天阿诺德在家，她要是想出门，肯定要得到他的准许。

想到前一晚那两个人不太愉快的气氛，塞西尔忍不住低低地叹息。

阿诺德肯定不同意。

算了，她先去试试看吧。

塞西尔走在长长的走廊上，余光扫过外面的风景。从这个位置可以看到蔷薇园里的　角，缀着蔷薇的藤蔓肆意生长，已经爬满了尖塔似的围墙。

塞西尔想起兰尼第一次出现在蔷薇丛中的情景，忍不住弯起嘴角。

忽然，她的脚步停了下来——蔷薇园里好像有人。

她没有犹豫，转身便向蔷薇园的方向走去。

踏进蔷薇园，她慢慢地向里走去，很快看到一个黑发黑眼的青年正安静地伫立其中。

他面容普通，充其量只能算是清秀干净，眉眼间却有一种说不出的气质。

"雷诺阁下？"塞西尔轻轻地出声，"您怎么会在这里？"他看上去可不像是喜欢做客的人。

雷诺听到声音后，将目光从纯白的蔷薇上移开，转移到塞西尔的身上。

"莱维特伯爵邀请我过来探讨一些问题。"他平淡地说，"顺便看看你们的成果如何。"

"成果？"塞西尔微微思考一瞬，"阁下是指探访群星十字会的成果吗？"

雷诺面无表情地点了点头。

成果就是我已经知道那是个邪门儿的组织了。塞西尔在心里默默地回答。

"阁下认为那种地方真的能为人解惑吗？"塞西尔问道。

雷诺："你认为不能？"

"当然不能。"塞西尔平静地说，"那只能算是聊以慰藉的妄想，除了自欺欺人，没有任何作用。"

雷诺神色不变地说道："难道你认为信仰毫无用处？"

"不，我不是指信仰毫无用处，毫无用处的是信仰一位并不存在的神明。"

"可那是存在于千万年前的神明。"

"这种事情，谁知道是真是假呢？"

雷诺静静地看着她，突然弯了弯唇角。他唇角上扬的弧度并不大，且很快消失了，但还是令塞西尔小小地惊讶了一下——这个人居然会笑，而且这个转瞬即逝的笑容莫名其妙地让她觉得有些熟悉。

"你很傲慢。"雷诺评价她。

塞西尔点头："很多人这么说过我。"

"但你的意志的确很坚定。"雷诺慢慢地说，"你的妹妹也和你一样吗？"

"不，她没有我这么傲慢，"塞西尔微微侧头，似笑非笑，"但她绝对是一个意志坚定的女孩儿。"

"我明白了,看来推荐你们去群星十字会的确是我判断失误。"雷诺语气平淡,脸上没有任何波动,"群星十字会帮不了你,因为你不需要帮助。但我相信,你迟早有一天……不,应该说很快,你的内心就会产生困惑了。就像这些纠缠交错的藤蔓一样……"他意味深长地直视塞西尔,"届时,群星十字会的大门仍然会为你敞开。"

他的话,比起推测更像是一个预告。

塞西尔抿了抿唇,提起裙摆,对他安静地行礼。

她这是不打算和他继续聊下去了。雷诺会意,欠身回礼,迈开长腿向外走去。从她身侧擦肩而过的时候,他突然低声道:"不知道你有没有注意到,这些蔷薇的花期有点儿太长了?"

塞西尔:"是吗?"

他们的对话到此结束。雷诺离开了这座蔷薇园,而塞西尔微微垂眸,抬起一只手。

微风轻轻地拂过,一片纯白的花瓣打着旋,慢慢地落到了她的手心里。

这里的蔷薇都被兰尼复原过,和原本的一模一样:枝叶繁茂,花瓣柔软,沾着晶莹的露珠,充满了盎然的生机。

但的确,它们的生机维持得太久了。

斯特拉一瘸一拐地回到自己的房间里。因为双腿受缚,她现在连看到凯文都一肚子火,干脆将他赶去了其他房间,自己一个人霸占了这间卧室。

刚才在塞西尔那里受了气,斯特拉十分郁闷。她一把推开房门,正要把女仆叫进来欺负一下,突然看到自己的床边正趴着一个黑乎乎的东西。

"你怎么又来了?"斯特拉如同一只炸毛的猫,下意识地发出一声惊叫。

少年的身形在氤氲的雾中显现,黑发柔软,碧绿的眸子湿润而迷茫。

斯特拉一看到他这个眼神就觉得不妙，转身就想跑。

一只漆黑的触手瞬间穿过她的身侧，"啪"的一声抵住房门，紧接着转动门锁，发出"咔嚓"的清脆声响。

好吧，他锁门了，她无处可逃。

斯特拉认命地扶着墙，沉着脸走到座椅前坐下。

"说吧，你又想请教我什么？"即使受制于人，她也不能少了导师的派头。

兰尼看了她一眼，疑惑地提出问题："我想和塞西尔更加亲密，可她总是拒绝我，这是为什么？"

斯特拉跷着二郎腿，发出一声嘲讽的笑："当然是因为不喜欢你。"

"不可能。"兰尼立即反驳她，眼神认真而固执，"塞西尔是喜欢我的，我能感觉到。"

"哼，你还挺自信。"斯特拉酸溜溜地冷哼，继续问道，"那你具体说说，她是怎么拒绝你的？"

兰尼瞥了恶魔一眼，不知道该不该把这种细节告诉她。他不太想让别人知道他和塞西尔单独相处的细节。

斯特拉："你不说就算了，反正我也不想听。"

兰尼略微犹豫了一下，最后还是不情不愿地开口了。

"在我吻她的时候，一开始她并没有拒绝我，反而很配合。她身上散发出很甜很甜的气味，眼睛也很亮，像倒映在海面上的星星一样……"

"行了，行了，谁要听这种细节？"斯特拉抹了抹湿润的嘴角，眼里的酸意都快要溢出来了，"说重点！"

"好吧。"兰尼不高兴地睨她一眼，继续道，"后来我觉得她有点儿呼吸困难，就松开了她。之后她就生气了，还咬了我一下，然后说什么都不让我亲了，还说这是对我的惩罚。"

"哦——我知道了。"斯特拉拖长了尾音，露出意味深长的笑容。

兰尼顿时求知若渴地看向她："你知道塞西尔拒绝我的原因？"

斯特拉扬起下巴，心中生出满满的报复欲——塞西尔，别怪我，谁让你不肯解开我腿上的制约？可恶的人类，看我这次怎么好好惩罚你！

"当然，"美艳的恶魔勾起嘴角，上挑的紫眸逐渐变得邪恶而阴险，"我不但知道她拒绝你的原因，还知道怎么做就能让她变得无法拒绝你。"

兰尼双眸一亮："怎么做？"

"哼，"斯特拉得意地哼了一声，风情万种地撩拨顺滑的长发，"告诉你也可以，但你要答应我一件事。"

兰尼："什么事？"

斯特拉指了指自己的腿："让小塞西尔解除掉束缚在我腿上的契约之力。"

"不行。"兰尼不假思索地说，"这是塞西尔的决定，我不能改变。"

斯特拉立即皱眉："有什么不能的？你把她哄高兴了，她不就答应了吗？"

"那就不是她自己的意愿了。"兰尼认真地说，"我不想对塞西尔做这种事。"

斯特拉鄙夷地看着他，咬牙切齿地说道："你可真是她的乖狗狗呀！"

兰尼得意地翘了翘嘴角，看上去似乎还挺喜欢这个评价。

真是个大蠢蛋，他明明是一只强大的怪物，却甘愿沦为人类的一条狗。斯特拉恨铁不成钢地摇了摇头，继续说道："好吧，那就换个条件。"

兰尼直直地盯着她："什么？"

"我教你可以，但你不可以告诉她这些是我教的。"

兰尼："那我就说是你告诉我的。"

"那不是一个意思吗？"斯特拉几乎崩溃，"总之就是不准提到我！否则我就不教你了！"

这个恶魔怎么这么麻烦？兰尼不满地瞥了斯特拉一眼，不是那么情愿地答应了："好吧。"

反正他提了斯特拉也不知道，先答应再说。

斯特拉自然不知道兰尼的坏脑筋，清了清嗓子，开始向兰尼传授她的"好方法"。

"塞西尔拒绝你，其实是因为你做得不够。"

兰尼不解地说道："不够？"

"对，就说接吻，肯定是你吻的方式太过蜻蜓点水了，女孩子都喜欢激烈点儿的，懂吗？"

兰尼诚实地摇头："不懂。"

"啧，"斯特拉恨不得亲身教学，"就是强吻、深吻、用力地吻！吻到她浑身发软使不上劲，这样她就没办法抗拒你了。"

"可是这样她会很难受吧？"兰尼歪着头，忧郁地蹙眉，"我不想让塞西尔难受，我想让她高兴。"

"难怪你到现在都没有进展呢！就冲你这样，永远都不可能搞定塞西尔那个坏女人。"恨铁不成钢的恶魔无比鄙夷地白了兰尼一眼，一副"这货我没法教"的晦气表情。

兰尼面无表情地看着她，声音瞬间低冷下来："你是不想教了？"

斯特拉顿时打了个哆嗦。

"想教想教，你的想法很对，的确不能强迫我们可爱的小塞西尔。"斯特拉立马改口，一脸谄媚地提出下一个方案，"这样，既然你不想强迫她，那你就试试勾引。"

兰尼："勾引？"

"对，用你的技术勾着她，让她对你欲罢不能。"斯特拉边说边露出邪笑，"这样，不用你开口，她就会主动和你拉近距离了。"

兰尼迷茫地眨巴眼睛，显然听不懂斯特拉的意思。

斯特拉见状，先是鬼鬼祟祟地四处张望，然后对兰尼招了招手，凑到他的耳边嘀咕起来。

塞西尔去找阿诺德，管家告诉她阿诺德正和凯文待在书房里讨论事情。

塞西尔来到书房，门都没敲就直接推门走了进去，一抬眸就撞见一道无波无澜的视线。

黑发黑眸的青年站在凯文身旁，正直直地看着她。青年的目光冷淡而平静，塞西尔却感到了一种莫名其妙的穿透力。好像青年正在审视她，或者说试图看穿她。

塞西尔对青年回以柔和的微笑，然后径直走到阿诺德的身边。

凯文板下脸，严肃地说："塞西尔，你又不敲门。我们正在谈论重要的事情，你快出去。"

塞西尔理都不理凯文，抬头望向阿诺德："哥哥。"

"怎么了，塞西尔？"阿诺德摸了摸少女柔软的雪发，眼神温柔。

"我有事要和你说。"她扯了扯阿诺德的袖子，小声说道。

凯文提高声音："塞西尔！"

"没关系的，父亲。"阿诺德替塞西尔打圆场，侧脸对雷诺抱歉地笑了一下，"二位先聊，我出去一下。"

紧接着，阿诺德没有等凯文的回应，直接牵着塞西尔的手，和她一起离开了书房。

"父亲又想拉着你做什么见不得人的坏事吧？"走出书房后，塞西尔直截了当地问道。

阿诺德苦笑道："你把父亲想得也太糟糕了。"

"他不就是这样的人吗？"塞西尔冷笑道，"为了拉拢雷诺，不惜把自己的两个女儿都送出去。"

闻言，阿诺德的脸顿时沉了下来："这件事情我还没来得及问你们，那晚你和莉娜带着雷诺一起去了花园，他没有对你们做什么吧？"

塞西尔："没有，我们只是聊了一会儿天儿。"她微微思忖，决定暂时先不把群星十字会这件事告诉阿诺德。

"那就好。"阿诺德松了口气，说，"雷诺刚才突然向父亲提出要教莉娜法术，以后可能会经常出入我们家，父亲求之不得，当场就答应了。"

雷诺这么快就决定教莉娜法术，是看上莉娜了，还是有其他的想法？

塞西尔猜不透雷诺的意图，决定先将这件事放到一边，赶紧说正事要紧，于是她将去见博德的请求跟阿诺德提了一下。

阿诺德面色微沉，不是很同意："塞西尔，我知道博德不会伤害你，但现在危机四伏，你这个时候出门实在太危险了。就算你真的想去学院里找他，起码也要等我这边结束，然后我陪你一起去。"

塞西尔觉得这样太浪费时间了，但也明白阿诺德的担心不无道理。想了想，她提出一个折中的办法："这样吧，我让博德直接把门开到我们家，这样我不就不用出去了吗？"

阿诺德微怔，很快反应过来她的意思。塞西尔指的应该是那个能够随意抵达某个地方的空间裂缝。的确，使用这个办法，他就没办法阻止塞西尔去见博德了……

"好吧，"阿诺德无奈地妥协道，"即便如此，你也不能在他那里待太久，那个人……我不放心。"

"知道啦，谢谢哥哥！"塞西尔开心地抱了阿诺德一下，却在心底默默地叹气：唉，哥哥连她的老师都不能放心，要怎么办才能让他接受兰尼呢？

塞西尔回到自己的房间里，习惯性地看向水缸，令她欣慰的是，小章鱼依然听话地在里面静静地漂浮。

她从抽屉里拿出那面镜子，用它连通了博德。

博德的脸出现在镜子里，塞西尔将大概的情况和他说了一下。

"我明白了，你在你家门口等我。"博德说，"别忘了带上你的小宠物。"

塞西尔点点头，将小章鱼从水里捞出来，爱惜地抱在自己的怀里，然后来到宅邸大门前。

很快，博德连同裂缝一起出现。他确认了一下塞西尔手里的小章鱼，就带着塞西尔一起走进了裂缝里。

两个人一起出现在阴暗的黑塔里。

有段时间没来，塞西尔发现黑塔里又多出许多之前没见过的东西。

她走到一个装着头颅的大玻璃罐前，仔细地打量泡在蓝色液体里的肿胀头颅。

这是一颗毛发掉光的女性头颅，虽然已经面目全非，但依稀可见其柔和的眉眼。

"那是异变者的头，我在深巷里找到的。"博德一边整理试管一边解释给塞西尔听，"你别碰它，因为我也不能确定它是否还有危险。"

塞西尔默默地放下抬到一半的手。

"好了，把你的小宠物交出来吧。"过了一会儿，博德懒懒散散地坐到塞西尔的面前，对她伸出一只手，"我要和它进行一次通感。"

"啊？"

不等塞西尔反应过来，小章鱼立刻躲到她的袖子里。

"通感啊，这有什么好惊讶的？"博德挑了挑眉，笑道，"你之前不是也和它通感过吗？"

"那是因为……"塞西尔正要解释，两只细细的触手从她的袖子里伸出来，像人类摇头那样不停地挥舞。

塞西尔顿悟："它不愿意。"

"这有什么不愿意的？"博德一脸怏怏，"要不是为了你这个倒霉学生，我还不愿意呢。"

小章鱼闻言，又伸出几条触手，挥舞得更卖力了。

"算了，这种事情也不好强迫。"塞西尔打圆场道，"这样吧，我回去以后再和它商量一下，明天应该就可以了。"

"行吧。"博德勉为其难地同意了。

这之后，他又让塞西尔具体地描述一遍她在渔村里的全部经过，包括之后去深巷的经历。

塞西尔一五一十地告诉了他。师生二人结合这两件事仔细地讨论了一段时间，塞西尔又学了两个小时的法术，一直到天黑才回去。

凯文一如既往地不在家，阿诺德被召回骑士团，家里冷冷清清的。

和莉娜用完晚餐后，塞西尔先是回屋里洗了个舒舒服服的热水澡，然后换上轻薄的丝绸睡裙，随意地坐在床边上，回想白天和博德的对话。

"兰尼。"她忽然轻声唤道。

美丽的少年自雾中出现，乖巧地看着她，高挑修长的身躯在她的面前笼下一片昏暗的阴影。

"你为什么不愿意和博德做一次通感呢？"塞西尔微仰着脸看他。

"不想。"兰尼回答道。

"不想？为什么？"塞西尔疑惑地问道，"难道通感对你来说会有不舒服的感觉吗？"

兰尼摇了摇头："没有，只是通感进入得太深了，我只想和你做。"

她顿时明白了兰尼的意思——兰尼认为通感是一件非常深入彼此的事情，所以他不愿意和别人进行这项仪式。

他只愿意和她做这种事情。对他而言，她就是最特殊的存在，是唯一能够窥探他内心的人。

意识到这一点后，塞西尔心里浮起丝丝的甜蜜。她抿了抿唇，说："你会这么想，我很高兴。"

兰尼闻言，眼睛一亮，微微垂下脑袋看她："那我可以亲你吗？"

这家伙，真的无时无刻不在想这种事。但塞西尔不想拒绝，因为她同样如此。

少女的耳尖红了红，她呢喃道："可以……"

下一秒，兰尼便微微俯身，轻抬手指，抬起了她的下巴。

他像往常那样缠绵地亲吻她，一只手托在她的脑后，逐渐加深了这个吻。

他们唇舌纠缠，塞西尔被他吻得呼吸困难，身体有些发软，双手不由自主地扶住他的腰。

突然，她感觉到有什么凉凉的东西顺着她的脚背慢慢地蜿蜒，缠上了她的脚踝，滑腻、冰凉、带着潮湿的水汽，凉意一点点地攀上她，在她娇嫩的肌肤上留下一串黏腻的水渍。

她下意识地缩了缩身体，微微抬眸看向兰尼。

那双翠绿的眸子看上去湿漉漉的，幽暗而炽热，在昏暗的灯光下越发勾人。

兰尼垂眸对上她如水的目光，轻抵着她的额头，吐出的声音出奇地低哑："你喜欢我这样做吗？"

看着这样的眼神，塞西尔无法说出拒绝的话语。于是她抿了抿唇，没有吱声。

兰尼开始吻她的眼睛、耳朵、唇角。兰尼密密的吻无声地落下，柔软的发梢扫过她的肌肤，与那股暧昧的凉意一起拨动着她全身上下的每一个细胞。

塞西尔的身体渐渐热起来。

兰尼的吻沿着她修长的脖颈慢慢地向下，她在冷与热的交替中闻到了冷冽而清幽的香气——是兰尼的气息。

香气诱人而温柔，如同柔软疯长的藤蔓，不知不觉已经缠绕住她，犹如隐秘而幽暗的蔷薇园中，花枝爬过每一个角落。

塞西尔的头脑开始昏沉，她下意识地抱紧兰尼，身体不自觉地贴着他。

昏黄的烛光渐渐暗淡下来。

她感觉到自己的理智逐渐破碎，而激烈的海潮涌过她的一切，连同她的灵魂一起淹没。

碧波在黑夜中起伏、荡漾、交融，从未停歇。

第十六章
生　日

第二天，塞西尔一直睡到临近正午的时候才勉强醒来，或者说，被兰尼骚扰醒。

她意识模糊，昏昏沉沉的，突然感觉到有什么柔软而凉滑的东西正从她的腰上轻轻地扫过。她觉得很痒，下意识地想要把那个东西拿开，结果却发现自己根本抬不起胳膊，全身酸痛，骨头像散架了一样。

"嗯……"塞西尔试着动了动，随即发出一声痛苦的轻哼。

下一秒，一个轻柔的吻落到她的唇边。

她像是受到惊吓般猛地睁开眼睛，正好对上一双碧绿剔透的眼眸。

"塞西尔，你终于醒了。"兰尼直直地凝视她，脸上扬起纯真而满足的笑。

塞西尔脸颊瞬间升温，很快，全身上下都泛起淡淡的红。她突然意识到，自己仍然和兰尼紧紧抱在一起，而那个在她的腰上来回摆弄的，是兰尼的触手！

"把你的爪子拿开！"她像一只被踩了尾巴的猫，羞恼地叫了一声。

兰尼无辜地眨了眨眼睛，凑在她的耳畔，低声道："可你昨晚还让我缠得再紧一点儿。"

"我……我……"塞西尔的脸红得几乎滴血，"我才没有说过这种话！"

"你有。"

"我没有！"

"你有。"

"我没……"她的狡辩被对方熟练地吞下了。两个人舌尖交缠，在迅速加快的心跳声中，她听到自己的脑海里突然响起了兰尼低哑恍惚的声音："你昨晚还说，你喜欢吻得更深一些。"

塞西尔："嗯？"

不等她反应过来，兰尼的舌尖突然变得细长凉滑。塞西尔被堵得小脸通红，不自觉地张开嘴巴，眼尾沁出几滴晶莹的泪水。

兰尼立即收回舌头，爱怜地抚摩她："很难受吗？"

塞西尔泪眼婆娑，可怜巴巴地点了点头。

兰尼露出懊悔的表情，轻轻地捧起她的脸，温柔地舔掉那几颗挂在她眼尾的泪珠。

塞西尔伏在他的怀里，也无力再去制止那些到处游走的触手了，只能任他摆布。还好她现在已经没有随侍女仆了，否则按照今天这种情况，女仆一定会来叫她起床，那她会很尴尬的。

塞西尔疲倦地呢喃道："兰尼……我该起来了。"

兰尼闻言，好看的面容皱成一团，低低地请求道："塞西尔……"

塞西尔无力地问道："你是想让我死吗？"

兰尼扁扁嘴，这才不情不愿地将她抱着坐起来。

塞西尔掀开被子，看到肌肤上深深浅浅的痕迹，顿时感到一阵头痛——这也太夸张了吧？

她走下去，努力地想站起来，然而她双腿发软，根本站不住。

兰尼连忙抱住她。

"离我远点儿。"她生气地瞪了他一眼。

兰尼顿时感到了委屈。

塞西尔怎么回事啊，之前明明很快乐，现在又突然生气。

他想扶着塞西尔，却被塞西尔毫不客气地一把拍掉手。塞西尔慢慢地走向衣柜，皱着眉在里面寻觅足够严实的衣服。

兰尼站在她的身后，可怜地看着她："塞西尔……"

"是不是斯特拉教你的？"塞西尔头也不回地问道。

兰尼："啊？"

"我问你……"塞西尔深吸一口气，酸涩感再次涌上来，"是不是斯特拉教你怎么……的？"

兰尼："对，就是她。"没有丝毫犹豫，他瞬间便出卖了斯特拉。

"我就知道是那个浑蛋！"塞西尔咬牙切齿，恨不得把斯特拉大卸八块。那个死恶魔一定是故意的！

她拿出一条高领的、裙摆垂到小腿肚的长裙，慢慢地走到镜子前。

兰尼自告奋勇地说道："我帮你穿。"

塞西尔像拍苍蝇一样拍开他的手："你走开。"

兰尼一脸委屈：她怎么这样？呜呜呜……

塞西尔本想去找斯特拉算账，但又猜测自己现在这副样子一定会被斯特拉嘲笑，想了想，只好暂时放弃了这个念头。

她让用人把饭送到房间里，在兰尼怨念的目光中一个人吃完了午餐。

然后她把兰尼按回水缸里，并用治愈术将身上那些深浅不一的痕迹消除掉。

最后她连通博德，带着小章鱼一起前往黑塔。

"你今天好像很疲惫。"博德探究地注视她。

塞西尔无精打采地说："昨晚没睡好。"

"没睡好？"博德微微挑眉，目光微妙地下移，落到小章鱼的身上。

塞西尔："只是做噩梦了而已，你这个老不正经的可不可以不要乱想？"

"我什么都没说，你就知道我在想什么了？"博德微微勾起唇角，眼神暧昧而意有所指，"究竟是我在乱想，还是你在心虚？"

塞西尔的耳尖泛起可疑的浅红，她干脆直接转移话题："好了，快点儿说正事，你要和兰尼通感做什么？"

博德懒散地托着下巴，掀了掀眼皮道："当然是为了进一步研究它。"

"研究？"

"是，"博德慢慢地抬眸，目光认真，"我需要确认，它对你来说是否真的无害。"

塞西尔内心微动，声音也不自觉地柔下来："你想要怎么做？我来就好。"

博德惊讶地说道："你来？"

塞西尔点头："兰尼不愿意和其他人通感，只能由我来做这件事了。"

"你要再和它进行一次通感吗？"博德微蹙眉头，看上去很担心，"可是，我怕……"

"我知道你的顾虑，没关系，一次两次的也没什么区别，否则兰尼不愿意，你也没有办法强迫它。"

小章鱼从她的袖子里探出脑袋，警惕地看着博德。

"好吧，我会在旁边看好你的。"博德无奈地妥协，"小心一点儿，只要把你见到的一切复述给我就好，不需要停留太久，记住了吗？"

塞西尔点点头："记住了。"

和之前一样，她划破自己的手指，与小章鱼的蓝色血液慢慢地相融。

塞西尔再次坠入无尽的黑暗中。塞西尔的大脑有一瞬间的空白，然后她的意识在死一般的寂静中慢慢地复苏。

她眼皮微动，一点点地睁开眼睛。

映入眼帘的是一幅可怕而熟悉的场景——猩红的月亮、漆黑的夜色，以及浮动的空气，这些都和她那晚的梦境完全一致，就连街边的建筑都一模一样，同样是翻转的镜像，在无光的夜幕下显得静谧而诡异。

塞西尔想起上次的遭遇，身体不由得紧绷，呈现出应敌的状态。

倏地，她听到大地传出隐隐的轰鸣声。她向四周巡视，正要试图找出这动静是从哪里发出来的，下一秒，异变突起，无数丑陋的怪物从黑暗的尽头向她袭来。

塞西尔震惊地睁大双眼，下意识地便要向后跑。

然而怪物们根本碰不到她的身体。梦境中的场景再次出现，夜空被撕开巨大的裂缝，海水汹涌地倾泻而下。世界再次被海水淹没，她也随之坠入水中。

不同的是，这一次她没有再看到那些密集的眼睛。在她迅速下坠的时候，无数柔软的触手从深暗的海水里伸出来，缓缓地缠绕住她的身体。

她无力推拒，无法挣扎，只能茫然地看着那轮浸在海中的红月，慢慢地被蠕动的触手吞噬了。

世界再次归于黑暗。

塞西尔在博德的呼唤中醒来。

她揉了揉眼睛，感到出奇地疲倦。博德担忧地看着她，迫不及待地询问道："怎么样？有没有觉得哪里不舒服？"

"没有，只是有点儿累而已。"她摇摇头，柔声回答道。

"那就好……"博德松了一口气，然后抬眸，耐心地问她，"你看到了什么？"

塞西尔想了想，将自己见到的一切都对博德复述了一遍。

博德听完摸了摸下巴，若有所思地说道："难道你刚才见到的，和你之前做过的梦非常相似，而且最后结束的方式也很一致？"

塞西尔："嗯，但我完全没懂这意味着什么。"

博德顿了顿，道："连续两次看到同样的场景……你觉得这会是什么？"

塞西尔微微沉吟："预知？"

博德面色微沉，没有说话。塞西尔知道，他是在思考。

她低头，摸了摸趴在腿上的小章鱼，突然想起来一件很重要的事："对了，博德，你能介绍几位厉害的铸剑师给我吗？"

博德挑眉看她："怎么？你想学剑术？"

"不是，"塞西尔摇了摇头，说，"哥哥的生日快到了，我想为他寻觅一件称手的长剑作为礼物。"

"哦，原来是礼物啊……"博德酸溜溜地撇了撇嘴角，"我还以为是你想学呢，刚想说我这里就有。"

"有什么？"塞西尔双眸一亮。

看着塞西尔期待的目光，博德微微叹气："有亿万星辰。"

亿万星辰！

即使是对武器没什么兴趣的塞西尔，也听说过这柄赫赫有名的剑。传说这是一柄汇聚了星辰之力的名剑，可以一剑斩开黑暗，至今已经存在了近千年。

"没想到亿万星辰居然在你这里。"塞西尔双手捧着脸，笑盈盈地看着博德，"博德老师，我可不可以看一看呀？"

博德没好气地睨了她一眼："跟我来。"博德起身，将双手插在黑袍的外兜里，不紧不慢地走向楼梯。塞西尔抱着小章鱼跟在他身后，顺着楼梯一直向下，来到黑塔的最底层。

"没想到你居然把那么名贵的剑藏在这里，我还以为这个地方只是你的杂物间。"塞西尔难以置信地说。

博德转动手上的钥匙，懒懒地说道："这是杂物间没错。"

塞西尔一时语塞，原来亿万星辰在他的眼里和杂物也没有区别。

博德打开门。两个人走进去，来到一个铺满灰尘的箱子前。博德默念咒语，箱子"砰"地打开，露出里面的东西。

巨大的箱子里堆满了奇奇怪怪的物件，而在这些杂物之中，正静静地躺着一柄美丽的银色长剑。虽然这柄剑没有任何装饰，看上去十分简洁，但塞西尔仍从剑身的细节中看出近乎完美的工艺。

即使空气中飘浮着灰尘，长剑依然干净圣洁，仿佛包裹着一层淡淡的光晕。

塞西尔觉得这柄剑与阿诺德相配极了。

"博德老师……"塞西尔眼巴巴地看向博德，用一种无比乖巧的语气对他说，"那个……这把剑可以送给我吗？"

博德面无表情地说道："你今年的生日是不是还没有过？"

塞西尔连连点头，眼神里充满期待。

"好吧。"博德懒洋洋地扫了她一眼，紧接着打了个响指，箱子里的银色长剑慢慢地浮了起来，飘到塞西尔的面前。

"那就把这柄剑当作我送给你的生日礼物吧，之后怎么处置它，都随你的便了。"

塞西尔就这样得到了亿万星辰——作为博德送给她的生日礼物。

她爱惜地收好剑，然后笑眯眯地对博德说："老师，如果有一天世界真的毁灭了，我一定会向神明许愿，无论如何也要让你活下来。"

博德似笑非笑地看她："让我活下来，那你呢？"

塞西尔耸肩："我就跟着神明一起去死喽。"

博德闻言，微微挑了挑眉："你舍得丢下你的小宠物？"

塞西尔心里一动，脸上仍然笑嘻嘻的："只是假设嘛！"

"不要随便说出这种假设。"博德揉了揉她的头发，关上箱子，"好了，我们出去吧。"

塞西尔听话地闭嘴，抱着长剑和小章鱼，跟在博德的身后一起离开杂物间。

两个人走在楼梯上，博德一脸认真地叮嘱塞西尔："虽然你感觉好像没什么，但仍然不能放松警惕。你回去后，仔细留意自己的身体状况，一旦有不对劲的地方，立刻告诉我，记住了吗？"

"嗯，我知道了。"塞西尔点点头，然后突然想到了什么，有些犹豫地开口道，"对了……"

博德："嗯？"

"其实明天就是哥哥的生日，我们打算不邀请任何外人，就在家里小小地庆祝一下，那个……"塞西尔小心翼翼地偷觑他，"你来吗？"

博德微微沉默了一瞬。

"我不算外人？"他突然问道。

塞西尔立即摇头："你怎么可能是外人？你比我爸还亲呢，我们明明是一家人！"

博德似笑非笑地说道："可我记得，你前几天还说过我不是你爸。"

"对呀！你不是我爸，胜似我爸！"塞西尔目光灼灼地看着博德，语气十分诚恳，"我爸哪有你这么贴心？他才不会管我的死活呢！"

这倒是实话，凯文真正在乎的从来只有他自己。什么亡妻、心上人，都只是他在某个阶段的伴侣罢了，就像他对待现在的斯特拉一样，爱是爱的，但爱意并不会长久存在，一旦爱意消失，他就会毫不留情地推开对方。更别提这些仅凭着他的愧疚之情维系的孩子们。

"你还是闭嘴吧，我可没有你爸那么老。"博德嫌弃地说。

塞西尔撇撇嘴，继续邀请道："那你到底来不来呀？来吧，来吧，真的没有别人，都是你认识的。"

博德掀开一只眼皮，状似漫不经心地问道："有哪些人？"

塞西尔一五一十地回答道："我、哥哥、莉娜，再加一个斯特拉吧。"

"没有你的小宠物？"博德挑眉打断她的话。

闻言，塞西尔顿时苦下脸："我正发愁呢。哥哥以为我把兰尼赶走了，现在我都不知道应该让兰尼以什么样的身份出现在家里。"

小章鱼听了，抬起圆圆的小脑袋，眼巴巴地望着塞西尔——它也想和塞西尔一起庆祝阿诺德的生日，不是为了别的，而是为了看到塞西尔开心的样子，但又怕塞西尔不允许，所以一直没有主动开口提起这件事。

现在兰尼知道了，原来塞西尔一直是考虑自己的。这让兰尼很高兴，也很满足，这是小章鱼曾经从未有过的情感。

博德长长地叹了一口气，然后抬手摸了摸自己的下巴："既然如此……那我就勉为其难地去一下好了。"

塞西尔："啊？这两者有什么联系吗？"

"当然有。"博德用看傻子一样的眼神看她，"你没有办法让他出现，但我可以啊。让他变个样子，然后作为我的学生跟我一起到场不就好了？"

"可哥哥知道你只有我一个学生。"

"新收的不行？"博德白了她一眼，"你这个学生整天不来我这儿学习，我再收一个爱学习的不可以？"

哦——原来是这个意思。

为了拐着弯答应她的邀请，还顺带捎上了兰尼，博德真是煞费苦心啊！

塞西尔大为感动，立即连声附和道："可以，可以，太可以了！"

"那就这么说定了。"博德顿了一下，突然转过身，不耐烦地挥手，"行了，行了，快点儿走吧。我还忙着呢，没时间听你说这些家长里短。"

这个嘴硬的博德，又开始不好意思了。塞西尔了然地偷笑，顺从地说："那我们先回去了，你可别忘了明晚过来。"

博德垂着眼，懒懒地应道："嗯。"

塞西尔从时空裂缝离开了，留下博德一个人安静地待在黑塔里。他托着下巴，一边慢悠悠地摇晃手里的魔药，一边自言自语道："一家人吗？"

想起塞西尔说话时的神态，他突然牵动唇角，露出一个淡淡的微笑："听起来还不错。"

回到宅邸后，塞西尔开始着手准备。

礼物已经有了，她现在要做的就是学做蛋糕。她原本是想跟着莉娜学习一下，但一想到莉娜明天还要约会，现在可能没有心情做这些事。

就在她仔细盘算的时候，莉娜突然来找她了。

"姐姐，我听管家爷爷说明天就是阿诺德哥哥的生日了，这是真的吗？"莉娜开门见山，急切地问道。

塞西尔愣了一下，然后点头："是真的，我正在发愁怎么做蛋糕呢。"

"啊……我该早点儿知道的……"莉娜有些沮丧地垂下脑袋，不等塞西尔安抚几句，又突然眼睛一亮，直直地看着塞西尔，"对了，姐姐，我可以麻烦你一件事吗？"

塞西尔一头雾水地问道："什么？"

"我想再写一封信送给骑士先生，让他取消明天的见面。可能会比较急，不知道你方不方便。"

塞西尔微微讶异地问道："为什么要取消？你不是很想见到他吗？"

莉娜脸颊一红，小声地说："我是很想见到骑士先生，但是比起这个，还是阿诺德哥哥的生日更重要。这是我来到这个家以后，第一次和大家一起庆祝，我……我不想错过。"

塞西尔静静地看着她，声音不知不觉变得温柔下来："你也可以早些回来，这样还是能赶上的。"

"警告！！！"

警告你个鬼！塞西尔第一次在心里反驳那些令她烦躁的大字，警告闪烁了几下，随即消失，没有再出现。

"可我想为阿诺德哥哥做点儿什么。"莉娜的双眸闪闪发亮，如同星星般耀眼，"姐姐，有什么是我能做的吗？"

塞西尔见她执意如此，也就不再阻拦，笑了一下，顺势提议道："教我做蛋糕？"

莉娜粲然一笑："好呀！"

两个女孩子达成一致，立刻就开始忙活起来。莉娜先去写信，塞西尔则去换了一身方便行动的衣服。两个人待到准备就绪，便士气高涨地钻进厨房里，直到天黑也没有出来。

"所以你就来我这里消磨时间？"斯特拉看着面前一脸消沉的黑发少年，忍无可忍地开口道，"你以为我这儿是什么？你的陪聊树洞？"

兰尼无精打采地抬眸："什么是树洞？"

"你不用了解。"她揉揉眉心，无可奈何地说，"小塞西尔和小莉娜学做蛋糕，你可以在里面偷看啊，找我干什么？"

兰尼："我想问问你，参加生日宴会需要做什么吗？"

斯特拉不耐烦地说道："我怎么知道？我又没有参加过人类的生日宴会，他们的生日宴会跟我又没有关系。"

兰尼认真地说："可是塞西尔说你也会参加。"

"我？"斯特拉难以置信地指了指自己，"我和她们一起参加阿诺德的生日宴会？"

"嗯，"兰尼点头，"塞西尔说，不会邀请外人，生日宴会只有阿诺德、她、莉娜、你，还有博德。"

斯特拉听着他把一个个名字报出来，心底突然升起一股微妙的情绪——没想到她居然也被算在其中。

她沉默了一会儿，突然轻咳了两声："既然这样，那我们现在就得了解一下人类是怎么过生日的了。"

兰尼闻言，顿时嫌弃地看着她："原来你也不知道。"

"我虽然不知道，但可以问别人啊！"斯特拉厚颜无耻地替自己辩解，"来来来，你先藏起来，我现在就叫女仆进来……"

时间转瞬即逝，一转眼，就到了阿诺德的生日这天。

经过整个下午加晚上的努力，塞西尔终于学会了如何制作一个又好看又好吃的蛋糕。而兰尼和斯特拉也在粗略的恶补下，得知了一点儿人类过生日的流程，斯特拉甚至还准备了一份敷衍但值钱的礼物——一块镶嵌钻石的金怀表。

到了傍晚时分，阿诺德终于回来了。

他刚走进正厅里，就觉得哪里怪怪的，好像……有点儿太安静了。

平时在这里他就能听到用人们的走动声，有时还会听到塞西尔和莉娜的说话声，怎么今天什么动静都没有？

他记得很清楚，塞西尔说过她知道今天是他的生日。

难道他们出去买东西了，还没有回来？

阿诺德奇怪地向其他房间走去，很快来到黑漆漆的餐厅。

连灯都没有开，难道到现在还没有人开始做饭？

阿诺德揣着满腹的疑问，慢慢地走了进去。眼前一片乌黑，什么都看不清楚，他正要打开水晶吊灯，黑暗中突然亮起星星点点的蓝色光芒，犹如飘浮的萤火虫般，慢慢地聚集到他的身边。

阿诺德隐约猜到了什么，试探性地轻唤一声："塞西尔？"

没有人回应。

蓝色的星点仍然在增加，它们浮在空中，慢慢地汇聚成一柄细剑的形状，横卧着，静静地飘浮在阿诺德的面前。

阿诺德好奇地看着这些光点，伸出手，轻轻地碰了一下。

下一秒，这些光点突然化作璀璨的星河，在短短的一瞬间构筑成一柄真实的银色长剑，安稳地落到阿诺德的手上。

璀璨的星光从剑鞘的缝隙中逸散出来，看上去有种梦幻而强大的美。

阿诺德惊呆了，喃喃自语道："这是？"

"这是亿万星辰，"慵懒的男人声音在黑暗中缓缓响起，"也是塞西尔送给你的礼物。"

亿万星辰？等等，刚才那个声音好像是博德的声音……

不等阿诺德提出疑问，屋顶的水晶吊灯突然亮起，缤纷的花瓣从天而降，洋洋洒洒地落了下来，与此同时，两个清亮的少女声音同时响起——

"哥哥，生日快乐！"

阿诺德眨了眨眼睛，站在原地有些发怔。

塞西尔和莉娜不知何时出现在他的面前，正捧着一个大大的生日蛋糕，笑盈盈地看着他。

屋里除了她们，还有腿脚不便的斯特拉、塞西尔的老师博德，以及一个从未见过的面容清秀的黑发少年。

"哥哥，为了让今年的生日过得热闹一点儿，我把大家都叫来了，你不介意吧？"塞西尔眼巴巴地看着金发青年，生怕他露出不悦的神色。

阿诺德微微发怔，而后他像突然明白了什么，眼中渐渐浮起温柔的笑意。

"不介意。"他轻抚塞西尔的头发，轻声道，"谢谢你的礼物，我真的太惊喜了！你是从哪里找到这么珍贵的名剑的？"

塞西尔闻言，不好意思地笑了笑，扭头看向身后的博德："啊，那是博德老师给我的，其实也算是他给你的礼物。"

博德懒散地说道："那是塞西尔给你的，和我没关系。"

阿诺德看着博德，又看向塞西尔，心情有些复杂。

看来博德也没有阿诺德想的那么糟糕。

"对了，那位是？"阿诺德望向博德身旁的黑发少年，自然地询问道。

"哦，是我新收的学生，"博德顺嘴说道，"也是塞西尔的师弟。"

塞西尔连连点头，在一旁跟着附和道："师弟比我好学多了。"

原来博德除了塞西尔，也会招收其他学生。阿诺德心中的欣慰感顿时又多了一分，连带着看向那个少年的目光也友好了起来。

"你好。"他对着少年微微颔首。

少年也轻点了下头，然后有些不太确定地慢慢开口道："生日快乐！"

阿诺德微愣，然后轻轻地笑了："谢谢你！"

少年依旧安静地没什么表情，只是默默地看了塞西尔一眼。

塞西尔在背后对他竖起大拇指。少年这才满足地眨了眨眼睛，唇角扬起小小的弧度。

斯特拉见状，不甘落后地上前，将璀璨耀眼的金怀表递给阿诺德，然后露出一个慈爱的笑容："来，阿诺德，这是我给你的礼物。"

阿诺德有些犹豫，不知道该不该收下。

塞西尔在一旁说道："哥哥，你就拿着吧，反正斯特拉夫人那里的宝贝多着呢，不差这一个。"

斯特拉笑着附和，阿诺德这才勉为其难地收下怀表。不等他开口道谢，莉娜也挤了过来。

"阿诺德哥哥，我没钱给你买好看的礼物，只能把我种的雏菊摘给你了……"她从身后拿出一捧纯白可爱的雏菊花束，不好意思地举到阿诺德的面前，"我稍微修剪了下，虽然看上去很寒酸，但可以用来装饰房间。"

阿诺德笑了笑，也将莉娜的花束接下。斯特拉见众人的礼物都送完了，迫不可耐地就要往桌旁走："好了，我们开始切蛋糕吧，这可是小塞西尔和小莉娜亲手做的生日蛋糕呢。阿诺德，你一定要尝一尝。"

其实是她站累了，迫切地想要找个借口坐下去。

"等一下，我的礼物还没开始呢。"博德懒洋洋地打断她的话，将目光移向窗外，"喏，现在开始了。"

通透的玻璃窗外是繁星点点的夜空。突然，一支烟花升入空中，"砰"地炸开，落下璀璨而美丽的光辉。

紧接着，第二支、第三支、第四支……越来越多的烟花齐齐升起，此起彼伏，将夜幕点缀得梦幻而耀眼。

"哇，好漂亮！"莉娜兴奋地跑到窗边，转身招呼大家一起过去，"你们快过来看呀，太美啦！"

众人一齐走过去，围在窗边，入神地看着烟花绽放。

周围的氛围轻盈而温暖。

塞西尔站在阿诺德的身边，小声问他："哥哥，你喜欢我们准备的礼物吗？"

阿诺德低下头看她，湛蓝的眼眸温柔如水："喜欢。"

塞西尔开心地笑了起来，站在她身后的兰尼偷偷地勾了勾她的手指，她反手牵住，慢慢地与他十指相扣。

她觉得自己现在非常快乐，非常幸福。

如果时光可以永远停留在这一刻就好了，塞西尔衷心地希望着。

阿诺德的生日过得很圆满。

他原本以为只有和塞西尔两个人的生日才是最快乐的，没想到今年多了这么多人，他却没有觉得反感与不满，甚至隐隐希望，明年的生日也可以这样度过。

不过他并不打算把这样的心情说出来——塞西尔听了一定会笑话他的。

在这之后，阿诺德将二皇子的回信偷偷交给塞西尔，塞西尔又在临睡前将信转交给莉娜。

莉娜开心极了："姐姐，骑士先生重新约我见面了！"

塞西尔："哦？这次是什么时候呢？"

"七天后，下午六时，书店见……"莉娜将信封捂在胸口上，喜悦地说，"他没有生气真是太好了！"

"他不会生气的。"塞西尔拍拍她的肩膀，"他是个通情达理的人。"

莉娜抬起脸，羞怯地问她："你也这么觉得吗？"

"嗯……我猜的。"塞西尔含含糊糊地摸了摸鼻子。

最起码在游戏里，三个"攻略对象"中，二皇子西奥多是看上去最完美的那一位。他长相俊美、温柔绅士、善解人意，而且还有着崇高的信念，各方面都要比艾利克斯和雷诺强出许多。

当然，太完美的角色也很无趣，这也是塞西尔对他兴趣不大的原因之一。

"他的确很通情达理。"莉娜有些羞涩地捏紧信封，然后期待地看着塞西尔，说，"姐姐，七天后……我可以请你陪我一起去吗？"

塞西尔惊讶地指了指自己："我？"

莉娜："嗯……我自己一个人去不太好意思。"

这……她要去当他们的电灯泡啊？

这倒是完全不会违背世界的意志，不如说她原本的作用就是当电灯泡，然后以蹩脚的整人手段催化男、女主角之间的感情，只不过现在这个情况……

塞西尔原本想拒绝，但一对上莉娜无比期待的目光，又不好意思了："那好吧。"

"耶！姐姐，你真好！"莉娜开心地一把抱住她。

小章鱼在塞西尔的袖子里戳戳爬爬，非常不满。她没理会。

结果刚一回屋里，她就被兰尼缠住了四肢，动弹不得。她唯一来得及做的事就是在匆忙之中给自己的房间施加了一层隔音术。

兰尼不高兴地摇动触手："你又无视我。"

塞西尔慌忙地说道："我没有。等等，我可以解释，等一……"

这一夜，她为自己的行为付出了惨痛的代价。

在那之后，塞西尔的生活过得还算平静。

阿诺德继续忙着骑士团的工作，现在外面的异变者增多，他们的工作量也增加了不少；凯文也变得神出鬼没，不知道整天在搞什么鬼；雷诺每隔一天就会来一次，主要是教莉娜如何将治愈术的效用发挥到极致，不得不说，在教人学习这方面，他倒是做得无可挑剔——虽然他们有信仰的分歧。

除此之外，雷诺偶尔也会和塞西尔说几句话。他说的并不是塞西尔喜欢的话题，主要围绕着"异变者""怪物""未知"这几个关键词展开。

"阁下认为我是那种对世界存亡很感兴趣的人吗？"塞西尔微笑着问他。

雷诺淡淡地答道："不，但你至少也会关心一下自己在乎的人。"

塞西尔："你什么意思？"

"你的身边存在着危险的怪物。"雷诺面无表情地说道，"你不怕它会伤害到你的家人吗？"

塞西尔定定地看着他，倏然一笑："你说的怪物是指你吗？"

雷诺没有再说话。

博德告诉塞西尔，最近他一直在调查群星十字会，结果发现这个秘密组织已经在极短的时间内迅速地壮大了。对异变者的恐惧使得更多人类开始寻求神明的救助，而群星十字会的出现，恰好给予了他们慰藉与希望。

从数万年前就一直存在的、古老而强大的神，只要虔诚地信仰他，就可以得到他的庇护——这个条件听起来过于荒谬，但的确有人在加入了群星十字会后，侥幸地在异变者的袭击下活了下来。

这让更多的帝国子民开始相信，旧神在庇护着他的信徒。

"是你做的吧？"塞西尔用审视的目光看着面无表情的青年，慢慢地说，"我听说，那些被救下的人都看到了金色的月牙儿状光芒，据我所知，那好像是一种法术。"

雷诺轻声道："是一种人人都可以学的法术。"

塞西尔："但能将这么低阶的法术做到如此登峰造极的程度，整个王都应该只有你一个人。"

他们的对话彻底终结了，这之后，雷诺再也没找过她。

日子如同流水般静静地流逝，终于，到了莉娜与二皇子见面的这一天。

莉娜穿上好看的小裙子，金色的长发编成两条可爱的麻花辫，用粉色的丝带在发尾系成两个轻盈的蝴蝶结。塞西尔和往常一样披散雪发，穿了一件带口袋的裙子，将小章鱼藏在了里面。

傍晚时分，阿诺德将两个女孩子送到书店门口，然后对她们挥挥手，继续回骑士团开展工作。

因为她们见面的对象是二皇子，所以阿诺德一点儿都不担心。二皇子对阿诺德承诺过，会带足人马藏在暗处，确保女孩子们的安危。另外，二皇子本人的剑术水平也极高，有二皇子在，不会有问题的。

天色渐渐暗了下来。莉娜紧张地攥紧裙摆，慢慢地推开书店的门，风铃发出清脆的声响，灯影憧憧，一道修长的身影出现在她的视野里。

"骑士先生，"看清眼前的俊雅青年后，莉娜顿时变得小脸红扑扑的，"晚上好。"

二皇子西奥多柔和地微笑："晚上好，莉娜。"

两个人面对着面微笑，气氛安静而甜蜜。塞西尔自觉地走到一旁，慢慢地将自己的身影藏到一排排的书架后面。

塞西尔站在两排高高的书架中间，随手拿出一本书，心不在焉地翻了翻。

这里很好，很隐秘，既不会打扰到莉娜的约会，又适合塞西尔和小章鱼说悄悄话。

塞西尔这样想着，刚要拉开口袋，书架旁突然响起一道低沉的声音："塞西尔？"

塞西尔抬起脸，顺着声音望过去，隔着左侧的书架看到了马蒂。

马蒂对她温和地笑了笑，说："真巧，居然会在这里遇见你。"

塞西尔点点头："我们似乎总能在很巧的时候遇到。"

"可能这就是缘分吧。"马蒂俏皮地眨了眨眼睛，绕过书架，走到她这边，"出去转转吧？这里不适合放松地闲聊。"

塞西尔扫了一眼不远处的莉娜，低声应道："走吧。"她也不想打扰莉娜的约会。

马蒂带着她，轻手轻脚地走出了书店。走出门的时候，塞西尔发现外面的天色已经完全黑了下来。

"最近天总是黑得很快。"马蒂抬起头，轻轻地笑着说。

塞西尔也仰起脸，看向夜幕中那几颗暗淡的星星："为什么会这样呢？"

马蒂弯着唇角，温和地看着她："因为漫长的黑夜就要降临了。"

塞西尔停止仰望，默默地垂下眼眸，安静地直视他："你指的是什么？"

"异变者啊……"马蒂轻轻地叹息，目光投向稀稀落落的行人，"你看，路上的人已经越来越少了。虽然陛下想要极力安抚他的子民，但不可否认的是，异变者的数量仍然在持续不断地增加。越来越多的人开始相信，帝国救不了他们。"

"你呢，塞西尔？"马蒂侧脸看过来，目光温和，"你觉得这些人会得救吗？"

塞西尔冷淡地说："我不在乎他们会不会得救。"

马蒂微微一怔，而后开心地笑了起来。

"的确是与众不同的回答，你果然是很特别的女孩儿。"马蒂笑得眼睛弯起来，侧脸在夜色下越发俊美，垂在肩上的浅金色发尾微微颤动，散发着朦胧的光，"那么我换一个问题……"

他慢慢地收起笑容，专注地看着塞西尔，道："你觉得你自己会得救吗？"

塞西尔认真地想了想："不会。"

"为什么？"

"因为我并不幸运。"塞西尔说，"只有幸运的人才有机会得救，而机会是有限的，所以我没有。"

马蒂静静地看着她，眸子里浮动着细碎的光："其实你已经很幸运了。"

塞西尔说不出他这个眼神里蕴含了什么样的情感，不像是喜欢，也不像是嘲讽，倒更像是向往。

塞西尔仔细地想了想，突然温柔地笑了："你说得对，我的确很幸运。不，准确地说，我应该是这个世界上最幸运的人才对。"

她的笑容太过柔和，有一种近乎璀璨的光辉，以至于马蒂在这一瞬间有些恍惚。

"为什么你会突然改变想法？"他不解地问道。

塞西尔轻轻地说："因为我想起来，我有我爱的人，也有爱我的人。"

"仅仅这样而已吗？"马蒂似乎觉得这个答案有些好笑。

"仅仅这样而已。"

马蒂摇了摇头，神色有些遗憾地说："我还以为你会更理性一些。"

塞西尔没有接他的话，只是安静地看着行走的人群，幽蓝的眼眸里隐约有星光闪烁。

"即便如此，你依然是非常特别的。"马蒂重新扬起笑容，伸出手对塞西尔发起邀请，"塞西尔，加入我们吧，为了……"

话未说完，一滴红色的液体突然落到他的手心里——温热、黏稠，带着浓烈的腥味——是血液。

塞西尔和马蒂一起抬起头。

漆黑的夜空中出现一个巨大的圆洞，鲜血从圆洞的内侧边缘"滴滴答答"地流淌下来，猩红黏稠，如同滚烫的岩浆。

然后他们看到无数只骷髅的手骨从洞里伸出。

越来越多的鲜血流下，一只庞大的、由无数骷髅堆叠而成的巨型怪物从空中缓缓降落。

最后一道月光被遮住了。

据目击者称，骷髅怪物降临前没有任何征兆。

晚上七时十三分，血洞出现在王都捷兰巷的上空。

晚上七时十四分，骷髅怪物从血洞中降落。

晚上七时十五分，骷髅怪物弯下臃肿庞大的身躯，看向地面上的金发青年与雪发少女。

晚上七时十六分，骷髅怪物张开长满利齿的嘴。少女用力地一甩手，将一个小小的东西扔了出去。

下一秒，青年与少女被怪物一口吞下。

变故发生得太快。

塞西尔从未见过这么巨型的怪物。血洞笼罩在整个捷兰巷的上空，随着大量的血雨淋下，形态可怖的怪物缓缓降临，它的身躯遮蔽天空，如同一座由骷髅堆砌的坟山。

成千上万的灰白色骷髅粘连在一起，被血染红的碎屑随着它的移动簌簌掉落，令塞西尔想起被风吹散的骨灰。

庞大的身躯轰然落下，遮住了夜空中的冷月，两侧的建筑被瞬间压平，路边的行人甚至来不及发出尖叫，就被踩成肉泥。

人类的肉体在它的脚下如此脆弱而渺小，如同一群行动迟缓的虫子。

行人的鲜血喷溅到塞西尔的脸上，她怔怔地看着这一幕，心里只有一个念头——逃。

她扭头看向马蒂，想要拉起他立刻逃跑，然而下一秒，更多的血液和碎屑"哗啦啦"地从头顶上落了下来。一片令人窒息的黑暗笼罩在塞西尔和马蒂的上方，他们慢慢地抬起头，身体在一瞬间变得无比僵硬——

两个漆黑的圆洞正直勾勾地对着他们，那是怪物的眼睛。

由骷髅拼接而成的怪物不知何时弯下了与街道一样宽的庞大身躯，像人类打量脚边的小虫子般，空洞地盯着地面上的塞西尔和马蒂。

它的身上散发着腐尸般浓烈的气味，混合着刺鼻的血腥味，几乎令人作呕。

周围的人群仍然在撕心裂肺地尖叫、号哭。他们疯了似的逃窜，然而怪物连看都不看，只是缓慢地挥动长臂，如同扫帚轻轻扫过地面，那些奋力逃跑的人群便在瞬间化为碎渣。

空气中飘荡着浓烈的血腥味，混杂着绝望的哭喊与四散的血肉，仿佛一幅真实残忍的绘卷。

塞西尔突然意识到，也许这只大骷髅是想吃掉她。

果然，下一秒，怪物便张开了嘴。尖刺般的细长骨头组成它的牙齿，密密麻麻的，在夜色中闪烁着森白的冷光。

在怪物张嘴的刹那，腥臭的狂风死死地压制住了塞西尔与马蒂的身体，令他们寸步难行。

塞西尔知道自己逃不了了，想起藏在口袋里的小章鱼，没有一丝犹豫，一把将它掏出口袋，然后用尽全身的力气，狠狠地向后一甩——

小章鱼被她甩出数十米。

远远飞出去的小章鱼还未落地，突然听到一声清脆的声响——下一刻，塞西尔和马蒂便消失在了原地。

"啊啊啊！吃人啦！怪物吃人啦！"

"救命啊！救救我……啊！"

越来越多的人类被巨型怪物碾成肉泥。怪物缓慢地向前移动，在它的脚边，有一间小小的书店侥幸地留存了下来。

橘黄色的灯光照亮了窗内的光景，店里的顾客抱在一起瑟瑟发抖。一名少女正趴在窗上，呆呆地看着窗外的异变，泪水像决堤般流个不停。

"姐姐……姐姐被吃掉了……"莉娜喃喃地重复道，"都是我的错……是我害了姐姐……"塞西尔在她的眼前被吃了，而她除了呆呆地看着这一幕，什么都做不了。

"莉娜，你冷静一点儿。"西奥多担忧地看着她，轻抚她的背，"这一切不是你的错，都是那只怪物造成的。"

"是我的错！"莉娜无法忍受地大喊，脸上遍布泪水，"是我硬要把姐姐带来的，是我害了姐姐！该死的人是我才对！"

她吼完这些话，突然疯了似的跑出书店，西奥多见状连忙追出去，死死地抱住她的身体。

"莉娜！莉娜！冷静一点儿！就算你冲过去，你的姐姐也不会复活了。她已经被吃掉了，你的牺牲毫无意义！"

"你放开我，我要和姐姐一起死！"莉娜疯狂地哭喊，低头狠狠地一口咬上西奥多的手臂。西奥多脸色一变，抱住她的双臂收得更紧了，怎么也不让她离开这里。

此时，怪物的体内，黏稠的血池正在随着怪物的移动缓慢地摇晃。

血池里泡着两个小小的人类，正是塞西尔和马蒂。

"你听到了吗？外面那些悲痛的哭声。"马蒂淡淡地开口道。

塞西尔虚弱地笑了一下："太多了吧……你指哪个？"

马蒂："每一个。"

塞西尔缓慢地吐出一口气，声音细若蚊蚋："真好啊……他们还有力气哭呢……"

血池里的血正在溶解她的身体。她能够感觉到自己的双脚已经慢慢地失去了知觉，没有猜错的话，多半已经没了。

难道这就是她违背世界意志的下场吗？

她本该感到愤怒和绝望，可奇怪的是，现在她的内心反而一片宁静，甚至还庆幸——至少她没有把兰尼一起带进来。

想到这里，她隐隐勾了勾唇角，身体被腐蚀的痛似乎也随之淡化了。

马蒂看了她一眼，怜悯地说："你快要死了。"

塞西尔呼吸缓慢地说道："你不也是吗？"

"我不会。"

塞西尔有气无力地问道："为什么？"

"因为我是旧神的信徒。"马蒂平静地从血池中抬起双手，血液从他的指缝中流淌而下，却没有带走一丝皮肉，"旧神庇护着我，让我免于死亡的侵蚀。"

塞西尔动了动眼皮，扯出一个勉强的微笑："我还以为你只是说着玩玩。"

"一开始的确是这样，但后来我意识到，旧神的确是存在的。"马蒂重新将手伸进血池里，捞出塞西尔的断臂——她的手臂只剩下半截了，"你看，这就是证据。"

马蒂抚摩塞西尔半截的断臂，轻轻地说："这个世界已经没救了，只有信仰旧神，才能迎来新生。塞西尔，加入我们吧，否则你很快就会死去。"

"你说得对……"塞西尔声音越来越低，眼皮也越来越沉重，"可是我的身体已经不完整了……这样的我，还有活下来的必要吗？"

马蒂闻言，柔和地笑了一下。

"当然，只要你诚心地信仰它。"马蒂温柔地抚摩塞西尔的头发，即使她的头发沾满了血污，"无论是多么残破的身体，神都能帮你复原，这才是神明的力量啊！"

复原身体……塞西尔的意识越来越模糊，脑海中隐隐闪过什么重要的信息。她试图抓住这个信息，大脑却像锈住了一样，腰部以下已经完全失去了知觉，现在的她连睁开眼都变得十分困难。

"塞西尔，告诉我你的答案。"马蒂的语速加快了些，有种不易察觉的急促，"你就快要死了。"

"我……"塞西尔张了张嘴，努力地想要发出声音。

下一秒，眼前的黑暗突然被撕裂，无数只粗长的触手犹如巨蛇般穿透了怪物的胸腔，伸到塞西尔的面前。

马蒂微微愣神："这是什么？"

触手无视了他的存在。铺天盖地的触手在怪物的体内缓缓伸展，像花瓣一样柔软地包裹住塞西尔残缺的身体，将她从血池里捞了出来。

紧接着，骷髅怪物发出一声震天动地的哀号，成千上万的骷髅在一瞬间化为灰烬，怪物的身躯瞬间消失，而坠落在地的马蒂也终于得以看到触手怪的真实面目——这是远比骷髅怪物还要庞大的怪物，恐怖、诡异、不可名状。

破败的街道早已没有生命的气息，就连空气里都飘荡着血肉的味道。马蒂看到那些伸入云层的触手一点点地缩小，在浓郁的血雾中逐渐消失，最后变成一个黑发绿眸的少年。

少年面容昳丽，肤色苍白，抱着浑身血污的少女，冷冷地看向马蒂。

马蒂在那双幽暗的绿眸里看到了森冷的杀意。马蒂汗毛竖立，立刻拔出藏在腰侧的短刃，然而少年比马蒂更快一步，只见几道漆黑的阴影一闪而过，触手瞬间以肉眼不可见的速度向马蒂猛袭而来。

"快走！"一个身影突然出现在马蒂身侧，只是短短一瞬，便和马蒂一起消失了。

兰尼瞥了一眼，慢慢地收回触手。

他抱紧怀中的少女，轻轻地呼唤她的名字："塞西尔，醒一醒。"

塞西尔的睫毛微微颤动，她隐约听到一个熟悉的声音——很温柔，很好听，是她最爱的声音，是她最爱的兰尼的声音。

她费力地抬起睫毛，虚弱地睁开眼睛："兰尼……"

"塞西尔，"兰尼小心翼翼地抱着她，碧眸一眨不眨，"你受伤了。"

塞西尔慢慢地说："我知道。"她的双手、双腿都被腐蚀殆尽，以至于现在她连抬手触碰兰尼都做不到。

"很痛吗？"兰尼轻轻地问，眸中碧光浮动，像水一样清澈。

"嗯……"塞西尔微微合上双眸，声音出奇地温柔，"但是你来救我了，所以已经不痛了。"

不仅如此，她的心里反而满满的，有一种被爱意填满的感觉。

兰尼凝视她，突然垂下头颅，将修长的脖颈抵在她的面前。他轻声开口道："塞西尔，咬我。"

塞西尔不解地问道："为什么？"

"吸食我的血肉，这样你就可以恢复了。"他低低地重复，语气里带着一丝恳求的意味，"快点儿咬我吧，塞西尔。"

塞西尔愣住了，这样不就变成她吃兰尼了吗？

"可是，我不想……"塞西尔下意识地想要拒绝，话未说完，就看到兰尼低下头，毫不犹豫地在他的手腕上咬了一口。

幽蓝色的血液从伤口处涌了出来，泛着深海般冰冷的光。兰尼将这些血含在自己的口中，然后对准塞西尔的唇，深深地吻了下去。

塞西尔从未尝过血液的味道。

兰尼的身体冰凉，连血液都是冷的，咽下去的时候，她能尝到一股海水般的腥味。

塞西尔本能地想要抗拒，但兰尼根本不给她抵抗的机会，扣着她的后颈，以一种温柔而强势的姿态将自己的血液尽数渡入她的口中。

冰冷的蓝血不由分说地流入塞西尔的喉咙里。她睁着眼睛，被迫咽下兰尼的血，双眸直直地盯着他，一秒也舍不得移开。

其实她一点儿也没有像她表现出来的那样那么淡然，她很害怕死，害怕得不得了。

在遇到兰尼之前，她以为死亡也许会是一种解脱。离开这个令她感到不安的世界，她或许会有些不甘，但至少没有遗憾。她知道阿诺德很好，也知道博德很好……但是，他们和她始终是不同的。他们可以自由地选择自己的人生，但她不可以。她注定只能在世界的控制下过完这一生，无法反抗，也不知道该对谁反抗……

直到她遇上了兰尼。

兰尼是她这提线木偶般的一生中唯一的变数，也是最大的变数。

他天真、残忍、不受任何的道德约束，是一只真正的怪物。但他毫无保留地爱她、陪伴她，为她抑制自己的贪欲和本能。

因为兰尼，塞西尔开始畏惧死亡。她才和兰尼心意相通，他们还有很多美好的事情没有做，她还有很多很多的话没有对兰尼说……她不想死，不想和兰尼分开。

她终于意识到，真正无法离开对方的那个人原来是自己。

恐惧与后怕终于在长久的压抑后慢慢涌现，紧接着像翻滚的巨浪，瞬间击溃了塞西尔从开始到现在一直努力维持的镇定。

骨肉从她的断肢处迅速再生，她仿佛失去了所有的知觉，只有心口是温热而鲜活的，每一下跳动都前所未有地清晰。她忘记了疼痛，只是目不转睛地凝视着兰尼，然后轻轻地眨了眨眼睛，泪水突然从眼眶中滚落下来。

"塞西尔，"兰尼眨了眨碧眸，紧张地看着她，"还是很痛吗？哪里痛？"

塞西尔摇了摇头，大颗大颗的眼泪像断了线的珍珠般止不住地流淌，很快便浸湿了她的脸庞。

"兰尼，我好怕啊……"她伸出再生的、白皙的双手搂住兰尼的脖子，将脸埋在他的怀里，像个伤心的小女孩儿那样止不住地抽泣，"我还以为我再也见不到你了……"

兰尼愣了愣，然后不自觉地扬起唇角，微微低头亲吻她的眼睛："不会的，我不会让这种事发生的。"

"但是刚才我在那个怪物的肚子里，听不到你的声音，也看不到你的脸……"塞西尔断断续续地呜咽，颤抖的声音里充满了后怕，"我都不知道你有没有被踩死。"

兰尼一点点地吻去她的泪水，语气出奇地温柔："不是你把我丢出去的吗？"

塞西尔哭得更伤心了："我又不知道你打得过那个东西。"

兰尼微征，终于意识到她这是在撒娇，丝丝缕缕的甜意顺着他的血管蔓延至身体的每一个角落里。他慢慢地抱紧怀中的少女，唇瓣轻轻地蹭过她柔软的脸颊，每一次缠绵的触碰都化为细密的轻吻。

"现在你知道了。以后不要再丢开我了，好不好？"

"好。"塞西尔边吸鼻子，边温柔地应声。她像一只受伤的小动物，全身心地依赖着兰尼，双手紧紧地搂着他，仿佛生怕他消失一样。

血雾渐渐散开，远处传来哭腔浓重的呼喊："姐姐！"

塞西尔从兰尼的怀里抬起头，看到莉娜正大步向她跑来，跟在后面的还有一脸担忧的二皇子西奥多。

"姐姐……太好了，真的是姐姐！"莉娜气喘吁吁地跑到塞西尔的面前，先是紧张地看了看她的脸，然后突然抿了抿嘴，崩溃地号啕大哭，"姐姐……呜呜呜……太好了，我还以为你死了……"

塞西尔看到莉娜安然无恙，也暗暗松了一口气。她很想摸摸莉娜的头，安慰一下这个可怜的小姑娘，但兰尼以一种近乎占有的姿势横抱着她，让她无法把手伸得太远，而她暂时也不想离开兰尼的怀抱。

"莉娜，别哭了。"塞西尔偷瞥兰尼一眼，在看到对方略微不悦的表情后，连忙开口对莉娜说，"我哪里都没有受伤，你不用担心。你呢？有没有受伤？"

莉娜边哭边摇头："没有，我一直躲在书店里……姐姐，都怪我，要不是我非要把你拉出来，你也不会被那个怪物……"

"好啦，我这不是没事吗？"塞西尔笑着安慰她，目光温柔而无奈，"我们快点儿回去吧，哥哥现在一定急坏了。"

"嗯……"莉娜抹掉眼泪，终于意识到这里还有一个兰尼，"姐姐……他怎么会在这里？"

莉娜脑子里有关于兰尼本体的那部分记忆已经被斯特拉消除了，现在只记得这个叫兰尼的少年是塞西尔喜欢的人。

或者说，是塞西尔的恋人。

塞西尔看了兰尼一眼，甜蜜地微勾唇角："是他救了我。"

"原来是这样。"莉娜似懂非懂地点了点头，然后无比诚恳地望向兰尼，"谢谢你救了姐姐。"

兰尼没有吱声，目光自始至终只锁定在塞西尔一个人的身上。

莉娜不由得想起刚才看到的那一幕——浓郁的血雾中，少年静静地拥抱着怀中的少女，他们的身上明明沾满了血污，无声对视的样子却美得近乎圣洁。

那一瞬间，莉娜突然生出不忍打扰的念头。即使是现在，她也能在塞西尔的眼中看出满溢而出的爱意。

真好啊！

莉娜眼眶一热，眼泪又要涌出来了。她慌忙抹了抹眼睛，掩饰地说："那我们现在就回去吧，阿诺德哥哥说不定……"

话未说完，她便愣在了原地。

"莉娜，怎么了？"塞西尔奇怪地顺着莉娜的目光望过去，只见眼前一道璀璨的银光闪过。下一秒，兰尼便抱着塞西尔退出几米远。

"放开塞西尔！"面容清俊的金发青年手持长剑，直直地看着兰尼，那双总是温和通透的湛蓝眼眸此时如冬日湖泊一般，冰冷得寒气四溢。

兰尼："不放。"

阿诺德眯起双眼，目光越发森冷："那我就杀了你。"

塞西尔顿时意识到阿诺德是认真的，连忙挥手阻拦："哥哥，别冲动！兰尼没有伤害我，是他救了我！"

阿诺德举剑的手微微一顿："他救了你？"

"对，如果不是他及时赶来，我早就被怪物消化了。"塞西尔努力地解释道，"哥哥，你快把剑收起来，你这样拿剑对着我，我有点儿紧张。"

阿诺德仔细地盯着兰尼，又将目光落到塞西尔的脸上。

眼见自己的妹妹一脸恳求，他这才放下长剑，然后快步走到塞西尔的身前。

他抬起手臂，不由分说地便要将塞西尔抱过去。兰尼毫不退让，紧紧护着塞西尔的身体，不让阿诺德碰到分毫。

阿诺德冷冷地说道："你松开。"

兰尼神情固执地说道："我不。"

塞西尔：他们这是在干什么？

场面僵持不下，莉娜察觉到塞西尔的为难，连忙跑过去挤到兰尼和阿诺德的中间。

"姐姐现在应该很累了，我们还是快点儿回去吧！"她顺势握住塞西尔的手，对塞西尔眨眨眼睛："对吧，姐姐？"

"对。"塞西尔叹了一口气，抬手捏了一下兰尼的耳朵："放我下来吧，你的手应该也很酸了。"

兰尼认真地回答道："我的手不酸。"

阿诺德的脸色越发阴沉。

感受到阿诺德投来几乎要杀人的目光，塞西尔汗毛竖起，立刻从兰尼的怀里跳了下来。落地的时候，她还因为不习惯刚刚再生的身体，不小心崴了一下脚。

一瞬间，三个人的手同时扶住了她。兰尼和阿诺德一左一右，牢牢地扶住她的肩，而莉娜则牵住她的手，担忧地看着她，轻声问道："姐姐，你没事吧？能走吗？"

西奥多站在莉娜的身后，目光复杂地看着她。

塞西尔试着迈出一只脚，慢慢地踩在地上，而后安抚地对三个人微笑："没事，我可以走的。"

"那也不能让你光着脚走，"阿诺德低下头，微微蹙眉，"会踩到东西的。"

几个人一齐低头看向她的脚。塞西尔的靴子早在怪物的胃里被溶解了，现在她的双脚虽然已经再生，但依然是赤裸的状态。

塞西尔不好意思地蜷起脚趾，微移视线望向兰尼："那……"

兰尼期待地看着她，双眸剔透晶亮。

不等塞西尔说完，阿诺德突然转身，弯下腰，将宽阔的后背对着她，说："我来背你。"

"不用……"塞西尔本想委婉地拒绝阿诺德，却在微微俯身的时候看到阿诺德的眼角隐约有泪光闪动。

他一定很担心自己吧……塞西尔抿了抿唇，心中涌起一阵酸涩。正如她担忧兰尼的安危一样，阿诺德和莉娜也在担忧着她，不只是他们，也许在得知怪物降临的消息后，博德和斯特拉也抱有同样的心情……

一想到这些，塞西尔就觉得心里暖暖的。

"好吧……那就麻烦哥哥啦！"她浅浅地笑了一下，慢慢地靠到阿诺德的背上。

阿诺德稳住塞西尔的双腿，柔声说道："我们回家吧。"

兰尼非常不满。他本想把塞西尔从阿诺德的背上夺走，刚伸出双手，却意外地发现阿诺德的眼尾微微泛红。

兰尼一怔，意识到了什么，然后慢慢地放下了双手。

阿诺德环顾四周，目光悲哀而肃然，又夹杂了一丝庆幸。

仅仅几分钟的时间，数百个子民悄无声息地死去了。怪物出现得太突然，骑士团甚至来不及做出反应，在得知消息的时候，就已经有大批的子民死在了怪物的脚下。

所幸，其中没有塞西尔。

如果不是博德告诉自己这件事，他还不知道怪物就出现在捷兰巷的上空。所以在得知这一点的时候，他瞬间手脚冰冷，如坠冰窖。

阿诺德来不及后悔自己为什么要答应她们赴约，当即丢下身边的一众同伴，疯了似的赶往捷兰巷。

阿诺德不怕死，他只怕塞西尔陷入危险中，甚至……他不敢再想下去，只能拼尽全力，像是要耗尽生命般不断地加快速度，超出自己的极限，只为了尽快抵达那个地狱般的死亡之地。

终于，他到了。

但他并没有看到遮蔽天空的巨型怪物，除了浓郁得一眼望不到头的血雾，只有满地的血迹和残肢。

阿诺德看着这死寂而绝望的一幕，心脏仿若冻结。

塞西尔，你在哪里？

他慢慢地睁大双眸，湛蓝的眼睛里毫无生气，像是死了一样。他提着剑，一步一步地走在血泊中，脸上麻木得没有任何表情。

突然，他听到雾中传来轻柔的谈话声，隐隐约约的，不太真切，却依稀可以辨别出是两个女孩子在说话。

是塞西尔吗？！阿诺德顿时重拾希望，循着声音的方向疾冲而去，拨开血雾，看到了一个熟悉的少年正和莉娜、西奥多站在一起，而少年的怀中，则是他心心念念的女孩儿——

"塞西尔……"他听到自己从心底发出颤抖的叹息声。

他已经顾不上去思考更多了，一切都变得不再重要，他的眼里只剩下那个纤弱莹白的少女。

太好了……她还活着。

太好了。

塞西尔搂着阿诺德的脖子，伏在他的背上，下意识地偏过头看向兰尼。

她本以为兰尼会不高兴，没想到这个小家伙居然出奇地安静。

他的脸上没有表现出任何不满的情绪，只是目不转睛地盯着塞西尔，在对上她的视线后，才轻轻地眨了眨眼睛。

那双碧绿的眼眸在这片朦胧的血雾中显得格外清澈，塞西尔看着他，忍不住微微勾起唇角，扬起一个浅浅的笑。

莉娜入神地看着他们两个人无声地互动，情不自禁地露出了满足的笑容。

"塞西尔，"默默地背着塞西尔的阿诺德突然开口道，"那个家伙还在跟着我们吗？"

塞西尔一愣："谁？"

阿诺德沉默片刻："兰尼。"他居然还记得这个名字。

塞西尔抿了抿唇，低低地说："哥哥……他救了我。"

"是真的！"莉娜看出阿诺德不喜欢兰尼，连忙在一旁帮腔，"我也看到了，是他救了姐姐！"

跟在一旁的西奥多闻言不由得瞥了莉娜一眼：你不是什么都没看到吗？

阿诺德没有说话，神色越发复杂。终于，在长久的沉默后，他轻轻地叹了一口气："好吧。"

他没有继续说下去，只是收了收双臂，托紧塞西尔的腿，慢慢地向前走去。

一行人走了没几步，眼前突然凭空出现一个狰狞的裂缝——

"你这个人怎么回事，什么都不说就跑了，要是被塞西尔知道还不得怪死我？"裂缝中响起懒散又不满的声音，一脸不耐烦的黑发男人从裂缝中走出，正要继续抱怨，在看清面前的几个人后，顿时变了脸色，"怎么回事？塞西尔怎么会在这里？"

塞西尔抬起脸，无力地对他挥了挥手："晚上好，老博德。"

"什么晚上好？！"博德狠狠地瞪了她一眼，随即将可怕的视线投向阿诺德："塞西尔也在这里，你刚才为什么不告诉我？"

阿诺德语气平静地说道："回去再说吧。"

博德深深地看了他一眼，转身站到裂缝一侧，语气不善地说："都进来。"

西奥多站在原地没动，提高声音唤了一声："阿诺德！"

阿诺德转头望向他。

"你们回去吧，我还有些事要解决。"西奥多边说边轻瞥一旁的莉娜，"照顾好她。"

阿诺德点头："我知道。"

西奥多没有再多说什么，微微欠身行了一个礼，转身走入浓郁的血雾中。

莉娜默默地看着他的背影，从头至尾一言不发，黯然的目光看上去有种无言的悲伤。

众人慢慢地走进裂缝里，一同离开了这个死亡之地。

回到宅邸后，塞西尔发现斯特拉已经站在大门前等他们了。

斯特拉看到塞西尔，张了张嘴，似乎想说什么，但看到大家都是一脸严肃的表情，最终什么都没说。

她跟在众人的身后一起走进客厅里，步伐缓慢而平稳，看上去全然没有之前那么艰难。

进入会客厅后，阿诺德小心翼翼地把塞西尔放到沙发上。不等他摆好塞西尔的双腿，兰尼便神情自然地坐到了塞西尔的身侧。

阿诺德很想将兰尼赶到一边，但一看到塞西尔那开心的表情，终于还是忍下去了。

"到底是怎么回事？为什么塞西尔会在那里？"博德神情严肃地看着兄妹俩，目光令人无所遁形，"还有……塞西尔是受伤了吗？"

塞西尔摇了摇头："没有，只是差一点儿受伤而已。"她不想说出真相，这样只会徒增哥哥和博德的自责。

"没有受伤，连鞋子都没了？"博德直直地看着她，目光锐利，"袖子也断了一截。"

塞西尔哑口无言。

阿诺德面色凝重，正要说话，莉娜却先他一步开口了："一切都是我的错。"

她将前因后果以及变故发生的全过程一五一十地说了出来。

在听完莉娜的讲述后，博德望向塞西尔的目光更加犀利了："你是说……塞西尔被那个怪物吞下去了？"

莉娜颤抖着点了点头，似乎再次回忆起了那个可怕的场景，她鼻子一酸，声音再次哽咽："都怪我太没用，没有第一时间保护好姐姐……"

博德没有理会莉娜的话，用审视的目光盯着塞西尔，轻轻地问道："你被怪物吞下去……却没有受伤吗？"

塞西尔知道，博德已经开始怀疑她有没有撒谎了。为了打消博德的疑虑，她主动伸出四肢，对他说："你不相信的话，可以来检查一下。"

博德抿紧没有血色的薄唇，伸出修长的食指，在塞西尔的额头上短暂地停留了一会儿。随即，他放松地叹了口气，倦怠地收回手："暂时是没什么问题。"

闻言，阿诺德也松了一口气。

"这件事的疑点很多，很多地方我一直没想明白。"阿诺德抬头望向博德。

博德懒懒地向后靠去，双手交叠着说道："没想明白的不只你一个人。"

"阁下知道这只怪物究竟是什么吗？"

博德摇摇头："不知道，我从来没见过，也没听说过这种怪物。它不属于历史记载过的任何一种魔物，比起自然存在的物种，我更倾向于它是新的异变者。"

阿诺德："那么庞大的异变者？"

"你也听到那些监测者说的话了。"博德掀了掀眼皮，语气愈懒地说道，"这只怪物是由成千上万只骷髅拼叠而成的，那么有没有可能，它原本只是一只普通的异变者，因为吃下了太多的人类，从而进化成这个形态呢？"

博德的这个假设不无道理。

阿诺德想了想，继续问道："那么这只怪物为什么会突然出现在捷兰巷的上空呢？"

"也许是偶然，也许是被什么吸引过去的。"博德意有所指地瞥了塞西尔一眼，"当然，也有可能……是被人为操控的。"

塞西尔神色一变，蓝眸越发幽暗。

阿诺德的脸色也很凝重。如果真的像博德推测的那样，怪物是被人为操控出现的，那么这对整个帝国，乃至整个世界，都是一个毁灭级的威胁。

"我明天就向陛下汇报这件事，请他展开调查。"

阿诺德说完这句话后，恳切地看向博德："阁下，今天非常感谢您的帮助，天色已晚，需要我送您回去吗？"

"不需要。"博德靠在沙发背上纹丝不动，审视的目光在塞西尔和兰尼两个人的身上来回打转，"最近这段时间，我就待在这里不走了。"

阿诺德："什么？"

博德坐起身，直直地看着塞西尔，语气认真地说道："我不放心这家伙，以防出现其他情况，我要住下来，密切关注塞西尔的身体状况。"

阿诺德有些为难，但很快，他的神情就舒展开了。

"好吧，那就麻烦阁下了。"说完这句话后，阿诺德站起来，自上而下地望向坐在塞西尔身旁的兰尼，声音冷漠地说道："你呢？需要我送你出去吗？"

兰尼微微抬眼看向阿诺德，碧绿的双眸中没有任何波澜。他对阿诺德的敌意少了很多——因为阿诺德为塞西尔流的那滴泪。

"哥哥，兰尼哪里也不去。"塞西尔一把抱住兰尼，紧张地护着他，"外面那么危险，让他也住下来，不可以吗？"

"塞西尔，你一直在和他偷偷来往吧？"阿诺德无奈地说，"他来历不明，我怎么可能放心让他留在你的身边？"

"兰尼没有来历不明，他只是……总之他绝对不会对我做不好的事。我保证！"塞西尔恳求地盯着阿诺德，双眸湿漉漉的，像一只可怜的小狗，"而且他还救了我一命。哥哥，我们怎么可以把救命恩人赶出去呢？"

阿诺德深深地看着她，轻声道："你想留下他，真的只是因为他救了你吗？"

氛围一时沉寂了下来。

博德懒懒地托着下巴，斯特拉心不在焉，莉娜则是一脸紧张地盯着兄妹俩。

在阿诺德的注视下，塞西尔咬了咬下唇，轻而坚定地回答道："因为我喜欢他。"

一直安安静静的兰尼听到这句话后，终于眨了眨眼睛。

少年长长的睫毛低垂下来，眸中浮起剔透的光。隔着朦胧的阴影，莉娜可以隐约窥见，他的眼眸既湿润又明亮，看上去温柔而动人。

"果然如此！"阿诺德轻轻地叹了一口气，清俊的脸庞上浮现出几分隐隐的落寞之情。

他今天叹气的次数实在是太多了。

阿诺德看了兰尼一眼，转而望向对面的博德："阁下，可以麻烦您一件事吗？"

博德点点头，道："说。"

"我希望您能诚实地告诉我，这家伙究竟是什么人。"阿诺德重新将目光投向兰尼，神情严肃而冷厉，"无论如何，我都不能允许塞西尔的身边有任何潜在的危险。"

塞西尔下意识地看了斯特拉一眼，结果斯特拉这家伙居然没有对上她的视线。斯特拉眼神游移，自始至终都没有看着他们，只是独自一人默默地坐在后面，一副心不在焉的样子。

这个恶魔怎么回事？饿傻了？塞西尔收回视线，心里觉得一阵古怪。

博德被阿诺德提问完，还处在思考之中，塞西尔暗示似的看向博德，试图对博德使眼色——亲爱的博德老师，一定要为兰尼说点儿好话啊！

博德对上她的目光，微一挑眉，一只修长的大手突然捂住了她的眼睛。

"不要使眼色。"阿诺德冷漠地说。

塞西尔："哦。"

阿诺德认真地看着博德，薄唇抿成一条笔直的线。博德明白阿诺德内心所想，微微叹息一声，终于还是选择实话实说："兰尼的确很危险。"

阿诺德的表情顿时变得无比紧张。

"但兰尼绝对不会伤害塞西尔。"博德慢吞吞地补充道，将目光移向安静的兰尼，"对吧，小家伙？"

兰尼点了点头，面容平静而无害。他从来不会对塞西尔以外的人表现出温顺的一面，但此时此刻，他很清楚塞西尔希望自己这么做。他永远不会拒绝塞西尔的请求。

塞西尔暗暗松了一口气。

"是吗？"阿诺德看向兰尼，眼神仍然充满不善，但没有之前那么咄咄逼人了，"既然博德阁下也这么说，那你就暂且留下来吧，但是……"

"哎呀！哥哥，他真的不会对我做什么的，你就放心吧……"塞西尔见阿诺德还要提要求，连忙抱住他的胳膊，强行阻止他继续说下去。

"我要说的不是这些。"阿诺德无奈地垂眸看了她一眼，眼神恢复了温柔。

塞西尔："那你想说什么？"

阿诺德抬起手，轻轻地摸了摸她柔软的头发，然后抬起眼睫，直直地望向兰尼："我对你只有一个要求，无论以后发生什么，你都必须用你的生命去保护我的妹妹，如果你做不到……"

"我做得到。"兰尼打断他的话。

阿诺德沉默地看着兰尼。

少年的眼眸浓绿，没有一丝动摇的情绪，看上去认真而纯粹。即使阿诺德无法客观地评价这个家伙，但仍然能从对方的身上感受到一种近乎绝对的执念。

这家伙看上去更欠揍了。

阿诺德深吸一口气，脸色突然变得很阴沉。他握紧拳头，冷冷地瞪了兰尼一眼，然后转头看向博德："阁下，请随我来，我现在就为您安排房间住下。"

博德扯了扯嘴角，掩饰性地点了点头，起身跟着阿诺德向外走去。两个人一起离开会客厅后，塞西尔终于放松地长舒一口气，软软地瘫倒在兰尼的怀里。

太好了！她本来还以为阿诺德会和兰尼打起来呢。

"姐姐，阿诺德哥哥一定是同意你们在一起了！他刚才说的那些话就是这个意思！"莉娜开心地欢呼，看上去似乎比塞西尔本人还要高兴。

塞西尔："暂时应该没事了。"她刚想伸展一下身体，余光突然扫到不远处的斯特拉。

"斯特拉，你是不是有话要对我说？"塞西尔自然地开口道。

斯特拉犹豫了几秒，紧接着移开视线，低低地说："没什么，我就是来看看你死没死而已。"

莉娜听了不由得蹙眉："斯特拉夫人……"

"没事。"塞西尔轻声打断莉娜的话，然后对斯特拉摊开双手："如你所见，我还没有死。"

斯特拉勉强地笑了一下："真是遗憾。"说完，她也起身离开了会客厅。

"姐姐，斯特拉夫人……看上去好像有点儿奇怪。"莉娜有些担忧地说道。

塞西尔拍拍莉娜的肩，安抚道："不用管她。"

其实奇怪的不只是斯特拉……塞西尔看了莉娜一眼，终究还是什么都没说。

塞西尔和莉娜互道晚安后，和兰尼一起回到了自己的房间里。

她觉得身上黏糊糊的，到处残留着淡淡的血腥气，但又很累，实在没有力气再去洗澡，只好用清洁术代替洗澡，把自己和兰尼都清洁了一遍。

之后她默不作声地爬到床上，而兰尼则安静地坐在床边上看着她。

塞西尔将被子拉到鼻子以上，只露出一双通透的蓝眼睛。她眼巴巴地看着兰尼，声音又轻又软："兰尼，你就坐在这里吗？"

兰尼轻轻地应声："嗯。"

塞西尔垂下睫毛，掩住了眼中的失落："可是……我想让你陪着我。"

兰尼眨了眨眼睛，有些不解地说道："我现在就是在陪着你呀！"

"不是这种……"塞西尔摇了摇头，说话的声音越来越低，"我想更直接地触碰你，这样我才能确定你就在我的身边……"

兰尼眸光浮动，唇角扬起小小的弧度。他看着塞西尔泛红的脸颊，微微俯身，与她鼻尖轻触。

"你想要我抱着你吗？"他轻轻地问道。

塞西尔的心跳渐渐加快，她轻轻地点了点头。

一阵"窸窸窣窣"的衣物摩擦声后，兰尼躺到了塞西尔的身边。他伸出双臂，轻柔地环抱住塞西尔，就像塞西尔每次对他做的那样。

"兰尼……你不会偷偷离开吧？"塞西尔缩在兰尼的怀里，小声问道。

兰尼认真地回答道："不会。"

"那你不会松手吧？"

"不会。"

"也不会骗我吧？"

"不会。"

塞西尔没有再出声了，用双手搂住兰尼的腰，把脸颊紧紧地贴在兰尼的胸膛上，心跳平稳而清晰。

她非常害怕，即使是现在，这种惶恐的心情也没有减少分毫。她害怕今天的事情会再次出现，害怕自己会与兰尼分开。一想到这些，她就控制不住地慌张，甚至会产生很多可怕的念头。

但是现在她不害怕了，因为兰尼就在她的身边，他们就在一起。

塞西尔的身体渐渐放松下来，眼皮也一点点地合上。

兰尼安静地抱着她，直到听到她平缓的呼吸声，才小心翼翼地低下头。

怀中的少女已经睡着了。他凝视她，一只触手无声无息地伸到少女的背后，为她掖好被角。他在塞西尔的额头上轻轻地印下一个吻，也随之闭上眼睛。

他们一起坠入了沉静的梦乡。

第十七章
衰 退

宅邸里的生活重归平静。

整个帝国陷入混乱中，越来越多的异变者像蝗虫一样席卷了大陆，成千上万的子民在异变者的袭击下死去。越来越多的人在绝望中走投无路，逐渐将希望寄托于虚无缥缈的神明。群星十字会在这种时候异军突起，收获了一大批信徒，短短十几天就变成了全帝国最庞大的组织。

就连凯文也加入了群星十字会，甚至还回来传播教义："只有群星之主才能拯救我们，你们要跟我一起前往神国吗？"

塞西尔用看傻子一样的目光看他："你自己去吧，没人和你一起。"

凯文叹着气离开了。塞西尔彻底放松了下来——她可不想和"渣爹"长时间地待在同一个屋檐下。

虽然外面的世界水深火热，莱维特宅邸却像一座孤岛，安稳、平静，没有任何波澜。阿诺德仍然忙于骑士团的工作，斯特拉整天睡觉，莉娜一心扑在学习上，博德时不时检查一下塞西尔的情况，大家其乐融融，和以往没什么区别，生活反而格外温馨。

除了塞西尔，她的变化简直可以用巨大来形容。

"兰尼呢？怎么没有看到他？"雪发少女在餐桌旁到处张望，细眉微微蹙起。

"兰尼去拿草莓了，马上就来了。"莉娜柔声安抚她。

"我去看看。"塞西尔起身，抬腿就要去找兰尼，不等她迈出两步远，兰尼便端着一盘草莓走过来了。

"兰尼！"塞西尔立马跑过去，紧紧地抱住他的胳膊，抬起头眼巴巴地看着他，"我们一起吃饭。"

兰尼吻了吻她的眼睛，轻声回答道："好。"

莉娜见状，连忙过去从他的手里接过草莓，然后拉着两个人一起坐到餐桌旁开始吃饭。

现在的塞西尔，已经从以前的冷淡少女变成一个十足的黏人精，吃饭要兰尼陪着，睡觉要兰尼陪着，就连洗澡也要兰尼陪在一边。如今她的黏人程度比曾经的兰尼更甚，已经到了时时刻刻都要看着兰尼的程度。

莉娜羡慕地看着他们坐在一起吃饭，一旁的博德边吃边打哈欠："塞西尔，待会儿别忘了过来，该检查一下你最近的身体状况了。"

"知道了。"塞西尔漫不经心地回应，看上去并不是很在意。

坐在餐桌另一侧的斯特拉一直举着红酒杯，时不时抿一口。听完博德和塞西尔的对话后，她终于抬起妩媚的紫眸，低低地开口道："塞西尔，待会儿可以先来我这里吗？"

塞西尔愣了愣，说："怎么了？"

斯特拉看上去和往常很不一样，之前就算被塞西尔强制缔结了契约，她也没有露出过这么晦暗丧气的表情。

"只是想和你聊一些事而已。"她又喝下一口红酒，语气有些不耐烦地说道，"你不乐意就算了。"

哟，她还来脾气了！塞西尔古怪地看了她一眼："我什么时候说不乐意了？"

斯特拉放下酒杯，看也不看塞西尔，转身便向外走去，边走边说："那你快吃，我在房间里等你。"

脾气不好的恶魔就这么莫名其妙地离开了餐桌，塞西尔注意到斯特拉面前的饭菜一口没动，只有红酒喝了一杯又一杯。

　　塞西尔收回视线，突然也没什么胃口了。但是兰尼仍然在注视着她。

　　"塞西尔，你不吃了吗？"他拿起一颗草莓，好奇地问道。他最近很喜欢喂塞西尔吃东西，这成了他新的乐趣。

　　塞西尔抬起头，笑眯眯地回答道："吃啊，我还没有吃饱呢。"

　　莉娜在一旁提醒道："那个……草莓不能作为正餐……"

　　塞西尔笑着说了一句"没关系"，然后一口咬住兰尼手上的草莓。

　　草莓汁顺着兰尼的手指流下来，塞西尔顺势舔了一下。兰尼眨了眨眼睛，对她的举动已经习以为常，莉娜倒是害羞地捂住脸，一边叫着"姐姐好羞"一边打开手指偷看，吵得博德很是头痛。

　　这个小丫头也太能闹了，他还是去睡觉吧。

　　午餐后，塞西尔让兰尼去蔷薇园里采摘一些新鲜的蔷薇，自己则来到斯特拉的房门前，轻轻地敲了敲门。

　　"门没锁。"屋里传出斯特拉略微沉闷的声音，听上去似乎心情郁闷，精神不振。

　　塞西尔走进去，顺手关上门。

　　美丽的恶魔正歪歪斜斜地靠在高背椅上。见到塞西尔来了，她抬了抬眼皮，慢腾腾地坐了起来："那只小怪物没有跟过来吧？"

　　塞西尔："没有。"

　　"好吧，那我就说了……"斯特拉有些犹豫地拉扯了下自己的发丝，连头发被扯断了都没有发觉，"你有没有觉得……最近契约发生了一些变化？"

　　塞西尔微微偏着头，面容柔和而平静："契约之力减弱了？"

　　斯特拉猛地抬起脸："你发现了？"

　　塞西尔弯了弯唇角，声音里透出淡淡的笑意："你的双腿已经恢复正常了，这么明显的事情，你该不会以为我一直都没有发现吧？"

　　斯特拉的表情有点儿尴尬。的确，她也没刻意隐瞒，稍微有点儿洞察力的人都会察觉到这一点，更何况对方还是狡猾的塞西尔。

"你觉得契约之力为什么会减弱？"斯特拉小心翼翼地偷觑塞西尔的脸色，生怕对方一个不满，再给她加一道别的契约。

塞西尔微微沉吟，低声道："应该是我的身体出了问题。"

斯特拉目光复杂地看着她，琉璃般通透幽暗的紫眸无声地闪烁："你觉得会是什么问题？"

"不知道。"塞西尔耸了耸肩，无所谓地笑了笑，"契约之力减弱对你来说是好事，你应该感到高兴才对，问这么多做什么呢？"

"我也以为我会很高兴……"斯特拉神色郁郁，随即翻了个妩媚的白眼，没好气地说道，"算了，和你这个笨蛋人类没什么好聊的，你还是去找你的小怪物吧！"

斯特拉转过脸，披散着海藻般的长发，重新将自己藏到高高的椅背后。塞西尔看着她，了然地笑笑，然后轻手轻脚地走了出去。

塞西尔没有去找兰尼，也没有去找博德，而是去见了莉娜。

莉娜最近很勤奋——虽然她以前也很勤奋，但现在的勤奋程度已经远远超过了曾经。除了吃饭、睡觉和跟塞西尔闲聊，她剩下的全部时间都献给了学习。

她在非常努力地学习法术，为了学习法术，她拒绝了二皇子西奥多一次又一次的邀约，甚至不愿与西奥多见上一面。

西奥多在信中询问莉娜为什么不见他，他很担心她的安危。

莉娜回复道："因为你骗了我。"

在那之后，莉娜再也没有给西奥多回信。那晚，她看到很多人用生命保护着西奥多和她，那个时候她就知道，西奥多并不是一个普通的骑士。但这其实并没什么，她相信西奥多对她隐瞒自己的身份必然是有迫不得已的理由，她也完全可以理解。

她真正无法再见西奥多的原因，是她害怕看到西奥多的脸。只要一看到西奥多的脸，她就会回想起那晚的经历，回想起塞西尔被怪物吃掉的一幕，以及自己当时的懦弱与无能。

她无法保护姐姐，更无法拯救姐姐。

莉娜很清楚，这一切都与西奥多无关，但自己已经没有办法再平静地面对他了。

她再也不想看到那一幕的发生。

塞西尔走进小花园里的时候，莉娜正在刻苦地练习炎爆术。少女穿着一身易于活动的棉麻衣服，裤脚被卷了起来，脚踝一圈沾满了灰尘。漂亮的金色长发也被随便地扎成一股，发梢微微翘起，看上去像是被烧焦留下的痕迹。

塞西尔见她练得灰头土脸，忍不住出声打断她："莉娜，你怎么把自己搞成这个样子？"

莉娜停下施术的动作，不好意思地笑了一下："姐姐，我刚才不小心把火焰的方向放反了。"

塞西尔走到莉娜的面前，帮她理了下乱糟糟的头发，然后抬手擦去她脸颊上的灰尘，说："你应该休息一下了。"

做完这些后，塞西尔故意停了一下，如她所想，那个令人烦躁的警告并没有出现。

自从塞西尔从捷兰巷回来后，警告就再也没有出现。那个总是威胁她的东西就像突然消失了一样，无论她对莉娜做出多么亲近的举动，都不会再看到那行醒目的大字。

塞西尔一直在寻找原因。

"不用啦，我又不累。"莉娜扬起明亮的笑容，而后声音又微微低落了一些，"更何况……我想快点儿变强，这样才能……"她没有再说下去，但眼神黯淡了一些。

塞西尔知道上次的事件对莉娜产生了不小的冲击，想了想，终究还是没有说出阻止的话。

"你是怎么练的？怎么练了这么久，还是控制不对方向呢？"塞西尔微微侧头，柔和地问道，"是不是哪里做错了？"

"有可能。"莉娜苦恼地摸了摸鼻子，重新摆好姿势，抬起双手，认真地轻念咒语。

炽热的火焰自她手中喷涌而出，方向却是向下的。火舌翻滚着冲向她的鞋面，她被吓得呆住了，突然一只手将她向后一拉，直接躲过了迅猛的火舌。

"好了，接下来用冰冻术熄灭这团火焰。"塞西尔在一旁冷静地指导她。

莉娜呆了呆："我不会冰冻术……"

"我教你。"塞西尔抬起一只手，正要施放冰冻术，突然顿了几秒。

"姐姐，怎么了？"莉娜好奇地看着她。

"没什么。"塞西尔收回手，将垂在耳边的发丝捋到耳后，然后对莉娜浅浅微笑，"我突然想起来我的冰冻术运用得也不是很好，还是让博德来教吧。"

闻言，莉娜立马摇头："不用麻烦博德导师，我已经联系雷诺阁下来教我啦！姐姐，你要不要和我一起学？雷诺阁下不会介意的。"

"我比较懒，就不学了。"塞西尔婉言拒绝了她，"你休息一下吧，我去找博德检查身体。"

"好的，我再练习一会儿就去休息。"莉娜对塞西尔挥了挥手，继续炎爆术的练习。塞西尔也没有再说什么，转身走出了小花园。

确定自己完全离开了莉娜的视野范围，她才慢慢地停下脚步，双唇无声地翕动。

没有任何反应，火焰、冰球都没有出现——她的魔力消失了。

无论塞西尔施放哪种法术，都没有魔力显现。她突然变成了一个不会任何法术的普通人，除了念动无用的咒语，什么都做不到。

塞西尔隐约产生了不好的预感。

她来到博德的房门前，没有敲门，直接走了进去。博德正坐在窗边，懒散地托着下巴，漫不经心地看着窗外。

这个房间的位置很好，窗户正对着宅邸后方，不仅能看到远处的山脉，还能看到蔷薇园里的风景。

"你在看兰尼吗？"塞西尔走到博德的身边，顺着他的视线向外瞥了一眼。从这个位置，她正好可以看到兰尼的背影，身形修长的黑发少年穿梭在繁茂的蔷薇花丛中，像画一样美好。

"他有什么好看的？我看的是花。"博德没好气地白了塞西尔一眼，恹恹地坐直身体，"和那个恶魔聊完了？"

塞西尔"嗯"了一声："契约之力减弱了。"

"她居然会主动告诉你。"博德嗤笑一声，不知是嘲讽还是讶异，"还有呢？你还发现了什么？"

塞西尔神色淡淡地说道："还有……我的魔力消失了。"

博德脸上的笑意慢慢地消失了，他静静地看着塞西尔，塞西尔这才注意到，他的神色居然有些不易察觉的紧张。

"让我检查一下你的身体吧。"

塞西尔无言地蹲下，温顺地伏在他的腿上。博德伸出食指，在她的额头上轻点，却迟迟没有拿开。

塞西尔能够感觉到，他的指尖在微微颤抖。

"博德？"塞西尔轻唤了一声。

博德垂下眼眸，长久地凝视她："塞西尔，你想听我说出结果吗？"

塞西尔侧过脸，望向窗外的蔷薇园："不要说出声。"

博德明白她的意思。他微合眼睑，低缓悲伤的声音随即在塞西尔的脑海里响起。

"塞西尔……你的生命在衰退。"

塞西尔并没有表现出惊讶。

"我大概已经猜到了。"她轻轻地叹息，视线不由自主地移向窗外。

兰尼的身影已经离开了，蔷薇园里空荡荡的，只剩下肆意绽放的蔷薇。这些蔷薇呈现出惊人的生命力，而她的生命在悄无声息地流逝，就像那些流淌过蔷薇花枝的雨水般无法停留。

"现在我可以说话了吧？"博德慢慢地开口道，"那个小家伙已经回到你的房间里了。"

塞西尔点点头，神色一如既往地平静、柔和。

博德的手指停留在她的额头上，指尖苍白而冰冷。他认真地盯着塞西尔，声音低沉而缓慢，一句一顿地缓缓道出："塞西尔，你听好了，我不是在开玩笑，你的身体已经撑不了多久了……你的内脏、器官、骨头，都在以惊人的速度退化衰弱，如果放任不管，不超过十天，你就会彻底死去。"

"原来是这样啊……"塞西尔笑了笑，冷静得仿佛早已知晓了这个结果。

其实在喝下兰尼的血后，她就一直有种隐隐心悸的感觉。她黏着兰尼，不仅是因为不想离开兰尼，更多的是因为她的心中一直萦绕着不好的预感。她下意识地觉得自己和兰尼在一起的时间会越来越少，所以一分一秒也不想分开。

现在看来，她的预感是正确的。

想必警告没有再出现，也是因为这个——她在世界的判定里，已经是个没有生命的人了。

"究竟发生了什么？"博德看着她，收回手坐直身体。他脸上的表情很复杂，明明很严肃，甚至是有些生气的，灰眸里露出的眼神却又很悲伤，"不要再瞒着我了，趁我们现在还有时间。"

塞西尔叹了口气，低声说："不是要故意瞒着你，只是没什么好说的，我也没想到会变成现在这样。"

"你不说我又怎么知道？！"博德忍无可忍地低斥出声。

塞西尔被他吼得一愣，呆呆地眨了眨眼睛。面前这个总是懒懒散散、对任何事情都意兴阑珊的男人，此时正目光灼灼地看着她。他的眼神从未如此认真过，愤怒与隐忍的悲痛在那双沉沉的灰眸中交织纠缠，最后都化为了无力。

博德俯下身，慢慢地抱住了塞西尔。他轻抚塞西尔的头发，声音在她的耳畔低低地响起："塞西尔，不要这么坦然地迎接死亡。我会想办法的，无论是用什么办法……我都不会让你死。"

塞西尔怔怔地出声："老师……"

"你也知道我是你的老师啊？"博德轻轻地笑一声，而后声音再次温柔下来，"别怕，一定会有办法的。把一切都告诉我，我们一起想办法，好吗？"

"嗯……"塞西尔的眼眶中有泪花闪烁，博德松开她，顺手在她的眼尾擦了一下。

塞西尔吸了吸鼻子，起身走到博德对面的座椅前坐下。

"那天，我和莉娜一起去书店赴约……"她将那天在捷兰巷遭遇的一切一五一十地讲了一遍，包括和马蒂的对话、被怪物的胃液腐蚀四肢，以及喝下兰尼的血后身体复原等所有细节。

博德深深地皱眉，慢慢地提出疑惑："你说那个马蒂没有遭受腐蚀？"

塞西尔："嗯，那些液体对他没有产生任何影响。"

"他还说了可以帮你复原身体？"

"对，他的原话是'无论是多么残破的身体，神都能帮你复原'。虽然听上去很难以置信，但他当时的模样……非常具有说服力。"

塞西尔仍然记得马蒂当时的样子。他浮在流动的血池中，笑容晦暗不明，他抬起双手娓娓道来，为陷入痛楚中的人带来希望与福音，仿佛他就是神明本身，就连塞西尔也差点儿被他蛊惑。

博德微微沉吟，突然道："塞西尔，你还记得那个异变的学生吗？"

塞西尔点头："记得，他叫基恩。"

"我没记错的话，他应该是第一个异变的人。有没有可能，他在异变之前就已经死了，然后又被'复原'了呢？"

塞西尔沉默了，过了一会儿，终于开口道："如果是这样的话……"

"如果是这样的话，作为非常了解并笃定身体能够复原的马蒂，就必然和异变者脱不了干系。"博德的神色越发沉郁。

塞西尔垂着脸，陷入了沉思中。仔细想想，马蒂这个人的确过于神秘。除去他们第一次的偶然相遇，后面两次见面都处在非常微妙的节点。无论是在群星十字会他们偶遇，还是与怪物一同被吞进肚子里，塞西尔现在细细回想，这些无一不充满设计。

"可是，他和我身体衰弱这件事又有什么关系呢？真正对我造成伤害的是那只骷髅怪。"塞西尔想不明白。

"也有可能是你的小宠物。"博德意味深长地说。

塞西尔立刻反驳道："不可能！兰尼救了我！"

"你好好想想，他是怎么救你的？"博德打断她的话。

塞西尔微顿，声音渐渐低了下来："他复原了我的身体……"她已经明白了博德的言外之意。

"就是这样。塞西尔，我并不是说兰尼才是那个伤害你的罪魁祸首，但事实上，我们的确没有任何一个人知道他究竟是什么。"博德语气沉重地说道，"如果他真的和群星十字会有关系，那我们就要认真地考虑一下，他的这种'复原之力'究竟是好是坏了。"

塞西尔离开了博德的房间，临走前，博德在她的身上加了一个延迟咒。

"这个法术可以让时间在你的身上流逝得比常人慢一点儿，虽然用处不大，但至少可以帮你多撑一些时间。"博德揉了揉她柔软的雪发，安抚道，"我立刻去调查群星十字会，你乖乖地待在家里，不要胡思乱想，更不要擅自出门。"

塞西尔："我知道啦！"她怎么感觉博德和阿诺德越来越像了？

她心情复杂地走在长廊里，本想回自己的房间，一侧眸扫到颤巍巍地爬在墙头上的蔷薇枝，心脏顿时揪了起来。

她快要死了。虽然博德信誓旦旦地对她说一定会有办法，但她知道，不会有办法的。博德只是一个黑魔导师，就算再怎么厉害，终究还是人类。人类无法起死回生，也无法帮助别人起死回生。连世界都判定了她的死亡，她的生命已经无法挽救了。

为什么会这样呢？

她不相信博德的推测，就算兰尼真的和群星十字会有关系，他也绝对不会害她。没有兰尼的血，她根本不能活到现在。也许她在怪物肚子里的时候就已经死了，是兰尼复原了她的身体，强行将她留到了现在……

塞西尔忍不住又开始胡思乱想，她低着头，双腿不受控制地走进了蔷薇园里。

翠绿的藤蔓一如既往地肆意疯长，层层叠叠的蔷薇缀满枝头，花瓣一簇簇地拥起，从高高的石墙一直蔓延至她的脚下。她无意识地向前走去，不知何时，一阵馥郁的花香突然幽幽地钻入了她的鼻腔里。

塞西尔停下脚步，终于回过神来。

雪一样洁白的蔷薇出现在她的眼前，她眨了眨眼睛，看到一小撮柔软如兔子尾巴的黑色短发正在花丛下面微微摇晃。

"兰尼？"她轻轻地叫了一声。

黑发少年从蔷薇花下伸出毛茸茸的脑袋，碧眸晶莹剔透，比沾着露珠的花瓣还要纯洁。

"塞西尔，你喜欢吗？"兰尼把这一大把蔷薇举到塞西尔的面前，看着她，"我把最大的都摘下来了。"他无法理解鲜花的美丽，只能以大小来评判它们。

塞西尔凑近蔷薇，低头闻了闻，然后轻轻地笑了："很美，也很香，我很喜欢。谢谢你，兰尼。"

兰尼认真地盯着她。

"塞西尔，你怎么了？"他将辛苦采摘的蔷薇随手扔到了地上，微微蹙眉，抬手轻抚塞西尔的脸，"你看上去一点儿都不开心。"

她表现得这么明显吗？塞西尔弯起嘴角，露出温柔平和的笑容："我很开心呀，只是刚才有点儿……"

"是因为博德吗？"兰尼突然打断她的话。

塞西尔微愣："你听到我和博德的对话了？"

"没有，我知道你不想被我偷听，我一句都没有听。"兰尼垂着眼，声音里充满了被忽视的低落，"但是我觉得，你不喜欢我了。"

塞西尔怔了一秒，忍不住轻轻地笑了起来："怎么会呢？你怎么会这么想？"

兰尼抬起眼眸，定定地看着她："因为你身上的气味很苦，从你看到我的那一刻起，你的味道就越来越苦了。"

塞西尔维持着微笑的表情，却没有办法再说出掩饰的话。

她果然还是骗不了兰尼。虽然她竭力想要隐瞒，却无法控制自己的真实情绪。她一看到兰尼就会难过得近乎窒息，一想到过不了多久就会离开兰尼，这种痛苦更是成倍地增加，仿佛心脏被人捏住了，随时都会结束不安的跳动。

塞西尔感觉眼眶有些发酸，下意识地低下头，闷闷地说："我只是突然想到，有一天我们都会死去，到时候我就不能继续和你在一起了。"

"不会的，塞西尔。"兰尼轻轻地捧起她的脸，温柔地凝视她，"我不会死，你也不会死，我们会永远在一起。"

笨蛋！才没有什么永远，我很快就要死了！塞西尔在心里悲哀地反驳，吐出的声音里已经带上了一丝哭腔："兰尼，你不懂，人类远比你想的要更渺小。"

"我懂，我懂的。"兰尼俯下身，像安抚小孩子那样轻轻地蹭了蹭她柔软的脸颊，低声说道，"我知道人类渺小又脆弱，但你不一样。"他轻缓地拥抱面前的少女，声音轻而幽远，"塞西尔，看着我。"

塞西尔抬起眼眸，迷茫地看着他。

密密麻麻的触手从兰尼的身后涌了出来。它们柔软而滑腻，无声地缠住塞西尔的四肢，如同一个温柔的拥抱，缓缓蠕动，包裹着她的每一寸肌肤，直至将她的一切感官都剥夺。

"你会看到真正的你。"这是塞西尔被触手淹没前听到的最后一句话。

塞西尔在黑暗中不断地下坠、掉落，时间仿佛停止。

一开始是死一般地寂静，不知过了多久，渐渐地，她的耳边响起幽幽的水声，犹如海潮轻盈地摇晃。

她被忽远忽近的水声包裹着。她是在水里吗？塞西尔迷茫地睁开眼睛，看到微微闪烁的幽光。

海水、浪潮、藻类……她仿佛身处深海下的摇篮中，随着温柔的海浪轻轻地起伏。她看到了浩瀚的深海，无边、无际、无光。

"兰尼？"塞西尔尝试着轻唤一声。

然而没有任何声音回应她。

兰尼听不到她的声音。塞西尔慢慢地调整呼吸，任由自己的身体继续下沉。

她已经不止一次梦到这样的经历，逐渐已经习惯了这种奇怪的感觉。她相信兰尼就在这里，所以很安心。

折射进海中的微光越来越弱，四周渐渐变成令人窒息的黑暗。慢慢地，塞西尔在这片无尽的黑暗中看到了一些小小的点，这些点像蚂蚁一样四散着，散乱地移动，遍布海底的每一个角落。

它们看起来非常渺小，只是一个轻微的海浪，便可以将它们冲得无影无踪。

微不足道的小点聚集在一起，发出细微而奇异的声音。塞西尔浮在海中，仔细地倾听这些声音，突然产生一种莫名其妙的熟悉感。

听上去有点儿像是人类的哭喊……不，应该说是很像。

难道那些密密麻麻的小点其实是人类？塞西尔睁大了眼睛，蓝眸在黑暗中晶莹透亮。她试图向下游去，然而下一秒，那些发出声响的小点便消失了。

深暗的海底亮起点点星光，一颗连着一颗，蓝莹莹的，如同夜幕中的群星。星光闪烁着，围绕着皎洁的月亮，在海水中浮沉着。

塞西尔入神地看着这一幕，心底生出奇异的安宁。好奇怪，她居然产生了一种荒谬的感觉，好像自己正在看着浩瀚的宇宙星河。喧闹的小点在群星的光芒之下显得如此渺小，甚至不能被发现，而她正在俯瞰这一切，仿佛她是这片海的主人。

渐渐地，星光也慢慢地暗了下来。深海再次被阴影笼罩，在寂静的漆黑中，相继出现了诡异的光景——崩塌、碎裂、沉没。

塞西尔看到无数蝼蚁般的小点在纷繁的沙砾中奔跑、消失、诞生……周而复始，上演了一幕又一幕，如同人类的进程、时间的推移、宇宙的变迁……她在无尽的漆黑与星光中看完了森罗万象。

这就是兰尼眼中的世界吗？塞西尔突然意识到了什么。

兰尼说过，她会在这里看到"真正的自己"。难道兰尼是想告诉她，真正的她其实就是这无尽的沙砾中的一颗，无论她是活着还是死去都不值一提？

塞西尔鼻子一酸，心里突然空落落的。

似乎察觉到了她的伤心，海底深处突然传来了幽远的声音："塞西尔……"

遥远的、悠长的、如同吟唱般的呼唤，在浩瀚的海底掀起巨大的震动，汹涌的海潮翻滚到塞西尔的身边，忽然变得温驯柔和，小心翼翼地在她的周围荡开圈圈涟漪。

这不是人类的声音，每一个音符都足以碾碎万千生灵，但塞西尔奇异地听懂了。

"兰尼？"她小心翼翼地回应道。

"是我。"悠远的声音发出满足的叹息。

果然是兰尼！

塞西尔四处张望，然而除了缓缓波动的海水与无边无际的黑暗，她什么都看不到。

"兰尼，你在哪里？"她不安地问道。

"我就在这里。"兰尼的声音从四面八方传来，仿佛渗透进每一滴海水里，存在于每一处阴影中，"塞西尔，我就在你的身边。"

"可是我看不到你。"塞西尔垂下眼睛，遮掩住眼中的失落之情。

"你可以感觉到我。"声音沉入水中，海水轻轻地涌动。在一片平静中，无数只漆黑的触手从深不见底的海沟里伸了出来，它们庞大、柔软，慢慢地缠绕上塞西尔的身躯，将她拥抱在这轻柔的海波之中。

这个拥抱温柔而熟悉，充满了兰尼的气息。

"兰尼，你想让我看的就是那些吗？"塞西尔安静地蜷缩在蠕动的触手中，神情脆弱而悲伤，"我明白你想表达的意思，但……我还是有点儿接受不了。"

"不，你不明白。"触手轻轻地蹭了蹭她的脸颊，带起细细的水珠，"我想让你看的是这些。"

话音落下，眼前的黑暗渐渐亮起白色的光。这些光洁白无瑕，晶莹剔透，上面还滚动着小小的露珠。

塞西尔突然意识到——这些并不是光，而是白色的蔷薇。

洁白的蔷薇一朵接着一朵地在漆黑中亮起，碧翠的藤蔓顺着蔷薇的根茎肆意蔓延，很快填满了目光所及的所有空缺。

而在这铺天盖地的蔷薇之中，有一处纯粹无垢的莹白尤其耀眼，随着海水的摇曳而微微浮动。

塞西尔不自觉地屏住呼吸，目不转睛地看着蔷薇中的背影慢慢地转身，雪发蓝眸的人类少女映入她的眼帘——是她自己。

少女看向她，却并没有看进她的眼睛里，似乎在看向另一个人。在纷纷落下的蔷薇花瓣中，塞西尔看到少女扬起嘴角，幽蓝的眼眸里浮起动人的光："兰尼。"

原来这才是兰尼眼中的她啊！

"塞西尔，人类很渺小，但他们都不是你。"触手温柔地缠绕她，慢慢地将她卷入柔软的浪潮中，"你在我的世界里就是全部，是占据一切的存在。"

塞西尔的身体缓缓下沉，她闭上眼睛，感觉到自己正在被汹涌的爱意包裹、渗透，与之融为一体。她感觉到自己的意识正在被吞噬，而兰尼的声音近在咫尺，仿佛就在她的耳畔：

"所以你不会死，不会消失，不会离开。

"你与我同在。"

塞西尔醒来了。

她睁开眼，感觉到一种前所未有的疲惫。她的身躯仿佛被狠狠地碾压过，每一寸都虚脱得使不出力气，与之相反，她的大脑意外地清明，仿佛浓郁的迷雾突然被驱散，所有脉络都在瞬间变得无比清晰。

她猛地抬起头，额头顿时传来一阵钝痛。

"好痛！"

耳边响起兰尼低柔的叫声，塞西尔来不及揉额头，连忙抬眸望去："兰尼，你还好吧？"

原来她正趴在兰尼的怀里，刚才那一下动作太快，兰尼根本来不及反应，就被她磕到了下巴。

"不好……这里很痛……"兰尼委屈兮兮地看着她，抬手指着自己的嘴唇。

塞西尔：我撞的明明是下巴，你指嘴唇干什么？

虽然很想吐槽，但一看到他那可怜巴巴的样子，塞西尔还是忍不住凑上去，轻轻地吻了他。

她还记得梦境里的那些话。死亡突然变得不再可怕，因为她相信兰尼，相信兰尼会永远陪在她的身边。

她只要有兰尼，只要有兰尼的爱……

塞西尔在这一刻感到无尽的满足。她搂住兰尼的脖子，温柔地亲吻他，与他交换彼此的呼吸，聆听彼此的心跳，他们在漫长的拥吻中倾吐爱意。

"兰尼……"过了很久，他们终于结束了这个吻。塞西尔趴在兰尼的胸膛上，微微仰起脸，认真地询问他，"你到底是什么呀？"

她的心底有一个隐隐约约的猜想，但这个猜想实在太荒谬了，她暂时还不敢肯定。她希望兰尼可以亲自告诉她，亲自解释给她听。

兰尼眨了眨眼睛，语气轻快地说道："我是你的兰尼啊。"

好吧，这家伙可能并不知道自己究竟是什么。塞西尔有些遗憾地叹了口气，放松身体，整个人陷进兰尼的怀里："算了，反正这也不重要。"

兰尼听了，有些不高兴地蹙眉："什么不重要？你觉得我是谁都不重要吗？"

这家伙怎么突然变得不依不饶的？这一点倒是和人类越来越像了。

塞西尔像对付多毛的小猫那样轻轻地抚摩他的脑袋，温柔地安抚他："我不是这个意思，我是想说你在我的心里已经是不可撼动的存在了，所以无论你是什么，对我而言都没有区别。"

"我对你而言没有区别？"兰尼的神情瞬间低落，连乌黑柔软的发梢都耷拉了下来，像一只受了委屈的大狗狗，"我就知道，你不喜欢我了。"

他怎么突然变得这么敏感了？他一定要和她这么一来一回吗？

塞西尔哭笑不得，只好捧起他的脸，直视他的眼睛："我没有不喜欢你呀！我最喜欢的人就是你了，你不要胡思乱想，好不好？"

"我不信。"兰尼的眼中碧波闪烁，浮动起小狐狸一样狡黠的光，"除非你再亲我一下。"

他原来在这儿等着她呢！

她无奈地看了兰尼一眼，再次吻上他柔软的唇。蔷薇的香气萦绕在他们的周围，直至莉娜的声音从远处传来，塞西尔才结束了这个缠绵的深吻。

"姐姐！姐姐！你在这里吗？"莉娜气喘吁吁地跑进蔷薇园里，见到塞西尔后眼睛一亮。

塞西尔与兰尼站在一起，柔和地看着她："怎么啦？"

"雷诺阁下来了，他听说姐姐身体不好，想要见见你。"莉娜期待地握住塞西尔的手，对她说，"姐姐，让他看看吧，说不定能看出你的病因呢。"

"他又不是医生，怎么可能……？"塞西尔说着说着，突然想起了什么，于是话锋一转，"既然你都这么说了，那就让他看看吧。"

塞西尔和莉娜一起去中庭会见雷诺，兰尼像一条小尾巴，寸步不离地跟在塞西尔的身后。

塞西尔原本不想让兰尼出现在雷诺面前，但他说什么都要跟着，并一本正经地强调道："塞西尔离不开我。"

莉娜窃笑着看向塞西尔："他说的是真的吗，姐姐？"

塞西尔坦然地回答道："是真的，兰尼不在，我就会死。"

莉娜闻言，脸上的笑意消失了，神色随即黯淡了一瞬："姐姐，不要轻易说出这么可怕的话。"

"抱歉。"塞西尔愣了一下，有些内疚地抬起手，在莉娜的金发上轻轻地揉了揉。

在她的心里，死亡已经变得无足轻重。她不在乎自己何时会死去，因为她相信，无论是死是生，兰尼都一定会在某个地方找到她。

虽然她可以满不在乎地说出这样的话，但……塞西尔出神地看着莉娜黯然的侧脸，突然意识到自己似乎有些自私。阿诺德、莉娜、博德，甚至斯特拉，他们都很害怕她会死掉，而她自己完全没有考虑过他们的感受。

如果是以前，她一定会说"管他呢"，但现在的情况不一样了。对兰尼的爱意让她渐渐敞开了封闭敏感的心扉，她不留恋这个世界，但无法丢下他们，丢下这些名为"家人"的人。

塞西尔想了想，轻声安抚道："放心，我只是在开玩笑而已，你看我现在不是很健康吗？"

她将右手伸到莉娜的眼下，翻过手背，摊开手心。莉娜难过地垂眸，看着她纤细白皙的手指、纹路绵长的手心、微微泛红的关节，心中感到一丝慰藉——

姐姐很健康，姐姐不会死，姐姐就站在她的面前。

"姐姐，我会保护你的。"莉娜握住塞西尔的手，缓慢而坚定地说。

塞西尔轻轻地笑："好啊。"

莉娜看着塞西尔柔和的眉眼，眼前再次闪过塞西尔被怪物吞下去的惨状，心脏瞬间被狠狠地揪紧。

她再也不想看到这样的事情了，必须更加、更加努力才行——

她要保护姐姐！

塞西尔和兰尼、莉娜三个人走进中庭里的时候，雷诺正站在喷泉池边，安静地看着水流喷涌，眉眼平淡。

"雷诺阁下。"塞西尔出声呼唤他。

雷诺转身，目光扫过塞西尔，漆黑的双眸里闪过一丝微不可察的惊讶之色，但她还是捕捉到了。

为什么雷诺会在看到她的瞬间感到惊讶呢？难道看到她是一件很不可思议的事情吗？

她不动声色地走近，对青年行了个礼："我还以为阁下近期会忙于王宫事宜，没想到还有时间来辅导莉娜学习。"

"已经没什么可忙的了，连陛下都成了群星十字会的教徒，整个帝国都在疯狂地祈祷神明的降临。"雷诺将双手负于身后，神色淡淡地说，"如今万民需要的是神力，魔法师在他们的眼里已经变得一钱不值，毕竟人类的法力再强，也抵不过怪物的轮番袭击。"

"那你应该更忙才对呀！你不是群星十字会的骨干吗？"塞西尔微笑着说道。

雷诺轻瞥她一眼，道："我不负责管理组织里的事情。"

出乎塞西尔的意料，他居然没有反驳。看来的确如他所言，宅邸外面的世界已经彻底乱了。在这种情况下，居然没有一只异变者侵入过这座宅邸，实在是奇迹。

"莱维特伯爵已经搬进了群星十字会里，你们为什么没有跟他一起去？"雷诺语气平静地说道，"奥狄斯父子也去了，艾利克斯·奥狄斯还询问过你们的下落。"

艾利克斯那个笨蛋还活着啊……塞西尔微微侧脸，看到莉娜在轻抚胸口并暗暗松了一口气。

看来莉娜还是关心艾利克斯的嘛！

塞西尔将双手背到身后，轻轻地拍开腰后某只不安分的透明触手，然后对雷诺笑了一下："我们是无神论者，没有依靠教会的资格。"

莉娜抿了抿唇，小心翼翼地偷觑她一眼。

雷诺注意到了莉娜的这个小动作。

"群星十字会尊重每个人的选择。"雷诺说完这句话后，又将目光扫向塞西尔笔直的小腿，"莉娜说你生病了，方便让我看看吗？"

"那就麻烦阁下了。"

塞西尔微微低下头。雷诺伸出手，轻轻地触碰她光洁细腻的额头。兰尼静静地看着雷诺的动作，眼神逐渐变得阴郁冰冷，但塞西尔在背后悄悄地捏住了他的手指，他只好不满地忍着，柔软的嘴唇紧紧地抿成一条线。

忍耐、忍耐、忍耐……不然塞西尔会生气的。

小章鱼忍得快要爆炸了。明明只是短暂的一分钟，此时却显得无比漫长。终于，雷诺收回手，面色凝重地看着塞西尔："你的身体怎么会损耗得如此严重？"

不等塞西尔回答，莉娜已经震惊地脱口而出："什么？！损耗是什么意思？"

塞西尔：糟了！

雷诺不知是故意而为，还是有问必答。他看向莉娜，低声解释道："你的姐姐远比你看到的要更虚弱，她体内的各项机能都在走向

494

衰竭，留给她的时间已经不多了。"

"怎么会这样？"莉娜被吓得脸色煞白，连声音都在颤抖。

塞西尔深深地叹气："雷诺阁下，请您不要吓唬莉娜。"

雷诺："我说的都是事实。"

"这种事情，不需要由您开口。"塞西尔面露不悦地说道，"请回吧。"

雷诺看了她一眼，余光轻轻地扫过一旁的兰尼。兰尼对上他的目光，突然勾了勾唇角。

雷诺微愣，然后欠身行礼，一声不吭地离开。无论如何，他来这里的目的已经达成了，没有继续留下来的必要。更何况，他有非常重要的事情要告诉那个人。

雷诺快步走出了宅邸，正要轻念咒语，腰腹突然被什么东西穿过，鲜血瞬间流了出来。他低头看了看腰处迅速被染红的衣服，抬起一只手隐忍地捂住伤口。

有人袭击了他，是塞西尔吗？还是……？

雷诺身前的空气被撕开漆黑的裂缝，他捂着腰，脚步虚浮地一头栽了进去。

"雷诺说的那些都是骗人的假话，你怎么还当真了？"塞西尔正在手忙脚乱地安慰莉娜，一扭头就看到兰尼放松地伸了个懒腰，神色看上去居然很是轻松愉悦。

"快来帮我！"她生气地叫道。

兰尼困惑地蹙眉："我要怎么做？"

"和我一起安抚她。"

兰尼皱起眉，眼神里写满了抗拒："我不要。"

塞西尔又气又无奈。的确，兰尼不会对别人做这种事，但莉娜现在根本就不听她的解释，她需要帮助。

"姐姐，怎么办？我该怎么做才能救你？"莉娜流出泪水，面色惨白，神情恐惧，"怎么会变成这样？我还以为一切都会好起来……怎么会……我不要再看到那样的结果了……"

她的状态看起来很糟糕，比起单纯的害怕，她更像是精神受到了创伤。

　　"莉娜……"塞西尔抱住莉娜，试图安抚莉娜的情绪，然而下一秒，莉娜的身子一软，突然就没了声息。

　　兰尼收回手，不耐烦地说道："真麻烦。"莉娜被他打晕过去了。

　　虽然这不是一个好办法，但的确是最有效的。

　　塞西尔揉了揉额角，叫来两个女仆把莉娜抱回了房间。之后她便一直守在莉娜的床边，兰尼变成小章鱼陪着她，直到傍晚，博德从外面回来，他们才轻手轻脚地退了出去。

　　会客厅内。

　　"莉娜也知道了？"博德听完塞西尔的汇报后，忍不住蹙起眉头，"先不管这些，我要跟你说一件更重要的事。"

　　塞西尔："什么事？"

　　博德放低了声音："我追查到马车租赁所，发现马蒂曾经租过一辆马车去往那个无人问津的小渔村，之后那辆马车和车夫就一同消失了。"

　　塞西尔警觉地问道："什么时候？"

　　"半年以前。"

　　"那么早？"塞西尔被震惊了。

　　原来与他们偶遇的那一次并不是马蒂第一次去小渔村，那么他再次前往那里的意图又是什么？

　　"是。另外，我去了一趟渔村，找到了一点儿特别的东西。"博德从口袋里掏出一个水晶般的小盒子。他打开盒子，里面躺着一颗小小的、碎裂的石头，石头上沾着一点儿蓝色的痕迹，在水晶的折射下闪烁着幽幽的光。

　　"这个颜色……看上去有没有一种熟悉的感觉？"博德意味深长地望向兰尼。

　　塞西尔喃喃自语道："看着很像兰尼的血。"

　　"答对了。"博德打了个清脆的响指，将盒子盖上，"我用魔力

496

探查了一下，这种类似血迹的物质遍布了渔村的整片湖底，也就是说——"

"渔村的所有水源都变了。"塞西尔接道。

"没错。"

也许这才是渔村变成人鱼村的真正原因，而马蒂多次前往人鱼村，很可能正是因为发现了这一点。

塞西尔立刻看向兰尼。兰尼正心不在焉地拨弄着塞西尔的头发，看到她扭头望过来，顿时一头雾水。

"塞西尔？"他歪了歪头，一脸茫然。

"兰尼，"塞西尔拿过博德手里的水晶盒，将里面的石头取出来，举到兰尼的眼前，认真地询问道，"这是你的血吗？"

兰尼仔细地看了看，然后摇头："不是我的。"

塞西尔闻言，与博德疑惑地对视。不是兰尼的血，那还有谁的血会是蓝色的？

兰尼眨了眨清透的绿眸，继续说道："是我脱落下来的小七的血。"

那不还是你的吗？！塞西尔被气得想打人。她看着一脸无辜的兰尼，正要教训他一下，一名女仆突然推开门，惊慌失措地闯了进来："大小姐，莉娜小姐不见了！"

塞西尔："什么？"

庄严肃穆的教堂里，光线透过彩绘玻璃，折射出斑驳陆离的光芒。

面容慈和的男子站在圣台前，手中捧着一本漆黑的古旧书籍。在圣台之下，站满了排列得整整齐齐的信徒。他们虔诚地低着头颅，口中默念祷词，教堂里回荡着低低的祈祷之声，一眼望过去神圣而壮观。

马蒂坐在教堂的角落里，双腿交叠，闲适地托着下巴，似笑非笑地看着这一幕。他隐在阴影之中，双眸幽冷而深暗。

"你不加入我们吗？"不知过了多久，圣台前的男子走了过来，合起书页，看向马蒂。

信徒们仍然在祈祷，不用任何人监督，这已经是他们自发的举动了。

"不了，我和你们的信仰不同。"马蒂微笑着说道，"话说回来，祭品准备得怎么样了？"

男子郑重地回答道："全都准备好了，万无一失。"

"万无一失啊……"马蒂微眯双眼，托着下巴的手指轻轻地敲动，"也并非万无一失吧？"

男子紧张地皱眉："哪里出了问题吗？"

"不能说是问题，应该说是未知的变数吧……"马蒂低声说道，仿若在自言自语，"虽然已经没有人能威胁到我了，但她的确是目前最大的未知数。"

男子微微沉默，终于反应过来："你说的是那个白色头发的少女？"

马蒂没有回答，眼神却已经说明一切。

男子露出了然的神色，目光投向前方的信徒们："她的父亲就在这里，想要得到她并不是一件难事。"

马蒂摇了摇头："她与她的父亲并不亲近。"

男子失笑："你连这种事情都知道了？"

马蒂扫了他一眼，目光游离，没有出声。

马蒂还记得那个月色明亮的夜晚，自己与一个头发如雪般纯白的少女一起被他制造的怪物吞入腹中，血和腐肉的气味腥臭无比，但他并不觉得厌烦，只觉得有趣。

面对这种情况，一般人都会害怕，可塞西尔没有，她冷静得超乎他的想象。她虚弱地浮在血池中，四肢都在被腐蚀，居然还能平静地与他对话，如同一个冷淡的旁观者。

马蒂从未见过这样的人。

他看到的她是如此脆弱、单薄、不堪一击，却又如此强大。

他想：在即将迎来的新世界里应该存在一个这样出色的人类，给予他帮助，站在他身边。所以，他不希望塞西尔死去，想对塞西尔伸出援手，让塞西尔理所当然地加入他。

结果远远地出乎了他的意料，塞西尔果然没有死，却不是以他希望的方式。

"据说，那个少女被异变者称为'圣餐'。"男子缓慢地说，"无论她的特别之处在哪里，我们的确应该得到她。"

马蒂微微抬眸，卷曲的浅金色长发垂在肩上，折射出迷离的光泽："那个异变者在哪儿？"

闻言，男子双手交叠，神色肃穆地说道："他已经离世了。"

"那你刚才应该说清楚。"马蒂的声音略微冷了下来，"死人不能创造任何价值。"

"死亡并不是终结。"男子面色悲悯而仁慈。

"当然。"马蒂冷笑，起身向外走去，"可死了就什么都没了。"

艾利克斯站在熙熙攘攘的人群中，心不在焉地四处张望。

他听说莱维特伯爵也加入了群星十字会，可找了一天也没有见到莉娜和塞西尔的身影，难道她们没有跟着一起过来？

他一想到外面的情形，顿时心乱如麻，无心祷告，一双墨绿色的眸子滴溜溜地乱转。

"艾利克斯，你在看什么呢？祷告的时候不要东张西望。"身旁的奥狄斯公爵低声呵斥他。

"我在找神父……我有疑虑需要他来解答……"艾利克斯胡乱编造了一个谎言，一弯腰，就从公爵的眼皮底下蹿了出去。

"艾利克斯！"公爵压着声音低喊道。

艾利克斯没有理会他，飞快地跑向教堂后门。

艾利克斯刚才看到了，神父在后面和一个看不清脸的人说话，后来那个人推门离开，神父也跟着出去了。他要去问问神父，莱维特一家在哪里。

艾利克斯离开人群，推开教堂后方的大门，悄无声息地跑了出去。

教堂外种满了蓝紫色的鸢尾和白色的铃兰，微风拂过，仿佛置身于荡漾的深海之中。被称为"神父"的中年男人正和一个身形修长的金发男子站在花丛中，金发男子背对着艾利克斯，微微卷曲的发丝搭在肩上，有种似曾相识的感觉。

"马蒂！"艾利克斯终于想起金发男子的名字。

马蒂微微侧身，目光落到艾利克斯的脸上："艾利克斯？"

"真的是你！"艾利克斯激动地走过去，目光在马蒂和神父之间打转，"你也是这里的教徒？"

马蒂微微一笑："算是吧。"又是这种模棱两可的回答。

艾利克斯没有过多地在意马蒂。他随即望向一旁的神父，恳切地询问道："神父，请问您知道莱维特伯爵在哪里吗？"

"他在另一个教堂里。"神父慈爱地回答道。

艾利克斯："那他的家人们呢？也和他在一起吗？"

神父思忖片刻，摇了摇头："他是一个人来的，并没有家人同往。"

莱维特伯爵没有带上他的家人？那莉娜和塞西尔岂不是……？艾利克斯的脸色顿时变得很糟糕。

马蒂静静地打量他的神情，突然开口问道："你想找塞西尔？"

"对啊，你知道她现在的情况——等等，"艾利克斯突然停顿，望向马蒂的眼神逐渐警惕，"你偷偷调查过塞西尔？"

马蒂挑了挑眉，微笑着问道："你为什么会产生这样的想法？"

"因为塞西尔从未告诉过你她的身份。"艾利克斯慢慢地攥紧拳头。

马蒂闻言，故作低落地耸了耸肩："不要提醒我这么伤心的事情啊。"

艾利克斯面色紧张，身体绷得如同一张拉紧的弓："你为什么要这么做？"

其实刚才在见到马蒂和神父站在一起的时候，艾利克斯就隐约觉得哪里不对。神父对待马蒂的态度与对待其他教徒的态度不同，虽然他们看起来是在平和地交谈，但神父对他多了一丝隐晦的尊敬。

艾利克斯还记得马蒂说过自己只是一个落魄贵族，没有哪个落魄贵族会在这么大的教堂里任意进出，而且还与神父关系匪浅。

这个人很危险。

看着艾利克斯警惕的目光，马蒂漫不经心地叹息一声，正准备让神父把这家伙带走，身侧的空气突然出现无形的波动。

一道漆黑的裂缝凭空出现，黑发黑眼的青年从中踏出，捂着腰腹跌落在地。

"雷诺！"马蒂脸色微变，立即蹲下身扶起青年。

艾利克斯屏住气息，震惊地看着这一幕——

马蒂居然认识帝国第一魔导师，而且看样子，他们的关系似乎还很亲密，这到底是什么情况？

"那个人的身体已经复原了，手脚都长了出来，而且没有留下任何伤痕。"雷诺唇色苍白，抓着马蒂的手臂说道。

马蒂蹙眉："怎么会？你问过她是怎么复原的吗？"

神父也连忙蹲下来，掌心对准雷诺的伤口浮现出柔和的浅金色光芒，很快，鲜血便停止了外渗。

"没有，她的身体很奇怪。"雷诺在马蒂的搀扶下慢慢地坐下来，虚弱地喘气，"明明看上去没有任何问题，但内里已经衰竭到了无法挽回的程度，即使是最高阶的治愈术也救不了。"

艾利克斯一头雾水：他们究竟在说什么？他们口中的"她"又是谁？

不知道为什么，艾利克斯总有一种不好的预感。

马蒂的神色渐渐凝重："你认为这种现象会和神血有关吗？"

"绝对有关。"雷诺扫了一旁的艾利克斯一眼，低声道，"另外，我的伤……"

神父缓缓收手："治愈不了。"

马蒂闻言，顿时睁大了眼睛："为什么治愈不了？不是已经止血了吗？"

神父遗憾地摇头："我能做的也只有止血了，他的伤口就像被诅咒了一样，无论怎么治疗都没有用。"

怪不得雷诺会如此狼狈。

马蒂抓紧雷诺的手腕，俊美的面容逐渐变得晦暗阴沉。

雷诺抬眸看他，扯了扯嘴角，露出一个极浅的微笑："不用担心，我这一趟并没有白去，很快就会有人找过来了。"

马蒂微微停顿："谁？"

雷诺合上双眸，声音轻轻的："她的家人。"

艾利克斯的身体瞬间僵住了。

第十八章
永 恒

莉娜不见了，她的房间整洁如常，没有任何被入侵过的痕迹。

"她是自己离开的。"博德看着掀开的被角推测道。

塞西尔闭上眼睛，安静地思索。过了一会儿，她睁开眼睛，轻声叹息道："莉娜很可能偷偷前往群星十字会了。"

"她为什么要这么做？"博德奇怪地问道。

塞西尔："因为她对我一直抱有强烈的愧疚与自责，尤其是得知了我死期将至之后。"

博德闻言，微微蹙眉："她想要祈求神明的救助？"

"她的确动摇了。"塞西尔微移视线，落到莉娜放在床边的日记本上。日记本是摊开的，上面写着一行娟秀凌乱的小字——

"神啊，请救救姐姐吧。"

"一旦她的内心产生动摇，她就只能去寻求群星十字会的帮助。毕竟现在，只有群星十字会能给予她希望，不是吗？"塞西尔顺手合上日记本，蓝眸幽幽地望向窗外。

事到如今，她已经想清楚了很多事，比如马蒂是群星十字会的领头人，比如异变者是他制造出来的产物，比如这一切的源头都是因为兰尼脱落的触手改变了渔村的水源，比如她从很早的时候就注定会死……

只是那么一点儿并不纯粹的血液都足以令人类癫狂、异变，更别提一直与正主亲密接触的她了。就算后来她没有喝下兰尼的血，就凭一开始的通感，她也无法承受如此庞大的精神力吧？

她会成为"圣餐"也是这个缘由。

但塞西尔不明白，马蒂为什么要这么做？雷诺又为什么要与他同伙？以及……塞西尔看向一旁的少年，询问道："兰尼，你为什么会出现在那个渔村里呢？"

"因为……"兰尼微微垂眸，似乎在回忆，"我听到了呼唤声。"

塞西尔："呼唤你的声音？"

兰尼不悦地拧了下眉："嗯，很吵。"

"那你的血为什么会沾在那块石头上？"塞西尔不急不缓地追问道。

兰尼捏了捏自己鸦羽般漆黑的发梢，满不在乎地说："嗯……让我想想，我当时脱落掉一小截后，就继续睡觉了。但我记得那一小截变成小七后，好像被几个人类小孩儿抓到了。"

塞西尔忍不住蹙眉："他们对小七做了什么？"

兰尼耸了耸肩："用石头把它砸成烂泥。"

虽然知道那只是兰尼不要的一截小小的触手，但塞西尔还是感到了愤怒。

"你当时没有生气吗？"她深吸一口气，强行压下心头的愤懑之情。

兰尼摇头，苍白昳丽的面容上有一种不谙世事的纯净："我当时在睡觉呀，没有感觉的。"

话虽这么说，但塞西尔还是不高兴。

"更何况，那已经不是我了嘛。"兰尼眨了眨眼睛，露出乖巧轻快的微笑，"就算它没有被砸烂，很快也会被我吃掉的。"

的确，这么一想，她的心情顿时舒畅了很多。塞西尔神色缓和，突然意识到兰尼是在安慰她，心里不由得又涌起一阵暖流。

"总之，我们暂时还不能确定莉娜究竟去了哪里。"博德微微沉吟，蓦地出声，"我现在就去找她，你们两个老老实实地待在家里，哪里都不要去。"

"不，我也要去。"塞西尔坚定地反驳道，"你不一定能劝得动她。而且，我也想见见那个人。"

博德："谁？马蒂吗？"

"嗯，"塞西尔低头看向自己的手心，"就算我不去见他，他迟早也会找过来的。"

"那我也要去。"兰尼眨眨眼睛，立即附和道。

"你们以为这是去郊游吗？"博德无奈地抚额，深深地叹了口气，"算了。"

他垂下手，余光轻轻地扫过塞西尔的侧脸。如果可以，他也想向神明祈求，祈求让塞西尔健康地活下去，就算用他的寿命交换也在所不惜。

如果神明真的存在，会听到他的声音吗？

塞西尔在出发前带上了马蒂送给她的罗盘。

不知道为什么，她总觉得应该把这个罗盘还给马蒂。

黑夜沉寂，巨大的圆月悬挂在夜空中，怪物的呼号声回荡在腥污的空气里。

空阔的街道上已经没有活人了，整个王都如同一座偌大的死城。

剩下的人类要么将自己锁在家里，要么带着钱财逃进了教堂里，在那里，群星十字会会给予他们食物，为他们安排住所。待在那里的人类便是绝对安全的，因为他们得到了"旧神的庇护"。

塞西尔扫了一眼路边余温尚存的残肢，低声问道："群星十字会为什么不接纳所有的子民呢？"

博德一边对付迎面袭来的异变者，一边回道："数量太大了，他们接纳不了。更何况，他们只接纳虔诚的信徒，与他们信仰不同的人，没有资格得到他们的庇护。"

"事到如今，还会有人不信仰他们的神吗？"

"总会有些死脑筋的人。"博德意味不明地笑，"比如你，比如我，比如你的小宠物。"

塞西尔："我与他们的信仰不同。"

博德看了她一眼，继续说道："另外，你也看到了，这些异变者需要食物，总得有人担任这样的角色。"

塞西尔点点头："异变者的威胁越大，群星十字会的地位才会越高。"

博德弯了弯唇角，默认了她的说法。两个人谈话间，几个变成人形蛆虫的异变者从两侧的黑暗里冲了过来，以左右夹击的攻势，流着口水，嘶喊着"圣餐"扑向塞西尔。

"小心！"博德刚要施放法术，几只粗长的触手瞬间刺过异变者的身躯，喷溅出大量的血液。

博德一滞，顺着触手望过去，看到兰尼正一脸鄙夷地睨他。

漆黑的触手蜷曲着、纠缠着，自兰尼的腰后延伸出来，犹如暗夜中的长蛇般缓慢地游动。

"塞西尔，"博德眼神复杂地扭过头，问塞西尔，"你确定你要和这家伙在一起？"

"不然呢？"塞西尔没好气地白了他一眼，顺手摸了摸缠过来的触手，"你根本不知道兰尼的好。"

兰尼满足地扬起嘴角，露出猫咪餍足般的笑容。

博德神色莫测地说道："我也不想知道。"

在博德和兰尼的开路下，三个人畅通无阻，很快就抵达王都最大的圣罗萨斯大教堂。

夜色沉沉，教堂周边的空气阴冷而潮湿，如同笼罩在朦胧的迷雾之中。清冷的月光倾洒而下，将这座恢宏肃穆的建筑映照得神圣而高洁，人们抬头仰望，仿若自己正沐浴在神祇的光芒之下。

"你确定莉娜会在这里？"博德望向前方的大教堂，灰眸比以往更深了一些。他能够听到从教堂里传出的祈祷之声，整齐而虔诚，透着隐隐的疯狂。

"我也不能确定，"塞西尔看着手中的罗盘，金色的指针直直地指向教堂，仿佛宿命的指引，"只能赌赌看了。"

她抬起脚，正欲踏上纯白的大理石台阶，教堂的大门突然被缓缓打开，无数教徒从门后走了出来。他们低下头颅，低眉敛目，自发地从中间分开一条道路，让那个身着神父服饰的男子缓步走出。

神父慈和地注视塞西尔，低声道："你也是我们的信徒吗？"

塞西尔看了身旁的兰尼一眼："你们的神祇是谁？"

"是古老伟大的旧神，是至高无上的创世主。"神父神态虔诚，声音平和。

塞西尔轻轻地笑："我问的是更具体的概念。"

神父抬眸看她："伟大的旧神不可直视，不可名状，不可言说。你的问题太过愚昧，也太过轻浮，不配成为神的信徒。"

"难道你们也没见过神？"塞西尔无动于衷地反问道。

"我们知晓神的存在。"

塞西尔嗤笑一声，没有再与他进行毫无意义的对话。她看着这群眼神无光的信徒，指尖亮起幽蓝色的火焰，在夜色里微微闪烁，如同海面上荡漾的波光。

"神父先生，可以让我们进去吗？"她微笑着说道，"我想找一个人。"

"你们不是神的信徒，不能踏入圣洁之所。"神父神色不变地说道，"但你要找的人很想见到你，神愿意给予他关怀。"

神父的话音落下，密密麻麻的教徒中有一个人走了出来。那人气质儒雅，一头金发，虽然阴影笼住了他的面容，但塞西尔还是凭借那熟悉的轮廓一眼认出了这个男人。

"父亲？"她微微蹙眉，叫了一声。

这个有些佝偻的中年男人正是她的父亲——凯文·莱维特。

凯文上前几步，月光照亮了他的脸庞。他看上去比以前衰老了些，望向塞西尔的时候，眼中迸发出巨大的惊喜："伊蒂丝……你也来了？"

塞西尔微微一怔，这是母亲的名字。

"马蒂呢？我要见他。"塞西尔冰冷地注视神父，手中的罗盘仍然直指教堂大门。

神父："你不是神的信徒，我不能顺应你的要求。"

"神父，不用这么死板，她可不是什么善茬儿。"一个低沉悦耳的声音在成群的教徒后方响起，教徒沉默地让开道路，在月光的映照下，一名美丽的金发男子不紧不慢地走了出来。

塞西尔："马蒂，你果然在这里。"

马蒂微笑，月光在他的身上散开皎洁的光晕："你是自己猜到的，还是跟着罗盘找过来的？"

塞西尔垂眸看了罗盘一眼，说："一半一半吧。"

罗盘上的指针准确无误地指向马蒂，雕刻着"马蒂"的字体闪烁着淡淡的金色光芒。

塞西尔问道："这个罗盘究竟是用来做什么的？"

马蒂脸上的微笑不变，眼中却浮现出淡淡的讥讽："用来找到我。"

原来雕刻在上面的名字是这个意思。

塞西尔合上罗盘，抬眸望向马蒂："莉娜是不是也在这里？"

"真聪明，被你猜中了。"马蒂笑着拍拍手，两道人影从黑暗中慢慢地走出。

一个是黑发黑眼的大魔导师，另一个是红发青年艾利克斯。艾利克斯的怀里横抱着美丽的金发少女，少女双眸闭合，呼吸平缓，仿佛陷入香甜的美梦中。

是莉娜，她果然来这里了。塞西尔发出一声叹息。

艾利克斯看着塞西尔，眼中写满了求助："塞西尔，救救莉娜！"他的动作很不自然，像一只被操控的提线木偶，只有嘴巴和眼睛保留了人类的灵活。

塞西尔："你对他们做了什么？"

马蒂没有出声，雷诺代替他做出回答："只是控制了他们的行动而已。"

"马蒂……想要让莉娜成为祭品……"艾利克斯的声音断断续续

的，吐露得十分艰难，"塞西尔……一定要阻止他们……"

一道灰色的光束瞬间射到艾利克斯的身前，还未触及他的身躯，便被一道看不见的屏障挡下了。艾利克斯面前的空气微微波动，如同镜面般折射出光怪陆离的暗光，将他与周围的一切活物隔开。

"不会让你妨碍我们的。"雷诺看着对面的博德，面无表情地说道。

博德神色阴郁。

塞西尔很清楚，博德法术虽强，但仍然不及雷诺，雷诺才是这个世界里登峰造极的魔导师，如果一对一打起来，博德很难占到上风。

"塞西尔，你应该知道，我一直想让你加入我们。"马蒂向她伸出手，笑容温和而邈远，"你是被神眷顾的孩子，理应回到神的怀抱。"

"被神眷顾的孩子？"塞西尔笑了一下，"何以见得？"

马蒂微微垂眸，目光落到她洁白的脚踝上。

"能够让你失去的肢体完美再生，这种力量只有神能做到。"

"你们不也能做到吗？"

马蒂摇了摇头："不一样的。你还记得第一个被复活的人吗？他无法承受神的恩赐，日渐崩坏，最后只能在寻求圣餐的癫狂中死去。但你不一样，你不需要圣餐维系生命，因为你就是圣餐本身。"但她的身体同样承受不了神血。

"你们究竟想得到什么？"塞西尔沉默几秒，开口道，"一手创办了如此庞大的教会，制造了这么多的怪物，只是为了得到你们所谓的'圣餐'吗？"

马蒂凝望她，慢慢地绽放笑容："当然是为了唤醒旧神啊！"

塞西尔抿了抿唇，下意识地看了兰尼一眼。如果他们指的是这位的话，那么在很早之前，他们就已经成功地唤醒他了。

塞西尔看到兰尼眨了眨眼睛，一脸无辜的样子，心想："旧神"可能还没醒……

"你真的相信这个世界有神的存在？"博德淡淡地出声。

"当然，否则我又如何能够得到圣水呢？"马蒂笑了笑，对神父轻轻地招手。候在一旁的神父从怀中掏出一只小小的玻璃细管，玻璃细管中流淌着黏稠混浊的水，发出深海般幽幽的荧光。

神父随手拉过一个神色木然的信徒，捏住他的下巴，将细管里的液体倒进他的嘴里。

"咕咚"一声，信徒面无表情地咽了下去，下一秒，他突然紧紧地掐住自己的脖子，跪倒在地，发出撕心裂肺的惨叫。

塞西尔定定地看着这个信徒，下一秒，这个信徒突然抬起头，用一种疯狂而可怖的眼神紧紧地盯着她。

"啊……啊啊……是圣餐……圣……餐……"

他双眼暴突，皮肤呈现出腐败的灰青色。不等塞西尔开口，他突然猛地向塞西尔扑去，然而还未触及塞西尔的衣角，就被几道金色的光线切割成肉块。

"你看，你是多么特殊啊。"马蒂踢开脚边的肉块，轻声道，"成为新世界的拥趸，还是沦为怪物们的食物？塞西尔，这个选择再简单不过了。"

塞西尔正要说话，他又继续接道，"而且，你的身体应该快要支撑不住了。只有和我一起召唤旧神，借用旧神的力量，你才能活下去。"

马蒂给出的条件非常诱人，但塞西尔想象不出他描绘的新世界是什么样子，是遍地废墟、怪物横行，还是人类灭亡，鱼人当道？

塞西尔不喜欢鱼人。她能够接受的海产生物只有兰尼，她想要世界保持原有的样子，想要阿诺德、莉娜、博德他们都在。

所以她坚定地回答道："马蒂，你去死吧。"

一片死寂，马蒂沉默了。

"塞西尔，我给过你机会了。"马蒂脸上的笑意渐渐消失，取而代之的是一种近乎扭曲的冷酷。他扭头看向雷诺，雷诺脸色苍白，微微点了点头。

"仪式开始。"雷诺双唇微动，他们身后的信徒们突然整齐划一地掏出短刃。

下一秒，信徒们举起短刃，齐刷刷地划过自己的脖子，鲜血喷溅，马蒂的脚下浮现出猩红色的咒阵。

"终于到了这一刻……"马蒂双手结印，周身折射出镜面般的银光。鲜血汇聚到他的脚下，渗入咒阵。

下一秒，在教堂的上方浮现出巨大的黑洞。咒阵翻转，鲜血自黑洞中倾泻而下，染红了洁白的教堂，血雨淋漓，空气中升腾起血色的雾气。塞西尔抬起头，看到那轮悬挂在夜空中的巨大圆月，不知在何时已经变成刺目的猩红色。

而兰尼，也在凝望这轮红月。

猩红的圆月悬挂在漆黑的夜空中，鲜血像雨水一样缓慢而黏稠地流淌而下。

正在王宫外抵御怪物入侵的阿诺德停下挥剑的手，抬起了头；守候在莱维特宅邸的斯特拉打开窗户，望向窗外；正在生态园里观察天马的学院副院长眉头一皱，抬头向上望去……

这一刻，所有没有变成异变者、没有失去理智的人类都不约而同地遥望夜幕中的那轮红月，目光恍惚而敬畏。

有什么在蠢蠢欲动，有什么在窃窃低语，有什么未知而强大的力量正在黑暗中迅速地滋生。

渐渐地，"窸窸窣窣"的声响回荡在每个人的耳道里，仿佛贴着他们的头皮爬行，无数黏腻而无形的东西从四面八方慢慢地逼近。

"塞西尔，你听到了吗？"鲜血在马蒂的周围汇聚成一个巨大的圆，他指了指耳畔，微笑一如往常地温和随性，"神的低语。"

塞西尔没有理他，她紧张地盯着兰尼，低声唤道："兰尼，你还好吗？"

兰尼没有出声，目光直直地盯着那轮巨大的红月。他的双眸干净剔透，幽深的翠绿色在月光的辉映下浓郁得几近妖艳。

好吵！好吵啊！这个令人烦躁的声音又出现了，甚至比之前还要更吵。

兰尼的脑海中响起聒噪的祈求声，一声高过一声，重重叠叠，如同深海里的小小浪潮，虽然不值得令他重视，但也足以让他发现他们的存在。

渺小的人类、渺小的蝼蚁，此时正在齐声发出绝望的哭喊，在万籁俱寂的海底掀起微不足道的声浪：

"神啊，救救我！"

"旧神大人，请救救我和我的家人们……求您……"

"我不想死……为什么会变成这样？"

这些声音遍布世界，有些是从这群神情呆滞的信徒里传出来的，有些是从教堂以外的地方传来的。但这些都不值一提，最吵的，也最刺耳的，是那个疯狂而声嘶力竭的笑声。

好吵！非常吵！和最开始将他唤醒的那个声音一样吵，一样令他不悦。兰尼终于意识到，原来那个扰他清梦的家伙和眼前这个疯子是同一个人。

他不满地垂下视线，看向血雨下的马蒂。

马蒂的脸上依然挂着平静的微笑，嘴角上扬的弧度透着一丝随意，漂亮的眼眸微微弯着，仿佛他只是一个在月色下闲庭信步的贵族青年。

只有兰尼知道马蒂的内心有多疯狂，甚至到了不顾一切的程度。

这个人已经彻底坏掉了，可悲的人类！

"兰尼？"塞西尔紧张地盯着兰尼，生怕他受到什么不好的影响。

"塞西尔，"兰尼皱着眉看向塞西尔，语气很是不高兴，"我可以杀掉这个人吗？他真的很吵。"

塞西尔略微停顿了几秒："可以，但尽量不要太折磨他。"

"为什么？"兰尼听到这句话后更加不高兴了，说出口的话里也多了一丝莫名其妙的酸味，"他只是一个脑子不好的人类，为什么这么在意他？"

"因为……"塞西尔抿了抿唇，不知道该怎么说出自己的理由。

"塞西尔，现在可不是可怜我的时候。"马蒂突然打断了塞西尔与兰尼的对话。他浅浅地微笑，摊开双手，三只庞大的骷髅怪物同时从上空的黑洞里缓缓降落。

"塞西尔！莉娜还在这里！"艾利克斯抱着莉娜急切地高呼道。

塞西尔："糟糕！"

兰尼一脸不情愿地"啧"了一声。

紧接着，一只触手"唰"的一下出现在艾利克斯的眼前，不等他反应过来便卷上他的身体。下一秒，艾利克斯和莉娜被一起带到博德的身后。

艾利克斯惊魂未定地站稳身体，一脸惊恐地望向兰尼的腰后："这是什么东西？！"

"不关你的事，保护好莉娜。"塞西尔白了他一眼，然后重新望向马蒂。

马蒂和他的怪物们站在猩红的月光下，面带微笑，丝毫没有人类的气息。

"塞西尔，事到如今，拯救任何人都没有意义。这里的每一个生命都是我献给神的祭品，也包括你。"

"她不需要你来献。"兰尼阴冷地开口，几只粗长的触手如疾风般扫了过去。

"唰唰"几声，触手被金色的光刃接连砍断，面色苍白的雷诺挡在了马蒂的面前。

"有我在，任何人都别想……伤害他……"雷诺说到一半，突然吐出一口血，腰腹处的伤口再次渗出深红色的血迹。

"雷诺！"马蒂睁大眼睛，立马紧张地扶住他。

"我没事……你先躲到后面，让我来挡住他们……"雷诺不顾身上的伤，试图将马蒂拉到自己的身后，但兰尼根本不给他们喘息的机会。几乎是一瞬间，十几只触手从四面八方飞去，尖锐如刺般的触手直指雷诺和马蒂二人。雷诺见状，咬牙放出浅金色的法术护盾，护盾还未维持几秒，下一瞬就被一片浓郁的黑暗包围、吞噬了。

"想要献祭我的宝贝学生，这我可不能忍了啊！"博德挑了挑手指，如同雾气般的黑暗随着他的动作慢慢地消散。

雷诺一向无波无澜的黑眸里浮现出些许慌乱，他看着席卷而来的触手，知道自己这次必输无疑。至少，他要保住哥哥……

雷诺的黑眸中闪过一丝波动，他侧过脸飞快地看了身旁的马蒂一眼，不等对方反应过来，突然一把将马蒂推至身后。

"雷诺！"空间裂缝大开，马蒂震惊地摔了进去，下一秒，十几只触手齐齐地穿透了雷诺的身体。

"愿神庇佑他。"雷诺虚弱地吐出这句话，眸光逐渐黯淡。

雷诺死了。帝国第一魔导师就这么凄惨地死了，不是为了帝国，也不是为了万民，而是为了一个罪该万死的人——一个将世界拖入地狱与深渊里的疯子。

"可怜。"博德默默地看着雷诺的尸体掉落在地上，摇了摇头。

塞西尔没有说什么，只是轻轻地问道："可以把马蒂再传送回来吗？"

博德微微沉吟："有点儿难，因为我不知道雷诺把他送去了哪里。"

在他们说话间，巨大的骷髅怪物已经开始在教堂前缓慢地行动。

建筑、信徒、树木……怪物移动着小山般的身躯，破坏着周围的一切，伴随着震天动地的动静向塞西尔走来。

无数只触手铺天盖地地甩向空中，与怪物缠斗起来。兰尼的表情越来越不耐烦。

博德扣住塞西尔的肩膀，低声道："塞西尔，我们必须立刻离开这里。"

塞西尔神情平静地说："不，马蒂就在这里。"

博德蹙眉："什么？你怎么知道的？"

"我能感觉到。"塞西尔微微合上双眼，让自己的大脑归于绝对平静。

如深海般平静无波的脑海里隐约响起了细微的声音：疯狂的笑声、歇斯底里的咒骂声、绝望的求救声……这些声音混杂在一起，最后变成悲恸的哭泣——是马蒂在哭。

他就在这里，他的声音闯进了神祇浩瀚如海的意识里，而她的体内有神祇的血，所以她也听到了那个痛苦的哭声。

"他就在这里。"塞西尔轻轻地说，慢慢地睁开眼睛望向某处，"博德，在那里打开一扇门吧。"

博德顺着她指引的方向施放法术，黑色裂缝洞开，马蒂从涌动的黑暗中跌了出来。

马蒂的神情出现了从未有过的崩溃与扭曲，但在目光落到雷诺尸体上的那一刻，他又奇异地平静了下来。

"你解脱了啊……真好。"他喃喃自语道，嘴角扬起温柔的弧度，"但是我还没有，看来神不会出现了。没关系，至少我已经做到了。"他走到雷诺的身边蹲下，轻轻地抚摩雷诺的头发，目光柔和，"睡吧，我很快就会去找你。"

塞西尔定定地看着他。

马蒂慢慢起身，夜空下的怪物被触手洞穿，发出凄厉的号叫。

"塞西尔，这个世界美吗？"他问道。

塞西尔："不。"

"我也这么觉得。"马蒂再一次笑起来，笑容轻松而随性，仿佛没有任何烦恼。下一瞬，巨大的怪物突然出现在他的身后，俯身捏碎了他的身体，血肉飞溅。

塞西尔怔怔地看着这一幕，突然意识到：马蒂在最后一刻，口中似乎念了一个咒语。

大地震动，血雾弥漫，痛苦不堪的嘶吼一声接着一声地响起。

塞西尔立刻环顾四周。不知何时，教堂前的信徒们已经开始异变，人类的躯壳随着痛苦的号叫脱落下来，怪物的模样逐渐浮现。不仅是信徒，就连躲藏在家里的人也不能幸免于难。

游荡在外的怪物越来越多，天空再次降下血雨。

"这下糟了啊……"博德神情凝重地说道，"这样下去，世界很快就要毁灭了。"

"啊？那怎么办？"艾利克斯急得冷汗直下，却还要紧紧地抱住怀里的莉娜，"他们向我们冲过来了！怎么办？怎么办？我们会不会死在这里啊？！"

"不会。"塞西尔冷静地回答他。

艾利克斯被吓呆了："你怎么知道不会？"

"因为我已经见过这一切。"她的梦境，和现在的场景一模一样，原来她早已在兰尼的感知中预见了未来。

塞西尔扭头凝视兰尼，柔声对他说："兰尼，让世界恢复原状吧。”

兰尼静静地看着她，剔透的绿眸里浮现出深深的抗拒与为难。

“不要。”他低低地说，“恢复原状后，你会消失的。”

博德与艾利克斯听了，俱是一愣。

“塞西尔，这是什么意思？”博德神情紧张，下意识地想去抓紧塞西尔的胳膊。与此同时，怪物们号叫着向他们扑来，被博德看也不看地轰成粉末。

“没什么，就是字面上的意思啦！”塞西尔笑了笑，看上去很平静。

在世界的正轨上，她早就已经死掉了。她的存活本就违背了这个世界的规则。一旦世界恢复原状，一切回到正轨，她就会随之消失，去往她该去的地方。

但她并不难过，因为她知道兰尼会找到她，所以愿意接受这样的结局。

博德一把扣住塞西尔的手腕，生气地对她说：“我不允许你这么做。”

塞西尔笑了一下，淡淡地说道：“你不允许又能怎么样？你觉得我会听你的话吗？”

博德心口一堵，目光阴沉，说不出话。塞西尔说得没错，她从来不是一个会乖乖听话的孩子。

“一定还会有其他办法的，就算要拯救世界，也没必要让你做到这种程度。”在怪物的嘶吼声中，博德沉默许久，终于艰难地憋出这句话。

世界支离破碎，但他并不在乎。他自始至终都是自私、冷漠、没有人性的。在他的眼里，塞西尔不仅是他最宠爱的学生，也是他最想保护的人，所以无论结果是什么，他也不想用塞西尔去交换。

“老博德，你的脑子坏了吧？拯救世界？你未免把我想得太高尚了。”塞西尔微笑着注视他，眼神像皎洁的月光一样轻柔，“我只是不想让自己死得太难看而已。”

她喝下了兰尼的血，已经没有几天能活了。人类的身体根本无法承受神之血，想必等到最后一刻，她会变得比这些异变者还要可怕。

她不想那么丑陋地死去，既然如此，还不如像梦境里那样，在兰尼的拥抱中失去呼吸。和马蒂、雷诺比起来，这种死法几乎可以用幸福来形容了。

博德见劝不动塞西尔，只好将希望转移到兰尼的身上："喂，小家伙，你也不想让塞西尔消失吧？"

兰尼微微沉默了一会儿，抬眼凝视塞西尔，那双碧眸剔透而幽暗，在黑夜中浮动着粼粼的光："塞西尔的任何愿望，我都会替她实现。"

塞西尔闻言，满足地轻轻地笑起来，兰尼果然无论何时都是这么听话，都是她可爱的小宠物。

"你们两个都疯了吧？！"

"塞西尔，你在说什么啊……你这么做，莉娜会很痛苦的！快冷静下来……"

博德与艾利克斯急得要阻止塞西尔。冰凉的触手将他们缠绕起来，带到十米开外。怪物、叫声全都被无形的屏障隔绝，朦胧的血月下，只有塞西尔和兰尼静静地站立着。

塞西尔将双手背在身后，从未觉得自己如此平静。她明明是去赴死，却又感到无比喜悦，仿佛她很快就要与兰尼前往新的未来，雀跃而期待。

"兰尼，开始吧。"她仰起白皙的脸，温柔地凝视着眼前的少年，"别忘了我们的约定。"

兰尼没有说话。他无声地与塞西尔对视，身体渐渐被漆黑的触手所吞噬。血雾消散，月光清冷，在璀璨的星空下，黑云般的物体慢慢地显现，庞大、虚无而浩渺，遮盖住猩红的月轮，体形巨大的骷髅怪物在触手之下显得脆弱而微小。兰尼抬起触手，穿过云层，无数只眼珠在翻滚的暗潮中涌动，齐齐望向了地面上的塞西尔。

世界脏污不堪，空气中弥漫着浓浓的血腥味，但兰尼仍然能嗅到她身上的气息。

她是独一无二的存在。

庞然大物渐渐与黑暗融为一体，只剩下密密麻麻的眼睛，隔着高高的夜空，依然在直直地注视着渺小的少女。

海水倾泻而下，世界被尽数淹没。

塞西尔沉浮在冰冷的海水中，晶莹的长发像海藻般静静地漂浮。她睁开眼睛，看到月亮的红色在慢慢地褪去，怪物的躯体在支离破碎，高耸的建筑在分崩离析。

时间在停滞，世界在重组。

海水越来越深，她静静地沉坠着，感觉到有无数只柔软的触手卷了上来。凉滑的触手包裹住她的身体，温柔地将她拖入更深、更黑的海底。

塞西尔抱住一只触手，轻轻地合上双眸："兰尼。"

"嗯？"从幽远的海底深处传来回应的声音。

"我爱你。"

海水静静地荡漾着，在一片幽蓝之中，一双苍白的手臂伸了出来，轻轻地拥抱住水中的少女，星光与海潮围绕着她。

"我也是。"

耳畔传来温软的低语，她满足地闭上眼。

兰尼……一定要找到我啊！

塞西尔感觉自己这一觉睡了很久。

她的脑海中不断地回放着模糊的片段，破碎而混乱，却又意外地平静。她没有被惊醒，相反，她睡得很满足，就像有人在守护着她一样。

这样想着，她长长的睫毛轻颤，慢慢地睁开了眼睛，映入眼帘的是高高的屋顶、漂亮的水晶吊灯……非常熟悉。

等等——这不是她的房间吗？

塞西尔瞬间清醒，睁大双眼，死死地盯着雪白的天花板。

没有认错，这的确是她所熟悉的一切。除了这些，还有萦绕在鼻尖的若有若无的蔷薇香气。

这是……兰尼的气息？！

塞西尔立刻坐起身，急切地望向床边。

苍白昳丽的黑发少年正趴在她的床边，双眸微合，呼吸轻浅，睫毛随着他的气息轻轻地颤动。明媚的阳光透过窗户落在他的身上，为他微鬈的发梢镀上一层浅浅的金光，为他增添了一分神圣而虚幻的美。

少年似乎被她的动静吵醒了，眼睑动了动，紧接着慢慢地睁开——

"塞西尔……你醒啦？"

真的是兰尼！巨大的惊喜自心中瞬间涌起，塞西尔来不及思考为什么会变成这样，紧紧地一把抱住懵懂的少年，泪水从眼眶里无声地滑落："兰尼……"

兰尼缓慢地眨动眼睛，温柔地回抱住她："我在呢……"

没有人比塞西尔更能确定兰尼的气息。少年的胸膛和她记忆中的一样冰冷，他漆黑柔软的发梢轻轻地扫过她的耳畔，充斥着令她依赖而安心的湿冷香气。

她紧紧地抱着兰尼，泪眼婆娑，低软的声音里带着哽咽："兰尼，这是怎么回事？我不是已经死了吗？"

"我说过，有我在，你不会死的。"兰尼轻轻地蹭了蹭她温热的脸颊，有些委屈地撇撇嘴角，"你就这么不相信我吗？"

"没有，只是……和我想的不太一样……对了！"塞西尔激动得手足无措，突然着急地掀开被子，起身就要下床，"阿诺德他们呢？他们还在吗？"

兰尼撇撇嘴，不高兴地说："他们不在了。"她只知道关心阿诺德，一点儿都不关心他。生气！

塞西尔大惊地说道："什么？"

不等她跑出去求证，房门突然被人一把推开："姐姐！我好像听到姐姐的声音了，是姐姐醒了吗？"

伴随着激动不已的少女声音，莉娜金灿灿的小脑袋从门后露了出来。

塞西尔怔怔地眨了眨眼睛："莉娜……"

"呜呜呜……真的是姐姐醒了！"双眼通红的莉娜像风一样冲了进来，看也不看就直接挤开一旁的兰尼，狠狠地一把抱住了塞西尔。

兰尼：更生气了。

莉娜抱着塞西尔"哇哇"大哭，塞西尔看着眼前这个活生生的金发少女，一时有些恍惚——似乎什么都没有改变，一样的风景、一样的家人、一样的……兰尼。

她将视线移向一旁的兰尼，正要开口，又有人推门走了进来。

"塞西尔。"隐忍的声音微微颤抖。

塞西尔抬眸，眼眶瞬间一酸："哥哥……"站在门前的清俊青年正是她的哥哥阿诺德。

在阿诺德看到塞西尔的那一刻，她能明显地感觉到他提起的心瞬间落下了。不等阿诺德控制好情绪，博德和斯特拉也从他的身后挤进了屋里。

"可算是醒了……"博德长长地松了一口气，紧绷的身体也随之松懈，"小家伙，你这一觉睡得可真久啊！"

"睡？"塞西尔迷茫地微微歪头，完全听不懂博德这话是什么意思。

博德瞥了兰尼一眼，在看到对方明显不悦的神情后，很快就明白了现在的状况，看来塞西尔的小宠物还没来得及跟她说明一切呢！

"算了，还是我来说吧。"博德走到桌边坐下，用指节轻叩桌面。

其他几个人激动地注视着塞西尔，虽然没有出声，但他们的眼神已经表明了所有的感情。除了斯特拉，这家伙依旧是一副很遗憾的表情。

"你现在是不是觉得大脑很混乱？"博德首先问道。

塞西尔点点头："感觉很不真实。现在的世界究竟是真是假？我为什么没有死？"

"姐姐，不要说这种话！"莉娜闻言，顿时紧张地握住她的手，"有神的护佑，你是不会死的。"

那倒也是……塞西尔默默地扫了兰尼一眼，继续将注意力放到博德的身上。

"现在的世界是真的，你也是真的。"博德缓缓说道，"之前发生的一切都是我们做的一个噩梦罢了，只不过这个噩梦尤其长，长得令人几乎看不到尽头。"

塞西尔越发茫然："梦？"

"对，异变者、骷髅怪物、海水淹没世界……这些都是每个帝国子民都做过的噩梦。如今所有人都从梦中苏醒了，你是最后一个。"

"噩梦……"塞西尔无法理解，"既然是梦，你们为什么要这么紧张？"

"因为你睡了整整三天都没有醒。"阿诺德低声回答她。

原来如此！塞西尔隐约有点儿明白了：兰尼应该是在恢复世界的同时，将那些真实发生的记忆设定成人类共同的噩梦。

既然如此，那么那些已经死去的人……

塞西尔："除了我，还有人没有醒来吗？"

"有。"博德意味深长地敲了两下桌面，说，"马蒂和雷诺死在了梦里。"

塞西尔微微一怔。

阿诺德接过他的话："我仔细地调查了他们的身世，发现他们两个居然是亲兄弟。"

马蒂和雷诺是亲兄弟？就算是站在上帝视角的塞西尔，也从来不知道这两个看起来毫无交集的人居然还有如此亲密的关系。

"马蒂是哥哥，雷诺是弟弟，兄弟二人在法术方面有着极高的天赋。因为这种惊人的天赋，他们在很小的时候就被一位贵族囚禁了。这位贵族试图用各种方法将他们的天赋转移到自己的身上，在被囚禁期间，他们受尽了折磨。"阿诺德脸色不是很好，湛蓝的眸子微沉，也许是联想到了自己和塞西尔的童年。

"你还记得马蒂送给你的那个罗盘吗？"博德望向塞西尔，"雷诺也有一个。罗盘是那位贵族特意为他们打造的，有了罗盘，无论他们逃到哪里，持有者都能凭借罗盘指示的方向找到他们。"

怪不得在她利用罗盘找到马蒂的藏身之所后，马蒂会露出讥讽又可笑的表情。塞西尔的心情突然变得很复杂。

"对了，那个贵族后来的下场，你想知道吗？"博德挑了挑眉，轻声问她。

塞西尔了然地微笑着说道："应该是被马蒂杀了吧。"

"猜对了。"博德没有再说下去，而是起身走到塞西尔的身前，抬起一只手，用指尖轻触塞西尔的额头，继而轻轻地叹息一声。

"你的身体已经没有任何问题了。但是，你体内的魔力也彻底消失了……塞西尔，这对你来说不仅仅是一个噩梦吧？"

魔力消失了，这对热爱法术的魔法师来说，无异于一个巨大的噩耗。

塞西尔却很坦然，甚至欣慰地笑了笑："对我来说当然不是噩梦，而是美梦啊！"重要的不是魔力是否消失，而是他们都在。

博德静静地注视她，然后若有所思地勾了勾嘴角："无论如何，你不介意就好。"

"对呀！就算姐姐没有魔力了，我也会保护好姐姐的。"莉娜抱住塞西尔纤细的胳膊，眼里含着晶莹的泪花，甜甜地笑了起来。

"放心，这只是暂时的。我会找到办法，你的魔力很快就会恢复的。"阿诺德摸了摸塞西尔的头发，目光温柔而怜爱。

一直靠在墙边不吭声的斯特拉听了这话后，顿时被吓得一激灵："那个……还是不要折腾了吧！现在这样不是也挺好的吗？对吧，小塞西尔？"她一边挤出熟练的媚笑，一边冲塞西尔使眼色，就差把"求求你放过我"这几个字写在脸上了。

塞西尔没有搭理斯特拉。塞西尔能够感觉到，自己和斯特拉之间的主仆契约已经解除了。但斯特拉没有离开，其中的缘由，估计连斯特拉自己也无法准确地说明吧。

塞西尔唯一可以确定的是：这个脑袋不太好使的恶魔，大概一段时间内都不会吃她了——无论是出于斯特拉自己的意愿，还是在兰尼和博德的威胁下。

至于阿诺德说的恢复魔力……

作为博德的学生，塞西尔自然知道这是不可能实现的愿望，但仍然担心阿诺德真的会去寻找什么隐秘禁忌的办法，就像囚禁马蒂和雷诺的那个贵族一样。虽然知道阿诺德不会做到那种地步，但为了以防万一，她还是要在第一时间出言阻拦："不用了。哥哥，我觉得没有魔力也挺好的，反正有兰尼在，有没有魔力也没那么重要。"

兰尼听了这番话后，脸上的阴郁情绪顿时一扫而空。他像一只被表扬的小狗狗，摇着尾巴眼巴巴地盯着塞西尔，碧眸亮晶晶的，犹如阳光下的绿宝石，瑰丽而耀眼。

阿诺德的脸色却肉眼可见地沉了下来："就凭这个连花都剪不好的家伙？"

兰尼不服气地皱起五官，正要反驳，塞西尔突然挽起他的手臂，脑袋靠上他的肩头。

"就凭这个连花都剪不好的家伙。"她微笑着，声音柔和而平缓，却又含着一丝不容置疑的坚定。

莉娜出神地注视着她，不由自主地屏住呼吸。

明亮的阳光透过玻璃，柔柔地倾洒在少女纯白的长发上。莉娜看到浅金色的光芒在塞西尔的发丝间轻盈地跳跃，看到那双幽蓝色的眼眸里泛着清透的水光，看到她的笑容温柔而圣洁，透出无法掩饰的爱意。

也许塞西尔真的是被神宠爱的女孩儿吧……所以才会如此璀璨耀眼，令人情不自禁地想要看到她获得幸福。

看着塞西尔如此坚定而满足的眼神，阿诺德揉了揉眉心，终于无奈地长叹一口气："好吧，他可以留下来，但是——"

"结婚！结婚！"莉娜迫不及待地拍手欢呼，"立刻结婚！我要看姐姐穿上漂亮的婚纱，我要帮姐姐捧鲜花！"

"你给我闭嘴！"阿诺德忍无可忍地捂住莉娜的嘴，眉头紧皱，愤怒地低吼，"什么结婚？这家伙还没过我这关呢！没有我的同意，谁也别想娶走塞西尔！"

博德：这个人又开始了。拥有这样一个保护欲过强的哥哥，对塞西尔来说应该算是甜蜜的负担吧。

不过对那个小家伙来说可就不是了呢……博德不动声色地扫视兰

尼的表情，果不其然，在对方的脸上看到了不爽和忍耐。一想到这家伙还要被阿诺德阻拦，博德忍不住暗暗幸灾乐祸起来。

活该！他的宝贝学生哪能这么容易就让别人抢走了？起码也得再等几年吧！

博德虽然嘴上不说，但心底的天平已经微妙地偏到了阿诺德的那一边。

塞西尔眼看着屋里的气氛逐渐混乱，连忙趁他们彻底吵起来之前岔开话题："对了，父亲呢？他……也醒了吗？"

她原本想问凯文死没死，然而在记起这个名字的瞬间，她的脑海里突然浮现出凯文轻唤母亲的画面。

算了，他还是不要死比较好，省得投胎转世再去另一个世界里祸害母亲。

塞西尔的这个问题打断了阿诺德与莉娜的吵闹。

两个人对视一秒，莉娜的眸光慢慢地黯淡，而阿诺德则露出欲言又止的神色。

"怎么了？他死了？"塞西尔惊讶地挑眉。

"没有，父亲还活着。"阿诺德摇了摇头，语气有些沉重，"但他似乎……把我们所有人都忘了。"

塞西尔："他失忆了？"

"不知道。"阿诺德微顿，"他现在只记得母亲一个人，没事就会去墓园里看望母亲，一坐就是一整天。"

"这样啊……"塞西尔若有所思地托住下巴，而后轻轻一笑，"这样不是很好吗？"起码母亲会很高兴。

阿诺德："也许吧……"

气氛一时有些沉重，博德环视一周，懒洋洋地开口道："既然塞西尔醒了，那我就去学院里转转好了。这几天副院长一直喊我去他的生态园里看看，大惊小怪的，不知道又发现了什么新奇事。"

莉娜也连忙打起精神："那我去给姐姐做甜点！"

斯特拉伸了个大大的懒腰，对塞西尔抛了个媚眼："我继续回去泡温泉了。小塞西尔，要一起来吗？"

塞西尔："不了，你还是和莉娜一起泡吧。"

"温泉？是后面的那个温泉房吗？"莉娜闻言，顿时睁大眼睛，好奇地询问道。

斯特拉："对呀！怎么？小莉娜也想来吗？"

莉娜点头似小鸡啄米："想！我还从来没有泡过温泉呢！"

"好呀！那小莉娜就和我一起去泡温泉，你们不要来偷看啊——"

"啊？现在就泡吗？等等，我还没有做甜点……"

斯特拉笑盈盈地挽着莉娜的手，像挽着要好的小姐妹一样，不由分说地将她拖出了房间。

阿诺德看着塞西尔，柔声道："我也要走了，骑士团那边还有很多事情等着我处理。你乖乖地待在家里，如果父亲回来的话……"

"我会把母亲的画像拿给他看的。"塞西尔认真地回答道。

"嗯……这样就够了。"阿诺德微微弯动嘴角，随即将目光投到兰尼的脸上，神情瞬间变得严肃而冷峻："你给我小心一点儿，别以为我不在家，你就可以对塞西尔乱来。"

至今不懂人类的小章鱼感到很迷茫——"乱来"是什么意思？

"哎呀！哥哥，你快点儿走啦！"塞西尔害羞地将阿诺德推出门，不给他继续说下去的机会。

见大家一个接着一个地离开了，博德终于慢腾腾地起身，抬手打了个哈欠。

"那我也走了。对了，塞西尔，最后一个问题——"他微微俯身，略长的额发散开，露出那双异常明澈的灰色眼眸，"那不是梦吧。"他直直地看着塞西尔，眼神笃定。

果然什么都瞒不过聪明的老博德啊！塞西尔对上他的目光，轻松地笑了一下："现在是了。"

博德微顿，紧接着抬起手，揉了揉少女纯白的头发："那就好，这样我就不用再担心了。"

他不用再担心塞西尔会死去，不用再担心塞西尔会消失。

因为神明深爱着她。

莱维特宅邸重新焕发生机，用人们忙忙碌碌，迎接着新的一天。

塞西尔和兰尼走进美丽的蔷薇园里，温柔的微风裹挟着清幽的花香，无声地拂到塞西尔的身边。

"这里的蔷薇似乎再也没有枯萎过。"塞西尔蹲下身，轻轻地抚摩蔷薇的花瓣——柔软、娇嫩、纯洁无瑕。

"像你一样。"兰尼自然地开口道。

"啊？"塞西尔眨了眨眼睛，有些不明所以。

兰尼摘下一片纯白的花瓣，放到塞西尔的手心里，认真地对她说："这些蔷薇被我复原过了，它们会永远保持复原时的样子。"

塞西尔隐约猜到了什么："你的意思是……我和它们一样？"

兰尼点头，专注地看着她："你的身体跟随旧的世界一起消失了，但我留下了你的灵魂。"

他说出的话一如既往地奇怪、荒诞、无法理解，塞西尔却能明白他所有想表达的意思："难道现在的我，就像这些蔷薇一样获得了永恒？"她垂下眼睛，仔细地观察这片花瓣。

"什么是永恒？"

"就是永永远远地存在于这个世界上。"

兰尼想了想，抬手在空中点了点指尖，夜幕突然暗了下来。白昼瞬间变为黑夜，月光洒下，蔷薇在黑暗中闪烁着晶莹的光。一颗、两颗、三颗……越来越多的星辰在漆黑的夜空中接连亮起，光芒璀璨，犹如深海中荡漾的流光。

塞西尔仰头望向夜空，兰尼在她的身边认真地说道："星星也是永远存在的，但它们并不仅仅存在于这个世界上。"

塞西尔低下雪白的睫毛，安静地凝视他。

"塞西尔，你也是这样。你会永永远远地存在，但不会只存在于这个世界上。无论你去哪里，我都会和你在一起……"兰尼的声音像诗一样动听，碧眸剔透，比夜空中的群星还要闪耀。

塞西尔看着他薄唇翕动，眸光流转，终于忍不住伸出双手，捧起他的脸，轻轻地吻了下去。

微风拂过，蔷薇微颤。

“塞西尔。”在气息纠缠的空隙，兰尼突然开口。

“嗯？”塞西尔软软地应声。

“我们结婚吧。”

“怎么这么突然？”塞西尔震惊地说道，“不对，你知道什么叫结婚吗？”

“我不知道，但是从莉娜和阿诺德的反应来看，应该是一件很好的事情。”他拥抱着塞西尔，眸中映出她绯红的脸，“所以，我们结婚吧。”

“可是，哥哥暂时还没同意呢……”塞西尔有些犹豫。

“塞西尔——”兰尼又开始可怜兮兮地撒起娇来。

“哎呀！这种事情不用这么急。慢慢来，慢慢来，我们有的是时间。”

“那你今晚和我一起睡觉。”

“啊？怎么还谈条件了？”

“那就现在睡。”

“等等，等……”两个人的声音越来越低，只剩下细细的喘息声。群星闪烁，月光皎洁，夜色下的蔷薇越发莹白。

世界沉溺在他们的眸中。

（正文完）

番外合集

1

塞西尔觉得周围有点儿吵。

因为兰尼，她一夜都没有睡好觉。刚好今天学院没有课，本来她是打算舒舒服服地睡到自然醒的，结果现在耳边充满了"叽叽喳喳"的声音。

到底是谁在吵啊？！为什么她还听到了小孩子的声音？

塞西尔的脑壳都要被吵炸了，她终于忍无可忍地睁开眼睛。

"小塞西尔！"一个白嫩的黑发小女孩儿突然扑了过来，一头扎进塞西尔的怀里。

哪来的小女孩儿啊！而且小女孩儿明明这么小凭什么叫她"小塞西尔"？这个称呼听上去很欠揍啊！

塞西尔一脸不爽地低头望向胸前的小女孩儿，正要将她推开，一只漆黑柔软的触手已经先她一步将小女孩儿提起来粗暴地扔下了床。

"啊——好痛！你就不能轻一点儿吗？！"小女孩儿揉着屁股吱哇乱叫。

"我现在就吃了你。"回应她的是一道轻柔又奶气的声音。

不等塞西尔看清出声的是谁，一团触手倏然袭向小女孩儿，犹如一只巨大的海葵，下一秒就要吞噬对方。

"小塞西尔，快救我！"小女孩儿大声哭喊起来。

塞西尔觉得这个房间里有点儿过于吵闹了。她下意识地抬起手，口中默念噤言术的咒语，然而等到咒语结束，房间里的刺耳声并没有任何改变。

哦，她忘了，她已经没有魔力了。

塞西尔头痛地捏了捏眉心，轻声道："兰尼，别吓唬这个孩子了。"

上一秒还在疯狂蠕动的触手瞬间停下，而后从包裹得严严实实的黑茧里伸出一颗可爱漂亮的小脑袋："我没有吓唬她。"

塞西尔呆住了："你是谁？"

漂亮的黑发小男孩儿眨了眨猫似的绿眸，一脸无辜地说："我是兰尼呀！"

晴天霹雳——兰尼居然变成身高不足一米的幼崽！

"那她呢？她又是谁？"塞西尔立即将目光移向哭哭啼啼的小女孩儿。

小女孩儿泪光闪闪地看向她，娇滴滴地哼道："小塞西尔，我是斯特拉呀。"

塞西尔差点儿惊得瞪出眼珠。

这是什么情况？兰尼和斯特拉居然同时变成小孩子！

她震惊地掀开被子，立即从床上下来。她身上还穿着薄薄的绸质睡裙，细细的肩带从莹白的肩头滑落，搭配那一片凌乱的痕迹，看上去格外香艳诱人。

"哇——"斯特拉顿时露出八卦的表情。

塞西尔抿了抿唇，正要让斯特拉捂住眼睛，一只粗长的触手突然卷起小斯特拉，毫不留情地将她扔出了房间。

斯特拉："啊！"

小兰尼目光灼灼地看着塞西尔，触手在身后无声地舞动："塞西尔，我帮你换衣服吧？"

塞西尔尴尬地拒绝道："不用了，我自己来就好。"

如果是平时，兰尼提出这样的建议她会很欢迎，但现在对方完全就是一副小孩子的模样……还是别了，就算是她，对着这么一张幼稚的脸也下不去手啊！

塞西尔将一脸失望的小兰尼也推出门外，自己在房间里换掉了睡裙。

洗漱完毕后，她走到餐厅，看到两个孩子正在桌旁抢牛奶。

塞西尔忍不住抚额。

这两个人什么毛病？平时这两个人那么不喜欢喝牛奶，怎么变成孩子后还抢起来了？

无暇顾及他们变成小孩子的原因是什么，她快步走到两个人的中间，将装着牛奶的玻璃杯从他们的手里拿了下来。

"桌上不是还有牛奶吗？为什么要抢呢？"她无法理解地看着这两个闹腾的小家伙。

小斯特拉率先喊道："只有这杯是冷的，其他的都太烫了，恶魔不喜欢烫的食物！"

她居然如此口无遮拦地说出自己的真实身份，果然小孩子的头脑都很简单，小恶魔更甚。

小兰尼也不甘示弱地说道："鱼鱼也不喜欢烫的食物。"

塞西尔听到缩小版的兰尼理直气壮地自称"鱼鱼"，心都要化了。虽然她一向不喜欢孩子，但当兰尼变成孩子，果然就有了例外。

塞西尔温柔地摸摸兰尼的脑袋，柔声道："那就把这杯牛奶给兰尼吧。"

兰尼："耶！"

小斯特拉闻言，眼泪顿时涌了出来："小塞西尔，你偏心！"

塞西尔："呃……可以让女仆再倒一杯冷牛奶给你嘛……"

"我不要！我就要这杯！呜呜呜……小塞西尔偏心……呜呜呜……"小斯特拉说哭就哭，眼泪像打开的水龙头一样流个不停，看上去可怜极了。

塞西尔很是为难，毕竟她完全不会哄孩子。

就在她手足无措的时候，莉娜走进来了："姐姐，不好了……

嗯？这里怎么也有两个小孩儿？"莉娜原本是一脸愁容地走向塞西尔，但在看到塞西尔两侧的小斯特拉和小兰尼后，顿时惊讶地停住脚步。

塞西尔疑惑地歪头："你说'也有'？"

莉娜点点头，神色糟糕："其实我刚才想去找博德老师，向他请教一些关于法术的问题，但无论我怎么敲门都没有人回应。我看门没锁，就直接进去了，本来我以为博德老师不在，结果却在他的床上看到一个熟睡的小男孩儿。"

塞西尔挑眉："什么样的小男孩儿？"

莉娜："长长的黑头发，皮肤像纸一样白，五官和博德老师的五官有点儿相似。"

塞西尔立刻猜到了那个小男孩儿是谁。

"我去看看。"她将牛奶杯放到桌上，抬腿就要向外走。

不等她迈出脚，一个稚嫩又有些懒散的声音突然从门外传来："不用看了，是我。"

一个黑发灰眸、半垂着眼的小男孩儿慢慢地踱进众人的视野里。

他比小兰尼和小斯特拉要高出一个头，凌乱的黑色长发被随意地扎了起来，眼下有淡淡的乌青，看上去没精打采的，一副熬夜过度没睡醒的样子。

"老博德？"塞西尔脱口而出道。

小男孩儿嫌弃地皱眉，嫩声嫩气地说道："你好意思对着我现在这张脸说出'老'这个字吗？"

塞西尔立刻改口道："小博德。"

小博德的眉头皱得更深了："还不如老博德。"

塞西尔差点儿笑出声。

她和小博德在这边说话，小兰尼和小斯特拉已经在她的身后继续争抢起那杯冷掉的牛奶。小博德捏了捏眉心，这个平时与他很相符的动作，现在由他做出来，怎么看怎么老气横秋。

"不知道为什么一觉醒来会变成现在这个样子。"小博德叹了一口气，没有半点儿威严，"这两个兔崽子应该是你的小宠物和继母吧？"

这话怎么听着这么别扭？

塞西尔神色微妙地说道："对，你是第三个兔崽子。"

小博德的脸都黑了。

"我可不喜欢小兔崽子的身体。"他没好气地说，"快让你的小宠物把我变回去，我还要去学院呢。"

塞西尔耸了耸肩，一副爱莫能助的样子："那你自己和他说。"

小博德被她的反应激怒了，脸颊像仓鼠一样气鼓鼓的，那双狭长的灰眸也比平时圆润许多，看上去有种想要故作成熟的幼稚和笨拙。

莉娜忍不住凑到塞西尔的耳边嘀咕道："博德老师好可爱。"

塞西尔十分赞同地点了点头。

"我都听到了！"小博德恼羞成怒地瞪大眼睛，这样显得那双灰眸更圆了。

"也不一定是兰尼捣的鬼吧？"塞西尔偷笑够了，便清清嗓子，一本正经地说，"说不定是谁施放了错误的法术呢？"

"我已经试过了，不是法术。"小博德双手环胸，明明想摆出严肃的表情，却因为两颊的婴儿肥显得更加可爱，"既然法术解不了，那就只能用他的'手段'恢复了。"

塞西尔看向身后那个争夺牛奶成功，双手叉腰得意扬扬的小男孩儿，语气很是无奈："你觉得他现在会同意你的要求吗？"

小博德一时语塞。

很显然兰尼这家伙这会儿正乐在其中。

局面一时僵持不下，在斯特拉"哼哼唧唧"的哭声中，莉娜突然一拍双手："等等，我突然想起来……今天从早上到现在，阿诺德哥哥好像一直都没有出房间。"

塞西尔闻言，顿时睁大了眼睛："难道说，哥哥也……？"

两个人对视一眼，立刻赶去阿诺德的房间。小博德挑了挑眉，抱着看笑话的心态，也兴致盎然地跟了过去。

塞西尔和莉娜站在门外，敲了敲房门："哥哥，你在里面吗？"

没有任何回应。

"哥哥，我要直接开门了。"塞西尔从莉娜的手里接过钥匙，插入锁眼里。钥匙刚一转动，门内顿时响起一个沉闷而急切的声音："等……等一下！我在里面！塞西尔，先不要进来……"

塞西尔与莉娜交换了一个眼神："哥哥，你怎么了？是身体不舒服吗？"

"嗯……不……不是！是我在忙，不方便让你进来……"

塞西尔故意提高声音，掩盖转动钥匙的细微声响："这样啊，可是你该吃饭了，要不我把饭送进去，绝对不浪费你的时间，好不好？"

"不用！不用！我现在不饿，等我忙完了会自己去吃的，你不用担心我。乖，快去和大家一起吃饭……"

阿诺德的话还没说完，房门突然传出"咔嚓"一道声响。他身子一僵，随即意识到了什么，立刻慌张地环顾四周，试图将自己藏起来。

"哥哥，我进来啦！"塞西尔尾音上扬，嘴角噙着一丝意味不明的笑意，她慢悠悠地走进了房间里，莉娜和小博德紧随其后。

放眼望去，干净整洁的房间里并没有阿诺德的身影。塞西尔看着紧闭的窗户，想了想，一步一步，不紧不慢地走到衣柜的前面。

"咦？哥哥人呢？"她一边发出做作的疑问，一边慢慢地打开柜门，"该不会是——躲在这里了吧？"

柜门被猝不及防地打开，满满当当的衣柜下面，蜷缩着一个俊秀而可爱的金发小男孩儿。

小男孩儿此时正不知所措地看着塞西尔，他脸颊泛红，那双湛蓝的眼眸也瞬间被窘迫和羞赧的情绪所填满。

"哥哥，你怎么变得这么小了？"塞西尔像发现什么新奇的东西似的，脸上写满了惊奇。

小阿诺德尴尬得满脸通红，紧张地一把捂住脸，不让塞西尔看清自己："你认错人了，我不是你哥哥。"

塞西尔坏心眼儿地盯着他："哦？那你是谁呢？"

小阿诺德磕磕巴巴地说道："我……我是……阿诺德捡的孩子。"

"这样啊，那得快点儿把你送给治安队呢，不然你的爸爸妈妈找不到你会着急的。"塞西尔遗憾地叹息一声，然后转身向不远处的莉娜走去："莉娜，带这个孩子出去吧，不能把他留在家里。"

莉娜配合地点头附和道："没错，我现在就带他去找爸爸妈妈。"

小阿诺德一听，顿时慌了，连忙从衣柜里钻出来，一把拉住塞西尔的手。

"塞西尔，别把我送出去……"他仰着脸，可怜兮兮地说。

塞西尔看着这张俊秀而稚嫩的脸庞，也不忍心再捉弄他了。她弯下腰，轻柔地抚上小阿诺德的脸颊，细声细语地对他说："我刚才是在开玩笑啦！哥哥，我怎么可能真的把你送出去啊？"

身高只到塞西尔腰侧的小阿诺德听到"哥哥"这个称呼时，脸红得几乎要滴血。

他居然被塞西尔看到了自己幼稚难堪的样子，实在是太糟糕了。他羞耻地低下头，本想离塞西尔远一点儿，余光一扫，突然意识到塞西尔仍然牵着他的手没有放开。

要知道，自打塞西尔懂事以后，她就很少会这么主动地牵他的手了，虽然她也会经常抱着他的胳膊撒娇，但这和牵手是完全不一样的。

小阿诺德感觉着少女温软的手心，心中生出一个难以启齿的念头。他任由塞西尔牵着自己，默默地抿了抿唇，没有再吱声。

一旁的小博德若有所思地看着小阿诺德，突然举起一只手："塞西尔，我也想吃饭了。"

塞西尔好笑地看着他："好吧，那我们一起去吃饭。"说完，她便伸出另一只手去牵小博德。

就在两个人的手指相触的瞬间，一道伤心的哭声突然由远及近地传来，紧接着，一个东西像闪电一样飞了过来，直直地打断了塞西尔与小博德，然后重重地摔到了墙上。

"呜——小塞西尔，你快管管那个小浑蛋呀！"摔落在地上的那一团东西发出聒噪的哭喊声，众人定睛一看，发现那居然是被狠狠地扔过来的小斯特拉。

众人不用猜也知道做出这种事的家伙是谁。

塞西尔无奈地移开视线，果不其然，在大敞的门旁看到了黑发绿眼，像人偶一样精致无瑕的缩小版兰尼。

小兰尼咬着粉嫩的下唇，安静地站在那里。

塞西尔叹气："兰尼，是你把斯特拉扔过来的？"

小家伙没有回答这个问题。他眸中碧光浮动，非但没有半点儿懊悔之意，反而委屈地扁了扁嘴，对塞西尔伸出双臂，软声软气地说："塞西尔，抱抱。"

2

塞西尔不喜欢小孩子，非常不喜欢，但她现在的确有一种心脏被击中的感觉。

几乎没有任何思考，她立刻不争气地妥协了："来，我抱抱你。"

躺在地上没有人扶的小恶魔忌妒得脸都扭曲了——有没有搞错啊！她才是被欺负的那个好吗？！

小兰尼勾起嘴角，露出得逞的微笑。他开心地跑向塞西尔，眼看着就要扑进她的怀里，一直在旁边默默地观察的小博德突然伸出一条腿，只听"砰"的一声，黑发绿眼的小男孩儿猝不及防地摔了下去。

他完全没有反应过来，脸朝下直接摔了个狗吃屎。

正在哭哭啼啼的小斯特拉目睹这一幕，立马又捧着肚子放肆大笑起来："哈哈哈！活该！"

老博德这是在干什么？仗着自己也变小了就随心所欲起来了吗？塞西尔连忙俯身打量小兰尼，小家伙摔得灰头土脸，一声不吭地爬起来后，脸色明显阴郁不少。

周围传来轻轻的窃笑声，毫无疑问，是从另外两个"小男孩儿"的嘴里发出来的。

塞西尔第一次意识到：就算是大部分时间很冷静的博德和阿诺德，在他们小的时候，也还是有调皮恶劣的一面。

塞西尔突然开始头痛了。

莉娜看着小兰尼的黑脸，立即掏出手帕要为他擦拭。小兰尼直接避开她的手，径直走到塞西尔的面前，嘴角一撇，豆大的泪珠"啪嗒啪嗒"地落了下来："塞西尔，好疼啊……"

小斯特拉："疼的明明是我吧！"

塞西尔瞬间心软，无视了小斯特拉的反驳，连忙弯腰帮小兰尼擦眼泪："哪里疼？"

"鼻子……"

小家伙的鼻头被磕得红红的，满是灰尘。塞西尔见状，心疼而轻柔地慢慢揉了揉，然后轻声问他："还有哪里疼？"

小兰尼眨了眨眼睛，晶莹的泪珠无声地滑落："还有嘴巴。"

塞西尔又轻轻地抚摩对方柔软粉嫩的嘴唇，简直比平时还要宠溺。

一旁的小阿诺德终于看不下去了："塞西尔，不要太惯着这家伙，他分明是在得寸进尺。"

小斯特拉连声附和道："就是！就是！明明他才是欺负人的那一个。"

的确，塞西尔心里很清楚，兰尼就是在故意撒娇、装可怜，而且现在哥哥和博德也变成小孩子了，她要是一味地忽视他们，似乎也很不像话。

她轻轻地叹了一口气，然后牵起小兰尼的手，紧接着对另外两个男孩子叮嘱道："先过来吃饭吧。"

说完，塞西尔就和小兰尼率先走出房间。

莉娜看了看两个神色不爽的男孩子，为难地摸摸鼻子，也拉着他们跟了上去。剩下小斯特拉眼睁睁地看着一群人就这么走了，居然没有人注意到她的存在，气得她狠狠地跺脚，边骂边追了上去。

因为小阿诺德不想让别人看到自己现在这副样子，宅邸里的用人都被遣到了庭院里。

客厅里，四个孩子围着桌子坐成一圈，除了小博德，另外三个人的小短腿都够不到地面，只能悬在半空中晃来晃去。

"大家都没有吃早餐，现在应该很饿了吧？"塞西尔给四个人各倒了一杯牛奶，莉娜则为他们叠好餐巾，两个人表现得出奇地温柔、耐心，看上去居然有种幼儿教师的感觉。

莉娜拍拍手，笑容甜美地说道："机会难得，今天就由我来做饭吧！大家想吃什么呢？"

小斯特拉第一个举手："我要吃蛋糕！"这个恶魔一向喜欢甜食，即使变成小孩子也不变。

小博德双手环胸，懒洋洋地说道："我吃千层面就好。"

小阿诺德："我就不用了，还是尽快想办法把我变回去吧。"

塞西尔皮笑肉不笑地道："你们还真是不挑啊……"

"啊？"小斯特拉闻言，试探地瞄她一眼，却十分神经大条地没有发现她隐忍的怒气，"那我就再加一个冰激凌吧，要加很多糖霜和橘子果酱的那种！"

小博德掀了掀眼皮："那我就再加一杯薄荷威士忌，要加冰，两杯也行。"

小阿诺德："博德阁下，您就不想变回去吗？"

"着什么急嘛！重回幼年的机会可不多。"小博德懒散地笑了笑，"偶尔体验一下，不是也挺有趣的吗。"

塞西尔：你是想要体验幼年生活吗？我看你分明就是跟着起哄，故意整我吧？

她一拍桌面，正要发火，坐在她对面的小兰尼突然乖巧地举起小手。

"我想吃塞西尔做的食物。"他认真地注视塞西尔，剔透的碧眸看起来亮晶晶的，"只要是塞西尔做的，不管什么东西都很美味。"

全场沉默。

小斯特拉：哼，马屁精！

小博德：这小子就是靠甜言蜜语迷惑了我的宝贝学生吗？

小阿诺德：这家伙太欠揍了！

除了小兰尼，另外三个孩子都不约而同地露出了不爽的表情。但小兰尼根本不在乎，仍然眨巴着那双漂亮的大眼睛，像一只听话的小奶狗，微微仰着脸，渴望地盯着塞西尔。

对上这样的目光，塞西尔实在说不出拒绝的话："那好吧……"

"小塞西尔，你怎么这样？！"小斯特拉立马不满地叫起来。

塞西尔冷冷地横她一眼："我怎么样？"

"你……你实在太好了……我也想吃你做的东西。哇！好期待啊……"小恶魔瞬间蔫了，整个人缩在椅子里不敢动，活像只鹌鹑。

哼，她还算识相。

塞西尔收回视线，一旁的小博德打了个哈欠，说："我都可以。"

小阿诺德看看小兰尼，又看看小博德，最后只能不甘地说："那我也吃吧……"

原本他是不想让塞西尔亲自做饭的，可这些没眼力见儿的家伙一个接着一个地要吃，他如果什么都不要反而亏了。

可恶！塞西尔为什么要答应兰尼那个家伙的要求啊？！

小阿诺德气呼呼地瞪了小兰尼一眼，然后将脸扭到另一边，重重地冷哼一声。

塞西尔看着这群闹腾的小家伙们终于达成一致意见，居然莫名其妙地感到了一丝欣慰。她扭头望向莉娜，果然也从对方的脸上看到了同样的情绪。

"啊，但是……"微顿几秒后，塞西尔突然竖起食指，说，"我不会做饭。"

众人：那你刚才在信誓旦旦地答应什么啊？！

"没关系！"莉娜第一个反应过来，一把握住塞西尔的双手，殷切地看着她，"姐姐，你可以和我做蛋糕呀！"

对了，她之前跟莉娜一起学过做蛋糕。塞西尔想起那个成功的生日蛋糕，顿时信心满满，干劲十足："好，那我们一起做蛋糕！"

"太好啦！"莉娜笑得眼睛弯成两弯细细的月牙儿，顺势挽起塞西尔的胳膊，和她亲亲密密地走进厨房里。

偌大的餐厅里只剩下四个神情严肃的崽子。

"好耶！"小斯特拉率先振臂欢呼，"是我想吃的蛋糕，小塞西尔最在乎的人果然是我！"

小阿诺德冷冷地瞥她，眼神和塞西尔的眼神如出一辙："你是谁？"

他之前就想说了，这个欠揍的家伙和他那个不讨喜的继母很像，但他不是很想证实这一点，毕竟对方真的很欠打。

但比她更欠打的，是那个和兰尼一模一样的死小孩儿。

"塞西尔是为了我才去做蛋糕的。"小兰尼傲慢地说，"她最在乎的人明明只有我。"

小阿诺德此时只想给这两个人一人一拳。

看上去比他们略大一些的小博德一直在打哈欠，听完他们的争论后懒懒地托起下巴，目光轻飘飘地扫向房门虚掩的厨房："但是替她做决定的人是莉娜吧？"

其他三个人闻言面面相觑，隐约觉得哪里不对劲。

"我不管，反正蛋糕是我一个人的，你们谁都别想抢！"小斯特拉立即放弃思考。

小兰尼阴森森地说道："你去死吧！"

小阿诺德："这句话应该由我来说才对。"

三个人眼看着就要打起来，小博德垂下眼睑，默不作声地跳下高背椅，不声不响地推开了厨房的门。

塞西尔和莉娜正在里面一起制作蛋糕胚，两个小姑娘头靠着头，肩膀挨着肩膀，看上去十分开心。

小博德抬手敲了敲门，漫不经心地出声："塞西尔，需要我帮忙吗？"

闻言，塞西尔转过脸来："我没听错吧？你居然会主动要求做事？"

"外面那三个小兔崽子实在是太烦了。"小博德挥挥手，慢慢地走到塞西尔的身边，用手指蘸了一点儿她面前的奶油送进嘴里尝了尝，"还行，不腻。"

塞西尔：这就是他的帮忙吗？

看着小博德一副没睡醒的萎靡样子，塞西尔也懒得说什么。她和莉娜一起将蛋糕坯放进烤箱里，正要继续下一步，厨房外的三个小孩儿也"叽叽喳喳"地跑了进来。

"小塞西尔，阿诺德打我！"

"不要胡说！博德阁下，你是什么时候偷溜进来的？"

"塞西尔，你今天还没教我写字呢！"

"塞西尔……"

塞西尔被他们吵得头都要炸了，第一次觉得这四个人这么聒噪，不仅如此，还十分难缠。

"不做了，谁爱做谁做。"塞西尔把手里的厨具一扔，不耐烦地说，"我要出去休息了，谁再来烦我我就揍谁。"

说完，她便拉着困惑的莉娜走出厨房，留下四个小孩儿聚在一起大眼瞪小眼。

"完了，小塞西尔生气了。"

"我去向她道歉。"

"我劝你不要，她看起来不像是对亲哥下不去手的人。"

小斯特拉、小阿诺德、小博德三个人面色复杂地看着彼此，只有小兰尼一声不吭地踮起脚，将盆里的奶油拿起来继续搅拌。

小博德讶异地望向他："你要做什么？"

小兰尼："做蛋糕给塞西尔吃。"

小阿诺德闻言，注视他的目光不由得复杂了几分。不得不说，这家伙的确很会哄塞西尔，居然第一时间就想到了完成这个蛋糕讨塞西尔的欢心。

他好不甘心。

沉默片刻后，小阿诺德也走过去："我也来。"

"啊——我知道了，你们都想在小塞西尔的面前献殷勤是吧？都闪开，让我来！"

小博德看着这三个人，无奈地摇了摇头。

说到底，这些家伙都是一群幼稚鬼，一想到塞西尔的未来都会和这些家伙联系在一起，小博德突然越发不放心。

算了，还是由他来指导一下吧。

四个小孩儿窝在厨房里半天不出来，塞西尔在外面乐得清闲，甚至还和莉娜下起了棋。

"姐姐，我又要输了……"莉娜沮丧地举着棋子，不知道该下在何处才好。

塞西尔笑了笑："没关系，我让你一步。"

"一步不够……"

"那就三步。"

莉娜正在细声细气地撒娇，厨房门突然被人一下子打开了。

"小塞西尔，快来尝尝我亲手做的大蛋糕！"小斯特拉双手叉腰，得意地站在门前，然而不等她继续说下去，突然被人从后面毫不客气地一脚踹开。

没了碍事的遮挡物，端着蛋糕的小兰尼显露出来。在他的两侧，小博德拿着餐具，小阿诺德提着小茶壶，三个人一起走向餐桌，将手上的东西一一推到塞西尔与莉娜的面前。

"塞西尔，这是我们用刚才你们没完成的蛋糕接着做的，虽然可能味道不是很好……"小兰尼满是歉意地看着她，"但还是希望你能尝尝看。"

莉娜捂住嘴，闷闷地偷笑起来。

塞西尔垂眸看向面前的蛋糕。

蛋糕上的奶油涂抹得不是很平整，草莓也放得歪歪扭扭，但还是能看得出来他们尽力了。

毕竟她也不擅长做这种事，自然不能要求他们太多，更何况眼前的这个小家伙正眼巴巴地看着她。塞西尔对上小兰尼湿漉漉的眼神，嘴角不自觉地勾起微小的弧度。

她抬起手，三个小孩儿见状，立即切蛋糕的切蛋糕，倒茶的倒茶，准备刀叉的准备刀叉，那架势仿佛正在服侍女王一样。

塞西尔感觉很好。

她不紧不慢地吃下一口蛋糕，随即惊喜地感慨一句："好吃！"虽然大部分的功劳是莉娜的，但塞西尔也不吝惜给他们一点儿鼓励。

三个人闻言，不约而同地露出满足、喜悦的神情。

"我就知道，小塞西尔一定会喜欢我做的蛋糕！"被踢到墙角的恶魔发出兴奋的叫喊。

塞西尔吃得很开心，莉娜拿起盘子，又为他们四个切下四块蛋糕。

莉娜："大家一起吃吧。"她看得出来，大家都饿了。

恶魔顿时像一阵风一样蹿了过来。

小兰尼接过蛋糕，却没有像其他人一样立即开吃。他眼巴巴地盯着塞西尔，用只有她能听到的声音呢喃道："塞西尔，没有奖励吗？"

原来他是在等这个呢！

塞西尔失笑，然后轻声回道："有的。"

"什么？"小兰尼的眼睛瞬间亮了。

"爱的抚摩。"塞西尔抬起一只手，在他柔软的黑发上轻轻地揉了揉，同时轻柔一笑，"好了，吃蛋糕吧。"

小兰尼很不满意，本来还以为变小后会受到特殊待遇，没想到连亲亲都没有，她居然只摸了摸头就把他打发了。

之前那本书里还说女性会对小孩子格外宽容和宠溺，看来都是瞎编的。

什么破书！亏他还担心别人会乘虚而入，把他们几个一起变成小孩儿，白干了。

"今晚就撕了它。"小兰尼阴恻恻地嘀咕道。

"嗯？"塞西尔向他投来一瞥，"你说什么？"

小兰尼乖乖一笑："没什么。"

3

距离世界重组已经过去半个月了。

这半个月里，塞西尔在博德的陪同下回到学院，没事的时候就拉着兰尼出去四处闲逛，生活日趋平静。

王都的子民和以往无异，没有人记得异变者，但都记得那个可怕的噩梦。他们将噩梦最后一幕出现的庞大生物称为"邪神"，将这个共有的梦境称为"神启"。

这是邪神的警示——不要试图唤醒他，否则他会吞噬整个世界。

群星十字会被梦醒的世人所抵制，唯一的神父也被送上了断头台。

据围观行刑的人们描述，神父在死前的最后一刻，仍然紧握手中的诡谲神像，闭合双眼，反复念叨着同一句话：

"死亡并不是终结。"

他死了，群星十字会也随之解散。但仍然有一小部分人偷偷信仰着群星十字会的教义，妄图像梦中的金发男人那样成为邪神的信徒，得到非凡强大的力量——真是异想天开！

塞西尔站在静谧的湖边，平静地开口道："你有听到什么声音吗，兰尼？"

"没有。"兰尼摇头，碧眸中闪过厌烦之意，"只有那个叫马蒂的人类吵到了我。"

到头来，只有马蒂能够唤醒神明。

塞西尔："他这算是远超常人的幸运吗？"

博德笑了一声："应该是远超常人的痛苦吧。"

也是，如果马蒂不是痛苦绝望到了极致，也不可能吸引到神的注意。

塞西尔看着手中的古铜色罗盘，继而将目光投向面前的小湖——

这是渔村里的那片湖，也是一切开始的地方。湖水幽暗深绿，风吹过湖面，荡起细微波澜，映衬得湖底黑影憧憧，隐约有巨物潜伏。

"兰尼，为什么所有人都复原了，唯独马蒂和雷诺没有呢？"塞西尔不解地问道。

兰尼眨了眨眼睛："因为他们没有求生的意志。"

塞西尔若有所思，没有继续问下去。

看来不是兰尼不愿意复原他们，而是他们自己不想活。也许正如神父所说，死亡不是终结，而是一种永久的解脱——至少对这对兄弟来说是这样。

她沉默半晌，然后将那个刻有马蒂名字的罗盘扔进了湖里。

湖水荡起涟漪，在溅起的水花中，罗盘慢慢地沉下去——再也不会有人找到马蒂了。

确定小渔村里的鱼人全部消失，没有留下任何不该留下的痕迹后，三个人离开了这个地方。塞西尔和兰尼一起回家，博德则前往学院继续他的研究。临走前，博德叫住塞西尔："副院长和我说，生态园里的不少魔物——尤其是他的天马，变得很奇怪。"

塞西尔："哪里奇怪？"

博德轻轻地扫了兰尼一眼，眼神意有所指："自从某个时间节点之后，它们就再也没有生长过了。"

塞西尔抬眸看向博德，隐约明白这个时间节点是什么。

博德："没错，就是你们闯入生态园里的那一天。"

那一天兰尼吃掉了生态园里的大半魔物，又很快将它们复原回去。在那之后，这些被复原的魔物就再也没有成长了，它们被永远定格在了复原后的状态。

和塞西尔一样，它们得到了神馈赠的永恒。

塞西尔心情复杂地说道："副院长不会查出什么吧？"

"不会，"博德摇头，轻轻地笑，"他邀请了我与他一同研究，我会好好误导他的。"

她突然有点儿同情副院长了……

"更何况，就算副院长真的查出什么也不用紧张。"博德将视线移向兰尼，狭长的灰眸中闪烁着神秘的光，"你的小宠物会解决掉不必要的麻烦，对吧？"

博德是在告诫兰尼，也是在提醒他——不要给塞西尔带来麻烦。

兰尼似乎没有听懂博德的暗示，点点头，胸有成竹地说："我会杀了他。"

"他思考问题的方式一向这么简单粗暴吗？"博德无奈地看向塞西尔。

塞西尔笑笑，问道："这样不是很可爱吗？"

你不要什么都觉得可爱啊！博德摇了摇头，彻底对这两个小家伙无语了。

博德走后，塞西尔与兰尼不紧不慢地散步，顺便去路边的制衣店为兰尼定制了几套新衣服。他们回到家时，天空已经染上绚烂的紫红色，启明星隐隐闪烁，光晕浮动，像酒一样醉人。

"你怎么回事呀？做了这么多遍怎么还是错的？"隔着偌大的庭院，就听到莉娜恼怒的声音从会客厅里传出，塞西尔与兰尼对视一眼，脚步轻缓地走过去。

"你怎么这么凶啊？我又不是故意的……"

映入眼帘的是一脸委屈的艾利克斯，一头恣意张扬的火红短发被他挠成鸡窝。此时面对莉娜的训斥，他仍然没有停下挠头发的动作，与当初那个意气风发的贵族少爷判若两人。

莉娜还在训话，用余光瞄到回来的塞西尔和兰尼两个人，语气立刻变得欢呼雀跃："姐姐，你回来啦！"

塞西尔坐到宽敞的沙发上，接过女仆递来的一杯红茶，轻抿一口："今天的补习还没有结束吗？"

"还没有呢，艾利克斯实在是太笨了。"莉娜丢下苦兮兮的艾利克斯，凑到塞西尔的身边，"姐姐，你们去哪儿玩了呀？"

兰尼阴森森地瞥了女仆一眼，女仆被吓得浑身一抖，连忙也倒一杯红茶给他。

虽然什么都没说，但他现在在莱维特宅邸里的地位已经显而易见，大家心知肚明，基本把他当成半个主人对待。

毕竟老爷已经变成一个神志不清的傻子，阿诺德少爷又极其宠爱塞西尔小姐，就连莉娜小姐也整天围在塞西尔小姐的身边。在这一前提下，谁得到了塞西尔小姐，就意味着他得到了整个莱维特家族。

太令人羡慕了！这家伙之前明明还只是莱维特家一个默默无闻的小花匠。

用人们十分怀疑兰尼是用美色诱惑了塞西尔小姐。

"去圣罗萨斯大教堂转了一圈，然后又去制衣店给兰尼定制了几套衣服。"塞西尔略过小渔村的经过，"你们呢？"

莉娜一听到塞西尔的反问，立即气势汹汹地告状道："姐姐，艾利克斯简直就是个法术白痴！明明是昨天刚教过的法术，今天他又不会了，我教到现在，他还是没抓住要领。姐姐，你说他是不是很笨？"

塞西尔："的确，再教下去也是浪费时间，要不还是到此为止吧？"

莉娜一愣："啊？"

"你看，他浪费的不仅是他自己的时间，更是你的宝贵时间，这样继续下去你的损失不是越来越大吗？"塞西尔似笑非笑道。

兰尼一边喝茶一边鄙夷地冷哼："白痴。"

原本还耷拉着脑袋的艾利克斯听了顿时冒火："你才是白痴！"

"我才不是！"兰尼扬起下巴，"对吧，塞西尔？"

塞西尔像挠小猫一样轻轻地挠了挠兰尼的下巴，柔声答道："对，我的兰尼可聪明了！"

艾利克斯被气得脸都涨红了，将牙齿咬得"咯咯"作响。

莉娜听了塞西尔的建议后，却罕见地犹豫了起来："其实，倒也没有浪费我多少时间。"

"这么说，你还愿意继续教他了？"

"嗯……嗯……"莉娜的声音细若蚊蚋，"就当巩固我自己的学习成果了。"

说到底，莉娜还是想和艾利克斯多多相处嘛！塞西尔了然地抿唇，剔透的蓝眸中闪过戏谑之意："那你们可要继续努力了。"

这句话说得模棱两可，莉娜的脸瞬间红了。像是要掩饰自己的失态，她对一头雾水的艾利克斯挥挥手，避开眼神不看他："时候不早了，你……你快点儿回去吧……"

艾利克斯欲言又止地说道："那明天……"

莉娜："明天再学不会，我就不教你了。"

艾利克斯呆了呆，随即意识到莉娜的言外之意。他一向藏不住心思，嘴角无法抑制地疯狂上扬，一边后退一边对莉娜道别："那明天见！"

这家伙得意忘形，居然完全忘了这里还有塞西尔和兰尼。

艾利克斯走后，莉娜的脸依然有些泛红。

塞西尔看着莉娜，心中突然涌起一阵感慨。

在塞西尔被骷髅怪物吃掉后，莉娜几度崩溃。虽然那段时日莉娜表现得和往常无异，但塞西尔很清楚，每时每刻，莉娜都在失控的边缘徘徊。

莉娜的精神受到了极大的负面影响，塞西尔甚至以为这件事会对莉娜产生不可挽回的影响。

还好，一切都被复原了。现在的世界里没有怪物，没有异变者，没有污秽。虽然邪恶仍然会在黑暗中滋生，但那已经不足以改变这个世界了，这都多亏了兰尼。

当初，塞西尔曾对博德说过，自己与群星十字会的教徒们信仰不同。

他们信仰的是神秘而伟大的旧神，而她信仰的只是她的兰尼——她的重塑者、她的小宠物、她的爱人……他构成她的一切。

"姐姐，你在想什么？"莉娜歪着头，打断了塞西尔的思考。

"没什么。"塞西尔笑笑，道，"只是觉得，我的人生好像已经圆满了。"

"没有吧，你还有一件最重要的大事没有完成呢！"

塞西尔微讶地问道："什么大事？"

兰尼也眨眨眼睛，一脸懵懂好奇的表情。

莉娜看着这两个迷迷糊糊的家伙，忍不住轻声叹息道："当然是结婚呀。"

4

结婚？

塞西尔愣了愣，感到一阵好笑："这个话题不是已经讨论过了吗？"阿诺德是绝对不会同意她和兰尼结婚的，更何况，要不要结婚，她现在还没有考虑清楚。

对她和兰尼来说，结婚似乎并不重要，这只是人类的一种仪式而已，兰尼不需要遵守；而她也不想那么兴师动众，好像要昭告全世界她嫁给兰尼了一样。

塞西尔认为他们之间的关系应该远远高于结婚所代表的羁绊，而她也不需要以此来证明自己与兰尼的感情。结婚对他们彼此来说根本无足轻重。

"但是你们总是要结婚的吧？"莉娜捧起脸，憧憬地看着这对无比般配的恋人，"能够成为真正的伴侣，这是一件多么美好的事呀！我已经在幻想你们的婚礼了，一定美得叫人震惊！"

塞西尔摇摇头，语气随和地说道："不用了，现在这样就挺好的。"

"啊——"莉娜拖长了声音，看上去失望极了。

要知道自从那天她提出结婚这个建议后，就一直心心念念地想着这件事呢！

莉娜希望姐姐能够获得幸福，希望姐姐能成为这个世界上最幸福的人。虽然现在姐姐最爱的人就陪在她的身边，大家也都住在一起，但姐姐没有结婚的话，莉娜总觉得少了什么。

太遗憾了——莉娜希望所有人都能见证姐姐的幸福。

兰尼迷惑地看着姐妹俩，始终没有听明白到底什么是结婚。他发现塞西尔并不热衷于这件事，于是便将疑问抛给了莉娜："什么是结婚？"

莉娜惊奇地睁大眼睛："你不知道什么是结婚吗？"

兰尼摇摇头，诚实地回答道："塞西尔没有告诉我。"

塞西尔抿了抿唇，微妙地移开视线。

莉娜听了这个回答后，越发感到惊讶：没想到，姐姐的爱人居然这么单纯……

她突然觉得自己有义务普及一下这个知识。莉娜清了清嗓子，像一位耐心的老师为兰尼解释道："结婚就是和你爱的人在一起，你们拥有彼此，陪伴彼此，成为彼此真正的另一半。"

"我们现在不是吗？"兰尼好奇地问道。

他已经与塞西尔做完了人类所有的亲密方式，用塞西尔的话来说，他们已经亲密得不能再亲密了。

"呃……"莉娜摸了摸鼻子，不知道该怎么回答，"你们现在也是啦，不过结婚和不结婚在某些地方还是不一样的。"

兰尼："哪里不一样？"他对这个话题很感兴趣。

"比如，没结婚的时候，你和姐姐的感情即使再好，你们之间也没有法定关系，这样的话，任何人都可以追求姐姐，也可以向她求婚。"

听到这里，兰尼的脸色已经开始阴郁。

"但是如果你们结婚了，别人就不可以再做这种事了，更不能介入你们的婚姻。"

兰尼听了，眼睛一亮："阿诺德也不可以？"

莉娜愣了一下，呆呆地说："当然不可以……不对，阿诺德哥哥怎么可能做这种事？"

兰尼才不会对阿诺德掉以轻心。既然结婚可以杜绝阿诺德抢走塞西尔，那结婚就是一件大好事。

兰尼目光灼灼地凝视塞西尔，语气雀跃地说道："塞西尔，我们结婚吧！"

塞西尔：这个人的动机完全不对吧？！

她无奈地叹气，说："兰尼，哥哥根本不会做那种事，我们没有结婚的必要啦！"

兰尼委屈地眨眨眼："可是我想和你结婚。"

"真的没必要……"塞西尔还没有说完，脸颊就被兰尼轻轻地捧起。

"你不想和我真正地在一起吗？"少年定定地凝视她，眸光浮动，在灯光的折射下浮起涟漪。

塞西尔微怔，开始动摇："我……我考虑一下……"

当晚，塞西尔被兰尼折腾得大汗淋漓。

她全身都被汗水浸湿，雪白的长发像海藻一样散开，身体瘫软，没有一丝力气。

兰尼紧紧地拥抱她，细细地亲吻她的唇。

塞西尔环着他修长的脖子，双眸微合，疲倦而无力地呼吸。

"塞西尔，"兰尼突然轻轻地出声，"你考虑好了吗？"

塞西尔无意识地呢喃道："什么？"

"结婚。"

塞西尔微微抬起眼睑，露出那双幽蓝剔透的眼睛："兰尼，你真的想和我结婚吗？"

兰尼郑重地点头，目光勾缠着她："想。"

"不是因为好玩？不是因为有趣？"

"不是。"

"不是因为哥哥？"

"不……一点点。"

看到兰尼不情不愿地承认，塞西尔"扑哧"一声笑了出来："除了哥哥呢？还因为什么？"

兰尼与她鼻尖相触、呼吸交缠，他的眸中倒映出她潮红的脸。

"因为我想和你永远在一起。"他的声音轻柔而坚定，有一种奇特的力量，仿佛在他说出口的瞬间，这句话就已经从誓言变成沧海桑田。

"永远"对人类来说只是短暂的一生，对神来说却是无尽的永恒。

但塞西尔相信他，她相信他会陪伴她直至时间的虚无，相信他会给予她永远热忱的爱。

"好。"塞西尔低声叹息，满足地蜷入他的怀里，"我们结婚吧。"

婚礼前的工作比想象中的还要艰难。

虽然莉娜热情高涨，但阿诺德一万个不同意。因为意见分歧，他被气得连骑士团都不去了。

"不行就是不行，之前已经说过不可以，怎么现在又开始讨论这件事了？"一大早，阿诺德就在气势汹汹地嚷嚷，宅邸里的用人从未见过他这么生气，纷纷被吓得不敢靠近。

莉娜也被他训得不敢吱声，像只小鹌鹑一样缩在塞西尔的身后。

"哥哥……其实你不用这么抵制我和兰尼结婚这件事。"塞西尔耐心地安抚他，"说到底，结婚对我们来说只是一个仪式，结过婚以后，我们依然住在这个家里，和现在不会有任何区别。"

阿诺德："那也不行。如果他以后对你不好怎么办？"

塞西尔："不会的。"

阿诺德："如果他以后移情别恋了怎么办？"

塞西尔："不会的。"

阿诺德："如果他以后死得比你早怎么办？"

塞西尔终于忍不住笑出声。

阿诺德总觉得自己被嘲笑了，白皙的脸庞随即浮起可疑的红晕："你笑什么？"

"哥哥，哪而有这么多如果呀？"塞西尔边笑边拍拍阿诺德的胳膊，等到呼吸渐渐平缓，才温柔地叹气，"更何况，你说的这些都不会在兰尼的身上发生。"

阿诺德微顿，然后认真地看着她："你就这么笃定？"

塞西尔点头："非常笃定。"

兰尼看着兄妹二人，死死地抿紧薄唇。塞西尔叮嘱过他不要乱说话，所以他是绝对不会插嘴的，但他真的很想在阿诺德面前为自己争辩一下。

注意到兰尼一脸的忍耐，一直在一旁看戏的博德隐约意识到，如果他再不开口促成这桩婚事，有人就要忍不住了。

唉，算了，他还是再帮一把吧，毕竟这是塞西尔所期盼的。

"阿诺德，塞西尔说得对。其实结不结婚，对他们两个已经没有区别了，我相信你也看得出来，他们之间的感情非常牢固，已经不是任何人可以改变的了。"博德走过来，拍拍阿诺德的肩膀，意味深长地说，"更何况，你忍心让塞西尔心有遗憾吗？"

闻言，阿诺德一顿，眼中涌起复杂的情绪——他当然不忍心。

希望塞西尔永远幸福，这是他此生最大的愿望，也是母亲最后的遗愿。

对塞西尔来说，和兰尼结婚——和这个少年永远在一起，就是她最大的幸福。作为最爱她的哥哥，他本不该阻拦才是，只是，他无论如何都舍不得。

沉默许久，阿诺德终于抬眸看向塞西尔："你们真的不会搬出这里？"

他还在担心这件事呀……塞西尔在心里偷笑，然后像以往撒娇那样抱住阿诺德的胳膊，轻轻地摇了摇。

"不会，除非你们主动离开，否则我才不会搬出去呢！"她皱了皱鼻尖，娇嗔似的说道。

阿诺德又望向兰尼："你呢？"

兰尼一脸不解地问道："为什么要搬出去？"对他来说，只要有塞西尔，在哪里都一样，所以根本不需要考虑这个问题。

阿诺德终于放心了。他长长地叹气，不情不愿地轻轻点头："好吧。"

"耶！"莉娜发出兴奋的欢呼，"姐姐要结婚啦！"

博德也叹了一口气——终于体会到嫁女儿的心情了。

一个月后，塞西尔的婚礼在教堂里举行。

前来参加的宾客并不多，只占了两排座位。肃穆的教堂里摆满了纯白的蔷薇，花瓣拥簇，晶莹剔透，犹如纷繁落下的雪。

博德身姿挺拔，发丝服帖，庄重地站在圣台前担任婚礼的证婚人。

塞西尔第一次见到他穿得这么正式整齐。

在众人的注视下，阿诺德挽着塞西尔的手，缓缓走到兰尼的面前。

阳光透过彩绘玻璃倾洒而下，伴随着五彩斑斓的光芒，在塞西尔白皙的肌肤上落下淡淡的光影，也将她幽蓝色的瞳孔辉映得熠熠发光。她穿着纯白色的婚纱，裙摆轻柔，比遍布的蔷薇还要美。

兰尼身着黑色的礼服，微微低头，入神地凝视着她。她看上去无比耀眼，阳光流淌在她的脸上，比月色还要圣洁，比新雪还要无瑕。

"兰尼。"塞西尔低低地出声。

"嗯？"

"你是不是忘了接下来该做什么了？"她把声音压得很低，但博德仍然能听见，差点儿没有保持住自己庄严的表情。

兰尼眨眨眼睛，以同样小的声音回答她："好像是忘了。"

塞西尔轻轻地叹息道："笨蛋，接下来你该……"

话未说完，兰尼忽然微微倾身——

他吻了她。

塞西尔微怔，隐约听到一声低低的啜泣。

塞西尔转移目光，看到莉娜捂着嘴哭了，艾利克斯正在手足无措地安慰她。

阿诺德依旧坐得笔直，那双湛蓝的眼眸里隐隐闪动着晶莹的水光。

塞西尔突然觉得胸腔里满满的，仿佛一颗温暖的心脏正在融化。

她忍不住弯起眼睛，抬手搂住兰尼的脖子："兰尼。"

"嗯？"

"我们会幸福的，对吧？"

"对。"

唇与唇再次交叠在一起。

阳光灿烂，和风温柔。在纷飞的花瓣中，他们的婚礼圆满地落幕了。

（全文完）